suhrkamp taschenbuch 3667

Ihre Mutter hat sie Eva genannt, damit sie Lust aufs Leben habe, und weil ihr Vater zum Stamm der Söhne des Mondes gehörte, heißt sie Eva Luna. Turbulente Ereignisse katapultieren das junge Mädchen von der quirligen Hauptstadt in ein entlegenes Nest in tropischer Stille, wo sie Frieden, bald aber auch sinnliche Unruhe erlebt. Aber neben der Liebe fühlt sich Eva Luna nur zum Geschichtenerzählen berufen. »Erzähl mir eine Geschichte, die du noch niemandem erzählt hast«, bittet sie deshalb ihr Liebhaber. Und die chilenische Scheherazade Isabel Allende führt ihrer schönen Heldin das Wort, läßt sie vom hitzigen Dschungel und den ölschwitzenden Karibikstädten erzählen, von Erotik und Leidenschaft, aber auch von politischer Gewalt und verlorenen Träumen.
Zum ersten Mal in einem Band: Isabel Allendes Erfolgsroman *Eva Luna* und ihre Erzählungen *Geschichten der Eva Luna*.
»Erfundenes und Erlebtes, Märchen und Mythen mixt die Autorin von *Das Geisterhaus* zu einem exotischen Lesevergnügen.« *Westfalenpost*
Isabel Allendes erstem Roman, dem Welterfolg *Das Geisterhaus* (1984, st 1676), schlossen sich die Romane *Von Liebe und Schatten* (1986, st 1735) und *Eva Luna* (1988, st 1897) an, es folgten die *Geschichten der Eva Luna* (1990, st 2193), der Roman *Der unendliche Plan* (1992, st 2302), *Paula* (1995, st 2840) und *Aphrodite. Eine Feier der Sinne* (1998, st 3046). Mit *Fortunas Tochter* (1999, st 3236) und *Porträt in Sepia* (2001, st 3487) findet die Trilogie um *Das Geisterhaus* ihren Abschluß. Es folgte eine Abenteuertrilogie: *Die Stadt der wilden Götter* (2002, st 3595), *Im Reich des Goldenen Drachen* (2003) und *Im Bann der Masken* (2004). Persönliches erfährt man von der Autorin in dem Interviewband *Isabel Allende – Mein Leben, meine Geister* (2004, st 3625).
Isabel Allende, geboren 1942, arbeitete lange Zeit als Journalistin in Chile. Nach Pinochets Militärputsch ging sie ins Exil. Heute lebt sie mit ihrer Familie in Kalifornien.

Isabel Allende
Eva Luna erzählt

Eva Luna
Geschichten der Eva Luna

Aus dem Spanischen von
Lieselotte Kolanoske

Suhrkamp

Die Originalausgabe von *Eva Luna*
erschien 1987 unter dem Titel *Eva Luna*
bei Plaza & Janés, Barcelona.
Die Originalausgabe von *Geschichten der Eva Luna*
erschien 1990 unter dem Titel *Cuentos de Eva Luna*
bei Plaza & Janés, Barcelona.

Umschlagfoto: © Andre Gabb andregabb@nyc.com

suhrkamp taschenbuch 3667
Erste Auflage 2005

Druck: Ebner & Spiegel, Ulm
Printed in Germany
Umschlag: Göllner, Michels, Zegarzewski
ISBN 3-518-45667-9

1 2 3 4 5 6 – 10 09 08 07 06 05

Eva Luna

Und sie sprach zu Scheherazade: »Ich bitte dich bei Allah, o Schwester, erzähle uns eine Geschichte, durch die wir uns die wachen Stunden dieser Nacht verkürzen können!«

(aus *Tausendundeine Nacht*)

Eins

Ich heiße Eva, das bedeutet Leben, wie in einem Buch zu lesen war, in dem meine Mutter nach einem Namen für mich suchte. Ich wurde geboren im hintersten Zimmer eines düsteren Hauses und wuchs auf zwischen alten Möbeln, lateinischen Büchern und menschlichen Mumien, aber das alles konnte mich nicht schwermütig machen, denn ich kam zur Welt mit einem Hauch Urwald in der Erinnerung. Mein Vater, ein Indio mit gelben Augen, war an jenem Ort zu Hause, wo hundert Flüsse zusammenfließen, er roch nach Wald und blickte nie hinauf in den Himmel, denn er war unter der Kuppel der Bäume groß geworden, und das Licht dünkte ihn schamlos. Consuelo, meine Mutter, verbrachte ihre Kindheit in einer verzauberten Region, wo Abenteurer durch die Jahrhunderte hin die Stadt aus purem Gold gesucht hatten – die Konquistadoren hatten sie erblickt, als sie sich über die Abgründe ihrer eigenen Gier gebeugt hatten. Sie war von der Landschaft geprägt, und es gelang ihr, dieses Prägemal auf mich zu übertragen.

Die Missionare lasen sie auf, als sie noch nicht laufen konnte, ein nacktes Tierchen, mit Dreck und Kot besudelt, das über die Anlegestelle kroch wie ein winziger Jonas, den ein Süßwasserwal ausgespien hatte. Als sie es badeten, entdeckten sie, daß dies zweifellos ein Mädchen war, was sie in einige Verwirrung gestürzt haben muß, aber nun war es einmal da, und es in den Fluß zu werfen ging nicht an, also wickelten sie es in eine Windel, um seine Blöße zu bedecken, träufelten ihm Zitronensaft in die eitrig verklebten Augen, um die Infektion zu heilen, und tauften es auf den ersten weiblichen Namen, der ihnen einfiel. Sie nahmen sich seiner Erziehung ohne viel Aufhebens an und suchten nicht lange nach Erklärungen für seine Herkunft, denn sie waren sicher, daß die göttliche Vorsehung, die es am Leben erhalten hatte, bis sie es fanden, auch weiterhin über seine körperliche und geistige Unversehrtheit wachen und es schlimmstenfalls zu anderen Unschuldigen in den Himmel hinaufholen würde.

Consuelo wuchs auf ohne einen festen Platz in der strengen Hierarchie der Mission. Sie war nicht eigentlich Dienstmagd, stand auch nicht auf derselben Stufe wie die Indios in der Schule, und wenn sie fragte, welcher der Ordensbrüder ihr Papa sei, bekam sie für ihre Unverschämtheit eine Ohrfeige. Mir erzählte sie, ein holländischer Seefahrer hätte sie in einem Boot ausgesetzt, aber das ist sicherlich ein Märchen, das sie später erfand, wenn meine bohrenden Fragen ihr lästig wurden. Ich glaube, daß sie in Wirklichkeit nicht wußte, woher sie stammte und auf welche Weise sie an jenen Ort geraten war.

Die Mission war eine kleine Oase inmitten einer üppigen Vegetation, die in sich verflochten und verstrickt bis zum Fuß gewaltiger, wie Irrtümer Gottes in den Himmel ragender geologischer Türme wuchert. Hier hat sich die Zeit in sich selbst gedreht, und die Entfernungen täuschen das Auge und verführen den Reisenden dazu, im Kreis zu gehen. Die dichte, feuchte Luft riecht nach Blumen, modrigem Laub, menschlichem Schweiß und tierischer Ausdünstung. Die Hitze ist drückend, keine lindernde Brise weht, die Steine glühen, und das Blut kocht in den Adern. Gegen Abend wimmelt die Luft von phosphoreszierenden Moskitos, deren Stiche einem noch lange zu schaffen machen, und in den Nächten hört man das Schilpen der Vögel, das Kreischen der Affen und das ferne Donnern der Wasserfälle, die hoch oben in den Bergen entspringen und mit kriegerischem Gedröhn herabstürzen. Das bescheidene Missionsgebäude aus Stroh und Lehm mit einem hölzernen Turm aus kreuzweise übereinandergefügten Balken und einer Glocke, die zur Messe rief, balancierte wie alle Hütten ringsum auf Pfählen, eingegraben in den Schlamm eines Flusses mit schillernden Wassern, die sich im blendenden Widerschein des Sonnenlichts ins Grenzenlose verloren.

Es muß leicht gewesen sein, Consuelo schon von weitem zu erkennen, mit ihrem langen Haar, rot wie ein Leuchtzeichen in dem ewigen Grün dieser Welt. Ihre Spielkameraden waren ein paar kleine Indios mit vorstehenden Bäuchen, ein frecher Papagei, der das Vaterunser aufsagen konnte, in das er unanständige Schimpfworte mischte, und ein Affe, der an ein Tischbein gekettet war. Hin und wieder band sie ihn los, damit er sich im Wald eine Gefährtin suchte, aber er kam stets zurück, um sich an seinem angestammten Platz die Flöhe aus dem Fell zu pflücken. Zu der Zeit zogen schon die Protestanten im Urwald umher, verteilten Bibeln, predigten gegen den Vatikan und schleppten durch Sonne und Regen auf Karren ihre Klaviere mit, damit die Bekehrten bei Gottesdiensten unter freiem Himmel dazu singen konnten. Diese Konkurrenz verlangte von den Brüdern volle Aufmerksamkeit, sie kümmerten sich kaum noch um Consuelo, die dennoch am Leben blieb, von der Sonne verbrannt, mit Maniok und Fisch kümmerlich ernährt, von Parasiten befallen, von Moskitos zerstochen, frei wie ein Vogel. Zwar mußte sie bei den häuslichen Verrichtungen helfen, sich zu den Messen einfinden und ein paar Stunden Unterricht in Lesen, Rechnen und Katechismus absitzen, aber sonst hatte sie keine Pflichten, und so streifte sie umher, spürte unbekannte Pflanzen auf und jagte den Tieren nach, den Kopf voll von Bildern, Düften, Farben und von Geschichten, die vom jenseitigen Ufer mitgebracht wurden, und von Märchen und Mythen, die der Fluß herbeitrug.

Sie war zwölf Jahre alt, als sie den Hühnermann kennenlernte, einen in Unwettern gedörrten Portugiesen, nach außen hart und trocken, innen aber voller Lachen. Seine Hühner verschlangen marodierend jedes glitzernde Ding, das ihnen vor die Füße kam, und ihr Herr schnitt ihnen später mit dem Messer den Kropf auf und erntete ein paar Goldkörner, nicht genug, um ihn reich zu machen, aber genug, um seine Illusionen zu nähren. Eines Morgens entdeckte der Portugiese das Mädchen mit der weißen Haut und dem Feuerbrand auf dem Kopf, das, den Rock hochgeschürzt, mit den Beinen im Wasser stand, und er glaubte, ihn hätte wieder das Wechselfieber gepackt. Vor Verblüffung stieß er einen Pfiff aus, als wollte er ein Pferd herbeirufen. Sie hörte den Pfiff, hob den Kopf, ihre Blicke trafen sich, und beide lächelten sich zu. Von diesem Tag an kamen sie oft zusammen, er, um sie entzückt anzustarren, und sie, um portugiesische Lieder zu lernen.

»Komm, wir gehen Gold ernten«, sagte er eines Tages.

Sie drangen in den Wald ein, bis sie den Glockenturm der Mission aus den Augen verloren, schlugen sich durch das Dickicht auf Wegen, die nur er sah. Den ganzen Tag suchten sie die Hühner zusammen, lockten sie krähend wie Hähne und erwischten sie am Gefieder, wenn es durch das Laubwerk schimmerte. Während Consuelo sie zwischen den Knien festhielt, öffnete er ihnen mit einem präzisen Schnitt den Kropf und klaubte die Körnchen heraus. Die Tiere, die nicht daran starben, wurden mit Nadel und Faden wieder zugenäht, damit sie ihrem Herrn weiterhin dienen konnten, die übrigen stopften sie in einen Sack, um sie im Dorf zu verkaufen oder als Fischköder zu benutzen, und aus den Federn machten sie ein Scheiterhäufchen, weil die sonst Unglück brachten und den Pips übertrugen. Als es Abend wurde, kehrte Consuelo heim, das Haar zerzaust, über und über mit Blut bespritzt und höchst zufrieden mit dem Tag. Sie verabschiedete sich von dem Freund, kletterte vom Boot die

Hängeleiter hinauf zur Plattform des Missionshauses und stieß mit der Nase auf die vier schmutzigen Sandalen von zwei Mönchen aus Estremadura, die sie schon erwarteten, die Arme über der Brust gekreuzt, die Gesichter zu einer Grimasse des Abscheus verzogen.

»Höchste Zeit, daß du in die Stadt kommst!« sagten sie.

Alles Betteln half nichts. Sie erlaubten ihr auch nicht, den Affen oder den Papagei mitzunehmen: zwei ganz und gar unpassende Gefährten für das neue Leben, das ihrer harrte.

Sie brachten sie zusammen mit fünf Eingeborenenmädchen fort, alle waren an den Fußknöcheln gefesselt, damit sie nicht aus der Piroge sprangen und im Fluß verschwanden. Der Portugiese nahm mit einem langen Blick von Consuelo Abschied, ohne sie zu berühren, und gab ihr zur Erinnerung ein Klümpchen Gold, das wie ein Zahn geformt war und durch das er eine Schnur gezogen hatte. – Sie würde es fast ihr Leben lang tragen, bis sie einem begegnete, dem sie es als Liebespfand schenkte. – Er sah sie zum letzten Mal, als sie ihm Lebewohl winkte, in ihrer Schürze aus verschossenem Perkal, einen Strohhut tief bis über die Ohren gezogen, barfuß und traurig.

Die Reise begann im Kanu über die Nebenarme des Flusses durch eine ungeheuerliche Landschaft, dann ging es auf Maultieren weiter über schroffe Bergrücken, wo nachts die Gedanken vor Kälte erstarrten, und schließlich im Lastwagen durch feuchte Ebenen, durch Wälder mit wilden Bananenstauden und Zwergananas, über salzige und sandige Wege, aber nichts konnte das Kind überraschen, denn wer in der sinnenverwirrendsten Gegend dieser Erde zum erstenmal die Augen geöffnet hat, verliert die Fähigkeit zu staunen. Auf dieser langen Fahrt weinte sie alle Tränen, die ihr Inneres hergab, ohne einen Vorrat für kommenden Kummer zu lassen. Als der Tränenbrunnen endlich versiegt war, kniff sie den Mund fest

zu, entschlossen, ihn künftig nur noch aufzumachen, um das unumgänglich Nötige zu antworten.
Endlich kamen sie in der Hauptstadt an, und die Mönche brachten die verstörten Mädchen zum Kloster der Barmherzigen Schwestern, wo eine Nonne die eiserne Tür mit einem Kerkermeisterschlüssel öffnete. Sie führte sie in einen weiten, schattigen, von Bogengängen umgebenen Innenhof, in dessen Mitte sich ein mit bemalten Fliesen verzierter Springbrunnen erhob, an dem Tauben, Drosseln und Kolibris tranken. Eine Gruppe junger Mädchen saß im Schatten, sie nähten mit gebogenen Nadeln Matratzenbezüge oder flochten Weidenkörbe.
»Im Gebet und in der Mühsal werden sie Linderung für ihre Sünden finden. Ich bin nicht gekommen, die Gesunden zu heilen, sondern mich der Kranken anzunehmen. Mehr freut sich der Hirt über das verlorene Schaf, das er wiederfindet, als über seine ganze versammelte Herde. Worte Gottes, gepriesen sei sein Name, Amen«, dieses oder ähnliches schnurrte die Nonne herunter, die Hände in den Falten des Gewandes verborgen.
Consuelo verstand den Sinn dieser rednerischen Darbietung nicht, sie hörte auch gar nicht hin, sie war erschöpft, und das Gefühl, eingeschlossen zu sein, drückte sie nieder. Noch nie war sie zwischen Mauern eingesperrt gewesen, und als sie nach oben blickte und den Himmel zu einem Viereck zusammengeschrumpft sah, glaubte sie zu ersticken. Als sie von ihren Reisegefährtinnen getrennt und in das Arbeitszimmer der Mutter Oberin gebracht wurde, ahnte sie nicht, daß dies ihrer Haut und ihrer hellen Augen wegen geschah. Die Nonnen hatten ein Kind wie sie seit vielen Jahren nicht bei sich gesehen, nur dunkelhäutige Mischlinge, die aus den Armenvierteln kamen, oder von den Missionaren mit Gewalt herbeigeschaffte Indiomädchen.
»Wer sind deine Eltern?«

»Weiß ich nicht.«
»Wann bist du geboren?«
»Im Jahr des Kometen.«
Damals schon ersetzte Consuelo durch poetische Umwege, was ihr an Wissen fehlte. Als sie zum erstenmal von dem Kometen reden hörte, hatte sie sofort beschlossen, ihn sich für ihr Geburtsdatum anzueignen. In ihrer frühesten Kindheit hatte ihr jemand erzählt, damals hätten die Menschen das himmlische Wunder voller Angst und Entsetzen erwartet. Sie glaubten, der Komet würde wie ein feuriger Drachen emporsteigen, und bei der Berührung mit der Erdatmosphäre würde sein Schweif den Planeten in eine riesige Wolke giftiger Gase hüllen und mit Lavaglut allem Leben ein Ende setzen. Viele begingen Selbstmord, um nicht zu Tode geröstet zu werden, andere zogen es vor, sich in Freßorgien und Saufgelagen und sexuellen Ausschweifungen zu betäuben. Selbst der Große Wohltäter wurde mitgerissen und sah schon den Himmel grün gefärbt und ließ sich belehren, daß unter dem Einfluß des Kometen sich das Kräuselhaar der Mulatten glätten und das glatte Haar der Chinesen kräuseln würde, und er befahl, einige seiner Gegner freizulassen, die bereits so lange gefangensaßen, daß sie das Sonnenlicht vergessen hatten, wenn auch der eine oder andere den Keim der Revolution unversehrt bewahrte, um ihn an künftige Generationen weiterzugeben. Consuelo gefiel der Gedanke, inmitten von so viel Grausen geboren zu sein, obwohl es hieß, daß damals alle Neugeborenen abschreckend häßlich auf die Welt gekommen und es auch geblieben wären, Jahre, nachdem der Komet, eine Kugel aus Eis und Sternenstaub, im Weltall verschwunden war.
»Zuallererst muß dieser Satansschwanz ab«, sagte die Mutter Oberin und wog in beiden Händen den rotkupfernen Zopf der neuen Klosterschülerin. Sie gab Anweisung, ihn abzuschneiden und den Kopf mit einer Mischung aus

Waschlauge und Aureolina Onirem zu waschen, um die Läuse zu beseitigen und die unverschämte Farbe zu mildern. Damit fiel die Mähne, und das verbliebene Haar nahm einen lehmigen Ton an, der dem Temperament und den Zielen der religiösen Anstalt angemessener war als der flammende Schopf.

An diesem Ort verbrachte Consuelo drei Jahre, frierend an Leib und Seele, verschlossen und einsam, und konnte nicht glauben, daß die bleiche Patiosonne dieselbe Sonne war, die daheim auf den Urwald herabbrannte. Dorthin war der profane Stadtlärm nicht gedrungen, und auch der neue nationale Wohlstand tat es nicht, der begründet wurde, als jemand einen Brunnen grub und statt Wasser ein schwarzer, dicker, stinkender Schwall hochschoß wie Dinosaurierunflat. Das Vaterland saß in einem Erdölmeer. Die schläfrige Diktatur wachte auf, denn das Vermögen des Tyrannen und seiner Sippe vermehrte sich plötzlich in solchem Maße, daß sogar etwas für die übrigen abfiel. In den Städten zog hier und da ein wenig Fortschritt ein, auf den Ölfeldern erschienen stämmige Vorarbeiter aus dem Norden, und die Begegnung mit ihnen brachte alte Traditionen ins Wanken, eine frische Brise wehte Modisches herbei und hob die Röcke der Frauen an, im Kloster der Barmherzigen Schwestern jedoch blieb all das ohne Bedeutung. Das Leben begann um vier Uhr früh mit den ersten Gebeten, der Tag verlief in unwandelbarer Ordnung und endete mit dem Glockengeläut um sechs Uhr abends, das die Stunde der Buße verkündete, in der man den Geist zu reinigen und sich auf die Möglichkeit des Sterbens vorzubereiten hatte, denn schon die Nacht konnte die Reise ohne Wiederkehr bringen. Lange Schweigestunden, Flure mit blankgescheuerten Fliesen, Geruch nach Weihrauch und Lilien, Gemurmel von Gebeten, Bänke aus dunklem Holz, weiße, schmucklose Wände. Gott war alles umfassende Gegenwart.

Außer den Nonnen und einem Dienerpaar lebten in dem weiträumigen Ziegelbau siebzehn Mädchen, zum größten Teil Waisen und Ausgesetzte, die hier lernten, Schuhe zu tragen, mit der Gabel zu essen und einige einfache Arbeiten zu bewältigen, damit sie sich später als Dienstmädchen verdingen konnten, denn anderes traute man ihnen nicht zu. Consuelos Aussehen hob sie aus der Gruppe heraus, und die Nonnen, überzeugt, daß es kein Zufall sei, sondern vielmehr ein Zeichen göttlichen Wohlwollens, hofften fromm und beharrlich, daß sie sich entschließen würde, in den Orden einzutreten und der Kirche zu dienen, doch all ihre Anstrengungen scheiterten an der instinktiven Abwehr des Mädchens. Sosehr sie sich bemühte, es gelang ihr nicht, diesen tyrannischen Gott anzuerkennen, sie wollte lieber eine Gottheit haben, die fröhlicher, mitfühlender und mütterlicher war.
»Das ist die Allerheiligste Jungfrau Maria«, erklärten sie ihr.
»Und sie ist Gott?«
»Nein, sie ist die Mutter Gottes!«
»Ja, aber wer hat im Himmel mehr zu sagen, Gott oder seine Mama?«
»Schweig still, törichtes Ding, schweig still und bete! Bitte den Herrn, daß er dich erleuchten möge!« ermahnten sie sie streng.
Consuelo setzte sich in die Kapelle, betrachtete den Altar, den ein furchterregender naturalistischer Christus krönte, und versuchte den Rosenkranz abzubeten, aber bald schon verlor sie sich in Träume voll endloser Abenteuer, in denen die Erinnerungen an den Urwald abwechselten mit den Gestalten aus der biblischen Geschichte, deren jede ihre Last an Leidenschaften, Rachetaten, Martyrien und Wundern trug. Sie nahm alles begierig in sich auf, die rituellen Worte der Messe, die sonntäglichen Predigten, die frommen Lesungen, die Geräusche der Nacht, wenn

der Wind um die Säulen des Ganges strich, den einfältigen Gesichtsausdruck der Heiligen und Anachoreten in ihren Nischen. Sie lernte es, sich brav und still zu verhalten, und hütete ihren unermeßlichen Reichtum an Geschichten wie einen geheimen Schatz, bis sie ihn vor mir ausbreiten konnte und die Worte wie ein Strom flossen.

Consuelo verbrachte so viel Zeit in unverrückter Gelassenheit mit gefalteten Händen in der Kapelle, daß im Kloster das Gerede umging, sie sei gesegnet und habe himmlische Visionen. Aber die Mutter Oberin, eine nüchterne Katalanin und weniger geneigt, an Wunder zu glauben als die übrigen Nonnen ihres Ordens, begriff recht gut, daß es sich hier nicht um heilige Entrücktheit, sondern vielmehr um unheilbare Zerstreutheit handelte. Da das Mädchen auch keinerlei Begeisterung für das Matratzennähen, Hostienanfertigen oder Körbeflechten zeigte, betrachtete sie ihre Ausbildung als abgeschlossen und brachte sie als Dienstmädchen bei einem ausländischen Arzt, dem Professor Jones, unter. Sie führte sie an der Hand zu seinem Haus, das, ein wenig altersschwach, aber immer noch prächtig in seiner französischen Bauweise, am Stadtrand stand, am Fuß eines Hügels, den die Behörden inzwischen in einen Nationalpark umgewandelt haben.

Der erste Eindruck, den Consuelo von Professor Jones bekam, war so nachhaltig, daß sie monatelang die Angst vor ihm nicht verlor. Er trat ins Zimmer in einer Fleischerschürze und mit einem seltsamen metallenen Instrument in der Hand, er grüßte nicht, verabschiedete die Nonne mit ein paar unverständlichen Sätzen, und sie selbst schickte er mit einem Knurren in die Küche, ohne einen Blick an sie zu verschwenden, weil seine Gedanken völlig von seiner Arbeit in Anspruch genommen waren. Consuelo dagegen betrachtete ihn genau und voller

Scheu, denn sie hatte noch nie ein derart bedrohliches Wesen gesehen, das dabei jedoch schön war wie ein goldenes Christusbild, und sein blondes Haar war das eines Prinzen, und die Augen leuchteten in einer unbeschreiblichen Farbe.

Der einzige Dienstherr, den Consuelo in ihrem Leben haben sollte, hatte Jahre daran gewandt, ein Verfahren zu entwickeln, mit dem er Tote konservieren konnte – ein Geheimnis, das er am Ende mit ins Grab nahm, zum Wohle der Menschheit. Er arbeitete auch an einer Heilmethode gegen den Krebs, denn er hatte beobachtet, daß in den von Malaria heimgesuchten Zonen diese Krankheit nicht sehr häufig auftritt, und schloß daraus, daß er die Krebsleidenden kurieren könne, wenn er sie den Stichen der Sumpfmoskitos aussetzte. Von der gleichen Logik geleitet, experimentierte er mit Schwachsinnigen, denen er kräftige Schläge auf den Kopf versetzte, denn er hatte in einer medizinischen Zeitschrift gelesen, daß ein Mann sich dank einer Gehirnverletzung in ein Genie verwandelt hatte. Er war ein entschiedener Antisozialist, er hatte ausgerechnet, wenn man die Reichtümer der Welt aufteilte, würde jeder Bewohner dieser Erde fünfunddreißig Centavos bekommen, folglich waren Revolutionen sinnlos. Er sah strahlend gesund und kräftig aus, litt an ständiger schlechter Laune und verfügte über die Kenntnisse eines Gelehrten und die Kniffe eines Sakristans.

Sein Balsamierungsverfahren war von bewundernswerter Einfachheit, wie fast alle großen Erfindungen. Kein Eingeweideherauszerren, kein Hirnschaleauskratzen, kein Einlegen in Formaldehyd und Füllen mit Pech und Werg, damit die Leiche zum Schluß runzlig wie eine Dörrpflaume aussah und mit bemalten Glasaugen betreten ins Leere starrte. Er entzog lediglich dem noch warmen Leichnam das Blut und ersetzte es durch eine Flüssigkeit, die den Toten wie lebend bewahrte. Die Haut, wiewohl bleich und kalt, zerfiel nicht, das Haar blieb fest, und in einigen Fällen lösten sich nicht einmal die Nägel ab und wuchsen sogar weiter. Einzig unangenehm war vielleicht ein gewisser scharfer, durchdringender Geruch, an den sich die Angehörigen aber nach und nach gewöhnten.

Leider gaben sich nur wenige Patienten freiwillig dazu her, von heilkräftigen Insekten gestochen oder zwecks Erhöhung der Intelligenz mit dem Knüppel auf den Kopf geschlagen zu werden, aber Professor Jones' Ruf als Einbalsamierer war über den Ozean geflogen, und häufig besuchten ihn europäische Wissenschaftler oder nordamerikanische Geschäftsleute, die darauf brannten, ihm sein Verfahren abzujagen. Immer gingen sie mit leeren Händen. Der bekannteste Fall, der seinen Ruhm über die ganze Welt verbreitete, war der eines renommierten Anwalts der Stadt, der liberale Neigungen zeigte, weshalb der Wohltäter befahl, ihn am Schluß der Premiere der Zarzuela »La Paloma« im Stadttheater zu erschießen. Dem Professor wurde der noch warme Leichnam gebracht, von Kugeln durchlöchert, aber mit unverletztem Gesicht. Obwohl er das Opfer als ideologischen Feind betrachtete – denn er selbst war ein Anhänger autoritärer Regime und traute der Demokratie nicht über den Weg, sie schien ihm vulgär und dem Sozialismus allzu ähnlich –, trotzdem also machte er sich an die Aufgabe, den Körper zu konservieren. Die Arbeit gelang ihm so gut, daß die Familie den Toten, bekleidet mit seinem besten Anzug und mit einem Federhalter in der rechten Hand, in die Bibliothek setzte und ihn jahrzehntelang gegen Motten und Staub verteidigte, als ein Mahnmal gegen die Grausamkeit des Diktators, der nicht einzugreifen wagte, denn sich mit den Lebenden anlegen ist eine Sache, aber über die Toten herfallen eine ganz andere.

Nachdem Consuelo ihre anfängliche Furcht erst einmal überwunden hatte und als sie begriff, daß die Schlächterschürze und der Grabgeruch ihres Patróns für sie nebensächlich waren, denn in Wirklichkeit war leicht mit ihm umzugehen, er war durchaus ansprechbar und gelegentlich sogar freundlich – da also begann sie sich wohl zu fühlen in diesem Haus, das ihr im Vergleich zum Kloster wie das Paradies vorkam. Hier stand niemand in aller Frühe auf, um zum Heile der Menschheit den Rosenkranz zu beten, hier mußte sie sich nicht auf eine Handvoll Erbsen knien, um mit den eigenen Schmerzen die Schuld anderer abzubüßen. Wie in dem alten Bau der Barmherzigen Schwestern gingen auch in diesem Haus stille Spukgestalten um, deren Gegenwart jeder spürte, nur nicht Professor Jones, der sie hartnäckig leugnete, da Gespenster jeder wissenschaftlichen Grundlage entbehrten. Obwohl Consuelo schwere Arbeit zu leisten hatte, fand sie noch Zeit für ihre Träume, und niemand belästigte sie damit, in ihr Schweigen wundersame Tugenden hineinzudeuten. Sie war ein kräftiges Mädchen, beklagte sich nie und gehorchte, ohne zu fragen, wie die Nonnen es sie gelehrt hatten. Sie karrte den Unrat fort, wusch und bügelte, reinigte die Aborte, nahm das Eis für die Kühlkisten an, das täglich auf Eselsrücken gebracht wurde, sie half Professor Jones, die Wunderlösung in große Apothekengläser zu füllen, versorgte die Leichen, säuberte sie von Staub und Schmutz, kleidete sie an, kämmte sie und bemalte ihnen die Wangen mit Karminrot. Der Gelehrte war sehr zufrieden mit seinem Dienstmädchen. Bevor sie zu ihm kam, hatte er allein und unter strikter Geheimhaltung gearbeitet, aber mit der Zeit gewöhnte er sich an Consuelo und erlaubte ihr, ihm im Laboratorium zu helfen, denn er war sicher, daß von diesem schweigsamen Mädchen keine Gefahr drohte. Sie war immer in der Nähe, wenn er sie brauchte, er konnte Jackett und Hut einfach fallen lassen, ohne sich umzusehen – sie fing sie in der Luft auf. Er vertraute ihr schließlich blind, und so kam es, daß außer dem Erfinder Consuelo der einzige Mensch war, der die Wunderformel kannte, aber diese Kenntnis war an sie verschwendet, denn der Gedanke, ihren Patrón zu verraten und sein Geheimnis zu Geld zu machen, wäre ihr nie in den Sinn gekommen. Sie haßte es, Leichen herzurichten, und verstand nicht, weshalb man sie einbalsamieren mußte; wenn das einen Sinn hätte, würde die Natur das vorgesehen und nicht zugelassen haben, daß sie verfaulten, dachte sie.

Viele Jahre vergingen für Consuelo ohne besondere Ereignisse. Was an Neuem in ihrer Umgebung geschah, nahm sie nicht wahr, denn das Haus von Professor Jones war nicht weniger klösterlich abgeschieden als das der Barmherzigen Schwestern. Hier gab es zwar ein Radio, aus dem man die Nachrichten empfangen konnte, aber es wurde selten eingeschaltet, ihr Patrón hörte sich lieber die Opernplatten an, die er auf seinem erstklassigen Grammophon abspielte. Auch Tageszeitungen kamen nicht ins Haus, nur wissenschaftliche Zeitschriften, denn den Gelehrten interessierte nicht, was im Lande und in der Welt vor sich ging – Forschung, Statistiken, Prognosen einer hypothetischen Zukunft reizten ihn weit mehr als die trivialen Vorkommnisse der Gegenwart. Das Haus war ein riesiges Bücherlabyrinth. In den Regalen, die sich an den Wänden entlangzogen, waren vom Fußboden bis zur Decke die Bände angehäuft, dunkel eingebunden, nach Leder riechend, glatt und knisternd, wenn man mit der Hand darüberfuhr, mit ihrem Goldschnitt, ihrem feinen, durchscheinenden Papier, ihrem erlesenen Druck. Das kostbarste Gedankengut aus aller Welt fand sich in diesen Fächern, ohne ersichtliche Ordnung aufgereiht, aber der Professor erinnerte sich genau, wo er jedes einzelne Buch zu suchen hatte. Shakespeares Werke ruhten an der Seite des »Kapitals«, die Lebensregeln des Konfuzius standen gleich neben dem »Leben der Robben«, die Karten alter

Seefahrer lagen neben nordischen Dichtungen und indischer Poesie. Consuelo verbrachte mehrere Stunden am Tag damit, die Bände abzustauben. Wenn sie mit dem letzten Regal fertig war, mußte sie mit dem ersten wieder beginnen, aber dies war ihr die liebste Arbeit. Sie nahm die Bücher behutsam in die Hand, klopfte wie liebkosend den Staub ab und blätterte in den Seiten, um sich ein paar Minuten in die eigene Welt eines jeden zu versenken. Sie lernte sie zu unterscheiden und in den Fächern wiederzufinden. Niemals wagte sie zu bitten, ob sie sich eines ausleihen dürfe, also zog sie sie heimlich heraus, trug sie in ihr Zimmer, las sie des Nachts und stellte sie am Tag darauf wieder an ihren Platz.
Von den politischen Umwälzungen, Katastrophen oder Fortschritten ihrer Zeit wußte Consuelo nicht das geringste, aber von den Studentenunruhen im Land erfuhr sie alles bis ins kleinste, denn sie ereigneten sich, als Professor Jones durch das Stadtviertel spazierte und die berittenen Polizisten ihn beinahe umgebracht hätten. Sie hatte danach zu tun, ihm Pflaster auf die Wunden zu kleben und ihn mit Suppe und Bier aus einer Babyflasche zu füttern, bis seine losen Zähne sich wieder gefestigt hatten. Der Professor war ausgegangen, um einige für seine Experimente notwendige Chemikalien zu besorgen, ohne daran zu denken, daß Karneval war, ein ausschweifendes Fest, das jedes Jahr seine Strecke an Toten und Verletzten zurückließ, wenn auch diesmal die Schlägereien zwischen Betrunkenen untergingen in Zusammenstößen anderer Art, deren Widerhall die dösenden Gewissen aufschreckte. Jones überquerte gerade die Straße, als der Tumult losbrach. In Wirklichkeit hatten die Probleme schon zwei Tage früher begonnen, als die Studenten in der ersten demokratischen Abstimmung des Landes eine Schönheitskönigin wählten. Nachdem die jungen Leute sie gekrönt und wunderhübsche Reden gehalten hatten, in de-

nen einige mit plötzlich gelöster Zunge von Freiheit und Unabhängigkeit sprachen, beschlossen sie, auf die Straße zu gehen. Niemals zuvor hatte man derartiges erlebt. Die Polizei zögerte achtundvierzig Stunden einzugreifen und tat das dann just in dem Augenblick, als Professor Jones mit seinen Fläschchen und Pülverchen aus der Apotheke getreten war. Er sah die Polizisten mit aufgepflanztem Bajonett herangaloppieren, aber er wich weder vom Wege ab, noch beschleunigte er den Schritt, denn er war in Gedanken mit einer seiner chemischen Formeln beschäftigt und fand den ganzen Lärm nur reichlich geschmacklos. Er kam auf einer Tragbahre wieder zu sich, deren Träger Kurs auf das Armenhospital nahmen. Er schaffte es, ihnen seine Adresse zuzuflüstern, wobei er die Zähne mit der Hand festhalten mußte, damit sie ihm nicht auf die Straße rollten.

Während er sich, in seine Kissen vergraben, von dem Ungemach erholte, nahm die Polizei die Anführer des Aufruhrs fest und steckte sie ins Gefängnis, aber sie wurden nicht geschlagen, denn unter ihnen befanden sich Kinder aus angesehensten Familien. Ihre Verhaftung löste eine Woge der Solidarität aus, und am folgenden Tag erschienen Dutzende von jungen Leuten in den Gefängnissen und Polizeikasernen und boten sich als freiwillige Häftlinge an. Sie wurden eingesperrt, wie sie kamen, aber wenige Tage später mußten sie wieder freigelassen werden, denn in den Zellen war kein Platz mehr, und das Wehgeschrei der Mütter begann die Verdauung des Wohltäters zu beeinträchtigen.

Monate später, als die Zähne von Professor Jones endlich wieder fest saßen und er die moralischen Wunden allmählich verwand, empörten sich die Studenten abermals, diesmal unter Mitwirkung einiger junger Offiziere. Der Kriegsminister schlug den Aufstand binnen sieben Stunden nieder, und die Aufrührer, die sich retten konnten, gingen ins Exil. Dort blieben sie sieben Jahre, bis zum Tode des Großen Wohltäters, der sich den Luxus leistete, im Bett zu sterben statt bei den Hoden aufgehängt an einem Laternenpfahl, wie seine Feinde wünschten und der nordamerikanische Botschafter befürchtete.

Mit dem Tode des alten Caudillo ging jene lange Diktatur zu Ende, und Professor Jones war drauf und dran, sich wieder nach Europa einzuschiffen, denn er war wie viele andere überzeugt, daß das Land nun unabwendbar im Chaos versinken werde. Die Staatsminister ihrerseits, in bleicher Furcht vor einem möglichen Volksaufstand, traten in aller Eile zusammen, und einer von ihnen schlug vor, Professor Jones zu rufen, denn er dachte, wenn der Cid Campeador als Leichnam auf seinem Streitroß festgebunden die Mauren hatte bekriegen können, sei nicht einzusehen, weshalb der Lebenslängliche Präsident nicht einbalsamiert auf seinem Tyrannenthron weiterregieren sollte.

Professor Jones folgte der Aufforderung, begleitet von Consuelo, die seine Tasche trug und gleichmütig die Häuser mit den roten Dächern, die Straßenbahnen, die Männer in Strohhüten und zweifarbigen Schuhen betrachtete und sich im Palast über die Mischung aus Luxus und Schlampigkeit wunderte. In den Monaten, da der Diktator schon bettlägerig gewesen war, hatten sich die strengen Sicherheitsvorkehrungen gelockert, und in diesen Stunden, die auf seinen Tod folgten, herrschte die äußerste Verwirrung, und so hielt niemand den Besucher und seine Gehilfin auf. Sie gingen durch zahllose Korridore, Salons, Kabinette und traten endlich in das Zimmer, wo der mächtige Mann ruhte – der Vater eines guten Hunderts von Bastarden, Herrscher über Leben und Tod seiner Untertanen, Besitzer eines ungeheuren Vermögens lag in Nachthemd und Glacéhandschuhen in seinem eigenen Urin. Draußen zitterten die Herren seines Gefolges und ein paar Konkubinen, während die Minister schwankten: sollten sie ins Ausland fliehen oder bleiben und abwarten, ob die Mumie des Wohltäters auch weiterhin die Geschicke des Landes leiten konnte?

Professor Jones stellte sich neben den Leichnam und betrachtete ihn mit dem Interesse eines Entomologen.

»Stimmt es, daß Sie Tote konservieren können, Doktor?« fragte ihn ein fetter Mann mit einem gewaltigen Schnauzbart, der dem des Diktators ähnelte.

»Hmm . . .«

»Dann rate ich Ihnen, es nicht zu tun, denn jetzt regiere ich, und ich bin sein Bruder, vom selben Schrot und Korn«, sagte der Fette drohend und deutete auf ein riesiges Schießeisen, das hinter seinem Gürtel steckte.

In diesem Augenblick erschien der Kriegsminister, nahm den Gelehrten am Arm und führte ihn beiseite.

»Sie werden doch wohl nicht daran denken, uns den Präsidenten einzubalsamieren . . .«

»Hmmm . . .«

»Besser für Sie, wenn Sie sich da raushalten, denn jetzt befehle ich, und ich habe das Heer fest in der Hand!«

Verblüfft verließ der Professor, von Consuelo gefolgt, den Palast. Niemals erfuhr er, wer ihn gerufen hatte noch wozu. Ärgerlich murmelte er vor sich hin, diese tropischen Völker zu verstehen sei einfach unmöglich, und das beste wäre, in seine geliebte Heimatstadt zurückzukehren, wo die Gesetze der Logik und des zivilen Umgangs noch Gültigkeit hätten und von wo er nie hätte fortgehen sollen.

Der Kriegsminister übernahm die Regierungsgeschäfte, ohne genau zu wissen, wie er sie handhaben sollte, denn er hatte immer unter der Fuchtel des Wohltäters gestanden und konnte sich nicht erinnern, während seiner ganzen Laufbahn auch nur einmal aus eigenem Antrieb gehandelt zu haben. Im Land herrschte Unsicherheit, denn das Volk weigerte sich zu glauben, daß der Lebenslängliche Präsident wirklich tot war, und dachte, der Greis, der da in dem Pharaonensarkophag aufgebahrt war, könnte nur Teil eines Zauberkunststücks sein, ein weiterer Trick des großen Hexenmeisters, seine Verleumder an der Nase zu führen. Die Leute schlossen sich in ihre Wohnungen ein und wagten nicht, den Fuß vor die Tür zu setzen, bis die Polizei sie aus den Häusern herausprügelte und gewaltsam in die Trauerschlange steckte, damit sie dem Gebieter die letzte Ehre erwiesen, der zwischen den Wachskerzen und den eigens aus Florida eingeflogenen Lilien schon zu stinken begann.

Als das Volk die prächtigen Beisetzungsfeierlichkeiten sah, denen hohe kirchliche Würdenträger in ihren Galaornaten vorstanden, da ließ es sich endlich überzeugen, daß dem Tyrannen die Unsterblichkeit fehlgeschlagen war, und nun begann es zu feiern. Das Land erwachte aus einem langen Schlaf, und Trübsinn und Müdigkeit, die es zu erdrücken schienen, waren in wenigen Stunden abgeschüttelt. Die Leute begannen von einer bescheidenen Freiheit zu träumen. Sie schrien, sie tanzten, sie warfen Fenster ein und plünderten sogar ein paar Häuser von Günstlingen des Präsidenten und steckten den großen schwarzen Packard mit dem unverwechselbaren Signalhorn in Brand, in dem der Wohltäter spazierenzufahren pflegte und Angst verbreitete, wo er sich sehen ließ.

Da erbarmte sich der Kriegsminister der allgemeinen Verwirrung, setzte sich in den Präsidentensessel, gab Befehl, die Gemüter mit Schüssen abzukühlen, und wandte sich dann über den Rundfunk an das Volk und verkündete eine neue Ordnung. Nach und nach kehrte wieder Ruhe ein. Die politischen Gefangenen wurden entlassen, um in den Kerkern Platz zu schaffen für andere, die hineinkamen, und eine fortschrittlichere Regierung versprach, die Nation in das zwanzigste Jahrhundert einzugliedern, was gar

nicht so unsinnig war, wenn man bedenkt, daß dessen Beginn um mehr als dreißig Jahre zurücklag. In diesem politischen Ödland entstanden die ersten Parteien, ein Parlament wurde gebildet, und Ideen und Pläne erlebten eine neue Blüte.
An dem Tag, an dem der Anwalt begraben wurde, des Professors Lieblingsmumie, was auf dringendes Ansuchen der Behörden geschah, die keine sichtbaren Toten des vergangenen Regimes mitschleppen wollten, übermannte den Gelehrten ein Wutanfall, der in einem Gehirnschlag gipfelte. Die Familienangehörigen richteten dem berühmten Märtyrer der Tyrannei ein glanzvolles Leichenbegängnis aus, wenn es auch schien, als begrüben sie einen Lebenden, denn er hielt sich immer noch in gutem Zustand. Professor Jones versuchte mit allen Mitteln zu verhindern, daß sein Kunstwerk in einem Mausoleum verschwand, aber alles war vergebens. Er stellte sich mit ausgebreiteten Armen in das Friedhofstor, um den Leichenwagen aufzuhalten, der den silberbeschlagenen Mahagonisarg trug, aber der Kutscher fuhr ungerührt weiter – wäre der Professor nicht beiseite gesprungen, hätte er ihn ohne eine Spur von Respekt plattgewalzt. Als sie die Grabkammer schlossen, stürzte der Balsamierungsexperte, von der Empörung gefällt, zu Boden: der Schlag hatte ihn getroffen. Eine Hälfte seines Körpers war gelähmt, die andere zuckte in Krämpfen. Mit dieser Beisetzung verschwand der überzeugendste Beweis, daß die Wunderformel des Wissenschaftlers imstande war, der Verwesung auf unbegrenzte Zeit hinaus zu trotzen, für immer hinter einem Marmorstein.

Dieses waren die einzigen bedeutenden Ereignisse in den Jahren, in denen Consuelo im Hause von Professor Jones diente. Für sie bestand der Unterschied zwischen Diktatur und Demokratie darin, daß sie nun ab und zu ins Kino ging, um sich die Filme mit Carlos Gardel anzusehen, die früher für Mädchen und unverheiratete Frauen verboten waren, und daß sie ihren Patrón, der seit seinem Wutanfall invalide war, pflegen mußte wie ein kleines Kind. In ihrem Tagesablauf änderte sich wenig, bis zu jenem Morgen im Juli, als der Gärtner von einer Schlange gebissen wurde. Er war ein hochgewachsener, kräftiger Indio mit sanften Gesichtszügen, aber verschlossen und schweigsam, sie hatte noch nicht mehr als zehn Sätze mit ihm gewechselt, obwohl er ihr bei den Leichen, den Krebskranken und den Schwachsinnigen zur Hand ging. Er hob die Patienten hoch wie Federballen, schwang sie sich über die Schulter und stieg mit großen Schritten die Treppe zum Laboratorium hinauf, ohne für das Tun des Professors die geringste Neugier zu zeigen.

»Den Gärtner hat eine Surucucú gebissen!« meldete Consuelo atemlos.

»Wenn er stirbt, bringst du ihn mir her!« wies der Wissenschaftler sie mit seinen verzerrten Lippen an und bereitete sich in Gedanken schon darauf vor, eine Eingeborenenmumie in Gestalt eines Gärtners zu schaffen, der die Sträucher beschnitt, und sie in seinem Garten aufzustellen. Er war inzwischen schon recht alt geworden und hatte die ersten Künstlerdelirien, er träumte davon, mit seinen Mumien alle Berufe darzustellen und so sein eigenes Museum menschlicher Standbilder aufzubauen.

Zum erstenmal in ihrem stillen Dasein mißachtete Consuelo einen Befehl und handelte aus eigenem Antrieb. Mit Hilfe der Köchin schleppte sie den Indio in ihr Zimmer im obersten Stockwerk und bettete ihn auf ihren Strohsack. Sie war entschlossen, ihn zu retten, denn es schien ihr ein Jammer, ihn in ein Stück Dekoration verwandelt zu sehen, nur um eine Laune des Patróns zu befriedigen. Zudem hatte sie hin und wieder eine unerklärliche Unruhe verspürt, wenn sie die Hände dieses Mannes angesehen hatte, große, braune, starke Hände, die überaus zart mit den Pflanzen umgingen. Sie reinigte die Wunde mit Wasser und Seife, machte zwei tiefe Schnitte mit dem Küchenmesser und begann das Blut auszusaugen, das sie in einen Topf spuckte. Zwischendurch spülte sie sich jedesmal den Mund mit Essig aus, um nicht auch zu sterben. Danach wickelte sie ihn in Tücher, die mit Terpentinöl getränkt waren, flößte ihm Kräuteraufgüsse zum Abführen ein, legte Spinnweben auf die Wunde und erlaubte der Köchin, Kerzen für die Heiligen anzuzünden, obwohl sie selbst nicht an dieses Heilmittel glaubte. Als der Kranke rot urinierte, holte sie ohne zu fragen die Sandelholztinktur aus dem Arbeitszimmer des Professors, weil sie gut war für die Harnwege, aber so sehr sie sich auch mühte, das Bein schwoll an, und der Mann schien im Sterben zu liegen, bei vollem Bewußtsein und ohne ein Wort der Klage.

Consuelo bemerkte, daß der Gärtner keine Todesangst zeigte, Atemnot und Schmerzen nicht beachtete, sondern höchst angeregt darauf ansprach, wenn sie ihm den Körper abrieb oder ihm Kräuterumschläge machte. Diese unerwartete Erektion rührte ihr Herz, und als er einen Arm um sie legte und sie bittend ansah, begriff sie, daß der Augenblick gekommen war, ihrem Namen gerecht zu werden und den Mann über sein großes Unglück hinwegzutrösten. Zudem bedachte sie, daß sie in den dreißig und mehr Jahren ihres Lebens dieses Vergnügen nicht gekannt und nicht gesucht hatte, sie war überzeugt gewesen, so etwas wäre den Filmschauspielern vorbehalten. Sie beschloß, sich die Freude zu gönnen und sie zugleich auch dem Kranken zu bereiten, vielleicht würde er dann zufriedener in die andere Welt hinübergehen.

Ich habe meine Mutter so bis ins kleinste gekannt, daß ich mir das nun Folgende gut vorstellen kann, obwohl sie mir nicht die Einzelheiten erzählte. Sie kannte keine unnötige

Scham und beantwortete alle meine Fragen so klar wie möglich, aber immer, wenn sie von diesem Indio sprach, verstummte sie plötzlich und verlor sich in ihre guten Erinnerungen. Sie zog ihren Baumwollrock, den Unterrock und die Leinenhose aus und löste den Haarknoten im Nacken, den sie auf Anordnung ihres Patróns trug. Ihr langes Haar fiel herab, und so, nur mit ihrem größten Schönheitsmerkmal bekleidet, setzte sie sich auf den Sterbenden, sehr behutsam, um seinen Todeskampf nicht zu verschlimmern. Sie wußte nicht genau, wie sie sich anstellen mußte, denn sie hatte keinerlei Erfahrung in diesen Dingen, aber was ihr an Kenntnis fehlte, schenkten ihr Instinkt und guter Wille. Unter der dunklen Haut des Mannes spannten sich die Muskeln, und sie hatte das Gefühl, auf einem großen, wilden Pferd zu reiten. Während sie ihm frisch erfundene Worte zuflüsterte und ihm mit einem Tuch den Schweiß abtrocknete, ließ sie sich an den rechten Ort hinuntergleiten und bewegte sich dann vorsichtig wie eine Ehefrau, die gewohnt ist, sich mit einem alten Ehemann zu lieben. Plötzlich warf er sie herum und umarmte sie mit der Hast, die ihm die Nähe des Todes aufzwang, und das kurze Glück der beiden beunruhigte die Gespensterschatten in den Winkeln. So wurde ich gezeugt, im Sterbebett meines Vaters.

Jedoch, der Gärtner starb nicht, wie Professor Jones und die Franzosen im Institut für Schlangenforschung gehofft hatten, die seinen Körper für ihre Experimente haben wollten. Wider alle Logik besserte sich sein Zustand, das Fieber sank, sein Atem ging wieder ruhig, und er verlangte zu essen. Consuelo begriff, daß sie, ohne es zu ahnen, ein Gegenmittel gegen Schlangenbisse entdeckt hatte, und verabfolgte es ihm zärtlich und entzückt, sooft er danach verlangte, bis der Patient aufstehen konnte.

Bald danach nahm der Indio Abschied, und sie versuchte nicht, ihn zurückzuhalten. Sie hielten sich ein, zwei Minuten bei den Händen, küßten sich ein wenig traurig, und dann band sie das Goldklümpchen ab, dessen Schnur vom vielen Tragen schon recht abgenützt war, und hängte es ihrem einzigen Geliebten um den Hals, zur Erinnerung an gemeinsame Freuden. Er ging dankbar und fast völlig gesund. Meine Mutter sagte, er sei lächelnd gegangen.

Consuelo zeigte keine Gemütsbewegung. Sie arbeitete weiter wie immer, achtete nicht auf die Übelkeiten, die Schwere der Beine oder die farbigen Punkte, die ihr vor den Augen tanzten, und erwähnte nie die außergewöhnliche Medizin, mit der sie den Sterbenden gerettet hatte. Sie sagte nichts, weder als ihr Bauch mehr und mehr anschwoll, noch als Professor Jones ihr ein Abführmittel verordnete, weil er überzeugt war, daß diese Aufblähung auf Verdauungsbeschwerden zurückzuführen sei, und sie sagte auch nichts, als ihre Zeit gekommen war.

Dreizehn Stunden lang hielt sie die Schmerzen aus, ohne mit der Arbeit aufzuhören, und als sie es nicht mehr ertragen konnte, ging sie in ihr Zimmer, bereit, das Kommende voll zu erleben, als den wichtigsten Teil ihres Daseins. Sie bürstete sich das Haar, flocht es straff und knüpfte ein neues Band um den Zopf. Sie zog sich aus und wusch sich von Kopf bis Fuß, dann legte sie ein sauberes Laken auf den Fußboden und hockte sich darauf, wie sie es in einem Buch über die Sitten der Eskimos gesehen hatte. Schweißüberströmt, mit einem Tuch im Mund, um das Stöhnen zu ersticken, begann sie zu pressen, um dieses Geschöpf zur Welt zu bringen, das sich so hartnäckig in ihr festklammerte. Sie war nicht mehr jung, und es war keine leichte Arbeit, aber die Gewohnheit, kniend Böden zu scheuern, Lasten treppauf zu schleppen und bis Mitternacht Wäsche zu waschen, hatte ihr kräftige Muskeln gegeben, die ihr halfen, endlich zu gebären. Als erstes sah sie zwei winzige Füße hervorkommen, die sich unbeholfen ein wenig bewegten, als wollten sie den ersten

Schritt auf einem beschwerlichen Weg tun. Sie atmete tief ein, und mit einem letzten Ächzen spürte sie, wie sich etwas aus der Tiefe ihres Leibes losriß und zwischen ihre Schenkel glitt. Eine ungeheure Erleichterung erschütterte sie bis ins Innerste. Da war ich, von einem blauen Strang umwickelt, den sie sorgsam von meinem Hals löste, um mir zum Leben zu verhelfen.

In diesem Augenblick öffnete sich die Tür, und die Köchin trat ein, die erraten hatte, was vor sich ging, und die ihr beistehen wollte. Sie fand sie nackt und mich auf ihrem Leib ruhend, beide noch vereint durch ein pulsendes Band.

»Schlecht, es ist ein Mädchen«, sagte die selbsternannte Hebamme, als sie die Nabelschnur verknotet und durchgeschnitten hatte und mich auf den Armen hielt.

»Sie ist mit den Füßen voran geboren, das ist ein Glückszeichen«, flüsterte lächelnd meine Mutter.

»Sie scheint kräftig zu sein, und ein ordentlicher Schreihals ist sie auch. Wenn Sie wollen, kann ich ihre Patentante sein.«

»Ich wollte sie gar nicht taufen lassen«, antwortete Consuelo, aber als die Köchin sich entsetzt bekreuzigte, lenkte sie ein, um sie nicht zu kränken. »Nun gut, ein bißchen geweihtes Wasser kann ihr nicht schaden, und vielleicht ist es ihr ja sogar von Nutzen. Sie soll Eva heißen, damit sie Lust aufs Leben hat.«

»Und der Nachname?«

»Kein Nachname. Der ist nicht wichtig.«

»Menschen müssen einen Nachnamen haben! Nur Hunde können ohne herumlaufen.«

»Ihr Vater gehörte zum Stamm der Söhne des Mondes. Also soll sie Eva Luna heißen. Geben Sie sie mir bitte, ich will sehen, ob sie ganz in Ordnung ist.«

In der Lache ihrer Niederkunft sitzend, schweißnaß und mit matten Gliedern, suchte Consuelo nach einem unheilvollen Merkmal des Giftes, aber als sie nichts Ungewöhnliches entdeckte, seufzte sie zufrieden.

Ich habe weder Giftzähne noch Schlangenschuppen. Die etwas unüblichen Umstände meiner Zeugung hatten vielmehr segensreiche Folgen: sie gaben mir eine unverwüstliche Gesundheit und jene rebellische Beharrlichkeit, die sich zwar anfangs noch nicht zeigte, mich aber später vor dem Leben voller Demütigungen rettete, für das ich zweifellos bestimmt war. Von meinem Vater erbte ich das gute Blut, denn dieser Indio muß sehr kräftig gewesen sein, daß er so viele Tage dem Gift der Schlange widerstehen und mitten im Todeskampf einer Frau Lust bereiten konnte. Meiner Mutter verdanke ich alles andere. Mit vier Jahren erkrankte ich an einer dieser Kinderseuchen, die den Körper mit Narben zeichnen, aber sie band mir die Hände, damit ich mich nicht kratzen konnte, rieb mich mit Hammeltalg ein und ließ mich hundertachtzig Tage nicht an die Sonne, und so heilte sie mich. Sie nutzte diese Zeit, um mich mit Kürbisaufgüssen von den Amöben und mit Farnwurzeln vom Bandwurm zu befreien, und seither bin ich gesund. Ich habe keine Narben auf der Haut, nur ein paar Brandspuren von Zigaretten, und ich denke ohne Runzeln alt zu werden, denn Hammeltalg wirkt ewig.
Meine Mutter war ein leiser Mensch, sie konnte sich zwischen den Möbeln unsichtbar machen, sich im Muster der Vorhänge verlieren, sich ohne Geräusch bewegen, als wäre sie gar nicht vorhanden. Doch in der heimlichen Abgeschlossenheit unseres Zimmers verwandelte sie sich. Sie begann von der Vergangenheit zu sprechen oder erzählte ihre Geschichten, und der Raum füllte sich mit Licht, die Wände verschwanden, und unglaubliche Landschaften taten sich auf, Paläste erschienen, voll von nie gesehenen Kostbarkeiten, ferne Länder zogen vorbei, die sie erfunden oder von denen sie in der Bibliothek des

Patróns gelesen hatte. Sie häufte vor mir alle Schätze des Morgenlandes auf, zeigte mir den Mond und die Sterne, verzauberte mich zur Größe einer Ameise, damit ich aus der Winzigkeit heraus die Welt fühlte, heftete mir Flügel an, damit ich sie vom Himmel aus sah, gab mir einen Fischschwanz, damit ich die Tiefe des Meeres kennenlernte. Wenn sie erzählte, bevölkerte sich die Erde mit Gestalten, von denen mir einige so vertraut wurden, daß ich noch heute, nach all den Jahren, ihre Gewänder und den Klang ihrer Stimmen beschreiben kann. Sie hatte ihre Kindheit in der Urwaldmission unversehrt im Gedächtnis bewahrt, entsann sich zufällig gehörter Anekdoten, erinnerte sich an alles, was sie aus den Büchern gelernt hatte, und aus diesem Stoff und aus dem Inhalt ihrer eigenen Träume schuf sie für mich eine ganze Welt. »Die Worte kosten nichts«, sagte sie und nahm sie für sich in Besitz. Sie pflanzte mir den Gedanken ein, daß die Wirklichkeit nicht nur das ist, was man an der Oberfläche sieht, daß sie auch eine magische Dimension hat, und wenn es einen danach verlangt, hat man das Recht, sie zu übertreiben und ihr Farbe zu geben, damit die Wanderung durch dieses Leben nicht so eintönig ist. Die Gestalten, die sie durch den Zauber ihrer Geschichten beschwor, bilden die einzige deutliche Erinnerung, die ich von meinen ersten Lebensjahren bewahrt habe, alles übrige scheint in Nebel gehüllt, in dem sich die Dienstboten des Hauses ebenso auflösen wie der Gelehrte in seinem Rollstuhl mit den hohen Rädern und wie der Strom von Patienten und Leichnamen, deren er sich trotz seines Leidens nach wie vor annahm. Professor Jones mochte Kinder nicht, weil sie ihn störten, aber da er sehr zerstreut war, sah er mich kaum, wenn er einmal zufällig irgendwo im Haus auf mich stieß. Ich fürchtete mich ein wenig vor ihm, weil ich nicht wußte, ob der Alte die Einbalsamierten gemacht oder ob sie ihn hervorgebracht hatten, denn sie schienen vom gleichen pergamentnen Geschlecht, aber seine Gegenwart berührte mich nicht näher, weil jeder in seinem eigenen Umkreis lebte. Ich bewegte mich in der Küche, in den Patios, in den Dienstbotenräumen, im Garten, und wenn ich meine Mutter einmal durch das Haus begleitete, tat ich es so verstohlen wie möglich, damit mich der Professor für ihren verlängerten Schatten hielte. Das Haus hatte so viele und so viel verschiedene Gerüche, daß ich mit geschlossenen Augen hindurchgehen konnte und doch unfehlbar erriet, wo ich mich befand; die Gerüche von Essen, Kleidung, Kohlenfeuer, Medikamenten, Büchern und Feuchtigkeit verbanden sich mit den Gestalten aus den Geschichten, die jene Jahre reich machten.

Ich wurde erzogen nach dem Leitsatz, daß der Müßiggang alle Laster erzeugt, eine Ansicht, welche die Barmherzigen Schwestern gesät hatten und die der Professor mit seiner despotischen Disziplin weiterpflegte. Ich hatte kein Spielzeug, aber in Wirklichkeit diente mir das ganze Haus mit allem, was darin war, für meine Spiele. Tagsüber gab es keinen Augenblick der Rast, es galt als Schande, die Hände stillzuhalten. Neben meiner Mutter scheuerte ich die Dielen, hängte die Wäsche zum Trocknen auf, putzte das Gemüse, und in der Stunde der Siesta versuchte ich zu sticken oder zu stricken, aber ich kann mich nicht erinnern, daß ich diese Arbeiten als erdrückend empfunden hätte. Sie waren eher ein Spiel. Die unheimlichen Experimente des Doktors beunruhigten mich nicht, denn meine Mutter erklärte mir, daß der Patrón die Knüppelhiebe und die Moskitostiche – die zum Glück sehr selten verabfolgt wurden – nicht aus Grausamkeit anwende, sondern daß es Behandlungsmethoden von höchster wissenschaftlicher Bedeutung seien. Durch ihre unbefangene Art, mit den Einbalsamierten umzugehen, als wären sie heruntergekommene Verwandte, nahm sie mir auch den geringsten Anflug von Furcht, und sie erlaubte auch nicht, daß die

übrigen Dienstboten mich mit Schauergeschichten ängstigten. Ich glaube, sie war immer darauf bedacht, mich vom Laboratorium fernzuhalten – tatsächlich sah ich die Mumien fast nie, ich wußte eben nur, daß sie dort hinter der Tür waren. »Die armen Leute sind sehr empfindlich, Eva, es ist besser, wenn du nicht in dieses Zimmer gehst, denk mal, mit einem Schubser kannst du ihnen einen Knochen zerbrechen, und der Professor würde sehr böse werden«, sagte sie. Damit ich mich nicht gruselte, gab sie jedem Toten einen Namen und erfand ihm eine Vergangenheit und verwandelte so auch die Mumien in gutartige Wesen, wie es die Kobolde und die Feen waren.
Aus dem Haus gingen wir nur selten. Einer der wenigen Anlässe war die große Dürreprozession, als sogar die Gottlosen bereit waren zu beten, denn dies war mehr ein gesellschaftliches Ereignis als ein Glaubensakt. Die Leute sagten, das Land habe drei Jahre lang ohne einen Tropfen Regen aushalten müssen, die Erde riß auf zu durstigen Spalten, die Pflanzen starben, die Tiere verendeten, die Mäuler im Staub vergraben, und die Bewohner der Llanos wanderten zur Küste, um sich im Tausch gegen Wasser als Arbeitssklaven zu verkaufen. Angesichts des nationalen Unglücks beschloß der Bischof, das Standbild Christi durch die Straßen zu führen und das Ende der göttlichen Strafe zu erflehen, und weil dies die letzte Hoffnung war, kamen wir alle herbei, Reiche und Arme, Alte und Junge, Gläubige und Ungläubige. »Barbaren! Indios! Schwarze Wilde!« spuckte Professor Jones wütend, als er es erfuhr, aber er konnte nicht verhindern, daß seine Dienstboten ihre besten Kleider anzogen und zur Prozession gingen. Die Menge mit dem Christusbild vorweg setzte sich an der Kathedrale in Bewegung, um zum Büro der Wasserwerke zu ziehen, aber so weit gelangte sie nie, denn auf halbem Wege ertrank sie in einem wahren Wolkenbruch. Binnen achtundvierzig Stunden verwandelte sich die

Stadt in einen See, die Kanalisation floß über, die Straßen und Wege waren überschwemmt, die Häuser standen unter Wasser, die Flut riß die Hütten mit fort, und in einem Ort an der Küste regnete es Fische. Ein Wunder, ein Wunder! schrie der Bischof. Wir waren brav dem Ruf zur Prozession gefolgt, ohne zu ahnen, daß sie erst in Szene gesetzt worden war, nachdem die Meteorologen Wirbelstürme und Regengüsse angekündigt hatten, wie Professor Jones uns wütend von seinem Rollstuhl aus mitteilte. »Ihr abergläubischen Idioten! Ignoranten! Analphabeten!« heulte der arme Mann, aber niemand mochte ihm zuhören. Diesem Mirakel gelang, was weder die Brüder der Mission noch die Barmherzigen Schwestern geschafft hatten: meine Mutter kam Gott näher, denn sie stellte sich vor, wie er auf seinem himmlischen Thron saß und die Menschheit sanft zum besten hielt, und sie dachte, er müsse doch ein ganz anderer sein als der furchteinflößende Patriarch aus den Religionsbüchern. Vielleicht offenbarte sich sein Sinn für Humor darin, uns in ständiger Verwirrung zu halten, ohne uns jemals seine Pläne und Absichten zu enthüllen. Immer, wenn meine Mutter und ich uns an die wundersame Sintflut erinnerten, konnten wir uns ausschütten vor Lachen.

Die Welt endete am Gartengitter. Drinnen lief die Zeit nach launischen Regeln ab. In einer halben Stunde konnte ich sechsmal die Erdkugel umrunden, und der Glanz des Mondes im Patio konnte meine Gedanken eine ganze Woche ausfüllen. Licht und Schatten verwandelten die Natur der Dinge; die Bücher, tagsüber so reglos still, öffneten sich in der Nacht, damit die Gestalten heraustäten, durch die Zimmer streiften und ihre Abenteuer erlebten; die Einbalsamierten, so demütig und brav, wenn die Morgensonne durch die Fenster schien, wurden im Abenddämmer zu Steinen und wuchsen in der Dunkelheit ins Riesenhafte. Der Raum dehnte sich aus und zog sich zusammen, wie ich es wollte; in der Nische unter der Treppe wirbelte ein planetarisches System, und der Himmel, vom Rundfenster im Dach aus gesehen, war nur ein bleicher gläserner Kreis. Ein Wort von mir, und schon verwandelte sich die Wirklichkeit.

In diesem Haus am Fuß des Hügels wuchs ich frei und sicher auf. Ich hatte keinerlei Berührung mit anderen Kindern und war nicht daran gewöhnt, mit Unbekannten umzugehen, denn Besucher wurden nicht empfangen, außer einem Mann in schwarzem Anzug und schwarzem Hut, einem protestantischen Geistlichen mit einer Bibel unter dem Arm, mit der er Professor Jones die letzten Lebensjahre verbitterte. Vor ihm hatte ich viel mehr Angst als vor dem Patrón.

Zwei

Acht Jahre bevor ich geboren wurde, am selben Tag, da der Wohltäter wie ein unschuldiger Großvater in seinem Bette starb, kam in einer österreichischen Kleinstadt ein Junge zur Welt, der Rolf genannt wurde. Er war der jüngste Sohn von Lukas Carlé, dem gefürchtetsten Lehrer des dortigen Gymnasiums.

Körperliche Züchtigung war Teil der schulischen Erziehung, Wissen muß eingebläut werden, behaupteten Volksweisheit und Schulsystem, und kein vernünftiger Vater hätte gegen dieses Mittel Einspruch erhoben. Als aber Carlé einem Jungen die Hände brach, verbot ihm der Direktor den Gebrauch des Rohrstocks, denn es war offenkundig, daß er, wenn er zu schlagen anfing, die Kontrolle über sich verlor. Um sich zu rächen, verfolgten die Schüler seinen Sohn Jochen, und wenn sie ihn erwischten, prügelten sie ihn durch. Das Kind wuchs in Ängsten auf, floh vor den Jungenbanden, leugnete seinen Nachnamen, versteckte sich, als wäre er der Sohn eines Henkers.

Lukas Carlé herrschte in seinem Heim nach demselben Gesetz der Furcht, das er in der Schule vertrat. Mit seiner Frau verband ihn eine Zweckehe, die Liebe kam in seinen Plänen nicht vor, sie konnte allenfalls in der Literatur oder der Musik geduldet werden, war aber gänzlich unpassend für das Alltagsleben. Die beiden hatten geheiratet, ohne sich vorher näher kennenzulernen, und sie haßte ihn von der Hochzeitsnacht an. Für Carlé war seine Frau eine minderwertige Kreatur, den Tieren näher als dem Mann, dem einzigen intelligenten Wesen der Schöpfung.

Als er seinerzeit, durch den Ersten Weltkrieg aus seinem Heimatort vertrieben, nach langer Wanderung in die Stadt gekommen war, war er fünfundzwanzig Jahre alt, hatte ein Lehrerdiplom in der Tasche und so viel Geld, um eine Woche zu überleben. So suchte er sich erst einmal Arbeit und dann eine Ehefrau, und er wählte die seine, weil ihm der Ausdruck von Furcht gefiel, der plötzlich in ihre Augen trat, und ihrer breiten Hüften wegen, die ihm eine notwendige Bedingung schienen, damit sie Söhne gebären und die schweren Hausarbeiten bewältigen konnte. Sein Entschluß wurde auch bestimmt durch zwei Hektar Land, ein halbes Dutzend Vieh und eine kleine Rente, die das junge Mädchen von ihrem Vater geerbt hatte. All das ging in seine Tasche, er war ja der rechtmäßige Verwalter der ehelichen Güter.

Lukas Carlé hatte eine Schwäche für Damenschuhe mit sehr hohen Absätzen, und am liebsten mochte er sie aus rotem Lackleder. Bei seinen Fahrten in die Kreisstadt bezahlte er eine Prostituierte dafür, daß sie nackt vor ihm auf und ab ging, nur dieses unbequeme Schuhwerk an den Füßen, während er in Hut und Mantel auf einem Stuhl saß wie ein hoher Würdenträger und zu unbeschreiblichem Genuß gelangte angesichts dieser Hinterbacken – möglichst üppig, weiß, mit Grübchen –, die bei jedem Schritt schaukelten und wippten. Selbstverständlich rührte er das Mädchen nicht an. Das tat er niemals, bei aller Begierde hielt er es mit der Hygiene. Da seine Mittel ihm nicht erlaubten, sich diesen Freuden mit der wünschenswerten Häufigkeit hinzugeben, kaufte er ein Paar leichtfertige französische Stiefelchen, die er im unzugänglichsten Winkel des Schrankes versteckt hielt. Von Zeit zu Zeit schloß er seine Kinder in ihrem Zimmer ein, stellte das Grammophon auf volle Lautstärke und rief seine Frau. Sie hatte seit langem gelernt, die Stimmungswechsel in ihrem Ehemann zu erkennen, und ahnte, noch ehe er selbst es wußte, wann ihn das Gelüst ankam, über sie herzufallen. Dann zitterte sie schon im vorhinein, und wenn sie seinen Ruf hörte, glitt ihr alles aus den Händen.

Carlé duldete keinen Lärm im Haus, »ich habe durch die Jungen in der Schule schon genug auszustehen«, sagte er. Seine Kinder lernten, in seiner Gegenwart weder zu lachen noch zu weinen, sich wie Schatten zu bewegen und im Flüsterton zu sprechen, und so viel Geschick entwickelten sie darin, unbemerkt zu kommen und zu gehen, daß ihre Mutter bisweilen schon glaubte, durch sie hindurchzusehen, und sich bei dem Gedanken entsetzte, sie könnten durchsichtig werden. Der Schulmeister war überzeugt, daß ihm die Vererbungsgesetze einen bösen Streich gespielt hätten. Seine Kinder stellten sich als völliger Fehlschlag heraus. Jochen war langsam und schwerfällig, er war der schlechteste Schüler, schlief im Unterricht ein, näßte ins Bett, war gänzlich untauglich für die Pläne, die sein Vater mit ihm vorhatte. Von Katharina wollte er lieber gar nicht reden. Die Kleine war schwachsinnig. Eines stand für ihn fest: In der Familie, aus der er stammte, gab es keine Erbfehler, also war er nicht verantwortlich für diese arme Kranke, und wer weiß, ob sie überhaupt sein Kind war, man konnte für keinen Menschen die Hand ins Feuer legen, schon gar nicht für die eigene Frau. Zum Glück war Katharina mit einem Loch im Herzen geboren, und der Arzt sagte voraus, daß sie nicht lange leben würde. Besser so.

Angesichts des geringen Erfolges, den Carlé mit seinen beiden Kindern gehabt hatte, war er über die dritte Schwangerschaft seiner Frau nicht sehr erfreut gewesen, aber als dann ein stämmiger, rosiger Junge mit großen grauen Augen und kräftigen Händen zur Welt kam, war er hochbefriedigt. Vielleicht war dies der Stammhalter, den er sich immer gewünscht hatte, ein echter Carlé. Er mußte verhindern, daß die Mutter ihn verzog, nichts war so gefährlich wie eine Frau, um gutes männliches Saatkorn zu verderben. »Pack ihn nicht in Wollwäsche ein, er soll sich an Kälte gewöhnen und stark werden, laß ihn im

Dunkeln, dann wird er niemals Angst haben, trag ihn nicht auf dem Arm, macht nichts, wenn er schreit, bis er blau ist, das ist gut für die Lungen«, befahl er, aber hinter seinem Rücken zog die Mutter ihren Sohn warm an, gab ihm die doppelte Menge Milch, liebkoste ihn und sang ihm Wiegenlieder. Diese wunderliche Erziehungsmethode, ihm Kleider anzuziehen und wieder auszuziehen, ihn ohne ersichtlichen Grund zu schlagen oder zu streicheln, ihn in einen dunklen Schrank zu sperren und danach mit Küssen zu trösten, hätte jedes Kind in den Wahnsinn getrieben, aber Rolf Carlé hatte Glück, denn er war nicht nur mit einer festen geistigen Gesundheit ausgestattet, die allem widerstand, was andere zerstört hätte, sondern er wurde auch von der Gegenwart seines Vaters befreit, als der Zweite Weltkrieg ausbrach und Lukas Carlé in die Armee eintrat. Der Krieg war die glücklichste Zeit seiner Kindheit.
Während in Südamerika sich im Hause von Professor Jones die Mumien häuften und ein von einer Schlange gebissener Indio ein Mädchen zeugte, dem seine Mutter den Namen Eva gab, damit es Lust zum Leben hätte, war in Europa das Chaos ausgebrochen. Der Krieg stürzte die Welt in Wirrsal und Schrecken. Während das kleine Mädchen sich noch an die Röcke der Mutter klammerte, wurde jenseits des Atlantik auf einem in Trümmern liegenden Kontinent der Frieden geschlossen. Doch auf dieser Seite des Ozeans kamen nur wenige um den Schlaf der fernen Greuel wegen. Sie waren mit den eigenen Greueln hinreichend beschäftigt.

Als Rolf Carlé heranwuchs, wurde er ein aufmerksamer Beobachter, dazu war er stolz und eigensinnig und zeigte eine gewisse Neigung zum Gefühlvollen, deren er sich schämte, als wäre sie ein Zeichen von Schwäche. In dieser Zeit kriegerischer Begeisterung spielte er mit seinen

Freunden Schützengrabenstürmen und Flugzeugabschießen, aber insgeheim bewegten ihn die Knospen im Frühling, die Blumen im Sommer, das Gold des Herbstes und das traurige Weiß des Winters. Er ging in die Wälder und sammelte Blätter und Insekten, die er dann mit einer Lupe untersuchte. Er riß Seiten aus seinen Heften, um Gedichte darauf zu schreiben, die er unter Steinen und in Baumhöhlen versteckte in der uneingestandenen Hoffnung, daß jemand sie finden möge. Hiervon sprach er niemals, zu keinem Menschen.

Der Junge war zehn Jahre alt an jenem Tag, da man ihn holte, die Toten zu begraben. An diesem Morgen war er glücklich, denn Jochen hatte einen Hasen gefangen, und der Duft des auf kleinem Feuer schmorenden, mit Essig und Rosmarin zubereiteten Fleisches füllte das ganze Haus. Es war lange her, daß er etwas so Köstliches gerochen hatte, und der vorausgeahnte Genuß machte ihn ganz kribblig, er mußte sich beherrschen, daß er nicht den Deckel hob, um mit dem Löffel in den Topf zu langen. Zudem war auch noch Backtag. Er liebte es, seiner Mutter zuzusehen, wie sie über den großen Küchentisch gebeugt stand, die Hände bis zu den Ellbogen in den Teig grub und die Masse im Takt knetete und walkte. Dann formte sie lange Rollen, schnitt sie durch, und aus jedem Stück wurde ein rundes Brot. Früher, in den Zeiten des Überflusses, hatte sie ein wenig Teig abgetrennt, hatte Milch, Eier und Zimt hinzugefügt und Plätzchen davon gebacken, die sie in einer Dose aufbewahrte, eines für jedes Kind an jedem Tag der Woche. Jetzt mischte sie das Mehl mit Kleie, und das Ergebnis war dunkel und bitter, wie Brot aus Sägemehl.

Der Morgen hatte mit einem ungewöhnlichen Treiben auf der Straße begonnen: Bewegung der Besatzungstruppen, Kommandostimmen, aber niemand war deswegen sonderlich beunruhigt, denn die Furcht hatte sich abgenutzt im Wirrwarr des Zusammenbruchs, und ihnen war nicht viel davon übriggeblieben für Vorahnungen und unheilvolle Vorzeichen. Nach dem Waffenstillstand in Österreich hatten die Russen sich im Ort einquartiert. Die Gerüchte über ihre Grausamkeit war den Soldaten der Roten Armee vorausgeeilt, und die verängstigte Bevölkerung hatte sich auf ein Blutbad gefaßt gemacht. Sie sind wie Bestien, hieß es, sie schneiden den schwangeren Frauen den Bauch auf und werfen die Ungeborenen den Hunden hin, sie durchbohren die Alten mit dem Bajonett, den Männern stecken sie Dynamit in den Hintern und jagen sie in die Luft, sie vergewaltigen, brennen, zerstören! Aber nichts davon geschah. Der Bürgermeister suchte das so zu erklären: Sie hätten großes Glück gehabt, denn die Soldaten, die den Ort besetzt hätten, kämen sicherlich nicht aus den vom Krieg am schlimmsten zerstörten Gebieten, und deshalb hätten sich nicht soviel Groll und Rachsucht in ihnen aufgestaut. Die Rotarmisten waren unter dem Kommando eines jungen Offiziers mit asiatischen Zügen in den Ort eingerückt, sie schleppten schwerfällige Fahrzeuge voll Kriegsgerät mit sich, beschlagnahmten alle Lebensmittel, steckten in ihre Tornister, was sie an Wertvollem erwischen konnten, und erschossen aufs Geratewohl sechs Mitglieder der Gemeindeverwaltung, die beschuldigt wurden, führende Nazis zu sein. Die Soldaten schlugen ihr Lager außerhalb des Ortes auf und verhielten sich ruhig.

An diesem Tag nun riefen die Russen die Leute durch Lautsprecher zusammen und drangen in die Häuser ein, um die Unentschlossenen unter Drohungen anzutreiben. Die Mutter zog Katharina ein Jäckchen an und beeilte sich, auf die Straße zu kommen, bevor die Soldaten ihr den Hasen für das Mittagessen und das Brot für die Woche wegnähmen. Sie ging mit ihren drei Kindern, Jochen, Katharina und Rolf, zum Marktplatz. Die Stadt hatte die

Kriegsjahre in besserer Verfassung überstanden als so viele andere, trotz der Bombe, die eines Sonntagnachts auf die Schule fiel und sie in Trümmer legte, daß die zersplitterten Pulte und Wandtafeln weit über die Umgebung verstreut wurden. Das mittelalterliche Kopfsteinpflaster war nur noch zum Teil vorhanden, weil die Truppen die Pflastersteine zum Barrikadenbau verwendet hatten. Die Uhr des Rathauses, die Orgel der Kirche und die letzte Weinernte, die einzigen Schätze des Ortes, befanden sich in der Hand des Feindes. Die Häuser zeigten abgeblätterte Fassaden und ein paar Kugeleinschläge, dennoch hatte der Ort den Zauber nicht verloren, den er in so vielen Jahrhunderten erworben hatte.

Die Bewohner versammelten sich auf dem Marktplatz, umringt von den feindlichen Soldaten, während der sowjetische Kommandant, in zerschlissener Uniform und zerrissenen Stiefeln und mit einem Achttagebart, die Reihen abging und jeden einzelnen musterte. Keiner hielt seinem Blick stand, sie warteten geduckt, die Köpfe gesenkt, nur Katharina betrachtete den Offizier mit großen Augen und steckte den Finger in die Nase.

»Nicht normal?« fragte er, auf das Kind deutend.

»Sie ist so geboren«, antwortete die Mutter.

»Dann muß sie nicht mit. Laß sie hier.«

»Sie kann nicht allein bleiben. Bitte erlauben Sie, daß sie mitkommt.«

»Wie du willst.«

Unter einer schwachen Frühjahrssonne warteten sie stehend über zwei Stunden, während die Waffen auf sie gerichtet waren, die Alten stützten sich auf die Kräftigeren, die Kinder schliefen auf dem Boden oder auf den Armen von Vater oder Mutter. Endlich wurde das Abmarschsignal gegeben. Alle mußten sich hinter dem Jeep des Kommandanten aufstellen und bildeten, von den Soldaten mit der Waffe im Anschlag bewacht, eine lange

Kolonne, die der alte Bürgermeister und der Schuldirektor anführten, die einzigen in der Katastrophe des Kriegsendes noch anerkannten Autoritäten.
Sie gingen schweigend, voller Unruhe, sie wandten hin und wieder den Kopf, um nach den Dächern ihrer Häuser zu sehen, die zwischen den Hügeln versanken, und jeder fragte sich, wohin die Soldaten sie wohl führten, bis jedem klar wurde, daß ihr Ziel das ehemalige Kriegsgefangenenlager war, und da zog sich ihnen das Herz wie eine Faust zusammen.
Rolf kannte den Weg, denn er war hier oft mit Jochen gegangen, um nach Schlangen Ausschau zu halten, Fuchsfallen aufzustellen oder Holz zu sammeln. Manchmal setzten sich die Brüder, vom Laubwerk verdeckt, unter die Bäume gegenüber dem riesigen, von Stacheldraht eingefaßten Geviert. Sie waren zu weit entfernt, um etwas zu erkennen, sie hörten nur die Sirenen und witterten den Geruch. Wenn der Wind wehte, brachte er diesen besonderen Geruch bis in die Häuser, aber niemand schien ihn wahrzunehmen, denn niemand sprach je davon. Dieses war das erste Mal, daß Rolf oder irgendein anderer aus dem Ort die eisernen Tore durchschritt, und ihm fiel sogleich der kahle Erdboden auf, trostlos wie eine Staubwüste, so verschieden von den umliegenden Feldern, die in dieser Jahreszeit mit einem weichen grünen Flaum bedeckt waren. Die Kolonne folgte einem langen Weg, passierte mehrere Drahtverhaue, ging unter den Wachtürmen vorbei, auf denen früher die Maschinengewehre postiert gewesen waren, und gelangte schließlich auf einen weiten viereckigen Hof. Auf der einen Seite standen fensterlose Baracken, auf der anderen erhob sich ein Ziegelbau mit mehreren Schornsteinen, im Hintergrund sah man die Latrinen und Galgengerüste. Der Frühling hatte vor den Toren des Lagers haltgemacht, alles war grau und öde, eingehüllt in den Dunst eines Winters, der hier ewig gewährt hatte.

Die Leute hielten sich in der Nähe der Baracken, sie standen eng beieinander, berührten sich, um sich Mut zu machen, bedrückt von dieser Stille, diesem hohlen Schweigen, diesem Asche gewordenen Himmel. Der Kommandant rief einen Befehl, und die Soldaten stießen die Leute wie eine Herde Vieh zum Hauptgebäude. Und dann konnten alle sie sehen. Dort waren sie, Hunderte von ihnen, auf dem Boden aufgehäuft, übereinandergestapelt, verkrümmt, zerschlagen, ein Berg von bleichen Holzscheiten. Anfangs wollten sie nicht glauben, daß dies menschliche Körper waren, sie schienen eher Marionetten eines makabren Theaters, aber die Russen stießen sie mit den Gewehren, schlugen sie mit den Kolben, und so mußten sie herantreten, mußten riechen, schauen, mußten zulassen, daß diese ausgezehrten, blinden Gesichter sich ihnen wie Feuer ins Gedächtnis brannten. Jeder hörte sein Herz hämmern, und keiner sagte ein Wort, denn hier gab es nichts zu sagen. Lange Minuten standen sie regungslos, bis der Kommandant einen Spaten nahm und ihn dem Bürgermeister in die Hand drückte.

»Fangt an zu graben!« sagte der Offizier fast flüsternd.

Sie schickten Katharina mit den kleineren Kindern fort, sich unter den Galgen hinzusetzen, während die übrigen gruben. Rolf blieb an Jochens Seite. Der Boden war hart, die steinige Erde überkrustete die Hände und setzte sich unter den Nägeln fest, aber er hielt nicht inne, er grub, tief gebückt, die Haare im Gesicht, geschüttelt von einer Scham, die er nie vergessen sollte und die ihn sein Leben lang verfolgen würde wie ein unermüdlicher Nachtmahr. Er hob nicht ein einziges Mal den Blick. Ringsum hörte er keinen anderen Laut als Eisen, das auf Stein stieß, hastiges Keuchen und das Schluchzen von Frauen.

Die Nacht war angebrochen, als sie endlich fertig waren. Rolf merkte erst jetzt, daß die Scheinwerfer auf den Wachtürmen inzwischen angeschaltet worden waren und die

Nacht erleuchteten. Der Offizier befahl nun den Leuten, jeweils zu zweit die Leichen zu holen. Der Junge rieb sich die Hände an der Hose sauber, wischte sich den Schweiß vom Gesicht und ging mit Jochen auf den zu, der sie erwartete. Mit einem heiseren Ausruf wollte seine Mutter ihn zurückhalten, aber die Brüder gingen unbeirrt weiter, bückten sich und ergriffen einen Toten bei den Fußknöcheln und den Handgelenken, einen nackten, kahlen, ausgemergelten, leichten Kadaver, kalt und hart wie Porzellan. Sie hoben ihn ohne Mühe hoch, hielten die starre Form gepackt und trugen sie zu den im Hof ausgehobenen Gräbern. Ihre Last schwankte leicht, und der Kopf fiel nach hinten. Rolf warf einen Blick zurück auf seine Mutter; er sah, wie sie sich vornübergebeugt erbrach und hätte ihr gern tröstend zugewinkt.

Die Bestattung der Kriegsgefangenen endete weit nach Mitternacht. Sie hatten die Gräber gefüllt und mit Erde bedeckt, aber noch durften sie nicht heimkehren. Die Soldaten zwangen sie, sich alle Baracken gründlich anzusehen, die Todeskammern zu betreten, die Verbrennungsöfen zu besichtigen und unter den Galgen durchzugehen. Keiner wagte, für die Opfer zu beten. Im tiefsten Innern wußten sie, daß sie von diesem Augenblick an versuchen würden, zu vergessen, sich dieses Grauen aus der Seele zu reißen, sie wollten niemals davon sprechen und hofften nur, die Zeit würde es tilgen.

Endlich kehrten sie nach Haus zurück, langsam, schlurfend, erschöpft. Der letzte war Rolf Carlé, er ging zwischen zwei Reihen von Skeletten, alle einander gleich in der trostlosen Verlassenheit des Todes.

Eine Woche später erschien Lukas Carlé. Sein Sohn Rolf erkannte ihn nicht, dazu war er zu lange fortgewesen, und der Mann, der an diesem Abend in die Küche trat, glich in nichts dem Foto über dem Kamin. Während der vergan-

genen Jahre hatte Rolf sich einen Vater von heldischer Größe erfunden, hatte ihm eine Fliegeruniform angezogen, ihm die Brust mit Orden behängt und so einen stolzen, tapferen Offizier aus ihm gemacht, mit blankgewichsten Stiefeln, in denen sich ein Kind spiegeln konnte. Dieses Bild hatte keinerlei Beziehung zu dem Menschen, der hier plötzlich in seinem Leben auftauchte, deshalb begrüßte er ihn auch nicht, denn er hielt ihn für einen Bettler. Der Vater auf dem Foto hatte einen wohlgepflegten Schnurrbart, und seine Augen waren bleifarben wie Winterwolken, herrisch und kalt. Der Mann, der in die Küche einbrach, trug eine zu weite Hose, die er mit einem Strick gegürtet hatte, eine zerrissene Jacke, um den Hals ein schmutziges Tuch und statt der spiegelnden Stiefel Lumpen an den Füßen – ein ziemlich kleingewachsener Kerl, unrasiert, das borstige Haar ungeschickt verschnitten. Nein, das war niemand, den Rolf kannte.
Der Rest der Familie dagegen erkannte ihn augenblicklich. Als die Mutter ihn sah, schlug sie beide Hände vor den Mund, Jochen sprang auf und warf in der Hast, in der er zurückwich, den Stuhl um, und Katharina rannte, unter dem Tisch Schutz zu suchen, etwas, was sie lange nicht getan, was aber ihr Instinkt nicht vergessen hatte.
Lukas Carlé kehrte nicht aus Heimweh zurück, zumal er sich nie in dieser Stadt oder irgendeiner anderen daheim gefühlt hatte, er war ein einzelgängerischer, vaterlandsloser Mensch – er kehrte zurück, weil er hungrig und verzweifelt war und es lieber darauf ankommen ließ, dem siegreichen Feind in die Hände zu fallen, als sich weiter über die Schlachtfelder zu schleppen. Er hielt es nicht länger aus. Er war desertiert, hielt sich bei Tage versteckt und wagte sich nur nachts weiter. Er eignete sich die Papiere eines gefallenen Soldaten an und dachte daran, den Namen zu wechseln und seine Vergangenheit auszulöschen, begriff aber bald, daß es in diesem weiten zerstör-

ten Kontinent keinen Ort gab, wohin er hätte gehen können. Die Erinnerung an die Stadt mit ihren freundlichen Häusern, den Obstgärten und Weinbergen und der Schule, an der er so viele Jahre gearbeitet hatte, erschien ihm wenig reizvoll, aber er hatte keine Wahl. Während des Krieges hatte er einige Auszeichnungen erhalten, aber nicht für seinen Mut, sondern seines bedingungslosen Einsatzes wegen. Er war jetzt ein anderer Mensch, denn er war bis auf den sumpfigen Grund seiner Seele gedrungen und wußte, wie weit er zu gehen imstande war. Nun dünkte es ihn ein klägliches Los, in sein früheres Leben zurückzukehren und sich damit zufriedenzugeben, einen Haufen rotznäsiger Lümmel zu unterrichten. Seine Maxime war: Der Mann ist für den Krieg gemacht, die Geschichte beweist, daß der Fortschritt nie ohne Gewalt erreicht wird – beißt die Zähne zusammen und durch, kneift die Augen zu und ran, denn dafür sind wir Soldaten! Das ungeheure Leid vermochte nicht die Sehnsucht nach Frieden in ihm zu wecken, vielmehr festigte es in ihm die Überzeugung, daß »nur Pulver und Blut Männer hervorbringen können, die fähig sind, das vom Scheitern bedrohte Schiff der Menschheit in den Hafen zu führen, die Schwachen und Nutzlosen den Wellen überlassend gemäß den unversöhnlichen Gesetzen der Natur«.

»Was ist los? Freut ihr euch nicht, mich zu sehen?« fragte er und schloß die Tür.

Seine Abwesenheit hatte seine Macht, die Familie in Angst zu versetzen, nicht gebrochen. Jochen versuchte etwas zu sagen, aber er brachte nur einen kehligen Laut hervor und stellte sich vor seinen kleinen Bruder, um ihn vor einer unklar gespürten Gefahr zu schützen. Die Mutter erwachte aus der Erstarrung, lief zum Schrank, holte ein großes weißes Tafeltuch hervor und deckte es über den Tisch, damit der Vater Katharina nicht sah und so vielleicht ihre Existenz vergaß. Mit einem raschen Blick

nahm Lukas Carlé sein Haus wieder in Besitz und gewann die Herrschaft über seine Familie zurück. Seine Frau kam ihm so dumm vor wie immer, aber sie hatte doch die Furcht in den Augen und die Festigkeit ihres Hinterns bewahrt. Jochen war ein hochgewachsener, kräftiger junger Mann geworden, nicht zu begreifen, wie er der Rekrutierung hatte entgehen können. Rolf kannte er kaum wieder, aber ihm genügte ein Blick, um zu sehen, daß dieser Junge an den Rockschößen seiner Mutter aufgewachsen war und kräftig geschüttelt werden mußte, damit er das Wesen eines verwöhnten Kätzchens verlor. Er würde es übernehmen, einen Mann aus ihm zu machen.
»Setz Wasser auf, damit ich mich waschen kann, Jochen. Gibt es etwas zu essen in diesem Haus? Und du mußt Rolf sein . . . Komm her und gib deinem Vater die Hand. Hörst du nicht? Komm her!«
Von diesem Abend an änderte sich Rolfs Leben von Grund auf. Trotz Krieg und Entbehrungen hatte er doch nie wirkliche Angst gekannt. Lukas Carlé lehrte sie ihn. Der Junge gewann seinen ruhigen Schlaf erst Jahre später zurück, an dem Tag, als sein Vater erhängt gefunden wurde, von einem Ast im Walde baumelnd.
Die russischen Soldaten, die die Stadt besetzt hielten, waren rauhe, arme, gefühlvolle Burschen. Abends setzten sie sich rund um ein Feuer und sangen die Lieder, die sie von zu Hause mitgebracht hatten, und wenn die Worte in den weichen heimatlichen Mundarten durch die Luft klangen, weinten viele vor Sehnsucht. Bisweilen betranken sie sich und stritten oder tanzten bis zur Erschöpfung. Die Bewohner mieden sie, aber einige Mädchen gingen in das Lager und boten sich schweigend an, im Tausch gegen etwas Eßbares. Sie bekamen immer ein wenig, obwohl die Sieger genauso Hunger litten wie die Besiegten. Auch die Kinder trauten sich näher, um sie zu beobachten, gefesselt von ihrer Sprache, den Kriegsgeräten, den fremdartigen

Sitten und unwiderstehlich angezogen von einem Sergeanten, dessen Gesicht von tiefen Narben gefurcht war und der ihnen Kunststücke mit vier Messern vormachte. Rolf wagte sich weiter vor als seine Freunde, obwohl seine Mutter es ihm immer wieder verbot, und bald saß er neben dem Sergeanten und versuchte seine Worte zu verstehen und übte sich im Messerwerfen.

Es dauerte nur wenige Tage, bis die Russen die Faschisten und die versteckten Soldaten herausgefunden hatten, und die Gerichte begannen zu arbeiten, sehr schnell, denn sie hatten keine Zeit für Formalitäten. Als die Reihe an Lukas Carlé kam, wurden seine Söhne zur Verhandlung zugelassen, und sie setzten sich in den Hintergrund des Saales. Der Angeklagte schien seine Verbrechen nicht zu bereuen und brachte zu seinen Gunsten lediglich vor, er habe nur Befehle ausgeführt, denn sein Volk sei nicht in den Krieg gezogen, um Rücksichten zu nehmen, sondern um ihn zu gewinnen. Als Lukas Carlé zu sechs Monaten Zwangsarbeit in den ukrainischen Bergwerken verurteilt wurde, empfanden Jochen und Rolf, die ihren Vater am liebsten vor einem Erschießungskommando gesehen hätten, das als eine sehr leichte Strafe und beteten insgeheim darum, der Vater möge dort in der Ferne sterben und nie wieder heimkehren.

Der Frieden brachte nicht das Ende der Entbehrungen; Lebensmittel aufzutreiben war Jahre hindurch die erste Sorge gewesen und blieb es auch weiterhin. Jochen konnte kaum fließend lesen, aber er war kräftig und ausdauernd, und als sein Vater fortgeschafft war, nahm er es auf sich, für seine Familie zu sorgen. Er schlug Brennholz, verkaufte Brombeeren und Pilze, fing Kaninchen, Rebhühner und Füchse. Rolf schloß sich ihm bald an und lernte wie er, in den Nachbarorten kleine Diebstähle zu begehen, immer hinter dem Rücken der Mutter, die sich selbst in den Zeiten der größten Ängste so verhalten hatte, als wäre der Krieg ein fernes, fremdes Leid, das sie nichts anging, und die stets bemüht war, den Söhnen ihre eigenen Moralnormen einzuprägen. Der Junge war so sehr an das Gefühl eines leeren Magens gewöhnt, daß er noch lange Zeit später, als die Läden mit Waren vollgestopft waren und man an jeder Straßenecke Pommes frites, Würstchen, Bonbons kaufen konnte, von dem Stück alten Brotes träumte, das er in einem Spalt zwischen den Dielen unter seinem Bett versteckt hatte.

Die Mutter bewahrte ihren heiteren Sinn und den Glauben an Gott bis zu dem Tag, an dem ihr Mann aus der Ukraine zurückkam, um sich endgültig zu Hause einzurichten. In diesem Augenblick verlor sie den Mut. Sie schien zusammenzuschrumpfen und kehrte sich nach innen, in einem besessenen Dialog mit sich selbst. Die ständige Angst lähmte sie; sie konnte ihrem Haß nicht Luft machen, und das richtete sie zugrunde. Zwar erledigte sie wie vorher ihre Aufgaben peinlich genau, arbeitete vom frühen Morgen bis in die Nacht, versorgte Katharina und bediente den Rest der Familie, aber sie hatte aufgehört, zu sprechen und zu lächeln, und sie ging auch nicht mehr in die Kirche, denn sie war nicht bereit, noch länger vor diesem unbarmherzigen Gott zu knien, der ihre gerechte Bitte, Lukas Carlé in die Hölle zu schicken, nicht erhört hatte. Sie versuchte nicht einmal mehr, Jochen und Rolf vor den Strafexzessen ihres Vaters zu schützen. Die Schreie, die Schläge, die wüsten Auftritte kamen ihr schließlich ganz normal vor und lösten kein Echo in ihr aus. Sie setzte sich mit leerem Blick vor das Fenster und entfloh in eine Vergangenheit, in der es ihren Ehemann nicht gab und sie noch ein vom Unglück unberührtes Mädchen war.

Lukas Carlé vertrat die These, daß die Menschen entweder Hammer oder Amboß seien, die einen werden geboren, um zu schlagen, die anderen, um geschlagen zu werden. Natürlich wünschte er, daß seine Söhne zu den Hämmern gehörten. Er duldete bei ihnen keine Schwäche, besonders nicht bei Jochen, an dem er seine Lehrmethoden ausprobierte. Er geriet in Wut, wenn der Junge, statt zu antworten, stotterte und an den Nägeln kaute. Verzweifelt malte Jochen sich nachts allerlei Möglichkeiten aus, wie er sich ein für allemal von dem Martyrium befreien könne, aber bei Tage wurde er sich der Wirklichkeit wieder bewußt, zog den Kopf ein und gehorchte seinem Vater, ohne Widerstand zu wagen, obwohl er ihn um zwanzig Zentimeter überragte und stark war wie ein Ackerpferd. Er fand sich mit der Unterwerfung ab.

Doch dann kam ein Winterabend, an dem Lukas Carlé sich anschickte, von den roten Schuhen Gebrauch zu machen. Die Jungen waren bereits groß genug, um zu erraten, was diese Schwüle in der Luft, die stieren Blicke, das von Vorahnung geladene Schweigen zu bedeuten hatten. Wie immer bei diesen Gelegenheiten befahl Lukas Carlé seinen Söhnen, die Eltern allein zu lassen, Katharina mitzunehmen, sich in ihr Zimmer zu verziehen und keinesfalls zurückzukommen, aus welchem Grund auch immer. Bevor Jochen und Rolf den Raum verließen, fingen sie den Ausdruck des Entsetzens in den Augen der Mutter auf und gewahrten ihr Zittern. Wenig später, starr auf ihren Betten liegend, hörten sie die Musik in voller Lautstärke losbrechen.

»Ich gehe nachsehen, was er Mama antut«, sagte Rolf entschlossen, als er die Gewißheit nicht länger ertragen konnte, daß dort auf der anderen Seite des Korridors sich ein Albtraum wiederholte, der seit jeher dieses Haus heimgesucht hatte.

»Du rührst dich nicht von der Stelle. Ich gehe, ich bin der Ältere«, erwiderte Jochen.

Und statt sich unter der Bettdecke zu verkriechen, wie er es sonst immer getan hatte, stand er auf, zog sich mit entschiedenen Bewegungen Hose, Jacke und Schneestiefel an und setzte seine Wollmütze auf. Dann ging er über den Korridor und versuchte, die Tür des Wohnzimmers zu öffnen, aber sie war verriegelt. Genauso bedächtig und präzis, wie er seine Fallen aufstellte oder Holz hackte, hob er den Fuß, und mit einem sicheren Tritt brach er die Tür auf. Rolf, barfuß und im Schlafanzug, war seinem Bruder gefolgt und sah nun seine Mutter splitternackt in einem Paar lächerlicher roter Schuhe dastehen, bittere Scham im Gesicht. Lukas Carlé brüllte die Jungen wütend an, sie sollten augenblicklich verschwinden, aber Jochen umrundete den Tisch, schob die Frau beiseite, die ihn aufhalten wollte, und ging mit solcher Entschlossenheit auf den Vater zu, daß der unsicher zurückwich. Jochens Faust fuhr ihm mit der Wucht eines Schmiedehammers ins Gesicht und schleuderte ihn durch die Luft auf das Grammophon, das mit einem letzten Aufjaulen zusammenkrachte. Rolf betrachtete den schlaffen Körper in den Trümmern auf dem Fußboden, ging eine Decke holen und kehrte zurück, um sie seiner Mutter umzulegen.

»Leb wohl, Mama«, sagte Jochen in der Haustür, ohne sie anzusehen.

»Leb wohl, mein Junge«, flüsterte sie – erleichtert, denn wenigstens einer der Ihren war in Sicherheit.

Am Tag darauf zog Rolf die Hose seines Bruders an und krempelte die Hosenbeine hoch, um seinen Vater ins Krankenhaus zu begleiten, wo sie dem Alten den Kiefer einrenkten. Wochenlang konnte er nicht sprechen und mußte mit Suppen gefüttert werden. Die Mutter versank nach dem Fortgang ihres ältesten Kindes endgültig in stummen Groll, und Rolf mußte mit diesem gehaßten und gefürchteten Mann allein fertig werden.

Katharina hatte den Blick eines Eichhörnchens, und ihr Geist war frei von jeder Erinnerung. Sie konnte selber essen, anzeigen, wann sie auf die Toilette mußte, und davonrennen und unter den Tisch kriechen, wenn ihr Vater kam, aber das war alles, was sie zu lernen fähig war. Rolf suchte kleine Schätze, um sie ihr zu schenken, einen bunten Käfer, einen blanken Stein, eine Nuß, die er vorsichtig öffnete, um vor ihren Augen den Kern herauszuholen. Sie dankte es ihm mit grenzenloser Zuneigung. Den ganzen Tag wartete sie auf ihn, und wenn sie seine Schritte hörte und zwischen den Stuhlbeinen sein zu ihr herabgebeugtes Gesicht sah, stieß sie einen leisen Möwenschrei aus. Unter dem großen Tisch verbrachte sie ganze Stunden, geschützt von dem empfindungslosen Holz, bis ihr Vater fortging oder sich zu Bett legte und jemand sie erlöste. Sie gewöhnte sich daran, in dieser Zuflucht zu leben, und lauschte auf die Schritte im Haus. Bisweilen wollte sie gar nicht hervorkommen, obwohl keine Gefahr drohte, dann schob die Mutter ihr einen Napf mit Suppe hin, und Rolf nahm ein Kissen und rutschte zu ihr unter den Tisch, um sich neben sie zu hocken und so den Abend zu verbringen. Wenn Lukas Carlé sich zum Essen setzte, stießen seine Füße oft gegen seine Kinder, die da unten kauerten, stumm, lautlos, Hand in Hand, abgeschieden in ihrer Freistatt, wohin die Töne, die Gerüche, die Gegenwart anderer nur gedämpft drangen, die Illusion einer Welt unter Wasser. So viel Lebenszeit verbrachten die Geschwister dort, daß die Erinnerung an das milchige Licht unter der Tischdecke sich Rolf tief in die Seele grub, und viele Jahre später, auf der anderen Seite der Erde, erwachte er eines Morgens weinend unter dem weißen Moskitoschleier, unter dem er mit der Frau schlief, die er liebte.

Drei

Eines Weihnachtsabends, ich war gerade sechs Jahre alt, verschluckte sich meine Mutter an einem Hühnerknochen.
Der Professor, in seiner unersättlichen Begierde nach größerem Wissen ständig mit seinen Forschungen beschäftigt, ließ sich keine Zeit für dieses Fest und auch für kein anderes, aber die Dienstboten des Hauses feierten es jedes Jahr. In der Küche stellten sie eine Krippe mit plumpen Tonfiguren auf und sangen Weihnachtslieder, und jeder schenkte mir etwas. Schon einige Tage vorher bereiteten sie ein kreolisches Gericht zu, das einst die Negersklaven erfunden hatten. In der Kolonialzeit vereinigten sich die wohlhabenden Familien am 24. Dezember um einen großen gemeinsamen Tisch zu einem üppigen Bankett. Die Reste wanderten in die Schüsseln der Diener, die alles zerkleinerten, in einen Teig aus Mais und in Bananenblätter hüllten und in großen Kesseln schmorten. Das Ergebnis war so köstlich, daß das Rezept die Jahrhunderte überdauerte und noch immer jedes Jahr zu Ehren kommt, obwohl niemand über die Reste vom Tisch der Reichen verfügt und jede Zutat gesondert hergerichtet werden muß, eine beträchtliche Menge Arbeit. Die Dienstboten hielten sich im hintersten Patio des Hauses Hühner, Puten und ein Schwein, die sie das ganze Jahr hindurch für dieses einmalige schwelgerische Gelage fett machten. Eine Woche vorher flößten sie dem Federvieh Rum und zerkleinerte Nüsse in den Schlund und zwangen das Schwein, literweise Milch mit braunem Zucker und Gewürzen zu saufen, damit das Fleisch der Tiere zum Kochen zart war. Während die Frauen die Blätter räucherten und die Töpfe und Kohlenbecken reinigten, schlachteten die Männer die Tiere in einer Orgie von Blut, Federn und

dem schrillen Kreischen des Schweins, bis alle von Schnaps und Tod betrunken waren und übersatt vom Probieren und von der konzentrierten Brühe aus all dem gekochten Fleisch und heiser vom fröhlichen Lobliedersingen auf das Jesuskind. Und im anderen Flügel des Hauses verbrachte der Professor einen ganz gewöhnlichen Tag, ohne sich auch nur bewußt zu sein, daß Weihnachten war.

Der verhängnisvolle Knochen war im Fleisch verborgen, und meine Mutter spürte ihn nicht, bis er im Hals steckenblieb. Nach ein paar Stunden begann sie Blut zu spucken, und drei Tage später starb sie, ohne Aufhebens, wie sie gelebt hatte. Ich war bei ihr, und ich habe diese Stunden nicht vergessen, und ich habe seither sehr achtgegeben, daß sie mir nicht verlorengehe in dem unausweichlichen Dunkel, in das die Seelen verschwinden.

Um mich nicht zu ängstigen, starb sie, ohne Furcht zu zeigen. Vielleicht hatte der Hühnerknochen ihr eine Ader zerrissen, und sie war innerlich verblutet – ich weiß es nicht. Als sie erkannte, daß ihr Leben erlosch, schloß sie sich mit mir in unserem Zimmer ein, damit wir bis zuletzt zusammenblieben. Langsam, um den Tod nicht zu beschleunigen, wusch sie sich mit Wasser und Seife, weil der Moschusgeruch ihr unangenehm wurde, kämmte und flocht ihr langes Haar, zog einen weißen Unterrock an, den sie während der Siesten genäht hatte, und legte sich auf denselben Strohsack, auf dem sie mich von einem vergifteten Indio empfangen hatte. Obwohl ich die Bedeutung dieser Zeremonie nicht begriff, beobachtete ich sie so aufmerksam, daß ich mich noch heute an jede ihrer Bewegungen erinnere.

»Den Tod gibt es nicht, Kind. Die Menschen sterben nur, wenn sie vergessen werden«, erklärte mir meine Mutter, kurz bevor sie hinüberging. »Wenn du mich im Gedächtnis behältst, werde ich immer bei dir sein.«

»Ich behalte dich im Gedächtnis«, versprach ich.
»Jetzt geh und ruf deine Patentante.«
Ich holte die Köchin, jene große Mulattin, die bei meiner Geburt geholfen und die mich über das Taufbecken gehalten hatte.
»Sorgen Sie für meine Kleine. Ihnen vertraue ich sie an«, sagte meine Mutter bittend und wischte sich verstohlen den Blutfaden ab, der ihr über das Kinn rann. Dann nahm sie mich bei der Hand und sagte mir mit den Augen, wie sehr sie mich liebte, bis ihr Blick sich trübte und das Leben von ihr wich, ohne Laut. Einen Augenblick schien etwas Durchsichtiges in der unbewegten Luft des Zimmers zu schweben und erhellte es mit einem blauen Schimmer, und ich roch einen Hauch von Moschus, aber gleich darauf war alles wieder alltäglich, die Luft war nur Luft, das Licht wieder gelb, der Geruch wie immer. Ich nahm ihren Kopf in die Hände und schüttelte ihn und rief »Mama! Mama!«, verstört von diesem ungewohnten Schweigen, das sich zwischen uns geschoben hatte.
»Jeder stirbt mal, das ist nichts Besonderes«, sagte meine Patin und schnitt meiner Mutter im Handumdrehen mit der Schere das Haar ab, damit sie es später in einem Perückengeschäft verkaufen konnte. »Wir müssen sie wegbringen, bevor der Patrón sie entdeckt und ich sie ins Labor tragen muß.«
Ich riß ihr den langen Zopf weg, schlang ihn mir um den Hals und kauerte mich in einen Winkel, den Kopf zwischen den Knien, ohne Tränen, denn ich wußte noch nicht, wie groß der Verlust war, den ich erlitten hatte. So saß ich stundenlang, vielleicht die ganze Nacht, bis zwei Männer ins Zimmer kamen, den Leichnam in das einzige Bettuch hüllten und wortlos davontrugen. Ich fühlte, wie sich eine unbarmherzige Leere um mich ausbreitete.
Als der bescheidene Leichenwagen fort war, kam meine Patin mich suchen. Sie mußte ein Streichholz anzünden,

um mich zu sehen, denn das Zimmer war dunkel, und das Morgengrauen schien vor der Türschwelle haltgemacht zu haben. Sie fand mich noch immer auf dem Boden hockend, ein kleines Häufchen im Finstern, und rief mich zweimal, mit Vor- und Nachnamen, um mich in die Wirklichkeit zurückzuholen: »Eva Luna! Eva Luna!« In dem unsteten Licht sah ich vor mir ihre großen Füße in Pantoffeln und den Saum ihres Baumwollkleides, ich hob den Blick und begegnete ihren feuchten Augen. Sie lächelte mir zu, als das kurzlebige Streichholzflämmchen erlosch, dann spürte ich, wie sie sich in der Dunkelheit zu mir herunterbeugte. Sie setzte sich neben mich, nahm mich in ihre kräftigen Arme, bettete mich in ihren Schoß, wiegte mich hin und her und sang mich mit einem sanften afrikanischen Klagelied in den Schlaf.

»Wenn du ein Junge wärst, würdest du zur Schule gehen und später Advokat studieren und mir das Brot für meine alten Tage verdienen. Die Rechtsverdreher machen das meiste Geld, die verstehn sich drauf. Im Trüben fischen sie am besten«, sagte meine Patin.

Sie behauptete hartnäckig, es wäre besser, ein Mann zu sein, denn noch der armseligste habe seine Frau, der er befehlen könne, und Jahre später kam ich zu dem Schluß, daß sie vielleicht recht hatte, allerdings kann ich mir mich selbst nicht in einem männlichen Körper vorstellen, mit Haaren im Gesicht, mit dem Wunsch zu befehlen und mit einem unkontrollierbaren Etwas unter dem Bauchnabel, von dem ich, offen gesagt, nicht wüßte, wie ich es unterbringen sollte. Auf ihre Art hatte meine Patin mich gern, nur verstand sie nicht, es mir zu zeigen, weil sie glaubte, mich streng erziehen zu müssen, und weil sie schnell die Geduld verlor. Zu jener Zeit war sie noch nicht die Ruine, die sie heute ist. Sie war eine selbstbewußte braunhäutige Mulattin mit vollen Brüsten, einer schmalen Taille und ausladenden Hüften. Wenn sie über die Straße ging, drehten die Männer sich nach ihr um, riefen ihr plumpe Komplimente nach und versuchten sie in den Hintern zu kneifen, aber sie zuckte nicht weg, sie zahlte es ihnen schlagfertig zurück – »Was bildest du dir ein, unverschämter Schwarzer!« – und lachte, daß ihr Goldzahn blitzte. Jeden Abend schrubbte sie sich gründlich ab, dazu stand sie in einem Bottich, übergoß sich aus einem Krug mit Wasser und seifte sich mit einem Lappen ein. Sie wechselte zweimal am Tag die Bluse, besprühte sich mit Rosenwasser, wusch sich die Haare mit Eigelb und bürstete sich die Zähne mit Salz, damit sie glänzten. Sie hatte einen starken, süßlichen Geruch, den alles Rosenwasser und alle Seife nicht mildern konnten, aber ich mochte ihn sehr, denn er erinnerte mich an gezuckerte heiße Milch. Bei ihrem Bad half ich ihr, indem ich ihr Wasser über den Rücken goß. Ich war hingerissen von diesem dunklen Körper mit den violetten Brustwarzen, dem gekräuselten schwarzen Vlies auf dem Schamhügel, von den Hüften so glatt wie der blankgewetzte Ledersitz von Professor Jones' Leidensstuhl. Sie liebkoste sich mit dem Seiflappen und lächelte, stolz auf die Fülle ihres Fleisches. Ihr Gang war voll herausfordernder Anmut, sehr aufrecht, dem Rhythmus einer geheimen Musik folgend, die sie in sich trug. Alles übrige an ihr war grob, selbst das Lachen und das Weinen. Sie geriet leicht in Zorn und teilte blitzschnelle Hiebe aus, die, wenn sie auf mich niedergingen, die Wirkung eines Kanonenschusses hatten. Auf diese Weise zerschlug sie mir ohne böse Absicht ein Trommelfell. Trotz der Mumien, für die sie auch nicht die geringste Sympathie aufbrachte, diente sie dem Doktor viele Jahre als Köchin und bekam einen jämmerlichen Lohn, den sie zum größten Teil für Tabak und Rum ausgab. Sie sorgte für mich, weil sie es als ihre Pflicht ansah, die ihr heiliger war als Blutsbande. »Wer sein Patenkind im Stich läßt, dem wird nicht vergeben, das ist schlimmer, als wenn man's dem eigenen Sohn antäte«, sagte sie. »Es ist meine Schuldigkeit, dich zu einem guten, sauberen, fleißigen Mädchen zu erziehen, denn dafür muß ich vor dem Jüngsten Gericht Rechenschaft ablegen.« Sie hatte seinerzeit hartnäckig darauf bestanden, daß ich getauft werden müsse. »Gut, gut, wenn es Ihnen Freude macht, tun Sie, was Sie für richtig halten«, hatte meine Mutter schließlich eingewilligt, »aber ändern Sie nicht den Namen, den ich für sie ausgesucht habe!« Die Mulattin hatte drei Monate nicht geraucht und keinen Rum getrunken, um ein bißchen Geld zusammenzusparen, und am festgesetzten Tag kaufte sie mir ein Kleid aus erdbeerfarbenem Organza, band mir eine Schleife in die kümmerlichen drei Haare, besprengte mich mit Rosenwasser und trug mich auf den Armen zur Kirche. Ich habe ein Foto von meiner Taufe, ich sehe aus wie ein lustiges Geburtstagspäckchen. Da ihr Geld nicht reichte, übernahm sie es, die Kirche von Grund auf sauberzumachen, vom Scheuern der Fußböden und dem Einwachsen der Holzbänke bis zum Reinigen der Wände mitsamt allen Verzierungen. So wurde ich mit Pracht und Feierlichkeit getauft wie ein reiches Kind.

»Wenn ich nicht gewesen wäre, würdest du immer noch als Heide herumlaufen. Die Unschuldigen, die ohne Sakrament sterben, kommen in die Vorhölle, und da bleiben sie für ewig!« erinnerte sie mich häufig. »Eine andere an meiner Stelle hätte dich verkauft. Es ist ganz einfach, Mädchen mit hellen Augen unterzubringen, ich hab oft genug gehört, daß die Gringos sie kaufen und mitnehmen, aber ich habe deiner Mutter mein Versprechen gegeben, und wenn ich es nicht halte, muß ich in der Hölle braten.«

Für sie waren die Grenzen zwischen Gut und Böse sehr scharf gezogen, und sie scheute sich nicht, mich vor dem Laster mit Prügeln zu bewahren, die einzige Methode, die

sie kannte, denn so war sie selbst erzogen worden. Der Gedanke, daß Spiel und Zärtlichkeit gut für Kinder sind, ist eine moderne Entdeckung, ihr kam er nie in den Sinn. Sie versuchte mir beizubringen, daß ich schnell zu arbeiten hatte, ohne Zeit mit Träumereien zu vergeuden, sie ärgerte sich, wenn ich zerstreut und langsam war, sie wollte mich rennen sehen, wenn ich einen Auftrag bekommen hatte. »Du hast nur Dunst im Kopf und Sand in den Waden«, sagte sie und rieb mir die Beine mit Scott-Emulsion ein, einem sehr billigen, aber hochgepriesenen Tonikum, das aus Lebertran hergestellt wurde und der Reklame zufolge unter den medizinischen Kräftigungsmitteln dem Stein der Weisen vergleichbar war.
Der Verstand meiner Patin war durch den Rum ein wenig durcheinandergeraten. Sie glaubte an die katholischen Heiligen, an andere afrikanischer Herkunft und an verschiedene ihrer eigenen Erfindung. In ihrem Zimmer hatte sie einen kleinen Altar aufgebaut, vor dem neben dem Weihwasserkessel allerlei Voodoofetische standen, dazu die Fotografie ihrer verstorbenen Eltern sowie eine Büste, die sie für die eines Heiligen hielt, später entdeckte ich allerdings, daß es die Beethovens war, aber ich habe sie nie über ihren Irrtum aufgeklärt, denn er war der größte Wundertäter ihres ganzen Altars. Sie redete ständig mit ihren Heiligen, in einem einfachen Plauderton, und bat sie um geringfügige Gefälligkeiten, und später, als im Hause Telefon gelegt worden war, rief sie sie im Himmel an und deutete die Summtöne des Apparates als verschlüsselte Antworten ihrer göttlichen Gesprächspartner. So empfing sie Unterweisungen direkt aus dem Himmelreich selbst für die alltäglichsten Dinge. Sie verehrte besonders den heiligen Benito, einen hübschen blonden Tausendsassa, den die Frauen nicht in Frieden ließen und der sich im Rauch des Kohlenbeckens röstete wie ein Holzklotz, denn nur dann konnte er Gott anbeten und in Ruhe seine

Wunder tun, ohne den wollüstigen Putz seines Gewandes. Zu ihm betete sie, damit er die Beschwerden linderte, die ihr der Rum bereitete. Sie war wohlunterrichtet über Foltern und gräßliche Todesarten und kannte das Ende jedes Märtyrers und jeder Jungfrau, die im Heiligenkalender verzeichnet sind, und war immer bereit, mir davon zu erzählen. Ich lauschte ihr mit Entsetzen und verlangte jedesmal neue Einzelheiten. Die Marter der heiligen Lucia war meine Lieblingsgeschichte, ich wollte sie immer wieder in aller Ausführlichkeit hören: weshalb Lucia den verliebten Imperator zurückwies, wie sie ihr die Augen ausrissen, ob es wirklich stimmte, daß diese zwei Augen von der Silberschale, auf der sie einsam lagen, einen Strahlenblick schleuderten, der den Imperator blind machte, während Lucia zwei herrliche neue blaue Augen aufschlug, die viel schöner waren als die ersten.

Der Glaube meiner armen Patin war unerschütterlich, und kein Unglück konnte ihn ins Wanken bringen. Vor einiger Zeit, als der Papst unser Land besuchte, erhielt ich die Erlaubnis, sie aus der Pflegeanstalt abzuholen, denn es wäre ein Jammer gewesen, wenn sie den Heiligen Vater nicht gesehen hätte in seinem weißen Ordenskleid und mit dem goldenen Kreuz, wie er seine unbeweisbaren Überzeugungen predigte, in perfektem Spanisch oder in Indiosprache, wie es die Gelegenheit ergab. Als meine Patin ihn in seinem Aquarium aus Panzerglas zwischen den frisch gestrichenen Häusern herannahen sah, umgeben von Blumen, Beifalljauchzen, Fähnchen und Leibwächtern, da sank sie, die nun schon sehr alt war, in die Knie, überzeugt, daß da der Prophet Elias auf seinem strahlenden Wagen gekommen war. Ich fürchtete, die Menge könnte sie tottrampeln, und wollte sie fortziehen, aber sie war nicht zu bewegen, aufzustehen, bis ich ihr ein Haar vom Haupt des Papstes als Reliquie kaufte.

In jenen Tagen wurden viele Leute plötzlich gut, einige

gelobten, Schulden zu erlassen, andere, weder den Klassenkampf noch Verhütungsmittel zu erwähnen, um den Heiligen Vater nicht traurig zu machen, aber ich konnte mich nicht für den hohen Gast begeistern, ich hatte keine freundlichen Erinnerungen an die Religion. Als ich ein Kind war, hatte die Patin mich eines Sonntags in die Pfarrkirche geführt und mich geheißen, in einem hölzernen Kämmerchen mit Vorhang niederzuknien und die Hände zu falten, wie sie es mich gelehrt hatte, aber das gelang mir nicht besonders gut, die Finger waren zu ungelenk. Durch ein Gitter schlug mir ein scharfer Atem entgegen. »Nenn mir deine Sünden!« befahl eine Stimme, und augenblicklich hatte ich alle vergessen, die ich mir vorher zurechtgelegt hatte, ich wußte nicht, was ich antworten sollte, versuchte eilig, mir eine auszudenken, und sei es auch nur eine läßliche, aber mir fiel nicht die winzigste ein.

»Berührst du deinen Körper mit den Händen?«

»Ja . . .«

»Häufig, meine Tochter?«

»Jeden Tag.«

»Jeden Tag! Wie oft?«

»Ich zähl das nicht . . . viele Male . . .«

»Das ist eine sehr schwere Sünde vor den Augen des Herrn!«

»Das wußte ich nicht, Padre. Und wenn ich nun Handschuhe anziehe, ist es dann auch noch Sünde?«

»Handschuhe! Was redest du denn da, wahnwitziges Geschöpf! Machst du dich lustig über mich?«

»Nein, nein«, murmelte ich bestürzt, während ich überlegte, daß es ohnedies sehr schwierig sein würde, mir mit Handschuhen das Gesicht zu waschen, die Zähne zu putzen oder mich zu kratzen.

»Versprich, daß du das nie wieder tun wirst! Reinheit und Unschuld sind die schönsten Tugenden eines Mädchens!

Zur Buße wirst du fünfhundert Ave-Maria beten, damit Gott dir verzeihe!«
»Das geht nicht, Padre«, antwortete ich, denn ich konnte nur bis zwanzig zählen.
»Wieso geht das nicht?« brüllte der Padre, und sein Speichel sprühte mir durch das Gitter voll ins Gesicht.
Ich sprang auf und rannte hinaus, aber die Patin fing mich sofort wieder ein und hielt mich am Ohr fest, während sie mit dem Priester über die Notwendigkeit sprach, mich streng zum Arbeiten anzuhalten, bevor mein Charakter noch mehr verdarb und meine Seele sich vollends verfinsterte.
Etwa ein Jahr nach dem Tode meiner Mutter schlug auch für Professor Jones die Stunde. Er starb am Alter, enttäuscht von der Welt und von seinen eigenen wissenschaftlichen Fähigkeiten, aber ich könnte schwören, daß er in Frieden starb. Angesichts der Unmöglichkeit, sich selber einzubalsamieren und würdevoll und schicklich zwischen seinen englischen Möbeln und seinen Büchern sitzen zu bleiben, verfügte er in seinem Testament, daß sein Leichnam in seine ferne Heimatstadt überführt werden solle, denn er wollte nicht im hiesigen Friedhof enden, bedeckt von fremder Erde, unter einer unbarmherzigen Sonne und vermischt mit Gott weiß welchem Gesindel, wie er sagte. Unter dem Ventilator in seinem Schlafzimmer lag er nun im Sterben, im Fieberschweiß der gelähmten Glieder, und seine einzige Gesellschaft waren der Pastor mit der Bibel und ich. Als ich begriffen hatte, daß er sich nicht ohne Hilfe aus dem Bett rühren konnte, und als seine Stimme vom Donnerton zum Keuchen herabgesunken war, war auch die letzte Spur von Furcht, die er mir eingeflößt hatte, verflogen.
In diesem von der Welt abgeschlossenen Haus, wo der Tod sich eingenistet hatte, als der Doktor mit seinen Experimenten begann, streifte ich nun unbeaufsichtigt

umher. Die Disziplin der Dienstboten lockerte sich zusehends, seit Professor Jones nicht mehr aus seinem Zimmer herauskonnte, um sie von seinem Rollstuhl aus zu plagen und mit widersprüchlichen Befehlen herumzujagen. Ich sah, wie sie bei jedem Ausgang etwas mitgehen ließen – silberne Tafelbestecke, kleine Teppiche, Bilder, sogar die Kristallflaschen, in denen er seine Lösungen aufbewahrte. Niemand deckte dem Patrón mehr den Tisch mit knisternd gestärkten Tafeltüchern und schimmerndem Porzellan, niemand zündete mehr die Kronleuchter an, niemand reichte ihm mehr die Pfeife. Meine Patin machte sich keine großen Gedanken mehr um die Küche und behalf sich mit gerösteten Bananen, Reis und Bratfisch zu jeder Mahlzeit. Die übrigen ließen ihre Arbeiten liegen, und Schmutz und Feuchtigkeit breiteten sich an den Wänden und auf dem Fußboden aus. Der Garten war seit dem Zwischenfall mit der Surucucú all die Jahre nicht mehr gepflegt worden, und eine ungezügelte Vegetation war drauf und dran, das Haus zu verschlingen und auf die Straße hinauszuwuchern. Die Dienstboten hielten Siesta, gingen zu jeder Tageszeit spazieren, tranken zuviel Rum und ließen den ganzen Tag das Radio laufen, aus dem die Boleros, Cumbias und Rancheras dröhnten. Der unglückliche Professor, der früher nur seine Schallplatten mit klassischer Musik geduldet hatte, litt unbeschreiblich unter dem Getöse, aber er riß vergeblich an der Klingel, um seine Dienstboten zu rufen, denn keiner kam. Einzig meine Patin betrat sein Zimmer, freilich nur, wenn er schlief, und besprengte ihn mit Weihwasser, das sie heimlich in der Kirche abgefüllt hatte, denn sie wollte nicht des ungeheuren Frevels schuldig sein, ihn ohne Sakrament sterben zu lassen wie einen Bettler.

An dem Morgen, als eines der Mädchen dem protestantischen Pastor nur mit Büstenhalter und Höschen bekleidet öffnete – der Hitze wegen –, wußte ich, daß die Unordnung nun ihren Gipfel erreicht hatte und daß es keinen Grund mehr für mich gab, mich in weisem Abstand vom Patrón zu halten. Von nun an besuchte ich ihn immer häufiger, anfangs nur von der Schwelle aus spähend, aber nach und nach drang ich weiter ins Zimmer vor, und schließlich spielte ich auf seinem Bett. Ich verbrachte ganze Stunden bei dem alten Herrn und versuchte mich mit ihm zu verständigen, bis es mir gelang, sein Flüstern zu verstehen. Wenn ich bei ihm war, schien er für eine Weile die demütigenden Umstände seines Sterbens und die Qualen der Unbeweglichkeit zu vergessen. Ich holte die Bücher aus ihren geheiligten Fächern und hielt sie ihm vor das Gesicht, damit er sie lesen konnte. Einige waren in Latein geschrieben, aber er übersetzte sie mir, offensichtlich entzückt über die kleine Schülerin, und beklagte sich, nicht eher gewußt zu haben, daß ich in seinem Hause lebte. Vielleicht war er nie mit einem Kind in Berührung gekommen und entdeckte zu spät, wie gut er sich zum Großvater eignete.

»Woher kommt dieses Geschöpf?« fragte er grübelnd. »Sollte es meine Tochter sein? Oder meine Enkelin? Oder ist es eine Halluzination meines kranken Hirns? Es ist dunkelhaarig, aber die Augen sind so hell wie die meinen ... Komm her, Kleine, damit ich dich von nahem sehe.«

Er konnte mich nicht mit Consuelo in Verbindung bringen, obwohl er sich gut an die Frau erinnerte, die ihm mehr als zwanzig Jahre gedient hatte und die einmal durch eine schwere Verdauungsstörung angeschwollen war wie ein Zeppelin. Er sprach oft von ihr, er war sicher, daß seine letzten Tage anders aussehen würden, wenn er sie an seinem Bett hätte. Sie würde ihn nicht verraten haben, sagte er.

Ich stopfte ihm Watte in die Ohren, damit er von dem Gebrüll und Geschwätz aus dem Radio nicht verrückt wurde, ich wusch ihn und packte ihm zusammengelegte Handtücher unter, damit er nicht im Urin schwamm, ich lüftete das Zimmer und fütterte ihn mit Kinderbrei. Dieser Alte mit dem silbernen Bart war meine Puppe. Eines Tages hörte ich, wie er zu dem Pastor sagte, ich sei wichtiger für ihn als alle bisher errungenen wissenschaftlichen Erfolge. Ich erzählte ihm eine Menge Lügen: daß er eine zahlreiche Familie hätte, die ihn in seinem Heimatland erwartete, daß er Großvater von mehreren Enkelkindern wäre und daß er einen Garten voller Blumen besäße. In der Bibliothek stand ein einbalsamierter Puma, eines der ersten Experimente des Professors mit seiner Wundertinktur. Den schleppte ich in sein Zimmer, ließ ihn neben dem Bett fallen und behauptete, dies sei sein Schoßhund, ob er sich etwa nicht an ihn erinnere? Das arme Tier sei ganz traurig.

»Machen Sie einen Zusatz zu meinem Testament, Pastor. Ich wünsche, daß dieses Kind meine Universalerbin wird. Alles soll ihr gehören, wenn ich sterbe«, sagte er stammelnd zu dem Geistlichen, der ihn fast täglich besuchte und ihm das Sterben durch Drohungen mit der Ewigkeit gründlich verekelte.

Die Patin hatte für mich eine Pritsche neben sein Bett gestellt. Eines Morgens erwachte der Kranke bleicher und matter als sonst, er wies den Milchkaffee zurück, den ich ihm einflößen wollte, und ließ sich statt dessen waschen, den Bart kämmen, das Nachthemd wechseln und mit Kölnisch Wasser besprühen. Bis zum Mittag lag er ruhig in seinen Kissen, den Blick auf das Fenster gerichtet. Er lehnte es ab, seinen Brei zu essen, und als ich ihn für die Siesta neu bettete, bat er mich, ich möchte mich still neben ihn legen. Wir schliefen beide friedlich, als sein Leben erlosch.

Der Pastor kam am Nachmittag und traf alle Anordnungen. Den Leichnam in sein Heimatland zu schicken schien ihm nicht sehr praktisch, zumal es dort vermutlich niemanden gäbe, der interessiert daran wäre, ihn in Empfang zu nehmen, folglich mißachtete er die Anweisungen des Patróns und ließ ihn ohne große Feierlichkeit beerdigen. Nur wir Dienstboten wohnten dem traurigen Begräbnis bei, denn der Ruhm des Professor Jones war verweht, überholt von den neuen Fortschritten in der Wissenschaft, und niemand machte sich die Mühe, ihm das letzte Geleit zu geben, obwohl die Todesnachricht in der Presse veröffentlicht worden war. Nach so vielen Jahren Einsiedlerleben erinnerten sich nur noch wenige an ihn, und wenn ein Medizinstudent seinen Namen nannte, dann nur, um sich lustig zu machen über seine Knüppelhiebe zwecks Anregung der Intelligenz, seine Moskitostiche zwecks Bekämpfung des Krebses und seine Tinktur zum Konservieren von Leichen.

Als der Patrón verschwunden war, zerfiel die Welt, in der ich gelebt hatte. Der Pastor machte eine Aufstellung des Vermögens und verfügte nach seinem Gutdünken darüber, wobei er davon ausging, daß der Gelehrte in der letzten Zeit den Verstand verloren hätte und nicht mehr fähig gewesen wäre, Entscheidungen zu treffen. Alles fiel seiner Kirche zu, außer dem Puma, von dem ich mich nicht trennen wollte, weil ich seit meiner Kinderzeit auf ihm geritten war und weil ich dem Kranken so oft erzählt hatte, er sei sein Hund, daß ich es schließlich selber glaubte. Als die Möbelträger ihn in den Umzugswagen bringen wollten, veranstaltete ich ein prächtiges Theater mit Trampeln und Schreien und Spucken, woraufhin der Pastor es vorzog, nachzugeben. Vermutlich war das Tier auch für nichts und niemanden von Nutzen, und also durfte ich es behalten. Das Haus zu verkaufen erwies sich als unmöglich, weil niemand es haben wollte. Es war gezeichnet von den Experimenten des Professors und wurde aufgegeben. Es steht heute noch. Im Lauf der

Jahre kam es in den Geruch eines Schreckensortes, an dem die Jungen ihre Männlichkeit auf die Probe stellen, indem sie die Nacht dort verbringen und dem Knarren von Türen, dem Rascheln von Ratten und dem Schluchzen verlorener Seelen lauschen. Die Mumien aus dem Laboratorium wurden zur Medizinischen Fakultät geschafft, wo sie lange Zeit im Keller aufgestapelt lagen, bis plötzlich die Begierde wieder erwachte, die Geheimformel des Professors neu zu entdecken, und drei Generationen von Studenten beschäftigten sich damit, ihnen Stücke herauszuschneiden und durch verschiedene Apparate zu schicken, bis sie sie zu Hackfleisch entwürdigt hatten.

Der Pastor verabschiedete die Dienstboten und verschloß das Haus. So verließ ich den Ort, an dem ich geboren war, den Puma bei den Hinterpfoten tragend, während meine Patin ihn bei den Vorderpfoten hielt.

»Du bist jetzt schon groß, und ich kann dich nicht mehr durchfüttern. Jetzt wirst du arbeiten, um dir dein Brot zu verdienen und damit du stark wirst, wie es sich gehört«, sagte meine Patin. Ich war sieben Jahre alt.

Die Patin wartete in der Küche, sehr gerade auf einem Rohrstuhl sitzend; sie hielt eine mit Glasperlen verzierte Plastiktasche auf dem Schoß, ihre Brüste schauten zur Hälfte aus dem Blusenausschnitt, die Schenkel quollen über den Rand des Sitzes. Ich stand neben ihr und musterte aus dem Augenwinkel die eisernen Gerätschaften, den rostigen Eisschrank, die unter dem Tisch lagernden Katzen, den Küchenschrank mit seinem Gitter, an dem die Fliegen klebten. Vor zwei Tagen hatte ich das Haus von Professor Jones verlassen und war noch immer verstört über den unvermuteten Wechsel. In wenigen Stunden war ich ein störrisches Kind geworden. Ich sprach mit niemandem. Ich setzte mich in eine Ecke, das Gesicht in den Armen verborgen, und dann erschien meine Mutter, getreu ihrem Versprechen, lebendig zu bleiben, solange ich sie im Gedächtnis behielt.

Zwischen den Töpfen und Pfannen dieser fremden Küche wirtschaftete eine hagere, derbe Negerin, die uns mißtrauisch beobachtete.

»Ist das Mädchen Ihre Tochter?« fragte sie.

»Wie kann sie meine Tochter sein, sehen Sie nicht ihre Hautfarbe?« antwortete meine Patin.

»Wem gehört sie denn?«

»Sie ist mein Patenkind. Ich bringe sie zum Arbeiten her.«

Die Tür öffnete sich, und die Herrin des Hauses trat ein, eine kleine Frau mit einer hochgetürmten Frisur aus Haarknoten und steifen Löckchen. Sie trug strenge Trauer und um den Hals ein goldenes Medaillon, so groß wie ein Botschafterorden.

»Komm her, damit ich dich ansehen kann!« befahl sie, aber ich stand wie festgenagelt, ich konnte mich nicht rühren, und die Patin mußte mich vorwärts stoßen, damit die Patrona mich untersuchen konnte: den Kopf nach Läusen, die Fingernägel nach Querlinien, die auf Epilepsie hindeuten, die Zähne, die Ohren, die Haut, die Festigkeit von Armen und Beinen.

»Hat sie Würmer?«

»Nein, Doña, sie ist innen und außen sauber.«

»Sie ist dünn.«

»Seit einiger Zeit hat sie keinen Appetit, aber seien Sie unbesorgt, sie ist willig und arbeitsam. Sie lernt leicht und hat einen guten Verstand.«

»Weint sie viel?«

»Sie hat nicht einmal geweint, als wir ihre Mutter begruben, sie ruhe in Frieden.«

»Sie wird einen Monat zur Probe bleiben«, entschied die Patrona und ging, ohne sich zu verabschieden.

Die Patin gab mir die letzten Ermahnungen: »Sei nicht

unverschämt, paß auf, daß du nichts zerbrichst, trink abends kein Wasser, damit du nicht ins Bett machst, benimm dich anständig und gehorche.«

Sie machte eine Bewegung, als wollte sie mich küssen, besann sich aber und fuhr mir nur mit einer ungeschickten Liebkosung über den Kopf, wandte sich um und ging mit festem Schritt durch den Dienstboteneingang hinaus, aber ich merkte wohl, daß sie traurig war. Wir waren immer zusammengewesen, dies war das erste Mal, daß wir uns trennten. Ich stand unbeweglich, den Blick starr auf die Wand gerichtet.

Die Köchin hatte ein paar Scheiben Bananen gebraten, nun nahm sie mich bei den Schultern und schob mich auf einen Stuhl, dann setzte sie sich neben mich und lächelte mich an.

»Also, du bist das neue Dienstmädchen . . . Schön, Vögelchen, nun iß«, und sie stellte einen Teller vor mich hin. »Ich heiße Elvira, geboren bin ich an der Küste, an einem Sonntag, den 29. Mai, aber in welchem Jahr, weiß ich nicht mehr. Mein ganzes Leben lang habe ich immer nur gearbeitet, und wie ich das sehe, wird das auch dein Weg sein. Ich hab so meine Eigenarten und meine Gewohnheiten, aber wenn du nicht frech wirst, werden wir uns schon gut vertragen. Ich habe mir immer Enkel gewünscht, bloß leider hat mich Gott so arm geschaffen, daß er mir nicht mal eine Familie gegeben hat.«

An jenem Tag begann ein neues Leben für mich. Das Haus war vollgestopft mit Möbeln, Bildern, Porzellanfiguren, Zierfarn auf Marmorsäulen, aber der ganze Schwulst konnte nicht verbergen, daß Moos zwischen den Leitungsrohren wuchs, daß die Wände feucht waren, daß sich jahrealter Staub unter den Betten und hinter den Schränken häufte – alles sah schmutzig aus, ganz anders als in der Wohnung von Professor Jones, der es vor seinem Schlaganfall fertigbrachte, über den Fußboden zu kriechen und mit dem Finger durch alle Winkel zu fahren. Es roch nach fauligen Melonen, und obwohl die Jalousien herabgelassen waren, um die Sonne abzuhalten, herrschte eine drückende Hitze. Herren des Hauses waren zwei unverheiratete Geschwister – die Dame mit dem Medaillon und ein dicker Sechziger mit einer großen, fleischigen, grobporigen Nase, die mit einer Arabeske von blauen Venen überzogen war. Elvira erzählte mir, die Doña habe ein Gutteil ihres Lebens in einem Notariat verbracht, schweigend ihre Schriftstücke getippt und dabei ihre Lust am Schreien aufgespeichert, die sie erst jetzt, im Ruhestand, zu Hause befriedigen könne. Den lieben langen Tag gab sie mit schriller Stimme Befehle, deutete mit gebieterischem Zeigefinger, unermüdlich in ihrem Drang zu quälen, böse auf die Welt und auf sich selbst. Ihr Bruder beschränkte sich darauf, die Zeitung und die Rennzeitung zu lesen, zu trinken, in einem Schaukelstuhl auf der Veranda zu dösen und in Pyjama und Pantoffeln herumzuschlurfen und sich zwischen den Beinen zu kratzen. Am Abend erwachte er aus seiner Trägheit, kleidete sich an und ging aus, um in den Cafés Domino zu spielen. Sonntags aber ging er auf die Rennbahn und verwettete alles, was er die Woche über beim Domino gewonnen hatte. In dem Haus lebte auch ein Dienstmädchen, grobknochig und mit dem Verstand eines Kanarienvogels, die vom frühen Morgen bis in die Nacht arbeitete und zur Siesta im Zimmer des Junggesellen verschwand; sonst gab es nur noch die Köchin, die Katzen und einen schweigsamen, fast kahlen Papagei.

Die Patrona wies Elvira an, mich mit desinfizierender Seife zu baden und all meine Kleider zu verbrennen. Sie ließ mir aber nicht das Haar abschneiden, wie man es früher bei den kleinen Dienstmädchen tat, damit sie keine Läuse bekamen, weil ihr Bruder es verhinderte. Der Mann mit der Erdbeernase hatte eine sanfte Stimme, lächelte häufig, und ich fand ihn nett, selbst wenn er betrunken war. Er erbarmte sich meiner Angst vor der Schere und schaffte es, mir die Mähne zu retten, die meine Mutter soviel gebürstet hatte. Sonderbar, an seinen Namen kann ich mich nicht erinnern ...

In diesem Hause trug ich eine von der Patrona selbst genähte Schürze und ging barfuß. Nach dem ersten Probemonat erklärte sie mir, ich müsse mehr arbeiten, weil ich von nun an Lohn erhielte. Zu sehen bekam ich ihn nie, weil meine Patin ihn alle vierzehn Tage abholte. Anfangs erwartete ich ihre Besuche voller Ungeduld, und kaum erschien sie, hing ich ihr schon am Halse und bettelte, sie solle mich doch mit fortnehmen, aber später gewöhnte ich mich ein, schloß mich an Elvira an und befreundete mich mit den Katzen und dem Papagei. Als die Patrona mir den Mund mit Soda ausgewaschen hatte, um mir die Gewohnheit auszutreiben, vor mich hin zu murmeln, hörte ich auf, so mit meiner Mutter zu sprechen, im Innern aber tat ich es auch weiterhin. Ich hatte viel zu tun, dieses Haus war wie eine verdammte, gestrandete Karavelle, trotz Besen und Bürste mußte man immer und immer wieder den unbegreiflichen Ausschlag wegkratzen, der die Wände hochkroch. Das Essen war weder abwechslungsreich noch ausgiebig, aber Elvira versteckte die Reste vom Herrschaftstisch und gab sie mir zum Frühstück, denn sie hatte im Radio gehört, es sei gut, das Tagewerk mit vollem Magen zu beginnen, »damit es deinem Verstand nützt und du eines Tages richtig gebildet bist, Vögelchen«, sagte sie. Die Patrona dachte an jede Einzelheit: »Heute wirst du die Patios mit Kreolin scheuern, vergiß nicht, daß du die Mundtücher bügeln sollst, und paß auf, daß du sie nicht ansengst, du mußt die Fensterscheiben mit Zeitungspapier und Essig putzen, und wenn du fertig bist, kommst du zu mir, ich werde dir zeigen, wie du die

Schuhe des Patróns polieren mußt, damit sie glänzen!« Ich gehorchte ohne Eile, denn ich entdeckte bald, daß ich den Tag fast ohne etwas zu tun herumbringen konnte, wenn ich die Faulenzerei umsichtig betrieb. Die Patrona gab ihre ersten Anweisungen bereits, wenn sie frühmorgens aufstand, schon zu dieser Stunde in dem schwarzen Gewand ihrer Scheintrauer, ihrem Medaillon und der hochgetürmten Frisur prangend, aber sie verstrickte sich in ihren eigenen Befehlen und war leicht zu betrügen. Der Patrón gab sich wenig mit häuslichen Dingen ab, er ging ganz in seinen Pferderennen auf, studierte die Stammbäume der Tiere, stellte Wahrscheinlichkeitsrechnungen an und trank, um sich über seine Wettverluste zu trösten. Bisweilen wurde seine Nase dick und violett wie eine Aubergine, und dann rief er mich, damit ich ihm ins Bett half und die leeren Flaschen versteckte. Dem Dienstmädchen lag nichts daran, mit irgend jemand freundschaftlich zu verkehren, schon gar nicht mit mir. Nur Elvira kümmerte sich um mich, hielt mich zum Essen an, unterwies mich in den Hausarbeiten und nahm mir die schwersten Aufgaben ab. Wir verbrachten viele Stunden damit, zu schwatzen und uns Geschichten zu erzählen.

Zu jener Zeit fing sie an, gewisse Absonderlichkeiten zu entwickeln, wie etwa den unvernünftigen Haß auf blonde Ausländer oder auf die Küchenschaben, die sie mit allen verfügbaren Waffen bekämpfte, von ungelöschtem Kalk bis zum Gemetzel mit dem Besenstiel. Dagegen sagte sie kein Wort, als sie entdeckte, daß ich den Mäusen Essen hinstellte und ihre Jungen vor den Katzen beschützte. Sie hatte große Angst davor, arm zu sterben und in einem Massengrab zu enden, und um diese postume Erniedrigung zu verhindern, kaufte sie einen Sarg auf Abzahlung, den sie in ihr Zimmer stellte und als Truhe benutzte, in der sie ihren Kram aufbewahrte. Es war ein Kasten aus billigem Holz, nach Tischlerleim riechend, der mit weißem, himmelblau gerändertem Atlas ausgeschlagen und mit einem kleinen Kopfkissen ausgestattet war. Von Zeit zu Zeit durfte ich mich hineinlegen und den Deckel über mir zuklappen, worauf Elvira sich untröstlich stellte und unter Schluchzen meine angeblichen Tugenden aufzählte: »O weh, lieber Vater im Himmel, warum hast du mir mein Vögelchen genommen, so ein gutes, sauberes, ordentliches Kind, ich liebe es mehr, als wenn es mein Enkelchen wäre, tu ein Wunder, gib es mir wieder, o Herr!« Das Spiel dauerte so lange, bis das Dienstmädchen die Fassung verlor und zu heulen anfing.

Die Tage verliefen alle gleich für mich, bis auf den Donnerstag, dessen Herannahen ich mir aus dem Küchenkalender errechnete. Die ganze Woche wartete ich auf den Augenblick, da die Gartentür hinter uns zufiel und wir zum Markt gingen. Elvira zog mir meine Gummischuhe an, band mir eine frische Schürze vor, kämmte mir das Haar zu einem Pferdeschwanz und gab mir einen Centavo, damit ich mir einen Pirulí kaufen konnte, eine Zuckerstange in leuchtenden Farben, fast unangreifbar für menschliche Zähne, mit der man sich stundenlang vergnügen konnte, ohne daß sie merklich kleiner wurde. Diese Näscherei reichte mir für sechs, sieben Nächte Seligkeit und für viele hastige Lutscher zwischen zwei lästigen Arbeiten. Auf dem Markt marschierte die Patrona vor uns her, ihre Handtasche fest an sich gedrückt – »Haltet die Augen offen, laßt euch nicht ablenken, bleibt dicht bei mir, hier wimmelt es von Spitzbuben!« ermahnte sie uns. Sie ging mit energischem Schritt von Stand zu Stand, musternd, befühlend, feilschend – »Diese Preise sind ein Skandal, ins Gefängnis sollte man diese Spekulanten stecken!« Ich trabte hinter dem Dienstmädchen her, in jeder Hand einen Beutel und meinen Pirulí im Täschchen. Ich beobachtete die Leute, versuchte mir vorzustellen, wie sie wohl lebten, was für Geheimnisse, was für Eigenschaften sie haben, was für Abenteuer sie vielleicht bestehen mochten. Mit funkelnden Augen und das Herz voller Freude kehrte ich nach Hause zurück und rannte sofort in die Küche, und während ich Elvira beim Auspacken half, verblüffte ich sie mit Geschichten von verzauberten Möhren und Pfefferschoten, die sich, wenn sie in die Suppe geworfen wurden, in Prinzen und Prinzessinnen verwandelten, heraussprangen und zwischen den Töpfen herumhüpften, Petersilienstengel in die Kronen verwickelt und die königlichen Gewänder von Brühe triefend.

»Schscht, die Doña kommt! Nimm den Besen, Vögelchen!«

Während der Siesta, wenn Ruhe und Schweigen im Hause herrschten, ließ ich meine Arbeit im Stich und ging ins Speisezimmer, wo in vergoldetem Rahmen ein großes Gemälde hing, ein offenes Fenster auf einen Meereshorizont, Wogen, Felsen, verhangener Himmel und Möwen. Ich stand davor, die Hände auf dem Rücken, die Augen in diese unwiderstehliche Wasserlandschaft versenkt, und meine Gedanken verloren sich zu endlosen Reisen, zu Sirenen, Delphinen und Riesenrochen, die einst aus der Phantasiewelt meiner Mutter oder den Büchern von Professor Jones aufgestiegen waren. Unter all den Geschichten, die sie mir erzählte, hatte ich die am liebsten gehabt, wo vom Meer die Rede war, denn bei ihnen konnte ich von fernen Inseln träumen, von riesigen versunkenen Städten, von den Wanderwegen der Fische durch den Ozean. »Ich bin sicher, daß wir einen Seemann unter unseren Vorfahren haben«, sagte meine Mutter, wenn ich sie wieder um eine solche Geschichte bat, und so entstand schließlich die Legende von dem holländischen Großvater. Vor diesem Bild gewann ich das Gefühl von damals zurück, wenn ich mich neben sie setzte, um ihr zuzuhören, oder wenn ich sie durch das Haus begleitete, immer so nahe wie möglich

neben ihr, um den feinen Geruch nach Leinen, Seifenlauge und Wäschestärke zu atmen.
»Was machst du hier?« schrie die Patrona und schüttelte mich, wenn sie mich entdeckte. »Hast du nichts zu tun? Das Bild ist nicht für dich!«
Ich schloß daraus, daß die Malereien sich abnutzen, weil die Farben in die Augen dessen eindringen, der sie betrachtet, und daß sie nach und nach ausbleichen, bis sie verschwinden.
»Nein, Kind, wie kommst du auf diesen Unsinn, die nutzen sich nicht ab«, sagte der Patrón. »Komm her, gib mir einen Kuß auf die Nase, dann lasse ich dich das Meer ansehen. Gib mir noch einen, und ich gebe dir einen Centavo, aber sag es nicht meiner Schwester, die versteht das nicht. Ekelst du dich vor meiner Nase?« Und der Patrón zog mich hinter die Marmorsäulen für diese heimliche Liebkosung.
Mir war zum Schlafen eine Hängematte angewiesen worden, die zur Nacht in der Küche befestigt wurde, aber wenn alle zu Bett gegangen waren, stahl ich mich in das Dienstbotenzimmer und schlüpfte in das Bett, das die Köchin und das Mädchen sich teilten, die eine mit dem Kopf an den Füßen der andern. Ich rollte mich neben Elvira zusammen und bot ihr eine Geschichte an zum Tausch gegen die Erlaubnis, bei ihr bleiben zu dürfen.
»Na gut, erzähl mir die von dem Mann, der vor Liebe den Kopf verlor.«
»Die hab ich vergessen, aber mir fällt gerade eine von Tieren ein.«
»Deine Mutter muß einen ganz besonderen Bauch gehabt haben, daß sie dir diese Gabe zum Geschichtenerfinden mitgegeben hat, Vögelchen.«

Ich erinnere mich genau, der Tag war regnerisch, es roch stärker als sonst nach fauligen Melonen, Katzendreck und einem heißen Dunst, der von der Straße hereindrang; der Geruch war so dick, man konnte ihn fast mit Händen greifen. Ich stand im Speisezimmer und fuhr über das Meer. Ich hatte die Patrona nicht kommen hören, und als ich ihren Griff im Nacken fühlte, riß mich der Schreck aus weiter Ferne zurück und lähmte mich so, daß ich im ersten Augenblick nicht wußte, wo ich war.

»Bist du schon wieder hier? Geh an deine Arbeit! Was glaubst du, wofür ich dich bezahle?«

»Ich bin fertig, Doñita . . .«

Die Patrona nahm die große Blumenvase von der Anrichte und kippte das schmutzige Wasser mit den schon verwelkten Blumen auf den Fußboden.

»Saubermachen!« befahl sie.

Verschwunden waren das Meer, die in Dunst gehüllten Felsen, der rote Zopf, nach dem ich mich sehnte – ich sah nur noch diese Blumen auf den Dielen, sah sie aufquellen, sich bewegen, lebendig werden, und ich sah diese Frau mit ihrem Löckchenturm und ihrem Medaillon am Hals. Ein ungeheures Nein stieg in mir auf, würgte mich, ich hörte es in einem wilden Schrei hervorbrechen und sah es in dem gepuderten Gesicht vor mir zerplatzen. Ihre Ohrfeige tat mir nicht weh, denn schon erfüllte mich rasende Wut, der ungestüme Drang, sie anzuspringen, sie zu Boden zu werfen, sie bei den Haaren zu packen und mit aller Kraft daran zu reißen. Und plötzlich gab der Haarwulst nach, die Löckchen zerfielen, der Knoten löste sich auf, und die ganze widerliche Masse hing mir in der Hand wie ein sterbendes Stinktier. Entsetzt glaubte ich, sie skalpiert zu haben. Im nächsten Augenblick war ich davon, rannte durch das Haus, durch den Garten, ohne mir klar zu sein, wohin, und stürzte auf die Straße. Nach wenigen Sekunden hatte der laue Sommerregen mich durchweicht, und ich blieb Atem holend stehen. Ich schüttelte mir die haarige Trophäe von der Hand und ließ sie in die Gosse fallen, wo sie vom Regenwasser fortgerissen wurde und mit dem Unrat davonschwamm. Ich stand einige Minuten und beobachtete diesen kläglichen, prunklosen Untergang, und ich war überzeugt, daß mein Leben nun zu Ende war, nirgendwo würde ich mich nach dieser Freveltat verstecken können. Ich lief los, ließ die bekannten Straßen hinter mir, überquerte den Platz, wo donnerstags der Markt war, verließ die Wohngegend, deren Fenster der Siesta wegen geschlossen waren, und lief immer weiter. Der Regen hörte auf, und die Sonne saugte die Nässe des Asphalts ein und hüllte alles in einen klebrigen Schleier. Menschen, Verkehr, Lärm, viel Lärm, Bauwerke, wo gigantische gelbe Maschinen brüllten, Hämmern und Schrillen von Werkzeugen, kreischende Bremsen, Hupen, Geschrei von Straßenhändlern. Aus den Cafés roch es nach frisch Gebackenem, das erinnerte mich daran, daß Vesperstunde war, und ich bekam Hunger, aber ich hatte kein Geld, und den Rest meines wöchentlichen Pirulí hatte ich bei der hastigen Flucht zurückgelassen. Ich überlegte, daß ich schon stundenlang umhergewandert sein mußte, alles erschien mir düster und beängstigend. In jenen Jahren war die Stadt noch nicht die unrettbare Scheußlichkeit, die sie heute ist, aber schon wuchs die Verunstaltung wie eine bösartige Geschwulst, schon war sie befallen vom Aussatz einer aberwitzigen Architektur, einer Mischung aller Stile, italienische Marmorpaläste, texanische Ranchos, Tudorbauten, stählerne Wolkenkratzer, Wohnhäuser in Form von Schiffen, Mausoleen, japanische Teesalons, Alpenhütten und Hochzeitstorten mit Gipsverzierung. Mir schwindelte.

Gegen Abend kam ich auf einen von Baumwollbäumen gesäumten Platz, majestätischen Bäumen, die seit dem Unabhängigkeitskrieg diesen Ort bewachen. In der Mitte erhob sich ein bronzenes Reiterstandbild, das den Vater des Vaterlandes darstellte, in der einen Hand die Fahne, in

der andern die Zügel haltend, nur hatte er ein wenig an Glanz verloren durch allzu viel Taubendreck und allzu große historische Ernüchterung. An der einen Ecke sah ich einen weißgekleideten Bauern mit Strohhut und Hanfsandalen sitzen, den ein Kreis Neugieriger umringte. Ich ging näher heran, um besser zu sehen, was er machte. Er sprach in singendem Tonfall, und für ein paar Münzen improvisierte er Verse zu dem aufgegebenen Stoff, ohne lange nachzudenken. Ich versuchte leise, ihn nachzuahmen, und entdeckte, daß es viel leichter ist, Geschichten im Gedächtnis zu behalten, wenn man sie in Reime faßt, weil das Erzählte nach seiner eigenen Musik tanzt. Ich blieb und hörte zu, bis der Mann seine Münzen zusammensammelte und davonging. Eine Weile unterhielt ich mich damit, nach Worten zu suchen, die gleich klangen, das war ein gutes Mittel, die Gedanken festzuhalten, so würde ich Elvira die Geschichten wiedererzählen können. Als ich an sie dachte, fiel mir der Geruch von gebratenen Zwiebeln ein, und da wurde ich mir erneut meiner Lage bewußt, und etwas eisig Kaltes kroch mir über den Rücken. Wieder sah ich die Haarpracht der Patrona in der Gosse schwimmen wie einen Hundekadaver, und ich hörte die Worte, die mir die Patin mehr als einmal gesagt hatte: »Du schlechtes Mädchen, du wirst im Gefängnis enden, so fängt das an, nicht gehorchen, keinen Respekt zeigen, und eines Tages sitzt du hinter Gittern, das sage ich dir, das wird dein Ende sein!« Ich hockte mich an den Rand des Brunnens und starrte auf die farbigen Fische und die von der Hitze ermatteten Seerosen.
»Was ist los mit dir?« Ein Junge mit dunklen Augen stand neben mir, er trug eine Drillichhose und ein Hemd, das für ihn viel zu groß war.
»Sie werden mich einsperren!«
»Wie alt bist du?«
»Neun Jahre.«

»Da hast du kein Recht, ins Gefängnis zu gehn. Du bist minderjährig.«
»Ich hab meiner Patrona das Haar vom Kopf gerissen.«
»Wie denn das?«
»Mit einem Ruck.«
Er setzte sich neben mich und betrachtete mich von der Seite, während er sich mit dem Taschenmesser den Schmutz unter den Nägeln vorkratzte.
»Ich heiße Huberto Naranjo, und du?«
»Eva Luna. Willst du mein Freund sein?«
»Ich gehe nicht mit Frauen.« Aber er blieb sitzen, und es dauerte nicht lange, da zeigten wir uns unsere Narben, tauschten unsere Geheimnisse aus und lernten uns kennen, und so begann die dauerhafte Verbindung, die uns später zur Freundschaft und zur Liebe führen sollte.
Seit er auf seinen zwei Füßen stehen konnte, lebte Huberto Naranjo auf der Straße. Anfangs hatte er Schuhe geputzt und Zeitungen ausgetragen, und nun hielt er sich mit kleinen Geschäften und Diebstählen über Wasser. Er hatte ein natürliches Geschick, Arglose zu überlisten, und ich bekam gleich Gelegenheit, am Brunnen seine Begabung zu würdigen. Er lockte die Vorübergehenden mit Geschrei heran, bis er eine kleine Menschenmenge beisammenhatte – Angestellte, Rentner, Dichter und zwei Polizisten, die hier Wache standen, um zu verhüten, daß etwa jemand unehrerbietigerweise ohne Jacke an dem Reiterstandbild vorbeiging. Die Wette lautete, daß jeder versuchen sollte, einen Fisch aus dem Brunnen zu holen, wobei er mit dem halben Oberkörper ins Wasser tauchen und blind mit der Hand zwischen den Wurzeln der Wasserpflanzen herumsuchen mußte bis auf den schlickigen Grund. Huberto hatte vorher einem Fisch die Schwanzflosse abgeschnitten, und das arme Tier konnte nur noch stumpfsinnig im Kreis herumschwimmen oder regungslos unter einer Seerose stehen, wo er es mit schnellem

Griff erwischte. Während Huberto triumphierend seinen Fang schwenkte, bezahlten die anderen ihren Verlust mit durchweichten Ärmeln und naß gewordener Würde. Huberto kannte noch mehr Arten, zu ein paar Münzen zu kommen. So ließ er zum Beispiel erraten, welche von drei Scheiben, die er mit blinzeln machender Geschwindigkeit auf einem ausgebreiteten Stoffetzen durcheinanderschob, die markierte war. Er konnte einem Vorübergehenden die Uhr in weniger als zwei Sekunden aus der Tasche ziehen und sie genauso schnell verschwinden lassen. Ein paar Jahre später würde er, gekleidet wie eine Mischung aus Cowboy und mexikanischem Bauern, allen möglichen Kram verkaufen, von gestohlenen Schrauben bis zu aussortierten minderwertigen Hemden. Mit sechzehn Jahren würde er der gefürchtete und hochgeachtete Anführer einer Bande sein, über mehrere Karren mit gerösteten Erdnüssen, Würstchen und Zuckerrohrsaft gebieten, er würde der Held des Hurenviertels sein und der Albdruck der Polizei, bis ein anderes Verlangen ihn in die Berge trieb. Doch das war erst viel später. Als ich ihm das erste Mal begegnete, war er noch ein Kind, aber hätte ich ihn aufmerksamer betrachtet, hätte ich vielleicht schon den Mann in ihm vorausgesehen, der er einmal sein würde, denn schon damals hatte er entschlossene Fäuste und ein heißes Herz. »Man muß ein echter Macho sein«, sagte Naranjo. Das war sein Lieblingswort, und es gründete sich auf ein paar männliche Attribute, die sich in nichts von denen anderer Jungen unterschieden, aber er mußte sie sich bestätigen und maß seinen Penis mit einem Zentimetermaß oder zeigte, wie weit sein Urinstrahl reichte – das erfuhr ich sehr viel später, als er selbst sich über diese windigen Beweise lustig machte. Inzwischen hatte ihn jemand aufgeklärt, daß die Größe des bewußten Gliedes kein unwiderlegbares Zeugnis für Manneskraft ist. Seine Vorstellungen von rechtschaffener Männlichkeit jedoch waren seit seiner Kindheit in ihm verwurzelt, und alles, was ihm später widerfuhr, all die Kämpfe und Leidenschaften, all die Zusammenstöße und Streitgespräche, alle Empörungen und Niederlagen machten ihn in seinen Überzeugungen nie schwankend.

Als die Nacht kam, zogen wir auf der Suche nach etwas Eßbarem durch die umliegenden Restaurants. Wir setzten uns in eine Gasse gegenüber der Hintertür einer Garküche und teilten uns eine dampfende Pizza, die Huberto bei dem Kellner gegen eine Postkarte eingetauscht hatte, auf der eine lächelnde Blondine mit riesigen Brüsten abgebildet war. Danach liefen wir durch ein Labyrinth von Patios, wobei wir über Mauern kletterten und unbekümmert fremden Besitz verletzten, bis wir zu einer Tiefgarage kamen. Wir quetschten uns durch eine Lüftungsluke hinein, um dem Dicken nicht in die Arme zu laufen, der den Eingang bewachte, und schlichen in die unterste Etage. In einem dunklen Winkel zwischen zwei Säulen hatte Huberto sich ein Nest aus Zeitungspapier gebaut, damit er eine Unterkunft hatte, wenn er keinen freundlicheren Ort fand. Hier wollten wir also Seite an Seite die Nacht verbringen, im Dunst von Kohlenmonoxyd und Motorenöl, denn es stank wie im Kesselraum eines alten Flußdampfers. Ich richtete mich auf dem papiernen Lager ein und bot Huberto an, ihm als Dank für so viele und große Freundlichkeiten eine Geschichte zu erzählen.
»Na gut«, willigte er ein, etwas verblüfft, denn ich glaube, er hatte sich noch nie in seinem Leben etwas angehört, was auch nur entfernt einer Geschichte ähnelte.
»Wovon soll sie handeln?«
»Von Banditen«, sagte er, nur um etwas zu sagen.
Ich rief mir ein paar Episoden aus Erzählungen ins Gedächtnis, die ich im Radio gehört hatte, dazu gefühlvolle Texte von Rancheras, tat ein wenig Selbsterfundenes

hinzu und stürzte mich augenblicklich in die Geschichte einer Jungfrau, die in einen Straßenräuber verliebt war, einen wahren Schakal; er löste auch die kleinsten Ärgernisse durch Kugeln, und die ganze Gegend war von Witwen und Waisen übersät. Die Jungfrau gab die Hoffnung nicht auf, ihn durch die Kraft ihrer Leidenschaft und die Sanftmut ihres Wesens zu retten, und so sammelte sie, während er unverdrossen seinen Missetaten nachging, eben die Waisen um sich, die der Ruchlose mit seinen unersättlichen Pistolen geschaffen hatte. Wenn er im Haus erschien, war das wie ein Gluthauch aus der Hölle, er trat die Türen ein und schoß wild in die Luft. Auf Knien flehte sie ihn an, er solle seine Grausamkeiten bereuen, aber er verhöhnte sie mit dröhnendem Gelächter, unter dem die Wände bebten und das Blut in den Adern gefror. »Wie steht's, meine Schöne?« schrie er, während die angstzitternden Kinder sich im Schrank versteckten. »Wie geht's den lieben Kleinen?« und damit riß er die Schranktür auf, zerrte sie an den Ohren hervor und nahm ihnen Maß. »Aha! Ich sehe, sie sind gewachsen! Aber mach dir nichts draus, ich geh ins Dorf und schaff dir im Handumdrehn neue Waisen für deine Sammlung!« Und so vergingen die Jahre, und die Mäuler, die gefüttert werden wollten, vermehrten sich ständig, bis eines Tages die Braut, der ewigen Gewalttaten müde, begriff, daß es sinnlos war, weiterhin auf die Besserung des Banditen zu hoffen, und das Gutsein abschüttelte. Sie ließ sich Dauerwellen legen, kaufte sich ein rotes Kleid und verwandelte ihr Haus in einen Ort der Freude und des Vergnügens, wo man das herrlichste Eis essen und die beste Malzmilch trinken konnte und jede Art Spiele spielen und tanzen und singen. Die Kinder hatten großen Spaß daran, die Kunden zu bedienen, Mangel und Elend hörten auf, und die junge Frau war so glücklich, daß sie die alten Kränkungen vergaß. So ging alles wunderbar. Aber das Gerede darüber kam dem Schakal zu Ohren, und eines Abends erschien er wie gewohnt, schlug die Türen ein, schoß gegen die Decke und fragte nach den Kindern. Doch da erlebte er eine Überraschung. Keines begann vor ihm zu zittern, keines rannte zum Schrank, die junge Frau stürzte ihm nicht um Mitleid flehend zu Füßen. Alle blieben fröhlich bei ihren Beschäftigungen, die einen servierten Eis, andere schlugen die Trommel und das Tamburin, und sie selbst tanzte Mambo auf einem Tisch in einem prachtvollen, mit tropischen Früchten geschmückten Hut. Da ging der Bandit wütend und gedemütigt mit seinen Pistolen fort und suchte sich eine andere Braut, die Angst vor ihm hatte, und damit ist die Geschichte aus.

Huberto Naranjo hörte mir bis zum Ende zu.

»Das ist eine idiotische Geschichte . . . In Ordnung, ich will dein Freund sein«, sagte er.

Zwei Tage strolchten wir durch die Stadt. Er lehrte mich die Vorzüge der Straße und einige Tricks zum Überleben: »Lauf vor der Polizei weg, denn wenn sie dich erwischen, bist du aufgeschmissen; wenn du im Bus einen beklauen willst, stell dich hinter ihn und paß auf, wenn die Tür aufgeht, dann rein mit der Hand und raus aus dem Bus; das beste Essen findest du vormittags zwischen den Abfällen vom Zentralmarkt und nachmittags in den Mülltonnen der Hotels und Restaurants.« Während ich ihm auf seinen Streifzügen folgte, erfuhr ich zum erstenmal den Rausch der Freiheit, diese Mischung aus ängstlicher Erregung und kaum erträglichem Taumel, die mich seither in meinen Träumen mit solcher Deutlichkeit verfolgt, als erlebte ich sie im Wachen. Aber in der dritten Nacht wurde ich, ein obdachloses, müdes, schmutziges Kind, vom Heimweh übermannt. Ich dachte an Elvira und bedauerte bitterlich, daß ich nicht an den Ort des Verbrechens zurückkonnte, dann dachte ich an meine Mutter und wollte ihren roten Zopf

wiederhaben und den einbalsamierten Puma wiedersehen. Und da bat ich Huberto Naranjo, er möge mir helfen, meine Patin zu finden.
»Wozu? Haben wir's nicht gut? Du bist ja blöd!«
Ich konnte ihm meine Gründe nicht erklären, aber ich bedrängte ihn so lange, bis er schließlich ergeben einwilligte mitzumachen, nicht ohne mich zu warnen, daß ich diese Dummheit jeden Tag meines Lebens bereuen würde. Er kannte die Stadt in- und auswendig, benutzte die Trittbretter oder Stoßstangen der Busse, wenn er es eilig hatte, und nach meinen nicht sehr klaren Angaben und dank seiner Fähigkeit, sich überall zurechtzufinden, gelangten wir endlich an den Abhang eines Hügels, auf dem eine Ansammlung schäbiger Hütten stand, zusammengebaut aus Pappkartons, Wellblech, Ziegelsteinen, alten Autoreifen – sie sahen genauso aus wie die in anderen Armenvierteln, aber ich erkannte sie sofort an dem riesigen Unrathaufen, der sich in den Mulden breitmachte. Hier luden die städtischen Müllwagen ihre stinkende Last ab, und von oben gesehen schillerte die Mistgrube blaugrün von Fliegenschwärmen.
»Da ist das Haus meiner Patin!« schrie ich, als ich von weitem die lila angestrichene Bretterbude sah – ich war nur ein paarmal dort gewesen, aber ich erinnerte mich gut daran, weil sie einem Heim noch am nächsten kam.
Die Hütte war verschlossen, und eine Nachbarin rief von der anderen Seite der Gasse herüber, wir sollten warten, meine Patin sei einholen gegangen und müßte bald zurückkommen. Der Augenblick war da, mich von Huberto Naranjo zu verabschieden, und hochrot im Gesicht streckte er mir die Hand hin. Ich warf ihm die Arme um den Hals, aber er versetzte mir einen Stoß, der mich beinahe umwarf. Ich zog ihn mit aller Kraft am Hemd zurück und gab ihm einen Kuß, der statt auf dem Mund mitten auf der Nase landete. Huberto drehte sich schroff

um und trottete den Hügel hinab, und ich setzte mich auf die Türschwelle und sang.
Die Patin ließ nicht lange auf sich warten. Ich sah sie den gewundenen Weg heraufkommen, ein Paket in den Armen, schwitzend vor Anstrengung, groß und stattlich, in ihrem besten, zitronengelben Rock. Ich schrie und rannte ihr entgegen, aber sie ließ mir nicht die Zeit zu erklären, was geschehen war, sie wußte es bereits von der Patrona, die ihr von meinem Verschwinden und der ihr zugefügten unverzeihlichen Beleidigung berichtet hatte. Sie hob mich hoch und setzte mich erst in der Hütte wieder ab. Der Gegensatz zwischen der Mittagshelle draußen und der Dunkelheit drinnen machte mich blind, aber ich kam nicht dazu, meine Augen zu gewöhnen, denn ein Faustschlag wirbelte mich durch die Luft und streckte mich zu Boden. Die Patin prügelte mich, bis die Nachbarn kamen. Danach kurierten sie mich mit Salz.
Vier Tage später brachte mich die Patin zurück zu meiner Arbeitsstelle. Der Mann mit der Erdbeernase gab mir einen zärtlichen Klaps auf die Wange und nutzte einen unbeobachteten Augenblick, um mir zu sagen, er freue sich, mich wiederzusehen, er habe mich sehr vermißt. Die Dame mit dem Medaillon empfing uns auf einem Stuhl im Salon sitzend, streng wie ein Richter, aber mir schien, als wäre sie zur Hälfte eingeschrumpft, sie sah aus wie eine alte, in Trauer gekleidete Lumpenpuppe. Sie hatte keinen mit blutbefleckten Binden umwickelten Kahlkopf, wie ich erwartet hatte, sondern prangte in ihrem Turm aus krausen Löckchen und festgedrehten Knoten, der zwar eine andere Farbe hatte, aber heil und ganz war. Staunend grübelte ich über einer Erklärung für dieses unglaubliche Wunder, ohne auf die lange Rede der Patrona oder auf die Püffe der Patin zu achten. Das einzige, was ich aus der Strafpredigt begriff, war die Ankündigung, daß ich von diesem Tag an doppelt soviel arbeiten würde, so würde

ich meine Zeit nicht mit Kunstbetrachtungen vergeuden. Und das Gartengitter blieb verschlossen, damit ich nicht noch einmal ausreißen konnte.
»Ich werde ihr den Charakter schon bändigen«, versicherte die Patrona.
»Mit so viel Prügeln, wie Sie für richtig halten«, fügte die Patin hinzu.
»Sieh zu Boden, wenn ich mit dir spreche, Rotznase! Du hast Augen wie ein Teufel, aber ich werde dir keine Unverschämtheit mehr erlauben, hast du mich verstanden?« schrie die Dame mich an.
Ich blickte ihr fest in die Augen, ohne zu blinzeln, dann machte ich mit hocherhobenem Kopf kehrt und ging in die Küche, wo Elvira, die hinter der Tür gelauscht hatte, mich schon erwartete.
»Ach mein armes Vögelchen! Komm her, damit ich dir Umschläge mache. Sie haben dir doch hoffentlich keinen Knochen gebrochen?«
Die Patrona gab es auf, mich zu plagen, und da sie nie die verlorenen Haare erwähnte, betrachtete ich diesen Vorfall schließlich wie einen Albtraum, der durch irgendeinen Spalt in das Haus eingedrungen war. Sie verbot mir auch nicht mehr, das Gemälde anzusehen, denn vermutlich ahnte sie, daß ich mich ihr notfalls auch mit Kratzen und Beißen widersetzt hätte. Für mich wurde dieses Bild mit seinen schäumenden Wogen und den im Flug festgehaltenen Möwen immer bedeutsamer, es verkörperte den Lohn für die Mühen des Tages, es war die Tür zur Freiheit. In der Stunde der Siesta, wenn die andern sich zur Ruhe legten, wiederholte ich immer dieselbe Zeremonie, ohne um Erlaubnis zu fragen oder Erklärungen abzugeben, zu allem bereit, um dieses Vorrecht zu verteidigen. Ich wusch mir das Gesicht und die Hände, kämmte mich, band mir die Schürze ab, zog meine Ausgehschuhe an und ging ins Speisezimmer. Ich stellte einen Stuhl vor mein

Fenster zu den Geschichten, setzte mich mit geradem Rücken, die Füße zusammen, die Hände im Schoß wie in der Messe, und ging auf die Reise. Manchmal bemerkte ich, daß die Patrona mich von der Tür aus beobachtete, aber sie sagte nie etwas, sie fürchtete sich vor mir.
»So ist es richtig, Vögelchen«, ermunterte mich Elvira. »Man muß nur ordentlich Krieg machen. An wütende Hunde traut sich keiner ran, aber die zahmen kriegen Fußtritte. Man muß immer kämpfen.«
Das war der beste Rat, den ich in meinem Leben bekommen habe. Elvira röstete Zitronen in der glühenden Asche, schnitt sie über Kreuz in Viertel, ließ sie aufkochen und gab mir das Gebräu zu trinken, damit ich tapfer und tüchtig wurde.

Mehrere Jahre arbeitete ich im Hause des Geschwisterpaares, und in dieser Zeit veränderte sich vieles im Land. Elvira erzählte mir davon. Nach einer kurzen Zeit republikanischer Freiheiten bekamen wir wieder einen Diktator. Er war ein Militär, der so harmlos aussah, daß niemand ahnte, wie weit seine Gier gehen könnte; aber die mächtigste Persönlichkeit des Regimes war nicht der General, sondern der »Mann mit der Gardenie«, der Chef der Politischen Polizei, ein Typ mit gezierten Umgangsformen und lackierten Fingernägeln, wohlfrisiert, französisch parfümiert, makellos in weißes Leinen gekleidet und immer mit einer Blume im Knopfloch. Niemand konnte ihm je eine Pöbelhaftigkeit vorwerfen. Er war durchaus kein Homosexueller, wie seine zahlreichen Feinde behaupteten. Er leitete die Foltern selbst, ohne je seine Eleganz und seine Höflichkeit zu verlieren. In jener Zeit wurde das alte Gefängnis Santa María wiederhergerichtet, ein schreckliches Straflager auf einer Insel inmitten eines von Kaimanen und Piranhas wimmelnden Flusses an der Grenze des Urwalds, wo die politischen Gefangenen und die Verbrecher, als gleichwertig behandelt, an Hunger, Schlägen und tropischen Krankheiten verendeten.

Elvira sprach häufig über diese Dinge, die sie an ihren Ausgangstagen durch das Gerede der Leute erfuhr, denn im Radio war nichts davon zu hören und in der Zeitung nichts zu lesen. Ich hatte Elvira sehr liebgewonnen, »Großmutter, Großmutter!« rief ich sie, und sie versprach mir: »Wir werden uns niemals trennen.« Aber ich war da nicht so sicher, ich fühlte damals schon voraus, daß mein Leben eine lange Kette von Abschieden sein würde. Wie ich hatte auch Elvira bereits als kleines Mädchen gearbeitet, und in den vielen Jahren war ihr die Müdigkeit in die Knochen gekrochen und griff ihr Gemüt an. Der Berg der Mühsal und die nie endende Armut nahmen ihr den Schwung, und sie begann Zwiegespräche mit dem Tod zu führen. Nachts schlief sie in ihrem Sarg, um sich allmählich daran zu gewöhnen und die Furcht davor zu verlieren, zum Teil aber auch, um die Patrona zu reizen, die es nicht über sich bringen konnte, diesen Totenschrein in ihrem Haus gelassen hinzunehmen. Das Dienstmädchen konnte den Anblick der Großmutter in ihrem Totenbett im gemeinsamen Zimmer nicht länger ertragen und ging auf und davon, ohne auch nur den Patrón zu verständigen, der sie weiterhin zur Siesta erwartete. Bevor sie verschwand, zeichnete sie alle Türen des Hauses mit weißen Kreidekreuzen, deren Sinn niemand zu deuten wußte, weshalb wir auch nicht wagten, sie abzuwischen. Elvira war zu mir wie eine wirkliche Großmutter. Bei ihr lernte ich, Worte gegen andere Güter zu tauschen, und ich habe großes Glück gehabt, denn ich habe immer jemand gefunden, der zu diesem Handel bereit war.

In diesen Jahren veränderte ich mich nicht sehr, ich blieb mager und kindlich, aber ich hielt die Augen weit offen, um die Patrona zu ärgern. Mein Körper entwickelte sich nur langsam, aber in meinem Innern rührte sich etwas Unbezähmbares, es floß wie ein unsichtbarer Strom. Während ich mich als Frau fühlte, zeigte mir die spiegelnde Fensterscheibe das verschwommene Bild eines kleinen Mädchens. Doch so wenig ich auch wuchs, es genügte doch, daß der Patrón sich mehr mit mir beschäftigte. »Ich muß dir das Lesen beibringen, Tochter«, sagte er, nur hatte er nie Zeit dafür. Nun bat er mich aber nicht mehr nur um Küsse auf die Nase, er gab mir auch ein paar Centavos, damit ich ihm beim Baden half und ihm mit dem Schwamm den ganzen Körper abseifte. Hinterher legte er sich auf das Bett, und ich trocknete ihn ab, puderte ihn ein und zog ihm die Unterwäsche an, als wäre er ein Säugling. Manchmal aalte er sich stundenlang im Wasser und spielte mit mir Seeschlacht, dann wieder beachtete er mich tagelang überhaupt nicht, war von seinen Wetten beansprucht oder saß benommen mit seiner Auberginennase herum. Elvira hatte mich mit krasser Deutlichkeit vor den Männern gewarnt: sie hätten ein Ungeheuer zwischen den Beinen, so häßlich wie eine Yuccawurzel, daraus kämen winzig klein die Kinder, nisteten sich im Bauch der Mutter ein und wüchsen dort zu richtigen Babys. Dieses Teil dürfte ich um keinen Preis berühren, denn dann würde das schlafende Tier seinen scheußlichen Kopf heben, würde sich auf mich stürzen, und daraus würde sich schreckliches Unheil ergeben. Aber ich glaubte ihr nicht, das klang zu sehr nach einer ihrer wunderlichen Phantasievorstellungen. Der Patrón hatte nur einen kläglichen, fetten, welken Wurm, aus dem niemals etwas Ähnliches wie ein Baby kommen konnte, schon gar nicht in meiner Gegenwart. Er ähnelte seiner Nase, und damals entdeckte ich – und fand es später in meinem Leben bestätigt –, daß zwischen Penis und Nase eine enge Beziehung besteht. Es genügt mir, das Gesicht eines Mannes anzusehen, um zu wissen, wie er nackt aussieht. Lange oder kurze Nasen, feine oder grobe Nasen, hochmütige oder bescheidene Nasen, gierige, witternde, kühne Nasen oder teilnahmslose Nasen, die nur zum Einatmen dienen, Nasen jeder Sorte. Mit dem Alter werden fast alle dicker, werden schlaff und knollig und büßen die Pracht wohlgewachsener, wohlgepflanzter Penisse ein.

Wenn ich mich über die Balkonbrüstung lehnte, überlegte ich oft, daß ich doch besser auf der anderen Seite geblieben wäre. Die Straße war soviel reizvoller als dieses Haus, wo das Dasein öde vor sich hin trottete, eingefahrene Gewohnheiten sich immer im gleichen bedächtigen Schritt wiederholten, die Tage aneinanderklebten, alle von farbloser Eintönigkeit wie in einem Krankenhaus. In den Nächten betrachtete ich den Himmel und malte mir aus, ich könnte mich in Rauch verwandeln und mich zwischen den Eisenstäben des Gartengitters hindurchfädeln. Ich spielte, daß ein Mondstrahl mich im Rücken traf und mir Vogelflügel wüchsen, zwei große gefiederte Schwingen, mit denen ich davonfliegen konnte. Bisweilen versetzte ich mich so tief in diese Vorstellung hinein, daß es mir gelang, mich über die Dächer der Stadt zu erheben; »denk dir nicht solche Dummheiten aus, Vögelchen, nur die Hexen und die Flugzeuge können fliegen«. Von Huberto Naranjo hörte ich erst viel später wieder, aber ich dachte sehr oft an ihn und gab allen verzauberten Prinzen sein dunkles Gesicht. Die Liebe erkannte ich sehr früh mit meinem Gefühl, ich nahm sie in meine Geschichten auf, sie erschien mir im Traum, sie war immer gegenwärtig. Ich betrachtete eingehend die Fotos zu den Polizeiberichten und versuchte zu erraten, welche Dramen von Leidenschaft und Tod in den Zeitungsseiten eingeschlossen waren, ich hörte immer zu, wenn die Erwachsenen sich unterhielten, ich lauschte hinter der Tür, wenn die Patrona telefonierte, und quälte Elvira mit meinen Fragen – »Laß mich in Frieden, Vögelchen«. Das Radio war meine

Quelle der Offenbarung. In der Küche lief der Apparat vom Morgen bis zum Abend und verkündete die Vorzüge dieses von Gott mit jeder Art Schätzen gesegneten Landes, von seiner Lage im Mittelpunkt des Erdballs und der Weisheit seiner Staatsmänner bis zu dem Petroleumsumpf, auf dem wir schwammen. Aus diesem Radio lernte ich Boleros und andere Volkslieder singen, Reklamesprüche aufsagen und *this pencil is red, is this pencil blue? No, that pencil is not blue, that pencil is red* aus einem Englischkurs für Anfänger, eine halbe Stunde täglich, ich machte die Stimmen der Sprecher nach und kannte die Sendezeit für jedes Programm. Ich hörte mir alle Hörspielserien und Romanlesungen an, litt unsäglich mit diesen vom Schicksal gebeutelten Geschöpfen und staunte immer, wenn sich am Schluß für die Heldin die Dinge so glücklich fügten, denn sechzig Folgen hindurch hatte sie sich wie eine Idiotin benommen.

»Ich sage dir, Montedónico wird sie als seine Tochter anerkennen! Wenn er ihr seinen Namen gibt, kann sie Rogelio de Salvatierra heiraten«, seufzte Elvira entzückt, mit dem Ohr am Radio.

»Sie hat doch das Medaillon ihrer Mutter! Das ist ein Beweis, warum sagt sie nicht allen Leuten, daß sie die Tochter von Montedónico ist, und fertig?«

»Das kann sie ihrem Vater nicht antun, Vögelchen.«

»Warum denn nicht, wenn er sie achtzehn Jahre lang in einem Waisenhaus eingesperrt hat!«

»Er ist eben ein unnatürlicher Vater, sadistisch nennen sie das.«

»Aber hör doch, Großmutter, wenn sie so weitermacht, ist sie immer die Angeschmierte!«

»Mach dir keine Sorgen, alles wird schon in Ordnung kommen. Siehst du denn nicht, daß sie ein guter Mensch ist?«

Elvira hatte recht. Immer triumphierten die Dulder, und

die Bösen bekamen ihre Strafe. Montedónico wurde von einer schrecklichen Krankheit heimgesucht, bat sie auf seinem Sterbebett um Verzeihung, sie pflegte ihn bis zu seinem Tode, und nachdem sie ihn beerbt hatte, vermählte sie sich mit Rogelio de Salvatierra, was mir viel Stoff für meine eigenen Geschichten gab, wenn ich auch selten die Grundregel des glücklichen Endes beachtete – »Hör mal, Vögelchen, weshalb heiratet in deinen Geschichten keiner?« Eines Tages hörte ich ein liebliches, fremdes Wort und sauste zu Elvira: »Großmutter, was ist Schnee?« Aus ihrer Erklärung schloß ich, daß es sich um gefrorenes Sahnebaiser handeln mußte. Sogleich wurde ich zur Heldin von Polargeschichten, ich war eine abscheuliche Schneefrau, grausam und über und über behaart, und kämpfte gegen einen Trupp Wissenschaftler, die Jagd auf mich machten, weil sie mich zu Experimenten in ihr Laboratorium entführen wollten.

Was Schnee wirklich war, konnte ich an dem Tag feststellen, an dem eine Nichte des Generals ihren fünfzehnten Geburtstag feierte. Das Ereignis wurde im Radio in so großen Tönen angekündigt, daß Elvira keine Wahl blieb, sie mußte mich mitnehmen, um das Spektakel von weitem mitanzusehen. Tausend Gäste strömten an diesem Abend in das beste Hotel der Stadt, das für diese Gelegenheit in eine winterliche Nachbildung des Aschenbrödelschlosses verwandelt wurde. Die Philodendren und die tropischen Farne wurden beschnitten, die Palmen geköpft, und statt dessen wurden Weihnachtstannen aus Alaska aufgestellt, behängt mit Glaswolle und übersät mit künstlichen Eiskristallen. Damit man Schlittschuh laufen konnte, legten sie eine Bahn aus weißem Kunststoff an, um die Polregion nachzuahmen. Sie bemalten die Fenster mit Eisblumen und verstreuten überall so viel synthetischen Schnee, daß die Flocken noch eine Woche später im Operationssaal des fünfhundert Meter entfernten Militärhospitals herumflogen. Da sie das Wasser des Schwimmbeckens nicht gefrieren lassen konnten, weil die aus dem Norden herangeschafften Maschinen versagten und statt Eis so etwas wie erbrochenes Gallert zustande brachten, entschied man sich dafür, statt dessen zwei rosa gefärbte Schwäne schwimmen zu lassen, die ein Band hinter sich herziehen mußten, auf dem in Goldlettern der Name der Fünfzehnjährigen stand. Um dem Fest mehr Glanz zu geben, wurden zwei Mitglieder des europäischen Adels und ein Filmstar mit dem Flugzeug herbeigebracht. Um zwei Uhr nachts ließen sie das Geburtstagskind in einer als Schlitten geformten Schaukel von der Decke des Festsaales herab, in Zobelpelze gehüllt, vier Meter über den Köpfen der Gäste schwingend, halb ohnmächtig vor Hitze und Schwindelgefühl. Davon sahen wir draußen stehenden Neugierigen nichts, aber die Fotos erschienen in allen Illustrierten, nur konnte das Wunder eines in die Arktis versetzten Hotels unserer Hauptstadt niemanden erstaunen, schließlich waren in unserem Staat noch viel verblüffendere Dinge geschehen. Mich fesselte nichts so sehr wie ein paar riesige Kübel mit echtem Schnee, die am Eingang des Hotels aufgestellt waren, damit die elegante Festgesellschaft Schneebälle werfen und Schneemänner bauen konnte, wie man es ihres Wissens in den kälteren Ländern tat. Es gelang mir, Elvira zu entwischen, ich schlüpfte zwischen den Türhütern und Polizisten hindurch, schlich mich an die Kübel und nahm den Schatz in beide Hände. Zuerst glaubte ich, ich hätte mich verbrannt, und schrie auf vor Schreck, aber fallen ließ ich dieses gefrorene poröse Etwas nicht, so entzückt war ich von dem farbigen Licht, das darin eingefangen war. Ein Wachposten griff nach mir, aber ich duckte mich und lief ihm zwischen den Beinen durch, den Schnee gegen die Brust gepreßt. Als er mir dann wie Wasser aus den Händen rann, fühlte ich mich gefoppt. Ein paar Tage später schenkte mir Elvira eine durchsichtige Halbkugel, in der ein Häuschen und eine Tanne standen, und wenn man sie schüttelte, flogen darin weiße Flocken. »Damit du deinen eigenen Winter hast, Vögelchen«, sagte sie.

Ich war noch nicht alt genug, um mich für Politik zu interessieren, aber Elvira stopfte mir den Kopf mit aufrührerischen Ideen voll, damit ich den Herrschaften Trotz bieten konnte.

»Verkommen ist alles in diesem Land, Vögelchen. Zuviel Gringos mit gelben Haaren, sage ich, eines Tages tragen sie uns die Erde ganz weg, und wir sitzen im Meer, das sage ich dir!«

Die Dame mit dem Medaillon war genau entgegengesetzter Meinung.

»Ein Unglück für uns, daß Christoph Kolumbus uns entdeckt hat und nicht ein Engländer. Hier gehören mutige Leute von guter Rasse her, die Straßen durch den Urwald legen, den Llano urbar machen, eine Industrie aufbauen. Sind so nicht die Vereinigten Staaten groß geworden? Und nun seht euch an, wohin unser Land gekommen ist!«

Sie war einig mit dem General, als er die Grenzen für jeden öffnete, der dem Nachkriegselend in Europa entfliehen und herüberkommen wollte. Die Einwanderer strömten in Massen an, mit Frauen, Kindern, Großeltern, entfernten Vettern, mit ihren verschiedenen Sprachen, ihren Eßgewohnheiten, ihren Legenden, ihren Feiertagen und mit ihrer Last an Heimweh. Unser weites Land schluckte alles ein. Auch einigen wenigen Asiaten wurde die Einwanderung gestattet, die, wenn sie einmal da waren, sich mit unglaublicher Schnelligkeit vermehrten. Zwanzig Jahre später konnte man an jeder Ecke der Stadt ein Restaurant mit schnaubenden Dämonen, Papierlampions und Pagodendach finden, und in der Presse gab es wüste Berichte über einen chinesischen Kellner, der eines Tages die Gäste im Speisesaal sich selbst überließ, ins Büro ging

und seinem Chef mit dem Küchenmesser Kopf und Hände abhackte, weil der einer religiösen Vorschrift nicht die gebührende Achtung erwiesen und das Bild eines Drachens neben das eines Tigers gehängt hatte.
Die Fremden kamen mit dem Vorsatz, ihr Glück zu machen und dann wieder heimzukehren – aber sie blieben. Ihre Kinder verlernten die Muttersprache, und der Duft des Kaffees und der fröhliche Sinn und der Zauber eines Volkes, das den Neid noch nicht kannte, eroberten sie völlig. Nur wenige zogen aus, um die von der Regierung zur Verfügung gestellten Ländereien zu bewirtschaften, denn es gab dort weder Straßen noch Schulen, noch Krankenhäuser, dafür aber Seuchen, Moskitos und giftiges Getier im Überfluß. Landeinwärts war das Reich der Banditen, Schmuggler und Soldaten. Die Einwanderer blieben in den Städten, arbeiteten hart und sparten jeden Centavo, sehr zum Gespött der Einheimischen, die Verschwendung und Freigebigkeit als höchste Tugenden jedes anständigen Menschen ansahen.
»Ich glaube nicht an all die neuen Maschinen. Dieses Nachäffen von Gringomoden ist schlecht für die Seele«, beharrte Elvira, empört über die Großmannssucht der Neureichen, die leben wollten wie im Film.
Der Patrón und die Patrona hatten keinen Zugang zum leichten Geld, sie lebten von ihren Pensionen, verschwenderischer Aufwand kam nicht ins Haus, aber sie konnten sehen, wie er sich in ihrer Umgebung breitmachte. Jeder wollte Besitzer eines Kapitalistenautos sein, bis es fast unmöglich war, die verstopften Straßen zu überqueren. Erdöl wurde eingetauscht für Telefone in Form von Kanonen, Meeresmuscheln und Odalisken; Plastik wurde in solchen Mengen importiert, daß die Landstraßen von unzerstörbarem Abfall gesäumt waren; mit dem Flugzeug kamen täglich die Eier für das Frühstück der Nation und endeten als riesige Tortillas auf dem glühendheißen As-

phalt des Flugplatzes, wenn die Kisten beim Abladen umkippten.

»Der General hat recht, hier stirbt niemand an Hunger, du streckst die Hand aus, und schon fällt dir eine Mango hinein, deshalb gibt es auch keinen Fortschritt. Die kalten Länder sind kultivierter, weil das Klima die Leute zum Arbeiten zwingt«, sagte der Patrón, im Schatten ruhend, fächelte sich mit der Zeitung, kratzte sich den Bauch und schrieb einen Brief an das Ministerium für Ackerbau und Industrie, worin er den Vorschlag unterbreitete, man könnte doch einen Eisberg aus dem Polargebiet im Schlepp herbugsieren, ihn zerkleinern und die Körnchen aus der Luft abwerfen, um zu sehen, ob er das Klima verändern und mit der unschicklichen Faulheit aufräumen würde.

Während die Machthaber ohne jeden Skrupel räuberten, wagten die berufsmäßigen Ganoven oder die Diebe aus Not kaum, ihrem Handwerk nachzugehen, denn das Auge der Polizei war überall. So verbreitete sich die Vorstellung, daß eben nur eine Diktatur die Ordnung aufrechterhalten konnte. Die einfachen Leute, für die Phantasietelefone, synthetische Wegwerfhöschen oder importierte Eier nicht erreichbar waren, lebten weiter wie bisher. Die Führer der Opposition waren im Exil, aber Elvira erzählte mir, daß im Volk insgeheim die Wut wuchs, die nötig war, um sich dem Regime entgegenzustellen. Der Patrón und die Patrona waren bedingungslose Anhänger des Generals, und als die Polizei von Haus zu Haus ging, um sein Foto zu verkaufen, zeigten sie stolz das Bild, das bereits an einem Ehrenplatz im Salon hing. Elvira hegte einen tiefen Haß gegen diesen dicken, nicht greifbaren Militär, und wenn sie sein Bild abstaubte, verfluchte und verhexte sie ihn jedesmal.

Vier

An dem Tag, an dem der Postbote Lukas Carlé fand, glänzte der Wald frisch gewaschen, vom Boden stieg ein unirdisch bleicher Dunst auf und ein starker Geruch nach moderndem Laub. Seit fast vierzig Jahren fuhr der Mann auf seinem Rad jeden Morgen denselben Weg. Damit hatte er sich sein Brot verdient und zwei Kriege, die Besatzungszeit, den Hunger und manchen persönlichen Schicksalsschlag überstanden. Dank seinem Amt kannte er alle Bewohner der kleinen Stadt mit Namen, genauso gut, wie er jeden Baum des Waldes nach Art und Alter unterscheiden konnte. Anfangs war dieser Morgen wie jeder andere – dieselben Eichen, Buchen und Birken, das weiche Moos, die Pilze am Fuß der dicken Stämme, die duftende kühle Brise, die Lichter und Schatten auf dem Weg. Ein Morgen, der sich in nichts von anderen unterschied, und vermutlich hätte jemand, der sich nicht so gut in der Natur auskannte, die Warnung nicht gespürt, aber der Postbote fühlte unvermittelt eine Beklemmung, ein Prickeln auf der Haut, denn er nahm Zeichen wahr, die kein anderes menschliches Auge bemerkt hätte. Er stellte sich den Wald immer wie ein riesiges grünes Tier vor, durch dessen Adern sanft das Blut floß, aber an diesem Tag war es unruhig. Er stieg ab, zog witternd die Morgenluft ein und fragte sich, was sein Unbehagen ausgelöst haben mochte. Das Schweigen war so abgrundtief, daß er fast fürchtete, taub geworden zu sein. Er ließ sein Fahrrad liegen und ging ein paar Schritte in den Wald hinein, um sich genauer umzusehen. Er mußte nicht lange suchen – da wartete es auf ihn, an einem Ast hängend, mit einem dicken Strick um den Hals. Er brauchte das Gesicht des Erhängten nicht zu sehen, um zu wissen, wer es war. Er kannte Lukas Carlé, seit der vor langer Zeit in die Stadt gekommen war, niemand wußte, woher, mit seinem Koffer voller Bücher, seiner Weltkarte und seinem Lehrerdiplom, dann das schönste Mädchen geheiratet und ihr die Schönheit in wenigen Monaten ausgetrieben hatte. Er erkannte ihn schon an seinen Schnürstiefeln und an seinem Wettermantel, und ihm war, als hätte er diese Szene schon vorher erlebt, als hätte er seit Jahren ein solches Ende für diesen Mann erwartet. Zuerst war er nicht einmal sonderlich erschrocken, es reizte ihn sogar, den Toten zu verspotten, ihm zuzurufen: »Das hätte ich dir vorher sagen können, du Schuft!« Er stand eine Weile und bedachte das Geschehene, da knarrte der Ast, der Körper drehte sich, und die leeren, hoffnungslosen Augen des Erhängten starrten in die seinen. Er konnte sich nicht rühren. Sie blickten einander an, der Postbote und Lukas Carlé, aber sie hatten einander nichts mehr zu sagen. Endlich kam der Alte zur Besinnung. Er lief zurück zu seinem Fahrrad, und als er sich bückte, um es aufzuheben, fühlte er einen langen, glühenden Stich in der Brust. Er stieg auf und fuhr davon, so schnell er konnte, tief über den Lenker gebeugt, mit einem erstickten Ächzen in der Kehle.

Er kam in die Stadt, so verzweifelt in die Pedale tretend, daß sein altes Beamtenherz fast zersprang. Er konnte gerade noch Alarm schreien, bevor er an der Tür der Bäckerei zusammenbrach, Wespengesumm im Kopf und den Widerschein des Entsetzens in den Augen. Die Bäckersleute hoben ihn auf und legten ihn in der Backstube auf den Tisch, wo er mit dem mehlbestäubten Arm keuchend zum Wald zeigte und immer wieder stammelte, endlich hänge Lukas Carlé am Galgen, wohin er schon längst gehört hätte, der Schuft, der verfluchte Schuft. Auf diese Weise erfuhr es die Stadt. Die Neuigkeit verbreitete sich rasch und störte die Bewohner auf, deren Gemüter seit dem Ende des Krieges nicht mehr derartig erregt worden waren. Alles lief auf die Straße, alles redete durcheinander, mit Ausnahme von fünf Jungen der obersten Schulklasse, die ihre Köpfe in den Kissen vergruben und tiefen Schlaf vortäuschten.

Wenig später holte die Polizei den Arzt und den Richter aus den Betten, und gefolgt von einem Haufen Neugieriger machten sie sich auf den Weg in der Richtung, die ihnen der zitternde Finger des Postboten wies. Sie fanden Lukas Carlé, der wie eine Vogelscheuche am Baum schaukelte, und da fiel ihnen ein, daß ihn seit letzten Freitag niemand mehr gesehen hatte. Vier Männer waren nötig, um ihn herunterzuholen, denn in der Kühle des Waldes und unter dem Gewicht des Todes war er zum Steinblock geworden. Dem Arzt genügte ein Blick, um festzustellen, daß er, bevor er erstickte, einen gewaltigen Schlag in den Nacken bekommen hatte, und der Polizei genügte ein weiterer Blick, um zu folgern, daß die einzigen, die hier eine Erklärung abgeben konnten, seine eigenen Schüler waren, mit denen er die alljährliche Wanderung unternommen hatte.

»Bringt die Jungen her!« befahl der Polizeikommissar.

»Wozu? Das ist kein Anblick für Kinder!« widersprach der Richter, dessen Enkel ein Schüler des Opfers gewesen war.

Aber sie konnten sie nicht gut übergehen. In der kurzen Untersuchung, die von der örtlichen Gerichtsbarkeit mehr aus Pflichtgefühl durchgeführt wurde als aus dem ehrlichen Wunsch, die Wahrheit zu erfahren, wurden die Schüler zur Aussage vorgeladen. Sie sagten, sie wüßten nichts. Sie waren in den Wald gezogen wie jedes Jahr um diese Zeit, hatten Ball gespielt, sportliche Wettkämpfe abgehalten, ihre Brote gegessen und sich dann in alle Richtungen zerstreut, um Pilze zu sammeln. Als es dunkel wurde, hatten sie sich wie abgemacht auf dem Weg eingefunden, obwohl der Lehrer nicht zum Sammeln gepfiffen hatte. Sie suchten ihn, fanden ihn aber nicht, also setzten sie sich an den Wegrand und warteten, und als die Nacht hereinbrach, entschlossen sie sich, in die Stadt zurückzukehren. Ihnen war nicht eingefallen, die Polizei zu benachrichtigen, weil sie angenommen hatten, Lukas Carlé wäre nach Hause oder in die Schule gegangen. Das war alles. Sie hatten nicht die leiseste Ahnung, wie er an den Ast jenes Baumes geraten war.

Rolf Carlé ging mit seiner Mutter auf dem Korridor des Gerichtsgebäudes auf und ab, die Schuhe frisch geputzt, die Mütze tief in die Stirn gezogen. Der Junge hatte die nachlässige und zugleich gespannte Haltung vieler Heranwachsender, er war schlank, sommersprossig, hatte feine Hände und einen aufmerksamen Blick. Sie wurden in einen kalten, nackten Raum mit gekachelten Wänden geführt, in dessen Mitte der Leichnam grell beleuchtet auf einer Bahre ruhte. Die Mutter zog ein Taschentuch aus dem Ärmel und putzte sorgfältig ihre Brille. Als der Gerichtsmediziner das Laken hob, beugte sie sich vor und betrachtete lange das entstellte Gesicht. Dann machte sie ihrem Sohn ein Zeichen, und auch er trat heran und schaute, während sie zu Boden blickte und das Gesicht mit den Händen bedeckte, um ihre Freude nicht zu zeigen.

»Es ist mein Mann«, sagte sie endlich.

»Es ist mein Vater«, fügte Rolf hinzu, bemüht, seine Stimme zu beherrschen.

»Das tut mir leid. Ich weiß, dies ist schrecklich unangenehm für Sie«, stotterte der Mediziner, ohne recht zu wissen, weshalb er so verlegen war. Er deckte den Leichnam wieder zu, und die drei standen eine Weile schweigend und blickten unschlüssig auf die verhüllte Gestalt. »Ich habe ihn noch nicht obduziert, aber offenbar handelt es sich um Selbstmord. Es tut mir wirklich furchtbar leid.«

»Gut, ich nehme an, das ist alles«, sagte die Mutter.

Rolf faßte sie unter den Arm, und sie gingen ohne Eile

davon. Der Hall ihrer Schritte auf dem Zementfußboden würde in seiner Erinnerung mit einem Gefühl der Befreiung und des Friedens verbunden bleiben.

»Das war kein Selbstmord. Deine Schulkameraden haben deinen Vater getötet«, sagte die Mutter, als sie wieder zu Hause waren.

»Wie kommst du darauf, Mama?«

»Ich bin ganz sicher, und ich freue mich, daß sie es getan haben. Sonst hätten wir es eines Tages tun müssen.«

»Sprich nicht so, bitte!« flüsterte Rolf entsetzt. Er hatte immer geglaubt, seine Mutter hätte sich in ihr Schicksal gefunden, er hatte nicht geahnt, daß sich in ihrem Herzen soviel Groll gegen diesen Mann angestaut hatte. »Jetzt ist ja alles vorbei, vergiß es!«

»Im Gegenteil, mein Junge, wir müssen uns immer daran erinnern«, erwiderte sie und lächelte mit einem ganz neuen Ausdruck im Gesicht.

Die Einwohner der Stadt waren hartnäckig bemüht, die Umstände von Lukas Carlés Tod aus dem Gedächtnis zu streichen, doch die Mörder dachten anders darüber. Die fünf Jungen hatten Jahre gebraucht, um den Mut für das Verbrechen aufzubringen, und sie waren nicht bereit zu schweigen, denn sie hatten das Gefühl, daß dies die wichtigste Tat ihres Lebens gewesen sei. Sie wollten nicht, daß sie sich im Nebel der unausgesprochenen Dinge verflüchtigte. Bei der Beerdigung des Lehrers freilich sangen sie Choräle in ihren Sonntagsanzügen, legten einen Kranz auf den Sarg und hielten die Augen gesenkt, damit niemand sie bei einem Blick des Einverständnisses ertappte. In den ersten zwei Wochen hielten sie sich still und warteten darauf, daß die Stadt eines Morgens mit dem Beweis erwachte, der ausreichte, sie ins Gefängnis zu schicken. Die Angst setzte sich in ihnen fest und wollte sie nicht wieder verlassen, bis sie sich entschlossen, sie in Worte zu fassen, um ihr Gestalt zu geben.

Die Gelegenheit kam nach einem Fußballspiel, als sich die Spieler aufgeregt und verschwitzt im Ankleideraum des Sportplatzes drängten und sich unter Späßen und Püffen auszogen, um zu duschen. Ohne sich abgesprochen zu haben, blieben die fünf im Duschraum zurück, bis alle andern gegangen waren, und dann, immer noch nackt, stellten sie sich vor den Spiegel, musterten sich gegenseitig und stellten fest, daß keiner sichtbare Male des Geschehenen trug. Einer lächelte und verscheuchte damit den Schatten, der sie trennte, und plötzlich waren sie wieder dieselben wie früher. Sie schlugen sich auf die Schulter, sie umarmten sich und tobten wie die großen Kinder, die sie ja noch waren. Carlé hatte es verdient, er war eine Bestie, ein Psychopath, entschieden sie. Sie wiederholten sich die Einzelheiten der Tat und entdeckten eine solche Vielzahl von Spuren, daß sie erschraken – es war unglaublich, daß sie nicht verhaftet worden waren! Da begriffen sie, daß sie unbestraft davonkommen würden – niemand würde die Stimme erheben, um sie anzuklagen. Jede Nachforschung würde der Kriminalkommissar leiten, der Vater eines der Jungen, in einem Gerichtsverfahren wäre der Richter der Großvater des zweiten, und das Schöffengericht würde sich aus Verwandten und Nachbarn zusammensetzen. Hier kannten sich alle, waren alle versippt und verschwägert, niemand wünschte den Schlamm dieses Mordes aufzurühren, nicht einmal die Familie von Lukas Carlé. Man irrte sich gewiß nicht, wenn man annahm, daß seine Frau und sein Sohn seit Jahren gewünscht hatten, der Vater möge verschwinden, und daß die Befreiung, die sein Tod gebracht hatte, wie ein frischer Wind sein Haus durchfegt und so klar und sauber zurückgelassen hatte, wie es das nie zuvor gewesen war.

Die Jungen nahmen sich vor, die Erinnerung an ihre Tat lebendig zu erhalten, und das gelang ihnen so gut, daß die Geschichte schließlich von Mund zu Mund ging, mit immer neuen Einzelheiten ausgeschmückt, bis sie am Ende als Heldenstück dastand. Sie bildeten einen Klub und verbrüderten sich mit einem Geheimschwur. Ein paar Nächte versammelten sie sich am Waldrand, um sich jenen einzigartigen Freitag ins Gedächtnis zu rufen, den Schlag mit dem Stein, der den Lehrer betäubte, die vorbereitete Schlinge, den Baum, auf den sie kletterten, den Strick, wie sie ihn dem Ohnmächtigen um den Hals legten, und wie der die Augen öffnete in der Sekunde, in der sie ihn hochzogen, und wie er sich in Todeszuckungen wand. Als besonderes Merkmal nähten sie sich einen Kreis aus weißem Stoff auf den Ärmel, und bald hatte die ganze Stadt die Bedeutung dieses Kennzeichens erraten. Auch Rolf Carlé wußte Bescheid, und er war gespalten zwischen der Dankbarkeit, von seinem Peiniger erlöst zu sein, der Erniedrigung, den Namen des Gehenkten zu tragen, und der Scham, weder das Verlangen noch die Kraft zu haben, ihn zu rächen.

Rolf Carlé magerte ab. Wenn er essen wollte, verwandelte sich ihm der Löffel in die Zunge des Toten, vom Grund des Tellers beobachteten ihn durch die Suppe hindurch entsetzensstarre Augen, und das Brot hatte die Farbe leichenfahler Haut. In den Nächten schüttelte ihn das Fieber, und am Tage, von Migräne gequält, erfand er Ausreden, um das Haus nicht verlassen zu müssen, aber seine Mutter zwang ihn, Nahrung zu sich zu nehmen und zum Unterricht zu gehen. Er hielt vier Wochen durch, aber an dem Morgen, als in der Pause fünf seiner Kameraden mit dem weißen Kreis am Ärmel erschienen, mußte er sich so anhaltend und heftig übergeben, daß der Direktor erschrak und nach einem Krankenwagen telefonierte, der ihn ins Krankenhaus brachte, wo er einige Tage lang erbrach und wieder erbrach. Als seine Mutter ihn wieder nach Hause holte, erkannte sie, daß die Symptome ihres

Sohnes nichts mit einer gewöhnlichen Magenverstimmung zu tun hatten. Ihr Hausarzt, derselbe, der ihm zum Leben verholfen und den Totenschein für den Vater ausgestellt hatte, untersuchte ihn gründlich, verordnete ihm eine ganze Reihe von Medikamenten und empfahl der Mutter, Rolf gegenüber nicht viel Aufhebens von der Sache zu machen, der Junge sei gesund und kräftig, die Angstkrise werde vorübergehen, und bald werde er wieder munter Sport treiben und den Mädchen nachlaufen. Die Mutter verabreichte ihm gewissenhaft die Medikamente, aber da sie keine Besserung sah, verdoppelte sie die Dosis nach eigenem Gutdünken. Nichts half, Rolf blieb appetitlos, und der ständige Brechreiz stumpfte ihn völlig ab. Zu dem Bild des erhängten Vaters gesellte sich die Erinnerung an den Tag, als er die Toten im Gefangenenlager begrub. Katharina sah ihn eindringlich mit ihren sanften Augen an und folgte ihm durch das ganze Haus, und schließlich nahm sie ihn bei der Hand und versuchte, mit ihm unter den Küchentisch zu kriechen, aber dafür waren beide schon zu groß. So kauerte sie sich neben ihn und begann eine jener langen Litaneien aus der Kinderzeit zu murmeln.

Eines Morgens, als die Mutter ins Zimmer trat, um Rolf zu wecken, lag er bleich und erschöpft zur Wand gekehrt und erklärte ihr, ohne sie anzusehen, er wolle sterben. Er konnte die Hetzjagd der Phantasmen nicht länger ertragen. Sie begriff, daß ihn die Glut der Schuld verzehren würde, denn er hatte danach verlangt, das Verbrechen selbst zu begehen. Ohne ein Wort ging sie zum Schrank und begann darin zu suchen. Sie fand Dinge, die jahrelang vergessen gewesen waren, alte Kleider, Kinderspielzeug, Röntgenaufnahmen von Katharinas Schädel, Jochens Flinte. Sie fand auch die Schuhe aus rotem Lackleder mit dem Stilettabsatz und wunderte sich, daß sie so wenig Haß in ihr hervorriefen, sie hatte nicht einmal den

Wunsch, sie auf den Müll zu werfen. Endlich stieß sie auf die Tasche aus Segeltuch, die Lukas Carlé während des Krieges benutzt hatte, ein grüner Beutel mit festen Lederriemen, und mit der gleichen peinlichen Genauigkeit, mit der sie ihre Hausarbeiten erledigte, packte sie nun die Kleider ihres Sohnes in den Beutel, dazu legte sie eine Fotografie von sich selbst als junges Mädchen, eine mit Seide gefütterte Schachtel, in der sie eine Locke von Katharina aufbewahrte, und ein Päckchen mit Haferkuchen, die sie am Tag zuvor gebacken hatte.

»Zieh dich an, Junge, du fährst nach Südamerika«, erklärte sie fest.

So kam es, daß Rolf Carlé an Bord eines norwegischen Schiffes ging, das ihn ans andere Ende der Welt trug, weit fort von seinen Albträumen. Seine Mutter fuhr mit ihm im Zug nach Genua, kaufte ihm eine Karte dritter Klasse und wickelte das übrige Geld zusammen mit der Adresse von Onkel Rupert in ein Tuch, das sie ihm innen in der Hose festnähte, mit der strengen Weisung, sie auf keinen Fall auszuziehen. All das tat sie, ohne die geringste Gemütsbewegung zu zeigen, und beim Abschied gab sie ihm einen flüchtigen Kuß auf die Stirn, wie sie es jeden Morgen getan hatte, wenn er zur Schule ging.

»Wie lange werde ich fort sein, Mama?«

»Ich weiß es nicht, Rolf.«

»Ich sollte nicht gehen, ich bin jetzt der einzige Mann in der Familie, ich muß für dich sorgen.«

»Ich komme schon ganz gut allein zurecht. Ich werde dir schreiben.«

»Katharina ist krank, ich kann sie nicht so verlassen ...«

»Deine Schwester wird nicht mehr lange leben, wir haben das immer gewußt, es ist unnütz, sich ihretwegen Gedanken zu machen. Was soll denn das, du weinst? So etwas gehört sich nicht für meinen Sohn, du kannst dich nicht mehr wie ein kleiner Junge aufführen, Rolf. Putz dir die

Nase und geh an Bord, ehe die Leute aufmerksam werden!«
»Mir ist schlecht, Mama, ich muß mich übergeben!«
»Das verbiete ich dir! Ich will mich doch nicht für dich schämen müssen. Komm, steig diesen Laufgang hoch, geh bis zum Vorderschiff und bleib da stehen. Sieh nicht zurück. Leb wohl, Rolf!«
Aber der Junge versteckte sich auf dem Achterdeck, um den Pier zu beobachten, und sah, daß sie sich nicht vom Fleck rührte, bis das Schiff am Horizont entschwand. So bewahrte er das Bild seiner Mutter, in Schwarz gekleidet, mit ihrem Filzhut und der Tasche aus unechtem Krokodilleder, aufrecht, regungslos und einsam, das Gesicht zum Meer gewandt.
Rolf Carlé reiste fast einen Monat im untersten Deck des Schiffes, zwischen Flüchtlingen und Besitzlosen, ohne mit jemandem ein Wort zu wechseln, sei es aus Stolz, sei es aus Schüchternheit; er hielt Zwiesprache mit dem Ozean, so bewußt, daß er seinen eigenen Gram bis auf den Grund ausschöpfte. Von da an litt er nicht länger an der Verdüsterung, die ihn anfangs beinahe dazu getrieben hätte, sich ins Meer zu stürzen. Nach zwölf Tagen Reise hatte die salzige Luft ihm den Appetit wiedergegeben und ihn von den bösen Träumen geheilt, seine Übelkeiten waren vergangen, und er hatte Freude an den lächelnden Delphinen, die das Schiff über lange Strecken hin begleiteten. Als er endlich an der Küste Südamerikas ankam, war die Farbe in seine Wangen zurückgekehrt. Er betrachtete sich in dem kleinen Spiegel des Bades, das er mit den übrigen Passagieren der dritten Klasse teilte, und entdeckte, daß sein Gesicht nicht mehr das eines zerquälten Jungen war, sondern das eines Mannes. Ihm gefiel das Bild, das er sah, er atmete tief ein, und zum erstenmal seit langer Zeit lächelte er wieder.
Das Schiff stoppte seine Maschinen am Pier, und die

Passagiere stiegen die Gangway hinab. Rolf Carlé, der sich wie ein Freibeuter aus einem Abenteuerroman fühlte, war einer der ersten, die festes Land betraten, den lauen Wind im Haar, mit entzückt staunenden Augen. Eine unglaubliche Hafenstadt erhob sich vor ihm im Licht des Morgens. Die Hügel waren von Häusern in allen Farben gesprenkelt, er sah gewundene Straßen, über die Gassen gespannte Leinen voller Wäsche, eine üppige Vegetation in allen Tönen von Grün. Die Luft vibrierte von Straßenhändlergeschrei, singenden Frauenstimmen, Kinderlachen und Papageienkreischen, von Gerüchen, von fröhlicher Lüsternheit und den heißen Dünsten aus den Bratküchen. In dem lärmenden Durcheinander von Lastträgern, Seeleuten und gelandeten Passagieren, zwischen Koffern und Bündeln, Schaulustigen und Kleinkramverkäufern erwarteten ihn Onkel Rupert mit seiner Frau Burgel und seinen beiden Töchtern, zwei stämmigen rotblonden Mädchen, in die der junge Mann sich auf der Stelle verliebte. Rupert war ein entfernter Vetter seiner Mutter, Tischler von Beruf, ein großer Biertrinker und begeisterter Hundezüchter. Er war mit seiner Familie auf der Flucht vor dem Krieg in diese ferne Erdengegend gelangt, denn er fühlte sich nicht zum Soldaten berufen und fand es blödsinnig, sich für eine Fahne totschießen zu lassen, für ein Stück Tuch, das an einem Stock hing. Er hatte nicht die geringsten patriotischen Neigungen, und als er sicher war, daß alles auf den Krieg hinsteuerte, entsann er sich einiger Vorfahren, die sich vor rund hundert Jahren nach Amerika eingeschifft hatten, um dort eine Kolonie zu gründen, und er beschloß, ihnen nachzufolgen. Er brachte Rolf vom Schiff geradenwegs in ein Dorf aus dem Wunderland, ein Dorf wie in eine Kristallkugel eingeschlossen, wo die Zeit stehengeblieben und die Geographie überlistet worden war. Hier verlief das Leben wie in den österreichischen Alpen im neunzehnten

Jahrhundert. Dem Jungen war, als wäre er in einen Film versetzt worden. Von dem übrigen Land bekam er vorerst nichts zu sehen und glaubte mehrere Monate lang, der Unterschied zwischen der Karibik und den Ufern der Donau sei ja nicht gerade beträchtlich.

Um die Mitte des vorigen Jahrhunderts lebte in Südamerika ein vornehmer Großgrundbesitzer, der seine fruchtbaren Güter, von Bergen eingeschlossene Ländereien, in der Nähe des Meeres liegend und nicht weit von der Zivilisation entfernt, mit Kolonisten von gutem Stamm besiedeln wollte. Er reiste nach Europa, mietete ein Schiff und ließ unter den durch Kriege und Seuchen verarmten Bauern verbreiten, auf der anderen Seite des Atlantik erwarte sie ein Utopia. Sie sollten eine vollkommene Gesellschaft aufbauen, in der Frieden und Wohlstand herrschen würden, geregelt von festen christlichen Prinzipien, fern von den Lastern, Begierden und Rätseln, mit denen die Menschheit seit Beginn der Zivilisation geschlagen war. Achtzig Familien wurden nach ihren Verdiensten und rechtschaffenen Absichten ausgewählt, darunter verschiedene Handwerker, ein Lehrer, ein Arzt und ein Geistlicher, und so bestiegen sie das Schiff, mit ihren Arbeitsgeräten und vielen Jahrhunderten Tradition und Wissen im Gepäck. Als sie diese tropischen Küsten betraten, erschraken viele, weil sie vermeinten, daß sie sich nie an eine solche Gegend gewöhnen könnten, aber ihre Befürchtungen verflogen rasch, nachdem sie die Berge überwunden hatten und sich in dem versprochenen Paradies wiederfanden, einer blühenden Landschaft mit mildem, gesundem Klima, wo man europäische Früchte und Gemüse anbauen konnte und wo auch die einheimischen gediehen. Hier erbauten sie eine Nachbildung ihrer eigenen Dörfer, mit Fachwerkhäusern, Schildern mit gotischen Lettern, Blumenkästen vor den Fenstern und einer kleinen Kirche, in die sie die bronzene Glocke hängten, die sie auf dem Schiff mitgebracht hatten. Sie schlossen den Eingang zur Kolonie und versperrten den Weg, damit niemand hinaus- oder hereinkonnte, und hundert Jahre lang erfüllten sie den Wunsch des Mannes, der sie hierhergeführt hatte, und lebten in Einklang mit den Geboten Gottes.

Aber das Geheimnis ihres Utopia konnte nicht auf ewige Zeiten verborgen bleiben, eines Tages wurde es entdeckt, und als die Presse die Neuigkeit verbreitete, gab es ein gewaltiges Aufsehen. Die Regierung, wenig geneigt, auf dem Staatsgebiet eine Ansiedlung von Ausländern mit eigenen Gesetzen und Bräuchen einfach hinzunehmen, zwang sie, die Tore zu öffnen und die staatlichen Behörden, den Tourismus und den Handel hereinzulassen. Die Besucher fanden ein Dorf vor, in dem niemand Spanisch sprach, die Leute waren blond und helläugig, und ein Gutteil der Kinder hatte Erbfehler als Folge der Inzucht. Eine Straße wurde gebaut, um das Dorf mit der Hauptstadt zu verbinden, und die Kolonie wurde der bevorzugte Ausflugsort für Familien, die im Auto kamen und europäisches Obst, Honig, Würste, hausbackenes Brot und bestickte Tischtücher kauften. Die Siedler bauten ihre Häuser zu Pensionen und Restaurants für die Besucher um, und einige nahmen auch heimliche Pärchen auf, was nicht unbedingt der Vorstellung entsprach, die der Gründer der Gemeinschaft seinerzeit vor Augen gehabt hatte, aber die Zeiten ändern sich, man muß sich dem modernen Leben anpassen.

Rupert war hier angekommen, als der Ort noch abgeschieden und abgesperrt war, aber er schaffte es, eingelassen zu werden, nachdem er seine österreichische Herkunft nachgewiesen hatte und belegen konnte, daß er ein ehrenhafter Mann war. Als dann die Verbindungen zur Außenwelt hergestellt wurden, war er einer der ersten, die begriffen, welche Vorteile die neuen Verhältnisse mit sich brachten. Er hörte auf, Möbel zu tischlern, denn nun

konnte man sie besser und in größerer Auswahl in der Hauptstadt kaufen, und verlegte sich darauf, Kuckucksuhren zu bauen und handbemaltes Spielzeug nach alten Mustern herzustellen, Dinge, die die Touristen begeistert kauften. Er begann auch mit der Zucht von Rassehunden und gründete eine Schule, um sie abzurichten, ein Gedanke, der vorher in diesen Breiten noch niemandem gekommen war, denn bis jetzt waren Hunde eben geboren worden und hatten sich vermehrt ohne Zunamen, Klubs, Wettbewerbe, Friseure oder Spezialtraining. Aber bald wurde bekannt, daß an einem bestimmten Ort deutsche Schäferhunde Mode waren, und die reichen Leute wollten ihren eigenen haben, mit Garantieurkunde. Wer es bezahlen konnte, kaufte sein Tier bei Rupert und ließ es eine Zeitlang in seiner Schule, und wenn es dann abgeholt wurde, konnte es Pfötchen geben, die Zeitung oder Herrchens Pantoffeln in der Schnauze bringen und sich totstellen, wenn es auf ausländisch den Befehl bekam.
Onkel Rupert besaß ein schönes Stück Land und ein großes Haus ganz aus dunklem Holz, das als Pension eingerichtet war und viele Zimmer hatte, mit seinen eigenen Händen gebaut und im Heidelbergstil möbliert, wenn er auch nie den Fuß in diese Stadt gesetzt hatte. Er hatte ihn aus einer Zeitschrift kopiert. Seine Frau zog Erdbeeren und Blumen und hielt ein Hühnervolk, aus dem sie das ganze Dorf mit Eiern versorgte. Sie lebten von Hundezucht, Kuckucksuhrenverkauf und der Neugier der Touristen.

Rolf Carlés Leben war auf den Kopf gestellt worden. Er hatte das Gymnasium abgeschlossen, aber in der Kolonie konnte er nicht studieren, zudem war sein Onkel von dem Gedanken eingenommen, ihn seine eigenen Fertigkeiten und Geschäfte zu lehren, damit er an ihm eine Hilfe hatte und ihn vielleicht zu seinem Erben machen konnte, denn er hoffte, ihn eines Tages mit einer seiner Töchter verheiratet zu sehen. Er hatte ihn vom ersten Augenblick an liebgewonnen. Immer hatte er sich einen Sohn gewünscht, und dieser Junge war genau so, wie er ihn sich erträumt hatte, kräftig, geschickt, von sauberem Charakter, und er hatte rötliches Haar wie alle Männer seiner Familie. Rolf lernte rasch mit dem Tischlerwerkzeug umzugehen, die Gangwerke der Kuckucksuhren zu montieren, Erdbeeren zu pflegen und die Pensionsgäste zu bedienen. Onkel und Tante erkannten bald, daß sie alles von ihm erreichen konnten, wenn sie ihn glauben ließen, er handle aus eigenem Antrieb, oder wenn sie sich an sein Mitgefühl wendeten.

»Was kann man nur mit dem Dach vom Hühnerstall machen, Rolf?« fragte Burgel mit einem Seufzer der Hilflosigkeit.

»Neu teeren.«

»Meine armen Hühner werden eingehen, wenn die Regenzeit kommt.«

»Überlaß das nur mir, Tante, das bring ich dir im Handumdrehn in Ordnung!« Und wenig später rührte er emsig in einem Faß mit Teer, balancierte oben auf dem Hühnerstalldach und erklärte jedem, der vorbeiging, seine Theorien über Wasserdichtmachung, unter den bewundernden Blicken seiner Cousinen, während Burgel verstohlen lächelte.

Rolf wollte die Sprache des Landes lernen und ließ nicht ab, bis er jemanden fand, der ihm methodischen Unterricht gab. Er hatte ein gutes musikalisches Gehör, und nicht nur, um in der Kirche die Orgel zu spielen und vor den Gästen mit dem Akkordeon zu glänzen, er eignete sich auch das Spanische sehr rasch an, nicht ohne sich dabei ein ausführliches Repertoire an derben Schimpfworten zuzulegen, auf die er allerdings nur selten zurückgriff, aber er sammelte sie als Teil seiner Bildung. Seine freien Stunden verbrachte er mit Lesen, und in weniger als einem Jahr hatte er sich sämtliche Bücher des Dorfes ausgeborgt, hatte sie verschlungen und pünktlich wieder zurückgegeben. Sein gutes Gedächtnis erlaubte ihm, Kenntnisse anzuhäufen – fast immer unnütze und unbeweisbare –, mit denen er die Familie und die Nachbarn zu verblüffen liebte. Er konnte ohne zu schwanken sagen, wieviel Einwohner Mauretanien hatte oder wie breit – in Seemeilen – der Ärmelkanal war, und was er nicht gespeichert hatte, das erfand er im Nu und versicherte es mit so dreister Stirn, daß niemand Zweifel anzumelden wagte. Er lernte ein paar lateinische Brocken, um seine Reden zu würzen, und erwarb sich damit in der kleinen Gemeinschaft ein solides Ansehen, auch wenn er sie nicht immer korrekt anwendete. Von seiner Mutter hatte er höfliche, etwas altväterische Manieren gelernt, mit denen er sich die Zuneigung aller gewann, hauptsächlich die der Frauen, die in einer eher grobschrötigen Umgebung solche Feinheiten wenig gewöhnt waren. Seiner Tante Burgel gegenüber war er besonders aufmerksam, wozu er sich nicht zwingen mußte, denn er liebte sie wirklich sehr. Sie hatte die Gabe, seine Lebensängste zu zerstreuen, sie stutzte sie auf so einfache Formeln zurecht, daß er sich später fragte, wieso ihm die Lösung nicht selber eingefallen war. Wenn ihn das Heimweh befiel oder er sich über die Leiden der Menschheit zerquälte, kurierte sie ihn mit ihren wunderbaren Desserts und mit ihrem schnellen Witz. Sie war der erste Mensch, abgesehen von Katharina, der ihn ungebeten und ohne Anlaß in die Arme nahm. Jeden Morgen begrüßte sie ihn mit schallenden Küssen, und beim Schlafengehen deckte sie ihn zu – Dinge, die seine schamhafte Mutter nie getan hatte. Auf den ersten Blick erschien Rolf schüchtern, errötete leicht und sprach mit leiser Stimme, aber im Grunde war er eitel, denn er war noch in dem Alter, in dem man sich für den Mittelpunkt des Universums hält. Er war sehr viel gescheiter als die meisten, und das wußte er, aber die Klugheit half ihm, Bescheidenheit vorzutäuschen.

An den Sonntagen kamen morgens die Leute aus der Stadt, um sich die Vorführungen in Onkel Ruperts Hundeschule anzusehen. Rolf führte sie in einen weiträumigen Hof mit Rennbahnen und Hindernissen, wo die Zöglinge unter dem Beifall des Publikums ihr Können vorführten. Das war der Tag, an dem das eine oder andere Tier verkauft wurde, und der Junge nahm immer tieftraurig von ihnen Abschied, denn er hatte sie aufgezogen, und nichts rührte ihn so an wie sie. Er setzte sich zu den Hündinnen auf ihr Lager und ließ sich von den Welpen beschnuppern und an den Ohren knabbern, er hielt sie gern in den Armen, wenn sie schliefen, kannte jeden beim Namen und sprach zu ihnen wie zu seinesgleichen. Er hungerte nach Liebe, aber da er ohne viel Gehätschel erzogen worden war, wagte er diese Entbehrung nur bei den Hunden zu stillen, und es bedurfte einer langen Lehrzeit, bis Menschen ihn berühren durften, zuerst war es Burgel und später andere. Die Erinnerung an Katharina war seine geheime Quelle der Zärtlichkeit, und bisweilen, wenn er in der Dunkelheit seines Zimmers an sie dachte, verbarg er den Kopf in den Kissen und weinte.

Er sprach nicht über seine Vergangenheit, weil er fürchtete, Mitleid zu erregen, zudem war es ihm noch nicht gelungen, sie geistig zu bewältigen. Die Unglücksjahre, die er mit seinem Vater verbracht hatte, waren in seiner Erinnerung ein zerbrochener Spiegel. Er spielte sich als Vertreter kühler Sachlichkeit auf, eine Sinnesart, die ihm ungeheuer männlich erschien, aber in Wirklichkeit war er ein unverbesserlicher Träumer, die kleinste Geste der Zuneigung entwaffnete ihn, Ungerechtigkeit empörte ihn zutiefst, er war befangen in diesem arglosen Idealismus der Jugend, der den Zusammenstoß mit der rauhen Wirklichkeit nicht erträgt. Eine in Dürftigkeit und Ängsten verbrachte Kindheit hatte ihm jene Sensibilität gegeben, mit der er die verborgene Seite der Menschen und Dinge erahnte, eine Klarsichtigkeit, die wie ein Blitz in ihm aufleuchten konnte, aber sein vorgeblicher Sinn für Vernunft hinderte ihn, die geheimnisvollen Winke zu beachten und der von seinen Impulsen angezeigten Bahn zu folgen. Er leugnete seine Gemütsbewegungen, und gerade deshalb überwältigten sie ihn, sowie er sich vergaß. Er erkannte auch die Forderung seiner Sinne nicht an und suchte den Teil seiner Natur zu beherrschen, der zur Weichheit und zum Vergnügen neigte. Er hatte von Anfang an erkannt, daß die Kolonie nur ein unschuldiger Traum war, in den er durch Zufall versunken war, das wirkliche Leben aber war hart und grausam, und man tat gut daran, sich einen Panzer zuzulegen, wenn man überdauern wollte. Dennoch, wer ihn kannte, konnte sehen, daß dieser Schutzpanzer nur Dunst war und daß schon ein Hauch ihn fortblies. Er ging mit bloßliegenden Gefühlen durchs Dasein, stieß mit seinem Stolz zusammen und stürzte, kam aber immer wieder auf die Füße.

Rupert und seine Familie waren einfache, beherzte Menschen, und außerdem waren sie ungemein gefräßig. Das Essen war für sie von grundlegender Wichtigkeit, ihr Leben kreiste um Küchengeschäftigkeit und Tischfreuden. Alle waren wohlbeleibt und wollten sich nicht damit zufriedengeben, den Neffen so dünn zu sehen trotz ihrer fortgesetzten Bemühungen, ihn zu füttern. Tante Burgel hatte ein aphrodisisches Gericht erfunden, das die Touristen anzog und ihren Ehemann ständig in feuriger Bereitschaft hielt. »Seht ihn euch an, sieht er nicht aus wie ein Traktor?« sagte sie mit ihrem ansteckenden Lachen, dem Lachen einer zufriedenen Frau. Das Rezept war einfach: In einem riesigen Topf briet sie viel Zwiebeln und Tomaten in Speck an und würzte mit Salz, Pfefferkörnern,

Knoblauch und Koriander. Dann fügte sie Schichten von Schweine- und Rindfleisch, entbeinten Hühnchen, Bohnen, Mais, Weißkohl, roten Pfeffer, Fisch, Muscheln und Garnelen hinzu, bestäubte das Ganze mit ein wenig Zucker und goß vier Krüge Bier hinein. Bevor sie den Deckel daraufsetzte und es auf kleinem Feuer schmoren ließ, warf sie noch eine Handvoll Kräuter darüber, die sie in ihren Blumenkästen vor dem Küchenfenster zog. Dies war der entscheidende Punkt, niemand kannte die Zusammensetzung dieser letzten Würze, und sie war entschlossen, das Geheimnis mit ins Grab zu nehmen. Das Ergebnis war ein bräunlich dunkles Gericht, das nun wiederum schichtweise, nur in umgekehrter Reihenfolge, dem Topf entnommen und aufgetragen wurde. Zum Schluß wurde die Brühe in Tassen serviert. Der Erfolg war eine herrliche Wärme in den Gliedern und eine leidenschaftliche Lüsternheit im Gemüt. Onkel und Tante schlachteten mehrere Schweine im Jahr und bereiteten die besten Wurstwaren im Ort: Schlackwurst, Mortadella, Räucherschinken und riesige Dosen mit Schmalz. Sie kauften Fässer voll frischer Milch und machten Sahne, Butter und Käse daraus. Vom frühen Morgen bis in die Nacht drangen dampfende Wohlgerüche aus der Küche. Im Hof wurden Holzkohlenbecken angezündet, auf denen Kupferkasserollen mit Kompotten aus Pflaumen, Aprikosen und Erdbeeren standen, die den Gästen zum Frühstück gereicht wurden. Von diesem Leben zwischen aromatischen Töpfen rochen die zwei Cousinen nach Zimt, Nelke, Vanille und Zitrone. Nachts stahl Rolf sich wie ein Schatten in ihr Zimmer, um seine Nase in ihren Kleidern zu vergraben und den süßen Duft einzuatmen, der seinen Kopf mit sündigen Gedanken füllte.

Gegen Ende der Woche änderte sich der Tagesablauf. Am Donnerstag wurden die Zimmer gelüftet und mit frischen Blumen geschmückt, und für die Kamine wurden Holz-

kloben geschlagen, denn die Nächte waren kühl, und die Gäste liebten es, vorm Feuer zu sitzen und sich einzubilden, sie wären in einer Hütte in den Alpen. Von Freitag bis Sonntag war das Haus voll, und die Familie arbeitete vom Morgengrauen an, um die Gäste zu bedienen. Tante Burgel kam aus der Küche nicht heraus, und die Mädchen trugen die Mahlzeiten auf, adrett in bestickten Blusen, weißen Strümpfen und gestärkten Schürzen und mit farbigen Haarschleifen in den Zöpfen wie die Bauernmädchen in Erzählungen aus Deutschland.
Die Briefe der Mutter brauchten vier Monate, waren alle sehr kurz und glichen einander fast aufs Haar: »Lieber Sohn, mir geht es gut, Katharina ist im Krankenhaus, paß gut auf Dich auf und denk immer an die Dinge, die ich Dich gelehrt habe, damit Du ein guter Mensch wirst, es küßt Dich Deine Mama.« Rolf dagegen schrieb ihr häufig und füllte viele Blätter auf beiden Seiten, um ihr von den Büchern zu erzählen, die er gelesen hatte, denn nachdem er das Dorf und die Familie seines Onkels geschildert hatte, fand er sonst nicht viel darüber zu sagen, ihm schien, daß niemals etwas geschah, was der Erwähnung wert gewesen wäre, und so verblüffte er lieber seine Mutter mit langen philosophischen Erörterungen, die ihm die Bücher eingegeben hatten. Er schickte ihr auch Fotos, die er mit einer alten Kamera seines Onkels aufnahm und auf denen er die Wandlungen in der Natur, die Gesichter und Gebärden der Leute, die kleinen Ereignisse und all die Einzelheiten festhielt, die dem bloßen Auge so leicht entgehen. Dieser Briefwechsel bedeutete ihm viel, nicht nur weil ihm das Bild der Mutter lebendig blieb, sondern weil er auch entdeckte, wieviel Freude es ihm machte, die Welt zu beobachten und in Bildern zu bewahren.

Rolfs Cousinen hatten zwei Verehrer, ernstzunehmende Anwärter, die in direkter Linie von den Gründern der Kolonie abstammten. Sie besaßen das einzige Unternehmen, das kunstgewerbliche Kerzen herstellte, die im ganzen Land und bis über die Grenzen hinaus verkauft wurden. Der Betrieb existiert noch immer und ist so angesehen, daß die Regierung anläßlich des Papstbesuches bei ihnen eine Altarkerze von sieben Metern Länge und zwei Metern Durchmesser in Auftrag gab, die in der Kathedrale brennen sollte, und sie modellierten sie nicht nur aufs makelloseste, verzierten sie mit Szenen aus dem Leidensweg Christi und aromatisierten sie mit Tannennadelextrakt, sie verstanden sich auch darauf, sie unter einer bleiernen Sonne auf dem Lastwagen vom Gebirge in die Hauptstadt zu überführen, ohne daß sie ihre Obeliskenform, ihren weihnachtlichen Duft oder ihren Farbton von altem Marmor verloren hätte. Die Unterhaltung der beiden jungen Männer drehte sich hauptsächlich um die Gießformen, die Farben und die Gerüche der Kerzen. Das machte sie bisweilen schon ein wenig langweilig, aber sie waren hübsche Burschen, recht wohlhabend und durch und durch mit dem Aroma von Bienenwachs und Essenzen getränkt. Sie waren die besten Partien in der Kolonie, und jedes Mädchen suchte nach einem Vorwand, um im luftigsten Kleid bei ihnen Kerzen zu kaufen. Aber Rupert hatte seinen Töchtern die Saat des Zweifels in die Köpfe gesenkt, er meinte, daß all diesen Leuten, die seit Generationen aus denselben Familien stammten, das Blut dünn geworden sei und daß sie Mißgeburten hervorbringen könnten. In offener Opposition zu den Theorien über die Vorzüge der Reinrassigkeit glaubte er, daß aus Mischungen die besten Ergebnisse erzielt würden, und um das zu beweisen, kreuzte er seine edlen Hunde mit Straßenbastarden. Was er erhielt, waren unansehnliche Kreaturen von unberechenbarer Farbe und Gestalt, die niemand kaufen wollte, die aber, wie sich herausstellte, sehr viel intelligenter waren als ihre Altersgenossen mit Stammbaum, denn sie lernten, auf einem Schlappseil zu laufen und auf den Hinterbeinen Walzer zu tanzen. »Besser, wir suchen die Freier draußen«, sagte er, seiner geliebten Burgel zum Trotz, die davon nichts hören wollte; die Vorstellung, ihre Kinder mit braunhäutigen Männern verheiratet zu sehen, deren Hüften im Rumbatakt schaukelten, entsetzte sie. »Sei nicht blöd, Burgel!« – »Blöd bist du! Willst du Mulattenenkel haben?« – »Die Menschen in diesem Land sind zwar nicht blond, aber sie sind auch keine Neger!« Um den Streit gütlich beizulegen, seufzten beide den Namen »Rolf« – welch ein Jammer, daß sie nicht über zwei Neffen wie ihn verfügten, für jede Tochter einen, denn wenn sie auch blutsverwandt waren und irgendein Vorfahr wohl Katharinas Geistesschwäche zu verantworten hatte, würden sie jederzeit darauf schwören, daß Rolf keine unzulänglichen Erbanlagen in sich trug. Sie betrachteten ihn als den vollkommenen Schwiegersohn, arbeitsam, wohlerzogen, gebildet, mit guten Manieren, mehr konnte man nicht verlangen. Seine große Jugend war im Augenblick sein einziger Fehler, aber von dem Übel ist noch alle Welt geheilt worden.

Die Cousinen brauchten einige Zeit, ehe ihre Wünsche mit denen ihrer Eltern übereinstimmten, denn sie waren unschuldige junge Mädchen, aber als sie dann wach wurden, ließen sie die Gebote der Sittsamkeit und züchtigen Zurückhaltung, nach denen sie erzogen waren, weit hinter sich. Sie wurden sich des Feuers in Rolfs Augen bewußt, sie sahen ihn wie einen Schatten in ihr Zimmer schleichen, um ihre Kleider zu berühren, und deuteten das als Liebeszeichen. Sie besprachen die Sache unter sich und überlegten, daß sie sich doch zu dritt platonisch lieben könnten, aber als sie nun bewußt seinen nackten Oberkörper ansahen, schwitzend von der Arbeit auf dem Felde

oder in der Tischlerei, und das vom Wind zerzauste kupferrote Haar, änderten sie nach und nach ihre Meinung und kamen zu dem glücklichen Schluß, daß Gott, als er zwei Geschlechter schuf, das offenbar mit einer gewissen Absicht getan hatte. In fröhlicher Unbefangenheit und ohnedies gewohnt, das Zimmer, das Bad, die Kleider und fast alles zu teilen, sahen sie nichts Böses darin, sich auch den Liebsten zu teilen. Zudem konnten sie sich leicht von dem ausgezeichneten körperlichen Zustand des Jungen überzeugen, dessen Kraft und Willigkeit den schweren Aufgaben gewachsen waren, die ihr Vater ihm stellte, und waren sich sicher, daß davon noch genug für sie übrigblieb. Dennoch, so einfach war die Sache nicht. Den Bewohnern des Dorfes mangelte es an der Weitherzigkeit, die eine Dreiecksverbindung verstanden hätte, und selbst ihr Vater, bei all seinem großsprecherischen Gerede über moderne Lebensart, würde sie niemals dulden. Von der Mutter ganz zu schweigen, sie wäre imstande, nach einem Messer zu greifen und es dem Neffen in den verletzlichsten Teil zu stoßen.
Rolf bemerkte bald einen Wechsel in dem Benehmen der jungen Mädchen. Sie plagten ihn mit den größten Stücken Bratfleisch, häuften ihm Berge von Schlagsahne auf seinen Nachtisch, flüsterten hinter seinem Rücken, schraken zusammen, wenn er sie dabei ertappte, daß sie ihn beobachteten, streiften ihn im Vorübergehen, scheinbar zufällig, aber jede Berührung war erotisch so aufgeladen, daß selbst der frömmste Klausner nicht gleichgültig geblieben wäre. Bis jetzt war er ihnen nur vorsichtig und verstohlen nachgestiegen, um die Normen der Höflichkeit nicht zu verletzen und auch weil er eine Zurückweisung fürchtete, die seine Selbstachtung tödlich getroffen hätte, aber allmählich sah er sie immer kühner an, ließ sich jedoch Zeit, denn er wollte keine überstürzte Entscheidung treffen. Welche sollte er wählen? Beide schienen ihm bezaubernd

mit den kräftigen Beinen, den straffen Brüsten, den aquamarinblauen Augen und der glatten Kinderhaut. Die ältere war lustiger, aber ihn lockte auch die sanfte Koketterie der jüngeren. Der arme Rolf schlug sich mit gewaltigen Zweifeln herum, bis die Mädchen es müde waren zu warten, daß er den Anfang machte, und zum Frontalangriff übergingen. Sie überfielen ihn im Erdbeergarten und stellten ihm ein Bein, dann warfen sie sich auf ihn und kitzelten ihn und zerrupften seine fixe Idee, sich ernst zu nehmen, und brachten sein Gelüst zum Aufstand. Sie sprengten die Knöpfe seiner Hose, zogen ihm die Schuhe aus, zerrissen sein Hemd und ließen ihre mutwilligen Hände bis an einen Ort gleiten, von dem er sich nie hätte einfallen lassen, daß jemand ihn je erkunden würde.

Von diesem Tag an gab Rolf das Lesen auf, vernachlässigte die Welpen, vergaß die Kuckucksuhren, die Briefe an seine Mutter und sogar den eigenen Namen. Er ging umher wie in Trance, mit brennenden Trieben und umnebeltem Geist. Von Montag bis Donnerstag, wenn keine Gäste im Haus waren, lockerte sich der Zwang der Hausarbeit, und die jungen Leute hatten einige Stunden freie Zeit, die sie nutzten, um in den leeren Gästezimmern zu verschwinden. An Vorwänden fehlte es nicht: die Betten lüften, die Fenster putzen, die Küchenschaben ausräuchern, die Möbel einwachsen, die Bettwäsche wechseln. Die Mädchen hatten von ihren Eltern den Sinn für Gerechtigkeit und für Einteilung geerbt: Während die eine im Korridor Wache stand, um zu warnen, wenn sich jemand nahte, schloß die andere sich mit Rolf im Zimmer ein. Sie beachteten strikt die Reihenfolge, aber zum Glück erfuhr der junge Mann keine demütigende Einzelheit. Was taten sie, wenn sie allein waren? Nichts Neues, sie trieben die gleichen Cousin-Cousine-Spiele, die die Menschheit seit Tausenden von Jahren kennt. Spannend wurde es, als sie beschlossen, nachts zu dritt ins selbe Bett

zu schlüpfen, ohne Angst vor Rupert und Burgel, deren Schnarchen im Nebenzimmer sie beruhigte. Die Eltern schliefen bei offener Tür, um über ihre Töchter zu wachen, was den Töchtern ermöglichte, über ihre Eltern zu wachen.
Rolf war genauso unerfahren wie seine beiden Gefährtinnen, aber vom ersten Zusammensein an war er darauf bedacht, sie nicht schwanger zu machen, und im übrigen legte er in die Bettspiele so viel Begeisterung und Erfindungsgabe, daß sie seine Unwissenheit in der Liebeskunst reichlich ausglichen. Seine Tatkraft wurde ohne Rast genährt von den beiden großartigen Leckerbissen, den offenen, warmen, fruchtigen Cousinen, die immer bereit waren und vor Lachen fast erstickten. Und daß sie alles in größter Stille tun mußten, beim Knarren des Bettes erschraken, unter den Decken eingehüllt in die gemeinsame Wärme und den gemeinsamen Geruch, war ein Reizmittel, das ihre Herzen in Flammen setzte. Sie waren genau in dem Alter, in dem man unermüdlich lieben kann. Während die Mädchen in sommerlicher Lebenskraft blühten, die Augen immer blauer, die Haut immer leuchtender, das Lachen immer glücklicher wurde, vergaß Rolf seine lateinischen Wendungen, stolperte gegen die Stühle, döste im Stehen und bediente die Gäste wie ein Schlafwandler, mit weichen Knien und umflortem Blick. »Der Junge arbeitet zuviel, Burgel, er ist ja ganz blaß, er muß Vitamine bekommen«, sagte Rupert, ohne zu ahnen, daß der Neffe hinter seinem Rücken große Portionen des aphrodisischen Gerichts seiner Tante verschlang, damit ihm nicht die Spannkraft versagte in der Stunde der Prüfung. Cousin und Cousinen entdeckten gemeinsam, was sie tun mußten, um in Schwung zu kommen, und in manchen guten Augenblicken gelang es ihnen, sehr hoch zu fliegen. Rolf fand sich mit dem Gedanken ab, daß seine Gefährtinnen über eine größere Genußfähigkeit verfügten und ihre

Waffengänge innerhalb derselben Darbietung mehrmals wiederholen konnten, und um sein Ansehen unangetastet zu halten und sie nicht zu betrügen, lernte er seine Kräfte und seine Lust durch rasch erfundene Techniken zu dosieren. Jahre später erfuhr er, daß dieselben Methoden in China schon seit den Jahren des Konfuzius angewendet wurden, und schloß daraus, daß es wahrlich nichts Neues unter der Sonne gibt, wie sein Onkel Rupert zu sagen pflegte, wenn er die Zeitung las. In manchen Nächten waren die drei Liebenden so glücklich, daß sie vergaßen, sich zu trennen, und in einem Knäuel ineinanderverflochtener Glieder einschliefen, der Junge in einem weichen, duftenden Berg verloren, von den Träumen seiner Cousinen eingewiegt. Sie erwachten beim ersten Hahnenschrei, gerade noch rechtzeitig, daß jeder in sein eigenes Bett springen konnte, ehe die Eltern sie bei ihrem köstlichen Vergehen ertappten.

Eine Zeitlang hatten die Schwestern überlegt, ob sie den unermüdlichen Rolf durch Münzenwerfen unter sich auslosen sollten, aber bei ihren denkwürdigen Gefechten entdeckten sie, daß sie durch ein spielerisches und festliches Gefühl miteinander verbunden waren, das gänzlich ungeeignet war, darauf eine ehrbare Ehe zu gründen. Als praktische Frauen hielten sie es für zweckmäßiger, die aromatischen Kerzendreher zu heiraten, ihren Cousin als Liebhaber zu behalten und ihn womöglich zum Vater ihrer Kinder zu machen, womit sie die Gefahr der Langeweile abwenden würden, wenn auch nicht unbedingt die, Kinder mit Erbfehlern in die Welt zu setzen. Rolf kam eine solche Regelung nie in den Sinn, gefüttert wie er war mit idealistischer Literatur und Ritterromanen und aufgezogen nach den strengen Geboten der Rechtschaffenheit. Während sie kühne Kombinationen planten, konnte er sein Schuldgefühl, sie beide zu lieben, nur mit der Ausrede beschwichtigen, es wäre ja nur ein zeitlich begrenztes

Übereinkommen, dessen letztes Ziel es war, sich besser zu kennen, bevor man ein Paar wurde; aber ein Vertrag auf lange Sicht wäre ihm wie eine abscheuliche Verderbtheit vorgekommen. Er war hin- und hergerissen in einem unlösbaren Konflikt zwischen dem Verlangen, das diese beide üppigen, großzügigen Leiber immer neu schürten, und seiner eigenen Sittenstrenge, aus der er die Einehe als einzig möglichen Weg für einen anständigen Menschen betrachtete. »Sei doch nicht so dumm, Rolf! Siehst du nicht, daß es uns nichts ausmacht? Ich will dich nicht für mich allein, und meine Schwester auch nicht, also machen wir weiter wie bisher, solange wir nicht verheiratet sind, und wenn wir es sind, hören wir deshalb nicht auf.« Dieses Angebot war ein brutaler Schlag gegen die Eitelkeit des Jungen. Er zog sich in seine Entrüstung zurück, die ganze dreißig Stunden andauerte, an deren Ende die Begierde doch wieder siegte. Er sammelte seine Würde vom Boden auf und schlief wieder mit den Mädchen. Und die anbetungswürdigen Cousinen, nackt und lieblich, an jeder Seite eine, hüllten ihn abermals ein in die herrliche Wolke von Zimt, Nelke, Vanille und Zitrone, bis seine Sinne außer sich gerieten und seine nüchternen christlichen Tugenden dahinschmolzen.

Drei Jahre vergingen so, mehr als genug, um Rolfs makabre Albträume auszulöschen und durch freundliche Träume zu ersetzen. Vielleicht hätten die Mädchen den Kampf gegen seine Skrupel doch noch gewonnen, vielleicht wäre er bis ans Ende seiner Tage bei ihnen geblieben und demütig seiner Aufgabe als Liebhaber auf Doppelposten nachgekommen, wenn seinem Schicksal nicht ein anderer Weg vorgezeichnet gewesen wäre. Derjenige, der ihm diesen Weg wies, war Señor Aravena, Zeitungsmann von Beruf und Filmmann aus Berufung.

Aravena schrieb in der bedeutendsten Zeitung des Landes. Er war der beste Gast der Pension und verbrachte fast jedes Wochenende im Haus von Rupert und Burgel, wo ein Zimmer für ihn reserviert war. Seine Feder besaß so viel Ansehen, daß es nicht einmal der Diktatur gelang, sie gänzlich zu unterdrücken, und im Laufe seiner Berufsjahre hatte er eine Aureole der Redlichkeit gewonnen, die ihm erlaubte, Dinge zu veröffentlichen, an die seine Kollegen sich niemals herangewagt hätten. Selbst der General und der Mann mit der Gardenie behandelten ihn mit Achtung und respektierten ein ungeschriebenes Gleichgewichtsabkommen, mit dessen Hilfe er sich innerhalb gewisser Grenzen frei bewegen konnte, und die Regierung ihrerseits durfte sich als Hort der Liberalität darstellen, wenn sie seine etwas waghalsigen Artikel drucken ließ. Er liebte das gute Leben, rauchte dicke Zigarren, aß wie ein Löwe und war ein tapferer Trinker, der einzige, der Onkel Rupert bei den sonntäglichen Bierschlachten mehr als gewachsen war. Er allein durfte es sich erlauben, die beiden Töchter in die prächtigen Gesäßbacken zu kneifen, denn er tat es mit Charme, nicht um sie zu kränken, sondern um ihnen den gerechten Tribut zu zollen. »Kommt her, meine hinreißenden Walküren, laßt einen armen Zeitungsmann seine Hände auf eure Hintern legen«, und selbst Tante Burgel lachte, wenn ihre Töchter sich umdrehten, damit er ihnen feierlich die Trachtenröcke hob und sich über die von Jungmädchenschlüpfern bedeckten Halbkugeln begeisterte. Señor Aravena besaß einen Filmapparat und eine tragbare Schreibmaschine, ein lärmendes Ungeheuer, dessen Tasten vom vielen Gebrauch schon fast unleserlich waren und mit dem er den ganzen Sonnabend und den halben Sonntag auf der Terrasse verbrachte, wo er mit zwei Fingern seine Artikel schrieb, während er riesige Mengen Wurstbrote dazu aß und literweise Bier hinuntergoß. »Es tut mir so wohl, die reine Luft der Berge zu atmen«, sagte er und zog den schwarzen Rauch seiner Zigarre ein. Bisweilen kam er mit einer Señorita an – es war niemals dieselbe –, die er als seine Nichte vorstellte, und Burgel tat, als glaubte sie an die Verwandtschaft – »Dieses Haus ist ein anständiges Hotel, was bildet ihr euch ein, nur ihm erlaube ich, mit Begleitung zu kommen, weil er ein sehr bekannter und feiner Herr ist, habt ihr seinen Namen nicht in der Zeitung gelesen?« Aravenas Begeisterung für die jeweilige Dame hielt genau eine Nacht an, dann hatte er sie satt und schickte sie morgens mit dem ersten Gemüselieferwagen wieder zurück in die Stadt. Mit Rolf ging er gern stundenlang spazieren und unterhielt sich mit ihm. Er sprach mit ihm über die internationalen Nachrichten, weihte ihn in die nationale Politik ein, empfahl ihm Bücher, lehrte ihn, mit der Filmkamera zu arbeiten, und brachte ihm ein paar Anfangsgründe der Stenographie bei. »Du kannst nicht für immer in dieser Kolonie bleiben«, sagte er, »die ist gut für einen Neurotiker wie mich, der herkommt, um seinen Körper wieder aufzumöbeln und sich zu entgiften, aber kein normaler junger Mann kann in dieser Bühnendekoration leben.« Rolf kannte zwar Shakespeare, Molière und Calderón, nur war er noch nie im Theater gewesen und sah keinen Bezug zu dem Dorf, aber mit dem Meister zu streiten, den er maßlos bewunderte, kam ohnedies nicht in Frage.

»Ich bin zufrieden mit dir, Neffe. In ein paar Jahren kannst du die Uhren allein übernehmen, das ist ein gutes Geschäft«, schlug Onkel Rupert ihm an seinem zwanzigsten Geburtstag vor.

»Ich will ja gar nicht Uhrmacher werden, Onkel. Ich glaube, das Kino ist ein passenderer Beruf für mich.«

»Kino? Wozu ist das denn gut?«

»Zum Filmemachen. Mich interessieren die Dokumentarfilme. Ich will wissen, was in der Welt geschieht, Onkel.«

»Je weniger du davon weißt, um so besser. Aber wenn du unbedingt möchtest, gut, tu, wie du willst.«

Tante Burgel wurde fast krank, als sie hörte, daß er fortgehen und allein in der Hauptstadt leben wollte, dieser Lasterhöhle voller Gefahren, Drogen, Politik, Krankheiten, »wo die Frauen alle Huren sind, entschuldige das Wort, wie diese Touristenweiber, die ins Dorf kommen, das Achterteil schwenken und den Vorbau in die Luft recken«. Die verzweifelten Cousinen versuchten ihn umzustimmen, indem sie ihm ihre Gunst verweigerten, aber da diese Strafe sie genauso empfindlich traf wie ihn, änderten sie ihre Taktik und liebten ihn so feurig, daß Rolf aufs alarmierendste an Gewicht verlor. Am traurigsten jedoch waren die Hunde, denn sie sahen die Vorbereitungen und witterten, was im Gange war – sie verloren den Appetit und schlichen mit eingeklemmtem Schwanz, hängenden Ohren und unerträglich flehenden Blicken umher.

Rolf widerstand jedem Druck auf seine Gefühle, und zwei Monate später reiste er ab zur Universität, nachdem er seinem Onkel hoch und heilig versprochen hatte, alle Wochenenden bei ihnen zu verbringen, seiner Tante gelobt hatte, die Kuchen, Schinken und Konfitüren, die sie ihm eingepackt hatte, auch wirklich aufzuessen, und seinen Cousinen geschworen, absolute und völlige Enthaltsamkeit zu wahren, um mit neuen Kräften zurückzukommen und mit ihnen unter dem Deckbett zu spielen.

Fünf

Während sich diese Dinge in Rolfs Leben zutrugen, entwuchs ich, nicht weit von ihm entfernt, der Kindheit. In dieser Zeit fing das Unglück meiner Patin an. Ich hörte es aus dem Radio und sah ihr Bild in den Klatschblättchen, die Elvira hinter dem Rücken der Patrona kaufte, und so erfuhr ich, daß sie eine Mißgeburt zur Welt gebracht hatte. Namhafte Wissenschaftler unterrichteten die Öffentlichkeit, daß das Geschöpf zum Stamm III gehöre, das heißt, es war gekennzeichnet durch die Verbindung zweier Körper mit je einem Kopf; Gattung Xiphodinus, das heißt, es hatte nur eine Wirbelsäule; Art Monophalianus, denn es hatte nur einen Nabel für beide Körper. Das merkwürdigste war, daß der eine Kopf weißhäutig, der andere schwarzhäutig war.

»Das arme Ding hat zwei Väter, das ist mal sicher«, sagte Elvira und verzog angewidert den Mund. »Wie ich es sehe, kommt so ein Elend daher, daß man am selben Tag mit zwei Männern schläft. Ich bin nun über fünfzig Jahre alt, aber so was habe ich nie gemacht. Ich habe es jedenfalls nie zugelassen, daß sich die Säfte von zwei Männern in meinem Bauch vermischten, aus solchen Schweinereien entstehen dann die Zirkusmonster.«

Die Patin verdiente sich ihren Lebensunterhalt als Putzfrau, sie machte nachts Büros sauber. Sie reinigte gerade im zehnten Stock einen Teppich, als die Wehen einsetzten, aber sie arbeitete weiter, denn sie verstand die Zeit bis zur Geburt nicht zu berechnen, und sie war auch wütend auf sich selber, weil sie damals der Versuchung erlegen war, die sie nun mit dieser peinlichen Schwangerschaft bezahlte. Mitternacht war vorbei, als sie eine warme Flüssigkeit spürte, die zwischen ihren Beinen hinabrann. Sie wollte rasch ins Krankenhaus, aber es war schon zu spät, ihr ver-

sagten die Kräfte, sie kam nicht einmal bis zum Fahrstuhl. Sie schrie mit aller Lungenkraft, doch in dem leeren Gebäude war niemand, der ihr hätte zu Hilfe kommen können. Sie ergab sich darein, wieder schmutzig zu machen, was sie eben gereinigt hatte, legte sich auf den Teppich und preßte verzweifelt, bis sie ihren Sohn ausgestoßen hatte. Als sie das sonderbare zweiköpfige Wesen sah, das sie geboren hatte, war sie fassungslos vor Entsetzen, und ihre erste Reaktion war, sich das da so schnell wie möglich vom Halse zu schaffen. Sie konnte sich kaum auf den Beinen halten, aber sie ergriff das Neugeborene, schleppte sich auf den Gang und warf es in den Müllschlucker. Dann kehrte sie zu ihrem Teppich zurück und machte sich ächzend daran, ihn abermals zu säubern.
Als am Tage darauf der Pförtner den Keller betrat, fand er den winzigen Kadaver zwischen dem Abfall aus den Büros, fast unversehrt, denn er war auf einen Haufen Papier gefallen. Auf sein Geschrei liefen die Serviererinnen aus dem Café herbei, und in wenigen Minuten hatte die Neuigkeit die Straße erreicht und verbreitete sich durch die ganze Stadt. Gegen Mittag war der Skandal im ganzen Land bekannt, und selbst ausländische Zeitungsreporter kamen, um das Kind zu fotografieren, denn diese Kombination zweier Rassen war in den Annalen der Medizin bisher nicht verzeichnet. Eine ganze Woche sprach man über nichts anderes, der Fall überdeckte sogar den Tod von zwei Studenten, die von der Polizei vor der Universität erschossen worden waren, weil sie rote Fahnen geschwenkt und die Internationale gesungen hatten. Alles war empört über die unnatürliche Mutter, diese Mörderin, die noch dazu eine Feindin der Wissenschaft war, denn sie wollte das Baby nicht dem Anatomischen Institut zu Forschungszwecken überlassen, sondern bestand darauf, es nach den Geboten der katholischen Kirche auf dem Friedhof zu beerdigen.

»Erst bringt sie es um und schmeißt es auf den Müll wie einen faulen Fisch, und dann will sie ihm ein christliches Begräbnis geben. So ein Verbrechen verzeiht Gott nicht, Vögelchen!«
»Aber Großmutter, es ist doch nicht bewiesen, daß meine Patin es umgebracht hat . . .«
»Wer war es denn dann?«
Die Polizei hielt sie mehrere Wochen in einer Einzelzelle fest, bis es dem Gerichtsmediziner endlich gelang, sich Gehör zu verschaffen. Er hatte die ganze Zeit versichert, daß der Sturz durch den Müllschlucker nicht die Todesursache gewesen sei, das Kind sei schon vor der Geburt tot gewesen, aber niemand hatte ihm Beachtung geschenkt. Endlich ließ die Justiz die arme Frau frei, die auf jeden Fall gezeichnet war, denn die Zeitungsschreiber verfolgten sie noch monatelang, und niemand glaubte die offizielle Lesart. Die grausame Sympathie der Masse galt ausschließlich dem Kind, und die Patin hieß nur noch »Mörderin des Monsterchens«. Das schreckliche Ereignis zerrüttete ihre Nerven. Sie litt schwer unter der Schuld, eine Scheußlichkeit zur Welt gebracht zu haben, und als sie aus dem Gefängnis entlassen wurde, war sie nicht mehr die alte. Sie verbiß sich in die Vorstellung, diese Geburt wäre die göttliche Strafe für eine abscheuliche Sünde, an die sie selbst sich nicht erinnern konnte. Sie schämte sich, unter Menschen zu gehen, und vergrub sich in ihrem Elend in trostloser Einsamkeit. Als letzte Zuflucht ging sie zu den Zauberern, die sie in ein Leichentuch hüllten, sie auf die Erde legten, brennende Kerzen um sie herum aufstellten und sie mit Rauch, Talk und Kampfer schier erstickten, bis ein ungeheurer Schrei aus dem tiefsten Innern der Leidenden brach, der als endgültige Ausstoßung der bösen Geister gedeutet wurde. Danach hängten sie ihr geweihte Halsbänder um, die verhindern sollten, daß das Böse sich wieder in ihr einnistete. Elvira und ich besuch-

ten sie in ihrer lila gestrichenen Hütte. Sie hatte das prangende braune Fleisch eingebüßt und die freche Koketterie verloren, die früher ihrem Gang die Würze gab, sie hatte sich mit katholischen Heiligenbildern und mit afrikanischen Göttern umgeben, und ihre einzige Gesellschaft war der einbalsamierte Puma.

Als die Patin sah, daß ihr Unglück trotz aller Gebete, der Hexereien und der Rezepte von Kräuterheilkundigen fortdauerte, gelobte sie vor dem Altar der Jungfrau Maria, nie wieder fleischlichen Umgang mit einem Mann zu haben, und um sich zu zwingen, das Gelübde zu halten, ließ sie sich von einer Hebamme die Scheide zunähen. Die Infektion, die sie davontrug, hätte sie fast getötet. Sie war sehr im Zweifel, ob die Antibiotika des Krankenhauses oder die der heiligen Rita gespendeten Kerzen oder die in Unmengen getrunkenen Kräuteraufgüsse sie gerettet hatten. Von nun an konnte sie den Rum ebensowenig lassen wie die Frömmelei, sie hatte die Richtung verloren, der Begriff des Lebens war ihr abhanden gekommen, oft erkannte sie selbst die besten Freunde nicht, irrte durch die Straßen und murmelte sonderbare Dinge über den Sohn des Teufels, ein zweirassiges Untier, das ihr Leib geboren hatte. Ihr Geist war verstört, und sie konnte sich ihr Brot nicht mehr verdienen, denn in diesem verwirrten Zustand und mit ihrem Foto in den Polizeiberichten gab ihr niemand mehr Arbeit. Bisweilen war sie lange Zeit verschwunden, und ich fürchtete schon, sie wäre tot, aber dann tauchte sie unvermittelt wieder auf, jedesmal elender und trauriger, mit roten Augen, und maß mir mit einer Schnur mit sieben Knoten darin den Schädelumfang, ein Gott weiß wo aufgeschnapptes Verfahren, das beweisen sollte, ob man noch Jungfrau war. »Das ist dein einziger Schatz, solange du deine Reinheit hast, bist du was wert, wenn du sie verlierst, bist du niemand mehr«, sagte sie, und ich begriff nicht, wieso just der Teil meines Körpers, der doch sündig und verboten war, gleichzeitig so kostbar sein sollte.

So wie sie manchmal monatelang meinen Lohn nicht abholte, konnte sie dann auch plötzlich wieder ankommen und unter Flehen und Drohen mehr Geld haben wollen – »Sie mißhandeln meine Kleine, sie ist überhaupt nicht gewachsen, ganz dünn ist sie, und die Klatschweiber erzählen mir, daß der Patrón sie anfaßt, das gefällt mir gar nicht, Verführung Minderjähriger nennt man das!« Wenn sie ins Haus kam, rannte ich und versteckte mich in Elviras Sarg. Die Patrona war unerbittlich, sie weigerte sich, meinen Lohn zu erhöhen, und erklärte der Patin, das nächste Mal, wenn sie sie belästigte, würde sie die Polizei rufen – »Die kennen dich schon, die wissen genau, wer du bist, dankbar solltest du sein, daß ich mich um dein Mädchen kümmere, wenn ich nicht wäre, dann wäre sie genauso tot wie dein zweiköpfiger Säugling.« Die Lage wurde unhaltbar, und schließlich verlor die Patrona die Geduld und entließ mich.

Die Trennung von Elvira war sehr bitter. Mehr als drei Jahre waren wir zusammengewesen, sie hatte mir ihre Liebe gegeben, und ich hatte ihr den Kopf mit unwahrscheinlichen Geschichten vollgestopft, wir hatten einander geholfen, hatten uns gegenseitig beschützt und gemeinsam gelacht. Wir hatten im selben Bett geschlafen und am selben Sarg Totenwache gespielt, und damit hatten wir eine unzerreißbare Bindung geschaffen, die uns vor der Einsamkeit bewahrte und die Härten unseres Dienstmädchendaseins milderte. Elvira fügte sich nicht darein, mich einfach zu vergessen, sie besuchte mich, wo ich auch sein mochte. Sie schaffte es immer, mich ausfindig zu machen. Wie eine liebe Großmutter erschien sie überall, wo ich arbeitete, und brachte ein Glas Guajavenkompott mit oder ein paar Pirulís, die sie auf dem Markt gekauft hatte. Wir setzten uns zusammen und sahen uns mit der verschwiegenen Zuneigung an, an die wir beide gewöhnt waren, und bevor sie ging, bat sie mich um eine lange Geschichte, die ihr bis zum nächsten Besuch reichen sollte. So sahen wir uns immer wieder, eine ganze Zeit lang, bis wir uns eines Tages aus den Augen verloren.

Für mich begann eine Pilgerfahrt von einem Haus ins andere. Meine Patin suchte mir dauernd neue Arbeitsplätze und verlangte jedesmal mehr Geld, aber niemand war bereit, meine Dienste so großzügig zu bezahlen, wie sie es sich vorstellte, schließlich gab es genug Kinder in meinem Alter, die ohne Lohn nur fürs Essen arbeiteten. Für diese Zeit komme ich mit dem Zählen durcheinander und kann mich nicht mehr an all die Orte erinnern, wo ich war, außer einigen, die man unmöglich vergessen kann, wie etwa das Haus der Dame mit dem kalten Porzellan, deren Kunst mir später bei einem ungewöhnlichen Abenteuer dienlich war.

Sie war Witwe, eine Jugoslawin, die ein holpriges Spanisch sprach und komplizierte Gerichte zubereitete. Sie hatte die Formel für die Universalmaterie entdeckt, wie sie bescheiden ein Gemenge aus eingeweichtem Zeitungspapier, gewöhnlichem Mehl und Zahnzement nannte, das, zu einer grauen Masse vermischt, in feuchtem Zustand geschmeidig war und beim Trocknen steinhart wurde. Damit konnte sie alles nachbilden außer der Durchsichtigkeit des Glases und dem Kristallkörper des Auges. Sie knetete diesen Teig, hüllte ihn in ein feuchtes Tuch und bewahrte ihn im Kühlschrank auf, bis sie ihn brauchte. Man konnte ihn wie Ton formen oder mit einem Nudelholz ausrollen, bis er dünn wie Seide war, ihn dann zerschneiden und in alle möglichen Richtungen falten oder wickeln. War er einmal trocken und hart, wurde er gefirnißt und dann nach Belieben bemalt, je nachdem, ob man das Aussehen von Holz, Metall, Tuch, Früchten, Marmor, menschlicher Haut oder was auch immer erzielen wollte. Das Haus der Jugoslawin war eine Mustermesse der Möglichkeiten, die dieses wunderbare Material bot: ein bengalischer Wandschirm stand in der Diele; vier in Samt und Spitzen gekleidete Musketiere mit bloßem Degen beherrschten den Salon; ein nach indischer Weise geschmückter Elefant diente als Telefontisch; ein römischer Fries bildete die Rückwand des Bettes. Eines der Zimmer war in ein Pharaonengrab verwandelt: die Türen zeigten prunkvolle Totenbegängnisse in Basrelief, die Lampen waren schwarze Panther mit Glühbirnen in den Augen, der Tisch war einem polierten Sarkophag nachgebildet, mit unechtem Lapislazuli eingelegt, und die Aschenbecher hatten die ewige, gelassene Gestalt der Sphinx, mit einem Loch im Rücken, um die Stummel auszudrücken. Ich irrte durch dieses Museum und entsetzte mich bei dem Gedanken, ich könnte etwas mit dem Staubwedel herunterstoßen und zerbrechen oder etwas könnte lebendig werden und mich verfolgen, um mir den Musketierdegen, den Stoßzahn des Elefanten oder die Krallen des Panthers in den Rücken zu bohren. So wurde meine Faszination für die Kultur des alten Ägypten geboren und zugleich mein Grausen vor dem Teiggemenge. Die Jugoslawin pflanzte mir ein unbesiegbares Mißtrauen gegen die unbelebten Dinge in die Seele, und seither muß ich sie immer erst anfassen, um zu fühlen, ob sie das sind, was sie zu sein scheinen, oder ob sie aus Universalmaterie gemacht sind. In den Monaten, die ich hier arbeitete, lernte ich ihre Herstellung, aber ich hatte Instinkt genug, ihr nicht zu verfallen. Das kalte Porzellan ist eine gefährliche Versuchung, beherrscht man einmal seine Geheimnisse, hindert nichts den Meister, alles Vorstellbare zu kopieren, bis er sich eine Welt der Lüge erbaut hat und sich darin verliert. Der Krieg hatte die Nerven der Patrona zerrüttet. Sie war überzeugt, daß unsichtbare Feinde sie belauerten, um ihr

Böses anzutun, deshalb umgab sie ihr Grundstück mit einer hohen, glasscherbengespickten Mauer und bewahrte zwei Pistolen im Nachttisch auf – »Diese Stadt ist voll von Verbrechern, eine arme Witwe muß imstande sein, sich selbst zu verteidigen, dem ersten Eindringling, der mein Haus betritt, schieße ich zwischen die Augen!« Die Kugeln waren nicht nur für die Banditen bestimmt: »An dem Tag, an dem dieses Land den Kommunisten in die Hände fällt, töte ich erst dich, damit du nicht leiden mußt, Evita, und danach schieße ich mir eine Kugel in den Kopf«, sagte sie. Sie behandelte mich rücksichtsvoll und sogar mit einer gewissen Zärtlichkeit, kümmerte sich darum, daß ich reichlich aß, kaufte mir ein gutes Bett, und jeden Abend lud sie mich in den Salon ein, damit wir zusammen den Roman aus dem Radio hörten. »Die klingenden Seiten des Äthers tun sich auf, damit Sie, liebe Hörer, die Gefühle und die Romanze eines neuen Kapitels miterleben können . . .« Wir saßen Seite an Seite zwischen den Musketieren und dem Elefanten, knabberten Kekse und hörten drei aufeinanderfolgende Sendungen, zwei Liebesgeschichten und eine Kriminalstory. Ich fühlte mich wohl bei dieser Patrona, mir war, als hätte ich ein Heim gefunden. Das einzig Mißliche war, daß das Haus in einem Vorort stand, der für Elvira nur schwer zu erreichen war, dennoch unternahm meine Großmutter die Reise jedesmal, wenn sie einen freien Nachmittag bekam – »Ich bin ganz kaputt vom vielen Laufen, Vögelchen, aber ich bin noch mehr kaputt, wenn ich dich nicht sehe, Vögelchen, jeden Tag bitte ich Gott, er möge dir Boden unter die Füße geben und mir Gesundheit, damit ich dich weiter liebhaben kann«, sagte sie.

Hier wäre ich lange Zeit geblieben, denn die Patin hatte keinen Grund zur Klage, sie wurde pünktlich und reichlich bezahlt, aber ein häßlicher Vorfall machte allem ein jähes Ende. An einem windigen Abend gegen zehn Uhr schreckten wir von einem Lärm auf, der sich draußen erhob und sich anhörte wie ein langer Trommelwirbel. Die Witwe vergaß ihre Pistolen, schloß zitternd die Rollläden und wollte auf keinen Fall hinaussehen, um der Sache auf den Grund zu gehen. Am nächsten Tag fanden wir im Garten vier tote Katzen, mit abgeschlagenen Köpfen und aufgeschlitzten Bäuchen, und an der Hauswand waren mit Blut gemeine Schimpfworte geschrieben. Ich erinnerte mich, daß ich im Radio von ähnlichen Fällen gehört hatte, sie wurden Jungenbanden zur Last gelegt, die sich mit solchen grausamen Späßen die Zeit vertrieben, und ich versuchte die Patrona zu überzeugen, daß es keinen Grund zur Aufregung gab, aber vergebens. Die Jugoslawin, halb verrückt vor Angst, beschloß, aus dem Lande zu fliehen, bevor die Bolschewiken ihr dasselbe antaten wie den Katzen.

»Du hast Glück, ich werde dich im Haus eines Ministers unterbringen«, verkündete mir die Patin.
Der neue Patrón entpuppte sich als ein gänzlich unbedeutender Mensch, wie es fast alle Männer in öffentlichen Ämtern zu dieser Zeit waren, in der das politische Leben eingefroren war und jedes Anzeichen von eigenständigem Denken in einen Keller führen konnte, wo ein nach französischem Parfum duftender Typ, eine Blume im Knopfloch, einen bereits erwartete. Der Patrón gehörte dem Namen und dem Vermögen nach dem alten Adel an, was seinen unflätigen Gewohnheiten eine gewisse Straflosigkeit sicherte, aber schließlich hatte er doch die Grenzen des Erträglichen überschritten, und sogar seine Familie wandte sich von ihm ab. Er wurde seines Postens in der Staatskanzlei enthoben, weil man ihn dabei ertappte, wie er hinter den grünen Brokatvorhängen im Wappensaal urinierte, und aus dem gleichen Grund wurde er aus einer Botschaft entfernt, aber diese schlechte Gewohnheit, die

für das diplomatische Protokoll unannehmbar war, bildete kein Hindernis für die Leitung eines Ministeriums. Seine größten Vorzüge waren die Fähigkeit, dem General um den Bart zu gehen, und sein Talent, unbemerkt zu bleiben. Tatsächlich wurde sein Name erst Jahre später berühmt, als er in einem Privatflugzeug außer Landes floh und im Tumult und in der Eile des Aufbruchs auf der Piste einen Koffer voll Gold stehenließ, weswegen er im Exil dennoch nichts zu entbehren hatte.

Er bewohnte ein Haus im Kolonialstil, das von einem schattigen Park umgeben war, wo Farne so groß wie Polypen wuchsen und wilde Orchideen von den Bäumen hingen. In den Nächten glühten rote Punkte zwischen dem Laubwerk, die Augen von Gnomen und anderen Beschützern der Pflanzenwelt oder einfach von Fledermäusen, die in lautlosem Flug von den Dächern herabstrichen. Der Minister, geschieden, ohne Kinder oder Freunde, lebte allein an diesem verwunschenen Ort. Das Haus, ein alter Familienbesitz, war viel zu groß für ihn und seine Dienerschaft, und viele Zimmer waren leer und verschlossen. Meine Einbildungskraft lief mit mir davon, wenn ich vor diesen die Korridore entlang aufgereihten Türen stand, hinter denen ich Gemurmel, Seufzen, Lachen zu hören meinte. Anfangs preßte ich das Ohr dagegen oder spähte durchs Schlüsselloch, aber bald brauchte ich das nicht mehr, um dahinter verborgen ganze Welten zu ahnen, jede mit ihren eigenen Gesetzen, ihrer eigenen Zeit, ihren eigenen Bewohnern, bewahrt vor der Abnutzung und Besudelung durch den Alltag. Ich gab den Zimmern wohlklingende Namen, die Erzählungen meiner Mutter heraufbeschworen, Katmandu, Palast der Bären, Merlins Höhle, und mir genügte eine winzige Anstrengung, um in Gedanken das Holz zu durchschreiten und in die ungewöhnlichen Geschichten einzudringen, die sich jenseits der Wand abspielten.

Neben den Fahrern und den Leibwächtern, die das Parkett schmutzig machten und die Getränke stahlen, arbeiteten in dem Haus eine Köchin, ein alter Gärtner, ein Diener und ich. Weshalb ich hier angestellt worden war oder welche Bedingungen die Patin und der Patrón ausgemacht hatten, erfuhr ich nie. Ich bummelte fast den ganzen Tag herum, lief durch den Park, hörte Radio, träumte von den verschlossenen Zimmern oder erzählte den anderen Gespenstergeschichten im Tausch gegen Süßigkeiten. Ich hatte nur zwei feststehende Aufgaben: die Schuhe zu putzen und das Nachtgeschirr des Patróns zu leeren.
An dem Tag, als ich ins Haus kam, gab der Minister gerade ein Essen für Botschafter und Politiker. Noch nie hatte ich derartige Vorbereitungen gesehen. Ein Lastwagen lud runde Tische und vergoldete Stühle ab, aus den Truhen im Anrichteraum wurden bestickte Tischtücher zutage gefördert und aus den Kredenzen im Speisesaal das feine Tafelgeschirr und die goldenen Bestecke mit dem eingravierten Monogramm der Familie. Der Diener drückte mir ein Tuch in die Hand, damit ich das Kristall blank rieb, und ich staunte über den reinen Klang der Gläser, wenn man darüber hinstrich, und über den funkelnden Regenbogen, mit dem jedes einzelne das Licht der Lampen widerspiegelte. Eine ganze Ladung Rosen wurde gebracht, die in Porzellanvasen gestellt und über die Räume verteilt wurden. Aus den Schränken kamen Schüsseln und Karaffen aus poliertem Silber zum Vorschein, durch die Küche defilierten alle denkbaren Sorten Fisch und Fleisch, Weine, Käse aus der Schweiz, kandierte Früchte und von Nonnen gebackene Torten. Zehn Lakaien in weißen Handschuhen bedienten die Gäste, während ich durch die Vorhänge des Speisesaals alles verfolgte, hingerissen von der Feinheit und Eleganz, die mir neuen Stoff gaben, meine Geschichten damit auszu-

schmücken. Nun würde ich königliche Feste beschreiben können, mich in Einzelheiten ergehen, die mir früher nie eingefallen wären: die Musiker im Frack, die auf der Terrasse Tanzweisen spielten, die mit Maronen gefüllten und mit Federbüschen geschmückten Fasanen, das Fleisch, das mit Cognac übergossen und in blauen Flammen brennend aufgetragen wurde. Ich ging nicht eher zu Bett, als bis der letzte Gast fort war. Am nächsten Tag wurde saubergemacht, es wurden die Bestecke gezählt, die verwelkten Rosensträuße weggeworfen und jedes Ding an seinen Platz gestellt. Ich ordnete mich in den normalen Tagesablauf des Hauses ein.

Im zweiten Stock lag das Schlafzimmer des Ministers. Es war ein großer Raum; das mit Schnitzwerk versehene Bett trug pausbäckige Putten, die Handwerkskunst der Decke war ein Jahrhundert alt, die Teppiche stammten aus dem Orient, an den Wänden hingen Heiligengemälde der Kolonialzeit aus Quito und Lima und eine ganze Sammlung von Fotos des Ministers in Gesellschaft hochgestellter Persönlichkeiten. Vor dem Schreibtisch aus Jakarandaholz stand ein antiker Sessel, mit Bischofssamt bezogen und mit vergoldeten Füßen und Armlehnen, der eine Öffnung in der Mitte des Sitzes hatte. Hierauf machte es sich der Patrón bequem, um den Zwängen der Natur zu genügen, deren Produkt in einem darunter angebrachten Steinguttopf landete. Er konnte ganze Stunden auf diesem alten Möbel sitzen bleiben, Briefe und Reden schreiben, die Zeitung lesen, Whisky trinken. Wenn er fertig war, zog er an der Schnur einer Glocke, die durch das ganze Haus schallte wie ein Katastrophenalarm, und ich lief aufgebracht die Treppen hoch, um den Nachttopf wegzutragen, und konnte nicht begreifen, warum dieser Mann nicht die Toilette benutzte wie jeder normale Mensch. »Der Herr hatte schon immer diese Marotte, frag nicht soviel, Kind«, sagte mir der Diener als einzige Erklärung. Nach wenigen Tagen fühlte ich, daß ich erstickte, ich konnte nicht mehr richtig atmen, es würgte mich ständig, Hände und Füße juckten, ich war vor Ärger in Schweiß gebadet. Weder die Hoffnung auf ein weiteres Fest noch die phantastischen Abenteuer der verschlossenen Zimmer konnten den Samtsessel, den Gesichtsausdruck des Patróns, wenn er mit dem Finger auf den Topf zeigte, und den Weg zur Toilette, um ihn zu leeren, aus meinem Kopf verdrängen. Am achten Tag stellte ich mich eine ganze Weile taub, als ich den Ruf der Glocke hörte, und machte mir in der Küche zu schaffen, aber nach einigen Minuten dröhnte mir der Schädel von dem Geläut. Also stieg ich hinauf, Schritt für Schritt, und bei jeder Stufe wurde ich wütender. Ich trat in das luxuriöse Zimmer, das nach Stall stank, beugte mich hinter dem Stuhl hinab und zog den Topf hervor. Ganz ruhig, als täte ich das jeden Tag, hob ich ihn hoch und kippte den Inhalt dem Staatsminister über den Kopf – und schüttelte so mit einer einzigen Bewegung des Handgelenks die Demütigung ab. Er saß wie erstarrt, die Augen quollen ihm aus den Höhlen.

»Leben Sie wohl, Señor!« Ich machte auf dem Absatz kehrt, rannte aus dem Zimmer, verabschiedete mich von den Gestalten, die hinter den verschlossenen Türen schlummerten, lief an den Fahrern und Leibwächtern vorbei, durchquerte den Park und war auf und davon, ehe mein Opfer sich von seinem Schreck erholt hatte.

Zu meiner Patin zu gehen traute ich mich nicht, ich hatte Angst vor ihr, seit sie mir in ihrer Verrücktheit gedroht hatte, auch mich inwendig zuzunähen. In einem Café durfte ich telefonieren, und ich rief bei Elviras Patrona an, um mit meiner Großmutter zu sprechen, aber die Patrona sagte mir, Elvira sei nicht mehr da, sie sei eines Morgens fortgegangen, hätte ihren Sarg auf einem geliehenen Karren mitgenommen und sei nicht zur Arbeit zurückgekehrt, sie wüßten nicht, wo sie suchen sollten; sie war ohne Entschuldigung verschwunden und hatte all ihre übrige Habe dagelassen.

Mir war elend zumute. Das gleiche Gefühl der Verlassenheit hatte ich schon einmal erlebt. Ich rief nach meiner Mutter, damit sie mir Kraft gab, und wandte mich dann, als hätte ich eine Verabredung einzuhalten, instinktiv zum Stadtzentrum. Auf dem Platz, der dem Vater des Vaterlandes geweiht war, erkannte ich das Reiterstandbild beinahe nicht wieder, es war gereinigt und poliert, und statt von Taubenkot verdreckt und von der grünlichen Patina der Zeit überzogen zu sein, strahlte es jetzt Ruhm und Ehre aus. Ich dachte an Huberto Naranjo, den einzigen, der für mich so etwas wie ein Freund gewesen war, und hoffte, ihn hier wiederzusehen, ohne die Möglichkeit zu bedenken, daß er mich vergessen haben könnte oder daß es vielleicht schwierig sein würde, ihn zu finden, denn ich hatte noch nicht lange genug gelebt, um Pessimist zu sein. Ich setzte mich an den Rand des Brunnens, wo er mit dem schwanzlosen Fisch seine Wette gewonnen hatte, und betrachtete die Vögel, die schwarzen Eichhörnchen und die Faultiere in den Bäumen. Als es Abend wurde, überlegte ich, daß ich wohl zuviel erwartet hatte, verließ meinen Posten und trottete durch die Nebenstraßen, die noch den Zauber der Kolonialbauweise bewahrt hatten und vorläufig unberührt waren von den Schaufelbaggern der italienischen Architekten. Ich fragte überall nach Naranjo, in den Läden des Viertels, an den Kiosken und in den Restaurants, wo viele ihn kannten, denn dies waren seine Operationsbasen, seit er ein rotznäsiger kleiner Junge war. Alle waren freundlich zu mir, aber niemand wollte sich durch eine Antwort festlegen, ich denke, die Regierung hatte den Leuten beigebracht, den Mund zu halten, man kann nie wissen, selbst ein kleines Mädchen mit Dienstmädchenschürze und einem Putzlappen am

Gürtel kann verdächtig sein. Endlich erbarmte sich einer und flüsterte mir zu: »Geh zur Calle República, nachts streift er da rum!«
Zu jener Zeit bestand das Bordellviertel aus ein paar schlecht beleuchteten Häuserblocks, unschuldig im Vergleich zu der Stadt, die es seither geworden ist, aber es gab schon ausgestellte Fotos von Señoritas mit dem schwarzen Balken der Zensur auf den nackten Brüsten und Laternen, die Stundenhotels, heimliche Bordelle und Spielhöllen anzeigten. Ich war hungrig und erinnerte mich, daß ich noch nichts gegessen hatte, aber ich traute mich nicht, um etwas zu bitten, »lieber tot als betteln, Vögelchen«, hatte Elvira mir eingehämmert. Ich fand eine Sackgasse, setzte mich hinter einen Stapel Pappkartons und schlief augenblicklich ein. Ein paar Stunden später erwachte ich von dem festen Griff einer Hand, die sich in meine Schulter grub.
»Sie haben mir gesagt, daß du mich suchst. Was zum Teufel willst du von mir?«
Zuerst erkannte ich ihn nicht und er mich genauso wenig. Huberto Naranjo hatte das Kind von einst hinter sich gelassen. Er kam mir sehr schick vor mit seinen dunklen Koteletten, der pomadisierten Haartolle, der straff sitzenden Hose, den Schuhen mit hohem Absatz und dem Ledergürtel mit Metallnieten. In sein Gesicht war ein anmaßender Zug getreten, aber in seinen Augen tanzte jener mutwillige Funke, den kein Leiden und keine Gewalt auslöschen würden. Er war sicherlich nicht viel älter als fünfzehn Jahre, aber er wirkte erwachsener durch die Art, wie er da stand, in den Knien wippend, breitbeinig, den Kopf zurückgeworfen und eine Zigarette auf der Unterlippe balancierend.
Diese Körperhaltung nach Art eines Straßenräubers half mir, ihn zu erkennen, denn genauso hielt er sich, als er noch ein Junge in kurzen Hosen war.

»Ich bin Eva!«
»Wer?«
»Eva Luna.«
Huberto Naranjo fuhr sich mit der Hand durch das Haar, steckte die Daumen in den Gürtel, spuckte die Zigarette auf den Boden und betrachtete mich prüfend von oben. Es war finster, und er konnte mich nur undeutlich ausmachen, aber meine Stimme war dieselbe, und durch das Dunkel sah er meine hellen Augen.
»Bist du die, die Geschichten erzählt hat?«
»Ja.«
Da vergaß er seine Rolle als Gangsterheld und wurde wieder das Kind, das über einen Kuß auf die Nase verlegen geworden war, als wir damals voneinander Abschied nahmen. Er kniete sich auf ein Bein, rückte an mich heran und lächelte so fröhlich, als hätte er einen verlorengegangenen Hund wiedergefunden. Ich lächelte auch, noch benommen vom Schlaf. Wir gaben uns schüchtern die Hand, zwei verschwitzte Handflächen, musterten uns, erkannten uns rot werdend wieder – »Hallo, hallo, wie geht's?« –, und plötzlich konnte ich nicht mehr, ich richtete mich auf, warf ihm die Arme um den Hals, drückte mich an seine Brust und rieb mein Gesicht an seinem Schlagersängerhemd mit dem brillantinebeschmierten Kragen, während er mir tröstend auf den Rücken klopfte und heftig schluckte.
»Ich hab ein bißchen Hunger« war das einzige, was mir zu sagen einfiel, um ihn nicht merken zu lassen, daß ich am liebsten geheult hätte.
»Putz dir die Nase und komm essen«, antwortete er und ordnete mit einem Taschenkamm seine Haartolle.
Er führte mich durch die leeren, schweigenden Straßen zu einer Kneipe, die die ganze Nacht geöffnet hatte, stieß die Türen auf wie ein Cowboy, und wir standen in einem halbdunklen Raum, dessen Umrisse im Zigarettenqualm

verschwammen. Eine Musikbox spielte sentimentale Schlager, während die Gäste sich an den Billardtischen langweilten oder sich an der Theke betranken. Er führte mich an der Hand hinter der Theke herum, wir durchquerten einen Gang und traten in eine kleine Küche. Ein dunkelhäutiger, schnurrbärtiger junger Mann schnitt Fleisch und handhabte das Messer wie einen Säbel.

»Mach der Kleinen hier ein Beefsteak, Negro, aber ein großes, hörst du? Und gib zwei Eier, Reis und Bratkartoffeln dazu. Ich bezahle.«

»Du bist der Boß, Naranjo. Ist das nicht das Mädchen, das überall nach dir gefragt hat? Hier ist sie am Abend durchgekommen. Ist sie deine Freundin?« fragte der andere grinsend und zwinkerte.

»Red nicht so blöd, Negro. Sie ist meine Schwester.«

Ich bekam mehr Essen vorgesetzt, als ich in zwei Tagen hätte bewältigen können. Während ich kaute, beobachtete Huberto Naranjo mich schweigend und maß mit den Augen des Kenners die Veränderungen ab, die mein Körper zeigte – bedeutend waren sie nicht, denn ich entwickelte mich nur langsam. Immerhin, die wachsenden Brüste zeichneten sich unter meiner Baumwollschürze wie zwei Zitrönchen ab, und schon damals war Huberto Naranjo derselbe Frauenverkoster, der er heute noch ist, und wohl imstande, die zukünftige Form der Hüften und anderer Rundungen vorherzusehen und seine Schlüsse zu ziehen.

»Du hast mir mal gesagt, ich sollte bei dir bleiben«, erinnerte ich ihn.

»Das war vor ein paar Jahren.«

»Jetzt bin ich gekommen, um bei dir zu bleiben.«

»Darüber reden wir später, nun iß erst mal den Nachtisch vom Negro, der ist sehr gut«, antwortete er und runzelte die Brauen.

»Du kannst nicht bei mir bleiben. Eine Frau darf nicht auf der Straße leben«, entschied Huberto Naranjo gegen sechs Uhr früh, als keine Seele mehr in der Kneipe war und selbst die Liebeslieder aus der Musikbox hingestorben waren. Draußen brach ein Tag wie jeder andere an, schon hatte das Hin und Her des Verkehrs und hastender Menschen begonnen.

»Aber damals hast du es mir selbst vorgeschlagen!«

»Ja, aber da warst du noch ein Kind.«

Die Logik dieses Gedankengangs war an mich völlig verschwendet. Ich fühlte mich jetzt, wo ich etwas größer war, doch viel besser vorbereitet, es mit dem Leben aufzunehmen, und glaubte, schon sehr welterfahren zu sein, aber er erklärte mir, die Dinge lägen genau umgekehrt: je erwachsener ich wurde, um so nötiger mußte ich von einem Mann beschützt werden, jedenfalls solange ich jung war, später war es egal, da würde ich sowieso keinen mehr reizen. »Ich will ja gar nicht, daß du mich beschützt, mir tut ja niemand was, ich will nur mit dir mitgehen«, beteuerte ich, aber er war nicht zu erweichen, und um die Sache abzukürzen, beendete er die Diskussion mit einem Faustschlag auf den Tisch. »Gut, Mädchen, es reicht, deine Gründe kümmern mich einen Dreck, halt den Mund!« Huberto Naranjo packte mich am Arm und führte oder besser zerrte mich durch die eben erwachte Stadt zur Wohnung der Señora. Sie lag im sechsten Stock eines Hauses in der Calle República, das gepflegter aussah als die meisten in dem Viertel. Eine Frau mittleren Alters in Morgenrock und Pantoffeln mit Pompons öffnete uns, noch schlaftrunken und verkatert nach einer wohl langen Nacht.

»Was ist los, Naranjo?«

»Ich bringe dir eine Freundin.«

»Was fällt dir ein, mich um diese Zeit aus dem Bett zu holen!«

Aber sie lud uns ein hereinzukommen, bot uns Platz an und entschuldigte sich, sie wolle sich nur ein wenig zurechtmachen. Nach langem Warten erschien sie endlich wieder, knipste im Vorbeigehen die Lampen an und füllte das Zimmer mit dem Flattern ihres Nylonmorgenrocks und dem Geruch ihres fürchterlichen Parfums. Ich brauchte ein paar Minuten, um mir klarzuwerden, daß es sich um ein und dieselbe Person handelte: ihr waren die Wimpern gewachsen, die Haut sah aus wie Porzellan, die gebleichten, glanzlosen Locken lagen starr um den Kopf, die Lider waren blaue Blütenblätter und der Mund eine aufgeplatzte Kirsche. Dennoch beeinträchtigten diese erstaunlichen Veränderungen weder das Anziehende ihres Gesichtsausdrucks noch den Zauber ihres Lächelns. Die Señora, wie sie allgemein genannt wurde, mußte plötzlich lachen, und dabei zog sie das Gesicht in lauter winzige Falten und bekam ganz kleine Augen, und das war so ansteckend und sah so liebenswert aus, daß sie mich sofort für sich gewann.

»Sie heißt Eva Luna und wird bei dir wohnen«, erklärte Huberto Naranjo.

»Du bist verrückt, Junge.«

»Ich zahle für sie.«

»Mal sehen; Kind, dreh dich um und laß dich anschauen . . . Das ist zwar nicht gerade, was man ein Geschäft nennt . . .«

»Sie kommt nicht zum Arbeiten«, unterbrach er sie.

»Ich denke ja gar nicht daran, sie jetzt schon loszuschicken, keiner würde sie nehmen, nicht mal umsonst, aber ich kann schon mal anfangen, sie vorzubereiten.«

»Da läuft nichts! Nimm einfach an, daß sie meine Schwester ist.«

»Und wozu brauche ich deine Schwester?«

»Damit sie dir Gesellschaft leistet. Sie kann Geschichten erzählen.«

»Sie kann was?«
»Sie erzählt Geschichten.«
»Was für Geschichten?«
»Über Liebe, Krieg, Angst, alles, was du hören willst.«
»Sag bloß!« rief die Señora aus und betrachtete mich wohlwollend. »Auf alle Fälle muß man sie ein bißchen herrichten, Huberto, sieh dir bloß die Ellbogen und die Knie an, eine Hornhaut wie ein Gürteltier. Du wirst Manieren lernen müssen, Mädchen, sitz nicht da, als ob du Fahrrad fährst!«
»Vergiß dies ganze dumme Zeug und bring ihr Lesen bei!«
»Lesen? Wozu brauchst du eine Intellektuelle?«
Huberto war ein Mann von raschen Entschlüssen und schon damals überzeugt, daß sein Wort Gesetz war, also drückte er der Señora ein paar Scheine in die Hand, versprach, sich oft sehen zu lassen, und versorgte sie, ehe er mit festen Schritten davonging, rasch noch mit einem ganzen Stapel Anweisungen: »Laß dir ja nicht einfallen, ihr das Fell zu bemalen, dann kriegst du Ärger mit mir, daß sie mir nicht nachts auf die Straße geht, die Lage ist beschissen, seit sie die Studenten umgebracht haben, jeden Morgen liegen irgendwo Tote rum, zieh sie nicht in deine Geschäfte rein, denk dran, daß sie so was wie meine Familie ist, kauf ihr Kleider für junge Damen, ich bezahle alles, gib ihr Milch, davon soll man ja dicker werden, wenn du mich brauchst, schick mir Nachricht in die Kneipe vom Negro, und ich komme geflogen, ach ... und vielen Dank, du weißt ja, ich bin immer für dich da.«
Kaum war er draußen, wandte sich die Señora mit ihrem wundervollen Lächeln mir zu und begutachtete mich gründlich, während ich mit brennenden Wangen zu Boden blickte; ich schämte mich entsetzlich, bis zu diesem Tag hatte ich keine Gelegenheit gehabt, mir über meine eigene Unzulänglichkeit klarzuwerden.
»Wie alt bist du?«

»Dreizehn.«
»Mach dir keine Sorgen, niemand wird als Schönheit geboren, das kostet Geduld und Arbeit, aber es lohnt sich, denn wenn du es schaffst, hast du das Leben für dich gelöst. Zum Anfang heb jetzt mal den Kopf und lächle.«
»Ich will lieber lesen lernen.«
»Den Blödsinn hat dir Naranjo eingeredet. Kümmre dich nicht drum. Die Männer sind so selbstherrlich, immer wollen sie ihre Meinung durchsetzen. Das beste ist, zu allem ja zu sagen und das zu tun, wozu man Lust hat.«
Die Señora pflegte eine nächtliche Lebensweise, sie schützte ihre Wohnung vor dem Tageslicht durch dicke Vorhänge und beleuchtete sie mit so viel bunten Glühlampen, daß man sie für den Eingang eines Zirkuszeltes halten konnte. Sie zeigte mir die buschigen Farne, alle aus Kunststoff, die die Zimmerecken schmückten, die Bar mit den verschiedenen Flaschen und Gläsern, die tadellos saubere Küche, wo auch nicht ein Topf herumstand, ihr Schlafzimmer mit dem runden Bett, auf dem eine spanische Puppe mit einem getüpfelten Rock saß. Im Bad, das vollgestopft war mit Salbentöpfchen und allen nur möglichen Schönheitsmittelchen, hingen große rosa Handtücher.
»Zieh dich aus.«
»Was?«
»Du sollst deine Kleider ausziehn. Hab keine Angst, ich will dich nur waschen«, lachte die Señora.
Sie ließ Wasser in die Wanne, warf eine Handvoll Badesalz hinein, das sogleich zu duftendem Schaum wurde, und dann tauchte ich hinein, zuerst zaghaft, dann mit einem Seufzer des Vergnügens. Als ich zwischen Jasmindämpfen und Seifenschaum fast eingeschlafen war, erschien die Señora mit einem Roßhaarhandschuh und rubbelte mich kräftig. Dann half sie mir, mich abzutrocknen, und stäubte mir Puder unter die Achseln und ein wenig Parfum auf den Hals.

»Zieh dich an. Wir gehen etwas essen und dann zum Friseur«, verkündete sie.
Auf der Straße wandten die Leute sich nach der Frau um und staunten ihren herausfordernden Gang an und ihren Toreroaufputz, der selbst in dieser Gegend der leuchtenden Farben und der angriffslustigen Frauen zu gewagt war. Das hautenge Kleid betonte Täler und Hügel, die Glasperlen an Hals und Armen glitzerten, ihre Haut war weiß wie Kreide, was in jenem Teil der Stadt noch sehr geschätzt wurde, wenn auch bei den reichen Leuten die Bronzefarbe der Sonnenstrände in Mode gekommen war. Nach dem Essen gingen wir in den Schönheitssalon, wo die Señora mit ihren lärmenden Begrüßungen, ihrem unnachahmlichen Lächeln und ihrer prachtvollen Hetärenerscheinung sofort den ganzen Raum beherrschte. Wir wurden von den Friseusen mit der Zuvorkommenheit bedient, die nur guten Kundinnen zugestanden wird, und dann gingen wir zwei sehr fröhlich durch das Hauptportal hinaus, ich mit einer Troubadourmähne und sie mit einem Schildpattschmetterling auf den Locken, einen Duft nach Haarfestiger und Patschuli im Kielwasser. Nun war die Zeit der Einkäufe gekommen, und sie ließ mich alles anprobieren, was es gab, nur keine Hosen, denn die Señora war der Ansicht, eine Frau in Männerkleidern sei genauso grotesk wie ein Mann in Frauenröcken. Zum Schluß suchte sie für mich Ballerinenschuhe, weite Kleider und Elastikgürtel aus, wie sie die Schauspielerinnen im Film trugen. Die kostbarste Anschaffung war ein winziger Büstenhalter, in dem meine lächerlichen Brüstchen verloren waren wie zwei einsame Pflaumen. Als sie endlich aufhörte, war es fünf Uhr nachmittags, und ich war in ein fremdes Wesen verwandelt und suchte mich lange im Spiegel, aber ich konnte mich nicht finden, das Glas gab mir das Bild einer verwirrten Maus zurück.

Als es Nacht wurde, kam Melecio, der beste Freund der Señora.
»Was ist denn das da?« fragte er verblüfft, als er mich sah.
»Um nicht groß ins Detail zu gehen, sagen wir, das ist die Schwester von Huberto Naranjo.«
»Du willst sie doch nicht etwa . . .«
»Nein nein, er hat sie mir zur Gesellschaft dagelassen.«
»So was brauchtest du ja auch dringend.«
Aber schon nach wenigen Minuten hatte er mich anerkannt, und wir spielten beide mit der Puppe und hörten Rock-'n'-Roll-Platten, eine außerordentliche Entdeckung für mich, denn bisher hatte ich ja nichts anderes gehört als die Boleros und Rancheras aus dem Küchenradio. In dieser Nacht probierte ich zum erstenmal Schnaps mit Ananassaft und Pasteten mit Sahne, die Grundnahrungsmittel in diesem Hause. Später gingen Melecio und die Señora zu ihren jeweiligen Arbeiten fort und ließen mich auf dem runden Bett zurück, wo ich, die spanische Puppe im Arm und vom rasenden Rhythmus des Rock gewiegt, in der vollen Gewißheit einschlief, daß dies einer der glücklichsten Tage meines Lebens gewesen war.

Melecio riß sich die Barthärchen mit einer Pinzette aus und fuhr sich dann mit einem in Äther getränkten Wattebausch über das Gesicht, dadurch wurde seine Haut zart wie Seide; er pflegte seine Hände, die lang und schmal waren, und jeden Abend bürstete er sich hundertmal das Haar. Er war hochgewachsen und hatte starke Knochen, aber er bewegte sich mit solch lässiger Anmut, daß er den Eindruck von Zerbrechlichkeit erweckte. Seine Familie erwähnte er nie, und erst Jahre später, in den Zeiten des Gefängnisses von Santa María, konnte die Señora seine Herkunft ermitteln. Sein Vater war ein aus Sizilien eingewanderter Bär, der, wenn er seinen Sohn mit dem Spielzeug der Schwester sah, über ihn herfiel, um ihn zu verprügeln, und brüllte: »*Ricchione! Pederasta! Mascalzone!*« Seine Mutter kochte ergeben die rituelle Pasta und stellte sich mit der Entschlossenheit einer Tigerin vor ihn, wenn der Vater ihn zwingen wollte, Fußball zu spielen, zu boxen oder, später, zu trinken oder in ein Bordell zu gehen.

Wenn sie mit ihrem Sohn allein war, versuchte sie, seinen Gefühlen auf den Grund zu kommen, aber Melecios einzige Erklärung war die, daß er eine Frau in sich trage und sich nicht an das Erscheinungsbild eines Mannes gewöhnen könne, in dem er gefangen sei wie in einer Zwangsjacke. Niemals sagte er etwas anderes, und später, als die Psychiater ihm mit ihren Fragen das Gehirn zersiebten, antwortete er immer das gleiche: »Ich bin kein Schwuler, ich bin eine Frau, dieser Körper ist ein Irrtum!« Nicht mehr und nicht weniger. Er ging aus dem Haus, sobald er die *mamma* davon überzeugt hatte, daß es viel schlimmer wäre, wenn er bliebe und von den Händen des eigenen Vaters umgebracht würde. Er nahm verschiedene Jobs an und gab schließlich Italienischunterricht an einer Sprachenschule, wo er zwar wenig verdiente, aber der Stundenplan war angenehm. Einmal im Monat traf er sich mit seiner Mutter im Park, gab ihr einen Umschlag mit einem Viertel seines Gehalts, wie hoch oder wie niedrig es auch immer sein mochte, und beruhigte sie mit schönen Lügen über sein angebliches Architekturstudium. Der Vater wurde von beiden nicht mehr erwähnt, und nach einem Jahr begann die Mutter Witwenkleider zu tragen, denn obwohl der Bär sich bester Gesundheit erfreute, hatte sie ihn in ihrem Herzen getötet. Melecio schlug sich eine Weile so durch, aber das Geld reichte nur selten, und es gab Tage, an denen er sich nur mit Kaffee auf den Beinen hielt. In dieser Zeit lernte er die Señora kennen, und von dem Augenblick an begann für ihn ein glücklicherer Lebensabschnitt. Er war in einer Atmosphäre der tragischen

Oper aufgewachsen, und der Komödienstil seiner neuen Freundin war Balsam für die zu Hause erlittenen Wunden und die Kränkungen, die ihm seines sanften Auftretens wegen täglich auf der Straße zugefügt wurden. Sie waren kein Liebespaar. Für die Señora stellte der Sex nur den Grundpfeiler ihres Geschäfts dar, und sie war nicht bereit, Energien an diesen Krampf zu verschwenden, und Melecio war das intime Zusammensein mit einer Frau zuwider. Sie waren so klug, eine Beziehung aufzubauen, aus der sie von Anfang an Eifersucht, Besitzansprüche, Unhöflichkeit und andere der körperlichen Liebe eigene Übel ausschlossen. Sie war zwanzig Jahre älter als er, und trotzdem, oder vielleicht gerade deswegen, verband sie eine wunderbare Freundschaft.

»Ich weiß einen guten Job für dich. Würdest du gern in einer Bar singen?« fragte die Señora ihn eines Tages.

»Ich weiß nicht . . . ich hab es noch nie gemacht.«

»Keiner wird dich erkennen. Du wirst als Frau verkleidet sein. Es ist ein Transvestitencabaret, aber hab keine Angst, es sind anständige Leute, und sie zahlen gut, die Arbeit ist leicht, du wirst schon sehen . . .«

»Du glaubst auch, ich bin einer von denen!«

»Nun sei nicht gleich beleidigt. Da zu singen bedeutet gar nichts. Es ist ein Beruf wie jeder andere auch«, entgegnete die Señora, deren solider Sinn für das Praktische fähig war, alles auf häusliche Maße zurückzustutzen.

Mit einiger Schwierigkeit gelang es ihr, seine Vorurteile zu überwinden und ihn zu überzeugen, welch ein Glücksfall das Angebot war. Anfangs erschreckte ihn das neue Milieu, aber bei seinem ersten Auftritt entdeckte er, daß er nicht nur eine Frau in sich trug, sondern auch eine Schauspielerin. Eine komödiantische und musikalische Begabung offenbarte sich, von der er bislang selbst nichts gewußt hatte, und was nur als Füllnummer gedacht war, wurde schließlich der beste Teil der Darbietung. Für ihn

begann ein Doppelleben, am Tage war er der nüchterne Schullehrer und in der Nacht ein schillerndes Geschöpf, mit Federn und falschen Brillanten behängt. Seine Finanzen erholten sich beträchtlich, er konnte seiner Mutter Geschenke machen, sich ein anständiges Zimmer mieten, besser essen und sich besser kleiden. Er wäre glücklich gewesen, hätte ihn nicht jedesmal ein unüberwindlicher Ekel überkommen, wenn er an sein Geschlechtsorgan dachte. Er litt Qualen, wenn er sich nackt im Spiegel sah oder sehr zu seinem Leidwesen feststellte, daß er wie ein normaler Mann reagieren konnte. Eine fixe Idee peinigte ihn unablässig: Er stellte sich vor, wie er sich selbst mit einer Gartenschere kastrierte – eine Anspannung der Armmuskeln, und plaff!, dieses verdammte Anhängsel fiel zu Boden wie ein blutiges Reptil.
Er hatte sich ein Zimmer im Judenviertel am anderen Ende der Stadt genommen, aber jeden Abend bevor er zu seinem Cabaret ging, nahm er sich die Zeit, die Señora zu besuchen. Er kam, wenn es dunkel wurde, wenn die roten, blauen und grünen Lichter der Straße angingen und die Nutten an den Fenstern erschienen und gefechtsbereit die Bürgersteige entlangschlenderten. Noch bevor ich die Türklingel hörte, ahnte ich sein Kommen und rannte, ihm zu öffnen. Er hob mich hoch: »Du hast ja seit gestern kein Gramm zugenommen, geben sie dir hier nichts zu essen?« lautete seine übliche Begrüßung, und wie ein Taschenspieler zauberte er zwischen den Fingern eine Näscherei für mich hervor. Er liebte in der Musik modernen Jazz, aber sein Publikum verlangte romantische Schlager in Englisch oder Französisch. Daher setzte er sich stundenlang bei uns hin und lernte sie, um sein Repertoire zu erweitern, und ich lernte sie nebenbei mit. Ich konnte sie auswendig singen, ohne auch nur ein Wort zu verstehen, denn in ihnen kam *this pencil is red, is that pencil blue?* ebensowenig vor wie irgendein anderer Satz

aus dem Radiokursus für Anfänger. Wir hatten großen Spaß an den Spielen, die wir beide als Kinder nicht hatten spielen können, wir bauten Häuser für die spanische Puppe, tobten herum, tanzten und sangen italienische Serenaden. Ich liebte es, ihm beim Schminken zuzusehen und ihm zu helfen, die winzigen Glasperlen auf seine Phantasiekostüme zu nähen.

In ihrer Jugend hatte die Señora ihre Möglichkeiten überprüft und war zu dem Schluß gelangt, daß sie nicht genügend Geduld hatte, sich mit ehrbaren Methoden ihr Brot zu verdienen. Also versuchte sie sich als Spezialistin für wissenschaftliche Massagen, anfangs mit einem gewissen Erfolg, denn solche Neuheiten hatte man bisher in diesen Breiten nicht gekannt, aber mit der unkontrollierten Einwanderung aus Europa und dem Fernen Osten kam ein unlauterer Wettbewerb auf. Die Asiatinnen brachten jahrtausendealte Techniken mit, die sie unmöglich übertreffen konnte, und die Portugiesinnen drückten die Preise bis zur Unvernunft. Das schreckte die Señora von dieser zeremoniösen Kunst ab, denn sie war nicht gewillt, akrobatische Seiltänzerkunststückchen zu vollführen oder es gar umsonst zu machen, das hätte sie nicht einmal für ihren Ehemann getan, wenn sie einen gehabt hätte. Eine andere hätte sich dareingeschickt, ihren Beruf in der herkömmlichen Form auszuüben, aber sie war ein unternehmungslustiger Mensch mit eigenen Ideen. Sie erfand einige sehr besondere Spielzeuge, mit denen sie den Markt zu erobern gedachte, aber sie konnte niemanden auftreiben, der bereit gewesen wäre, sie zu finanzieren. Weil es in diesem Land an kommerzieller Weitsicht fehlte, wurde dieser Einfall – wie so viele andere – von den Amerikanern weggeschnappt, die jetzt die Patente haben und ihre Modelle in alle Welt verkaufen. Der teleskopische Penis mit Handkurbel, der batteriebetriebene Finger und der bombensichere Busen mit Bonbonwarzen waren Schöpfungen der Señora, und wenn sie die Prozente erhielte, die ihr rechtlich zustünden, wäre sie Millionärin. Aber sie war für jenes Jahrzehnt allzuweit vorgeschritten, niemand dachte damals, daß solche Notbehelfe auf große Nachfrage stoßen würden, und es erschien wenig rentabel, sie im kleinen für Spezialisten herzustellen. Es gelang ihr auch nicht, Bankkredite zu bekommen, damit sie ihre eigene Fabrik bauen konnte. Völlig benebelt vom Erdölreichtum des Landes, wollte die Regierung von unüblichen Industrien nichts wissen.

Aber die Señora ließ sich nicht entmutigen. Sie stellte einen Katalog ihrer Mädchen zusammen, ließ ihn vervielfältigen, in malvenfarbenen Samt binden und verschickte ihn diskret an die höchsten Persönlichkeiten des Staates. Ein paar Tage später erhielt sie die erste Einladung, und zwar zu einer Party auf La Sirena, einer Privatinsel, die sich auf keiner Schiffahrtskarte findet und die, durch Korallenriffe und Haie geschützt, nur mit dem Flugzeug erreichbar ist. Als die erste Begeisterung verflogen war, ermaß sie die Größe ihrer Verantwortung und sann darüber nach, wie sie eine so erlesene Klientel am besten zufriedenstellen könne. Und da, wie Melecio mir Jahre später erzählte, fiel ihr Blick auf uns beide, die wir die spanische Puppe in eine Ecke gesetzt hatten und vom anderen Ende des Zimmers Münzen auf sie warfen und versuchten, die Kuller des Rockes zu treffen. Während sie uns zusah, mischte ihr schöpferisches Gehirn viele Möglichkeiten durch, und endlich kam ihr der Einfall, eins ihrer Mädchen als spanische Puppe zu kleiden. Sie erinnerte sich weiterer Kinderspiele, fügte jedem einen obszönen Tupfer hinzu und verwandelte sie so in einen neuen Zeitvertreib für die Partygäste. Danach fehlte es ihr nicht mehr an Kunden – Bankiers, Magnaten, Herren der Regierung, die ihre Dienste aus öffentlichen Mitteln bezahlten. »Das Beste an diesem Land ist, daß die Korruption für alle reicht«, sagte sie entzückt. Ihre Mädchen behandelte sie streng. Sie warb sie nicht mit verlogenen Zuhältertricks an, sie sagte ihnen klar, was sie verlangte, um Mißverständnisse auszuschließen und Bedenken von Anfang an zu zerstreuen. Wenn eine versagte, sei es durch Krankheit, sei es durch einen Unglücksfall, entließ sie sie auf der Stelle. »Ihr sollt eure Sache mit Begeisterung machen, Kinder«, sagte sie, »wir arbeiten für Kunden von Rang, in dieses Geschäft muß man einen ganzen Haufen Mystik einbringen.« Sie ließ sich höher bezahlen als die örtliche Konkurrenz, denn sie hatte festgestellt, daß billige Sünden weder genossen noch erinnert werden. Da gab es einen Polizeioberst, der die Nacht mit einem Mädchen verbracht hatte und, als er zahlen sollte, den Dienstrevolver zog und drohte, sie zu verhaften. Die Señora verlor nicht die Ruhe. Knapp einen Monat später rief derselbe Offizier an und bestellte drei gutgebaute, fähige Damen, um einige ausländische Delegierte zu unterhalten, und sie antwortete liebenswürdig, er möge doch seine Frau, seine Mutter und seine Großmutter einladen, wenn er gratis vögeln wolle. Zwei Stunden später erschien eine Ordonnanz mit einem Scheck und einem Kristallgefäß mit drei violetten Orchideen, die in der Blumensprache drei weibliche Reize von höchstem Zauber bedeuten, wie Melecio uns erklärte, wobei der Kunde das vielleicht gar nicht wußte und sie nur ausgewählt hatte, um die Wirkung des Kristalls zu heben.

Ich liebte es, die Unterhaltungen der Frauen zu belauschen, und dabei lernte ich in wenigen Wochen mehr, als mancher in seinem ganzen Leben entdeckt. Die Señora, immer darauf bedacht, die Qualität der Dienstleistungen in ihrem Unternehmen zu verbessern, kaufte französische Bücher, die ihr der blinde Kioskhändler heimlich zusteckte. Ich vermute jedoch, daß sie nur selten von Nutzen waren, denn die Mädchen beklagten sich, wenn die bewußte Stunde geschlagen habe, tränken die Herren ein paar Gläschen und wiederholten dann immer dieselben gewohnten Übungen, und das ganze Studieren habe überhaupt keinen Zweck. Wenn ich allein in der Wohnung war, machte ich es mir in einem Sessel bequem, nachdem ich mir die verbotenen Bücher aus ihrem Versteck geholt hatte. Sie waren verblüffend. Ich konnte sie zwar nicht lesen, aber die Illustrationen genügten, um mir Vorstellungen in den Kopf zu setzen, die sicherlich weit über die anatomischen Möglichkeiten hinausgingen.

Das war eine gute Zeit in meinem Leben, obwohl ich das Gefühl nicht los wurde, in einer Wolke zu schweben, umgeben von Leichtfertigkeit und Lügen. Bisweilen glaubte ich die Wahrheit zu erkennen, aber gleich darauf fand ich mich wieder in einem Wald der Doppeldeutigkeiten verloren. In diesem Haus standen die Stunden kopf, man lebte bei Nacht und schlief am Tage, die Frauen verwandelten sich in fremde Wesen, wenn sie die Schminke auflegten, meine Patrona steckte voller Geheimnisse, und Melecio hatte weder Alter noch Geschlecht. Das Essen bestand aus Geburtstagsleckerbissen, nie gab es richtige Hausmannskost. Auch das Geld wurde schließlich etwas Unwirkliches. Die Señora bewahrte dicke Bündel im Schuhkarton, denen sie entnahm, was sie für die täglichen Ausgaben brauchte, offenbar ohne Buch darüber zu führen. Überall lagen Geldscheine herum, und zuerst dachte ich, sie hätten sie verstreut, um meine Ehrlichkeit auf die Probe zu stellen, aber dann begriff ich, daß dies keine Falle war, sondern schlichter Überfluß und pure Schlamperei.

Mehrfach hörte ich die Señora sagen, sie habe ein Grausen vor gefühlsmäßigen Bindungen, aber ich glaube, da täuschte sie sich über ihre eigene Natur, und wie es ihr mit

Melecio geschehen war, gewann sie auch mich lieb. »Machen wir doch die Fenster auf, damit der Lärm und das Licht hereinkönnen«, bat ich, und sie tat es. »Kaufen wir doch einen Vogel, damit er uns was vorsingt, und einen Topf mit richtigem Farn, damit wir sehen können, wie er wächst«, schlug ich vor, und sie tat auch das. »Ich möchte lesen lernen«, beharrte ich, und sie erklärte sich bereit, es mir beizubringen, nur leider mußten dann ihre guten Vorsätze hinter anderen Sorgen zurückstehen. Heute, wo soviel Jahre vergangen sind und ich aus dem Blickwinkel der Erfahrung an sie zurückdenke, weiß ich, daß ihr Leben nicht leicht war, sie hatte sich, in schäbige Geschäfte verwickelt, in einer brutalen Umwelt durchgekämpft. Vielleicht stellte sie sich vor, daß es irgendwo eine Handvoll auserwählter Geschöpfe geben müsse, die sich den Luxus der Güte erlauben könnten, und hatte beschlossen, mich vor dem Schmutz der Calle República zu beschützen, womöglich gelang es ihr ja, dem Schicksal ein Schnippchen zu schlagen und mich vor einem Leben wie dem ihren zu bewahren. Zu Anfang hatte sie versucht, mich über ihre Geschäfte zu belügen, aber als sie sah, wie bereit ich war, das Leben mit all seinen Mängeln zu schlucken, änderte sie ihre Taktik. Wie ich später von Melecio erfuhr, kam sie mit den anderen Frauen überein, mich zu behüten, und so sehr waren alle bei der Sache, daß ich schließlich für jede das Beste verkörperte, was sie besaß. Während sie sich bemühten, mich von Roheit und Gemeinheit fernzuhalten, gewannen sie eine neue Würde für ihr eigenes Dasein. Sie baten mich, ihnen die Fortsetzung der gerade im Radio laufenden Romanserie zu erzählen, und ich erfand ein dramatisches Ende, das niemals mit dem wirklichen Ausgang zusammenstimmte, aber das störte sie nicht. Sie luden mich ein, mit ihnen mexikanische Filme anzusehen, und nach dem Kino setzten wir uns in die »Espiga de Oro« und redeten über das, was wir

gesehen hatten. Auf ihre Bitte änderte ich das Drehbuch und machte aus der zarten Liebesgeschichte eines Bauernburschen eine Tragödie mit Blut und Schrecken. »Du erzählst besser als alle Filme, da leidet man viel mehr mit«, schluchzten sie, den Mund voll Schokoladentorte.
Huberto Naranjo war der einzige, der mich nicht um Geschichten bat, weil er sie für einen albernen Zeitvertreib hielt. Er besuchte uns mit den Taschen voller Geld und verteilte es mit beiden Händen, ohne zu erklären, woher er es hatte. Mir schenkte er Kleider mit Volants und Spitzen, lacklederne Kleinmädchenschuhe und Babytäschchen, und alle bewunderten sie in den höchsten Tönen, weil sie mich im Limbus der kindlichen Unschuld festhalten wollten, aber ich wies alles beleidigt zurück.
»Das kann man ja nicht mal der spanischen Puppe anziehen. Siehst du denn nicht, daß ich keine Rotznase mehr bin?«
»Ich will nicht, daß du rumläufst wie ein Straßenmädchen. Bringen sie dir auch das Lesen bei?« fragte er und wurde wütend, als er feststellen mußte, daß mein Analphabetismus sich um keinen Buchstaben verbessert hatte.
Ich hütete mich wohl, ihm zu sagen, daß in anderer Hinsicht meine Bildung Riesenfortschritte machte. Ich liebte ihn mit dieser jugendlichen Besessenheit, die unverwischbare Spuren hinterläßt, aber nie erreichte ich es, daß Huberto Naranjo meiner glühenden Bereitwilligkeit abgeholfen hätte, und immer, wenn ich versuchte, sie ihm zu verstehen zu geben, schob er mich mit roten Ohren von sich.
»Laß mich in Ruhe. Was du zu tun hast, das ist, auf Lehrerin oder Krankenschwester zu studieren, das sind anständige Berufe für eine Frau.«
»Liebst du mich denn nicht?«
»Ich kümmre mich um dich, das genügt.«
Allein in meinem Bett, umarmte ich das Kopfkissen und

betete, daß mir bald die Brüste wachsen und die Beine dicker werden möchten, aber niemals brachte ich Huberto Naranjo mit den Illustrationen aus den Lehrbüchern der Señora oder mit aufgeschnappten Bemerkungen der Frauen in Verbindung. Ich kam gar nicht darauf, daß diese Turnübungen etwas mit Liebe zu tun haben könnten, für mich waren sie nur Tätigkeiten, mit denen man sich sein Brot verdiente wie mit Schneidern oder Maschineschreiben. Die Liebe, das war die Liebe in den Schlagern und Romanen im Radio, Seufzer, Küsse, leidenschaftliche Worte. Ich wollte mit Huberto unter derselben Bettdecke liegen, an seine Schulter gelehnt, an seiner Seite schlafend, aber meine Vorstellungen waren noch ganz sittsam.

Melecio war der einzige wirkliche Künstler in dem Cabaret, in dem er nachts arbeitete, die übrigen bildeten eine eher traurige Truppe: ein Schwulenchor, genannt das Blaue Ballett, die einer hinter dem andern aufgereiht in kläglichem Gänsemarsch herumhopsten, ein Zwerg, der mit einer Milchflasche unanständige Stückchen vorführte, und ein Herr ungewissen Alters, dessen witziger Einfall darin bestand, die Hosen herunterzulassen, dem Publikum den Hintern zuzukehren und drei Billardkugeln herauszudrücken. Die Leute kreischten vor Lachen über diese Hanswurstiaden, aber wenn Melecio auftrat, in seiner Kurtisanenperücke, von Federn umwogt, und französische Chansons sang, herrschte Kirchenstille im Saal. Er wurde weder ausgepfiffen noch mit dummen Späßen beleidigt wie die Komparserie, denn noch der Gefühlloseste spürte, wie gut er war. In diesen Stunden im Cabaret verwandelte er sich in die begehrte und bewunderte Diva, im Scheinwerferlicht strahlend, Ziel aller Blicke – hier erfüllte er sich seinen Traum, eine Frau zu sein. Nach dem Auftritt zog er sich in das feuchte, dunkle Gelaß zurück, das ihm als Garderobe zugewiesen war, und legte seinen Starprunk ab. Die Federn hingen nun an einem Haken und glichen einem toten Vogel Strauß, seine Perücke lag auf dem Tisch wie ein weggeworfener Skalp, und seine Glasjuwelen, Beute eines betrogenen Piraten, ruhten in einer Messingdose. Er schminkte sich mit Fettcreme ab, und im Spiegel erschien sein Männergesicht. Er zog seinen Männeranzug an, schloß die Tür, und eine tiefe Traurigkeit überkam ihn, denn der beste Teil seiner selbst blieb hinter ihm zurück. Er ging in die Kneipe vom Negro, um etwas zu essen, allein an einem Tisch in der Ecke, und dachte an die glückliche Stunde, die er soeben auf der Bühne erlebt hatte. Danach wanderte er durch die einsamen Straßen nach Hause, atmete die frische Nachtluft, stieg zu seinem Zimmer hinauf, wusch sich, legte sich zu Bett und starrte in das Dunkel, bis er einschlief.

Als die Homosexualität nicht länger tabu war und sich ans Tageslicht wagte, wurde es Mode, die Schwulen in ihrem Ambiente, wie man es nannte, zu besuchen. Die reichen Herrschaften kamen im Wagen mit Chauffeur, elegant, geräuschvoll, bunte Vögel, die sich durch die üblichen Kunden einen Weg bahnten und Platz nahmen, um gepanschten Champagner zu trinken, eine Prise Kokain zu schnupfen und den Künstlern zu applaudieren. Am meisten entzückt waren die Damen, feine, wohlerzogene Abkömmlinge von Einwanderern, die es zu Vermögen gebracht hatten. In Pariser Roben stellten sie die Imitationen der Juwelen zur Schau, die sie zu Hause im Safe aufbewahrten, und luden die Akteure an ihren Tisch, um mit ihnen anzustoßen. Am Tag darauf ließen sie dann in türkischen Bädern und Kosmetiksalons den Schaden beheben, den minderwertige Getränke, der Rauch und die durchwachte Nacht angerichtet hatten, aber es war der Mühe wert gewesen, denn diese Art Ausflüge waren das Pflichtthema im Country Club. Der Ruf der großartigen Mimí, Melecios Künstlername, ging in jener Saison von

Mund zu Mund, aber er drang nicht über die Salons hinaus, und im Judenviertel, wo er wohnte, oder in der Calle República wußte niemand – und es kümmerte auch niemanden –, daß der schüchterne Italienischlehrer Mimí war.

Die Bewohner der Calle República hielten zum Zwecke des Überlebens fest zusammen. Selbst die Polizei respektierte diesen stillschweigenden Ehrenkodex und beschränkte sich darauf, bei öffentlichen Schlägereien einzugreifen, ab und zu in den Straßen Streife zu gehen und ihre Provisionen zu kassieren; mit ihren Spitzeln verständigten sie sich auf direktem Wege, denn sie waren mehr an der politischen Überwachung interessiert als an der Aufrechterhaltung der öffentlichen Moral. Jeden Freitag erschien in der Wohnung der Señora ein Sergeant, der sein Auto auf dem Bürgersteig parkte, damit alle es sehen konnten und wußten, daß er seinen Anteil an ihren Einnahmen eintrieb, und gar nicht erst auf den Gedanken kamen, die Obrigkeit ahnte nichts von den Geschäften dieser Dame. Sein Besuch dauerte nicht länger als zehn, fünfzehn Minuten, gerade die Zeit, eine Zigarette zu rauchen, ein paar Witze zu erzählen und dann zufrieden mit einer Flasche Whisky unterm Arm und seinen Prozenten in der Tasche wieder zu gehen. Diese Regelung war für alle gleich, und sie war gerecht, denn sie gestattete den einen, ihre Einkünfte zu verbessern, und den andern, in Ruhe ihren Beschäftigungen nachzugehen.

Ich wohnte schon ein paar Monate bei der Señora, als der Sergeant von einem Tag zum andern abgelöst wurde, und die guten Beziehungen waren beim Teufel. Die Geschäfte gerieten in Gefahr durch die unmäßigen Forderungen des Neuen, der die üblichen Normen nicht einzuhalten gedachte. Seine unerwarteten Überfälle, seine Drohungen und Erpressungen zerstörten die Seelenruhe, die für gedeihliche Unternehmungen so nötig ist. Sie versuchten, mit ihm zu einer Regelung zu kommen, aber er war ein habgieriges Subjekt mit sehr engem Horizont. Sein Auftauchen erschütterte das heikle Gleichgewicht der Calle República und säte ringsum Verwirrung, und die Leute setzten sich in den Kneipen zusammen, um die Lage zu besprechen – »So wird das ja ganz unmöglich, sich sein Brot zu verdienen, wie Gott es will, wir müssen etwas tun, ehe dieser Kerl uns ruiniert.« Bewegt von dem Chor der Klagen, beschloß Melecio sich einzumischen, obwohl das Ganze ihn nichts anging. Er schlug vor, ein von den Betroffenen unterzeichnetes Schreiben abzufassen und an den Polizeichef zu schicken, mit Kopie an den Innenminister, denn beide hatten jahrelang gewisse Wohltaten genossen, und überdies hatten sie die moralische Pflicht, den Problemen der Einwohner Gehör zu schenken. Es sollte sich bald erweisen, daß der Plan hirnverbrannt war und ihn in die Tat umzusetzen eine Tollkühnheit. In wenigen Tagen waren die Unterschriften der gesamten Einwohnerschaft gesammelt, was keine einfache Aufgabe war, denn jeder wollte alles bis ins einzelne auseinandersetzen, aber endlich hatten sie ein gewichtiges Schriftstück beisammen, und die Señora machte sich persönlich auf den Weg, den Packen Petitionen ihren Empfängern zuzustellen.

Zwei Tage später, im Morgengrauen, als alle Welt noch schlief, kam der Negro aus der Kneipe zur Señora gerannt mit der Nachricht, daß die Polizei dabei war, Haus für Haus zu durchsuchen. Der verfluchte Sergeant kam mit dem Arrestwagen des Sonderkommandos für Verbrechensbekämpfung, das nur allzu bekannt dafür war, Unschuldigen Waffen oder Drogen unterzuschieben, um sie festzunageln. Atemlos berichtete der Negro, daß sie wie eine wilde Horde in das Cabaret eingedrungen seien und alle Künstler sowie einen Teil des Publikums verhaftet hätten, wobei sie die feine Kundschaft rücksichtsvoll in

Ruhe gelassen hätten. Unter den Verhafteten war auch Melecio mit seiner Federschleppe wie ein Karnevalsvogel und behängt mit seinen Glasklunkern, angeklagt als Dealer und Päderast, zwei Wörter, die ich bisher nicht gekannt hatte. Der Negro stürzte davon, um seinen übrigen Freunden die Unheilsnachricht zu bringen, und ließ die Señora in einer Nervenkrise zurück.

»Zieh dich an, Eva! Beweg dich! Schmeiß alles in einen Koffer! Nein! Dafür ist keine Zeit! Wir müssen weg ... Armer Melecio!«

Halbnackt hastete sie durch die Wohnung, stieß gegen die verchromten Sessel und die Spiegeltische, während sie sich in fliegender Eile anzog. Zuletzt ergriff sie den Schuhkarton mit dem Geld und rannte die Dienstbotentreppe hinunter, und ich rannte hinterher, noch benommen vom Schlaf und ohne zu verstehen, was vor sich ging, wenn ich auch ahnte, daß es etwas Ernstes sein mußte. Wir liefen im selben Augenblick hinunter, als die Polizei den Fahrstuhl stürmte. Im Erdgeschoß stießen wir auf die Pförtnersfrau im Nachthemd, eine Spanierin mit mütterlichem Herzen, die in normalen Zeiten saftige Kartoffeltortillas gegen Flaschen mit Eau de Cologne tauschte. Als sie sah, in welchem Zustand wir waren, und das Gebrüll der Uniformierten und die Sirenen der Streifenwagen auf der Straße hörte, begriff sie, daß jetzt nicht der Augenblick war, Fragen zu stellen, machte uns ein Zeichen, ihr zu folgen, und führte uns in den Keller, wo es eine Nottür zum Nachbargebäude gab, und so gelang es uns, zu entkommen, ohne die Calle República passieren zu müssen, die voll in den Händen der Staatsmacht war. Nach diesem ebenso überstürzten wie unwürdigen Abgang blieb die Señora endlich keuchend stehen und lehnte sich halb ohnmächtig gegen die Wand eines Hotels. Da schien sie mich zum erstenmal zu sehen.

»Was machst du denn hier?«

»Ich fliehe auch . . .«
»Geh weg! Wenn sie dich mit mir finden, schicken sie mich wegen Verführung Minderjähriger in den Knast!«
»Aber wohin soll ich denn gehen? Ich hab doch nichts, wo ich hinkönnte!«
»Ich weiß nicht, Kind. Such Huberto Naranjo. Ich muß mich verstecken und versuchen, Hilfe für Melecio zu finden, ich kann mich jetzt nicht um dich kümmern.«
Sie verschwand die Straße hinab, und das letzte, was ich von ihr sah, war ihr Hinterteil in dem geblümten Rock, das ohne jeden Anflug der alten Keckheit schaukelte, vielmehr wackelte es eher in eindeutiger Unsicherheit. Ich duckte mich in einen Hauswinkel, während die Polizeiautos vorüberheulten und um mich herum Nutten und Zuhälter das Weite suchten. Ein freundlicher Mensch nahm sich die Zeit, mir zu raten, ich solle mich schleunigst davonmachen. Das von Melecio aufgesetzte und von allen unterschriebene Schriftstück war den Zeitungsleuten in die Hände gefallen, und der Skandal, der mehr als einen Minister und mehrere hohe Polizeioffiziere den Posten gekostet hatte, sauste jetzt auf uns herab wie ein Beilhieb. Sie durchsuchten jedes Haus, jede Kneipe, jedes Hotel der Gegend, verhafteten, wen sie kriegen konnten, und warfen so viel Tränengasbomben, daß es schon ein Dutzend Vergiftete gab und ein Säugling daran gestorben war, den seine Mutter nicht mehr in Sicherheit hatte bringen können, weil sie gerade bei einem Kunden war. Drei Tage und drei Nächte gab es kein anderes Gesprächsthema als den »Kriegszug gegen das Ganovenviertel«, wie die Presse es nannte. Der Volkswitz jedoch taufte es den »Aufstand der Huren«, ein Name, mit dem das Ereignis in die Verse der Dichter einging.
Ich stand nun ohne einen Centavo da, wie ich das ja schon vorher erlebt hatte und wie es mir auch in Zukunft geschehen würde. Huberto Naranjo konnte ich auch nicht

finden, er war am andern Ende der Stadt gewesen, als die Schlacht tobte. Verstört setzte ich mich zwischen zwei Säulen auf die Stufen eines Hauses und suchte gegen das Gefühl des Verwaistseins anzukämpfen, das ich schon kannte und das mich jetzt wieder zu übermannen drohte. Ich verbarg das Gesicht zwischen den Knien und rief nach meiner Mutter, und schon bald spürte ich den leichten Geruch nach sauberem Leinen und Wäschestärke. Sie erschien vor mir unversehrt, den Zopf im Nacken zusammengerollt, mit strahlenden rauchfarbenen Augen im sommersprossigen Gesicht, und sagte mir, dieser ganze Wirbel gehe mich gar nichts an, ich habe keinen Grund, mich zu fürchten, ich solle die Angst abschütteln und mit ihr gehen. Ich stand auf und nahm ihre Hand.

Ich konnte keinen von meinen Bekannten finden, und ich hatte auch nicht den Mut, in die Calle República zurückzugehen, denn jedesmal, wenn ich mich ihr näherte, sah ich die Polizeiposten und bildete mir ein, sie warteten auf mich. Von Elvira hatte ich schon seit langem nichts gehört, und den Gedanken, meine Patin zu suchen, schob ich beiseite, denn zu dieser Zeit hatte sie bereits völlig den Verstand verloren und war nur noch versessen darauf, in der Lotterie zu spielen, überzeugt, daß die Heiligen ihr über das Telefon die Gewinnzahlen angäben, aber der Himmel irrte sich in seinen Voraussagen ebenso wie irgendein Sterblicher.

Der berühmte Aufstand der Huren stellte alles auf den Kopf. Anfangs hatte die Öffentlichkeit das energische Eingreifen der Regierung lautstark begrüßt, und der Bischof war der erste, der eine Erklärung zugunsten der harten Hand gegen das Laster abgab. Aber die Stimmung schwenkte um, als eine satirische Zeitschrift, die von einer Gruppe von Künstlern und Intellektuellen herausgegeben wurde, unter dem Titel »Sodom und Gomorrha«

Karikaturen hochgestellter Persönlichkeiten veröffentlichte, die in die Korruption verwickelt waren. Zwei der Zeichnungen ähnelten bedenklich dem General und dem Mann mit der Gardenie, deren Beteiligung an unsauberen Geschäften aller Art wohlbekannt war, nur hatte bisher niemand gewagt, dergleichen gedruckt ans Tageslicht zu bringen. Die Männer von der Staatssicherheit stürmten den Zeitungsverlag, demolierten die Maschinen, verbrannten das Papier und nahmen mit, wen sie erwischen konnten. Sie behaupteten, der Chefredakteur sei geflüchtet, aber am nächsten Tag fand man seinen Leichnam mit Spuren von Folterungen in einem Auto, das mitten im Stadtzentrum abgestellt war. Niemand hatte auch nur den geringsten Zweifel, wer für seinen Tod verantwortlich war; es waren dieselben, die auch die Ermordung von Studenten auf dem Gewissen hatten und das Verschwinden so vieler Menschen, deren Leichen sie in die tiefsten Gruben warfen in der Hoffnung, daß sie für prähistorische Überreste gehalten würden, wenn sie je gefunden werden sollten. Nach diesem Verbrechen nun war die Geduld der öffentlichen Meinung erschöpft, die jahrelang die Übergriffe der Diktatur hingenommen hatte, und in wenigen Stunden war eine massive politische Demonstration zustande gekommen, die sich sehr von den Blitzmeetings unterschied, mit denen die Opposition hin und wieder vergeblich gegen die Regierung protestierte. Die Straßen um den Platz des Vaters des Vaterlandes füllten sich mit Tausenden von Studenten und Arbeitern, die Fahnen trugen, Plakate klebten, Gummireifen verbrannten. Es schien, als wäre endlich die Angst gewichen, um der Rebellion Platz zu machen. Mitten im größten Tumult kam aus einer Nebenstraße ein sonderbarer kleiner Trupp gezogen – es waren die Bewohnerinnen der Calle República, die die politische Bedeutung des Aufruhrs nicht verstanden hatten und glaubten, die Bevölkerung hätte sich zu ihrer Verteidigung erhoben. Gerührt erkletterten einige der Mädchen eine rasch errichtete Tribüne, um für die solidarische Geste gegenüber den Vergessenen der Stadt, wie sie sich selbst nannten, zu danken. »Und so muß es auch sein, Mitbürger, denn würden wohl die Mütter, die Bräute, die Ehefrauen ruhig schlafen können, wenn wir nicht unsere Arbeit täten? Wo würden ihre Söhne, ihre Verlobten, ihre Ehemänner ihren Dampf ablassen, wenn wir nicht unsere Pflicht täten?« Die Menge jubelte ihnen so begeistert zu, daß das Ganze fast in einen Karneval ausartete, aber bevor das geschehen konnte, schickte der General die Armee auf die Straße.

Die Panzerwagen nahten mit Dickhäutergetöse, aber sie kamen nicht weit, denn das Straßenpflaster aus der Kolonialzeit gab unter ihnen nach, und die Leute sammelten die Steine auf, um die Obrigkeit anzugreifen. Es gab so viele Verletzte, daß im ganzen Land der Ausnahmezustand erklärt und ein Ausgangsverbot verhängt wurde. Diese Maßnahmen trugen nur zu weiteren Gewalttaten bei, die überall aufflammten wie Sommerbrände. Die Studenten brachten selbstgemachte Bomben sogar an den Kanzeln der Kirchen an, der Mob sprengte die Metallrolläden der portugiesischen Geschäfte, um zu plündern, eine Gruppe von Schülern fing einen Polizisten und führte ihn nackt über die Avenida Independencia. Viele Opfer und Zerstörungen waren zu beklagen, aber im Grunde war es dann doch nur eine großartige Riesenprügelei, die den Leuten die Möglichkeit bot zu schreien, bis sie heiser waren, sich Zügellosigkeiten zu erlauben und sich wieder frei zu fühlen. Es fehlte auch nicht an improvisierten Musikkapellen, die auf leeren Benzinkanistern trommelten, und an langen Reihen von Tänzerinnen, die sich im Takt jamaikanischer und kubanischer Rhythmen schüttelten. Der ganze Aufruhr dauerte vier Tage, aber schließlich beruhigten sich die Gemüter, denn alle waren erschöpft, und keiner konnte sich mehr genau erinnern, wie alles angefangen hatte. Der verantwortliche Minister bot seinen Rücktritt an und wurde ersetzt – durch einen Bekannten von mir! Als ich an einem Kiosk vorbeikam, sah ich sein Foto auf der Vorderseite einer Zeitung, und es kostete mich einige Mühe, ihn wiederzuerkennen, denn das Bild dieses strengen Gebieters mit den gerunzelten Brauen und der erhobenen Hand entsprach so gar nicht dem des Mannes, den ich in einem bischofssamtenen Sessel gedemütigt zurückgelassen hatte.

Gegen Ende der Woche hatte die Regierung die Kontrolle über die Stadt wiedererlangt, und der General fuhr zur Erholung auf seine Privatinsel, hielt den Bauch in die karibische Sonne in der schönen Gewißheit, daß er sogar die Träume seiner Untertanen fest in der Faust hielt. Er gedachte sein Leben lang zu regieren, dafür hatte er den Mann mit der Gardenie, der darüber wachte, daß weder auf der Straße noch in den Wohnungen konspiriert wurde, zudem war er überzeugt, daß der demokratische Wetterstrahl zu kurz aufgeblitzt war, um im Gedächtnis der Bevölkerung nachhaltige Spuren zu hinterlassen. Der Saldo dieses Riesentrubels waren einige Tote und eine Unzahl von Verhafteten und Verbannten. Die Spielhöllen und Freudenhäuser der Calle República öffneten sich wieder, und ihre Arbeitskräfte kehrten zurück, um die gewohnte Tätigkeit fortzusetzen, als wäre nichts vorgefallen. Die verschiedenen Obrigkeiten kassierten weiter ihre Prozente, und der neue Minister hielt sich ohne Zwischenfälle auf seinem Posten, nachdem er die Polizei angewiesen hatte, das Ganovenviertel nicht weiter zu belästigen und sich wie immer der Verfolgung politischer Gegner zu widmen, außerdem durften sie Verrückte und Bettler jagen, ihnen den Kopf scheren, sie mit Desinfektionsmitteln einsprühen und sie auf die Landstraße schicken, damit sie auf natürlichen Wegen verschwanden. Der General scherte sich nicht um böse Nachrede, er vertraute darauf, daß die Anklagen wegen Mißbrauch und Korruption sein Ansehen eher festigen würden. Er hatte sich die Lehren des Großen Wohltäters zu eigen gemacht und glaubte fest daran, daß die Geschichte den wagemutigen Führern ihren Segen gibt, denn das Volk verachte die Ehrenhaftigkeit als eine Sinnesart, die gut sei für Frauen und Mönche, aber wenig wünschenswert als Zierde eines rechten Mannes. Er war überzeugt, daß die Gelehrten nur dazu da sind, mit Bronzetafeln oder ähnlichem gewürdigt zu werden, und daß es nützlich ist, über zwei oder drei davon zu verfügen, um sie in den Schulbüchern vorzuzeigen; in der Stunde jedoch, wo es darum geht, die Macht zu verteilen, haben nur die gefürchteten diktatorischen Führer die Möglichkeit, den Sieg in die Tasche zu stecken.

Viele Tage irrte ich durch die Stadt. Ich nahm nicht am Aufstand der Huren teil, weil ich ängstlich darauf bedacht war, die Tumulte zu meiden. Trotz der sichtbaren Gegenwart meiner Mutter fühlte ich zu Anfang ein schwaches Brennen im Magen, und mein Mund war trocken, rauh, sandig, aber allmählich gewöhnte ich mich daran. Ich vergaß die festen Sauberkeitsgewohnheiten, die meine Patin und Elvira mir eingepflanzt hatten, und hörte auf, mich an den Brunnen und öffentlichen Wasserleitungen zu waschen. Ich war nur noch ein verdrecktes, hungriges Geschöpf, das bei Tage ziellos umherwanderte, aß, was es erwischen konnte, und sich am Abend in einen dunklen Winkel flüchtete, um sich während der Ausgangssperre zu verstecken, wenn nur noch die Wagen der Staatssicherheit durch die Straßen ihre Kreise zogen.

An einem Abend gegen sechs Uhr fand mich Riad Halabí. Ich stand an einer Ecke, und er kam vorbei und hielt inne, um mich zu betrachten. Ich hob den Kopf und sah einen Mann mittleren Alters, beleibt, mit traurigen Augen und schweren Lidern. Ich glaube, er trug einen hellen Anzug und eine Krawatte, aber ich erinnere mich an ihn immer in den makellosen weißen Batistjacken, die ich bald darauf mit großer Sorgfalt bügelte.

»Du, Kleine . . .«, sprach er mich mit näselnder Stimme an.

Und da entdeckte ich, daß er einen Schaden am Mund hatte, einen tiefen Spalt in der Oberlippe, die Zähne standen weit auseinander, und dazwischen konnte man die Zunge sehen. Der Mann zog ein Taschentuch heraus und hielt es sich vor das Gesicht, um die Entstellung zu verbergen, und lächelte mich mit seinen Olivenaugen an. Ich wollte zurückweichen, aber mich überkam plötzlich eine tiefe Müdigkeit, eine unüberwindliche Sehnsucht, mich einfach aufzugeben und zu schlafen, meine Knie knickten ein, und ich saß auf dem Boden und sah den Fremden nur noch durch einen dichten Nebel. Er beugte sich herab, nahm mich bei den Armen, zwang mich aufzustehen, einen Schritt zu gehen, zwei, drei, bis ich mich in einem Café vor einem riesigen belegten Sandwich und einem großen Glas Milch wiederfand. Ich griff danach mit zitternden Händen und atmete den Duft des frischen Brotes ein. Ich kaute und schluckte und empfand dabei einen dumpfen Schmerz, eine scharfe Lust, eine wilde Gier, wie ich sie seither nur einige Male in einer Liebesumarmung erlebt habe. Ich aß hastig, aber ich aß nicht zu Ende, denn plötzlich wurde mir übel, ich konnte den Brechreiz nicht beherrschen und übergab mich. Die Leute ringsum wendeten sich angewidert ab, und der Kellner begann zu schimpfen, aber der Mann brachte ihn mit einem Geldschein zum Schweigen, faßte mich stützend unter die Achsel und brachte mich hinaus.

»Wo wohnst du, Kind? Hast du Angehörige?«

Ich verneinte beschämt. Der Mann führte mich zu einer Straße in der Nähe, wo sein Lieferwagen wartete, ein klappriges Gefährt, vollgeladen mit Kisten und Säcken.

Er half mir auf den Beifahrersitz, deckte mich mit seinem Jackett zu, ließ den Motor an und fuhr los, Richtung Osten.

Die Fahrt dauerte die ganze Nacht, sie ging durch eine dunkle Landschaft, in der nur hin und wieder Lichter auftauchten, von den Postenhäusern der Polizei, von den Lastwagen auf dem Weg zu den Erdölfeldern – und vom Palast der Armen, der sich für dreißig Sekunden am Wegrand materialisierte wie ein Wahngebilde. In früheren Zeiten war er das Sommerhaus des Wohltäters gewesen, wo die schönsten Mulattinnen der Karibik tanzten, aber schon am selben Tag, als der Tyrann starb, kamen die ersten Armen, anfangs zaghaft, dann in Scharen. Sie betraten die Gärten, und da niemand sie aufhielt, wagten sie sich weiter vor, stiegen die breiten Treppen hinauf, deren geschnitzte Geländer mit Bronzeknöpfen verziert waren, schwärmten durch die prunkvollen Säle aus weißem Marmor aus Almería, rosafarbenem aus Valencia und grauem aus Carrara, liefen über die Korridore aus gemasertem, geädertem, arabeskenverziertem Marmor, drangen in die Bäder aus Onyx, Jade und Turmalin ein, und schließlich ließen sie sich mit ihren Kindern, ihren Großmüttern, ihren Siebensachen und ihren Haustieren nieder. Jede Familie fand einen Platz, es sich gemütlich zu machen, sie teilten die weiträumigen Zimmer durch imaginäre Trennlinien, befestigten ihre Hängematten, zerschlugen das Rokokomobiliar, um ihre Kochherde zu heizen, die Kinder bauten die Leitungsrohre aus römischem Silber aus, die jungen Leute liebten sich zwischen den Statuen des Gartens, und die Alten verstreuten Tabak in den vergoldeten Badewannen. Der Polizeichef befahl seinen Leuten, sie mit Waffengewalt herauszuholen, aber die Wagen der Obrigkeit verirrten sich unterwegs und kamen nie ans Ziel. Es gelang ihnen nie, die Bewohner auszutreiben, weil der Palast und alles, was darin war, für das menschliche Auge unsichtbar wurde, in eine andere Dimension versetzt, in der sie ungestört weiterlebten.

Als wir endlich ankamen, war schon die Sonne aufgegangen. Agua Santa war einer jener vielen verschlafenen Orte in einer schläfrigen Provinz, gewaschen vom Regen, strahlend in dem unglaublichen Licht der Tropen. Der Lieferwagen ratterte die Hauptstraße hinunter mit ihren Häusern im Kolonialstil, ein jedes mit seinem kleinen Garten und seinem Hühnerhof, und hielt vor einem weißgetünchten Gebäude, das fester und besser gebaut aussah als die übrigen. Zu dieser Stunde war die Haustür noch geschlossen, und ich erkannte nicht, daß dies ein Kaufladen war.

»Wir sind zu Hause«, sagte der Mann.

Sechs

Riad Halabí war einer jener Menschen, die das eigene Mitgefühl und die Weichherzigkeit zugrunde richten. Er liebte seine Nächsten so sehr, daß er bemüht war, ihnen den abstoßenden Anblick seines gespaltenen Mundes zu ersparen, und stets ein Taschentuch in der Hand hatte, um ihn zu bedecken. Er aß oder trank nie in der Öffentlichkeit, lächelte selten und suchte es immer so einzurichten, daß er das Licht im Rücken hatte oder im Schatten stand, um seinen Mangel zu verbergen. Er verbrachte sein Leben, ohne gewahr zu werden, wieviel Zuneigung er seiner Umgebung einflößte und wieviel Liebe mir.

Er war mit fünfzehn Jahren ins Land gekommen, ohne Geld, ohne Freunde und mit einem Touristenvisum in einem gefälschten türkischen Paß, den sein Vater in Palästina einem Konsul abgekauft hatte, der sich mit derlei Nebengeschäften befaßte. Riads Mission war, sein Glück zu machen und seiner Familie Geld zu schicken, und wenn er auch das erste nicht geschafft hatte, hörte er doch nie auf, das zweite zu tun. Er bezahlte die Ausbildung seiner Brüder, gab jeder Schwester eine Mitgift und kaufte für seine Eltern einen Olivenhain, ein Inbegriff des Ansehens in dem Land der Flüchtlinge und Bettler, in dem er aufgewachsen war. Er sprach Spanisch mit allen kreolischen Eigentümlichkeiten, aber mit einem unüberhörbaren Wüstenakzent, und aus der Wüste brachte er auch den Sinn für Gastfreundschaft und die leidenschaftliche Vorliebe für das Wasser mit. In seinen ersten Einwandererjahren hatte er sich von Brot, Bananen und Kaffee ernährt. Er schlief auf dem Boden in der Tuchfabrik eines Landsmannes, der als Gegenwert von ihm verlangte, daß er das Gebäude säuberte, die Ballen mit Garn und Baumwolle ablud und sich um die Rattenfallen kümmerte, Arbeiten, die ihn ein Gutteil des Tages kosteten; den Rest der Zeit verwandte er auf verschiedene Geschäfte. Er hatte bald erkannt, wo man besser verdienen konnte, und beschloß, sich auf den Handel zu verlegen. Er klapperte die Büros ab, wo er Unterwäsche und Uhren anbot, die Bürgerhäuser, wo er die Dienstmädchen mit Schönheitsmitteln und unechten Halsketten lockte, die Schulen, wo er Hefte und Bleistifte verkaufte, die Wohnviertel, wo er Fotos von spärlich bekleideten Schauspielerinnen und Drucke vom heiligen Gabriel, dem Schutzpatron der Soldaten, verhökerte. Aber der Konkurrenzkampf war hart und seine Aussicht, es zu etwas zu bringen, äußerst gering, denn seine einzige händlerische Fähigkeit bestand in der Freude am Feilschen, was ihm nicht viel Gewinn brachte, ihm aber einen guten Vorwand lieferte, mit den Kunden Gedanken auszutauschen und sich Freunde zu machen. Er war ehrlich und frei von Habgier, ihm fehlten einfach die Voraussetzungen, in diesem Gewerbe Erfolg zu haben, zumindest in der Hauptstadt, deshalb rieten ihm seine Landsleute, in die Provinz zu fahren und seine Waren in die kleinen Städte und Dörfer zu bringen, wo die Leute einfacher und offenherziger waren. Riad Halabí machte sich mit der gleichen Beklommenheit auf den Weg, mit der seine Vorfahren eine lange Reise durch die Wüste angetreten hatten. Anfangs benutzte er den Autobus, bis er sich auf Kredit ein Motorrad kaufen konnte, auf dessen Rücksitz er eine große Kiste befestigte. Nun knatterte er über die Bergrücken und die Eselspfade mit der ihm eigenen Hartnäckigkeit. Später erwarb er ein altes, aber ausdauerndes Auto und schließlich einen Lieferwagen. Mit diesem Gefährt streifte er durch das Land. Auf erbärmlichen Straßen fuhr er bis auf die Gipfel der Anden und verkaufte seine Waren in Ansiedlungen, wo die Luft so klar war, daß man im Abendlicht die Engel sehen konnte; er klopfte an alle Türen entlang der Küste, im heißen Dunst der Siestastunden, verschwitzt, fiebrig von der Feuchtigkeit, hin und wieder anhaltend, um den Leguanen zu helfen, die mit den Füßen in dem unter der Sonne geschmolzenen Asphalt festklebten; er durchquerte die Dünen, richtungslos in einem vom Wind aufgerührten Sandmeer pflügend, ohne zurückzublicken, damit ihm nicht, von der Leere verführt, das Blut gerann. Endlich kam er in die Gegend, die zu früheren Zeiten ein blühender Landstrich gewesen war und auf deren Flüssen Kanus vollgeladen mit duftenden Kakaobohnen stromabwärts gerudert waren, aber das Erdöl hatte sie zerstört, und jetzt wurde sie, von der Trägheit der Menschen vergessen, vom Urwald verschlungen. Er verliebte sich in die Landschaft, er betrachtete sie mit staunenden Augen und dankbarem Gemüt und dachte an seine Heimaterde, so hart und trocken, wo es der Zähigkeit einer Ameise bedurfte, um ein paar Orangen zu ziehen – diese Region dagegen quoll über von Blumen und Früchten wie ein vor allem Übel bewahrtes Paradies. Hier war es leicht, irgendwelchen Krimskrams zu verkaufen, selbst für jemand, der so wenig gewinnsüchtig war wie er, aber er hatte ein verletzliches Herz und war nicht fähig, sich auf Kosten der Unwissenheit zu bereichern. Die Menschen gewannen rasch seine Zuneigung, sie waren große Herren in all ihrer Armut und Verlassenheit. Überall, wohin er kam, wurde er wie ein Freund empfangen, so wie sein Großvater die Fremden in seinem Zelt empfangen hatte in der Überzeugung, daß der Gast heilig ist. In jeder Hütte boten sie ihm Fruchtsaft an, schwarzen, aromatischen Kaffee, einen Schemel, um sich im Schatten auszuruhn. Es waren fröhliche, großzügige Leute von lauteren Worten, bei ihnen hatte das Gesagte die Kraft eines Vertrages. Er öffnete seinen Koffer und breitete seine Waren auf dem Fußboden aus gestampftem Lehm aus. Seine Gastgeber betrachteten die zweifelhaften Schätze mit einem höflichen Lächeln und waren auch bereit, sie zu kaufen, um ihn nicht zu kränken, nur konnten viele nicht bezahlen, weil sie selten Geld besaßen. Außerdem mißtrauten sie den Scheinen, diesem bedruckten Papier, das heute etwas wert war und morgen vielleicht schon aus dem Verkehr gezogen wurde, ganz nach der Laune des jeweiligen Staatsoberhauptes. Oder sie konnten auch einfach durch eine Nachlässigkeit völlig verschwinden, wie es bei der Sammlung für die Leprahilfe geschehen war, als ein Ziegenböckchen in das Büro des Schatzmeisters gestakst war und alles aufgefressen hatte. Sie zogen Münzen vor, die machten wenigstens die Taschen schwer, klingelten auf den Ladentischen und glänzten hübsch, das war richtiges Geld. Die Älteren versteckten ihr Gespartes noch in Tonkrügen oder Kerosinbüchsen, die sie in den Patios vergruben, denn von Banken hatten sie noch nichts gehört. Andererseits waren es nur wenige, die sich um finanzielle Dinge sorgten, die meisten lebten vom Tauschhandel. Riad Halabí fügte sich in die Umstände und kündigte dem väterlichen Befehl, reich zu werden, endgültig den Gehorsam.

Auf einer seiner Reisen gelangte er nach Agua Santa. Als er in das Dorf einfuhr, schien es ihm verlassen, denn er sah keine Menschenseele auf der Straße. Dann entdeckte er eine aufgeregte Menge, die sich vor der kleinen Post drängte. Es war der folgenreiche Tag, an dem der Sohn der Lehrerin Inés an einem Schuß in den Kopf starb. Dem Mörder gehörte ein Haus, das von steilen Terrassen umgeben war, auf denen die Mangos ohne menschliches Zutun wuchsen. Die Kinder sammelten gern die herabgefallenen Früchte auf, trotz der Drohungen des Eigentümers, eines von auswärts Zugezogenen, der sich noch nicht von der Habsucht mancher Stadtmenschen gelöst hatte. Die Bäume hingen so voll, daß manche Äste unter dem Gewicht brachen, aber der Versuch, die Mangos zu verkaufen, stellte sich als sinnlos heraus, denn niemand wollte sie haben. Es gab keinen Grund, für etwas zu bezahlen, das die Erde in reicher Fülle schenkte. An diesem Tag war der Sohn der Lehrerin Inés von seinem Schulweg abgewichen, um eine Frucht aufzuheben, wie es alle seine Freunde taten. Die Gewehrkugel drang ihm durch die Stirn ein und trat im Nacken wieder heraus, sie ließ ihm keine Zeit zu begreifen, was ihm da mit Blitz und Donner ins Gesicht dröhnte.

Riad Halabí stoppte seinen Lieferwagen kurz nachdem die Kinder den toten Jungen auf einer behelfsmäßigen Trage gebracht und vor der Tür des Postamts niedergelegt hatten. Das ganze Dorf lief herbei, um ihn anzusehen. Die Mutter starrte auf ihren Sohn hinab, ohne das Geschehene zu begreifen, während vier Uniformierte die Leute zurückhielten, damit sie nicht mit eigenen Händen Gerechtigkeit übten, aber sie erfüllten ihre Pflicht nur mit halbem Herzen, denn sie kannten das Gesetz und wußten, daß der Mörder vor Gericht straffrei ausgehen würde. Riad Halabí mischte sich unter die Menge mit der Ahnung in der Seele, daß dieser Ort der Endpunkt seiner Pilgerfahrt war. Kaum hatte er die Einzelheiten des Unglücks erfahren, übernahm er ohne zu zögern die Führung, und keiner wunderte sich darüber, als hätten sie ihn erwartet. Er drängte sich zu dem Leichnam durch, hob ihn auf die Arme und trug ihn zu dem Haus der Lehrerin, wo er ihn auf den Eßtisch legte, den er als Totenbahre herrichtete. Dann nahm er sich die Zeit, Kaffee zu brühen und herumzureichen, was die Anwesenden nicht wenig verblüffte, denn sie hatten noch nie einen Mann mit dem Hang zur Küchenarbeit gesehen. Die ganze Nacht hielt er mit der Mutter die Totenwache, und seine beharrliche und unaufdringliche Gegenwart gab manchem den Gedanken ein, er sei ein guter Bekannter. Am folgenden Morgen kümmerte er sich um das Begräbnis und half, den Sarg in die Grube zu senken, mit so aufrichtiger Trauer, daß die Mutter wünschte, dieser Mann wäre der Vater ihres Sohnes. Als sie die Erde über dem Grab festgetreten hatten, wandte sich Riad Halabí zu der Menge um, bedeckte den Mund mit dem Taschentuch und schlug einen Plan vor, mit dem er den gemeinsamen Rachedurst in eine annehmbare Bahn zu lenken gedachte. Alle waren einverstanden, und gleich vom Friedhof aus gingen sie daran, Mangos zu sammeln, füllten Säcke, Körbe, Beutel, Karren, und so zogen sie zu dem Anwesen des Mörders, der sie, als er sie kommen sah, im ersten Impuls mit Schüssen verjagen wollte, sich aber eines Besseren besann und sich im Schilfdickicht des Flusses versteckte. Die Menge rückte schweigend heran, umstellte das Haus, zerschlug die Fenster und die Türen und lud ihre Last in den Zimmern ab. Dann gingen sie, um mehr zu holen. Den ganzen Tag trugen und karrten sie Mangos heran, bis auch nicht eine mehr an den Bäumen hing und das Haus damit gefüllt war bis zum Dach. Der Saft der aufgesprungenen Früchte tränkte die Wände und lief wie süßes Blut über den Boden. Als es Nacht wurde und alle in ihre Häuser zurückkehrten, wagte der Mörder sich aus dem Wasser, nahm seinen Wagen und floh, um nie wiederzukommen. In den folgenden Tagen heizte die Sonne das Haus auf und verwandelte es in einen riesigen Kochtopf, in dem die Mangos auf sanftem Feuer schmorten, die Wände färbten sich ockergelb, verzogen sich, zersprangen und verfaulten, und noch jahrelang hing in den Straßen des Dorfes der Geruch nach Marmelade.

Von diesem Tag an betrachtete Riad Halabí sich als Einwohner von Agua Santa, als den ihn die Leute auch anerkannten, und hier richtete er sein Heim und seinen Laden ein. Wie viele ländliche Wohnhäuser war auch seines quadratisch, die Zimmer lagen um einen Patio herum, in dem hochstämmige und dichtbelaubte Pflanzen wuchsen, um Schatten zu spenden – Palmen, Farne und ein paar Obstbäume. Dieser Patio war das Herz des Hauses, hier spielte sich das Leben ab, hier war der Zugang von einem Zimmer zum andern. In die Mitte setzte Riad Halabí einen arabischen Brunnen, weitgerundet und heiter, der mit dem unvergleichlichen Klingen des Wassers zwischen den Steinen die Seele besänftigte. Rings um den inneren Garten legte er Keramikrinnen, durch die ein kristallklares Rinnsal floß, und in jedem Zimmer stand ein Porzellanbecken, in dem Blütenblätter schwammen und mit ihrem Duft die Schwüle der Luft linderten. Die drei großen Räume an der Vorderfront wurden vom Laden eingenommen, und nach hinten lagen die Wohnzimmer, die Küche und das Bad. Nach und nach wurde Riad Halabís Laden das blühendste Geschäft der ganzen Gegend, hier konnte man alles kaufen: Lebensmittel, Düngemittel, Desinfektionsmittel, Stoffe, Medikamente, und wenn etwas nicht am Lager war, bestellte man es bei dem Araber, damit er es von seiner nächsten Reise mitbrachte. Später nannte er den Laden »Perle des Orients«, zu Ehren Zulemas, seiner Frau.

Agua Santa war ein bescheidenes Dorf mit Häusern aus Holz, Ziegeln und Bitterrohr, es war entlang der Landstraße erbaut und mußte immer wieder mit der Machete gegen eine wilde Vegetation verteidigt werden, die es bei jeder Unachtsamkeit zu verschlingen drohte. Bis hierher waren weder die Einwandererwoge noch das Getöse der modernen Lebensart gedrungen, die Leute waren freundlich, die Vergnügungen einfach, und wäre nicht das Gefängnis Santa María in der Nähe gewesen, hätte es eine kleine Ansiedlung wie viele andere in dieser Gegend sein können, aber die Anwesenheit der Polizei und das Hurenhaus gaben ihr einen städtischen Anstrich. Die Woche über spulte sich das Leben ohne Überraschungen ab, am Sonnabend jedoch wechselten die Wachtposten im Gefängnis, und die Polizisten kamen ins Dorf, um sich zu amüsieren, und störten den gewohnten Tageslauf der Bewohner, die sich bemühten, sie nicht zu beachten, als rührte der Lärm von einer Affenorgie im Urwald her, aber sie waren doch vorsichtig genug, ihre Türen zu verriegeln und ihre Töchter einzuschließen. Sonnabend war auch der Tag, an dem die Indios auftauchten, um Almosen zu erbetteln: eine Banane, ein Gläschen Schnaps, etwas Brot. Sie kamen in einer langen Reihe, zerlumpt, die Kinder nackt, die Alten ausgezehrt, die Frauen immer schwanger, alle mit einem Anflug von Spott in den Augen, gefolgt von einer Meute zwergiger Hunde. Der Pfarrer hielt für sie ein paar Münzen aus der Kollekte bereit, und Riad Halabí schenkte ihnen Zigaretten oder Bonbons.

Bis zur Ankunft des Arabers hatte der Handel sich auf geringfügige Verkäufe von landwirtschaftlichen Erzeugnissen an die Lastwagenfahrer beschränkt, die durch den Ort kamen. Schon früh am Morgen richteten die Jungen auf Stangen Wagenplanen auf, um sich vor der Sonne zu schützen, und packten Gemüse, Früchte und Käse auf eine Kiste, von der sie die ganze Zeit die Fliegen wegwedeln mußten. Wenn sie Glück hatten, konnten sie etwas verkaufen und ein paar Münzen nach Hause bringen. Riad Halabí kam auf den Gedanken, mit den Fahrern der Lastwagen, die Ladungen zu den Ölfeldern brachten und leer zurückkehrten, einen Vertrag zu schließen, nach dem sie die Waren der Dörfler aus Agua Santa in die Hauptstadt mitnahmen. Er kümmerte sich auch darum, daß sie dort auf den Zentralmarkt zum Stand eines Landsmannes von ihm geschafft wurden, und brachte so ein wenig Wohlstand in das Dorf. Als er sah, daß in der Stadt eine gewisse Nachfrage nach Handwerkskunst aus Holz, gebranntem Ton und Rohrgeflecht bestand, regte er seine Nachbarn an, solche Dinge herzustellen, damit sie in den Touristenläden angeboten werden konnten, und in weniger als sechs Monaten wurde das für mehrere Familien die wichtigste Einnahmequelle. Nie zweifelte jemand seine Fähigkeiten an, nie wurden seine Preise bemängelt, denn in der Zeit des Zusammenlebens hatte der Araber schon unzählige Beweise seiner Ehrenhaftigkeit gegeben. Ohne daß er es geplant hatte, war sein Laden zum Handelsmittelpunkt von Agua Santa geworden, durch seine Hände gingen fast alle Geschäfte der Umgebung. Er vergrößerte den Laden, baute weitere Zimmer an, kaufte schöne Kochkessel aus Stahl und Kupfer, blickte sich zufrieden um und fand, daß er alles besaß, was nötig war, um es einer Frau behaglich zu machen. Da schrieb er an seine Mutter und bat sie, ihm in seiner Heimat eine Frau zu suchen.

Zulema willigte ein, ihn zu heiraten, denn trotz ihrer Schönheit hatte sie noch keinen Mann und war doch schon fünfundzwanzig Jahre alt, als die Heiratsvermittlerin ihr von Riad Halabí erzählte. Sie hörte zwar, er habe eine Hasenscharte, aber sie wußte nicht, was das bedeutete, und auf dem Foto, das sie ihr zeigten, erkannte man nur einen Schatten zwischen Nase und Mund, der mehr wie ein schiefsitzender Schnurrbart aussah als wie ein Heiratshindernis. Ihre Mutter vermochte sie zu überzeugen, daß das Äußere nicht wichtig sei, um eine Familie zu gründen, und daß jeder Ausweg besser sei, als ledig zu bleiben und bei ihren verheirateten Schwestern das Dienstmädchen zu spielen. »Außerdem liebt man den Ehemann am Ende immer, wenn man genügend guten Willen aufbringt; es ist Allahs Gebot, daß zwei Menschen, die zusammen schlafen und Kinder in die Welt setzen, sich achten lernen«, sagte sie. Andererseits glaubte Zulema, daß ihr Freier ein reicher Kaufmann dort in Südamerika sei, und wenn sie auch nicht die geringste Vorstellung hatte, wo dieser Ort mit dem exotischen Namen liegen mochte, zweifelte sie nicht, daß er sehr viel angenehmer sein würde als das von Fliegen und Ratten wimmelnde Dorf, in dem sie lebte.

Als Riad Halabí die positive Antwort von seiner Mutter bekam, verabschiedete er sich von seinen Freunden in Agua Santa, verschloß den Laden und das Haus und schiffte sich nach seinem Geburtsland ein, wo er fünfzehn Jahre nicht gewesen war. Er fragte sich, ob seine Angehörigen ihn wohl wiedererkennen würden, denn er fühlte sich als ein anderer Mensch, als hätten die Landschaft Südamerikas und die Härte seines Lebens ihn neu geschnitzt, in Wirklichkeit jedoch hatte er sich nicht sehr verändert. Zwar war er kein magerer Junge mehr, dessen Gesicht nur aus Augen und Hakennase zu bestehen schien, sondern ein stattlicher Mann mit Neigung zu Bauch und Doppelkinn, aber er war noch genauso scheu, unsicher und gefühlsbetont wie früher.
Die Hochzeit von Zulema und Riad Halabí wurde mit allen dazugehörigen Bräuchen gefeiert, denn der Bräutigam konnte sie bezahlen. Es war ein denkwürdiges Ereignis in diesem armen Dorf, wo man wirklich große Feste fast vergessen hatte. Vielleicht das einzige Zeichen von böser Vorbedeutung war der Wüstenwind, der die ganze Woche blies; der Sand setzte sich überall fest, drang in die Häuser, setzte sich in die Kleider, zerrieb die Haut, und am Tag der Hochzeit hatten die Brautleute Sand in den Wimpern. Aber diese Kleinigkeit konnte die Feier nicht stören. Am ersten Tag der Zeremonie versammelten sich die Freundinnen und die Frauen beider Familien, um den Brautschatz zu begutachten und die Orangenblüten und rosa Bänder zu bewundern, wobei sie kandierte Früchte, Gebäck, Mandeln und Pistazien naschten und vor Freude ein langgezogenes *Yuyú* kreischten, das über die Straße bis ins Café zu hören war, wo die Männer saßen. Am nächsten Tag wurde Zulema zum öffentlichen Bad geleitet, in einem langen Zug, dem ein Veteran voranmarschierte, der die Schellentrommel schlug, damit die Männer sich von der in sieben leichte Gewänder gehüllten Braut abwand-

ten, wenn sie vorüberging. Als sie ihr im Bad die Kleider auszogen, damit die Frauen aus Riad Halabís Verwandtschaft sahen, daß sie gut genährt war und keine häßlichen Male trug, brach ihre Mutter in Tränen aus, wie es der Brauch verlangt. Sie strichen ihr Henna auf die Hände, enthaarten ihren Körper mit Wachs und Schwefel, salbten sie, flochten ihr Schmuckperlen ins Haar und sangen und tanzten und aßen Süßigkeiten mit Pfefferminztee, und auch das Goldstück sei nicht vergessen, das die Braut jeder Freundin schenkte. Am dritten Tag fand die Zeremonie des *Neftah* statt: Zulemas Großmutter berührte ihr die Stirn mit einem Schlüssel, um ihr den Sinn für Hochherzigkeit und Güte aufzuschließen, und dann streiften ihre Mutter und Riad Halabís Vater ihr in Honig getauchte Pantöffelchen über, damit sie auf dem Wege der Süße in die Ehe schreite. Am vierten Tag empfing sie in einem einfachen langen Kleid ihre Schwiegereltern, um sie mit selbstbereitetem Essen zu bewirten, und schlug bescheiden die Augen nieder, als sie sagten, das Fleisch sei zäh und der Kuskus zu wenig gesalzen, aber die Braut sei schön. Am fünften Tag erprobten sie Zulemas Ernsthaftigkeit, indem sie sie der Gegenwart von drei Sängern aussetzten, die gewagte Lieder zum besten gaben, aber sie blieb ungerührt hinter ihrem Schleier, während jede Obszönität, die von ihrem jungfräulichen Gesicht abprallte, mit Münzen belohnt wurde. In einem anderen Raum wurde das Fest der Männer gefeiert, auf dem Riad Halabí die Späße der gesamten Nachbarschaft aushalten mußte. Am sechsten Tag wurden sie in der Bürgermeisterei getraut, und am siebenten empfingen sie den Kadi. Die Gäste legten den Frischvermählten ihre Geschenke zu Füßen, nicht ohne recht laut den Preis zu nennen, den sie dafür bezahlt hatten, Vater und Mutter tranken gemeinsam mit Zulema die letzte Hühnerbrühe, und dann übergaben sie die Tochter dem Ehemann, sehr unwillig, wie es

schicklich ist. Die Frauen der Familie führten sie in das Brautgemach, entkleideten sie und zogen ihr das Brauthemd an und gingen dann zu den Männern hinaus auf die Straße, wo alle darauf warteten, daß das Laken mit dem Blutfleck, dem Zeichen ihrer Reinheit, aus dem Fenster geschwenkt werde.
Endlich war Riad Halabí allein mit seiner jungen Frau. Sie hatten sich noch keinmal von nahem gesehen, sie hatten noch kein Wort, kein Lächeln gewechselt. Der Brauch verlangte, daß sie verschreckt und ängstlich war, aber hier war er es, der sich so fühlte. Solange er sich in sicherer Entfernung halten konnte und den Mund nicht auftun mußte, fiel seine Entstellung nicht so sehr in die Augen, aber er wußte nicht, wie sie im innigen Beisammensein auf seine Frau wirken würde. Befangen näherte er sich ihr und streckte die Hände aus, um sie zu berühren, verlockt von dem perlmuttfarbenen Schimmer ihrer Haut, der Üppigkeit ihres Fleisches, der Schwärze ihres Haars, aber da sah er den Abscheu in ihrem Blick, und die Bewegung gefror in der Luft. Er zog sein Taschentuch heraus und hielt es mit einer Hand vor das Gesicht, während er ihr mit der anderen das Nachthemd abstreifte und sie liebkoste, aber all seine Geduld und Zärtlichkeit reichten nicht aus, um Zulemas Widerwillen zu besiegen. Diese erste Begegnung war für beide traurig. Später, als seine Schwiegermutter aus dem Fenster das Laken schwenkte – es war himmelblau, um die bösen Geister zu verscheuchen – und unten auf der Straße die Nachbarn Gewehrsalven abfeuerten und die Frauen wie rasend schrien, verkroch Riad Halabí sich in einen Winkel. Er empfand die Demütigung wie einen Faustschlag in den Leib. Dieser Schmerz dauerte in ihm fort, er war wie ein ersticktes Stöhnen, und niemals sprach er darüber bis zu dem Tag, an dem er dem ersten Menschen, der ihn auf den Mund küßte, davon erzählen konnte. Er war nach dem Grundsatz des Schwei-

gens erzogen worden: dem Mann ist es verboten, seine Gefühle oder seine geheimen Wünsche zu zeigen. Seine Stellung als Ehemann machte ihn zu Zulemas Herrn, es wäre nicht in der Ordnung gewesen, wenn sie um seine Schwächen gewußt hätte, denn sie würde sie benutzen können, um ihn zu verletzen oder die Oberhand zu gewinnen.

Riad Halabí kehrte mit seiner Frau nach Amerika zurück, und sie brauchte nicht lange, um zu begreifen, daß ihr Mann weder reich war noch es jemals sein würde. Vom ersten Augenblick an haßte sie diese neue Heimat, dieses Dorf, dieses Klima, diese Menschen, dieses Haus. Sie weigerte sich, Spanisch zu lernen und im Laden mitzuarbeiten, und schob ihre häufigen Kopfschmerzen vor; sie schloß sich in ihrem Zimmer ein, lag den ganzen Tag im Bett, stopfte sich mit Essen voll und wurde immer dicker und mißmutiger. Sie war in allem von ihrem Mann abhängig, selbst wenn sie sich mit den Nachbarn verständigen wollte, wozu er ihr als Dolmetscher dienen mußte. Riad Halabí dachte, er müsse ihr Zeit lassen, sich einzugewöhnen. Er war sicher, wenn sie Kinder hätten, würde alles anders werden, aber die Kinder kamen nicht, trotz der hitzigen Nächte und Siesten, die er mit ihr teilte, wobei er nie vergaß, sich das Tuch vor das Gesicht zu binden. So verging ein Jahr, es vergingen zwei, drei, zehn Jahre. Das war der Zeitpunkt, wo ich in die »Perle des Orients« und in ihr Leben trat.

Es war sehr früh am Morgen, und das Dorf schlief noch, als Riad Halabí den Lieferwagen anhielt. Er führte mich durch die Hintertür ins Haus, wir überquerten den Patio, wo das Wasser des Brunnens rann und die Frösche quakten, und dann ließ er mich mit einem Stück Seife und einem Handtuch im Bad allein. Lange Zeit ließ ich mir das Wasser über den Körper laufen und wusch mir die Reisemüdigkeit und die Verlassenheit der letzten Wochen herunter, bis ich meine unter all dem Schmutz schon vergessene natürliche Hautfarbe zurückgewonnen hatte. Dann trocknete ich mich ab, kämmte mich, flocht mein Haar zu einem Zopf und zog mir ein Männerhemd an, das ich mit einer Kordel gürtete, und ein Paar Hanfsandalen, Sachen, die Riad Halabí aus dem Laden geholt hatte.

»Jetzt wirst du erstmal essen, aber in aller Ruhe, damit dir nicht wieder der Bauch weh tut«, sagte der Hausherr und setzte mich in der Küche vor ein Festmahl aus Reis, in Weizenteig gebackenem Fleisch und ungesäuertem Brot.

»Ich werde Der Araber genannt, und wie heißt du?«

»Eva Luna.«

»Wenn ich auf Reisen bin, bleibt meine Frau allein, sie braucht jemanden zur Gesellschaft. Sie geht nicht aus, hat keine Freundinnen, spricht kein Wort Spanisch.«

»Wollen Sie, daß ich ihr Dienstmädchen bin?«

»Nein. Du wirst so etwas wie eine Tochter sein.«

»Ich bin schon lange niemandes Tochter mehr und kann mich nicht erinnern, wie man das macht. Muß ich in allem gehorchen?«

»Ja.«

»Und was passiert, wenn ich mich schlecht aufführe?«

»Ich weiß nicht, das werden wir dann schon sehen.«

»Ich will Sie nur gleich warnen, ich ertrage nicht, daß man mich schlägt!«

»Niemand wird dich schlagen, Kind.«

»Ich bleibe einen Monat auf Probe, und wenn es mir nicht gefällt, verschwinde ich.«

»Einverstanden.«

In diesem Augenblick erschien Zulema noch schlaftrunken in der Küche. Sie musterte mich von Kopf bis Fuß, offenbar, ohne sich über meine Anwesenheit zu wundern, sie hatte sich längst mit der unheilbaren Gastfreundschaft

ihres Mannes abgefunden, der jeden beherbergte, der seiner Hilfe zu bedürfen schien. Zehn Tage vorher hatte er einen Mann aufgenommen, der mit seinem Esel unterwegs war, und während der Gast neue Kräfte sammelte, um seine Wanderung fortzusetzen, hatte das Tier nicht nur die Wäsche gefressen, die in der Sonne hing, sondern war auch in den Laden getrottet und hatte sich dort an den Lebensmitteln gütlich getan. Zulema, weißhäutig, schwarzhaarig, zwei Schönheitsfleckchen neben dem Mund und große, etwas vorstehende dunkle Augen, trug ein weißes Leinenkleid, das ihr bis auf die Füße reichte. Sie war mit goldenen Ohrgehängen und Armreifen geschmückt, die wie Glöckchen klingelten. Mich betrachtete sie ohne große Begeisterung, sie war sicher, irgendeine Bettlerin vor sich zu haben, die ihr Mann aufgelesen hatte. Ich begrüßte sie mit ein paar arabischen Worten, die Riad Halabí mir vorher beigebracht hatte, und da verzog Zulema den Mund zu einem breiten Lachen, nahm meinen Kopf in die Hände und küßte mich auf die Stirn, worauf sie mir mit einem langen Wortschwall in ihrer Sprache antwortete. Auch der Araber lachte, wobei er sich das Tuch vors Gesicht hielt.
Dieser Gruß hatte genügt, um das Herz meiner neuen Patrona zu rühren, und von diesem Morgen an fühlte ich mich, als hätte ich schon immer in diesem Hause gelebt. Die Gewohnheit, früh aufzustehen, kam mir sehr zustatten. Ich wachte mit der Morgensonne auf, sprang aus dem Bett mit einem energischen Schwung, der mich gleich munter machte, und blieb den ganzen Tag auf den Beinen, arbeitend und singend. Als erstes machte ich den Kaffee, genau nach den empfangenen Anweisungen, ich ließ ihn in einem Kupferkessel dreimal aufwallen, dann goß ich ihn in eine hohe Tasse und brachte ihn Zulema, die ihn trank, ohne die Augen zu öffnen, und dann bis zum Nachmittag weiterschlief. Riad Halabí dagegen frühstückte in

der Küche. Er liebte es, sich diese erste Mahlzeit selbst zuzubereiten, und nach und nach verlor er die Scham über seinen entstellten Mund und erlaubte, daß ich ihm Gesellschaft leistete. Danach öffneten wir gemeinsam die Metallrolläden des Ladens, säuberten den Verkaufstisch und erwarteten die Kunden, die bald erschienen.

Zum erstenmal konnte ich wirklich frei auf der Straße kommen und gehen, bis jetzt hatte ich immer zwischen Wänden hinter einer verschlossenen Tür gelebt oder war verloren durch eine feindliche Stadt geirrt. Ich dachte mir Vorwände aus, um mit den Nachbarn zu reden oder nachmittags über den Dorfplatz zu schlendern. Hier standen die Kirche, die Post, die Schule und die Polizeikommandantur, hier wurden jedes Jahr die Trommeln zum Sankt-Johannes-Fest geschlagen, wurde eine Lumpenpuppe verbrannt, um an den Verrat des Judas zu erinnern, wurde die Königin von Agua Santa gekrönt, und jede Weihnachten führte hier die Lehrerin Inés mit ihren in Kreppapier gekleideten und mit Silberstaub überpuderten Schülern lebende Bilder auf, Szenen aus der Verkündigung, der Geburt und dem Mord an den unschuldigen Kindlein. Ich spazierte umher, redete fröhlich und unbefangen mit den andern und war glücklich, dazuzugehören. In Agua Santa standen Tür und Fenster immer offen, und es war üblich, sich gegenseitig zu besuchen, zu grüßen, wenn man am Haus vorbeiging, einzutreten und einen Kaffee oder einen Fruchtsaft zu trinken, alle kannten sich, keiner konnte sich über Einsamkeit oder Verlassenheit beklagen. Hier blieben nicht einmal die Toten allein.

Riad Halabí brachte mir das Verkaufen bei, das Abwiegen, Abmessen, Zusammenrechnen, Geldherausgeben – und das Feilschen, ein Kernpunkt im Handel. Man feilscht nicht, um den Kunden zu übervorteilen, sondern um das Vergnügen an der Unterhaltung auszudehnen, erklärte er mir. Ich lernte auch ein paar arabische Sätze, um mich mit

Zulema zu verständigen. Schon bald entschied Riad Halabí, daß ich es im Handel nicht weit bringen würde – und überhaupt im Leben –, ohne lesen und schreiben zu können, und bat deshalb die Lehrerin Inés, mir Einzelunterricht zu geben, denn für das erste Schuljahr war ich doch schon zu groß. So trug ich jeden Tag mein Buch schön auffällig die Straße hinunter, damit alle es sehen konnten, denn ich war sehr stolz darauf, eine Schülerin zu sein. Zwei Stunden saß ich dann am Tisch vor der Lehrerin, neben dem Bild des getöteten Jungen, *Hand, Auge, Kuh, Papa Pepe, meine Mama mag mich*. Das Schreibenkönnen war das Beste, was mir in meinem ganzen Leben widerfahren war, ich war selig, las laut, wo etwas zu lesen war, und trug immer mein Heft unter dem Arm, um jeden Augenblick etwas einzutragen, Gedanken, Blumennamen, Vogellaute, erfundene Wörter. Schreibenkönnen bedeutete, nicht mehr auf Reime zur Gedächtnisstütze angewiesen zu sein, und ich konnte nun viel mehr Personen und Abenteuer in meine Geschichten einflechten. Ich brauchte nur einige kurze Sätze festzuhalten, dann erinnerte ich mich an das übrige und konnte es meiner Patrona erzählen, aber das war später, als sie Spanisch zu sprechen begann.

Damit ich mich im Lesen üben konnte, kaufte Riad Halabí mir einen Almanach und ein paar illustrierte Zeitschriften mit Fotos von Schauspielern, die Zulema entzückten. Als ich fließend lesen konnte, brachte er mir Liebesromane mit, alle im gleichen Stil: Sekretärin mit schwellenden Lippen, zartem Busen und unschuldigen Augen lernt Industriellen mit bronzenen Muskeln, silbernen Schläfen und stählernem Blick kennen, sie ist immer Jungfrau, selbst in dem nicht häufigen Fall, wo sie Witwe ist, er ist herrisch und ihr in jeder Hinsicht überlegen, es gibt ein Mißverständnis, aus Eifersucht oder wegen einer Erbschaft, aber alles fügt sich aufs schönste, und er nimmt sie in seine eisenfesten Arme, und sie seufzt hingebungsvoll, und beide sind von Leidenschaft hingerissen, aber nichts Grobes oder Fleischliches. Der Höhepunkt ist ein Kuß, der sie in die Ekstase eines Paradieses ohne Rückkehr führt: die Ehe. Nach dem Kuß kam nichts mehr, nur noch das Wort »Ende«, umrahmt von Blumen oder Tauben. Bald konnte ich schon auf der dritten Seite den Inhalt erraten, und um mir die Geschichte unterhaltsamer zu machen, veränderte ich sie, führte sie zu einem tragischen Schluß, der sich sehr von dem unterschied, den der Autor sich ausgedacht hatte, und meiner unverbesserlichen Vorliebe für Leid und Grausamkeit mehr entgegenkam: das Mädchen wurde Waffenhändlerin, und der Unternehmer ging nach Indien, um Leprakranke zu heilen. Ich würzte das Geschehen mit gräßlichen Zutaten, die ich dem Radio oder den Polizeiberichten entlieh, und mit den Kenntnissen, die ich mir heimlich aus den Illustrationen in den Lehrbüchern der Señora angeeignet hatte. Eines Tages erzählte die Lehrerin Riad Halabí von einer spanischen Ausgabe der »Geschichten aus Tausendundeiner Nacht«, und von seiner nächsten Reise brachte er sie mir als Geschenk mit, vier große, in rotes Leder gebundene Bände, in die ich mich versenkte, bis ich die Umrisse der Wirklichkeit aus den Augen verlor. Ihre Erotik und ihre Phantasie traten in mein Leben mit der Gewalt eines Hurrikans, der alle Grenzen niederriß und die wohlbekannte Ordnung der Dinge durcheinanderwirbelte. Ich weiß nicht, wie oft ich jedes Märchen las. Als ich sie alle auswendig kannte, begann ich, Gestalten aus dem einen in das andere zu versetzen, die Handlungen zu vertauschen, etwas wegzulassen oder hinzuzufügen, ein Spiel mit unendlichen Möglichkeiten. Zulema hörte mir stundenlang zu, alle Sinne gespannt, um jede Geste und jeden Stimmklang zu verstehen, bis sie eines Morgens aufwachte und ohne Stocken Spanisch sprach, als hätte die Sprache diese

zehn Jahre in ihrer Kehle nur darauf gewartet, daß sie die Lippen öffnete und sie hinausließ.
Ich liebte Riad Halabí wie einen Vater. Uns verbanden das Lachen und das Spielen. Dieser Mann, der so ernst und traurig erschien, war im Grunde ein fröhlicher Mensch, aber nur in der Abgeschlossenheit des Hauses und fern von fremden Blicken traute er sich, zu lachen und seinen Mund zu zeigen. Zulema wandte jedesmal das Gesicht ab, wenn er es tat, aber ich betrachtete seine Entstellung als eine Geburtsgabe, als etwas, was ihn von den andern unterschied, was ihn einzig in der Welt machte. Wir spielten Domino, und als Einsatz mußten alle Waren der »Perle des Orients« herhalten, verwandelt in Goldbarren, ganze Kaffeeplantagen oder Erdölfelder. Ich wurde Multimillionärin, denn er ließ mich immer gewinnen. Wir teilten den Spaß an Sprichwörtern, an Volksliedern, an harmlosen Witzen, und einmal in der Woche gingen wir uns die Filme des Kinowagens ansehen, der die Dörfer abfuhr und seine Apparaturen auf den Marktplätzen aufbaute. Der größte Beweis unserer Freundschaft war die gemeinsame Mahlzeit. Riad Halabí beugte sich über den Teller und schob das Essen mit Brot oder mit den Fingern in den Mund, schlürfend, schlappend, und wischte sich mit einer Papierserviette die Speisereste ab, die seine Lippen nicht faßten. Wenn ich ihn so sah, immer auf der dunkelsten Seite der Küche, kam er mir vor wie ein großes, edles Tier, und ich war versucht, ihm sein krauses Haar zu streicheln und ihm mit der Hand über den Rücken zu fahren. Allerdings wagte ich nie, ihn zu berühren. Ich hätte ihm gern mit kleinen Diensten meine Zuneigung und meine Dankbarkeit bezeigt, aber er ließ es nicht zu, er war es nicht gewohnt, Freundlichkeiten zu empfangen, obwohl er selbst sie an andere verschwendete. Ich wusch seine Hemden und leichten Batistjacken, tat ein wenig Stärke ins Wasser und bleichte sie dann in der Sonne,

bügelte sie sorgfältig, legte sie zusammen und stapelte sie im Schrank mit Basilienkraut und Minze. Ich lernte viele arabische Speisen zubereiten: *Hummus* und *Tehina* – Weinblätter, gefüllt mit Fleisch und Pinienkernen –, *Falafel* aus Weizen, Leber und Auberginen, Hühner mit *Alcuzcuz*, Dill und Safran, *Baklava* aus Honig und Nüssen. Wenn keine Kunden im Laden und wir allein waren, versuchte Riad Halabí mir die Gedichte von Harun al Raschid zu übersetzen und sang mir Lieder aus dem Orient vor, lange, schöne Klagegesänge. Ein andermal knüpfte er sich ein Küchentuch wie einen Odaliskenschleier vor das Gesicht und tanzte für mich, unbeholfen tapsend, die Arme hoch erhoben, während er den Bauch wie rasend im Kreis schwenkte. So lehrte er mich unter unserem gemeinsamen stürmischen Gelächter den Bauchtanz.

»Das ist ein ehrwürdiger Tanz, den darfst du nur für den Mann tanzen, den du in deinem Leben am meisten liebst«, sagte Riad Halabí.

Zulema war moralisch ein Neutrum, wie ein Säugling, ihre ganze Energie war fehlgeleitet oder unterdrückt, sie nahm nicht teil am Leben und war nur mit ihrem eigenen Behagen beschäftigt. Vor allem und jedem hatte sie Angst: von ihrem Mann verlassen zu werden, Kinder mit Hasenscharte zu bekommen, ihre Schönheit zu verlieren, alt zu werden, von ihren Kopfschmerzen verrückt zu werden. Ich bin sicher, daß sie Riad Halabí im Grunde verabscheute, aber sie konnte ihn auch nicht verlassen und wollte lieber seine Gegenwart ertragen, als zu arbeiten und sich allein durchzuschlagen. Seine Umarmungen stießen sie ab, aber gleichzeitig forderte sie sie heraus, als ein Mittel, ihn an sich zu ketten, weil die Vorstellung sie schreckte, er könnte bei einer anderen Frau Befriedigung finden. Riad liebte sie noch immer mit derselben traurigen, demütigen Glut ihres ersten Beisammenseins und suchte sie häufig auf. Ich lernte seine Blicke zu deuten, und wenn ich diesen besonderen Funken gewahrte, ging ich auf die Straße oder in den Laden, während sie sich in ihrem Zimmer einschlossen. Danach seifte Zulema sich zornig ab, rieb sich mit Alkohol ein und machte sich Essigwaschungen. Ich brauchte einige Zeit, ehe ich das Gummigerät und die Kanüle mit der Unfruchtbarkeit meiner Patrona in Zusammenhang brachte. Zulema war erzogen worden, einem Mann zu dienen und ihm zu gefallen, aber ihr Mann verlangte nichts von ihr, und das war vielleicht der Grund, weshalb sie sich daran gewöhnt hatte, nicht die geringste Anstrengung zu machen, und schließlich nur noch ein großes Spielzeug war. Meine Geschichten trugen auch nicht zu ihrem Glück bei, sie füllten ihr den Kopf mit romantischen Ideen, sie träumte von unmöglichen Abenteuern und geborgten Helden, was sie endgültig der Wirklichkeit entfremdete. Sie konnte sich nur für Gold und funkelnde Steine begeistern. Wenn ihr Mann in die Stadt fuhr, gab er ein Gutteil seiner Einnahmen dafür aus, ihr auffällige Schmuckstücke zu kaufen, die sie in einer Schatulle aufbewahrte und im Patio vergrub. Besessen von der Furcht, sie könnten ihr gestohlen werden, wechselte sie fast jede Woche die Stelle, aber oft konnte sie sich nicht erinnern, wo sie sie vergraben hatte, und verlor Stunden damit, sie zu suchen, bis ich alle möglichen Verstecke kannte und begriff, daß sie sie immer in derselben Reihenfolge benutzte. Die Juwelen durften nicht lange in der Erde bleiben, weil man annahm, daß in diesen Breiten der Pilzschwamm selbst Edelmetalle zerstört und nach einiger Zeit phosphoreszierende Dämpfe aus der Erde aufsteigen und die Diebe anziehen. Deshalb setzte Zulema sie von Zeit zu Zeit in den heißesten Stunden des Tages der Sonne aus. Ich hockte mich neben sie, um den Schmuck zu bewachen, aber ich begriff ihre Leidenschaft für diesen geheimen Schatz nicht, denn sie hatte gar keine Gelegenheit, ihn zur Schau zu stellen, sie empfing keine Besuche, fuhr nicht mit Riad Halabí in die Stadt und spazierte nicht einmal über die Straßen von Agua Santa, sie begnügte sich damit, sich ihre Rückkehr in die Heimat auszumalen, wo sie mit dieser Pracht Neid erregen und so die in dieser fernen Weltgegend vergeudeten Jahre rechtfertigen würde.

In ihrer Art war Zulema gut zu mir, sie behandelte mich wie ein Schoßhündchen. Freundinnen waren wir nicht, aber Riad Halabí wurde unruhig, wenn ich längere Zeit allein mit ihr war, und wenn er uns dabei ertappte, daß wir leise miteinander sprachen, suchte er nach einem Vorwand, uns zu unterbrechen, als fürchtete er, wir könnten uns gegen ihn verschwören. War er auf Reisen, vergaß Zulema ihre Kopfschmerzen und wurde fröhlicher, sie rief mich in ihr Zimmer und bat mich, sie mit Sahne und Gurkenscheiben einzureiben, damit die Haut reiner würde. Sie streckte sich auf dem Bett aus, nackt bis auf die Ohrgehänge und die Armreifen, die Augen geschlossen und das blauschwarze Haar über das Kopfkissen gebreitet. Wenn ich sie so sah, mußte ich an einen bleichen Fisch denken, den das Schicksal an den Strand geschwemmt hatte. Die Hitze war bisweilen drückend, und wenn ich sie berührte, schien es, als glühte sie wie ein Stein in der Sonne.

»Öl mich ein, und nachher, wenn ich mich abgekühlt habe, machen wir das Haar weg«, ordnete Zulema in ihrem neuerworbenen Spanisch an.

Sie konnte ihr eigenes Schamhaar nicht ausstehen, es kam ihr vor wie ein Zeichen von Tierhaftigkeit, das man allenfalls den Männern zugestehen mochte, die ja ohnedies halbe Tiere waren. Sie schrie vor Schmerz, wenn ich es ihr mit einer Mischung aus geschmolzenem Zucker und Zitrone entfernte und nur ein kleines dunkles Dreieck auf dem Schamhügel zurückblieb. Ihr eigener Geruch störte sie, und sie wusch und parfümierte sich bis zum Exzeß. Von mir verlangte sie, daß ich ihr Liebesgeschichten erzählte und aufs genaueste den Helden beschrieb, wie lang seine Beine waren, wie stark seine Hände, wie kräftig sein Brustkorb, und dann mußte ich lange bei den Liebesszenen verweilen, ob er dies oder das machte, wie oft, was er im Bett flüsterte. Diese hitzige Unruhe war wie eine Krankheit. Ich versuchte, ein paar weniger gutgebaute Liebhaber in meine Geschichten einzumogeln, mit einem körperlichen Mangel, etwa mit einer Narbe im Gesicht, aber dann wurde sie übellaunig, drohte, mich auf die Straße zu jagen, und versank in verstockte Traurigkeit. Während die Monate vergingen, gewann ich mehr und mehr an Sicherheit, löste mich von meinem Heimweh und erwähnte die Probezeit nicht wieder, in der Hoffnung, daß Riad Halabí sie vergessen hätte. In gewisser Weise waren er und Zulema meine Familie. Ich gewöhnte mich an die Hitze, an die Leguane, die sich wie Ungeheuer aus der Vorzeit im Patio sonnten, an das arabische Essen, an die langen Nachmittagsstunden, an die immer gleichen Tage. Mir gefiel dieses vergessene Dorf, das mit der Welt nur durch einen Telefondraht und eine kurvenreiche Straße verbunden war und von einer so dichten Pflanzenwelt umgeben, daß eines Tages ein Lastwagen, der sich überschlagen hatte und abgestürzt war, von den Farnen und Philodendren einfach verschluckt wurde und die zahlreichen Zeugen, die sich über den Abhang beugten, ihn nicht mehr sehen konnten. Die Dorfbewohner kannten sich alle beim Namen, und das Leben der Nachbarn barg keine Geheimnisse. Die »Perle des Orients« war ein gesellschaftlicher Mittelpunkt, hier unterhielt man sich, hier wurden Geschäfte abgewickelt, hier trafen sich die Verliebten. Niemand fragte nach Zulema, sie war nur ein fremdartiges Wesen, das verborgen in den hinteren Zimmern lebte, und ihre Verachtung für das Dorf wurde ihr in gleicher Münze heimgezahlt. Riad Halabí dagegen war geachtet, und die Leute verziehen ihm, daß er sich nicht mit den Nachbarn hinsetzte, um zu essen und zu trinken, wie es freundschaftliche Sitte war. Trotz der Zweifel des Pfarrers, der des muselmanischen Glaubens wegen Vorbehalte hatte, war er der Pate mehrerer Kinder, die seinen Namen trugen, er war auch Schiedsrichter bei Streitigkeiten und Ratgeber in schwierigen Lebenslagen. Ich fand Zuflucht im Schatten seines Ansehens, zufrieden, dazuzugehören, und machte Pläne, wie ich in diesem weiten weißen Haus bleiben konnte, durch das der Duft der Blütenblätter in den Wasserbecken zog und dem die Bäume des Gartens Kühle schenkten. Ich hörte auf, über den Verlust von Huberto Naranjo und Elvira zu trauern, malte mir in meinem Innern ein freundliches Bild von meiner Patin und strich die bösen Erinnerungen aus, weil ich eine gute Vergangenheit haben wollte. Auch meine Mutter fand einen Platz im Dunkel der Zimmer und erschien mir des Nachts wie ein Seufzer neben meinem Bett. Ich war ruhig und glücklich. Ich wuchs ein wenig, mein Gesicht wandelte sich, und wenn ich in den Spiegel blickte, sah ich nicht mehr nur ein ungeformtes Etwas, meine Gesichtszüge bildeten sich heraus, so wie sie heute sind.

»Du kannst nicht leben wie ein Beduine, ich muß dich ins Zivilregister aufnehmen lassen«, sagte mein Patrón eines Tages.

Riad Halabí gab mir mehrere grundlegende Dinge für mein Leben, und die beiden wichtigsten darunter waren: das Schreiben und ein Zeugnis meiner Existenz. Ich hatte ja nicht ein Papier, das mein Vorhandensein in dieser Welt bewies, niemand hatte mich bei meiner Geburt irgendwo eingetragen, ich war nie in eine Schule gegangen, es war, als wäre ich gar nicht geboren. Aber Riad Halabí sprach mit einem Freund in der Stadt, bezahlte eine angemessene

Bestechungssumme und erhielt für mich einen Ausweis, in dem mein Alter durch einen Irrtum des Beamten um drei Jahre zu jung angegeben ist.

Kamal, der zweite Sohn eines Onkels von Riad Halabí, kam eineinhalb Jahre nach mir ins Haus. Er betrat die »Perle des Orients« mit so viel Zurückhaltung, daß wir weder die Zeichen des Unheils an ihm bemerkten noch argwöhnten, er könnte die Wirkung eines Hurrikans in unser dreier Leben haben. Er war fünfundzwanzig Jahre alt, war klein und schlank, hatte feine Hände und lange Wimpern und schien sehr unsicher. Er grüßte zeremoniell, indem er eine Hand an die Brust hob und den Kopf neigte, eine Geste, die Riad augenblicklich übernahm und die bald alle Kinder begeistert nachahmten. Er war ein Mensch, der an Unglück gewöhnt war. Seine Familie war nach dem Krieg vor den Israelis aus dem Dorf geflohen und hatte all ihre irdischen Güter verloren: den kleinen, von den Vätern überkommenen Gemüsegarten, den Esel und ein paar Ziegen. Sie fanden Unterschlupf in einem Lager für palästinensische Flüchtlinge, und vielleicht hätte er Guerrillero werden und gegen die Israelis kämpfen sollen, aber er war nicht für kriegerische Heldentaten geschaffen und teilte auch nicht die Empörung seines Vaters und seiner Brüder über den Verlust einer Vergangenheit, an die er sich nicht gebunden fühlte. Ihn zogen eher die Sitten des Westens an, er sehnte sich danach, dorthin zu gehen und ein neues Leben anzufangen, wo er niemandem Respekt schuldig war und wo ihn keiner kannte. In seiner Kindheit hatte er auf dem Schwarzmarkt gehandelt, und in seiner Jugend verführte er im Lager eine Witwe nach der andern, bis sein Vater, der es müde war, ihn zu verprügeln und vor seinen Feinden zu verstecken, sich Riad Halabís entsann, des Neffen, der sich in jenem fernen südamerikanischen Land niedergelassen hatte. Er fragte Kamal nicht lange nach seiner Meinung, packte ihn beim Arm und führte ihn geradenwegs zum Hafen, wo es ihm gelang, ihn als Schiffsjungen auf einem Frachter unterzubringen, mit der Empfehlung, nicht zurückzukommen, es sei denn, er hätte ein Vermögen gemacht. So gelangte der junge Mann wie so viele Einwanderer an dieselbe heiße Küste, an der fünf Jahre zuvor Rolf Carlé von Bord eines norwegischen Schiffes gegangen war. Von dort fuhr er im Autobus nach Agua Santa, in die Arme seines Verwandten, der ihn mit allen Beweisen der Gastfreundschaft aufnahm.

Drei Tage lang war die »Perle des Orients« geschlossen und das Haus Riad Halabís geöffnet zu einem unvergeßlichen Fest, an dem alle Bewohner des Dorfes teilnahmen. Während Zulema in ihrem Zimmer eingeschlossen an einer ihrer zahlreichen Krankheiten litt, bereiteten der Patrón und ich mit Hilfe der Lehrerin Inés und einiger Nachbarinnen so viel Essen zu, daß es für eine Hochzeit am Hof des Kalifen von Bagdad gereicht hätte. Auf die mit weißen Tüchern bedeckten Tische, zu denen wir noch die Ladentische herbeigeschleppt hatten, stellten wir große Platten Reis mit Safran, mit Pinienkernen, mit Rosinen und Pistazien, mit Pfeffer und mit Curry und ringsherum fünfzig Schüsseln mit arabischen und amerikanischen Gerichten, einige stark gesalzen, andere pikant, wieder andere süßsauer, aus Fleisch und aus Fisch, in Eiskästen von der Küste herbeigeschafft, und alle dazugehörigen Soßen und Gewürze. Es brauchte einen ganzen Tisch nur für die Nachspeisen, wo orientalische mit kreolischen Näschereien abwechselten. In großen Krügen wurde Rum mit Früchten aufgetragen, von dem die beiden Vettern als gute Moslems nicht einmal kosteten, aber die übrigen tranken, bis sie selig unter die Tische rollten, und soweit sie noch auf den Beinen stehen konnten, tanzten sie zu Ehren des Ankömmlings bis in den

Morgen. Kamal wurde jedem Nachbarn vorgestellt und mußte jedem auf arabisch seine Geschichte erzählen. Keiner verstand auch nur ein Wort von seiner Rede, aber alle meinten, er sei doch ein sehr sympathischer junger Mann, und das war er auch; er hatte das zarte Aussehen eines Mädchens, aber da war etwas Samtiges, Dunkles, Zweideutiges in seinem Wesen, das die Frauen unruhig machte. Wenn er in ein Zimmer trat, füllte er es bis in den letzten Winkel mit seiner Gegenwart, und wenn er sich vor die Tür des Ladens setzte, um die Abendkühle zu genießen, spürte die ganze Straße seine Anziehungskraft, die wie ein Zauber wirkte. Er konnte sich nur mit Gesten und Rufen verständlich machen, aber alle lauschten ihm hingerissen und folgten dem Rhythmus seiner Stimme und der herben Melodie seiner Worte.

»Jetzt werde ich beruhigt reisen können, denn ich habe einen Mann in der Familie, der die Frauen und das Haus und den Laden beschützen kann«, sagte Riad Halabí und klopfte dem Vetter auf die Schulter.

Viele Dinge änderten sich mit der Ankunft dieses Gastes. Der Patrón entfernte sich von mir, er rief mich nicht mehr zu sich, um mich meine Geschichten erzählen zu lassen oder die Zeitungsmeldungen zu bereden, die lustigen Unterhaltungen und Lesestunden zu zweit hörten auf, die Dominopartien waren plötzlich eine Männerangelegenheit. Von der ersten Woche an machte er es zur Regel, allein mit Kamal zu den Vorführungen des Kinowagens zu gehen, denn sein Vetter war weibliche Begleitung nicht gewöhnt. Abgesehen von einigen Ärztinnen des Roten Kreuzes und evangelischen Missionarinnen, die die Flüchtlingslager besuchten – fast alle waren sie dürr wie trockenes Holz –, hatte der Junge Frauen mit nacktem Gesicht erst mit vierzehn, fünfzehn Jahren gesehen. Eines Sonnabends hatte er eine wagemutige Fahrt mit dem Lastwagen in die Stadt mitgemacht, zur nordamerikanischen Kolonie, wo die Frauen ihre Wagen auf der Straße wuschen, nur mit kurzen Hosen und weitausgeschnittenen Blusen bekleidet, ein Anblick, der Männermassen aus den Dörfern des ganzen Umkreises herbeizog. Die Männer mieteten sich Stühle und Sonnenschirme, setzten sich bequem hin und beobachteten das Spektakel, während Süßigkeitenverkäufer gute Geschäfte machten. Aber die Amerikanerinnen bemerkten gar nicht, was für einen Aufruhr sie verursachten, all das Keuchen, das Zittern, die Schweißausbrüche, die Schwellungen unter den Dschellabas entgingen ihnen einfach. Für diese aus einer anderen Zivilisation hierher verschlagenen Damen waren die in lange Gewänder gehüllten dunkelhäutigen Gestalten mit den Prophetenbärten nur eine optische Täuschung, von der Hitze hervorgerufene Wahngebilde.

Vor Kamal führte sich der Patrón Zulema und mir gegenüber als kurzangebundenes, gebieterisches Familienoberhaupt auf, aber wenn wir beide allein mit ihm waren, machte er das mit kleinen Geschenken wieder gut und war der liebevolle Freund von früher. Mir fiel die Aufgabe zu, den Gast im Spanischen zu unterrichten – kein leichtes Amt, denn er fühlte sich gedemütigt, wenn ich ihm die Bedeutung eines Wortes wiederholte oder ihn auf einen Aussprachefehler hinwies, aber er lernte schnell Spanisch radebrechen und konnte bald im Laden helfen.

»Nimm die Beine zusammen, wenn du sitzt, und mach gefälligst alle Knöpfe an deinem Kittel zu!« befahl mir Zulema. Ich glaube, sie dachte dabei an Kamal.

Der Zauber des Vetters durchdrang das Haus und die »Perle des Orients«, verbreitete sich durch das Dorf, und der Wind trug ihn noch weiter fort. Die Mädchen tauchten alle naselang unter den verschiedensten Vorwänden im Laden auf. Vor ihm erblühten sie wie wilde Blumen, die unter den kurzen Röcken und enganliegenden Blusen aufsprangen, und sie parfümierten sich so stark, daß der

Raum noch lange nach ihrem Weggang davon erfüllt war. Sie kamen zu zweien oder zu dreien, kicherten und flüsterten miteinander, stützten sich auf den Ladentisch, daß man ihre Brüste sehen konnte, und streckten den Hintern über den braunen Beinen keck in die Luft. Sie warteten auf ihn in der Straße, luden ihn für den Abend ein und brachten ihm die Tänze der Karibik bei.

Ich war von ständiger Ungeduld getrieben. Zum erstenmal empfand ich Eifersucht, und dieses Gefühl, das Tag und Nacht an mir klebte wie ein dunkler Fleck auf der Haut, eine nicht abzuwaschende Unreinlichkeit, wurde so unerträglich, daß ich, als ich mich endlich davon befreien konnte, auch den Drang, einen anderen zu besitzen, und die Versuchung, einem anderen zu gehören, abgeschüttelt hatte. Vom ersten Augenblick an hatte Kamal mir den Verstand verwirrt, hatte mich verwundbar gemacht, wobei das unbändige Glück, ihn zu lieben, abwechselte mit dem grausamen Schmerz, ihn vergeblich zu lieben. Ich folgte ihm überallhin wie ein Schatten, ich bediente ihn, ich machte ihn zum Helden meiner einsamen Wunschträume. Er aber übersah mich völlig. Ich wurde mir meiner selbst bewußt, beobachtete mich im Spiegel, betastete meinen Körper, versuchte in der Stille der Siesta neue Frisuren, tupfte mir ein wenig Karmin auf die Wangen und die Lippen, sehr vorsichtig, damit es niemand bemerkte. Er war der Hauptdarsteller in all meinen Liebesgeschichten. Schon genügte mir der Schlußkuß der Romane nicht mehr, die ich mit Zulema las, und ich fing an, ebenso stürmische wie trügerische Nächte mit ihm zu erleben. Ich war fünfzehn Jahre alt und Jungfrau, aber hätte die von meiner Patin erfundene Schnur mit den sieben Knoten auch die Absichten gemessen, ich wäre aus der Probe nicht gerade ruhmreich hervorgegangen.

Unser aller Leben kam aus den Fugen, als Riad Halabí wieder auf die Reise ging und wir drei, Zulema, Kamal und ich, zum erstenmal allein blieben. Die Patrona war wie durch ein Wunder von ihren Leiden geheilt und erwachte aus einer langjährigen Lethargie. Sie stand mit der Sonne auf und bereitete das Frühstück, sie zog ihre besten Kleider an und schmückte sich mit all ihren Kostbarkeiten, sie kämmte sich das Haar nach hinten, band es leicht ein und ließ den Rest lose über die Schultern fallen. Noch nie hatte ich sie so schön gesehen. Kamal ging ihr aus dem Wege, hielt, wenn er vor ihr stand, die Augen gesenkt und sprach kaum mit ihr, er blieb den ganzen Tag im Laden, und abends spazierte er durch das Dorf. Aber lange konnte er sich der Macht dieser Frau nicht entziehen, der schwülen Spur ihres Duftes, der Glut ihres Ganges, dem Hexenzauber ihrer Stimme. Die Atmosphäre füllte sich mit heimlichem Drängen, mit Verheißungen, mit einladendem Rufen. Ich fühlte, daß um mich her etwas Außergewöhnliches vor sich ging, von dem ich ausgeschlossen war, ein heimlicher Krieg zwischen den beiden, ein stürmischer Kampf zweier Willen. Kamal versuchte sich abzusetzen, verschanzte sich, verteidigte sich mit jahrhundertealten Tabus, der Achtung vor den Gesetzen der Gastfreundschaft und den Blutsbanden, die ihn mit Riad Halabí verknüpften. Zulema, gierig wie eine fleischfressende Pflanze, winkte mit ihren duftenden Blütenblättern, um ihn in ihre Falle zu locken. Diese schlaffe, träge Frau, die ihr Leben im Bett verbrachte mit kühlenden Tüchern auf der Stirn, verwandelte sich in ein zügelloses, verhängnisvolles Weib, eine bleiche Spinne, die unermüdlich an ihrem Netz webte. Ich wäre gern unsichtbar gewesen.

Zulema setzte sich in den Schatten des Patios, um sich die Zehennägel zu lackieren, und zeigte ihre dicken Beine bis hinauf zum Oberschenkel. Zulema rauchte und liebkoste

mit der Zungenspitze die feuchten Lippen und das Zigarettenmundstück. Zulema bewegte sich, und das Kleid glitt über eine runde Schulter hinab, die mit ihrer unglaublichen Weiße alles Tageslicht einfing. Zulema aß eine reife Frucht, und der gelbe Saft spritzte ihr durch den weiten Ausschnitt auf die Brust. Zulema spielte mit ihrem blauschwarzen Haar, ließ es halb über das Gesicht hängen und blickte Kamal mit den Augen einer Huri an.
Der Vetter widerstand tapfer zweiundsiebzig Stunden. Die Spannung stieg so an, daß ich es kaum noch ertragen konnte und fürchtete, sie würde sich in einem gewaltigen Gewittersturm entladen. Am dritten Tag arbeitete Kamal schon vom frühen Morgen an, erschien nicht einmal im Haus und machte sich in der »Perle des Orients« zu schaffen, um die Stunden hinzubringen. Zulema rief ihn zum Essen, aber er antwortete, er habe keinen Hunger, und blieb eine weitere Stunde, um Kasse zu machen. Er wartete, bis das Dorf schlief und der Himmel nachtschwarz war, ehe er den Laden schloß, und als er annahm, daß nun im Radio der Roman angefangen hatte, schlich er sich in die Küche und suchte sich die Reste des Abendessens zusammen. Aber zum erstenmal in vielen Monaten war Zulema bereit, diese Nacht die Sendung zu versäumen. Um ihn zu täuschen, ließ sie den Apparat in ihrem Zimmer laufen und die Tür halb offenstehen und wartete im dämmrigen Gang. Sie hatte ein langes, besticktes Gewand angezogen, darunter war sie nackt, und wenn sie den Arm hob, leuchtete die milchweiße Haut auf bis zum Gürtel. Sie hatte den Nachmittag damit verbracht, ihre Körperhaare zu entfernen, sich das Haar zu bürsten, sich zu salben, sich zu schminken, ihr Leib duftete nach Patschuli und ihr Atem nach Süßholz, sie war barfuß und hatte allen Schmuck abgelegt, sie war bereit für die Liebe. Ich konnte alles sehen, denn sie hatte mich nicht in mein Zimmer geschickt, sie hatte meine Existenz einfach vergessen. Für

sie galten nur Kamal und der Kampf, den sie gewinnen würde.
Die Frau fing ihre Beute im Patio. Der Vetter hielt eine halbe Banane in der Hand, von der er eben abgebissen hatte, ein Zweitagebart verschattete sein Gesicht, und er schwitzte, denn es war noch heiß, und es war die Nacht seiner Niederlage.
»Ich habe auf dich gewartet«, sagte Zulema auf spanisch, aus Scham, dafür ihre eigene Sprache zu benutzen.
Der junge Mann erstarrte mit vollem Mund und weit aufgerissenen Augen. Sie näherte sich ihm langsam, so unabweislich wie eine Traumgestalt, bis nur noch wenige Zentimeter sie trennten. Plötzlich begannen die Grillen zu zirpen, ein schriller, langgezogener Laut, der sich mir ins Gehör sägte wie der immer wieder angeschlagene Ton eines orientalischen Musikinstruments. Ich sah, daß meine Patrona einen halben Kopf größer und zweimal schwerer war als der Vetter, der nun auf Kindergröße geschrumpft zu sein schien.
»Kamal . . . Kamal . . .« Und es folgten in ihrer Sprache geflüsterte Worte, während die Frau mit dem Finger die Lippen des Mannes berührte und ganz zart ihre Umrisse nachzog.
Kamal seufzte besiegt, schluckte herunter, was er im Mund hatte, und ließ den Rest der Banane fallen. Zulema nahm seinen Kopf in die Hände und zog ihn zu sich herunter, bis ihn ihre großen Brüste einsaugten wie aufquellende Lava. Dort hielt sie ihn und wiegte ihn wie eine Mutter ihr Kind, bis er sich losmachte, und dann starrten sie einander keuchend an und wogen das Wagnis ab, und das Verlangen siegte, und sie gingen umschlungen zum Bett Riad Halabís. Ich folgte ihnen, ohne daß meine Gegenwart sie störte. Ich glaube, ich war wirklich unsichtbar geworden.
Ich kauerte mich neben die Tür, und mein Kopf war leer.

Ich empfand nichts, hatte alle Eifersucht vergessen, als spielte sich dies alles auf einem Film des Kinowagens ab. Neben dem Bett stehend, warf Zulema die Arme um ihn und küßte ihn, bis er mit den Händen ihren Leib umfaßte und die Liebkosung mit einem schmerzlichen Aufschluchzen erwiderte. Sie bedeckte seine Lider, seinen Hals, seine Stirn mit schnellen, züngelnden Küssen und kleinen Bissen, knöpfte ihm das Hemd auf und riß es herunter. Er wollte ihr das Kleid ausziehen, verwickelte sich aber in den Falten und versuchte, durch den Halsausschnitt ihre Brüste zu erreichen. Ohne ihn loszulassen, drehte Zulema ihn herum und fuhr ihm mit Lippen und Zunge über Nacken und Schultern, während ihre Hände seinen Reißverschluß öffneten und ihm die Hose abstreiften. Nur wenige Schritte entfernt, sah ich seine Männlichkeit ohne Ausflüchte auf mich gerichtet, und ich dachte, daß Kamal ohne Kleider noch anziehender sei, weil er so die fast weibliche Zartheit verlor. Sein geringer Wuchs schien nicht Schwäche, sondern Sammlung, und wie seine vorspringende Nase sein Gesicht formte, ohne es zu entstellen, so wirkte auch sein großes, dunkles Geschlecht nicht tierisch. Überwältigt, vergaß ich fast zu atmen, während sich mir ein Klageschrei in der Kehle ballte. Er stand mir gegenüber, und unsere Augen trafen sich, aber seine waren blind und sahen durch mich hindurch. Draußen ging ein sommerlicher Gewitterregen nieder, und das Rauschen des Wassers und der Donner lösten den peinigenden Gesang der Grillen ab. Zulema zog ihr Kleid aus und zeigte sich in ihrer ganzen prachtvollen Üppigkeit wie eine blendendweiße Venus. Der Gegensatz zwischen der strotzenden Frau und dem mageren Körper des jungen Mannes hatte für mich etwas Obszönes. Kamal warf sie auf das Bett, und sie stieß einen Schrei aus, nahm ihn zwischen ihren dicken Beinen gefangen und grub ihm die Fingernägel in den Rücken. Er zuckte ein paarmal und sank dann mit einem tiefen Stöhnen zusammen. Aber sie war nicht darauf vorbereitet, in einer Minute fertig zu werden, und so schob sie ihn von sich herunter, machte es ihm auf den Kissen bequem und begab sich daran, ihn neu zu beleben, ihm auf arabisch Anweisungen zuflüsternd, was so guten Erfolg hatte, daß er in kurzer Zeit wieder in voller Bereitschaft war. Mit geschlossenen Augen überließ er sich ihr, die ihn liebkoste, daß er fast die Besinnung verlor, und dann stieg sie auf ihn, bedeckte ihn mit ihrer Fülle und der blauschwarzen Masse ihres Haars, daß er völlig unter ihr verschwand, schluckte ihn ein wie Treibsand, verschlang ihn, preßte ihn aus und führte ihn in die Gärten Allahs, wo alle Huris des Propheten ihn feierten. Dann ruhten sie befriedet aus, wie zwei Kinder, einer im Arm des andern, im Rauschen des Regens und dem Gezeter der Grillen in dieser Nacht, die heiß war wie ein Mittag.

Ich wartete, bis die Pferdestampede in meiner eigenen Brust sich beruhigte, dann ging ich taumelnd hinaus. Ich blieb mitten im Patio stehen, der Regen strömte mir über den Leib, durchweichte mein Kleid, durchdrang meine Seele, ich fühlte mich fiebrig, eine Ahnung kommenden Unheils durchschauerte mich. Ich dachte, solange wir es fertigbrächten, nicht darüber zu sprechen, würde es sein, als wäre nichts geschehen, was man nicht benennt, existiert eigentlich kaum, das Schweigen löscht es aus, bis es verschwunden ist. Aber der Geruch des Verlangens hatte sich durch das Haus ausgebreitet, hatte die Wände, die Kleider, die Möbel getränkt, hatte die Zimmer in Besitz genommen, sickerte durch alle Spalten hinaus, befiel die Pflanzen und die Tiere, erhitzte die unterirdischen Flüsse, sättigte den Himmel über Agua Santa, war sichtbar wie ein Brand, und ihn zu verheimlichen würde unmöglich sein. Ich setzte mich an den Brunnen, im Regen.

Endlich wurde es hell im Patio, der Morgentau verdunstete und hüllte das Haus in einen zarten Nebelschleier. Ich hatte diese langen Stunden in der Dunkelheit verbracht und in mein eigenes Selbst hineingesehen. Ich fühlte mich wie im Fieberfrost, das mußte an diesem hartnäckigen Geruch liegen, der seit einigen Tagen in der Luft schwebte und allen Dingen anhaftete. Es ist Zeit, den Laden aufzuschließen, dachte ich, als ich von ferne das Klingeln des Milchwagens hörte, aber mein Körper war so schwer, daß ich meine Arme betrachtete, um zu sehen, ob sie zu Stein geworden waren. Ich steckte den Kopf in den Brunnen, und als ich mich aufrichtete, lief mir das kalte Wasser über den Rücken, spülte die Lähmung dieser schlaflosen Nacht von mir ab und wusch das Bild der beiden Liebenden auf Riad Halabís Bett fort. Ich ging zum Laden hinüber, ohne zu der Tür zu blicken, hinter der Zulema war, o wenn es doch nur ein Traum gewesen wäre, Mama, mach, daß es nur ein Traum war! Ich hielt mich den ganzen Vormittag in der Sicherheit des Ladentisches, ohne mich draußen zu zeigen, und lauschte auf das Schweigen Kamals und meiner Patrona. Am Mittag schloß ich den Laden, wagte mich aber nicht aus den drei mit Waren gefüllten Räumen hinaus und machte es mir auf ein paar Kornsäcken bequem, wo ich die heißen Stunden der Siesta verbrachte. Ich hatte Angst. Das Haus hatte sich in ein schamloses Tier verwandelt, das ich hinter mir atmen hörte.
Kamal beschäftigte sich diesen Vormittag mit Zulema im Bett, sie aßen Früchte und Süßigkeiten, und in der Stunde der Siesta, als sie erschöpft eingeschlafen war, sammelte er seine Sachen zusammen, packte sie in seinen Pappkoffer und verschwand durch die Hintertür, heimlich wie ein Bandit. Als ich ihn sah, war ich sicher, daß er nicht zurückkommen würde.
Zulema erwachte am späten Nachmittag vom Lärm der

Grillen. Sie erschien im Schlafrock in der »Perle des Orients«, ungekämmt, mit dunklen Augenrändern und geschwollenen Lippen, aber sie sah sehr schön, heiter und zufrieden aus.

»Mach den Laden zu und komm mir helfen«, befahl sie.

Während wir das Zimmer säuberten und lüfteten, das Bett mit frischen Laken bezogen und die Blütenblätter in den Wasserbecken auswechselten, sang Zulema auf arabisch, sie sang auch in der Küche, als sie die Joghurtsuppe, das *Kipe* und das *Tabule* zubereitete. Danach ließ ich Wasser in die Badewanne, parfümierte es mit Limonenessenz, und sie glitt mit einem glücklichen Seufzer hinein und lag lange darin, die Lider halb geschlossen, lächelnd, in Erinnerungen versunken. Als das Wasser abkühlte, verlangte sie ihre Kosmetika, betrachtete sich wohlgefällig im Spiegel und begann sich zu schminken, puderte das Gesicht, legte Rouge auf die Wangen, Karmin auf die Lippen, dunkles Perlmutt um die Augen. Sie kam aus dem Bad, wickelte sich in Handtücher und streckte sich auf dem Bett aus, damit ich sie massierte, dann bürstete sie sich das Haar, wand es zu einem Knoten und zog ein tief ausgeschnittenes Kleid an.

»Bin ich hübsch?« wollte sie wissen.

»Ja.«

»Sehe ich jung aus?«

»Ja.«

»Wie jung?«

»Wie auf dem Foto von Ihrer Hochzeit.«

»Warum sagst du so etwas? Ich will mich nicht an meine Hochzeit erinnern! Geh, dummes Ding, laß mich allein . . .«

Sie setzte sich unter dem Sonnendach des Patios in einen Schaukelstuhl aus Korbgeflecht, sah in den Abend und wartete auf die Heimkehr ihres Liebhabers. Ich wartete mit ihr, ich wagte nicht, ihr zu sagen, daß Kamal für immer gegangen war. Zulema saß viele Stunden, schaukelte auf und ab und rief nach ihm mit allen Sinnen, während ich auf meinem Stuhl vor Müdigkeit einnickte. Das Essen in der Küche wurde schal, der zarte Duft der Blumen im Schlafzimmer verflog. Um elf Uhr nachts schreckte ich aus dem Schlaf, von der Stille geweckt; die Grillen waren verstummt und die Luft stand, nicht ein Blatt bewegte sich im Patio. Meine Patrona saß immer noch im Schaukelstuhl, regungslos, das Kleid zerknittert, die Hände verkrampft. Tränen netzten ihr Gesicht, die Schminke war zerlaufen, sie sah aus wie eine im Unwetter vergessene Maske.

»Gehn Sie zu Bett, Señora, warten Sie nicht mehr auf ihn, vielleicht kommt er erst morgen früh zurück«, bat ich sie, aber die Frau rührte sich nicht.

So saßen wir denn die ganze Nacht. Mir klapperten die Zähne, ungewohnte Schweißschauer rannen mir immer wieder den Rücken hinab, und ich empfand sie als Zeichen des Unheils, das in das Haus getreten war. Aber dies war nicht der Augenblick, mich mit meinem eigenen Befinden zu beschäftigen, denn ich erkannte, daß in Zulemas Seele etwas zerbrochen war. Ich fürchtete mich, wenn ich sie ansah, das war nicht mehr die Frau, die ich kannte, sie schien sich in eine riesige Pflanze zu verwandeln. Ich kochte Kaffee für uns beide und brachte ihr eine Tasse in der Hoffnung, ihr das alte Ich zurückzugeben, aber sie wollte ihn nicht einmal kosten, sie saß starr, eine Karyatide, den Blick auf die Tür des Patios geheftet. Ich trank ein paar Schluck, aber er schmeckte mir streng und bitter. Am Morgen endlich gelang es mir, meine Patrona hochzuziehen und an der Hand in ihr Zimmer zu geleiten, ich zog ihr das Kleid aus, wischte ihr mit einem feuchten Lappen das Gesicht sauber und brachte sie zu Bett. Ich horchte, ob ihr Atem ruhig ging, aber die Verzweiflung trübte ihre Augen, und sie weinte, stumm und unaufhörlich. Ich ging wie eine Schlafwandlerin in den Laden und schloß ihn auf. Stundenlang konnte ich nichts essen, ich dachte an die Zeiten meines Elends, bevor Riad Halabí mich auflas, und dann krampfte sich mir der Magen zusammen, und ich konnte nichts hinunterbringen. Ich kaute an einer Mispel und versuchte, nicht länger zu grübeln. Drei Mädchen kamen in die »Perle des Orients« und fragten nach Kamal. Ich sagte ihnen, er sei nicht da und es sei nicht der Mühe wert, sich auch nur an ihn zu erinnern, denn in Wirklichkeit sei er gar kein menschliches Wesen, habe nie in Fleisch und Blut existiert, er sei ein böser Geist, ein *Efrit*, vom anderen Ende der Welt gekommen, um ihnen das Blut aufzuwiegeln und die Seelen zu verstören, aber sie würden ihn nicht wiedersehen, er sei verschwunden, fortgetragen von demselben unseligen Wind, der ihn aus der Wüste nach Agua Santa gebracht habe. Die Mädchen gingen verdutzt hinaus und blieben auf dem Dorfplatz stehen, um mit der Neuigkeit fertig zu werden, und es dauerte nicht lange, bis die Neugierigen gelaufen kamen und fragten, was geschehen sei.

»Ich weiß nichts. Warten Sie, bis der Patrón zurückkommt«, war die einzige Antwort, die mir einfiel.

Zum Mittag brachte ich Zulema eine Suppe und versuchte, sie mit dem Löffel zu füttern, aber mir tanzten Schatten vor den Augen, und meine Hände zitterten so, daß ich die Hälfte auf den Fußboden vergoß. Plötzlich begann sich die Frau mit geschlossenen Augen zu wiegen und stimmte einen Klagegesang an, zuerst ein eintöniges Stöhnen und dann ein schrilles, durchdringendes Jammern wie Sirenengeheul.

»Seien Sie still! Kamal kommt nicht zurück! Wenn Sie nicht ohne ihn leben können, ist es besser, Sie stehen auf und gehen ihn suchen, bis Sie ihn gefunden haben. Weiter kann man nichts tun. Hören Sie mich, Señora?« Ich schüttelte sie, entsetzt über die Größe ihres Leids.

Aber Zulema antwortete nicht, sie hatte vergessen, Spanisch zu sprechen, und niemand hörte je wieder ein Wort in dieser Sprache von ihr. Da führte ich sie zum Bett zurück, deckte sie zu, legte mich neben sie und lauschte auf ihre Seufzer, bis wir beide erschöpft einschliefen.
So fand uns Riad Halabí, als er um Mitternacht heimkam. Sein Wagen war mit neuer Ware vollgeladen, und er hatte auch die Geschenke für seine Familie nicht vergessen: einen Topasring für seine Frau, ein Organzakleid für mich, zwei Hemden für seinen Vetter.
»Was geht hier vor?« fragte er bestürzt, denn er spürte sogleich den Hauch des Tragischen, der durch sein Haus wehte.
»Kamal ist fort«, stotterte ich.
»Was heißt, er ist fort? Wohin?«
»Ich weiß nicht.«
»Er ist mein Gast, er kann doch nicht einfach so fortgehen, ohne mir Bescheid zu sagen, ohne sich zu verabschieden!«
»Zulema ist sehr krank.«
»Ich glaube, du bist noch kränker, Kind. Du glühst ja förmlich!«
In den Tagen danach schwitzte ich allen Schrecken aus, mein Fieber ging zurück und mein Appetit stellte sich wieder ein, aber es war offensichtlich, daß Zulemas Leiden nicht so rasch vorübergehen wollte. Sie war liebeskrank, und so verstanden es auch alle, nur ihr Mann nicht, er wollte es nicht sehen und weigerte sich, Kamals Verschwinden mit Zulemas Kummer in Verbindung zu bringen. Er fragte nicht, was vorgefallen war, denn er ahnte die Antwort, und hätte er die Wahrheit sicher gewußt, wäre er gezwungen gewesen, Rache zu nehmen. Er war viel zu gutherzig, um der Ungetreuen die Brustwarzen abzuschneiden oder seinen Vetter zu suchen, bis er ihn fände, und ihm das Geschlechtsteil abzuhacken

und in den Mund zu stecken, getreu der Tradition seiner Vorfahren.
Zulema blieb schweigsam und still, bisweilen weinte sie, und nichts konnte ihr Freude machen, weder das Radio noch die Geschenke ihres Mannes. Sie begann abzumagern, und nach drei Wochen hatte ihre Haut einen sanften Sepiaton angenommen, wie ein Gemälde aus einem vergangenen Jahrhundert. Sie reagierte nur, wenn Riad Halabí sie zu liebkosen versuchte, dann zuckte sie zurück und sah ihn mit offenem Haß grollend an. Eine Zeitlang war es mit meinen Stunden bei der Lehrerin Inés und mit meiner Arbeit im Laden vorbei, und auch die wöchentlichen Besuche im Kinowagen lebten nicht wieder auf, denn ich konnte meine Patrona nicht allein lassen, ich blieb den ganzen Tag und auch ein Gutteil der Nacht bei ihr und pflegte sie. Riad Halabí nahm zwei Frauen ins Haus, zum Saubermachen und als Hilfe in der »Perle des Orients«. Das einzig Gute war, daß er sich wieder um mich kümmerte wie vor Kamals Erscheinen, er bat mich wieder, ihm meine selbsterfundenen Geschichten zu erzählen, und lud mich ein, mit ihm Domino zu spielen, und ließ mich gewinnen. Trotz der niederdrückenden Atmosphäre im Haus fanden wir genug Gründe, gemeinsam zu lachen.
Einige Monate vergingen, ohne daß sich der Zustand der Leidenden merklich veränderte. Die Leute von Agua Santa und den umliegenden Dörfern kamen und fragten, wie es ihr ging, und jeder brachte ein anderes Heilmittel an: einen Strauß Raute für Aufgüsse, Hühnerbrühe, einen Sirup gegen die Schwäche. Sie taten es nicht aus Achtung für die hochmütige, ablehnende Fremde, sondern aus Zuneigung zu dem Araber. Es wäre doch gut, wenn eine Heilkundige sie sähe, sagten sie und kamen eines Tages mit einer wortkargen Indiofrau an, die eine Zigarre anzündete, den Rauch über die Leidende blies und erklärte,

sie habe keine der Wissenschaft bekannte Krankheit, nur einen verlängerten Anfall von Liebeskummer.
»Dem armen Kind fehlen ihre Angehörigen«, sagte der Ehemann und verabschiedete die Indiofrau, bevor sie noch Genaueres über seine Schande weissagte.
Von Kamal kam keine Nachricht. Riad Halabí erwähnte seinen Namen nicht wieder, er war zu tief gekränkt von der Undankbarkeit, mit der der Vetter ihm die so großzügig gebotene Aufnahme vergolten hatte.

Sieben

Rolf Carlé begann bei Señor Aravena in dem Monat zu arbeiten, in dem die Russen einen Hund in einer Kapsel in den Weltraum schickten.

»So was bringen auch nur die Sowjets fertig, die nehmen nicht mal auf Tiere Rücksicht!« rief Onkel Rupert entrüstet aus, als er die Nachricht hörte.

»Reg dich nicht auf, Mann . . . Schließlich ist es nur ein gewöhnliches Tier ohne jeden Stammbaum«, erwiderte Tante Burgel ruhig und hob nicht den Blick von der Pastete, die sie gerade zubereitete.

Diese unglückliche Bemerkung entfesselte einen der schlimmsten Kräche, die dem Paar jemals widerfuhren. Den ganzen Freitag hindurch schrien sie sich an, beschimpften sich und warfen sich all die Vorwürfe an den Kopf, die sich in dreißig Jahren gemeinsamen Lebens angesammelt hatten. Unter vielen anderen beklagenswerten Dingen hörte Rupert seine Frau zum erstenmal sagen, sie habe die Hunde immer verabscheut, diese ganze Züchterei und der Handel mit den Viechern widerten sie an, und sie bete darum, seine verdammten Polizeischäferköter möchten alle die Pest kriegen und auf den Müll geschmissen werden. Burgel ihrerseits erfuhr, daß er von einem Seitensprung wisse, den sie in der Jugend begangen hatte, daß er aber um des lieben Friedens willen geschwiegen habe. Sie sagten sich unvorstellbare Biestereien und waren zum Schluß völlig erschöpft. Als Rolf am Sonnabend in die Kolonie kam, fand er das Haus geschlossen und glaubte schon, die ganze Familie hätte sich an der asiatischen Grippe angesteckt, die zur Zeit gerade wütete. Burgel lag im Bett mit Basilikumkompressen auf der Stirn, und Rupert hatte sich, vor Groll einem Schlaganfall nahe, mit seinen Zuchthunden und vierzehn neugeborenen Welpen in der Tischlerei eingeschlossen und zerstörte methodisch alle Touristenkuckucksuhren. Die Cousinen hatten vom Weinen geschwollene Augen. Sie hatten inzwischen die Kerzenfabrikanten geheiratet, und ihrem natürlichen Duft nach Zimt, Nelke, Vanille und Zitrone hatte sich das köstliche Aroma von Bienenwachs hinzugesellt. Sie wohnten in derselben Straße und teilten den Tag zwischen ihren eigenen gepflegten Haushalten und der Arbeit bei den Eltern, denen sie in der Pension, im Hühnerhof und bei der Hundezucht halfen. Keiner nahm Anteil an Rolfs Begeisterung über seine neue Filmkamera, keiner wollte wie sonst der genauen Aufzählung seiner Aktivitäten zuhören oder sich etwas über politische Unruhen an der Universität erzählen lassen. Der Streit hatte die Stimmung in dem friedlichen Heim so verdorben, daß er an diesem Wochenende seine Cousinen nicht einmal kneifen durfte, die beiden liefen mit Trauermienen herum und hatten nicht die geringste Lust, die Federbetten in den leeren Zimmern zu lüften. Sonntag nacht kehrte Rolf in die Hauptstadt zurück, von seiner Enthaltsamkeit bedrängt, mit der schmutzigen Wäsche von der vergangenen Woche im Koffer, ohne den Vorrat an Kuchen und Eingemachtem, den seine Tante ihm gewöhnlich einpackte, und mit dem verdrießlichen Eindruck, daß ein Moskauer Hund in den Augen seiner Familie wichtiger war als er.

Montag morgen traf er sich mit Señor Aravena, um mit ihm in einem kleinen Café neben dem Zeitungsgebäude zu frühstücken.

»Vergiß dieses Vieh und die Zänkereien deiner Leute, Junge, uns stehen bedeutsame Ereignisse bevor«, sagte sein Gönner vor dem reich gefüllten Teller, mit dem er den Tag zu beginnen pflegte.

»Wovon reden Sie?«

»In zwei Monaten wird es eine Volksabstimmung geben.

Ist schon alles geregelt, der General gedenkt weitere fünf Jahre zu regieren.«

»Das ist doch nichts Neues.«

»Diesmal wird der Schuß nach hinten losgehen, Rolf.«

Wie vorausgesehen, wurde kurz vor Weihnachten der Volksentscheid durchgezogen, unterstützt von einer öffentlichen Kampagne, die das Land mit Lärm, Plakaten, Militärparaden und Einweihungen von patriotischen Denkmälern zudeckte. Rolf Carlé war entschlossen, seine Arbeit sorgfältig zu machen und, soweit möglich, ganz bescheiden am Anfang und unten zu beginnen. Schon vor dem Ereignis prüfte er die Lage, machte die Runde durch die Wahlzentren, sprach mit Offizieren, mit Arbeitern und mit Studenten. Als der große Tag kam, waren die Straßen von Heer und Polizei besetzt, aber man sah nur wenig Leute in den Abstimmungslokalen. Der General siegte mit der erdrückenden Mehrheit von achtzig Prozent, nur war der Betrug so unverschämt, daß der beabsichtigte Effekt ins Lächerliche umkippte. Rolf trieb sich wochenlang wie ein Spürhund herum und sammelte viele Informationen, die er Aravena mit der Eitelkeit des Anfängers präsentierte, wobei er nicht vor verwickelten politischen Prognosen zurückscheute. Aravena hörte ihm spöttisch lächelnd zu.

»Mach es nicht so kompliziert, Rolf. Die Wahrheit ist ganz einfach: Solange der General gefürchtet und gehaßt wurde, hatte er die Zügel fest in der Hand, aber diesmal ist er zu weit gegangen, er hat Hohn geerntet, und als Witzfigur wird ihm die Macht durch die Finger rinnen. Noch bevor ein Monat um ist, wird er stürzen.«

Die vielen Jahre der Tyrannis hatten die Opposition nicht zerschlagen können, einige ihrer leitenden Köpfe arbeiteten im Untergrund, die politischen Parteien hatten außerhalb des Gesetzes überlebt, und die Studenten ließen keinen Tag vergehen, ohne ihre Unzufriedenheit zu bekunden. Aravena vertrat die Ansicht, daß noch nie die Massen den Lauf der Ereignisse im Lande bestimmt hätten, sondern stets eine Handvoll wagemutiger Führer. Die Diktatur würde fallen durch die Übereinkunft der Elite, und das Volk, an ein System von Caudillos gewöhnt, würde ihr auf dem Weg folgen, den sie ihr wies. Er hielt die Rolle der katholischen Kirche für wesentlich, denn wenn auch niemand die Zehn Gebote einhielt und die Männer sich als rechte Machos mit ihrem Atheismus brüsteten, übte sie doch nach wie vor eine ungeheure Macht aus.

»Du mußt mit den Pfarrern sprechen«, riet er Rolf.

»Das habe ich schon getan. Viele von ihnen stacheln die Arbeiter und die Mittelklasse auf, sie sagen, die Bischöfe werden die Regierung der Korruption und der Unterdrückung anklagen. Meine Tante Burgel war nach dem Streit mit ihrem Mann zur Beichte, und der Pfarrer holte unter seiner Soutane ein Bündel Flugblätter hervor und gab sie ihr, damit sie sie in der Kolonie verteilte.«

»Was hast du sonst noch gehört?«

»Die Oppositionsparteien haben einen Vertrag geschlossen, endlich haben sich alle vereinigt.«

»Dann ist der Augenblick gekommen, einen Keil in die Streitkräfte zu treiben, um sie zu spalten und aufzuwiegeln. Die Sache ist gar, mein Riecher täuscht mich nicht«, sagte Aravena und steckte sich eine seiner schwarzen Havannas an.

Von diesem Tag an gab Rolf sich nicht mehr damit zufrieden, die Ereignisse zu registrieren, sondern er nutzte seine Kontakte, um für den Aufstand zu arbeiten, und dabei lernte er die Kraft der Opposition erkennen, die selbst unter den Soldaten Zwiespalt zu säen verstand. Die Studenten besetzten die Gymnasien und die Fakultätsgebäude, nahmen Geiseln, stürmten eine Rundfunkstation und wandten sich mit dem Aufruf an die Bevölkerung, auf die Straße zu gehen. Das Heer rückte aus mit der ausdrücklichen Weisung, ein Leichenfeld zu hinterlassen, aber in den letzten Wochen hatte sich die Unzufriedenheit auch unter den Offizieren verbreitet, und widersprüchliche Befehle verwirrten die Truppen. Auch unter ihnen begann der Wind der Verschwörung zu wehen. Der Mann mit der Gardenie beantwortete diese Strömungen in seinen schnell vollgestopften Kellern und bedachte die neuen Häftlinge persönlich mit seiner Aufmerksamkeit, ohne daß seine elegante Verführerfrisur Schaden nahm, aber auch seine brutalen Methoden konnten den Verfall des Regimes nicht aufhalten. In den folgenden Wochen wurde das Land unregierbar. Überall taten die Menschen den Mund auf, endlich befreit von der Angst, die sie so viele Jahre stumm gemacht hatte. Die Frauen schmuggelten Waffen unter den Röcken, die Schüler malten nachts Parolen an die Wände, und selbst Rolf fand sich eines Tages mit einer Tasche voll Dynamit auf dem Wege zur Universität, wo ihn ein sehr schönes Mädchen erwartete. Er verliebte sich auf der Stelle in sie, aber es war eine Leidenschaft ohne Zukunft, denn sie ergriff die Tasche ohne ein Wort des Dankes, schwang sich die explosive Last auf den Rücken und ging davon, und er sah sie nie wieder.

Der Generalstreik wurde ausgerufen, die Geschäfte und die Schulen schlossen, die Ärzte sperrten ihre Praxen und die Priester die Kirchen zu, die Toten blieben unbeerdigt. Die Straßen waren leer, und nachts zündete niemand Licht an, es war, als wäre die Zivilisation plötzlich am Ende angelangt. Jeder hielt den Atem an und wartete und wartete.

Der Mann mit der Gardenie verschwand mit einem Privatflugzeug zu einem Luxusexil in Europa, wo er heute noch lebt, sehr alt, aber immer noch elegant, und wo er seine Memoiren schreibt, um die Vergangenheit angemessen zu ordnen. Am selben Tag machte sich auch der Minister vom bischofssamtenen Sessel aus dem Staub und nahm genug mit, um den auf der Startbahn vergessenen Goldkoffer nicht zu schmerzlich zu vermissen. Sie waren nicht die einzigen. In wenigen Stunden floh alles, was ein unruhiges Gewissen hatte, sei es durch die Luft, zu Lande oder zur See. Der Streik dauerte keine drei Tage. Vier höhere Offiziere verständigten sich mit den Parteien der Opposition, riefen ihre Untergebenen zum Widerstand auf, und von der Verschwörung angezogen, schlossen sich bald die übrigen Regimenter an. Die Regierung stürzte, und der General, mit Geldmitteln wohlversehen, empfahl sich mit seiner Familie und seinen nächsten Mitarbeitern in einem Militärflugzeug, das ihm die Botschaft der Vereinigten Staaten zur Verfügung stellte. Eine riesige Menge von Männern, Frauen und Kindern, bedeckt mit dem Staub des Sieges, drang in den Wohnsitz des Diktators ein, sie sprangen in das Schwimmbecken, daß das Wasser sich in brodelnde Suppe verwandelte, während ein kohlschwarzer Neger auf dem weißen Flügel, der dekorativ auf der Terrasse stand, hinreißend Jazz spielte. Inzwischen griff eine Menschenmasse den Sitz der Staatssicherheit an. Die Wachen schossen mit Maschinengewehren, aber es gelang der Menge, die Türen einzuschlagen und das Gebäude zu stürmen, wobei sie alles töteten, was ihnen in den Weg kam. Die Folterknechte, die sich retten konnten, weil sie zu der Stunde nicht am Ort waren, mußten sich monatelang verbergen, wenn sie nicht auf offener Straße gelyncht werden wollten. Es gab Überfälle auf die Geschäfte und Häuser der Ausländer, die beschuldigt wurden, unter der Einwanderungspolitik des Generals reich geworden zu sein. Die Schaufenster der Spirituosenläden gingen in Scherben, und die Flaschen wanderten auf die Straße und dort von Mund zu Mund, um das Ende der Diktatur zu feiern.

Rolf Carlé tat drei Tage kein Auge zu, er filmte die Ereignisse in einem wüsten Lärm von begeisterten Menschenmassen, Autohupen, Straßentänzen und wilden Trinkgelagen. Er arbeitete wie im Traum, er war sich seiner selbst so wenig bewußt, daß er alle Angst vergaß und sich als einziger mit einer Filmkamera in das Gebäude der Staatssicherheit wagte, um hautnah die Haufen Toter und Verwundeter, die zerstückelten Leichen der Geheimpolizisten und die aus den schrecklichen Kellern des Mannes mit der Gardenie befreiten Gefangenen aufzunehmen. Er ging zum Wohnsitz des Generals und sah die Menge das Mobiliar zerschlagen, die Gemäldesammlung mit Messern zerfetzen, die Chinchillapelze und perlenbesetzten Roben der Ersten Dame auf die Straße schleifen. Und er war auch im Palast dabei, als eine provisorische Regierungsjunta gebildet wurde, die sich aus aufständischen Offizieren und prominenten Zivilisten zusammensetzte. Aravena gratulierte ihm zu seiner Arbeit und gab ihm den letzten Schubs nach oben, indem er ihn dem Fernsehen empfahl, wo seine kühnen Reportagen ihn zur berühmtesten Persönlichkeit unter den Berichterstattern machten.
Die zur Beratung versammelten Parteien einigten sich über die Grundlagen zu einer Verständigung, denn die Erfahrung hatte sie gelehrt, daß, wenn sie sich wie Kannibalen aufführten, die einzigen Nutznießer wieder das Militär sein würde. Die führenden Männer der Opposition, die im Exil gelebt hatten, brauchten einige Tage, bis sie zurückgekehrt und eingerichtet waren und darangehen konnten, das Knäuel der Macht zu entwirren. Inzwischen setzten sich die militante wirtschaftliche Rechte und die Oligarchie, die im letzten Augenblick zum Aufstand gestoßen waren, schleunigst zum Palast in Bewegung, und in wenigen Stunden hatten sie sich der wichtigsten Posten bemächtigt und sie mit meisterhafter Schläue unter sich aufgeteilt, und als der Präsident sein Amt antrat,

mußte er erkennen, daß er nur regieren konnte, wenn er mit ihnen einen Vergleich schloß.
Das waren Tage voller Verwirrung und Aufregung, aber endlich legte sich die Staubwolke, der Lärm verstummte, und der erste Morgen der Demokratie zog herauf.

An vielen Orten erfuhren die Menschen gar nicht, daß die Diktatur gestürzt war, zumal sie ohnedies oft nicht wußten, daß der General so viele Jahre die Macht in Händen gehabt hatte. Sie blieben am Rande des Geschehens. In diesem riesigen Land existieren alle Epochen der menschlichen Geschichte nebeneinander. Während in der Hauptstadt ein Unternehmer telefonisch mit seinem Geschäftspartner am anderen Ende der Erde verhandelt, gibt es Regionen in den Anden, wo die Verhaltensnormen noch die gleichen sind wie zu Zeiten der spanischen Eroberer, und in manchen Urwalddörfern gehen die Menschen nackt unter den Bäumen wie ihre Vorfahren in der Frühzeit. Es war ein Jahrzehnt großer Umwälzungen und außerordentlicher Erfindungen, aber für viele unterschied es sich in nichts von den vorhergehenden. Das Volk jedoch ist großmütig und verzeiht leicht, es gibt im Lande keine Todesstrafe oder lebenslange Festungshaft, und so waren die Günstlinge der Tyrannei, die Kollaborateure, Spitzel und Agenten der Staatssicherheit, bald vergessen und konnten erneut in dieser Gesellschaft Fuß fassen, wo es Raum für alle gab.
Ich erfuhr erst viele Jahre später Einzelheiten des Geschehens, als ich aus Neugier die Presse aus dieser Zeit durchblätterte, denn in Agua Santa hatte keiner sonderlich Notiz davon genommen. Am Tag des Umsturzes hatte Riad Halabí ein Fest veranstaltet, auf dem Geld zur Instandsetzung der Schule gesammelt werden sollte. Es begann früh am Morgen mit dem Segen des Pfarrers, der sich anfangs gegen die Veranstaltung gesträubt hatte, weil

sie als Vorwand für Wetten, Trinkgelage und Messerstechereien dienen könnte, aber dann drückte er ein Auge zu, denn seit dem letzten Unwetter drohte die Schule in sich zusammenzufallen. Auf den Segen folgte die Wahl der Festkönigin, die der Bürgermeister mit einem von der Lehrerin Inés angefertigten Diadem aus Blumen und unechten Perlen krönte, und am Nachmittag begannen die Hahnenkämpfe. Besucher aus anderen Dörfern waren gekommen, und mitten im schönsten Treiben schrie plötzlich ein Bursche, der ein Batterieradio bei sich hatte, der General sei geflohen und die Menge reiße die Gefängnisse nieder und schlage die Geheimpolizisten tot – aber sie hießen ihn, den Mund zu halten und die Hähne nicht zu stören. Der einzige, der von seinem Platz aufstand, war der Bürgermeister, er ging widerwillig in sein Büro, um in der Hauptstadt anzurufen und Verhaltensmaßregeln zu erbitten. Nach zwei Stunden kam er zurück und sagte, keiner brauche sich über diesen Zwischenfall zu beunruhigen, die Regierung sei zwar tatsächlich abgesetzt, aber alles gehe weiter wie vorher, und nun sollten sie endlich mit der Musik und dem Tanz anfangen, »und bringt mir mal ein Bier, wir wollen auf die Demokratie anstoßen«. Um Mitternacht zählte Riad Halabí das gesammelte Geld, übergab es der Lehrerin Inés und ging müde, aber zufrieden heim, denn seine Anregung hatte schöne Früchte gebracht, und das Dach der Schule war gerettet.
»Die Diktatur ist gestürzt!« sagte ich gleich, als er eintrat. Ich war den ganzen Tag bei Zulema geblieben, die eine ihrer Depressionen hatte, und wartete in der Küche auf ihn.
»Ich weiß schon, Kind.«
»Sie haben es im Radio gesagt. Was bedeutet das?«
»Nichts, was uns angeht, das passiert weit fort von hier.«
Zwei Jahre vergingen, und die Demokratie festigte sich. Mit der Zeit sehnten nur noch der Verband der Taxibesit-

zer und ein paar Militärs die Diktatur zurück. Das Erdöl quoll im gleichen Überfluß wie vorher aus den Tiefen der Erde, und niemand war allzusehr darum besorgt, die Gewinne anzulegen, denn im Grunde glaubten sie, der Wohlstand würde ewig dauern. Auf den Hochschulen aber fühlten sich die Studenten, die ihr Leben gewagt hatten, um den General zu vertreiben, von der neuen Regierung betrogen und beschuldigten den Präsidenten, sich den Interessen der Vereinigten Staaten zu beugen. Der Sieg der kubanischen Revolution hatte auf dem Kontinent ein Feuer der Illusionen entzündet. Dort drüben waren Männer, die die Ordnung des Lebens veränderten, und ihre Stimmen, die durch den Äther herüberklangen, verbreiteten herrliche Worte. Nicht weit von hier marschierte El Ché mit einem Stern auf dem Stirnband und war bereit, in jedem beliebigen Winkel Amerikas zu kämpfen. Die jungen Leute ließen sich Bärte wachsen und lernten Worte von Karl Marx und Sätze von Fidel Castro auswendig. »Wenn die Bedingungen für die Revolution nicht vorhanden sind, muß der wahre Revolutionär sie schaffen«, stand mit unlöschbarer Farbe auf den Mauern der Universität geschrieben. Einige, die überzeugt waren, das Volk würde die Macht niemals ohne Gewalt erringen, erklärten entschlossen den Augenblick für gekommen, zu den Waffen zu greifen. Die Guerrillerobewegung nahm ihren Anfang.

»Ich will sie filmen«, sagte Rolf Carlé zu Aravena.

So brach er denn in die Berge auf, einem schweigsamen braunhäutigen Jungen folgend, der ihn in der Nacht auf Ziegenpfaden zu dem Ort führte, wo sich seine Gefährten verbargen. Und so wurde er der einzige Reporter, der unmittelbar Kontakt mit der Guerrilla hatte, der einzige, der ihre Lager filmen durfte, und der einzige, dem die Kommandanten vertrauten. Und so lernte er auch Huberto Naranjo kennen.

Huberto Naranjo hatte als Heranwachsender die Viertel der Bourgeoisie heimgesucht, als Anführer einer Bande von Gassenjungen und im Krieg mit den Horden reicher Söhnchen, die auf ihren verchromten Motorrädern durch die Straßen rasten, Lederjacken trugen und mit Ketten und Messern bewaffnet waren, in großmäuliger Nachahmung ebensolcher Filmhelden. Solange die jungen Herren in ihrem Stadtteil blieben, Katzen erwürgten, die Kinositze aufschlitzten, über die Kindermädchen in den Parks herfielen, in das Kloster der Anbetenden Schwestern eindrangen und die Nonnen ängstigten, die fünfzehnten Geburtstage der Mädchen stürmten und auf die Torte pinkelten, blieb die Sache praktisch in der Familie. Bisweilen nahm die Polizei einige fest, brachte sie auf die Wache, rief die Eltern an, um die Geschichte freundschaftlich zu regeln, und ließ sie wieder laufen, ohne ihre Namen festzuhalten. Das sind unschuldige Streiche, sagten sie wohlwollend, in ein paar Jahren sind sie erwachsen, vertauschen die Lederjacken gegen Anzug und Krawatte und werden die Unternehmen ihrer Eltern und die Geschicke des Landes leiten. Als sie aber in die Innenstadt einfielen, die Genitalien der Bettler mit Senf und scharfem Pfeffer einrieben, die Gesichter der Prostituierten mit dem Messer bearbeiteten und die Homosexuellen der Calle República einfingen, um sie zu pfählen, fand Huberto Naranjo, daß es nun reichte. Er sammelte seine Kumpane um sich, und sie rüsteten zur Verteidigung. So wurde »Die Pest« geboren, die gefürchtetste Bande der Stadt, die sich den Motorradhorden in offener Feldschlacht stellte und einen Trümmerhaufen zurückließ, Verprügelte, Ohnmächtige und mit der blanken Waffe Verwundete. Die Polizei erschien in Panzerautos mit scharfen Hunden und Tränengas und konnte sie überrumpeln, und die mit der weißen Haut und den schwarzen Lederjacken gingen ungeschoren nach Hause. Die andern wurden auf der Polizeiwache

geschlagen, bis das Blut durch die Steine im Hof sickerte. Aber nicht die Schläge waren es, die der »Pest« ein Ende machten – weit zwingendere Umstände führten Huberto Naranjo aus der Hauptstadt fort.
Eines Abends lud sein Freund, der Negro aus der Kneipe, ihn zu einer geheimnisvollen Versammlung ein. Nachdem sie an der Tür das Losungswort gesagt hatten, wurden sie in ein Zimmer geführt, in dem mehrere Studenten waren, die ihre Namen nicht nannten. Huberto setzte sich wie die übrigen auf den Boden, aber er fühlte sich fehl am Platz, weil sowohl der Negro wie er selbst nicht zu der Gruppe zu passen schienen, sie kamen nicht von der Universität und hatten nicht einmal die höhere Schule besucht. Dennoch merkte er bald, daß sie mit Achtung behandelt wurden, denn der Negro war im Militärdienst als Sprengstoffexperte ausgebildet worden, und das gab ihm großes Ansehen. Er stellte ihnen Naranjo als Anführer der »Pest« vor, und da alle von seinem Mut gehört hatten, nahmen sie ihn gern und sogar mit Bewunderung auf. Hier hörte er einen jungen Mann die gärende Unruhe in Worte fassen, die er selbst seit Jahren in der Brust trug. Es war eine Offenbarung. Anfangs fühlte er sich außerstande, die hitzigen Reden ganz zu verstehen, aber er begriff, daß sein persönlicher Kampf gegen die jungen Herren vom Country Club und seine Trotzhandlungen gegen die Obrigkeit Kinderspiele waren im Licht dieser Ideen, die er zum erstenmal hörte. Die Begegnung mit der Guerrilla veränderte sein Leben. Er entdeckte staunend, daß für diese jungen Leute die Ungerechtigkeit nicht zur natürlichen Ordnung der Dinge gehörte, wie er geglaubt hatte, sondern eine Entartung war, ihm wurden die Abgründe klar, die die Menschen von Geburt an trennten, und er beschloß, seine bislang nutzlose Wut in den Dienst an dieser Sache zu stellen.
Für den Jungen war es eine Frage der Mannhaftigkeit, der

Guerrilla beizutreten, denn sich mit Ketten mit den schwarzen Lederjacken zu schlagen war ja soweit in Ordnung, aber Feuerwaffen gegen die Armee zu richten war denn doch eine andere Sache. Er hatte immer auf der Straße gelebt und glaubte keine Furcht zu kennen, er wich in den Kämpfen mit anderen Banden nie zurück und bat auf dem Hof der Polizeiwache nie um Gnade, die Gewalt war etwas Alltägliches für ihn, und doch ahnte er nicht, wie die Grenzen aussahen, an die er in den kommenden Jahren gelangen sollte.

Zu Anfang lagen seine Aufgaben in der Stadt: Losungen an Wände malen, Flugblätter drucken, Plakate kleben, Waffen beschaffen, Medikamente stehlen, Sympathisierende anwerben, Verstecke ausfindig machen, sich militärischem Drill unterwerfen. Gemeinsam mit seinen Gefährten lernte er die vielfachen Verwendungsmöglichkeiten eines Stückes Plastik kennen: Bomben herstellen, Hochspannungskabel zerstören, Bahngleise und Straßen in die Luft sprengen, um den Eindruck zu erwecken, sie seien viele und gut organisiert, das zog die Unentschlossenen herbei, stärkte die Moral der Kämpfer und schwächte den Feind. Die Zeitungen veröffentlichten Berichte über diese kriminellen Handlungen, wie sie genannt wurden, aber dann durften die Attentate nicht länger erwähnt werden, und das Land erfuhr davon nur noch durch Gerüchte, durch ein paar handgedruckte Flugblätter und durch geheime Rundfunksender. Die jungen Leute versuchten auf vielerlei Arten, die Massen in Bewegung zu bringen, aber ihr revolutionäres Feuer wurde erstickt von stumpfen, teilnahmslosen Gesichtern oder dummen Witzen. Das Trugbild des Erdölreichtums deckte alles mit dem Mantel der Gleichgültigkeit zu. Huberto Naranjo wurde ungeduldig. In den Versammlungen hörte er von den Bergen reden, dort waren die besten Männer, dort waren die Waffen, dort sollte die Saat der Revolution aufgehen. Es

lebe das Volk, nieder mit dem Imperialismus! schrien sie, sagten sie, flüsterten sie; Worte, Worte, tausend Worte, gute und schlechte Worte, die Guerrilla hatte mehr Worte als Kugeln. Naranjo war kein Redner, er wußte all diese glühenden Worte nicht zu gebrauchen, aber sein politischer Standpunkt festigte sich sehr schnell, und wenn er auch keine ideologischen Streitgespräche führen konnte, vermochte er doch mit dem Ungestüm seines Mutes andere mitzureißen. Er hatte harte Fäuste und galt als besonders tapfer, deshalb setzte er es schließlich durch, an die Front geschickt zu werden.
Er brach eines Abends auf, ohne Abschied und ohne Erklärungen an seine Freunde von der »Pest«, von denen er sich zurückgezogen hatte, seit seine neue Unruhe ihn in Anspruch nahm. Der einzige, der wußte, wohin er ging, war der Negro, aber der würde auch unter Todesdrohungen nichts verraten haben. Nach wenigen Tagen in den Bergen begriff Huberto Naranjo, daß alles, was er bisher durchgemacht hatte, nur Läppereien gewesen waren, daß jetzt erst die Stunde für ihn gekommen war, sich zu bewähren. Die Guerrilla war keine Armee im dunkeln, wie er geglaubt hatte, sondern sie bestand aus Gruppen von fünfzehn, zwanzig jungen Leuten, die über die Hänge und Schluchten verstreut waren, und es waren nicht viele, kaum genug, um Hoffnungen hegen zu können. Worauf hab ich mich da eingelassen, das sind ja Irre, war sein erster Gedanke, aber er schob ihn bald beiseite, denn er hatte ein klares Ziel: Sie mußten siegen. Und daß sie so wenige waren, verpflichtete sie zu um so größerem Opferwillen. Das erste war der Schmerz. Gewaltmärsche mit dreißig Kilo Ausrüstung auf dem Rücken und einer Waffe in der Hand, einer heiligen Waffe, die weder naß werden noch beschädigt werden durfte, die man keinen Augenblick loslassen durfte, gehen und gehen, gebückt, bergauf, bergab, in Linie, schweigend, ohne Essen und Trinken,

bis alle Muskeln des Körpers nur noch ein gewaltiges bedingungsloses Ächzen waren, bis die Haut sich von den Händen hob in Blasen voll einer trüben Flüssigkeit, bis die Augen von den Stichen der Insekten zuschwollen, bis die aufgeriebenen Füße in den Stiefeln bluteten. Bergauf und immer weiter bergauf, Schmerz und immer mehr Schmerz. Dann die Stille. In dieser grünen, undurchdringlichen Landschaft erwarb er das Gefühl für lautlose Stille, er lernte sich bewegen wie ein Windhauch; hier klang ein Seufzer, ein Knarren des Tornisters, ein Anstreifen der Waffe wie ein Glockenschlag und konnte das Leben kosten. Der Feind war sehr nah. Geduld, stundenlanges regungsloses Warten. Verbirg die Angst, Naranjo, steck die andern nicht an, widersteh dem Hunger, wir alle haben Hunger, ertrag den Durst, wir alle haben Durst. Ständig durchnäßt, ruhelos, schmutzig, schmerzgeplagt, gepeinigt von der Nachtkälte und der unbarmherzigen Mittagshitze, von Schlamm und Regen, von Moskitos und Läusen, von eiternden Wunden und Wadenkrämpfen. Anfangs fühlte er sich verloren, er sah weder, wohin er den Fuß setzte, noch wohin er die Machete schlug, unten Farne, Gestrüpp, Astbruch, Steine, oben die Kuppeln der Bäume, die so dicht waren, daß man das Sonnenlicht nicht sah; aber allmählich bekam er Tigeraugen und lernte sich zurechtzufinden. Er hörte auf zu lächeln, sein Gesicht wurde hart, die Haut erdfarben, der Blick kalt. Die Einsamkeit war schlimmer als der Hunger. Ihn quälte ein drängendes Verlangen, einen anderen Menschen zu berühren, zu liebkosen, mit einer Frau zusammenzusein, aber hier waren nur Männer, sie berührten sich nie, jeder war eingeschlossen in seinem eigenen Körper, seiner Vergangenheit, seinen Ängsten und seinen Träumen. Bisweilen kam eine Genossin, und alle sehnten sich danach, den Kopf in ihren Schoß zu legen, aber auch das war unmöglich.

Huberto Naranjo verwandelte sich in ein Tier des Urwalds – nur Instinkt, Reflexe, Impulse, Nerven, Knochen, Muskeln, Haut, gerunzelte Braue, zusammengepreßte Zähne, fester Leib. Die Machete und das Gewehr hafteten in seinen Händen wie natürliche Verlängerungen seiner Arme. Sein Gehör und seine Augen schärften sich zu steter Wachsamkeit selbst im Schlaf. Er entwickelte eine Zähigkeit, die keine Grenzen kannte – kämpfen bis zum Tod, bis zum Sieg, laßt uns träumen und die Träume erfüllen. Er vergaß sich selbst. Nach außen war er von Stein, aber im Lauf der Monate taute etwas in seinem Innern auf, etwas Elementares, Weiches wurde geboren, eine neue Frucht des Leidens. Sie zeigte sich als erstes in Mitgefühl, einer Empfindung, die er bisher nicht gekannt hatte, da sie ihm nie zuteil geworden war und er nie Gelegenheit gehabt hatte, sie zu schenken. Er begann Zuneigung zu fühlen zu seinen Kameraden, er wollte sein Leben für sie hingeben, er hatte den übermächtigen Wunsch, sie zu umarmen und zu sagen: »Ich liebe dich, Bruder!« Dann weitete dieses Gefühl sich aus, bis es die ganze anonyme Menge des Volkes umfaßte, und da begriff er, daß sein Zorn ihn verwandelt hatte.
Das war die Zeit, in der Rolf Carlé ihn kennenlernte, und als er drei Sätze mit ihm gewechselt hatte, wußte er, daß er mit einem außergewöhnlichen Menschen sprach. Eine Ahnung sagte ihm, daß ihre Wege sich noch oft kreuzen würden, aber er schob sie sofort beiseite. Er hielt nichts davon, der Intuition in die Falle zu gehen.

Acht

Rund zwei Jahre nach Kamals Verschwinden hatte Zulemas Zustand sich zu anhaltender Schwermut verfestigt. Zwar aß und schlief sie nun wieder wie früher, aber nichts konnte auch nur das geringste Interesse in ihr wachrufen, unbeweglich in ihrem Korbsessel sitzend, ließ sie die Stunden vergehen und sah abwesend in den Patio hinaus. Meine Geschichten und die Radioromane waren das einzige, was einen winzigen Funken in ihren Augen zu entzünden vermochte, aber ich bin nicht sicher, daß sie überhaupt etwas davon verstand, denn sie schien sich an die spanische Sprache nicht wieder zu erinnern. Riad Halabí stellte einen Fernsehapparat auf, aber da sie ihn gar nicht beachtete und die Bilder so verzerrt ankamen, als wären sie Botschaften von anderen Planeten, beschloß er, das Gerät in den Laden zu bringen, damit wenigstens die Nachbarn und die Kunden etwas davon hätten. Von Kamal sprach meine Patrona nie, und sie klagte auch nicht um die verlorene Liebe, sie zog sich einfach in die Trägheit zurück, die ihr schon immer lieb gewesen war. Ihre Krankheit kam ihr zustatten, um den kleinen lästigen Pflichten gegenüber dem Haushalt, der Ehe und sich selbst zu entfliehen. Traurigkeit und Überdruß schienen ihr erträglicher als die Anstrengung, ein normales Leben zu führen. Vielleicht begann in dieser Zeit der Gedanke an den Tod sie zu locken, Tod als höchste Stufe des Nichtstuns, wo sich nicht einmal das Blut in den Adern und die Luft in den Lungen zu bewegen brauchten, die Ruhe wäre vollkommen, nicht denken, nicht fühlen, nicht sein. Ihr Mann fuhr sie im Lieferwagen ins Bezirkskrankenhaus, drei Autostunden von Agua Santa, wo die Ärzte sie gründlich untersuchten, ihr Tabletten gegen die Schwermut gaben und sagten, in der Hauptstadt würde sie mit

Elektroschocks geheilt werden können, eine Behandlung, die Riad Halabí als unannehmbar ablehnte.

»An dem Tag, an dem sie sich wieder richtig im Spiegel ansieht, wird sie gesund werden«, sagte ich und zog meine Patrona vor einen großen Spiegel, um ihre alte Koketterie zu wecken. »Wissen Sie noch, was für eine weiße Haut Sie früher hatten, Zulema? Soll ich Ihnen die Augen schminken?« Aber das Glas gab nur die aufgeschwemmten Formen einer Meeresmeduse wieder.

Riad und ich gewöhnten uns an den Gedanken, daß Zulema eine Art riesige, zerbrechliche Pflanze sei, kümmerten uns wieder mehr um Haus und Geschäft, und ich kehrte zu meinem Unterricht bei der Lehrerin Inés zurück. Als ich nun neu anfing, war ich kaum fähig, zwei zusammenhängende Silben zu lesen, und stellte mich beim Schreiben an wie ein Kleinkind, aber meine Unwissenheit war im Ort keine Ausnahme, die meisten Leute hier waren Analphabeten. »Du mußt lernen, damit du dich später selbst erhalten kannst, Kind, es ist nicht gut, von einem Mann abhängig zu sein, denk dran, wer bezahlt, bestimmt!« sagte Riad Halabí. Ich ging besessen an das Lernen heran, besonders Geschichte, Literatur und Erdkunde begeisterten mich. Die Lehrerin Inés war nie aus Agua Santa hinausgekommen, aber sie hatte Landkarten an den Wänden ihres Hauses hängen, und nachmittags erklärte sie mir die Rundfunknachrichten und zeigte mir auf der Karte die Orte, wo die erwähnten Ereignisse sich abgespielt hatten. Mit Hilfe ihrer Kenntnisse und eines Lexikons reiste ich um die Welt. Im Rechnen dagegen war ich eine Null. »Wenn du nicht multiplizieren lernst, wie kann ich dir dann den Laden anvertrauen?« fragte Riad Halabí anklagend. Ich kann nicht sagen, daß ich darauf allzuviel Rücksicht nahm, mir ging es nur darum, die Worte so gut zu beherrschen, wie es überhaupt möglich war. Ich studierte leidenschaftlich gern im Wörterbuch, suchte Reime und Gegenwörter und löste mit Hingabe Kreuzworträtsel.

Als ich siebzehn wurde, war mein Körper ausgewachsen, und mein Gesicht nahm die Züge an, die es noch heute zeigt. Da hörte ich auf, mich im Spiegel zu mustern, um mich mit den vollkommenen Frauen aus den Filmen und den Zeitschriften zu vergleichen, und entschied, daß ich schön war aus dem einfachen Grund, weil ich Lust hatte, schön zu sein. Ich verschwendete keinen zweiten Gedanken darauf. Das Haar trug ich lang, im Rücken zu einem Schwanz gebunden, und meine Kleider aus Baumwolle nähte ich mir selbst. Ein paar junge Männer aus dem Dorf und die Lastwagenfahrer, die anhielten, um ein Bier zu trinken, sagten mir hübsche Sachen, aber Riad Halabí scheuchte sie fort wie ein eifersüchtiger Vater.

»Keiner von diesen Lümmeln ist gut genug für dich, meine Kleine. Wir werden dir einen Mann in guten Verhältnissen suchen, der dich achtet und dich liebt.«

»Zulema braucht mich, und ich bin glücklich hier. Wozu soll ich heiraten?«

»Frauen müssen heiraten, sonst sind sie unvollständig, sie trocknen inwendig aus, bekommen krankes Blut. Aber du kannst schon noch ein bißchen warten, du bist ja so jung. Du mußt dich für die Zukunft vorbereiten. Warum lernst du nicht Sekretärin? Solange ich lebe, wird es dir an nichts fehlen, aber man kann nie wissen, es ist immer besser, einen Beruf zu haben. Wenn es soweit ist, daß wir dir einen Bräutigam suchen, werde ich dir schöne Kleider kaufen, und du mußt dann zum Friseur gehen und dir die Haare so machen lassen, wie die Frauen sie heute tragen.«

Ich verschlang jedes Buch, das mir in die Hände fiel, versorgte den Haushalt und die Kranke und half dem Patrón im Laden. Weil ich immer beschäftigt war, hatte ich weder Zeit noch Lust, an mich selbst zu denken, aber in meinen Geschichten tauchten Sehnsüchte und überhitzte Stimmungen auf, von denen ich gar nicht wußte, daß sie mir im Gemüt saßen. Die Lehrerin Inés redete mir zu, sie im Heft festzuhalten. Nun verbrachte ich einen Teil der Nacht mit Schreiben, und das machte mir so viel Freude, daß mir die Stunden vergingen, ohne daß ich es merkte, und oft stand ich morgens mit geröteten Augen auf. Aber es waren meine besten Stunden. Ich stellte die Annahme auf, daß nichts wirklich existierte, die Wirklichkeit war eine unbestimmte, gallertartige Materie, die meine Sinne nur zur Hälfte erfaßten. Es gab keinen Beweis, daß jeder sie auf gleiche Art wahrnahm, vielleicht hatten Zulema, Riad Halabí und die übrigen einen ganz anderen Eindruck von den Dingen, vielleicht sahen sie nicht dieselben Farben, hörten nicht dieselben Töne wie ich. Wenn es so war, lebte jeder in absoluter Einsamkeit. Dieser Gedanke machte mir angst. Ich tröstete mich mit der Vorstellung, ich könne ja dieses Gallert nehmen und formen, um das zu schaffen, was ich wünschte, nicht eine Parodie der Wirklichkeit wie die Musketiere und Sphinxe meiner ehemaligen jugoslawischen Patrona, sondern eine eigene Welt, von lebenden Menschen bevölkert, wo ich die Regeln festsetzte und nach meinem Gutdünken veränderte. Von mir hing die Existenz all dessen ab, was geboren wurde, was starb, was in den Arenen geschah, in denen meine Geschichten reiften. Ich konnte hineinstellen, was mir beliebte, es genügte, das rechte Wort auszusprechen, um ihm Leben zu geben. Bisweilen hatte ich das Gefühl, daß dieses mit der Kraft der Einbildung erbaute Universum festere und dauerhaftere Konturen hatte als die wirre Welt, in der die Geschöpfe aus Fleisch und Blut, die mich umgaben, ihr Wesen trieben.

Riad Halabí führte dasselbe Leben wie früher, sorgte sich um die Probleme anderer, beistehend, beratend, ordnend, immer im Dienst an seinen Nächsten. Er stand dem dörflichen Sportverein vor und war der Sachwalter bei fast allen Vorhaben dieser kleinen Gemeinschaft. An zwei Abenden in der Woche verschwand er ohne Erklärung und kehrte erst spät heim. Wenn ich ihn verstohlen durch die Patiotür kommen hörte, löschte ich das Licht und tat, als schliefe ich, um ihn nicht zu beschämen. Abgesehen von diesen heimlichen Ausflügen teilten wir unser Leben, als wären wir Vater und Tochter. Wir gingen sogar gemeinsam zur Messe, denn im Dorf sah man meine nur mäßige Frömmigkeit mit scheelen Augen an, wie mir die Lehrerin Inés mehr als einmal sagte, und Riad hatte für sich entschieden, da es nun einmal keine Moschee im Dorf gab, würde es ihm nicht schaden, Allah in einer christlichen Kirche anzubeten, zumal er wie die anderen Männer im hinteren Teil der Kirche bleiben konnte, wo sie in ziemlich mürrischer Haltung beieinanderstanden, denn die Kniefälle wurden als wenig männlich angesehen. Dort hinten konnte er seine moslemischen Gebete sagen, ohne Anstoß zu erregen. In dem neuen Kino von Agua Santa versäumten wir keinen Film. Wenn das Programm etwas Romantisches oder etwas mit Musik ankündigte, nahmen wir Zulema in die Mitte und führten sie an den Armen hin wie eine Invalidin.

Als die Regenzeit vorbei war und die im letzten Hochwasser vom Fluß schwer mitgenommene Straße ausgebessert, wollte Riad Halabí wieder in die Hauptstadt fahren, denn die »Perle des Orients« war nahezu ausverkauft. Ich hatte es nie sehr gern, mit Zulema allein zu bleiben. »Das ist nun einmal meine Arbeit, Kind, ich muß dort hin, sonst geht mir das Geschäft zugrunde«, redete der Patrón mir jedesmal zu, bevor er abreiste. Obwohl ich es nie erwähnte, hatte ich immer noch Angst vor dem Haus, ich fühlte, daß die Wände Kamals Zauber bewahrten. Manchmal träumte ich von ihm und spürte im Dunkel sein Feuer, seinen Geruch, seinen nackten Körper, der mit dem aufgerichteten Geschlecht auf mich zielte. Dann beschwor ich meine

Mutter, ihn davonzujagen, aber nicht immer hörte sie auf meinen Ruf. Tatsächlich war Kamals Abwesenheit so deutlich wahrnehmbar, daß ich nicht weiß, wie wir seine Anwesenheit hatten ertragen können. In den Nächten zog die Leere, die der Vetter hinterlassen hatte, in die schweigenden Räume ein, bemächtigte sich der Dinge und füllte die Stunden.

Riad Halabí fuhr am Donnerstagmorgen ab, und am Freitag beim Frühstück bemerkte Zulema plötzlich, daß ihr Mann fort war, und flüsterte seinen Namen. Das war seit langem das erste Mal, daß sie etwas wie Interesse an ihm bezeigte, und ich fürchtete schon, sein Fehlen würde eine neue Krise heraufbeschwören, aber als ich ihr sagte, er sei verreist, schien sie erleichtert. Um sie zu zerstreuen, machte ich es ihr am Nachmittag im Patio bequem und begab mich daran, ihren Schmuck auszugraben. Er war schon mehrere Monate nicht an der Sonne gewesen, und ich hatte das Versteck vergessen und mußte über eine Stunde suchen, bis ich die Schatulle fand. Ich hob sie auf, klopfte die Erde ab und stellte sie vor Zulema hin, dann nahm ich die Juwelen Stück für Stück heraus und putzte sie mit einem weichen Tuch, um dem Gold den Glanz und den Edelsteinen das Leuchten und die Farben wiederzugeben. Ich steckte ihr die Ohrgehänge an und Ringe auf jeden Finger, hängte ihr Ketten und Halsbänder um, legte ihr all die Armbänder an, und als ich sie so geschmückt hatte, holte ich einen Spiegel.

»Sehen Sie nur, wie schön Sie aussehen, wie eine Göttin . . .«

»Such einen neuen Platz und versteck sie wieder«, antwortete Zulema auf arabisch, nahm die Schätze ab und versank wieder in Apathie.

Ich dachte, es sei eine gute Idee, einmal einen ganz neuen Platz zu wählen. Ich tat alles zurück in die Schatulle, steckte sie in eine Plastiktüte, um sie vor der Feuchtigkeit zu schützen, und ging hinter das Haus zu einem steilen, mit Gesträuch bedeckten Abhang. Dort grub ich neben einem Baum ein Loch, legte das Paket hinein, trat die Erde gut fest und machte mit einem spitzen Stein ein Zeichen in den Baumstamm, damit ich die Stelle wiederfand. Ich hatte gehört, daß es so die Bauern mit ihrem Geld machten. Diese Form, Erspartes aufzubewahren, ist so häufig in diesen Gegenden, daß Jahre später, als die Autobahn gebaut wurde, die Bagger viele Büchsen voller Münzen und Scheine ausbuddelten, die seit der Inflation wertlos geworden waren.

Am Abend bereitete ich das Essen für Zulema, brachte sie zu Bett und setzte mich dann mit einer Näharbeit in den Patio. Ich vermißte Riad Halabí sehr, in dem dunklen Haus rührte sich nichts, die Natur war verstummt, die Grillen schwiegen, kein Lufthauch regte sich. Um Mitternacht beschloß ich, schlafen zu gehen. Ich zündete alle Lampen an, schloß die Rolläden, damit die Frösche nicht hereinkamen, und ließ die Hintertür offen, um fliehen zu können, falls Kamals Geist oder eine andere Gestalt aus meinen Albträumen erscheinen sollte. Bevor ich mich zu Bett legte, warf ich noch einen Blick in Zulemas Zimmer und überzeugte mich, daß sie ruhig schlief, nur mit einem Laken zugedeckt.

Wie immer wachte ich in der ersten Morgenhelle auf; ich ging in die Küche und kochte Kaffee, goß ihn in eine hohe Tasse und überquerte den Patio, um ihn der Kranken zu bringen. Im Vorbeigehen löschte ich die Lampen, die ich die ganze Nacht hatte brennen lassen, und sah, daß die Glühbirnen von verbrannten Leuchtkäferchen übersät waren. Ich kam zum Zimmer der Patrona, öffnete geräuschlos die Tür und trat ein.

Zulema lag halb über dem Bett, halb auf dem Boden, Arme und Beine gespreizt, den Kopf zur Wand gedreht, das blauschwarze Haar über die Kissen gebreitet, und eine

rote Lache tränkte die Laken und das Hemd. Ein Geruch stieg mir in die Nase, der stärker war als der Duft der Blütenblätter in den Becken. Ich näherte mich langsam, stellte die Tasse Kaffee auf den Tisch, beugte mich über Zulema und drehte sie um. Da sah ich, daß sie sich mit einem Schuß in den Mund getötet hatte.
Ich nahm die Waffe, wischte sie ab und legte sie in die Kommodenschublade zwischen Riad Halabís Unterwäsche, wo er sie immer aufbewahrte. Dann schob ich den Leichnam auf den Boden und wechselte die Bettwäsche. Ich holte eine Schüssel mit Wasser, einen Schwamm und ein Handtuch, zog meiner Patrona das Hemd aus und wusch sie, denn ich wollte nicht, daß jemand sie in diesem liederlichen Zustand sah. Ich schloß ihr die Augen, schminkte ihr sorgfältig die Lider mit *Khol*, kämmte ihr das Haar und zog ihr ihr schönstes Nachthemd an. Ich hatte große Mühe, sie wieder auf das Bett zu heben, denn der Tod hatte sie in Stein verwandelt. Als ich damit fertig war, diese schreckliche Unordnung zu bereinigen, setzte ich mich neben Zulema und erzählte ihr die letzte Liebesgeschichte, während draußen der Morgen mit dem Lärm der Indios begann, die wie jeden Sonnabend mit ihren Kindern, ihren Alten und ihren Hunden ins Dorf einzogen, um Almosen zu erbetteln.

Der Stammeshäuptling, ein altersloser Mann in weißer Hose und Strohhut, war der erste, der zum Haus kam, wegen der Zigaretten, die Riad Halabí ihnen jede Woche gab, und als er sah, daß der Laden geschlossen war, ging er ums Haus und trat durch die Hintertür ein. Er überquerte den Patio, der um diese Zeit noch kühl war, und spähte in Zulemas Zimmer. Er sah mich von der Schwelle aus und erkannte mich natürlich, weil ich ihn gewöhnlich am Ladentisch der »Perle des Orients« empfing. Er ließ den Blick wandern, über die Möbel aus dunklem, poliertem Holz, die Frisierkommode mit dem Spiegel und den silbernen Bürsten, die sauberen Laken und über den Leichnam meiner Patrona, die in ihrem spitzenverzierten Nachthemd wie eine Heilige in der Kapelle zurechtgemacht war. Er bemerkte auch den Haufen blutbefleckter Wäsche neben dem Fenster. Er kam auf mich zu, und ohne ein Wort zu sagen, legte er mir die Hände auf die Schultern. Da fühlte ich, wie ich von weit her zurückkehrte, und ein endloser Schrei staute sich in meiner Brust.

Als später die Polizei in das Haus einbrach, Türen eintretend und Befehle brüllend, hatte ich mich noch nicht von der Stelle gerührt, und auch der Indio stand neben mir, die Arme vor der Brust gekreuzt, während sich der übrige Stamm, eine zerlumpte Herde, im Patio drängte. Hinter ihnen kamen die Leute von Agua Santa, flüsternd, schiebend, gaffend drangen sie in das Haus des Arabers ein, in dem sie seit dem Willkommensfest für Vetter Kamal nicht wieder gewesen waren. Als der Teniente die Szene in Zulemas Zimmer erblickte, machte er sich sofort zum Herrn der Lage. Mit einem Schuß in die Luft schreckte er die Neugierigen zurück und brachte das Geschrei zum Schweigen, dann jagte er alle aus dem Zimmer, damit sie die Fingerabdrücke nicht zerstörten, wie er erklärte, und schließlich legte er mir Handschellen an, zur Verblüffung aller, selbst seiner Untergebenen. Seit den Zeiten, da vor Jahren die Gefangenen von Santa María hergebracht wurden, um Wege in den Wald zu schlagen, hatte man in Agua Santa niemanden mehr in Handschellen gesehen.

»Du rührst dich hier nicht weg!« befahl er mir, während seine Männer das Haus nach Waffen durchsuchten. Sie entdeckten die Schüssel und die Handtücher, beschlagnahmten das Geld in der Ladenkasse und die silbernen Bürsten und stießen den Indio herum, der beharrlich im Zimmer blieb und sich vor sie stellte, wenn sie sich mir näherten. Endlich kam die Lehrerin Inés gelaufen, noch im Morgenrock, denn dies war ihr Putztag. Sie versuchte mit mir zu sprechen, aber der Teniente erlaubte es nicht. »Wir müssen den Araber benachrichtigen!« rief sie, aber vermutlich wußte niemand, wo man ihn finden konnte.

Ein wüster Lärm, Geschrei, Getrampel und Befehlegebrüll, veränderte die Seele des Hauses. Ich überlegte, daß ich zwei Tage zu tun haben würde, um den Fußboden zu scheuern und die Zerstörungen zu beseitigen. Dabei fragte ich mich, weshalb Riad Halabí soviel Mangel an Respekt zuließ, ohne mich zu erinnern, daß er auf Reisen war, und als sie Zulemas Leichnam in ein Laken gehüllt fortschafften, fand ich auch dafür keine vernünftige Erklärung. Der lange Schrei saß noch immer in meiner Brust wie ein Winterwind, und ich konnte ihn nicht herauspressen. Das letzte, was ich sah, bevor sie mich in den Polizeijeep zerrten, war das Gesicht des Indios, der sich zu mir herabbeugte, um mir etwas ins Ohr zu sagen, aber ich verstand ihn nicht.

Sie schlossen mich in einer Zelle auf der Kommandantur ein, in einem winzigen, heißen Gelaß. Ich war durstig und versuchte zu rufen und um Wasser zu bitten. Die Worte formten sich in meinem Innern, stiegen hoch, hallten in meinem Kopf und drängten gegen meine Lippen, aber ich konnte sie nicht herausbringen. Ich bemühte mich, glückliche Bilder heraufzubeschwören: meine Mutter, wie sie mir das Haar flocht und ein Lied dazu sang, ein kleines Mädchen, das auf dem geduldigen Rücken eines einbalsamierten Pumas ritt, die schäumenden Wellen im Speisezimmer meiner alten Patrona, die Totenwachen und das Lachen mit Elvira, der guten Großmutter. Ich schloß die Augen und machte mich bereit zu warten.

Viele Stunden später kam ein Sergeant, dem ich selbst am Tag zuvor in der »Perle des Orients« Rum eingeschenkt hatte, und holte mich zum Verhör. Er ließ mich vor dem

Schreibtisch des diensthabenden Beamten stehen und setzte sich an die Seite vor ein Schülerpult, um alles, was gesagt wurde, niederzuschreiben. Der Raum war in einem schmutzigen Grün gestrichen, eine Reihe von Metallbänken zog sich an den Wänden entlang, und der Tisch des Chefs stand in der Mitte auf einem Podest, der Autorität wegen. An der Decke drehten sich träge die Flügel eines Ventilators und scheuchten die Moskitos fort, ohne der feuchten, drückenden Hitze abzuhelfen. Ich dachte an den arabischen Brunnen zu Hause, an das kristallene Klingen des Wassers, das durch die Steine des Patios rann, an den großen Krug Ananassaft, den die Lehrerin Inés vor uns hinstellte, wenn sie mir Unterricht gab.

Der Teniente trat ein und pflanzte sich vor mir auf.

»Dein Name!« bellte er, und ich versuchte ihn zu sagen, aber wieder hakten sich die Worte in mir fest, und ich konnte sie nicht loslösen.

»Das ist Eva Luna, die der Araber auf einer seiner Reisen aufgelesen hat. Damals war sie noch ein Kind, haben Sie nicht davon gehört, Teniente?« sagte der Sergeant.

»Halt's Maul, ich frag ja nicht dich, du Esel.«

Er kam mit bedrohlicher Ruhe auf mich zu, ging um mich herum und musterte mich lächelnd von Kopf bis Fuß. Er war ein lustiger, braunhäutiger Kerl, ein strammer Bursche, der Verheerungen unter den jungen Frauen von Agua Santa anrichtete. Er war seit zwei Jahren im Ort, der Wind der letzten Wahlen hatte ihn hergeweht, als verschiedene Beamte, darunter auch Polizisten, durch andere von der Regierungspartei ersetzt wurden. Ich kannte ihn, er kam oft zu Riad Halabí und blieb gelegentlich, um Domino mit ihm zu spielen.

»Warum hast du sie umgebracht? Wolltest du sie berauben? Es heißt ja, die Araberin ist reich und hat einen Schatz im Patio vergraben. Antworte mir, Miststück! Wo hast du den Schmuck versteckt, den du geklaut hast?«

Ich brauchte eine Ewigkeit, um mich zu erinnern – die Pistole, Zulemas starrer Leichnam, alles, was ich getan hatte, bevor der Indio kam. Endlich wurde mir die Größe des Unglücks bewußt, und als ich es begriff, fühlte ich, daß ich wieder sprechen konnte, aber nun wollte ich nicht mehr antworten. Der Teniente holte aus und versetzte mir einen Fausthieb. An mehr erinnere ich mich nicht.
Als ich wieder zu mir kam, war ich allein im Raum, sie hatten mich am Stuhl festgebunden und mir das Kleid ausgezogen. Das schlimmste war der Durst – ah, der Ananassaft, das Wasser aus dem Brunnen . . . Das Tageslicht war vergangen, und der Raum wurde von einer Lampe beleuchtet, die neben dem Ventilator an der Decke hing. Ich versuchte mich zu bewegen, aber mein ganzer Körper schmerzte, vor allem die Zigarettenbrandwunden an den Beinen. Bald darauf trat der Sergeant ein, ohne Uniformrock, stoppelbärtig, in durchgeschwitztem Hemd. Er wischte mir das Blut vom Mund und strich mir die Haare aus dem Gesicht.
»Es ist besser, wenn du gestehst. Glaub nicht, daß der Teniente schon mit dir fertig ist, er hat gerade erst angefangen . . . Weißt du, was er manchmal mit den Frauen macht?«
Ich blickte ihn an und versuchte ihm zu erzählen, was in Zulemas Zimmer geschehen war, aber wieder verwischte sich mir die Wirklichkeit, und ich sah mich auf dem Boden kauern, den Kopf zwischen den Knien und einen roten Zopf um den Hals geschlungen. Mama, rief ich stumm.
»Du bist starrköpfiger als ein Maultier«, murmelte der Sergeant mit ehrlichem Bedauern.
Er holte Wasser und hielt mir den Kopf, damit ich trinken konnte, dann machte er ein Taschentuch naß und fuhr mir damit vorsichtig über die Prellungen in Gesicht und Nacken. Unsere Augen trafen sich, und er lächelte mir zu wie ein Vater.

»Ich möchte dir so gern helfen, Eva, ich will nicht, daß er dich noch mehr quält, aber ich habe hier nichts zu befehlen. Sag mir, wie du die Araberin getötet hast und wo du den Raub versteckt hast, und ich rede mit dem Teniente, daß er dich gleich zu einem Jugendrichter schaffen läßt. Komm, sag es mir . . . was ist denn, bist du stumm geworden? Ich werde dir noch Wasser bringen, vielleicht wirst du dann wieder klar im Kopf, und wir können miteinander reden.«

Ich trank drei Gläser hintereinander, und so groß war die Lust, das kalte Wasser zu schlucken und zu schlucken, daß auch ich lächelte. Da löste mir der Sergeant die Fesseln von den Händen, streifte mir das Kleid über und streichelte mir die Wange.

»Arme Kleine . . . Der Teniente wird einige Stunden wegbleiben, er ist im Kino und geht hinterher noch ein paar Bier trinken, aber er kommt zurück, das ist mal sicher. Wenn ich ihn höre, gebe ich dir einen Schlag, damit du wieder ohnmächtig wirst, vielleicht läßt er dich dann bis morgen in Frieden . . . Möchtest du ein bißchen Kaffee?«

Die Nachricht erreichte Riad Halabí viel früher, als die Zeitungen sie veröffentlichten. Die Botschaft reiste von Mund zu Mund auf geheimen Wegen in die Hauptstadt, lief durch die Straßen, durch die drittklassigen Hotels und die arabischen Läden, bis sie in dem einzigen arabischen Restaurant anlangte, wo es außer den speziellen Gerichten auch nahöstliche Musik und ein Dampfbad im zweiten Stock gab und eine als Orientalin verkleidete Kreolin sich in einem Tanz der sieben Schleier versuchte. Einer der Kellner ging an den Tisch, an dem Riad Halabí sich gerade genußvoll über eine Platte heimatlicher Speisen hermachte, und bestellte ihm, was ihm der Hilfskoch aufgetragen hatte, ein Mann, der im selben Stamm geboren war wie der Indiohäuptling. So kam es, daß er bereits

Sonnabendnacht alles wußte, er raste mit seinem Lieferwagen Hals über Kopf nach Agua Santa und kam am Sonntagmorgen gerade rechtzeitig, um zu verhindern, daß der Teniente mich erneut verhörte.
»Geben Sie mir meine Kleine heraus!« verlangte er.
In dem grünen Raum, in dem ich wieder halbnackt an den Stuhl gefesselt war, hörte ich die Stimme meines Patróns und kannte sie kaum wieder, denn diesen gebieterischen Ton hatte er noch nie angeschlagen.
»Ich kann die Verdächtige nicht freilassen, Araber, versteh doch meine Lage«, sagte der Teniente.
»Wieviel kostet es?«
»Also gut. Gehen wir in mein Büro, damit wir es privat besprechen können.«
Aber um mich aus dem Skandal herauszuhalten, war es schon zu spät. Meine Fotos, von vorn und im Profil, mit einem schwarzen Balken über den Augen, weil ich noch minderjährig war, waren an die Zeitungen der Hauptstadt geschickt worden, und wenig später würden sie in den Revolverblättern unter dem merkwürdigen Titel »Mord am eigenen Blut« erscheinen mit der Anschuldigung, ich hätte die Frau getötet, die mich aus der Gosse geholt hatte. Ich habe heute noch so einen Fetzen Papier, gelb und brüchig wie ein vertrocknetes Blatt, auf dem die von der Presse erfundene Geschichte des schrecklichen Verbrechens steht, und so oft habe ich sie gelesen, daß ich in manchen Augenblicken meines Lebens glaubte, sie wäre wahr.
»Mach sie ein bißchen zurecht, wir geben sie dem Araber heraus«, befahl der Teniente nach seinem Gespräch mit Riad Halabí.
Der Sergeant wusch mich, so gut es ging, aber das Kleid mochte er mir nicht anziehen, es war von Zulemas und meinem Blut besudelt. Ich schwitzte so sehr, daß er mich lieber in eine nasse Decke hüllte, um meine Blöße zu verbergen und mich gleichzeitig zu erfrischen. Er ordnete

mir ein wenig das Haar, aber ich bot dennoch einen jammervollen Anblick. Als Riad Halabí mich sah, schrie er laut auf. »Was habt ihr meiner Kleinen angetan!«
»Fang hier keinen Ärger an, Araber, das würde es für sie nur schlimmer machen«, warnte ihn der Teniente. »Denk dran, daß ich dir eine Gefälligkeit erweise, meine Pflicht wäre es, sie so lange in Haft zu behalten, bis die Sache aufgeklärt ist. Wer sagt dir denn, daß sie deine Frau nicht ermordet hat?«
»Sie wissen, daß Zulema wahnsinnig war und sich selbst getötet hat.«
»Ich weiß gar nichts. Das ist nicht bewiesen. Nimm das Mädchen und belästige mich nicht länger, vergiß nicht, ich kann es mir immer noch anders überlegen!«
Riad Halabí legte den Arm um mich, und wir gingen langsam zum Ausgang. Als wir in der Tür standen und auf die Straße blickten, sahen wir alle Nachbarn vor der Kommandantur versammelt, und einige Indios, die noch in Agua Santa geblieben waren, beobachteten uns regungslos von der anderen Seite des Platzes aus. Wir traten aus dem Gebäude, und als wir zwei Schritte auf den Lieferwagen zu getan hatten, begann der Stammeshäuptling, in einem fremdartigen Tanz die Erde zu stampfen, es hörte sich an wie dumpfer Trommelklang.
»Verschwindet, alle! Geht zum Teufel, bevor mein Revolver euch Beine macht!« schrie der Teniente wütend.
Die Lehrerin Inés konnte sich nicht länger beherrschen; mit der Autorität, die sie in langen Jahren vor der Klasse erworben hatte, ging sie auf ihn zu, sah ihm gerade ins Gesicht und spuckte ihm vor die Füße. »Der Himmel soll dich strafen, du Ungeheuer!« sagte sie laut, damit alle sie hörten. Der Sergeant trat einen Schritt zurück und fürchtete das Schlimmste, aber der Offizier lächelte nur spöttisch und erwiderte nichts. Niemand sonst rührte sich, bis Riad Halabí mich in den Lieferwagen gehoben hatte und

den Motor anließ, da begannen die Indios sich auf die Straße zum Urwald zurückzuziehen, und die Leute von Agua Santa zerstreuten sich, Verwünschungen gegen die Polizei vor sich hin murmelnd. »Solche Dinge passieren, wenn man Leute von draußen hereinläßt, keiner von diesen gewissenlosen Schuften ist hier geboren, sonst würden sie sich nicht solche Unverschämtheiten erlauben«, wütete mein Patrón während der Fahrt.
Wir traten ins Haus. Türen und Fenster standen offen, aber die Zimmer strömten noch immer Schrecken aus. Das Haus war geplündert worden – das war die Polizei, sagten die Nachbarn, das waren die Indios, sagten die Polizisten –, es sah aus wie ein Schlachtfeld, Radio und Fernseher waren verschwunden, das Geschirr zum großen Teil zerbrochen, die Vorratskammer durchwühlt, die Waren lagen verstreut, und die Säcke mit Korn, Mehl, Kaffee und Zucker waren aufgeschlitzt. Riad Halabí, der mich immer noch im Arm hielt, ging durch diese Reste des Hurrikans hindurch, ohne sich aufzuhalten oder den Schaden zu beachten, und brachte mich zu Bett.
»Wie diese Hunde dich zugerichtet haben!« sagte er, als er mich zudeckte.
Da kamen mir endlich die Worte wieder, flossen über die Lippen in einem ungezügelten Singsang, eins nach dem anderen – »Eine riesige Nase, zielte auf mich, er sah mich nicht, und sie, so weiß wie nie, züngelte und saugte, die Grillen im Garten und die Hitze der Nacht, alle schwitzten, sie schwitzten und ich schwitzte, ich hab es Ihnen nicht gesagt, damit wir es vergessen konnten, er verschwand wie ein Geist, sie bestieg ihn und verschlang ihn, beweinen wir Zulema, daß uns die Liebe verlorenging, so schlank und stark, dunkle Nase drang in sie ein, nicht in mich, nur in sie, ich glaubte, sie würde wieder essen und mich um Geschichten bitten und das Gold in die Sonne legen, deshalb habe ich es Ihnen nicht gesagt, Señor Riad,

ein Schuß, und ihr Mund war gespalten wie der Ihre, Zulema ganz voll Blut, das Haar voll Blut, das Hemd voll Blut, das Haus von Blut überschwemmt, und die Grillen mit diesem furchtbaren schrillen Getöse, sie bestieg ihn und verschlang ihn, er ist geflohen, alle schwitzten, die Indios wissen, was geschehen ist, der Teniente weiß es auch, sagen Sie ihm, er soll mich nicht anfassen, er soll mich nicht schlagen, ich schwöre Ihnen, ich habe den Schuß nicht gehört, er ist ihr in den Mund und ins Gehirn gedrungen, ich hab sie nicht getötet, ich hab sie angezogen, damit Sie sie so nicht sehen sollten, ich hab sie gewaschen, der Kaffee ist noch in der Tasse, ich hab sie nicht getötet, sie hat es getan, sie allein, sagen Sie ihnen, sie sollen mich losmachen, ich war es nicht, ich war es nicht, ich war es nicht . . .«

»Ich weiß ja, mein Kind! Sei doch still, bitte!« Und Riad Halabí wiegte mich und weinte vor Kummer und Mitleid.

Die Lehrerin Inés und mein Patrón legten mir Eiskompressen auf die Prellungen und färbten dann mein bestes Kleid für den Friedhof mit schwarzem Anilin. Am nächsten Tag hatte ich immer noch Fieber und ein verschwollenes Gesicht, aber die Lehrerin bestand darauf, daß ich mich von Kopf bis Fuß in Trauer kleidete, mit schwarzen Strümpfen und einem Schleier um den Kopf, wie es Brauch war, um an Zulemas Begräbnis teilzunehmen, das weit über die vorgeschriebenen vierundzwanzig Stunden hinaus verzögert worden war, weil sie keinen Gerichtsmediziner für die Autopsie gefunden hatten. »Man muß dem Klatsch entgegentreten«, sagte die Lehrerin. Der Pfarrer zeigte sich nicht, damit auch ganz deutlich sei, daß es sich um Selbstmord und nicht um ein Verbrechen handelte, wie die Polizisten weiterhin behaupteten. Aus Achtung vor dem Araber und um den Teniente zu ärgern, zog ganz Agua Santa am Grab vorbei, und jeder umarmte mich und sprach mir sein Beileid aus, als wäre ich Zulemas Tochter und nicht die Verdächtige, die sie ermordet haben sollte.

Zwei Tage später fühlte ich mich besser und konnte Riad Halabí helfen, im Haus und im Laden aufzuräumen. Das Leben begann von neuem, und wir sprachen nicht mehr über das Geschehene, wir erwähnten nicht einmal die Namen Zulemas oder Kamals, aber beide erschienen in den Schatten des Gartens, in den Winkeln der Zimmer, im Halbdunkel der Küche, er nackt mit brennenden Augen, sie unversehrt, rund und weiß, unbefleckt von Blut oder Samen, als hätte sie einen natürlichen Tod erlebt.

Trotz der Vorsichtsmaßnahmen der Lehrerin Inés wuchs die böse Nachrede und blähte sich auf wie Hefe, und nach drei Monaten begannen dieselben Leute, die bereit gewesen waren zu schwören, daß ich unschuldig war, häßliche Dinge zu munkeln, weil ich allein mit Riad Halabí unter einem Dach lebte, ohne eine begreifbare familiäre Bindung. Als das Gerede sich durch die Fenster ins Haus schlich, hatte es bereits erschreckende Formen angenommen: der Araber und diese Hure sind ein Pärchen, sie haben den Vetter Kamal umgebracht und in den Fluß geworfen, damit die Strömung und die Piranhas sich um seine Überreste kümmern, darum hat seine arme Frau auch den Verstand verloren, und die haben sie auch umgebracht, damit sie im Haus allein sein können, und jetzt vertreiben sie sich die Tage und Nächte mit Sexorgien und moslemischen Ungeheuerlichkeiten, der arme Mann, seine Schuld ist es nicht, die Teufelin hat ihm den Kopf verdreht.

»Ich glaube nicht an den Mist, den die Leute reden, Araber, aber wo Rauch ist, ist auch Feuer. Ich werde eine neue Untersuchung anstellen müssen, das kann so nicht weitergehen«, drohte der Teniente.

»Wieviel wollen Sie diesmal?«

»Komm in mein Büro, da sprechen wir drüber.«
Da begriff Riad Halabí, daß die Erpressung nie aufhören würde und daß die Zustände an einem Punkt angelangt waren, von dem es keine Rückkehr gab. Nie wieder würde es sein wie früher, das Dorf würde uns das Leben unerträglich machen, die Zeit war gekommen, da wir uns trennen mußten. An diesem Abend sagte er es mir und wählte behutsam die Worte. Er saß in seiner makellosen weißen Batistjacke im Patio neben dem arabischen Brunnen. Der Himmel war klar, ich konnte seine großen, traurigen Augen sehen, zwei feuchte Oliven, und ich dachte an die guten Dinge, die ich mit diesem Mann geteilt hatte, an die Kartenspiele und das Domino, an die Nachmittage mit der Fibel, an die Filme im Kino, an die Stunden, in denen wir gemeinsam gekocht hatten . . . Ich erkannte, daß ich ihn liebte, mit einer tiefen, dankbaren Liebe. Ein weiches Gefühl rann mir durch die Glieder, drückte mir auf die Brust, machte mir die Augen heiß. Ich trat zu ihm, drehte seinen Stuhl um, stellte mich hinter ihn, und zum erstenmal in der langen Zeit unseres Zusammenlebens wagte ich ihn zu berühren. Ich legte ihm die Hände auf die Schultern und senkte das Kinn auf seinen Kopf. Eine lange Zeit rührte er sich nicht; vielleicht spürte er, was geschehen würde, und wünschte es selbst, denn er zog das Taschentuch seiner Scham heraus und bedeckte seinen Mund. »Nein, das nicht!« sagte ich, nahm es ihm fort und warf es zu Boden, ging um den Stuhl herum, setzte mich auf seine Knie, legte ihm die Arme um den Hals, ganz nah, und blickte ihm ohne zu blinzeln in die Augen. Er roch nach sauberem Mann, nach frisch gebügeltem Hemd, nach Lavendel. Ich küßte ihn auf die Stirn, auf die Wange, küßte seine festen, braunen Hände. »O nein, o nein, Kind, Kind!« seufzte Riad Halabí, und ich spürte, wie sein warmer Atem meinen Hals hinunterglitt bis unter die Bluse. Meine Haut schauerte vor Lust, und

meine Brüste wurden hart. Mir fiel ein, daß ich niemals einem Mann so nah gewesen war und daß ich seit Jahrhunderten keine Liebkosung mehr empfangen hatte. Ich nahm sein Gesicht in die Hände, näherte das meine langsam und küßte ihn auf den Mund in einem langen Kuß, in dem ich die sonderbare Form seiner Lippen kennenlernte, während eine ungestüme Glut meinen Leib und meine Glieder entzündete. Er kämpfte vielleicht einen Augenblick gegen sein eigenes Verlangen, aber dann ergab er sich rasch, um mir in dem Spiel zu folgen und auch mich zu erforschen, bis die Spannung unerträglich wurde und wir uns voneinander lösten, um Atem zu schöpfen.

»Niemand hat mich je auf den Mund geküßt«, flüsterte er.

»Auch mich nicht.« Und ich nahm ihn bei der Hand, um ihn ins Schlafzimmer zu führen.

»Warte, Kind, ich will dir nicht schaden ...«

»Seit Zulema starb, habe ich meine Periode nicht mehr gehabt. Das kommt von dem Schock, sagt die Lehrerin ... sie glaubt, ich könne keine Kinder bekommen«, sagte ich rot werdend.

Wir blieben die ganze Nacht beisammen. Riad Halabí hatte sein Leben lang Lösungen erfinden müssen, sich anderen mit dem Tuch vor dem Gesicht zu nähern. Er war ein gütiger, zartfühlender Mann, ängstlich darauf bedacht, zu gefallen und akzeptiert zu werden, und so hatte er alle möglichen Formen erkundet, zu lieben, ohne die Lippen zu gebrauchen. Er hatte seine Hände und den ganzen schweren Körper in ein feinnerviges Instrument verwandelt, das fähig war, einer empfänglichen Frau reichen Genuß zu schenken und sie auf den Gipfel des Glücks zu führen. Dieses Zusammensein war so entscheidend für uns beide, daß es eine feierliche Zeremonie hätte werden können, aber es wurde eine heitere, fröhliche Begegnung. Wir traten gemeinsam in einen Raum ein, wo die wirkliche Zeit nicht existierte, und diese wundervollen

Stunden konnten wir in tiefster Intimität durchleben, ohne an etwas anderes als uns selbst zu denken, zwei schamlose, verspielte Gefährten, die gaben und nahmen. Riad Halabí war klug und zärtlich, und diese Nacht schenkte mir so viel Lust, daß viele Jahre vergehen und verschiedene Männer in mein Leben treten mußten, ehe ich mich wieder so erfüllt fühlte. Er lehrte mich die mannigfaltigen Möglichkeiten des Frauseins, damit ich mich niemals mit weniger abfände. Ich empfing dankbar das herrliche Geschenk meiner eigenen Sinnlichkeit, ich lernte meinen Körper kennen, ich erkannte, daß ich für diese Freuden geboren war, und mochte mir das Leben ohne Riad Halabí nicht mehr vorstellen.

»Laß mich bei dir bleiben«, bat ich ihn, als es Morgen wurde.

»Kind, ich bin so viele Jahre älter als du. Wenn du dreißig bist, werde ich ein kindischer alter Esel sein.«

»Das ist nicht wichtig. Nutzen wir die Zeit, die wir zusammensein können!«

»Das Gerede wird uns nie in Frieden lassen. Ich habe mein Leben schon gelebt, aber du hast deines noch nicht einmal begonnen. Du mußt fort aus diesem Dorf, deinen Namen ändern, dich weiterbilden, alles vergessen, was uns geschehen ist. Ich werde dir immer helfen . . .«

»Ich will nicht gehen, ich will bei dir bleiben. Achte doch nicht auf das, was die Leute reden!«

»Du mußt mir gehorchen, ich weiß, warum ich es tue, glaubst du nicht, daß ich die Welt besser kenne als du? Sie werden uns verfolgen, bis wir wahnsinnig werden, wir können nicht eingeschlossen leben, das wäre nicht recht gegen dich, du bist doch noch blutjung!« Und nach einer Pause fügte er hinzu: »Da ist etwas, was ich dich schon seit Tagen fragen will – weißt du, wo Zulema ihren Schmuck versteckt hat?«

»Ja.«

»Das ist gut, sag es mir nicht. Jetzt gehört er dir, aber laß ihn, wo er ist, noch brauchst du ihn nicht. Ich werde dir Geld geben, damit du in der Hauptstadt leben kannst, damit du eine Schule besuchst und einen Beruf erlernst, dann wirst du von niemandem abhängig sein, nicht einmal von mir. Es wird dir an nichts fehlen, meine Kleine. Zulemas Schmuck wartet auf dich, er wird deine Mitgift sein, wenn du heiratest.«

»Ich werde niemanden heiraten, nur dich, bitte schick mich nicht fort!«

»Ich tue es, weil ich dich sehr liebe. Eines Tages wirst du das verstehen, Eva.«

»Nie werde ich das verstehen, niemals!«

»Schscht, reden wir jetzt nicht mehr davon, komm, noch bleiben uns ein paar Stunden.«

Am Vormittag gingen wir gemeinsam zum Dorfplatz. Riad Halabí trug den Koffer mit neuen Kleidern, den er für mich gepackt hatte, und ich ging schweigend neben ihm, mit hocherhobenem Kopf und herausforderndem Blick, damit niemand merkte, daß ich am liebsten geweint hätte. Es war ein Tag wie jeder andere, die Kinder spielten auf der Straße, und die Frauen hatten ihre Stühle auf den Bürgersteig gestellt, saßen dort mit einer Schüssel auf dem Schoß und körnten Mais aus. Die Augen des Dorfes folgten uns unversöhnlich bis zur Bushaltestelle. Niemand winkte mir zum Abschied, und der Teniente, der zufällig in seinem Jeep vorbeifuhr, wandte den Kopf ab und erfüllte so seinen Teil des Vertrages.

»Ich will nicht fort!« flehte ich zum letztenmal.

»Mach es doch nicht noch schwerer für mich, Eva!«

»Kommst du mich besuchen in der Stadt? Versprich mir, daß du bald kommst und daß wir uns dann wieder lieben!«

»Das Leben ist lang, Kind, und voller Überraschungen. Alles kann geschehen.«

»Küß mich!«
»Das kann ich nicht, sie beobachten uns. Mach, daß du in den Bus kommst, und steig mir ja nicht aus, bis du in der Hauptstadt bist. Da nimmst du dir ein Taxi und fährst zu der Adresse, die ich dir aufgeschrieben habe. Das ist eine Pension für junge Damen, die Lehrerin hat die Besitzerin angerufen, da wirst du sicher untergebracht sein.«
Vom Fenster aus sah ich ihn, mit dem Taschentuch vor dem Mund.

Ich fuhr denselben Weg zurück, den ich vor Jahren, in Riad Halabís Lieferwagen schlafend, gekommen war. Vor meinen Augen zogen überwältigend schöne Landschaften vorbei, aber ich sah sie nicht, mein Blick war nach innen gerichtet, noch immer geblendet von der Entdeckung der Liebe. Ich fühlte, daß die Dankbarkeit mein ganzes Leben lang sich in mir immer wieder erneuern würde, wenn ich an Riad Halabí dachte, und so ist es auch geworden. Dennoch versuchte ich in diesen Stunden, mich von den sehnsuchtsvollen Erinnerungen frei zu machen und die Nüchternheit zu erlangen, die ich brauchte, um meine Vergangenheit zu überdenken und meine Möglichkeiten abzuschätzen. Ich hatte bis jetzt nach den Anweisungen anderer gelebt, hungrig nach Zuneigung, ohne mehr Zukunft als den morgigen Tag und ohne mehr Besitz als meine Geschichten. Ich hatte ständig meine Vorstellungskraft anstrengen müssen, um all das zu ergänzen, was mir gefehlt hatte. Selbst meine Mutter war ein flüchtiger Schatten, den ich jeden Tag nachzeichnen mußte, um ihn in den Labyrinthen des Gedächtnisses nicht zu verlieren. Ich wiederholte mir jedes Wort der vergangenen Nacht, und langsam und mühevoll begriff ich, daß dieser Mann, den ich fünf Jahre lang wie einen Vater geliebt hatte und nun wie einen Geliebten begehrte, für meine Zukunft unmöglich war. Ich betrachtete meine von der Hausarbeit zerschundenen Hände, fuhr mir über das Gesicht und betastete seine Form, grub die Finger ins Haar und sagte mit einem Seufzer: Schluß! Ich wiederholte es laut: »Schluß, Schluß, Schluß!« Dann zog ich den Zettel mit der Anschrift der Pension für junge Damen aus der Tasche, zerknüllte ihn in der Faust und warf ihn aus dem Fenster.

Ich kam in der Hauptstadt an, stieg mit meinem Koffer aus dem Bus, blickte mich um, und das erste, was ich sah, waren Polizisten. Sie rannten, dicht an die Häuserwände gedrückt oder im Zickzack durch die parkenden Autos kurvend, und aus der Ferne hörte man Schüsse. Auf die Frage des Busfahrers schrien sie, wir sollten hier verschwinden, aus dem Gebäude an der Ecke schieße einer mit einem Gewehr. Die Fahrgäste nahmen ihre Gepäckstücke auf und entfernten sich schleunigst. Ich folgte ihnen verstört, ich wußte nicht, wohin ich gehen sollte, ich erkannte die Stadt nicht wieder.

Als ich aus dem Busbahnhof trat, merkte ich, daß etwas in der Luft lag, daß es um mehr ging als einen einzelnen Gewehrschützen. Die Atmosphäre war spannungsgeladen, die Leute schlossen Türen und Fenster, die Kaufleute ließen die metallenen Rolläden herunter, die Straßen leerten sich. Ich wollte ein Taxi nehmen, um hier so schnell wie möglich wegzukommen, aber keines hielt an, und da offenbar weder Busse noch Straßenbahnen fuhren, hatte ich keine andere Wahl, als zu Fuß zu gehen – in den neuen Schuhen, die allmählich eine Marter für meine Füße wurden. Ich hörte ein knatterndes Dröhnen über mir, und als ich hochblickte, sah ich einen Hubschrauber, der am Himmel flatterte wie eine verirrte Schmeißfliege. Leute liefen an mir vorbei, und ich versuchte von ihnen zu erfahren, was eigentlich vor sich ging, aber keiner wußte etwas Genaues; ein Staatsstreich, hörte ich als einzige Erklärung. Damals kannte ich die Bedeutung dieses Wortes noch nicht, aber mein Instinkt hielt mich in Bewegung, und ich ging eilig weiter, ohne festes Ziel, den Koffer in der Hand, der von Minute zu Minute schwerer wurde. Schließlich kam ich an ein bescheidenes, anständiges Hotel und ging hinein, ich nahm an, daß mein Geld reichen würde, hier eine Zeitlang zu wohnen. Am Tag darauf begann ich, eine Arbeit zu suchen.

Jeden Morgen brach ich voller Hoffnung auf, und jeden Abend kehrte ich erschöpft zurück. Ich las die Zeitungsanzeigen und stellte mich überall vor, wo Personal gesucht wurde, aber nach ein paar Tagen begriff ich, wenn ich nicht bereit war, nackt zu tanzen oder den Gästen einer Bar Entgegenkommen zu zeigen, würde ich nur noch als Dienstmädchen arbeiten können, und davon hatte ich überreichlich gehabt. Manchmal, in Augenblicken der Verzweiflung, war ich drauf und dran, zum Telefonhörer zu greifen und Riad Halabí anzurufen, aber ich beherrschte mich. Der Hotelwirt, der immer in der Pförtnerloge saß und mein Kommen und Gehen beobachtete, erriet schließlich, in welcher Lage ich war, und bot mir Hilfe an. Er machte mir klar, daß ich es ohne Empfehlungsbriefe sehr schwer haben würde, eine Anstellung zu finden, erst recht in diesen Tagen politischer Unruhe, und schickte mich mit einer Visitenkarte zu einer Freundin von ihm. Als ich zu der angegebenen Straße kam, erkannte ich, daß ich mich in unmittelbarer Nähe der Calle República befand, und mein erster Impuls war, auf der Stelle kehrtzumachen, aber dann besann ich mich und dachte, fragen könne ja nicht schaden. Dennoch kam ich nicht dazu, das Haus, das ich suchte, zu finden, denn plötzlich war ich in einen Straßenaufruhr verwickelt. Eine Gruppe junger Leute tauchte auf, rannte an mir vorbei und riß mich mit fort zu dem Platz gegenüber der Kirche des Priesterseminars. Die Studenten schüttelten die Fäuste, riefen Losungen, und ich mittendrin, ohne zu begreifen, was zum Teufel eigentlich gespielt wurde. Ein Junge schrie mit überkippender Stimme, die Regierung habe sich dem Imperialismus verkauft und betrüge das Volk, und zwei andere kletterten an der Kirchenfassade hoch, um eine Fahne aufzuhängen, während die anderen im Chor riefen: »No pasarán! No pasarán!« Da erschien ein Trupp Soldaten und schuf sich mit Schlägen und Schüssen Bahn. Ich machte kehrt und suchte nach einem Ort, wo ich abwarten konnte, daß sich der Tumult auf dem Platz und mein Atem beruhigten. Zum Glück sah ich, daß die Seitentür der Kirche einen Spalt offenstand, und ohne zu zögern schlüpfte ich hindurch. Hier drang der Lärm von draußen nur gedämpft herein, als liefen die Vorgänge dort in einer anderen Zeit ab. Ich setzte mich in die nächste Bank, und mit einem Schlage überwältigte mich die Müdigkeit, die sich in den letzten Tagen in mir angesammelt hatte, ich stellte die Füße auf die Kniestütze und legte den Kopf gegen die Rückenlehne. Nach und nach gab der Frieden dieses Raumes mir die Ruhe zurück, ich fühlte mich wohl in diesem dämmrigen Zufluchtsort, umgeben von Säulen und regungslos stehenden Heiligen, eingehüllt in Stille und Kühle. Ich dachte an Riad Halabí und wünschte mir, bei ihm zu sein wie an all den Abenden der letzten Jahre, wir beide zusammen im Patio zur Stunde des Sonnenuntergangs. Ich erschauerte, als ich an unsere Liebesnacht dachte, aber ich schob die Erinnerung rasch beiseite. Sehr viel später wurde mir bewußt, daß die Geräusche von der Straße verstummt waren und daß nur noch ein schwaches Licht durch die hohen, farbigen Fenster drang. Ich begriff, daß ich schon lange hier gesessen haben mußte, und blickte mich um. Da sah ich in der Bank vor mir eine so schöne Frau sitzen, daß ich sie einen verwirrten Augenblick lang für eine Erscheinung hielt. Plötzlich wandte sie sich um und winkte mir freundschaftlich zu.

»Hat dich der Trubel auch erwischt?« fragte sie flüsternd, kam herum und setzte sich neben mich. »Überall sind Unruhen, die Studenten sollen sich in der Universität verschanzt haben, und ein paar Regimenter sollen meutern, dieses Land ist ein ewiger Wirrwarr, so werden wir die Demokratie nicht lange behalten.«
Ich starrte sie wie gebannt an, den kräftigen Knochenbau, die langen, feinen Hände, die ausdrucksvollen Augen, die klassische Linie der Nase, das Kinn, und mir war, als hätte ich sie schon früher gekannt – oder zumindest vorausgeahnt. Auch sie sah mich an, mit einem zweifelnden Lächeln auf den geschminkten Lippen.
»Ich hab dich schon mal gesehen ...«
»Ich glaube, ich dich auch.«
»Bist du nicht die Kleine, die immer Geschichten erzählte ... Eva Luna?«
»Ja ...«
»Erkennst du mich nicht? Ich bin Melecio!«
»Das kann nicht sein ... Was ist mit dir geschehen?«
»Weißt du, was Reinkarnation ist? Das ist, als würde man wiedergeboren. Sagen wir, ich bin eine Wiedergeborene.«
Ich betastete ihre nackten Arme, ihre elfenbeinernen Armbänder, eine Locke ihres Haars und hatte das Gefühl, eine aus meiner eigenen Phantasie aufgestiegene Gestalt vor mir zu haben. »Melecio, Melecio«, es überkam mich mit der ganzen Gewalt all der guten Erinnerungen, die ich mir seit den Jahren bei der Señora für diesen Menschen bewahrt hatte. Ich sah Tränen, schwarz von Wimperntusche, über das vollkommene Gesicht rinnen, ich zog sie an mich und umarmte sie, zuerst schüchtern, dann mit unbändiger Freude, Melecio, Eva, Melecio ...
»Nenn mich nicht so, jetzt heiße ich Mimí.«
»Das gefällt mir, das paßt zu dir.«
»Wie wir zwei uns verändert haben! Sieh mich nicht so an, ich bin kein Schwuler, ich bin ein Transsexueller.«

»Ein was?«
»Ich wurde irrtümlich als Mann geboren, aber nun bin ich eine Frau.«
»Wie hast du das geschafft?«
»Unter großen Schmerzen. Ich wußte immer, daß ich nicht war wie die andern, aber dann im Gefängnis, da beschloß ich, der Natur ein Schnippchen zu schlagen. Es ist wie ein Wunder, daß wir uns getroffen haben – und ausgerechnet in einer Kirche! Ich bin bestimmt zwanzig Jahre in keiner Kirche mehr gewesen!« sagte Mimí lachend und wischte sich die letzten Tränen fort.
Melecio war während des Aufstands der Huren verhaftet worden, jenes denkwürdigen Volksrummels, den er selbst mit seinem unseligen Schreiben an das Innenministerium entfesselt hatte. Die Polizisten stürmten in das Cabaret, in dem er arbeitete, und ließen ihm gar nicht erst Zeit, sich umzuziehen, sie führten ihn ab, wie er war, in seinem mit falschen Perlen und Brillanten besetzten Bikini, mit seinem Schweif aus rosa gefärbten Straußenfedern, seiner blonden Perücke und den Silbersandalen. Sein Erscheinen im Polizeigefängnis rief einen Sturm von Gelächter und Beleidigungen hervor, sie prügelten ihn furchtbar durch und sperrten ihn vierzig Stunden lang in die Zelle mit den gefährlichsten Verbrechern. Danach übergaben sie ihn einem Psychiater, der an einer Heilung Homosexueller durch Brechmittel experimentierte. Sechs Tage und sechs Nächte unterwarf dieser Spezialist ihn einer Serie von Medikamenten, bis er ihn halb umgebracht hatte, und legte ihm dabei eine endlose Folge von Fotos vor: Athleten, Tänzer, männliche Modelle, in der festen Überzeugung, in seinem Patienten einen bedingten Reflex des Abscheus gegen seine eigenen Geschlechtsgenossen zu bewirken. Am sechsten Tag verlor Melecio, ein gewöhnlich sehr friedlicher Mensch, die Geduld, sprang dem Arzt an den Hals, biß ihn wütend wie eine Hyäne, und hätten

sie ihn nicht weggerissen, würde er ihn erwürgt haben. Sie schlossen daraus, daß er nun Abscheu gegen seinen Psychiater entwickelt habe, stuften ihn folgerichtig als unheilbar ein und schickten ihn nach Santa María, wo die Angeklagten, die auf kein Gerichtsverfahren hoffen durften, und die politischen Gefangenen, die die Verhöre überlebt hatten, auf unabsehbare Zeit festgehalten wurden. Das Gefängnis, das während der Diktatur des Wohltäters erbaut und unter der des Generals mit neuen Gittern und Zellen modernisiert worden war, hatte eine Aufnahmekapazität für dreihundert Häftlinge, aber nun waren hier mehr als eintausendfünfhundert zusammengedrängt. Melecio wurde in einem Militärflugzeug in eine Geisterstadt geschafft, die in den Zeiten des Goldfiebers geblüht hatte und seit dem Erdölsegen vor sich hin starb. Dort verluden sie ihn, gefesselt wie ein Tier, erst auf einen Lastwagen und danach auf einen Kahn, der ihn zu der Hölle brachte, die ihm für den Rest seines Lebens zugedacht war. Auf den ersten Blick erfaßte er die Größe seines Unglücks. Eine etwa anderthalb Meter hohe Mauer und darüber Eisengestänge, dahinter die Gefangenen, das unwandelbare Grün des Urwalds und das gelbe Wasser des Flusses vor Augen. »Freiheit, Freiheit!« schrien sie flehend, als der Kahn mit Teniente Rodríguez anlegte, der die neue Ladung Häftlinge begleitete, um seine dreimonatliche Inspektion durchzuführen. Die schweren Stahltore öffneten sich, und sie wurden hindurchgetrieben bis in den hintersten Bereich, wo eine heulende Menge sie empfing. Melecio wurde sofort in die Baracke der Homosexuellen gebracht, wo die Wachen ihn unter den alteingesessenen Gefangenen zur Versteigerung anboten. Bei alldem hatte er noch Glück, denn sie ließen ihn im »Harem«, mit dem fünfzig Privilegierte über einen unabhängigen Abschnitt verfügten, in dem sie sich organisiert hatten, um zu überleben.

»Damals hatte ich noch nicht vom Maharishi gehört und hatte keinerlei geistige Hilfe«, sagte Mimí, zitternd bei diesen Erinnerungen, und nahm einen Farbdruck aus der Handtasche, der einen bärtigen Mann in einem Prophetengewand und umgeben von astralen Symbolen zeigte. »Das einzige, was mich vor dem Wahnsinn rettete, war der Gedanke, daß die Señora mich retten würde – erinnerst du dich noch an sie? Sie ist eine treue Freundin, sie setzte alles daran, mich loszukaufen, monatelang schmierte sie die Hände der Richter, bot ihre Beziehungen zur Regierung auf, sie sprach sogar mit dem General persönlich, um mich dort herauszuholen.«

Als Melecio nach einem Jahr Santa María verließ, war er kaum noch ein Schatten seiner selbst. Malaria und Hunger hatten ihn zwanzig Kilo gekostet, eine Infektion am Mastdarm zwang ihn, gebeugt zu gehen wie ein alter Mann, und das Erlebnis der Gewalt hatte den Damm seiner Gefühlsregungen zerstört, er weinte und lachte hysterisch ohne Übergang. Er trat in die Freiheit, ohne daran zu glauben, er war überzeugt, dies sei nur ein Trick, um ihn des Fluchtversuchs zu bezichtigen und hinterrücks zu erschießen, aber er war so geschwächt, daß er sich in sein Schicksal ergab. Sie setzten ihn im Kahn über den Fluß und fuhren ihn im Auto in die Geisterstadt. »Raus mit dir, du Schwuchtel!«, sie stießen ihn in den bernsteinfarbenen Staub, wo er auf die Knie fiel und so den Todesschuß erwartete, aber der kam nicht. Er hörte, wie das Auto sich entfernte, hob die Augen und sah die Señora vor sich stehen, die ihn im ersten Augenblick nicht erkannte. Sie erwartete ihn mit einem gemieteten Sportflugzeug und brachte ihn direkt in ein Krankenhaus der Hauptstadt. Das ganze Jahr hindurch hatte sie mit dem Handel von Prostituierten auf dem Seeweg Geld zusammengebracht und stellte nun alles Melecio zur Verfügung.

»Ihr verdanke ich, daß ich noch am Leben bin«, erzählte

Mimí. »Sie mußte das Land verlassen. Wenn ich meine *mamma* nicht hier hätte, würde ich mir einen Paß mit meinem neuen Frauennamen beschaffen und zur Señora fahren und bei ihr leben.«

Die Señora war nicht aus freiem Willen emigriert, sie war vor der Justiz geflohen, von dem Skandal mit den fünfundzwanzig toten Mädchen gezwungen, die in einem Schiff bei Curaçao aufgefunden worden waren. Ich hatte vor ein paar Jahren in Riad Halabís Haus durch das Radio davon gehört und erinnerte mich noch an den Fall, aber ich hatte keine Ahnung gehabt, daß es sich bei der darin verwickelten Señora um jene mit dem prächtigen Hinterteil handelte, zu der Huberto Naranjo mich einst gebracht hatte. Die Leichen waren Mädchen aus Santo Domingo und Trinidad, die auf dem Schiff in einer hermetisch abgeschlossenen Kammer durchgeschmuggelt werden sollten, in der die Luft nur für zwölf Stunden reichte. Durch bürokratische Schlamperei blieben sie zwei Tage in diesem Frachtraum eingesperrt. Der Handel lief im allgemeinen so, daß die Frauen vor der Abfahrt in Dollars bezahlt wurden und ihnen eine gute Arbeit versprochen wurde. Dieser Teil des Geschäfts fiel der Señora zu, und sie erledigte ihn ehrlich und gewissenhaft, aber wenn die Frauen in ihrem Bestimmungshafen ankamen, wurden ihnen ihre Papiere fortgenommen, und sie wurden in Bordelle der niedrigsten Klasse gesteckt, wo sie sich in einem Spinnennetz von Drohungen und Schulden gefangen sahen. Die Señora, angeklagt, den weitverzweigten Handel mit Prostituierten in der Karibik zu leiten, hätte beinahe im Gefängnis geendet, aber wieder halfen ihr mächtige Freunde, und mit falschen Papieren versehen konnte sie gerade noch rechtzeitig verschwinden. Zwei Jahre lebte sie von ihren Zinsen und bemühte sich, unauffällig zu bleiben, aber ihr schöpferischer Geist brauchte ein Ventil, und so zog sie ein Geschäft mit sadomasochistischen Behelfsmitteln auf, mit so gutem Erfolg, daß aus allen vier Himmelsrichtungen Bestellungen bei ihr einliefen: auf ihre Keuschheitsgürtel für Männer, ihre siebenschwänzigen Peitschen, ihre Hundehalsbänder für menschlichen Gebrauch und viele andere Instrumente der Erniedrigung.

»Es ist bald Nacht, wir sollten besser gehen«, sagte Mimí. »Wo wohnst du?«

»Im Augenblick in einem Hotel. Ich bin erst vor ein paar Tagen hier angekommen, ich habe die ganzen Jahre in einem vergessenen Dorf gelebt, in Agua Santa.«

»Komm und wohn bei mir, ich bin allein.«

»Ich glaube, ich muß mir meinen eigenen Weg suchen.«

»Einsamkeit tut keinem gut. Komm mit zu mir, und wenn dieser ganze Trubel vorbei ist, wirst du ja sehen, was dir am meisten zusagt«, schlug Mimí vor und frischte vor einem Taschenspiegel ihr Make-up auf, das unter den Aufregungen dieses Tages etwas gelitten hatte.

Mimís Wohnung lag nahe der Calle República, in Reichweite der roten und gelben Laternen. Die einstigen, gemäßigten Lastern gewidmeten zweihundert Meter hatten sich in ein Plastik- und Neonlabyrinth verwandelt, ein Zentrum voll Hotels, Bars, Cafés und Bordelle aller Klassen. Hier befand sich aber auch das Théâtre de l'Opéra – das beste französische Restaurant der Stadt –, das Seminar und verschiedene Wohnhäuser, denn in der Hauptstadt herrschte nun einmal ein wunderliches Durcheinander wie im ganzen Staat. In ein und demselben Viertel standen hochherrschaftliche Häuser neben elenden Bruchbuden, und jedesmal, wenn die Neureichen versuchten, sich in einem exklusiven neuen Stadtteil niederzulassen, sahen sie sich nach Jahresfrist von den Hütten der ewig neuen Armen eingekreist. Diese städtische Demokratie erstreckte sich auch auf andere Erscheinungen des nationalen Lebens, so konnte man bisweilen einen Minister nur schwer von seinem Fahrer unterscheiden, denn beide schienen von gleicher sozialer Herkunft zu sein, sie trugen ähnliche Anzüge und behandelten einander mit einer Ungezwungenheit, die sich dem ahnungslosen Auge als schlechte Manieren darstellen mochte, im Grunde aber ein solider Sinn für die eigene Würde war.

»Mir gefällt dieses Land«, hatte Riad Halabí einmal gesagt, in der Küche der Lehrerin Inés sitzend. »Reiche und Arme, Schwarze und Weiße, eine einzige Klasse, ein einziges Volk. Jeder fühlt sich als Herr des Bodens, auf den er tritt, es gibt keine Hierarchien, keine Protokolle, niemand ist dem andern durch Geburt oder Vermögen überlegen. Ich komme aus einem ganz anderen Land, in meiner Heimat gibt es viele Klassen und Regeln, der Mensch wird im selben Rang geboren, in dem er auch sterben wird.«

»Lassen Sie sich nicht vom Schein täuschen!« widersprach die Lehrerin. »Dieses Land ist wie eine Torte mit vielen Schichten.«

»Gewiß, aber jeder kann aufsteigen oder fallen, kann Millionär, Präsident oder Bettler werden, je nach seinen Anstrengungen, seinem Glück oder den Plänen Allahs.«

»Wann haben Sie denn einen reichen Indio gesehn? Oder einen Neger, der General oder Bankier gewesen wäre?«

Die Lehrerin hatte recht, aber niemand wollte zugeben, daß die Rasse eine Rolle spielte, denn alle rühmten sich, Mischlinge zu sein. Auch die Einwanderer, die aus allen Teilen der Welt gekommen waren, paßten sich ohne Vorurteile an, und nach zwei, drei Generationen konnten nicht einmal die Chinesen mehr behaupten, reine Asiaten zu sein. Nur die alte Oligarchie, die aus den Zeiten vor der Unabhängigkeit stammte, unterschied sich in Typus und Farbe, aber das erwähnten sie untereinander niemals, es wäre ein unverzeihlicher Mangel an Takt gewesen in einer Gesellschaft, die so offensichtlich stolz auf ihr Mischblut war. Trotz seiner Kolonisationsgeschichte, trotz Caudillos und Tyrannen war es das gelobte Land, das Land der Freiheit, wie Riad Halabí sagte.

»Hier öffnen dir Geld, Schönheit oder Talent alle Türen«, erklärte mir Mimí.

»Das erste und das zweite habe ich nicht, aber ich glaube, mein Spaß am Geschichtenerzählen ist ein Geschenk des Himmels . . .«

Im Grunde war ich freilich gar nicht sicher, daß ich diesen Spaß praktisch verwenden konnte, bisher hatte er mir nur geholfen, dem Leben ein bißchen Farbe zu geben und in eine andere Welt zu entfliehen, wenn die Wirklichkeit mir unerträglich wurde; Geschichtenerzählen schien mir ein von Radio, Fernsehen und Film überholter Beruf, ich glaubte, alles, was über Ätherwellen verbreitet oder auf die Leinwand geworfen wurde, wäre wahr, meine Geschichten dagegen waren fast immer ein Haufen Lügen, von denen ich selbst nicht wußte, wo ich sie hernahm.

»Wenn du das gern möchtest, darfst du nichts anderes arbeiten.«

»Niemand bezahlt dafür, sich Geschichten anzuhören, Mimí, und ich muß mir mein Brot verdienen.«

»Vielleicht findest du jemanden, der dafür bezahlt. Es hat doch keine Eile. Solange du bei mir wohnst, wird dir nichts abgehen.«

»Ich habe nicht vor, dir zur Last zu fallen. Riad Halabí hat gesagt, die Freiheit beginnt mit der wirtschaftlichen Unabhängigkeit.«

»Du wirst schon bald merken, daß die Last ich bin. Ich brauche dich viel mehr als du mich, ich bin eine sehr einsame Frau.«

Ich blieb eine Nacht bei ihr, und auch die folgende und die übernächste, und so mehrere Jahre lang, in denen ich mir die unmögliche Liebe zu Riad Halabí aus dem Herzen riß, endgültig eine Frau wurde und das Steuer meines Lebens zu führen lernte, nicht immer in der elegantesten Form, das sicherlich nicht, aber man muß auch bedenken, daß es mir bestimmt war, über stürmisch bewegte Wasser zu segeln.

Mir war so oft gesagt worden, welch ein Unglück es sei, als Frau geboren zu sein, daß ich nur schwer Melecios Bemühungen verstehen konnte, unbedingt eine sein zu wollen. Ich sah auch nicht den kleinsten Vorteil darin, aber er wünschte es sich nun mal und war bereit, alle möglichen Qualen dafür zu leiden. Unter der Anleitung eines auf solcherart Metamorphosen spezialisierten Arztes stopfte er sich mit Hormonen voll, die ausgereicht hätten, einen Elefanten in einen Zugvogel zu verwandeln, entfernte die Barthaare mit Elektronadeln, legte sich Brüste und Hüften aus Silikon zu und spritzte sich Paraffin, wo er es für nötig hielt. Das Ergebnis ist verblüffend, schwach ausgedrückt. Nackt ist sie eine Amazone mit herrlichem Busen und Babyhaut, aber der Bauch endet in männlichen Attributen, die zwar verkümmert, aber noch sichtbar sind.

»Was ich brauchte, ist eine Operation. Die Señora hat gehört, daß sie in Los Angeles Wunder vollbringen, sie könnten mich da in eine echte Frau verwandeln, aber das Ganze ist noch im Versuchsstadium, und außerdem kostet es ein Vermögen«, sagte Mimí.

Für sie ist nicht der Sex das Interessanteste am Frausein, andere Dinge ziehen sie mehr an, Kleider, Parfums, Stoffe, Schmuck, Schönheitsmittel. Sie genießt das Knistern der Strümpfe, wenn sie die Beine übereinanderschlägt, das kaum wahrnehmbare Rascheln der Unterwäsche, das Streicheln der Haarmähne auf den bloßen Schultern. In jener Zeit sehnte sie sich nach einem Gefährten, den sie hätscheln und bedienen konnte, jemandem, der sie beschützte und ihr eine beständige Liebe gab. Aber sie hatte kein Glück. Sie hing in einem androgynen Limbus fest. Manche näherten sich ihr, weil sie sie für einen Transvestiten hielten, aber diese zwielichtigen Bindungen wollte sie nicht, sie betrachtete sich als Frau und suchte männliche Männer; die aber wagten nicht, sich mit ihr zu zeigen, auch wenn ihre Schönheit sie anzog, weil sie sich nicht als Schwule verspotten lassen wollten. Es gab auch solche, die sie verführten, nur um festzustellen, wie sie nackt aussah und wie sie liebte, es erregte sie, dieses wundervolle Monster zu umarmen. Wenn ein Liebhaber in ihr Leben trat, drehte sich das ganze Haus um ihn, sie verwandelte sich in eine Sklavin und war bereit, ihm in den gewagtesten Absonderlichkeiten gefällig zu sein, nur damit ihr die unabänderliche Tatsache vergeben wurde, daß sie keine vollkommene Frau war. Bei solchen Gelegenheiten, wenn sie sich demütigte und in Unterwürfigkeit schier versank, versuchte ich, sie gegen ihre eigene Torheit zu schützen, und redete ihr zu, sofort diese gefährliche Leidenschaft aufzugeben. »Du bist eifersüchtig, laß mich in Ruhe!« sagte Mimí dann wütend. Fast immer war der Auserwählte vom eher groben Typ des stämmigen Herzensbrechers, der sie ein paar Wochen ausbeutete, das Gleichgewicht des Hauses störte und so viel Unordnung anrichtete, daß ich böse wurde und mehr als einmal drohte auszuziehen. Aber am Ende empörte sich Mimís gesündere Seite, und sie schaffte es, die Oberhand zu gewinnen und den Peiniger hinauszuwerfen. Manchmal ging der Bruch ziemlich gewaltsam vor sich, ein andermal war es der Mann, der, da seine Neugier befriedigt war, ihrer müde wurde und ging, und dann fiel sie krank vor Verzweiflung ins Bett. Für eine Zeitlang – bis sie sich von neuem verliebte – kehrten wir dann zum normalen Leben zurück. Ich überwachte Mimís Hormone, Vitamine und Schlafmittel, und sie kümmerte sich um meine Bildung – Englischkurse, Fahrunterricht, Bücher, sie sammelte auch auf der Straße Klatschgeschichten und brachte sie mir als Geschenk mit. Leiden, Demütigung, Angst und Krankheit hatten sie tief gezeichnet und das Traumbild der Kristallwelt zerschlagen, in der sie so gern gelebt hätte. Sie war kein argloses Geschöpf mehr, auch wenn es zu ihren Verführungskünsten gehörte, die Naive zu spielen. Dennoch, kein Schmerz, keine Gewalt hatten ihr innerstes Wesen zerstören können.

Ich glaube, auch ich hatte nicht viel Glück in der Liebe, obwohl es an Männern um mich herum nicht fehlte. Von Zeit zu Zeit erlag ich einer unbändigen Leidenschaft, die mich bis ins Mark aufrührte. Dann wartete ich nicht ab, bis der Mann den ersten Schritt tat, ich machte selbst den Anfang und versuchte in jeder Umarmung, die mit Riad Halabí geteilte Seligkeit wieder zu beleben, aber das ging nie gut aus. Mehrere Männer flohen, von meiner Dreistigkeit erschreckt, und zogen dann wohl vor ihren Freunden über mich her. Nun, ich fühlte mich frei, und ich war sicher, daß ich nicht schwanger werden konnte.

»Du mußt zum Arzt gehen!« beharrte Mimí.

»Mach dir keine Sorgen, ich bin gesund. Alles wird wieder in Ordnung kommen, wenn ich nicht mehr von Zulema träume.«

Mimí sammelte Porzellandosen, Plüschtiere, Puppen und Sofakissen, die sie selbst bestickte. Ihre Küche glich einem Schaufenster mit Haushaltsgeräten, und sie gebrauchte sie alle, denn sie kochte gern, obwohl sie Vegetarierin war und sich wie ein Kaninchen ernährte. Fleisch betrachtete sie als tödliches Gift – eine der zahllosen Lehren des Maharishi, dessen Bild das Zimmer beherrschte und dessen Weltanschauung ihr Leben lenkte. Er war ein lächelnder Großpapa mit wäßrigen Augen, ein Weiser, der durch die Mathematik göttliche Erleuchtung empfangen hatte. Seine Berechnungen hatten ihm bewiesen, daß das Universum – und um so mehr seine Geschöpfe – von der

Macht der Zahlen regiert wurde, Ausgangspunkt kosmogonischen Wissens von Pythagoras bis in unsere Tage. Er stellte die Wissenschaft der Zahlen in den Dienst der Futurologie. Bei einer bestimmten Gelegenheit wurde er von der Regierung eingeladen, um sie in Staatsangelegenheiten zu beraten, und Mimí stand in der Menge, die ihn am Flughafen begrüßte. Bevor er in der Galalimousine verschwand, gelang es ihr, den Saum seines Gewandes zu berühren.

»Der Mann und die Frau, und in diesem Fall gibt es keinen Unterschied, sind Abbilder des Universums in verkleinertem Maßstab, deshalb wird alles Geschehen auf astraler Ebene begleitet von Manifestationen auf menschlicher Stufe, und jeder Mensch steht in Beziehung zu einem bestimmten planetarischen System, entsprechend der grundlegenden Gruppierung der Gestirne, mit der er von dem Tag an, da er seinen ersten Atemzug tut, verbunden bleibt, hast du das verstanden?« schnurrte Mimí, ohne Luft zu holen, herunter.

»Vollkommen«, versicherte ich, und seither haben wir nie wieder ein Problem gehabt, denn wenn alles andere versagt, verständigen wir uns in der Sprache der Sterne.

Neun

Burgels und Ruperts Töchter wurden zur gleichen Zeit schwanger, litten gemeinsam unter den diesem Zustand eigenen Beschwerden, wurden runder und runder wie zwei Barocknymphen und brachten ihre Erstgeborenen mit wenigen Tagen Unterschied zur Welt. Die Großeltern stießen einen tiefen Seufzer der Erleichterung aus, weil die Kleinen ganz ohne Makel waren, und feierten das Ereignis mit einer gewaltigen Doppeltaufe, für die sie ein Gutteil ihrer Ersparnisse drangaben. Die Mütter konnten die Vaterschaft an ihren Kindern nicht Rolf Carlé zuschreiben, wie sie vielleicht heimlich gewünscht hatten, denn die Neugeborenen dufteten eindeutig nach Bienenwachs, zudem hatten sie über ein Jahr nicht mehr ihre vergnüglichen Spiele mit ihm getrieben, nicht etwa, weil beide Seiten nicht dazu aufgelegt gewesen wären, aber die beiden Ehemänner waren sehr viel mißtrauischer als angenommen und gaben ihnen nicht viel Gelegenheit, sich zu treffen. Bei jedem von Rolfs gelegentlichen Besuchen in der Kolonie wurde er von Onkel und Tante und den beiden jungen Müttern verhätschelt, und die Kerzenfabrikanten überhäuften ihn mit Aufmerksamkeiten, aber sie ließen ihn nicht aus den Augen, wodurch die erotischen Lustbarkeiten aus Gründen höherer Gewalt auf den zweiten Rang rutschten. Dennoch, von Zeit zu Zeit gelang es Cousin und Cousinen, in ein Wäldchen oder ein leeres Zimmer zu entwischen, wo sie eine gute Weile miteinander lachten und die alten Zeiten auffrischten.

Mit den Jahren bekamen die beiden noch mehr Kinder und schickten sich in ihre Rolle als Ehefrauen, aber sie verloren nie die Frische, in die Rolf sich auf den ersten Blick verliebt hatte. Die größere blieb fröhlich und verspielt, verfügte über den Wortschatz eines Korsaren und war fähig, fünf Glas Bier zu trinken und dennoch Haltung zu bewahren. Die kleinere hatte sich ihre feine Koketterie erhalten, die sie so verführerisch machte, auch wenn sie nicht mehr die fruchtige Schönheit ihrer Jugend besaß. Beide dufteten noch immer nach Zimt, Nelke, Vanille und Zitrone, und schon die Erinnerung daran konnte Rolfs Gemüt in Flammen setzen, wie es ihm manchmal selbst in tausend Kilometern Entfernung geschah, wo sie ihn mitten in der Nacht weckte mit dem Gefühl, daß auch sie an ihn dachten.

Burgel und Rupert ihrerseits wurden langsam alt, züchteten nach wie vor Hunde und erschütterten die Verdauung ihrer Gäste mit ihren ungewöhnlichen kulinarischen Rezepten, stritten sich weiterhin um Kleinigkeiten, liebten sich in gemütvoller Heiterkeit und wurden von Tag zu Tag liebenswerter. In den vielen Jahren des Zusammenlebens hatten sich die Unterschiede zwischen ihnen verwischt, und mit der Zeit wurden sie sich an Leib und Seele so ähnlich, daß man sie schließlich für Zwillinge hätte halten können. Um den Enkeln einen Spaß zu bereiten, klebte Burgel sich bisweilen mit Mehlkleister einen Schnauzbart aus Wolle unter die Nase und zog die Sachen ihres Mannes an, und er band sich einen mit Stofflappen gefüllten Büstenhalter um und stieg in einen Rock seiner Frau, und so brachten sie die Kinder in lustige Verwirrung. Die strengen Regeln der Pension milderten sich, und viele heimliche Paare kamen in die Kolonie, um eine Nacht in diesem Haus zu verbringen, denn Burgel und Rupert waren der Ansicht, daß die Liebe gut ist, das Holz zu erhalten, und sie selbst hatten in ihrem Alter nicht mehr die Glut von einst, trotz der riesigen Portionen des aphrodisiakischen Gerichtes, die sie vertilgten. Sie empfingen die Verliebten freundlich, gaben ihnen die besten Zimmer und servierten ihnen ein kräftiges Frühstück, weil sie dankbar waren, daß diese verbotenen Kapriolen

zum guten Zustand des Täfelwerks und der Möbel beitrugen.
Zu dieser Zeit hatte die politische Lage sich stabilisiert, nachdem die Regierung den Umsturzversuch erstickt hatte und es ihr gelungen war, die ständige Neigung einiger Offiziere zum Putsch unter Kontrolle zu bekommen. Das Erdöl schoß nach wie vor aus dem Boden wie eine endlose Quelle des Reichtums, schläferte die Gewissen ein und vertagte alle Probleme auf ein hypothetisches Morgen.
Inzwischen hatte Rolf Carlé sich zu einer wandernden Berühmtheit gemausert. Er drehte mehrere Dokumentarfilme, die seinen Namen über die Grenzen hinaus bekannt machten. Er hatte alle Kontinente bereist und beherrschte vier Sprachen. Señor Aravena, nach dem Sturz der Diktatur zum Leiter des nationalen Fernsehens aufgerückt, schickte ihn auf der Suche nach Neuigkeiten an die Orte des Geschehens, denn er befürwortete kühne, dynamische Programme. Er betrachtete ihn als den besten Kameramann seines Teams, und insgeheim stimmte Rolf da völlig mit ihm überein. »Die Kabel der Presseagenturen verdrehen die Wahrheit, Junge, es ist schon besser, sich die Vorgänge mit eigenen Augen anzusehen«, sagte Aravena. Und so filmte Rolf Katastrophen, Kriege, Entführungen, Gerichtsverhandlungen, Königsgeburtstage, Ministertreffen und andere Ereignisse, die ihn fern von der Heimat hielten. Manchmal, wenn er bis zu den Knien in einem vietnamesischen Sumpfloch steckte oder tagelang, halb besinnungslos vor Durst, in einem Schützengraben in der Wüste wartete, die Kamera auf der Schulter und den Tod im Rücken, rief er sich die Kolonie ins Gedächtnis, und die gab ihm das Lächeln zurück. Für ihn war dieses auf einer fernen Anhöhe in Amerika hockende Märchendorf ein sicherer Zufluchtsort, wo sein Geist immer zur Ruhe kommen konnte. Hierher kehrte er zurück, wenn die

Greuel dieser Welt ihn niederdrückten, warf sich unter einen Baum und blickte in den Himmel, kugelte sich mit seinen Neffen und Nichten und den Hunden auf dem Boden, setzte sich abends in die Küche und sah zu, wie seine Tante in den Töpfen rührte und sein Onkel das Gangwerk einer Uhr richtete. Hier ließ er seiner Eitelkeit die Zügel schießen und verblüffte die Familie mit seinen Abenteuern. Nur bei ihnen konnte er sich mit unschuldigen Angebereien herauswagen, weil er im Grunde wußte, daß ihm von vornherein alles verziehen wurde.

Die Natur seiner Arbeit hatte ihn gehindert, sich ein Heim zu schaffen, wie Tante Burgel es immer beharrlicher verlangte. Er verliebte sich nicht mehr so leicht wie mit zwanzig Jahren und begann sich schon mit dem Gedanken an das Alleinbleiben abzufinden, denn er war überzeugt, daß es sehr schwierig sein würde, die ideale Frau zu finden, wenn er sich auch niemals fragte, ob denn er die von ihr gestellten Forderungen erfüllen könnte in dem unwahrscheinlichen Fall, daß dieses vollkommene Wesen seinen Weg kreuzen sollte. Er hatte ein paar Beziehungen gehabt, die gescheitert waren, hatte einige treue Freundinnen in verschiedenen Städten, die ihn mit großer Zärtlichkeit aufnahmen, wenn er zufällig vorbeikam, und machte hinreichend Eroberungen, um seine Selbstachtung zu pflegen, aber er geriet über flüchtige Verhältnisse nicht mehr in Begeisterung und begann schon vom ersten Kuß an sich zu verabschieden. Er war jetzt ein kräftiger Mann geworden, braungebrannt und sommersprossig, mit straffer Haut und festen Muskeln und mit aufmerksamen Augen in einem Kranz feiner Fältchen. Seine Erfahrungen, die er bei so vielen Gewalttaten in der vordersten Linie gesammelt hatte, hatten ihn nicht verhärtet, er war heute wie damals verwundbar für die Gemütsbewegungen der Jugend, konnte noch immer der sanften Schmeichelei erliegen, und von Zeit zu Zeit verfolgten ihn auch die alten Albträume wieder, freilich vermischt mit glücklichen Träumen von rosigen Schenkeln oder drolligen jungen Hunden. Er war hartnäckig, ruhelos, unermüdlich. Er lächelte oft, und dieses Lächeln war so aufrichtig, daß er überall Freunde gewann. Wenn er hinter der Kamera stand, vergaß er sich selbst und war nur darauf bedacht, das Bild einzufangen, auch um den Preis der Gefahr.

Eines Septembernachmittags traf ich Huberto Naranjo an einer Straßenecke. Er strich hier herum und beobachtete eine Fabrik für Uniformen und Militärzubehör. Er war in die Hauptstadt heruntergekommen, um Waffen und Stiefel zu besorgen – was kann ein Mann in den Bergen ohne Stiefel ausrichten? – und gleichzeitig seine Führer von der Notwendigkeit zu überzeugen, die Strategie zu ändern, denn seine Trupps waren in den Kämpfen mit den Soldaten stark gelichtet worden. Er hatte sich den Bart geschoren und das Haar kurz geschnitten, trug einen städtischen Anzug und in der Hand eine unauffällige Aktentasche. So glich er in nichts dem Foto auf den Fahndungsplakaten, diesem bärtigen Mann mit schwarzer Baskenmütze, der von den Mauern herausfordernd auf die Passanten blickte und auf dessen Ergreifung eine Belohnung ausgesetzt war. Die schlichte Vernunft gebot, daß er selbst an seiner Mutter hätte vorübergehen müssen, als sähe er sie nicht, falls sie ihm in den Weg käme, aber ich tauchte überraschend vor ihm auf, als er wahrscheinlich gerade nicht an seine Deckung dachte. Er sagte, er habe mich die Straße überqueren sehen und mich sofort an den Augen erkannt, obwohl sonst nicht viel von dem Kind übriggeblieben war, das er vor Jahren bei der Señora zurückließ, damit es von ihr versorgt werde, als wäre es seine Schwester. Er streckte die Hand aus und packte meinen Arm. Ich fuhr erschrocken herum, und er flüsterte meinen Namen. Ich versuchte mich zu erinnern, wo ich ihn schon gesehen hatte, aber dieser Mann, der trotz der in Unwettern gegerbten Haut wie ein Angestellter wirkte, ähnelte ganz und gar nicht dem Jungen mit der pomadisierten Tolle und den hochhackigen, silbervernieteten Stiefeln, der der Held meiner Kindheit und Hauptdarsteller meiner ersten verliebten Träume gewesen war. Da beging er den zweiten Fehler.

»Ich bin Huberto Naranjo.«

Ich reichte ihm die Hand, weil mir keine andere Begrüßung einfiel, und wir wurden beide rot. Wir standen da an der Ecke und blickten uns staunend an. Sieben Jahre waren vergangen, so viel war zu erzählen, aber wir wußten nicht, wo wir anfangen sollten. Ich fühlte eine heiße Schwäche in den Knien, und mein Herz war nahe daran zu zerspringen, mit einem Schlage kehrte die in der langen Zeit vergessene Leidenschaft zurück, ich glaubte, ich hätte ihn ununterbrochen geliebt, und verliebte mich binnen dreißig Sekunden aufs neue. Huberto Naranjo hatte lange ohne Frau gelebt. Später erzählte er mir, daß dieses Entbehren von Zärtlichkeit und Sex in den Bergen für ihn am schwersten zu ertragen war. Jedesmal, wenn er in die Stadt kam, lief er in das erste Bordell und versank einige, immer allzu kurze Augenblicke in dem demütigenden Brackwasser einer hastigen, wütenden und letztlich traurigen Sinnenlust, die kaum den aufgestauten Hunger befriedigte und ihn nicht glücklich machte. Wenn er sich den Luxus leisten konnte, an sich selbst zu denken, überwältigte ihn die Sehnsucht, ein Mädchen im Arm zu halten, das allein sein Mädchen war, und es müßte auf ihn warten, nach ihm verlangen und ihm treu sein. Und sich über alle Regeln hinwegsetzend, die er seinen Kämpfern auferlegte, lud er mich zu einem Kaffee ein.

An dem Tag kam ich sehr spät nach Hause, ich schwebte, ich war in Trance.

»Was ist dir denn passiert? Deine Augen leuchten ja wie noch nie!« rief Mimí aus, die mich so gut kannte wie sich selbst und schon aus der Entfernung erriet, ob ich froh oder bedrückt war.
»Ich bin verliebt!«
»Schon wieder?«
»Diesmal ist es ernst. Ich habe jahrelang auf diesen Mann gewartet.«
»Ich sehe schon, zwei Zwillingsseelen haben sich getroffen. Wer ist es denn?«
»Das kann ich dir nicht sagen, es ist ein Geheimnis.«
»Wieso kannst du es mir nicht sagen?« Sie packte mich aufgebracht bei den Schultern. »Du hast ihn gerade kennengelernt, und schon stellt er sich zwischen uns?«
»Na gut, werd nur nicht gleich wütend. Es ist Huberto Naranjo, aber du darfst seinen Namen nie erwähnen!«
»Naranjo? Der aus der Calle República? Und warum muß das solch ein Geheimnis sein?«
»Das weiß ich nicht. Er hat mir nur gesagt, selbst die kleinste Bemerkung kann ihn das Leben kosten.«
»Ich hab doch immer gewußt, daß dieser Kerl böse enden wird! Huberto Naranjo habe ich schon gekannt, als er noch ein kleiner Junge war, ich habe seine Handlinien gelesen und sein Schicksal in den Karten gesehen, der ist nichts für dich. Glaub mir, der ist zum Banditen oder zum Großkapitalisten geboren, wahrscheinlich ist er in eine Schmuggelsache verwickelt, in Handel mit Marihuana oder ein anderes schmutziges Geschäft!«
»Ich erlaube nicht, daß du so von ihm sprichst!«
Damals wohnten wir in einem Haus nahe dem Country Club, in der vornehmsten Gegend der Stadt, wo wir eine kleine Wohnung gefunden hatten, der unser Budget gewachsen war. Mimí war berühmter geworden, als sie sich je hatte träumen lassen, und so schön, daß sie nicht aus dem üblichen Stoff gemacht zu sein schien. Dieselbe Wil-

lenskraft, mit der sie ihr Geschlecht geändert hatte, half ihr nun, sich mehr und mehr zu verfeinern und Schauspielerin zu werden. Sie gewöhnte sich alle Extravaganzen ab, die als vulgär hätten gelten können, begann bereits die Mode zu diktieren mit ihren Markenkleidern und dem raffinierten Licht-und-Schatten-Make-up, polierte ihre Sprache auf, wobei sie allerdings einige Grobheiten für Notfälle in Reserve behielt, studierte zwei Jahre Schauspielkunst in einem Theaterstudio und gutes Benehmen in einem Institut, das auf die Ausbildung von Schönheitsköniginnen spezialisiert war und wo sie lernte, mit gekreuzten Beinen in ein Auto zu steigen, in Artischockenblätter zu beißen, ohne den Schwung ihres Lippenstiftes zu beeinträchtigen, und die Treppe hinabzuschreiten, als zöge sie lässig eine unsichtbare Hermelinstola hinter sich her. Sie verhehlte ihren Geschlechtswandel nicht, aber sie redete auch nicht darüber. Die Sensationspresse stürzte sich auf diese Aura des Geheimnisvollen, schlachtete aus, was auszuschlachten war, und schürte den Skandal und den Klatsch. Mimís gesellschaftliche Stellung nahm eine dramatische Wende. Auf der Straße drehten sich die Leute um und sahen ihr nach, Schulmädchen bestürmten sie um ein Autogramm, sie bekam Verträge für Fernsehserien und Theateraufführungen, wo sie ein komödiantisches Talent bewies, wie man es hierzulande seit 1917 nicht mehr gesehen hatte, als der Wohltäter aus Paris Sarah Bernhardt einlud, die zwar schon alt, aber immer noch hinreißend war. Mimís Erscheinen auf der Bühne sicherte ein volles Haus, denn die Leute kamen sogar aus der Provinz angereist, um dieses sagenhafte Geschöpf zu sehen, von dem man erzählte, es hätte weibliche Brüste und ein männliches Glied. Sie wurde zu Modenschauen und Wohltätigkeitsfesten eingeladen und saß in der Jury bei Schönheitswettbewerben. Ihr triumphaler Eintritt in die gute Gesellschaft fand anläßlich des Karnevalsballes statt, als die ältesten Familien ihr den Ritterschlag gaben und sie in den Salons des Country Clubs empfingen. An diesem Abend verblüffte sie die anwesenden Gäste, indem sie sich als Mann gekleidet präsentierte, und zwar in der prunkvollen Maske des Königs von Thailand, mit unechten Smaragden bedeckt, während ich an ihrem Arm als seine Königin herausgeputzt war. Einige erinnerten sich, ihr vor Jahren in einem schäbigen Transvestitencabaret applaudiert zu haben, aber weit davon entfernt, ihrem Ansehen zu schaden, erhöhte dies nur noch die Neugier. Mimí wußte, daß sie nie als Mitglied dieser Oligarchie anerkannt werden würde, die sie im Augenblick feierte, sie war nur ein exotischer Hofnarr, ein Dekorationsstück für ihre Feste, aber es faszinierte sie, zu diesem Milieu zugelassen zu sein, und um sich zu rechtfertigen, behauptete sie, es sei nützlich für ihre Schauspielerkarriere. »Das Wichtigste dabei sind gute Beziehungen«, sagte sie, wenn ich sie dieser Gelüste wegen hänselte.

Mimís Erfolg sicherte uns materiellen Wohlstand. Nun wohnten wir gegenüber einem Park, in dem die Kindermädchen die Sprößlinge ihrer Herrschaft spazierenführten und die Chauffeure die feinen Hunde an die Bäume pinkeln ließen. Bevor wir umgezogen waren, hatte Mimí den Nachbarinnen in der Calle República ihre Sammlung von Plüschtieren und bestickten Sofakissen geschenkt und die Figuren aus kaltem Porzellan, die sie mit eigenen Händen fabriziert hatte, in Kisten verpackt. Ich hatte nämlich den dummen Einfall gehabt, ihr dieses Handwerk beizubringen, und lange Zeit verwandte sie ihre freien Stunden darauf, den Teig zu mischen und alle möglichen Scheußlichkeiten zu formen. Sie gab einem Innenarchitekten den Auftrag, ihre neue Wohnung einzurichten, und der Mensch erlitt beinahe einen Zusammenbruch, als er ihre Schöpfungen aus Universalmaterie sah. Er flehte sie an, sie möchte sie irgendwo aufbewahren, wo sie seine künstlerischen Kompositionen nicht verdarben, und sie versprach es ihm, denn er war ein sehr angenehmer Mann, schon reiferen Alters, mit grauem Haar und schwarzen Augen. Zwischen ihnen wuchs eine so aufrichtige Freundschaft, daß Mimí überzeugt war, endlich habe sich das vom Tierkreis vorbestimmte Paar gefunden. »Die Astrologie irrt sich nicht, Eva, in meinem Horoskop steht, daß ich in der zweiten Hälfte meines Schicksalsweges der großen Liebe begegnen werde . . .«

Der Innenarchitekt besuchte uns lange Zeit häufig und beeinflußte nachhaltig unseren Lebensstil. Durch ihn kamen wir Feinheiten auf die Spur, die wir bisher nicht gekannt hatten, wir lernten Weine auswählen – früher hatten wir geglaubt, roten tränke man abends und weißen am Tage –, lernten die Kunst schätzen und Anteil an dem nehmen, was in der Welt geschah. Die Sonntage widmeten wir Besuchen in Gemäldegalerien, Museen, Theatern und Kinos. Mit ihm war ich zum erstenmal in einem Konzert, und das Erlebnis war so gewaltig, daß ich drei Nächte nicht schlief, weil die Musik in mir weitertönte, und als ich endlich schlafen konnte, träumte ich, ich wäre ein Streichinstrument, aus hellem Holz, mit Perlmutt eingelegt und mit Wirbeln aus Elfenbein. Lange Zeit ließ ich mir keine Orchesteraufführung entgehen, ich setzte mich in eine Loge im zweiten Rang, und wenn der Dirigent seinen Stab hob und der Saal sich mit Klängen füllte, stürzten mir die Tränen herunter, ich konnte soviel Glück nicht ertragen.

Der Innenarchitekt richtete das Haus ganz in Weiß ein, mit modernen Möbeln und ein paar antiken Einzelstücken, und es wurde so ganz anders als alles, was wir bisher gesehen hatten, daß wir wochenlang verloren durch die Zimmer wanderten und Angst hatten, einen Gegenstand zu bewegen und hinterher nicht zu wissen, wo genau er gestanden hatte, oder uns in einen orientalischen Sessel zu setzen und die duftigen Federn zu zerdrücken. Jedoch, wie er uns von Anfang an versichert hatte, guter Geschmack macht süchtig, man gewöhnt sich dran, und schließlich machten wir uns über Geschmacklosigkeiten aus der Vergangenheit lustig. Und dieser hinreißende Mann teilte uns eines Tages mit, daß er nach New York gehe, wo er mit einer Zeitschrift einen Vertrag geschlossen habe, packte seine Koffer, nahm aufrichtig betrübt von uns Abschied und ließ Mimí in tiefer Verzweiflung zurück.

»Beruhige dich, Mimí! Wenn er gegangen ist, bedeutet das doch nur, daß er nicht der Mann deines Schicksals war. Der richtige wird bald auftauchen«, sagte ich zu ihr, und die unwiderlegliche Logik dieser Schlußfolgerung gab ihr ein wenig Trost.

Mit der Zeit büßte die Inneneinrichtung hier und da etwas von ihrer vollendeten Harmonie ein, aber die Atmosphäre des Hauses wurde dadurch nur freundlicher. Zuerst kam das Seebild. Ich hatte Mimí erzählt, was das Gemälde im Speisezimmer meiner ersten Patrona für mich bedeutet hatte, und sie schloß daraus, daß meine Verzauberung einen genetischen Ursprung haben müsse, bestimmt stamme ich von einem Seefahrer ab, der mir die unbezwingbare Sehnsucht nach dem Meer ins Blut gesenkt habe. Da dies genau zu der Legende von dem holländischen Großvater paßte, stöberten wir beide in Antiquitätenläden und auf Auktionen herum, bis wir auf ein Ölgemälde mit Felsen, Wogen, Möwen und Wolken stießen, das wir kauften, ohne zu zögern, und an einen Ehrenplatz in der Wohnung hängten, womit wir unbekümmert die Wirkung der japanischen Stiche zerstörten, die unser Freund mit soviel Sorgfalt ausgewählt hatte. Dann erwarb ich mir nach und nach eine ganze Familie, um sie an die Wand zu hängen, alte, von der Zeit vergilbte Daguerreotypien: einen mit Orden übersäten Botschafter, einen Forschungsreisenden mit riesigem Schnurrbart und einer doppelläufigen Flinte, einen Großvater in Holzschuhen und mit Tonpfeife, der hochmütig in die Zukunft blickte. Als ich meine angestammte Verwandtschaft beisammen hatte, suchten wir sorgfältig nach dem Bild Consuelos. Ich verwarf alle, die mir vor die Augen kamen, aber nach langer Pilgerfahrt fanden wir endlich eine liebliche, lächelnde junge Frau in einem Spitzenkleid, von einem Sonnenschirm behütet, die in einem Garten mit Kletterrosen stand. Sie war schön genug, meine Mutter darzustellen. Ich hatte meine Mutter nur in Schürze und Hanfschuhen gekannt, wie sie niedere Hausarbeiten verrichtete, aber ich hatte schon als Kind immer gewußt, daß sie insgeheim so war wie die wunderschöne Dame mit dem Sonnenschirm, denn in die hatte sie sich verwandelt, wenn wir im Dienstmädchenzimmer allein waren, und so wollte ich sie im Gedächtnis bewahren.

In diesen Jahren versuchte ich, die verlorene Zeit zurückzugewinnen. Ich lernte auf einer Abendakademie, um ein Diplom zu erhalten, das mir später zwar zu nichts nutze war, aber damals hielt ich es für unentbehrlich. Tagsüber arbeitete ich als Sekretärin in der Uniformfabrik, und nachts füllte ich meine Hefte mit Geschichten. Mimí hatte mich angefleht, ich solle doch diesen elenden Job fahrenlassen und nur noch schreiben. Seit sie vor einer Buchhandlung eine Menschenschlange hatte stehen sehen, die geduldig auf einen schnurrbärtigen kolumbianischen Autor auf seiner triumphalen Rundreise wartete, damit er für sie seine Bücher signiere, überschüttete sie mich mit Heften, Bleistiften und Wörterbüchern. »Das ist ein guter Beruf, Eva, du müßtest nicht so früh aufstehen, und niemand würde dich herumkommandieren . . .« Sie träumte davon, daß ich mich ganz der Literatur widmete, aber ich mußte mir mein Brot verdienen, und in dieser Hinsicht ist das Schreiben ein sehr schlüpfriger Boden.

Schon bald nachdem ich mich in der Hauptstadt eingerichtet hatte, nahm ich die Spur meiner Patin auf; als ich das letzte Mal von ihr gehört hatte, war sie krank gewesen. Sie wohnte umsonst in einem Zimmer in der Altstadt bei einigen guten Seelen, die sie aus Mitleid aufgenommen hatten. Ihre Habe war nicht umfangreich, abgesehen von dem einbalsamierten Puma – der wunderbarerweise heil geblieben war in all den Jahren und all den Widrigkeiten der Armut – und ihren Heiligen, »denn man muß seinen Hausaltar haben, so gibt man bloß Geld für Kerzen und nicht für Priester aus«, wie sie sagte. Sie hatte ein paar Zähne verloren, auch den goldenen, den sie in der Not verkauft hatte, und von dem üppigen Fleisch war ihr nur noch die Erinnerung geblieben, aber ihren Hang zur Sauberkeit hatte sie sich erhalten und badete jeden Abend in einem Bottich. Ihr Verstand arbeitete so mangelhaft, daß ich die Unmöglichkeit begriff, sie aus ihrem eigenen Labyrinth herauszuholen, in das sie sich verirrt hatte, und ich beschränkte mich darauf, sie oft zu besuchen, ihr Vitamine zu geben, ihr Zimmer sauberzumachen und ihr Näschereien und das geliebte Rosenwasser zu schenken, damit sie sich wie früher parfümieren konnte. Ich wollte sie in einem Sanatorium unterbringen, die Ärzte sagten, sie sei nicht schwer krank, und sie hätten sich um Vordringlicheres zu kümmern, die Medizin behandele Fälle wie den ihren nicht.

Eines Morgens rief die Familie, die ihr Obdach gab, mich beunruhigt an: Die Patin habe einen Anfall von Schwermut, sie habe schon zwölf Tage unaufhörlich geweint.

»Komm, wir fahren hin, ich begleite dich«, sagte Mimí.

Wir kamen genau in dem Augenblick an, als ihr Widerstand gegen den Gram erschöpft war und sie sich mit einem Messer den Hals aufschnitt. Wir hörten auf der

Straße den Schrei, der die ganze Nachbarschaft herbeirief, wir stürzten ins Haus und fanden sie in einer Blutlache, die wie ein See zwischen den Pfoten des einbalsamierten Pumas immer größer wurde. Der Schnitt ging von einem Ohr zum andern, aber sie lebte und starrte uns gelähmt vor Entsetzen an. Sie hatte sich die Kiefermuskeln durchtrennt, davon waren die Wangen zusammengeschrumpft, und nun zeigte sie uns ein gräßliches zahnloses Grinsen. Mir wurden die Knie weich, ich mußte mich gegen die Wand lehnen, aber Mimí kniete sich neben sie und preßte die Wundränder mit ihren langen Mandarinfingernägeln zusammen und hemmte so den Blutstrom, mit dem das Leben entfloh, bis ein Rettungswagen kam. Während ich zitternd danebensaß, hielt sie auf der ganzen Fahrt zum Krankenhaus die Nägel um die Wunde geklammert. Mimí ist eine erstaunliche Frau. Die Ärzte schoben die Patin sofort in den Operationssaal und flickten den Hals wieder zusammen – ihre Rettung war ein Wunder.
Als ich in dem Zimmer, in dem sie gewohnt hatte, ihre Siebensachen einsammelte, fand ich in einem Beutel den Zopf meiner Mutter, rot und schimmernd wie die Haut einer Surucucú. Hier hatte er die ganzen Jahre vergessen gesteckt und war so dem Perückenmacher entgangen. Ich nahm ihn und den Puma an mich.
Der Selbstmordversuch hatte immerhin den Nutzen gehabt, daß die Ärzte sich um die Kranke kümmerten, und kaum war sie aus der Notaufnahme entlassen, wurde sie schon ins Irrenhaus überwiesen. Nach einem Monat durften wir sie besuchen.
»Das ist ja schlimmer als Santa María!« erklärte Mimí empört. »Hier müssen wir sie rausholen!«
Mitten im Hof an einen Zementpfeiler gebunden, saß die Patin neben anderen wahnsinnigen Frauen, aber sie weinte nicht mehr, sie hockte stumm und unbeweglich mit ihrer Narbe um den Hals. Sie bat, wir sollten ihr ihre

Heiligen wiedergeben, ohne sie fühle sie sich verloren, die Teufel peinigten sie und wollten ihr ihren Sohn entreißen, das Monster mit zwei Köpfen. Mimí versuchte, sie mit positiver Kraft zu heilen, wie es das Handbuch des Maharishi empfahl, aber die Kranke war für esoterische Therapien undurchlässig. Dies war die Zeit, wo sich ihr besessener Drang entwickelte, den Papst sehen zu wollen, damit sie ihn um Absolution für ihre Sünden bitten konnte, und um sie zu beruhigen, versprach ich ihr, mit ihr nach Rom zu fahren. Ich ahnte ja nicht, daß wir eines Tages den Obersten Hirten in leiblicher Gegenwart erleben würden, wie er den Tropen den Segen erteilte.

Wir holten sie aus dem Irrenhaus, badeten sie, kämmten ihr die paar Strähnen, die sie noch auf dem Kopf hatte, zogen ihr neue Kleider an und brachten sie mit all ihren Heiligen in eine Privatklinik, die inmitten von Palmen, Süßwasserkaskaden und großen Käfigen mit Papageien an der Küste lag. Es war ein Ort für reiche Leute, aber sie wurde trotz ihres Äußeren angenommen, denn Mimí war mit dem Chefarzt, einem argentinischen Psychiater, befreundet. Hier wohnte die Patin in einem rosafarbenen Zimmer mit Blick auf das Meer und bei gepflegter Musik, eine ziemlich teure Angelegenheit, aber es war der Mühe wert, denn zum erstenmal, seit ich mich erinnern konnte, war sie zufrieden. Mimí bezahlte die erste Monatsrechnung, aber diese Pflicht geht mich an. So begann ich in der Fabrik zu arbeiten.

»Das ist nichts für dich. Du mußt Schriftsteller studieren!« verlangte Mimí.

»Das kann man nirgends studieren.«

Huberto Naranjo war sehr überraschend in meinem Leben erschienen, und ebenso verschwand er Stunden später wieder, ohne Erklärung, und ließ mir nur einen Hauch von Urwald, Staub und Schlamm zurück. Ich begann auf

die Hoffnung hin zu leben, und während der langen geduldigen Wartezeit sah ich viele Male den Nachmittag unserer ersten Umarmung wieder vor mir, als wir fast schweigend unseren Kaffee getrunken hatten, uns plötzlich mit leidenschaftlicher Entschlossenheit ansahen, Hand in Hand in ein Hotel gingen, gemeinsam auf das Bett fielen und er mir gestand, daß er mich nie als Schwester geliebt hatte und daß er in all diesen Jahren nie aufgehört hatte, an mich zu denken.
»Küß mich, ich darf niemanden lieben, aber ich kann dich auch nicht lassen, komm, küß mich«, flüsterte er, mich umarmend, und danach lag er zitternd und in Schweiß gebadet, mit steinernem Gesicht.
»Wo lebst du? Wie kann ich von dir hören?«
»Such mich nicht, ich komme wieder, sobald ich kann.« Und wieder preßte er mich an sich und liebte mich wie ein Rasender, hastig und ungeschickt.
Eine Zeitlang blieb ich ohne Nachricht von ihm, und Mimí behauptete, das komme dabei heraus, wenn man gleich beim ersten Mal nachgab, man mußte sich doch wohl eine Weile bitten lassen. »Wie oft habe ich dir das schon gesagt? Die Männer tun alles mögliche, um mit einem ins Bett zu gehen, und wenn sie es dann geschafft haben, verachten sie uns, jetzt hält er dich für leichtfertig, da kannst du lange sitzen und warten, der kommt nicht wieder!« Aber Huberto Naranjo tauchte wieder auf, fing mich auf der Straße ab, und wir gingen wieder ins Hotel und liebten uns. Von nun an fühlte ich, daß er immer wiederkehren würde, auch wenn er oft genug andeutete, dieses sei das letzte Mal. Er war in einen Dunst von Heimlichkeit gehüllt in mein Leben getreten, etwas Heldisches und Schreckliches haftete ihm an. Er brachte meine Phantasie zum Schwingen, und ich glaube, deshalb fügte ich mich darein, ihn unter so ungewissen Bedingungen zu lieben.

»Du weißt nichts von ihm. Bestimmt ist er verheiratet und hat ein halbes Dutzend Bälger zu Hause!« murrte Mimí.
»Dir haben die Unterhaltungsklamotten das Gehirn verbogen. Nicht jeder ist wie der Schuft in diesem Fernsehmist.«
»Ich weiß, wovon ich rede. Ich wurde als Mann aufgezogen, bin in eine Jungenschule gegangen, habe mit Jungen gespielt und mich bemüht, auf dem Sportplatz und später in der Kneipe mitzuhalten. In dem Thema kenne ich mich besser aus als du. Ich weiß nicht, wie es anderswo auf der Welt ist, aber hier darfst du keinem trauen.«
Hubertos Besuche folgten keinem vorhersehbaren Muster, er konnte zwei, drei Wochen oder auch mehrere Monate fortbleiben. Er rief mich nicht an, schrieb mir nicht, schickte mir keine Botschaften, und plötzlich, wenn ich es am wenigsten vermutete, sprach er mich auf der Straße an, als kennte er alle meine Schritte und hielte sich im Dunkeln verborgen. Jedesmal schien er ein anderer, manchmal hatte er einen Schnurrbart, dann wieder einen Vollbart oder er hatte sich das Haar anders gekämmt, und ich begann zu glauben, er maskierte sich. Das ängstigte mich, aber es zog mich auch an, mir war, als liebte ich mehrere Männer gleichzeitig. Ich träumte von einem Ort für uns beide, ich wollte für ihn kochen, seine Wäsche waschen, jede Nacht mit ihm schlafen, auf der Straße einfach so spazierengehen, Hand in Hand wie Eheleute. Ich wußte, daß er hungrig nach Liebe war, nach Zärtlichkeit, nach Gerechtigkeit, nach Freude, nach allem. Er preßte mich aus, als müßte er einen jahrhundertealten Durst stillen, er flüsterte meinen Namen, und plötzlich füllten sich seine Augen mit Tränen. Wir sprachen von der Vergangenheit, von unseren Begegnungen als Kinder, aber niemals rührten wir an die Gegenwart oder die Zukunft. Manchmal konnten wir nur eine Stunde zusammensein, er benahm sich wie ein Flüchtling, umarmte

mich rasch und verzagt und stürzte wieder fort. Wenn er nicht so in Eile war, erforschte ich andächtig seinen Körper, zählte seine Narben, seine Male, stellte fest, daß er abgemagert war, daß seine Hände schwieliger geworden waren und seine Haut rauher. »Was hast du hier? Das sieht aus wie eine eitrige Wunde.« – »Das ist nichts, komm!« Nach jedem Abschied blieb mir ein bitterer Geschmack im Munde zurück, eine Mischung von Leidenschaft, Erbitterung und etwas, was dem Mitleid nahekam. Um ihn nicht zu verstören, täuschte ich bisweilen eine Befriedigung vor, die ich keineswegs empfand. Es war mir so wichtig, ihn zu halten und von ihm geliebt zu werden, daß ich mich entschied, doch besser Mimís Rat zu folgen und keinen der Tricks aus den didaktischen Büchern der Señora zu versuchen, und ich lehrte ihn auch nicht die klugen Liebkosungen Riad Halabís, sagte ihm nichts von meinen Wünschen und zeigte ihm auch nicht die Saiten, die Riad Halabí zum Klingen gebracht hatte, denn ich ahnte, daß er mich dann mit Fragen gequält hätte – wann, mit wem, wo hast du das gemacht? Bei all seinen früheren Prahlereien, ein großer Frauenheld zu sein, oder vielleicht, weil er es wirklich war, war er jetzt zu mir ganz sanft und sagte: »Dich achte ich, du bist nicht wie die anderen.« – »Welche anderen?« fragte ich prompt, aber er lächelte nur spöttisch und fern. Ich war klug genug, weder von meiner jugendlichen Leidenschaft für Kamal zu erzählen noch von meiner hoffnungslosen Liebe zu Riad oder von den flüchtigen Begegnungen mit anderen Männern. Als er mich nach meiner Jungfräulichkeit fragte, antwortete ich: »Was geht dich meine Jungfräulichkeit an, du kannst mir ja deine auch nicht bieten!«, aber seine Reaktion war so heftig, daß ich doch vorzog, ihm meine wundervolle Nacht mit Riad Halabí zu verschweigen, und statt dessen behauptete, mich hätten die Polizisten in Agua Santa vergewaltigt, als sie mich wegen Zule-

mas Tod verhaftet hatten. Wir hatten einen ziemlich albernen Streit, aber am Ende entschuldigte er sich: »Ich bin ein Scheusal, verzeih mir, Eva, du hast keine Schuld, aber diese Schweine werden es mir bezahlen, das schwöre ich dir, sie werden es bezahlen!«
»Wenn wir erst die Möglichkeit haben, in Ruhe miteinander zu leben, werden die Dinge viel besser laufen«, beharrte ich in meinen Gesprächen mit Mimí.
»Wenn er dich jetzt nicht glücklich macht, wird er es nie tun. Ich verstehe nicht, warum du mit ihm weitermachst, er ist ein höchst merkwürdiger Typ.«
Eine lange Zeit beeinträchtigte die Beziehung zu Huberto mein Leben, ich war verzweifelt, gereizt, verwirrt von dem Drang, ihn zu erobern und an meiner Seite festzuhalten. Ich schlief schlecht und hatte gräßliche Albträume, meine Vernunft ließ mich im Stich, ich konnte mich weder auf meine Arbeit noch auf meine Geschichten konzentrieren. Um mir Erleichterung zu verschaffen, schluckte ich heimlich Beruhigungsmittel aus unserer Hausapotheke. Aber die Jahre vergingen, und nach und nach schrumpfte das Phantom Huberto Naranjo zusammen, wurde weniger allgegenwärtig, verkleinerte sich zu einem angemesseneren Format, und endlich vermochte ich auch aus anderem Antrieb zu leben, nicht nur für das Verlangen nach ihm. Ich wartete nach wie vor auf seine Besuche, weil ich ihn liebte und weil ich mich als Hauptdarstellerin in einer Tragödie, als Romanheldin fühlte, aber in mein Leben kehrte Ruhe ein, und ich konnte nachts wieder schreiben.
Ich erinnerte mich an meinen Entschluß, als ich mich in Kamal verliebte, mich nie wieder von der unerträglichen Glut der Eifersucht quälen zu lassen, und ich hielt zäh und eigensinnig daran fest. Ich verbot mir zu glauben, daß er in diesen Trennungszeiten andere Frauen suchte, oder zu denken, daß er ein Bandit war, wie Mimí behauptete; ich

stellte mir lieber vor, daß es einen höheren Grund für sein Verhalten gab, eine Dimension der Abenteuer, zu der ich keinen Zugang hatte, eine von unerbittlichen Gesetzen regierte männliche Welt. Huberto Naranjo war einer Sache verpflichtet, die für ihn wichtiger sein mußte als unsere Liebe. Ich nahm mir vor, es zu verstehen und zu akzeptieren. Ich hegte ein romantisches Gefühl für diesen Mann, der jedesmal härter, stärker und schweigsamer wurde, aber ich hörte auf, Pläne für die Zukunft zu machen.

An dem Tag, an dem nahe der Uniformfabrik zwei Polizisten getötet wurden, bestätigte sich mein Verdacht, daß Hubertos Geheimnis mit der Guerrilla verknüpft war. Sie erschossen sie mit einer Maschinenpistole aus einem fahrenden Auto. Sofort war die Straße voller Menschen, Streifenwagen und Ambulanzen rasten herbei, und die Häuser der Nachbarschaft wurden von Polizei besetzt. In der Fabrik wurden die Maschinen angehalten, die Arbeiter mußten sich in den Höfen aufstellen, die Gebäude wurden von oben bis unten durchsucht, aber schließlich ließen sie uns nach Hause gehen. Die ganze Stadt war schon in Aufruhr. Ich ging zur Bushaltestelle, und dort wartete Huberto auf mich. Ich hatte ihn zwei Monate nicht gesehen und hatte fast Mühe, ihn zu erkennen, denn er schien inzwischen gealtert zu sein. Dieses Mal empfand ich überhaupt keine Lust in seinen Armen und versuchte auch nicht, sie vorzutäuschen, denn ich war mit den Gedanken nicht dabei. Danach saßen wir nackt auf den rauhen Bettlaken, und ich hatte das Gefühl, daß wir uns ständig mehr voneinander entfernten, und das schmerzte mich um unser beider willen.

»Entschuldige, ich fühle mich nicht gut. Heute war ein furchtbarer Tag, sie haben zwei Polizisten erschossen, ich habe sie gut gekannt, sie standen dort Wache und haben mich immer gegrüßt. Der eine hieß Sócrates, stell dir vor, was für ein Name für einen Polizisten. Er war ein guter Mensch. Sie haben ihn mit Schüssen ermordet.«

»Sie haben ihn hingerichtet«, erwiderte Huberto. »Das Volk hat ihn hingerichtet. Das ist kein Mord, du mußt dich richtig ausdrücken. Die Mörder sind die Polizisten.«

»Was redest du da! Du willst mir doch nicht sagen, daß du ein Anhänger der Terroristen bist!«

Er schob mich mit einem festen Griff von sich, sah mir in die Augen und erklärte mir, der Terror gehe von der Regierung aus, oder seien die Arbeitslosigkeit, die Armut, die Korruption, die soziale Ungerechtigkeit etwa kein Terror? Der Staat praktiziere viele Formen des Mißbrauchs und der Unterdrückung, diese Polizisten seien Helfershelfer des Regimes, sie verteidigten die Interessen ihrer Klassenfeinde, und ihre Hinrichtung sei ein legitimer Akt; das Volk kämpfe um seine Freiheit.

Es dauerte lange, bis ich antwortete. Plötzlich begriff ich sein dauerndes Fernsein, seine Narben, sein Schweigen, seine ständige Eile, das Unheildrohende in seinem Wesen, den schrecklichen Magnetismus, der von ihm ausging, die Luft um ihn elektrisierte und mich angezogen und gefangen hatte wie ein vom Licht geblendetes Insekt.

»Warum hast du mir das nicht schon früher gesagt?«

»Es war besser, daß du es nicht wußtest.«

»Vertraust du mir nicht?«

»Versuch doch zu verstehen, dies ist ein Krieg!«

»Wenn ich es gewußt hätte, wären diese Jahre leichter für mich gewesen.«

»Es ist schon Wahnsinn, daß ich dich sehe. Denk nur, was geschehen würde, wenn sie Verdacht schöpften und dich verhörten!«

»Ich würde nichts sagen.«

»Die können einen Stummen zum Reden bringen. Ich brauche dich, ich kann nicht ohne dich sein, aber jedesmal, wenn ich zu dir komme, fühle ich mich schuldig,

weil ich die Organisation und meine Genossen in Gefahr bringe.«
»Nimm mich mit dir!«
»Das kann ich nicht, Eva.«
»Gibt es keine Frauen in den Bergen?«
»Nein. Dieser Kampf ist sehr hart, aber es werden andere Zeiten kommen, und dann werden wir uns auf bessere Art lieben können.«
»Du kannst doch nicht dein und mein Leben opfern!«
»Es ist kein Opfer. Wir bauen eine neue Gesellschaft auf, eines Tages werden wir alle frei und gleich sein . . .«
Ich erinnerte mich an den lange zurückliegenden Tag, als wir uns kennenlernten, zwei verlassene Kinder auf einem Platz. Schon damals sah er sich als wehrhaften Mann, fähig, sein Schicksal selbst zu lenken, ich aber war in seiner Vorstellung bereits dadurch im Nachteil, daß ich als Frau geboren war und folglich alle möglichen Bevormundungen und Beschränkungen hinnehmen mußte. In seinen Augen würde ich immer ein abhängiges Geschöpf sein. Huberto dachte so, seit er seinen Verstand gebrauchen konnte, es war unwahrscheinlich, daß die Revolution diese Meinung ändern würde. Ich begriff, daß unsere Probleme nichts mit dem Umschwung zu tun hatten, den die Guerrilla anstrebte; auch wenn er es schaffen sollte, seinen Traum zu verwirklichen – die Gleichheit würde mich nicht einschließen. Für Naranjo und seinesgleichen schien das Volk nur aus Männern zusammengesetzt zu sein, wir Frauen sollten zum Kampf beitragen, aber von den Entscheidungen und von der Macht waren wir ausgeschlossen. Seine Revolution würde mein Schicksal im wesentlichen nicht ändern, ich würde mir auf jeden Fall meinen Weg bahnen müssen bis zum letzten meiner Tage. Vielleicht wurde mir in dieser Stunde klar, daß mein Krieg ein Kampf ist, dessen Ende niemand abzusehen vermag, und deshalb ist es mehr wert, ihn freudig zu

führen, damit mir nicht das Leben davonläuft, während ich auf einen Sieg warte, um mich endlich wohl fühlen zu können. Ich erkannte, daß Elvira recht gehabt hatte, man muß sehr tapfer sein, man muß immer kämpfen.
An diesem Tag trennten wir uns im Zorn, aber zwei Wochen später kam Huberto wieder, und ich erwartete ihn, wie immer.

Zehn

Das Anwachsen der Guerrillabewegung zog Rolf ins Land zurück.

»Für den Augenblick ist erst mal Schluß mit deinem Tourismus rund um die Welt, mein Junge«, sagte Aravena hinter seinem Direktorenschreibtisch. Er war sehr dick geworden, zudem hatte er ein krankes Herz, und die einzigen Freuden, die ihm noch die Sinne bewegten, waren ein gutes Essen, der Duft seiner Zigarren und ein verstohlener Blick auf die göttlichen, aber unberührbar gewordenen Hinterteile der Töchter von Tante Burgel, wenn er die Kolonie besuchte, doch seine berufliche Neugier hatte unter den körperlichen Beschränkungen nicht gelitten. »Die Guerrilla macht sich kräftig bemerkbar, und es ist an der Zeit, daß jemand die Wahrheit herausfindet. Wir bekommen nur zensierte Informationen, die Regierung lügt und die Sender der Rebellen ebenso. Ich will wissen, wieviel Männer sich in den Bergen aufhalten, welche Waffen sie haben, wieweit sie von der Bevölkerung unterstützt werden, was ihre Pläne sind – eben alles!«

»Das kann ich nicht übers Fernsehen bringen!«

»Wir müssen wissen, was vor sich geht, Rolf. Ich glaube, diese Männer sind ein Haufen Verrückter, aber es kann auch sein, daß wir eine zweite Sierra Maestra vor der Nase haben und sie nicht sehen.«

»Und wenn es so wäre, was würden Sie tun?«

»Nichts. Unsere Rolle besteht nicht darin, den Gang der Geschichte zu ändern, wir haben nur die Tatsachen zu registrieren.«

»So haben Sie zu Zeiten des Generals nicht gedacht.«

»Ein bißchen habe ich eben mit zunehmendem Alter gelernt. Los, geh hin, beobachte, filme, wenn du kannst, und erzähl mir alles.«

»Das ist nicht so einfach. Sie werden mir nicht erlauben, daß ich in ihren Lagern herumschnüffle.«
»Deshalb bitte ich ja dich und nicht einen andern aus dem Team. Du warst vor ein paar Jahren schon mal bei ihnen, wie heißt noch der Bursche, der dich so beeindruckt hat?«
»Huberto Naranjo.«
»Kannst du zu ihm wieder Fühlung aufnehmen?«
»Das weiß ich nicht, vielleicht existiert er ja gar nicht mehr, die Soldaten sollen viele erschossen haben, andere haben aufgegeben. Aber mir gefällt der Auftrag, ich werde sehen, was ich machen kann.«
Huberto Naranjo war weder tot, noch hatte er aufgegeben, aber niemand nannte ihn mehr bei diesem Namen. Er war jetzt der Comandante Rogelio. Er hatte jahrelang Krieg geführt, die Stiefel an den Füßen, die Waffe in der Hand, die Augen immer wachsam, um die Dunkelheit zu durchdringen. Sein Leben war eine Folge von Gewalttaten, aber es gab auch glückliche, erhebende Augenblicke. Jedesmal, wenn er eine Gruppe neuer Kämpfer übernahm, schlug ihm das Herz höher. Er ging hinaus, um sie im Lager zu begrüßen, und da standen sie, in Linie, wie ihr Truppführer es ihnen beigebracht hatte, noch schuldlos, optimistisch, mit ihren Stadtgesichtern, frische Blasen an den Händen, aber noch ohne die Schwielen der Veteranen, mit offenem Blick, müde, aber lächelnd. Sie waren seine jüngeren Brüder, seine Söhne, sie kamen, um zu kämpfen, und von dieser Stunde an war er verantwortlich für ihr Leben, er hatte ihre Moral hochzuhalten, sie das Überleben zu lehren, sie hart wie Granit zu machen und tapferer als eine Löwin, listig, wendig, widerstandsfähig, damit jeder von ihnen hundert Soldaten aufwog. Es war gut, sie hier zu haben. Er steckte die Hände in die Taschen und begrüßte sie mit vier, fünf schroffen Sätzen, um seine Bewegung nicht zu zeigen.
Er saß auch gern mit seinen Genossen um ein Feuer, wenn

die Umstände es möglich machten. Sie blieben nie lange am selben Ort, sie mußten die Berge kennen, mußten sich in ihnen bewegen können wie die Fische im Wasser, sagte das Handbuch. Aber es gab auch Tage der Muße, da sangen sie, spielten Karten, hörten Radio wie normale Menschen. Von Zeit zu Zeit mußte er hinunter in die Stadt, um sich mit dortigen Gruppen in Verbindung zu setzen, und dann ging er durch die Straßen und tat, als wäre er genau wie die anderen, atmete die bereits vergessenen Gerüche nach gebratenen Speisen, nach Autoabgasen und Unrat, beobachtete mit neuen Augen die spielenden Kinder, die Frauen in ihren Beschäftigungen, die streunenden Hunde, als wäre er einer aus der Menge, als würde er von niemandem verfolgt. Dann plötzlich erblickte er an einer Wand den Namen des Comandante Rogelio, mit schwarzen Lettern geschrieben, und wenn er sich so an die Mauer geschlagen sah, erinnerte er sich mit ebensoviel Stolz wie Furcht, daß er nicht hier sein durfte, daß sein Leben nicht wie das der anderen war, daß er ein Kämpfer war.

Die Guerrilleros kamen in ihrer Mehrheit von der Universität, aber Rolf Carlé wollte sich nicht unter die Studenten mischen, um den richtigen Weg in die Berge zu erfahren. Sein Gesicht erschien häufig in den Fernsehnachrichten und war allen wohlbekannt. Er erinnerte sich an den Kontakt, dessen er sich vor ein paar Jahren bedient hatte, als er Huberto Naranjo in der Frühzeit des bewaffneten Kampfes aufsuchte, und ging in die Kneipe des Negro. Er fand ihn in seiner Küche, ein wenig gealtert und verbraucht, aber wie immer guter Dinge. Der Negro drückte ihm mißtrauisch die Hand. Die Zeiten hatten sich geändert, jetzt war die Unterdrückung die Arbeit von Spezialisten, und die Guerrilla war nicht mehr nur ein Ideal von Jungen, die die Hoffnung blendete, die Welt verbessern zu können, sondern ein wütendes Trotzbieten, das keine

Gnade kannte. Rolf kam nach kurzem Vorgeplänkel zur Sache.

»Ich habe damit nichts zu tun«, entgegnete der Negro.

»Hör mal, ich bin kein Spitzel, bin es nie gewesen. Ich habe dich in all diesen Jahren nicht verraten, weshalb sollte ich es jetzt tun? Besprich dich mit deinen Leuten, sag ihnen, sie sollen mir eine Möglichkeit geben, zumindest sollen sie mich ihnen erklären lassen, was ich vorhabe . . .«

Der Negro betrachtete ihn lange, forschte in seinem Gesicht, und offenbar billigte er, was er sah, denn Rolf Carlé spürte einen Wandel in seiner Haltung.

»Ich komme morgen wieder, Negro«, sagte er.

Am folgenden Tag war er wieder da, und so alle Tage fast einen Monat lang, bis er endlich seine Unterredung bekam und seine Absichten darlegen konnte. Die Untergrundbewegung bedachte, daß Rolf Carlé ein nützlicher Faktor sein könnte; seine Reportagen waren gut, er schien ein anständiger Mann zu sein, konnte Zugang zum Fernsehen ermöglichen und war ein Freund Aravenas. Es war vorteilhaft, mit jemandem wie ihm zu sprechen, und das Risiko würde nicht allzu groß sein, wenn die Angelegenheit mit der nötigen Vorsicht gehandhabt wurde.

»Wir müssen das Volk informieren, so etwas gewinnt Verbündete«, sagten die Führer.

»Die Öffentlichkeit wird auf keinen Fall beunruhigt, ich will kein Wort über die Guerrilla hören, wir werden sie mit Schweigen auslöschen. Sie stehen alle außerhalb des Gesetzes, und so werden sie auch behandelt werden«, ordnete der Präsident der Republik an.

Rolf Carlés diesmalige Reise ins Lager unterschied sich sehr von der ersten, dies war kein Rucksackausflug, wie ihn ein Schüler in den Ferien macht. Ein Gutteil der Fahrt waren ihm die Augen verbunden, er kauerte im Kofferraum eines Autos, halb erstickt und fast ohnmächtig vor Hitze, dann mußte er bei Nacht über freies Land marschieren ohne den geringsten Hinweis, wo er sich befand, seine Führer wechselten, und keiner war bereit, mit ihm zu sprechen, zwei Tage verbrachte er eingeschlossen in verschiedenen Schuppen und Scheunen und wurde von dort weitergeschafft, ohne das Recht zu haben, Fragen zu stellen. Die Armee, speziell für Aufruhrbekämpfung ausgebildet, richtete mobile Kontrollen auf den Straßen ein, hielt die Autos an und durchsuchte sie. Es war nicht leicht, ihre Linien zu passieren. In den über das ganze Land verstreuten Operationsbasen waren die Sondertruppen konzentriert. Es ging das Gerücht, dort gebe es auch Gefangenenlager und Folterungen. Die Armee beschoß die Berge mit Artillerie und richtete große Schäden an. »Denkt an das Gesetz der revolutionären Ethik!« hämmerte Comandante Rogelio seinen Männern ein. »Wo wir durchziehen, darf es keine Übergriffe geben! Wir respektieren die Menschen, wir bezahlen alles, was wir verzehren, damit das Volk den Unterschied zwischen uns und den Soldaten erkennt, damit es weiß, wie es nach der Revolution in den befreiten Gebieten sein wird.« Rolf Carlé stellte fest, daß es in geringer Entfernung von den Städten, wo das Leben scheinbar in Frieden verlief, ein ganzes Gebiet im Kriegszustand gab, aber das war ein offiziell verbotenes Thema. Von dem Kampf wurde nur in den geheimen Sendern berichtet, die die Aktionen der Guerrilla bekanntgaben: eine Ölleitung in die Luft gejagt, eine Postenstellung gestürmt, eine Abteilung Soldaten in den Hinterhalt gelockt.

Nach fünf Tagen, in denen Rolf Carlé wie ein Frachtstück weitergereicht worden war, fand er sich auf einer steilen Anhöhe wieder, wohin er sich mit Machetehieben einen Weg gebahnt hatte, hungrig, verdreckt und von Moskitos zerstochen. Seine Führer ließen ihn auf einer Lichtung allein mit der strengen Weisung, sich unter gar keinen Umständen von der Stelle zu rühren, kein Feuer anzuzünden und auf keinen Fall Lärm zu machen. Dort wartete er, ohne mehr Gesellschaft als das Kreischen der Affen. In der Morgenfrühe, als er drauf und dran war, die Geduld zu verlieren, tauchten zwei zerlumpte, bärtige junge Männer mit Gewehren im Arm auf.

»Willkommen, Genosse«, begrüßten sie ihn mit einem breiten Lächeln.

»Es wurde aber auch Zeit«, antwortete er erschöpft.

Rolf Carlé nahm den einzigen im Lande existierenden längeren Dokumentarfilm über die Guerrilla dieser Zeit auf, bevor die Niederlage den revolutionären Traum zerstörte und der Friedensschluß die Überlebenden in das normale Dasein zurückführte, wo sich einige in Bürokraten verwandelten, andere in Abgeordnete oder Unternehmer. Er blieb eine Zeitlang bei der Gruppe des Comandante Rogelio, war nachts unterwegs von einem Ort zum anderen, über wildes Terrain, und ruhte manchmal tagsüber aus. Das Leben in den Bergen war sehr hart. Er war in vielen Kriegen gewesen, aber dieser Kampf der Hinterhalte, der Überraschungsangriffe, des ständigen Gefühls, beobachtet zu werden, der Einsamkeit und des Schweigens erschien ihm als einer der schlimmsten. Die Gesamtzahl der Guerrilleros war schwankend, sie waren in kleinen Gruppen zusammengefaßt, um beweglicher zu sein. Comandante Rogelio wechselte von einer zur anderen, er hatte den Oberbefehl über die ganze Front. Rolf wohnte der Unterweisung der neuen Kämpfer bei, er half, Radiosender und Verbandplätze zu errichten, lernte auf den Ellbogen zu kriechen und den Schmerz zu verbeißen, und während er mit ihnen zusammenlebte und ihnen zuhörte, begann er mehr und mehr die Gründe zu verstehen, weshalb diese jungen Leute so viele Opfer auf sich nahmen. Die Lager wurden mit militärischer Disziplin geführt, aber im Gegensatz zur Armee fehlte es ihnen an Kleidung, an Medikamenten, Nahrung, Unterkunft, Transportmitteln, Kommunikationsmöglichkeiten. Es regnete wochenlang, und sie konnten kein Feuer anzünden, um sich zu trocknen, es war, als lebten sie in einem Wald, der im Meer versunken war. Rolf hatte das Gefühl, auf einem Seil zu gehen, das über einen Abgrund gespannt war, der Tod war immer gegenwärtig, hinter dem nächsten Baum versteckt.

»Wir empfinden alle das gleiche, mach dir nichts draus, man gewöhnt sich«, spöttelte der Comandante.

Die Vorräte waren geheiligt, aber gelegentlich konnte einer dem Hunger nicht widerstehen und stahl eine Büchse Sardinen. Dann wurde hart gestraft, nicht nur, weil das Essen rationiert werden mußte, sondern vor allem, um ihnen die Bedeutung der Solidarität klarzumachen. Hin und wieder brach einer zusammen, krümmte sich weinend auf der Erde und rief nach seiner Mutter, dann kümmerte sich der Comandante um ihn, half ihm auf die Füße, ging mit ihm beiseite, wo niemand sie sehen konnte, und redete ihm tröstend zu. Derselbe Comandante war fähig, einen seiner eigenen Leute zu erschießen, wenn er ihn des Verrats überführte.

»Hier ist Sterben oder Verwundetwerden das Normale, man muß auf alles vorbereitet sein. Das Seltene ist, sein Leben zu behalten, und das Wunder wird der Sieg sein«, sagte Comandante Rogelio zu Rolf.

Rolf spürte, daß er in diesen Monaten gealtert war, sein Körper gab sich völlig aus. Schließlich wußte er nicht mehr, was er tat und warum er es tat, er verlor das Gefühl für die Zeit, eine Stunde kam ihm vor wie eine Woche, und eine Woche konnte ihm vorkommen wie ein Traum. Es war sehr schwierig, die reine Information, das Wesen der Dinge einzufangen, ringsum herrschte eine merkwürdige Stille, wortloses Schweigen, aber gleichzeitig eine ahnungsschwere Stille, erfüllt von den Geräuschen des Urwalds, von Kreischen, Pfeifen und Murmeln, von mondsüchtiger Klage, von fernen Stimmen, die die Luft hertrug. Er hatte gelernt, in Raten zu schlafen, stehend, sitzend, bei Tage, bei Nacht, halb bewußtlos vor Müdigkeit, aber immer wachsam, ein Flüstern schreckte ihn auf. Der Schmutz ekelte ihn an, sein eigener Geruch war ihm widerlich, er sehnte sich danach, in klares Wasser zu tauchen, sich bis auf die Knochen abzuseifen, und er hätte alles für eine Tasse Kaffee gegeben. In den Kämpfen mit den Soldaten sah er dieselben Männer zerfetzt sterben, mit denen er in der Nacht zuvor eine Zigarette geteilt hatte. Er beugte sich mit der Kamera über sie und filmte, seiner selbst nicht gewahr, als betrachtete er diese Toten aus weiter Entfernung durch ein Teleskop. Ich darf nicht den Verstand verlieren, sagte er sich immer wieder, wie er es schon so oft in ähnlichen Lagen getan hatte. Bilder aus seiner Kindheit kehrten ihm zurück, der Tag, an dem er die Leichen im Gefangenenlager begraben hatte, und dann frischere Begebnisse aus anderen Kämpfen. Er wußte aus Erfahrung, daß alles Spuren in ihm hinterließ, daß jedes Ereignis sein Gedächtnis befleckte; manchmal verging eine lange Zeit, ehe er merkte, wie tief eine bestimmte Episode ihn gezeichnet hatte, als wäre die Erinnerung daran in der Tiefe versunken gewesen und tauchte plötzlich durch irgendeine Assoziation mit quälender Eindringlichkeit vor ihm auf. Er fragte sich auch, weshalb er hier weitermachte, weshalb er nicht alles zum Teufel schickte und in die Stadt zurückkehrte, das wäre gesünder, als in diesem Labyrinth der Albträume zu bleiben – fortgehen, sich eine Zeitlang in der Kolonie verkriechen und sich von den Cousinen in Düften von Zimt, Nelke, Vanille und Zitrone einwiegen lassen. Aber diese Überlegungen konnten ihn nicht aufhalten, er folgte den

Guerrilleros auf allen Wegen, die Kamera auf der Schulter tragend wie die übrigen ihre Gewehre.

Eines Abends brachten vier junge Männer den Comandante Rogelio auf einer behelfsmäßigen Trage angeschleppt, er war in eine Decke eingehüllt und zitterte und krümmte sich – ein Skorpion hatte ihn gestochen.

»Macht kein Theater, Genossen, daran stirbt keiner«, knurrte er. »Laßt mich allein, damit werde ich schon fertig.«

Rolfs Empfindungen für diesen Mann waren widersprüchlich, er fühlte sich nie recht wohl in seiner Gegenwart, er vermutete, daß der Comandante ihm nicht traute, und deshalb verstand er nicht, warum er ihn seine Arbeit machen ließ; seine Strenge mißfiel ihm, dennoch bewunderte er, was er aus seinen Männern zu machen verstand. Aus der Stadt kamen milchgesichtige Knaben zu ihm, und nach ein paar Monaten hatte er Krieger aus ihnen gemacht, harte Männer, immun gegen Müdigkeit und Schmerz, aber dabei half er ihnen doch immer, sich die Ideale der Jugend zu bewahren.

Gegen den Skorpionstich war kein Gegengift vorhanden, ihre Medikamentenkiste war fast leer. Rolf blieb bei dem Kranken, deckte ihn zu, gab ihm Wasser, wischte ihm das Gesicht ab. Nach zwei Tagen fiel die Temperatur, und der Comandante lächelte ihn an. Da wußte Rolf, daß sie trotz allem Freunde waren.

Rolf Carlé gab sich mit den unter den Guerrilleros gewonnenen Kenntnissen nicht zufrieden, er wollte auch die andere Hälfte wissen. Er verabschiedete sich von Comandante Rogelio ohne viele Worte, beide kannten die Regeln, und es wäre grobe Unschicklichkeit gewesen, sie zu erwähnen. Ohne mit jemandem über das zu sprechen, was er in den Bergen erlebt hatte, drang Rolf in die Operationsbasen der Armee vor, redete mit den Offizieren, erhielt sogar die Erlaubnis, militärischen Unternehmungen beizuwohnen, und erlangte ein Interview mit dem Präsidenten. Zum Schluß hatte er Tausende Meter Film, Hunderte Fotos, endlose Mengen Tonbandaufnahmen – er besaß mehr Kenntnisse über das Thema als irgend jemand anderer im Land.

»Glaubst du, daß die Guerrilla es schaffen wird, Rolf?«

»Offen gesagt, nein, Señor Aravena.«

»In Kuba haben sie es geschafft. Da haben sie bewiesen, daß man ein reguläres Heer vernichten kann.«

»Inzwischen sind einige Jahre vergangen, und die Gringos werden keine neuen Revolutionen dulden. In Kuba waren die Bedingungen andere, da kämpften sie gegen eine Diktatur und wurden vom Volk unterstützt. Hier haben wir eine Demokratie, sie steckt zwar voller Mängel, aber das Volk ist stolz auf sie. Die Guerrilla kann nicht mit der Sympathie der Menschen rechnen, und mit wenigen Ausnahmen hat sie auch nur Studenten von den Universitäten anwerben können.«

»Was hältst du von ihnen?«

»Sie sind tapfer und Idealisten.«

»Ich möchte alles sehen, was du zusammengebracht hast«, verlangte Aravena.

»Ich werde den Film redigieren, um alles herauszuschneiden, was man heute nicht zeigen kann. Sie haben mir einmal gesagt, wir seien nicht dazu da, die Geschichte zu ändern, sondern Nachrichten zu verbreiten.«

»Ich kann mich immer noch nicht an deine großsprecherischen Anwandlungen gewöhnen, Rolf. Kann denn dein Film das Schicksal des Landes ändern?«

»Ja.«

»Dieses Dokument gehört in mein Archiv.«

»Es darf unter keinen Umständen in die Hände des Militärs fallen, das wäre verhängnisvoll für die Männer in den Bergen. Ich werde sie nicht verraten, und ich bin sicher, Sie würden genauso handeln wie ich.«

Der Leiter des nationalen Fernsehens zog schweigend an seiner Zigarre, betrachtete durch den Rauch nachdenklich seinen Schüler ohne eine Spur von Spott, erinnerte sich an die Jahre der Opposition gegen die Diktatur des Generals und rief sich seine Gefühle von damals in Erinnerung.
»Du nimmst nicht gern Rat an, Rolf, aber diesmal mußt du auf mich hören«, sagte er nach einer langen Pause. »Versteck deine Filme, die Regierung weiß, daß sie existieren, und wird versuchen, sie dir abzunehmen, wenn nicht im guten, dann im bösen. Redigiere, schneid heraus, heb alles auf, was dir wichtig erscheint, aber ich warne dich, das Ganze ist, als wolltest du Nitroglyzerin unter dem Bett lagern. Immerhin, vielleicht können wir später mal dieses Dokument ans Tageslicht holen, und wer weiß, ob wir in zehn Jahren nicht auch das zeigen können, von dem du heute glaubst, es würde die Geschichte verändern.«
Rolf Carlé kam am Sonnabend in der Kolonie an, einen mit Vorhängeschloß gesicherten Metallkoffer in der Hand, und übergab ihn Rupert und Burgel mit der Ermahnung, mit niemandem darüber zu sprechen und ihn zu verstecken, bis er ihn holen käme. Burgel wickelte den Koffer in einen Nylonvorhang, und Rupert packte ihn ohne viel zu fragen unter einen Stapel Bretter in seiner Tischlerei.

In der Fabrik ertönte um sieben Uhr früh die Sirene, das Tor öffnete sich, und zweihundert Frauen drängten sich hinein, im Gänsemarsch an den Aufseherinnen vorbei, die uns von Kopf bis Fuß überprüften, um möglichen Sabotageakten zuvorzukommen. Hier wurde von den Stiefeln der Soldaten bis zu den Tressen der Generäle das ganze Uniformzubehör hergestellt, alles genau gemessen und gewogen, damit auch nicht ein Knopf, nicht eine Schnalle, nicht ein Zwirnsfaden in kriminelle Hände falle, wie der

Capitán sagte, »denn diese Banditen sind imstande, unsere Uniformen nachzuschneidern und sich unter unsere Truppen zu mischen, um das Vaterland dem Kommunismus auszuliefern, die verfluchten Schweine«. Die riesigen fensterlosen Säle wurden von flackernden Neonlampen beleuchtet, die Luft wurde durch Röhren an der Decke hereingepreßt, unten reihten sich die Maschinen, und die Wände entlang lief zwei Meter über dem Fußboden eine schmale Plattform, auf der die Aufseher herumgingen und das Arbeitstempo kontrollierten, damit keine Verzögerung, keine Unregelmäßigkeit, nicht das kleinste Hindernis die Produktion gefährdete. In dieser Höhe lagen auch die Büros, kleine Gelasse für die Offiziere, die Buchhalter und die Sekretärinnen. Das fürchterliche Getöse in den Sälen, das donnerte wie ein Wasserfall, zwang uns, Watte in die Ohren zu stecken und uns durch Gesten zu verständigen. Um zwölf Uhr hörte man durch den Höllenlärm die Sirene, die uns in die Kantine rief, wo ein derbes, aber ausreichendes Essen serviert wurde ähnlich dem Kasernenfutter der Rekruten. Für viele Arbeiterinnen war dies die einzige Mahlzeit des Tages, und manche hoben sich einen Teil auf, um ihn nach Hause mitzunehmen, wenn sie sich auch schämten, mit den in Papier eingewickelten Resten an den Aufseherinnen vorbeizugehen. Schminken war verboten, das Haar mußte kurz geschnitten sein oder von einem Tuch verdeckt, denn einmal hatte die Welle einer Spulmaschine die Haare einer Frau erfaßt, und als der Strom abgestellt wurde, war es zu spät, es hatte ihr die Kopfhaut abgerissen. Die jüngeren Frauen bemühten sich trotzdem, hübsch auszusehen, mit Tüchern in fröhlichen Farben, kurzen Röcken, ein wenig Karmin auf den Lippen, vielleicht gelang es ihnen ja, einen der Chefs für sich einzunehmen und das Glück zu wenden, das heißt, zwei Meter höherzusteigen auf das Stockwerk der Angestellten, wo das Gehalt und die Behandlung menschenwürdiger waren. Die nie bewiesene Geschichte von der Arbeiterin, die es geschafft hatte, einen Offizier zu heiraten, nährte die Einbildungskraft der Neulinge, aber die älteren Frauen hoben nicht den Blick zu dergleichen Phantasiebildern, sie arbeiteten schweigend und schnell, um ihre Quote zu erhöhen.

Der Coronel Tolomeo Rodríguez erschien von Zeit zu Zeit zur Inspektion. Sein Kommen kühlte die Luft ab und verstärkte den Lärm. Sein Rang und die Macht, die seine Person ausströmte, hatten so viel Gewicht, daß er nicht die Stimme zu heben brauchte und sich große Gesten ersparen konnte, ein Blick genügte ihm, um sich Respekt zu verschaffen. Er überprüfte alles, ging die Bücher durch, inspizierte die Küche, befragte die Arbeiterinnen: »Sie sind neu? . . . Was haben Sie heute gegessen? . . . Es ist sehr heiß, stellen Sie die Ventilation höher . . . Sie haben entzündete Augen, gehen Sie ins Büro, damit sie Ihnen Urlaub geben.« Nichts entging ihm. Einige Untergebene haßten, alle fürchteten ihn, es wurde gemunkelt, daß selbst der Präsident sich vor ihm in acht nahm, denn der Coronel konnte auf den Gehorsam der jungen Offiziere zählen, und er hätte ja eines Tages der Versuchung nachgeben können, sich gegen die konstitutionelle Regierung zu erheben.

Ich hatte ihn immer nur von weitem gesehen, denn mein Büro lag am Ende des Ganges, und meine Arbeit bedurfte seiner Kontrolle nicht, aber auch aus der Entfernung spürte ich seine Autorität. Eines Märztages lernte ich ihn kennen. Ich beobachtete ihn durch das Fenster, das mein Zimmer vom Gang trennte, und plötzlich wandte er sich um, und unsere Augen trafen sich. Vor ihm sah das gesamte Personal stets zur Seite, keiner blickte ihn fest an, aber ich konnte nicht einmal blinzeln, ich starrte ihm wie hypnotisiert in die Augen. Eine lange Zeit schien zu vergehen. Schließlich kam er auf mich zu, gefolgt von seinem Sekretär und dem Capitán. Der Coronel grüßte mich mit einer leichten Verbeugung, und ich konnte ganz aus der Nähe seinen hohen Wuchs, die ausdrucksvollen Hände, das kräftige Haar, die großen, gleichmäßigen Zähne würdigen. Als ich an diesem Nachmittag die Fabrik verließ, stand eine dunkle Limousine vor dem Tor, und eine Ordonnanz überreichte mir eine Karte mit der handgeschriebenen Einladung des Coronel Tolomeo Rodríguez, mit ihm zu Abend zu essen.

»Mein Coronel erwartet Ihre Antwort«, sagte der Mann strammstehend.

»Sagen Sie ihm, ich kann nicht, ich habe eine andere Verabredung.«

Zu Hause erzählte ich Mimí davon, die schlicht darüber hinwegging, daß dieser Mann Huberto Naranjos Feind war, und die Situation vom Standpunkt der Liebesromane betrachtete, die ihre Mußestunden ausfüllten, und zu dem Schluß kam, daß ich das Richtige getan hatte – »es ist immer besser, sich bitten zu lassen«, wiederholte sie wie so oft. »Du dürftest die erste Frau sein, die ihm eine Einladung abgeschlagen hat, ich wette mit dir, daß er morgen nachdrücken wird«, prophezeite sie.

Aber so kam es nicht. Ich hörte nichts von ihm bis zum folgenden Freitag, als er einen Überraschungsbesuch in der Fabrik einlegte. Als ich erfuhr, daß er im Hause war, wurde mir bewußt, daß ich seit Tagen auf ihn gewartet hatte – ich hatte immer wieder zum Korridor hinausgelauert, hatte versucht, durch das Dröhnen der Maschinen seine Schritte zu erraten, hatte mir gewünscht, ihn zu sehen, und mich gleichzeitig vor seinem Erscheinen gefürchtet, ich war beherrscht gewesen von einer fast schon vergessenen Ungeduld, denn seit dem Beginn meiner Beziehung zu Huberto Naranjo hatte ich unter solchen Gefühlsstürmen nicht mehr gelitten. Aber der Coronel kam nicht in die Nähe meines Büros, und als um zwölf Uhr die

Sirene heulte, atmete ich auf in einer Mischung von Erleichterung und Enttäuschung. In den folgenden Wochen dachte ich oft an ihn.

Neunzehn Tage später kam ich abends nach Hause und fand dort Coronel Tolomeo Rodríguez vor, der in Mimís Gesellschaft Kaffee trank. Er saß in einem der orientalischen Sessel, stand auf und streckte mir ohne zu lächeln die Hand hin.

»Ich hoffe, mein Besuch ist Ihnen nicht unangenehm. Ich bin gekommen, weil ich mit Ihnen sprechen möchte«, sagte er.

»Er will mit dir sprechen«, wiederholte Mimí, weiß wie die Wand.

»Es ist einige Zeit her, seit ich Sie gesehen habe, deshalb habe ich mir die Freiheit genommen, Sie zu besuchen«, sagte er förmlich.

»Deshalb ist er gekommen«, fügte Mimí hinzu.

»Würden Sie meine Einladung zum Abendessen annehmen?«

»Er will, daß du mit ihm essen gehst«, übersetzte Mimí am Rande des Zusammenbruchs, denn sie hatte ihn beim Eintreten sofort erkannt, und mit einem Schlag kamen all die Erinnerungen wieder: Er war es gewesen, der in den Tagen ihres Elends alle drei Monate das Gefängnis Santa María inspiziert hatte. Sie war völlig außer Fassung, obwohl sie sicher war, daß er das Bild eines jämmerlichen Häftlings aus dem Harem, kahlgeschoren, von Malaria geplagt, mit eitrigen Wunden bedeckt, nicht mit der hinreißenden Frau in Beziehung bringen würde, die ihm hier Kaffee anbot.

Weshalb schlug ich es ihm nicht abermals ab? Vielleicht willigte ich doch nicht aus Furcht ein, wie ich damals glaubte, sondern weil ich einfach Lust hatte, mit ihm zusammenzusein. Ich nahm eine Dusche, um die Müdigkeit fortzuspülen, zog mein schwarzes Kleid an, bürstete mir das Haar und ging zurück ins Wohnzimmer, hin und her gerissen zwischen Neugier und Wut auf mich selbst, weil ich fühlte, daß ich Huberto verriet. Der Coronel bot mir mit einer etwas gespreizten Geste den Arm, aber ich ging vor ihm aus der Tür, ohne ihn zu berühren, gefolgt von Mimís jammervollem Blick, die sich von ihrem Schreck noch nicht erholt hatte. Ich stieg in die Limousine und konnte nur hoffen, daß die Nachbarn die Motorräder der Eskorte nicht sahen, sie mußten ja nicht unbedingt glauben, daß ich die Geliebte eines Generals geworden war.

Der Fahrer brachte uns zu einem der exklusivsten Restaurants der Stadt, einem Haus im Stil des französischen Klassizismus, wo der Koch die Ehrengäste begrüßte und ein alter Maître d'hôtel in einer Präsidentenschärpe mit einem silbernen Becher den Wein kostete. Der Coronel schien ganz in seinem Element zu sein, aber ich fühlte mich wie ein Schiffbrüchiger zwischen den mit blauem Brokat bezogenen Stühlen, den prächtigen Kandelabern und dem Bataillon von Kellnern. Der Ober überreichte mir eine französisch geschriebene Speisekarte, und Rodríguez, der meine Verlegenheit erriet, wählte für mich aus. Ich sah mich vor einem Krebs, ohne zu wissen, wie ich mit ihm fertig werden sollte, aber der Kellner löste das Fleisch aus den Schalen und legte es mir auf den Teller. Angesichts der Batterie von geraden und gebogenen Messern, Fingerschalen und verschieden geformten Gläsern dachte ich dankbar an Mimís Kurse im Institut für Schönheitsköniginnen und die Belehrungen unseres Innenarchitekten, damit hoffte ich allem gewachsen zu sein, ohne mich bloßzustellen – bis zwischen Vorgericht und Fleisch ein Mandarinensorbet aufgetragen wurde. Verdutzt starrte ich auf die winzige, von einem Blatt Minze gekrönte Kugel und fragte, wieso der Nachtisch vor dem zweiten Gang serviert wurde. Rodríguez lachte, und damit schwanden die Tressen von seinem Ärmel und eine ganze Anzahl Jahre aus seinem Gesicht. Von nun an war alles einfacher. Ich empfand ihn nicht mehr als Großen der Nation, ich betrachtete ihn im Licht der fürstlichen Kerzen, und als er fragte, weshalb ich ihn so ansah, antwortete ich ihm, ich fände, er sähe meinem einbalsamierten Puma ähnlich.

»Erzählen Sie mir aus Ihrem Leben, Coronel«, bat ich ihn beim Dessert.

Diese Bitte schien ihn zu überraschen, und einen Augenblick wurde er wachsam, aber dann muß er sich gesagt haben, daß ich bestimmt keine feindliche Spionin war, ich konnte seine Gedanken förmlich lesen: Sie ist doch nur ein armes Mädchen aus der Fabrik, wie sie wohl mit dieser Fernsehschauspielerin verwandt sein mag, eine schöne Frau, weiß Gott, viel schöner als dieses schlecht angezogene Kind, ich war schon drauf und dran, lieber sie einzuladen, aber es heißt ja, sie ist ein Schwuler, schwer zu glauben, jedenfalls konnte ich es nicht riskieren, mit einem Degenerierten gesehen zu werden. Also erzählte er mir von seiner Kindheit auf der Hacienda der Familie in einer wilden, öden Gegend, wo der Wind über die Savanne fegt, wo Wasser und Vegetation einen besonderen Wert haben und die Menschen stark sind, weil sie mit der Dürre leben müssen. Er war kein Mann der Tropenregion, er erinnerte sich an lange Ritte über den Llano, an heiße, trockene Mittage. Sein Vater, eine lokale Autorität, steckte ihn, als er achtzehn war, zum Militär, ohne ihn nach seiner Meinung zu fragen – »auf daß du dem Vaterland in Ehren dienst, Sohn, wie es sich gehört«. Und das tat er, ohne zu schwanken, die Disziplin ist das Erste, wer zu gehorchen versteht, lernt befehlen. Er hatte Ingenieurswissenschaft und Staatswissenschaften studiert, war viel gereist, las wenig, liebte die Musik, bekannte sich als genügsam, fast abstinent, war verheiratet und Vater dreier

Töchter. Obwohl er in dem Ruf stand, ein ernster Mann zu sein, zeigte er an diesem Abend viel Humor, und zum Schluß dankte er mir für meine Gesellschaft, sie habe ihm viel Vergnügen bereitet, sagte er, ich sei eine originelle Person, versicherte er, und dabei hatte er kaum mehr als vier Sätze von mir gehört und die ganze Unterhaltung allein bestritten.

»Ich bin es, die zu danken hat, Coronel. Ich bin noch nie in diesem Restaurant gewesen, es ist sehr elegant.«

»Dies muß nicht das letzte Mal gewesen sein, Eva. Könnten wir uns in der nächsten Woche sehen?«

»Wozu?«

»Nun, um uns besser kennenzulernen.«

»Sie wollen mit mir schlafen, Coronel?«

Er stellte abrupt sein Glas zurück und saß fast eine Minute stumm da, die Augen auf den Tisch gerichtet.

»Das ist eine brutale Frage und verdient eine ebensolche Antwort«, sagte er endlich. »Ja, das wünsche ich. Nehmen Sie an?«

»Nein, vielen Dank. Abenteuer ohne Liebe machen mich traurig.«

»Ich habe nicht gesagt, daß die Liebe davon ausgeschlossen ist.«

»Und Ihre Frau?«

»Eines wollen wir gleich klarstellen, meine Frau hat in dieser Unterhaltung nichts zu suchen, und wir werden sie nie wieder erwähnen. Sprechen wir von uns. Es ist zwar unpassend, das zu sagen, aber ich kann Sie glücklich machen, wenn ich es mir vornehme.«

»Lassen wir die Umschweife, Coronel. Ich denke mir, Sie haben viel Macht, können tun, was Sie wollen, und tun es auch immer, nicht wahr?«

»Sie irren sich. Mein Amt legt mir Verantwortungen und Pflichten gegenüber dem Vaterland auf, und ich bin bereit, sie zu erfüllen. Ich bin Soldat, ich mache keinen

Gebrauch von Privilegien, und schon gar nicht, wenn sie von dieser Art sind. Ich will Sie nicht zwingen, sondern verführen, und ich bin sicher, daß es mir gelingen wird, denn wir beide fühlen uns zueinander hingezogen. Ich werde Sie schon dazu bringen, daß Sie Ihre Meinung ändern, und schließlich werden Sie mich lieben . . .«

»Verzeihen Sie, aber das bezweifle ich.«

»Seien Sie darauf gefaßt, Eva, denn ich werde Sie nicht in Frieden lassen, bis Sie mich akzeptieren«, sagte er lächelnd.

»Wenn es so ist, dann wollen wir keine Zeit verlieren. Ich denke nicht daran, mit Ihnen Streit anzufangen, weil mir das schlecht bekommen könnte. Gehen wir jetzt gleich und bringen wir's hinter uns, und danach lassen Sie mich in Ruhe.«

Der Coronel sprang auf, rot im Gesicht. Sofort stürzten diensteifrig zwei Kellner herbei, während die Gäste an den Nebentischen sich nach uns umwandten. Schweratmend setzte er sich wieder und schwieg eine ganze Weile wie erstarrt.

»Ich weiß nicht, was für eine Sorte Frau du bist«, sagte er endlich. »Unter normalen Umständen würde ich deine Herausforderung annehmen und sofort mit dir an einen heimlichen Ort verschwinden, aber ich bin entschlossen, diese Angelegenheit anders anzupacken. Ich werde dich nicht bitten. Ich bin sicher, du wirst mich eines Tages suchen, und wenn du Glück hast, steht dann mein Antrag noch. Ruf mich an, wenn du mich sehen willst«, fügte Rodríguez trocken hinzu und gab mir eine Karte mit dem Staatswappen am Kopf und seinem Namen in Kursivschrift darunter.

An diesem Abend kam ich zeitig nach Hause, jedenfalls zeitiger, als Mimí angenommen hatte, die feststellte, ich hätte mich wie eine Idiotin benommen, dieser Offizier sei ein mächtiger Mann und könne uns einige Probleme bescheren, hätte ich denn nicht ein bißchen höflicher sein können? Am nächsten Tag gab ich meine Arbeit auf, sammelte meine Sachen zusammen und verließ die Fabrik, um diesem Menschen zu entfliehen, der all das repräsentierte, gegen das Huberto Naranjo seit so vielen Jahren sein Leben aufs Spiel setzte.

»Jedes Böse hat auch sein Gutes«, entschied Mimí weise, als sie sich überlegt hatte, daß das Glücksrad eine halbe Drehung gemacht und mich genau auf dem Weg abgesetzt hatte, den ich ihrer Meinung nach schon immer hätte gehen sollen. »Jetzt kannst du ernsthaft schreiben.«
Sie saß am Eßzimmertisch, hatte ihre Karten in Fächerform ausgelegt und las aus ihnen, daß mir vom Schicksal bestimmt sei, zu erzählen, alles andere wäre vergebliche Mühe – wie ich ja auch selbst vermutete, schon seit ich »Tausendundeine Nacht« gelesen hatte. Mimí behauptete, jeder wäre mit einer Begabung geboren, und sein Glück oder sein Unglück lägen darin, ob er sie entdeckte und ob überhaupt ein Bedarf danach bestehe, denn es gebe ja auch ganz zwecklose Kunstfertigkeiten wie etwa die eines ihrer Freunde, der drei Minuten unter Wasser bleiben könne, ohne zu atmen, was ihm noch nie zu irgend etwas nütze gewesen sei. Für ihren Teil war sie da ganz ruhig, sie kannte ihre Bestimmung. Sie war gerade in einer Fernsehserie herausgekommen, in der sie die böse Alejandra spielte, die Rivalin der braven Belinda, eines blinden Mädchens, das am Schluß das Augenlicht zurückerhalten würde, wie das in diesen Fällen üblich ist, und den Liebhaber heiraten durfte. Die Rollenbücher lagen in der ganzen Wohnung herum, und sie lernte ihren Part mit meiner Hilfe auswendig. Ich mußte alle übrigen Personen darstellen. *(Luis Alfredo preßt die Lider zusammen, um nicht zu weinen, denn Männer weinen nicht.)* »Vertrau deinem Gefühl ... Erlaube mir, daß ich die Operation deiner Augen

bezahle, meine Geliebte!« *(Belinda erzittert, sie fürchtet, das geliebte Wesen zu verlieren.)* »Ich wäre deiner so gern sicher . . . aber es gibt eine andere Frau in deinem Leben, Luis Alfredo.« *(Er blickt in diese schönen, lichtlosen Augen.)* »Alejandra bedeutet mir nichts, sie ist nur bestrebt, das Vermögen der Martínez de la Roca in die Hände zu bekommen, aber das wird ihr nicht gelingen. Niemand wird uns jemals trennen können, meine Belinda.« *(Er küßt sie, und sie gibt sich dieser erhebenden Liebkosung hin und läßt das Publikum ahnen, daß vielleicht etwas geschehen kann . . . oder vielleicht auch nicht. Kameraschwenk, um Alejandra zu zeigen, die sie durch die Tür belauscht, das Gesicht von Eifersucht verzerrt. Schnitt zu Studio B.)*

»Fernsehserien sind eine Sache des Glaubens. Du mußt glauben, und fertig«, sagte Mimí zwischen zwei Dialogreden Alejandras. »Wenn du anfängst, sie zu analysieren, nimmst du ihnen die Wirkung und machst sie kaputt.« Sie versicherte, daß jeder imstande sei, Dramen wie das von Belinda und Luis Alfredo zu erfinden, wieviel mehr dann ich, die ich ihnen jahrelang in der Küche zugehört und geglaubt hatte, es wären wirkliche Begebenheiten, und mich gefoppt fühlte, als ich feststellte, daß die Wirklichkeit anders war als im Radio vorgespiegelt. Mimí setzte mir auseinander, welche unbezweifelbaren Vorteile es brächte, für das Fernsehen zu arbeiten, wo jeder Irre sein Unterkommen finde und jeder, so verstiegen er auch sei, die Möglichkeit habe, dem Publikum ein Messer in das ahnungslose Gemüt zu stoßen, eine Wirkung, die ein Buch nie erziele. An diesem Abend kam sie mit einem Dutzend Sahnepasteten und einem schweren, in Schmuckpapier gewickelten Paket nach Hause. Es war eine Schreibmaschine. »Damit du mit der Arbeit anfängst«, erklärte sie. Auf unseren Betten sitzend, Wein trinkend und Süßigkeiten naschend, verbrachten wir die halbe Nacht damit, über das ideale Drehbuch zu beraten, eine wilde Mixtur aus Leidenschaften, Scheidungen, Bastarden, Unschuldigen und Ruchlosen, Reichen und Armen, das fähig wäre, den Zuschauer vom ersten Augenblick an zu fesseln und ihn zweihundert herzbewegende Folgen hindurch zum Gefangenen der Mattscheibe zu machen. Wir schliefen betrunken und zuckerverschmiert ein, und ich träumte von eifersüchtigen Männern und blinden Mädchen.

Ich erwachte im Morgengrauen. Es war ein milder, ein wenig regnerischer Mittwoch, in nichts von anderen in meinem Leben unterschieden, und doch werde ich diesen Mittwoch immer werthalten als einen einzigartigen, nur mir vorbehaltenen Tag. Seit die Lehrerin Inés mich das Alphabet lehrte, hatte ich fast jede Nacht geschrieben, aber ich fühlte, dies war ein anderer Anlaß, einer, der meinen Weg völlig ändern könnte. Ich machte mir einen schwarzen Kaffee, setzte mich vor die Schreibmaschine, nahm ein Blatt Papier, so strahlend weiß wie ein frischgebügeltes Laken, auf dem ich lieben wollte, und spannte es ein. Da spürte ich etwas Seltsames, es war wie ein fröhlicher Windhauch, der mir durch die Glieder und die Adern unter der Haut zog. Mir war, als hätte dieses Blatt seit über zwanzig Jahren auf mich gewartet, als hätte ich nur auf diesen Augenblick hin gelebt, und ich wollte, daß es von dieser Stunde an meine einzige Beschäftigung sein sollte, die in der Luft schwebenden Geschichten einzufangen und zu den meinen zu machen. Ich schrieb meinen Namen, und dann stellten sich die Worte ein, mühelos, eine Begebenheit mit der anderen und wieder mit der nächsten verknüpfend. Die Gestalten lösten sich aus dem Dunkel, in dem sie jahrelang verborgen gewesen waren, und erschienen im Licht dieses Mittwochs, jede mit ihrem eigenen Gesicht, ihrer Stimme, ihren Leidenschaften und ihren Hirngespinsten. Die Ereignisse, die ich aus der Zeit vor meiner Geburt in meinem Gedächtnis bewahrte, ordneten sich ebenso wie die vielen anderen, die ich jahrelang in meinen Heften aufgezeichnet hatte. Ich begann mich sehr fernliegender Umstände zu entsinnen, gewann die Anekdoten meiner Mutter zurück, als wir unter den Idioten, den Krebskranken und den Mumien von Professor Jones lebten, ein Indio erschien, den eine Viper gebissen hatte, und ein toter Tyrann in seinem Urin, ich fand eine Patrona wieder, die die Kopfhaut verlor, als hätte eine Spulmaschine sie ihr abgerissen, einen Minister in seinem bischofssamtenen Sessel, einen Araber mit einem großmütigen Herzen und viele andere Männer und Frauen, deren Leben mir zugänglich waren und über die ich unumschränkt nach meinem Willen verfügen konnte. Nach und nach wandelte sich die Vergangenheit zur Gegenwart, und ich bemächtigte mich auch der Zukunft, die Toten bekamen Leben mit der Illusion der Ewigkeit, die Auseinandergerissenen vereinigten sich wieder, und alles, was vom Vergessen verwischt worden war, erhielt feste Konturen.

Niemand unterbrach mich, und ich schrieb fast den ganzen Tag, so vertieft, daß ich sogar zu essen vergaß. Gegen vier Uhr nachmittags sah ich eine Tasse Schokolade vor mir auftauchen. »Trink, ich hab dir etwas Heißes gebracht.«

Ich sah auf zu der hochgewachsenen, schlanken Gestalt, die in einem blauen Kimono vor mir stand, und brauchte einige Sekunden, um Mimí zu erkennen, denn ich war gerade mitten im Urwald und folgte einem kleinen Mädchen mit roten Haaren.

Ich behielt meinen Rhythmus bei, ohne mich an die Ratschläge zu halten, die mir Mimí gab, ihre Rollenbücher in der Hand: Die Drehbücher sind in zwei Spalten aufgeteilt, jedes Kapitel hat fünfundzwanzig Szenen, paß auf bei Szeneriewechseln, die sind teuer, und auch bei langen

Reden, die verwirren nur die Schauspieler, jeder wichtige Satz wird dreimal wiederholt, und die Handlung muß einfach sein, denk dran, das Publikum der Serien gilt als mehr oder weniger schwachsinnig. Im Lauf der Tage wuchs auf meinem Schreibtisch ein Berg von Seiten, übersät mit Anmerkungen, Korrekturen, Zeichen und Kaffeeflecken, aber ich fing ja erst an, Erinnerungen zu entstauben und Schicksale zu verflechten, ich wußte nicht, wohin es lief und wie es ausgehen würde, falls es einen Ausgang gab. Ich argwöhnte allmählich, daß das Finale erst mit meinem eigenen Tod erreicht sein würde, und mich lockte der Gedanke, ich könnte selbst eine Gestalt mehr in der Geschichte sein und die Macht haben, mein eigenes Ende zu bestimmen oder mir ein Leben zu erfinden. Die Handlung verwickelte sich, die Personen wurden immer rebellischer. Ich arbeitete – falls man diese Feststunden Arbeit nennen will – den ganzen Tag, vom frühen Morgen bis in die Nacht. Ich kümmerte mich nicht mehr um mich selbst, aß, wenn Mimí mir etwas vorsetzte, und ging schlafen, weil sie mich zum Bett führte, aber im Traum blieb ich in meinem neugeschaffenen Universum versunken, Hand in Hand mit meinen Gestalten – ihre zarten Züge sollten nicht wieder verschwimmen und in die Nebelwelt jener Geschichten zurückkehren, die unerzählt bleiben.

Nach drei Wochen hielt Mimí die Zeit für gekommen, dieses Delirium praktischer Verwendung zuzuführen, bevor ich von meinen eigenen Worten verschlungen würde. Sie erreichte eine Unterredung mit dem Leiter des Fernsehens, um ihm die Geschichte anzubieten, denn sie fürchtete für meinen Verstand, wenn ich diesen Gewaltritt fortsetzte und keine Hoffnung bestand, daß wir das Ergebnis auf dem Bildschirm sehen würden. Zum festgesetzten Termin kleidete sie sich ganz in Weiß, ihrem Horoskop zufolge die angemessene Farbe für diesen Tag, hängte sich ein Medaillon des Maharishi zwischen die

Brüste und zog mich mit sich fort. An ihrer Seite fühlte ich mich wie immer ruhig und friedlich, beschützt von der Ausstrahlung dieses starken, zwittrigen Geschöpfes. Aravena empfing uns in seinem Büro aus Glas und Kunststoff hinter einem imposanten Schreibtisch, der jedoch die etwas komische Wirkung seines Genießerbauches nicht mildern konnte. Mich enttäuschte dieser Dicke mit den nachdenklichen Augen und der halbgerauchten Zigarre im Mund, der sich so sehr von dem Mann unterschied, den ich mir vorgestellt hatte, wenn ich seine Artikel las. Zerstreut, denn der lästige Umgang mit dem seichten Serienkram war das Uninteressanteste in seiner Arbeit, begrüßte Aravena uns nachlässig, ohne uns anzusehen, und blickte statt dessen durch das Fenster auf die benachbarten Dächer und die schweren Wolken des nahenden Unwetters. Er fragte mich, wie lange ich noch brauchte, um das Drehbuch fertigzustellen, warf einen flüchtigen Blick auf den Packen, den er mit schlaffen Fingern hielt, und murmelte, er werde es lesen, wenn er Zeit habe. Ich streckte den Arm aus und nahm mein Manuskript an mich, aber Mimí entriß es mir und reichte es ihm zurück, was ihn nötigte, sie anzusehen. Sie ließ die Wimpern auf Teufel komm raus flattern, feuchtete die rotgeschminkten Lippen an und lud ihn ein, am kommenden Sonnabend bei uns zu Abend zu essen – »Nur ein paar Freunde, ein ganz intimes Beisammensein«, sagte sie mit jenem unwiderstehlichen Raunen, das sie sich zugelegt hatte, um die Tenorstimme zu tarnen, mit der sie auf die Welt gekommen war. Ein fast sichtbarer Dunstschleier, ein prickelndes Aroma, ein festes Spinnennetz hüllten, wickelten den Mann ein. Eine ganze Weile saß er unbeweglich, verblüfft, das Manuskript in der Hand, und ich vermute, er hatte bisher noch nie ein so unverhülltes Angebot bekommen. Die Asche seiner Zigarre fiel auf den Schreibtisch, er bemerkte es nicht.

»Mußtest du ihn gleich zu uns einladen?« fragte ich Mimí vorwurfsvoll auf dem Heimweg.
»Ich werde ihn dazu bringen, daß er dein Drehbuch annimmt, und wenn es das letzte ist, was ich in meinem Leben tue!«
»Du denkst doch wohl nicht daran, ihn zu verführen?«
»Was glaubst denn du, wie man in diesen Gefilden etwas erreicht?«

Der Sonnabend begann mit Regen, und der strömte den ganzen Tag, während Mimí sich bemühte, ein asketisches Essen auf der Grundlage von Naturreis zuzubereiten, was als fein galt, seit die Makrobiotiker und die Vegetarianer angefangen hatten, die Menschheit mit ihren diätetischen Theorien zu verängstigen. »Der Dicke wird glatt verhungern«, murrte ich beim Möhrenschnipseln, aber sie blieb unerschütterlich und hielt es für weitaus wichtiger, Blumensträuße zu arrangieren, Räucherstäbchen zu entzünden, Musik auszusuchen und Seidenkissen auf dem Teppich zu verteilen, denn es war auch Mode geworden, die Schuhe auszuziehen und sich auf den Boden zu setzen.
Es kamen acht Gäste, alles Leute vom Theater, außer Aravena, der von diesem Mann mit dem kupferroten Haar begleitet wurde, den man im Fernsehen gelegentlich mit seiner Kamera auf den Barrikaden einer irgendwo stattfindenden Revolution sehen konnte – wie hieß er doch noch? Ich reichte ihm die Hand mit dem dunklen Gefühl, ihn früher schon gekannt zu haben.
Nach dem Essen zog Aravena mich beiseite und gestand mir, daß er von Mimí völlig behext sei. Er war unfähig, seine Gedanken von ihr zu lösen, er spürte sie wie eine frische Brandwunde.
»Sie ist die absolute Weiblichkeit. Wir alle haben etwas vom Androgynen, etwas Männliches und etwas Weib-

liches, aber sie hat auch die letzte Spur des maskulinen Elements aus sich herausgerissen und diese herrlichen Kurven hervorgebracht, sie ist vollkommen Frau, sie ist anbetungswürdig!« sagte er und trocknete sich mit dem Taschentuch die Stirn.

Ich betrachtete meine Freundin, so nah und so bekannt, ihre mit Pinseln und Stiften gemalten Gesichtszüge, ihre runden Brüste und Hüften, ihren glatten Bauch, trocken und verödet für die Mutterschaft und für die Lust – jede Linie ihres Körpers hatte sie mit unbesiegbarer Zähigkeit selbst geformt. Nur ich kenne bis auf den Grund die geheime Natur dieses Kunstgeschöpfes, das sich unter Schmerzen selbst geschaffen hat, um die Träume anderer zu befriedigen, und das der eigenen Träume beraubt ist. Ich habe sie ohne Schminke gesehen, müde, traurig, ich war bei ihr in ihren Depressionen, in Krankheit, Schlaflosigkeit, Erschöpfung, ich liebe dieses zerbrechliche und widersprüchliche menschliche Wesen, das hinter dem Aufputz und dem Schmuck steckt. Und ich fragte mich, ob dieser Mann mit den dicken Lippen und den fleischigen Händen den Spürsinn aufbringen könne, in ihr die Gefährtin, die Mutter, die Schwester zu entdecken, die Mimí in Wirklichkeit ist. Vom anderen Ende des Raumes spürte sie den Blick ihres neuen Bewunderers. Es drängte mich, sie zurückzuhalten, zu beschützen, aber ich bezähmte mich.

»Komm, Eva, erzähl unserem Freund eine Geschichte«, sagte Mimí und ließ sich neben Aravena auf ein Kissen sinken.

»Was für eine soll es sein?«

»Vielleicht etwas Pikareskes?« schlug sie vor.

Ich setzte mich, die Beine untergeschlagen wie ein Indio, und ließ eine Weile den Geist über die Hügel einer weißen Wüste wandern, wie ich es immer tue, wenn ich eine Geschichte erfinde. Bald erschienen in dieser Arena:

eine Frau im gelben Taftunterrock, hingepinselte Merkmale aus den kalten Zonen, wie meine Mutter sie in den Zeitschriften von Professor Jones fand, und die Spiele, die die Señora für die Parties des Generals erdacht hatte. Ich begann zu sprechen. Mimí sagt, ich habe für die Geschichten eine besondere Stimme, es ist zwar meine, aber sie wirkt auch fremd, als käme sie aus der Erde hervor und stiege durch meinen Körper nach oben. Die Umrisse des Zimmers verschwammen, zergingen in den neuen Horizonten, die ich beschwor. Die Gäste verstummten.

»Es waren harte Zeiten im Süden. Nicht im Süden dieses Landes, sondern im Süden der Erde, wo die Jahreszeiten vertauscht sind und wo der Winter nicht zur Weihnachtszeit kommt wie in den zivilisierten Gegenden, sondern in der Jahresmitte wie in den barbarischen Regionen . . .«

Als ich zu sprechen aufhörte, war Rolf Carlé der einzige, der nicht wie die übrigen applaudierte. Später gestand er mir, er habe eine gute Weile gebraucht, um aus der polaren Pampa zurückzukehren, wohin zwei Liebende mit einem Beutel voll Gold geflohen waren, und dann habe er beschlossen, aus meiner Geschichte einen Film zu machen, ehe die Gespenster dieses Gaunerpärchens sich seiner Träume bemächtigten. Ich fragte mich, warum Rolf Carlé mir so vertraut vorkam, das konnte nicht nur daran liegen, daß ich ihn vom Fernsehschirm her kannte. Ich forschte in meiner Vergangenheit, ob ich ihm wohl früher begegnet war, aber ich fand ihn dort nicht, und ich kannte auch niemanden, der so war wie er. Ich wollte ihn gern berühren. Ich ging zu ihm und fuhr mit einem Finger über seinen Handrücken.

»Meine Mutter hatte auch Sommersprossen.« – Rolf Carlé rührte sich nicht und versuchte auch nicht, meine Finger zurückzuhalten. – »Sie haben mir erzählt, du wärst in den Bergen bei den Guerrilleros gewesen.«

»Ich bin an vielen Orten gewesen.«

»Erzähl mir davon . . .«
Wir setzten uns auf den Boden, und er beantwortete fast all meine Fragen. Er sprach auch von seinem Beruf, der ihn überallhin führte, wo er dann die Welt durch eine Linse betrachtete. Wir verbrachten den Rest der Nacht in so angeregter Unterhaltung, daß wir gar nicht merkten, wie die anderen verschwanden. Er war der letzte, der ging, und ich glaube, er tat es auch nur, weil Aravena ihn gewaltsam ins Schlepptau nahm. An der Tür sagte er, er werde einige Tage fort sein, um die Unruhen in Prag zu filmen, wo die Tschechen sich den eindringenden Panzern mit Steinwürfen widersetzten. Ich wollte ihn mit einem Kuß verabschieden, aber er streckte mir die Hand hin und neigte den Kopf, was ich recht förmlich fand.
Vier Tage danach, als Aravena mich zu sich bestellte, um den Vertrag zu unterschreiben, regnete es immer noch, und in seinem Luxusbüro waren Eimer aufgestellt, um das Tropfen aus einer undichten Stelle im Dach aufzufangen. Wie mir Aravena rundheraus erklärte, passe mein Drehbuch auch nicht entfernt in die üblichen Muster, tatsächlich sei das Ganze ein Wirrwarr von närrischen Personen und unglaubwürdigen Anekdoten, enthalte überhaupt keine richtige Liebesromanze, die Helden seien weder schön noch reich, der Spur der Ereignisse zu folgen sei nahezu unmöglich, das Publikum werde gänzlich den Faden verlieren, kurzum, es sei ein wilder Mischmasch, und kein Mensch mit zwei Fingerbreit Verstand würde das Risiko wagen, es zu produzieren, aber er werde es tun, weil er der Versuchung nicht widerstehen könne, die Leute mit diesem Unfug zu ärgern, und außerdem habe er es Mimí versprochen.
»Schreib weiter, Eva, ich bin neugierig, wie dieser gehäufte Blödsinn zu Ende geht«, sagte er beim Abschied.

Die Überschwemmungen begannen am dritten Tag des großen Regens, und am fünften Tag erklärte die Regierung den Notstand. Katastrophen infolge von Unwetter waren eine gewohnte Sache, kein Mensch traf dagegen Vorsorge, indem er etwa die Abflüsse gereinigt oder die Gullydeckel abgehoben hätte, aber diesmal überstiegen die Zerstörungen alles Vorstellbare. Das Wasser riß die Hütten von den Hügeln, der Fluß, der durch die Hauptstadt fließt, trat über die Ufer, drang in die Häuser ein, schwemmte die Autos, die Bäume, das halbe Sportstadion mit sich fort. Die Kameraleute des nationalen Fernsehens stiegen in Schlauchboote und filmten die Opfer auf den Dächern der Häuser, wo sie geduldig darauf warteten, daß die Militärhubschrauber sie retteten. Nach einer Woche hörte der Regen auf, und zwar durch das gleiche empirische Verfahren, das vor Jahren zur Bekämpfung der Dürre angewendet worden war. Der Bischof holte das Christusbild zu einer Prozession heraus, und alle Welt ging betend und gelobend unter Regenschirmen hinterher, unter dem Gespött der Mitarbeiter des Meteorologischen Instituts, die sich mit ihren Kollegen in Miami verständigt hatten und versichern konnten, daß nach den Messungen der Wetterballons und den Wolkenwanderungen der Regen noch weitere neun Tage anhalten werde. Dennoch hellte sich der Himmel auf, drei Stunden nachdem der Christus an den Altar der Kathedrale zurückgekehrt war, naß wie ein Scheuertuch trotz des Baldachins, mit dem sie ihn zu schützen versucht hatten. Seine Haare entfärbten sich, eine dunkle Flüssigkeit lief ihm über das Gesicht, und die Frömmsten fielen auf die Knie, überzeugt, daß das Standbild Blut schwitzte. Das trug sehr zum Ruhme der katholischen Kirche bei und brachte Frieden in einige Seelen, die beunruhigt waren über die ideologische Stoßkraft der Marxisten und über die Ankunft der ersten Mormonengruppen, treuherziger, energischer junger Leute, die in

kurzärmligen, wohlgebügelten Hemden in die Häuser gingen und nichtsahnende Familien bekehrten.
Der Regen hörte also allmählich auf, die Zerstörungen wurden in Augenschein genommen, damit die Schäden beseitigt werden konnten, und das städtische Leben wieder in Gang gebracht – da kam nahe dem Platz des Vaterlandes ein Sarg geschwommen, eine Kiste von bescheidener Ausführung, aber in ausgezeichnetem Zustand. Das Wasser hatte ihn von einer Ansiedlung auf dem Hügel im Westen der Stadt mitgenommen, ihn durch mehrere, in Sturzbäche verwandelte Straßen getragen und schließlich unversehrt mitten im Zentrum auf einer kleinen Terrasse abgesetzt. Als sie ihn öffneten, fanden sie darin eine friedlich schlummernde alte Frau. Ich sah sie in den Neunuhrnachrichten, rief im Sender an, um nach den Einzelheiten zu fragen, und fuhr sofort mit Mimí zu dem Notlager, das die Armee schnell errichtet hatte, um die Obdachlosen zu beherbergen. Wir kamen zu ein paar großen Militärzelten, in denen sich dicht an dicht die Familien drängten und auf gut Wetter warteten. Viele hatten selbst ihre Personalausweise eingebüßt, aber hier herrschte keine Traurigkeit, dieses Unglück war ein guter Grund, sich auszuruhen, und eine Gelegenheit, neue Freundschaften zu schließen, morgen würden sie sehen, wie sie aus der bösen Lage herauskamen, aber heute über das zu weinen, was das Wasser mit fortgenommen hatte, war sinnlos.
Hier fanden wir Elvira, mager und wacker wie einst, im Nachthemd saß sie auf einer Matratze und erzählte einem Kreis von Zuhörern, wie sie sich in ihrer ungewöhnlichen Arche vor der Sintflut gerettet hatte. So bekam ich meine Großmutter zurück. Als ich sie auf dem Bildschirm sah, hatte ich sie sofort erkannt, trotz der weißen Haare und der Landkarte voller Falten, in die sich ihr Gesicht verwandelt hatte, denn ihrem Geist hatten die vielen Jahre

nichts anhaben können, im Grunde war sie noch dieselbe Frau, die bei mir gebratene Bananen gegen Geschichten eintauschte und gegen das Recht, in ihrem Sarg tot zu spielen. Ich schob mich durch die Menge, stürzte mich auf sie und drückte sie an mich mit allem in dieser langen Trennungszeit aufgestauten Ungestüm. Elvira dagegen küßte mich, ohne viel Aufhebens zu machen, als wäre in ihrer Seele die Zeit nicht weitergelaufen, als hätten wir uns erst am Tag zuvor gesehen und als wären alle Veränderungen in meinem Äußeren nur ein Streich, den ihre müden Augen ihr spielten.

»Stell dir vor, Vögelchen, so lange in dem Kasten zu schlafen, damit der Tod mich vorbereitet findet, und zum Schluß findet mich das Leben! Nie wieder lege ich mich in einen Sarg, auch nicht, wenn ich auf den Friedhof muß! Ich will stehend wie ein Baum beerdigt werden.«

Wir nahmen sie mit nach Hause. Während der Fahrt im Taxi musterte sie Mimí, etwas Ähnliches hatte sie nie gesehen, Mimí kam ihr wie eine große Puppe vor. Später betastete sie sie von allen Seiten mit ihren weisen Köchinnenhänden und stellte fest, ihre Haut sei weicher und weißer als eine Zwiebel, die Brüste seien fest wie grüne Bergamottorangen, und sie rieche wie die Mandel- und Gewürztorte aus der Schweizer Konditorei, danach setzte sie sich die Brille auf, um sie genauer anzusehen, und da hatte sie dann keinen Zweifel mehr, daß Mimí kein Wesen von dieser Welt war. »Sie ist ein Erzengel«, schloß sie. Auch Mimí mochte sie vom ersten Augenblick an, denn außer ihrer *mamma*, deren Liebe sie nie enttäuscht hatte, und mir hatte sie keine eigene Familie, all ihre Verwandten hatten ihr den Rücken gekehrt, als sie sie in einen Frauenkörper verwandelt sahen. Auch sie brauchte eine Großmutter. Elvira nahm unsere Gastfreundschaft an, weil wir sie inständig darum baten, zudem hatte ja der Dauerregen alle ihre weltlichen Güter weggeschwemmt, außer dem

Sarg, gegen den Mimí keine Einwände hatte, obwohl er mit der Inneneinrichtung ganz und gar nicht in Einklang zu bringen war, aber Elvira wollte ihn gar nicht mehr. Der Sarg hatte ihr einmal das Leben gerettet, und ein zweites Mal wollte sie die Vorsehung nicht herausfordern.
Wenige Tage später kehrte Rolf aus Prag zurück und rief mich an. Er holte mich in einem ziemlich ramponierten, unbequemen Jeep ab, und wir fuhren an die Küste. Gegen Mittag kamen wir an einen Strand mit rosafarbenem Sand und durchsichtig schimmerndem Wasser, ganz anders als das Meer mit den wilden Wogen, auf dem ich so oft im Eßzimmer meiner alten Patrona gesegelt war. Wir planschten im Wasser und ruhten uns in der Sonne aus, bis wir Hunger bekamen, da zogen wir uns an und gingen auf die Suche nach einem Gasthaus, wo man gebratenen Fisch essen konnte. Den Nachmittag verbrachten wir damit, auf den Strand hinauszusehen, weißen Wein zu trinken und uns unsere Lebensgeschichten zu erzählen. Ich sprach von meiner Kindheit, als ich in fremden Häusern diente, von der aus dem Wasser geretteten Elvira, von Riad Halabí und von vielem anderen, aber Huberto Naranjo überging ich, ihn erwähnte ich kein einziges Mal, aus der festen Gewohnheit der Geheimhaltung heraus. Rolf Carlé erzählte mir vom Hunger in den Kriegsjahren, vom Verschwinden seines Bruders Jochen, von seinem im Wald erhängten Vater, vom Gefangenenlager.
»Sonderbar, bisher habe ich diese Dinge niemals in Worte gefaßt.«
»Warum?«
»Ich weiß nicht, mir scheint, sie sind geheim. Sie sind der düsterste Teil meiner Vergangenheit«, sagte er, und dann saß er eine lange Weile schweigend, den Blick aufs Meer gerichtet und mit einem neuen Ausdruck in den grauen Augen.
»Was geschah mit Katharina?«

»Ihr Tod war traurig, sie starb allein im Krankenhaus.«
»Gut, sie starb, aber nicht so, wie du es sagst. Wir wollen ein gutes Ende für sie finden. Es war Sonntag, der erste sonnige Tag in dieser Jahreszeit. Katharina wachte sehr heiter auf, und die Krankenschwester setzte sie in einen Liegestuhl auf der Terrasse und legte ihr eine Decke um die Beine. Deine Schwester betrachtete die Vögel, die unter dem Dach ihre Nester bauten, und die jungen Knospen an den Zweigen der Bäume. Sie war beschützt und in Sicherheit, wie damals, wenn sie in deinen Armen unter dem Küchentisch einschlief, und wirklich träumte sie nun von dir. Sie hatte kein Gedächtnis, aber ihr Instinkt bewahrte die Wärme, die du ihr gegeben hattest, und immer, wenn sie sich froh fühlte, murmelte sie deinen Namen. Und das tat sie gerade, glücklich und zufrieden, als ihre Seele sich von ihr löste, ohne daß sie etwas merkte. Wenig später kam deine Mutter, um sie wie jeden Sonntag zu besuchen, und fand sie regungslos und lächelnd. Da schloß sie ihr die Augen, küßte sie auf die Stirn und kaufte für sie den bräutlichen Sarg, in den sie sie auf das weiße Laken bettete.«
»Und meine Mutter, weißt du für sie auch ein gutes Schicksal?« fragte Rolf Carlé mit spröder Stimme.
»Aber ja. Vom Friedhof ging sie nach Hause und sah, daß die Nachbarn Blumen in alle Vasen gestellt hatten, damit sie sich nicht einsam fühlte. Der Montag war der Brotbacktag, und sie zog ihr Trauerkleid aus, band sich die Schürze um und begann den Teig vorzubereiten. Sie war innen ganz ruhig, denn allen ihren Kindern ging es gut, Jochen hatte eine liebe Frau gefunden und irgendwo auf der Welt eine Familie gegründet, Rolf führte sein Leben in Amerika, und Katharina, endlich befreit von körperlichen Fesseln, konnte nun fliegen, wie es ihr gefiel.«
»Was glaubst du, warum meine Mutter nie eingewilligt hat, herüberzukommen und bei mir zu leben?«

»Ich weiß nicht ... vielleicht möchte sie nicht aus ihrer Heimat fort.«
»Sie ist alt und allein, sie wäre in der Kolonie bei Onkel Rupert und Tante Burgel viel besser aufgehoben.«
»Auswandern ist nicht jedermanns Sache, Rolf. Sie lebt in Frieden und pflegt ihren Garten und ihre Erinnerungen.«

Elf

Eine Woche lang war alles so mit dem Chaos beschäftigt, das die Überschwemmungen angerichtet hatten, daß keine anderen Nachrichten in die Presse gelangten, und wäre nicht Rolf Carlé gewesen, dann wäre das Massaker in einer Operationsbasis der Armee so gut wie unbemerkt geblieben, ertränkt in den trüben Wassern der Sintflut und erstickt von dem schändlichen Zusammenhalten der Mächtigen. Eine Gruppe politischer Gefangener hatte gemeutert, hatte sich der Waffen ihrer Bewacher bemächtigt und sich in einem Teil der Baracken verschanzt. Der Kommandant, ein kaltblütiger Mann von schnellen Entschlüssen, suchte nicht lange um Instruktionen an, sondern gab einfach den Befehl, sie zu zerfetzen, und dieser Befehl wurde buchstäblich ausgeführt. Die Soldaten griffen die Meuterer mit Maschinengewehren und Handgranaten an, töteten eine große Anzahl und ließen keine Verwundeten zurück, denn die Überlebenden wurden in einen Hof geführt und erbarmungslos niedergemäht. Als der Blutrausch verflogen war und die Offiziere die Leichen zählten, begriffen sie, daß es schwierig sein würde, ihre Aktion vor der öffentlichen Meinung zu rechtfertigen, und sie würden auch die Zeitungsleute nicht davon überzeugen können, daß sie leeren Gerüchten aufgesessen seien. Ein furchtbarer Gestank stieg aus den Massengruben auf und füllte die Luft – ein unabweisliches Indiz. Als erste Maßnahme verboten sie jedem Neugierigen den Zutritt und versuchten, das ganze Gebiet in einen Mantel des Schweigens und der Einsamkeit zu hüllen. Die Regierung hatte keine Wahl, sie mußte den Kommandanten decken. »Man kann sich nicht mit den Ordnungskräften anlegen, solche Sachen bringen die Demokratie in Gefahr«, sagte der Präsident zähneknirschend in der Abge-

schiedenheit seines Arbeitszimmers. Also bastelten sie eine Erklärung zusammen, wonach die Meuterer sich gegenseitig umgebracht hätten, und wiederholten diese Lüge so oft, bis sie schließlich selbst daran glaubten.
Aber Rolf Carlé wußte zuviel über diese Dinge, als daß er die offizielle Lesart akzeptiert hätte, und ohne abzuwarten, daß Aravena ihm den Auftrag gab, ging er dorthin, wohin andere sich nicht wagten. Einen Teil der Wahrheit erfuhr er von seinen Freunden in den Bergen, und den Rest holte er aus ebenden Soldaten heraus, die die Gefangenen niedergemetzelt hatten und bei denen zwei, drei Bier genügten, um sie zum Sprechen zu bringen, weil sie den Druck des schlechten Gewissens nicht länger ertragen konnten. Drei Tage später, als der Gestank der Kadaver allmählich verwehte, hatte Rolf Carlé unwiderlegliche Beweise für das Geschehene in der Hand und war entschlossen, gegen die Zensur zu Felde zu ziehen, aber Aravena warnte ihn, er solle sich keine Illusionen machen, das Fernsehen könne nicht ein Wort davon bringen. Er hatte zum erstenmal Streit mit seinem Meister, beschimpfte ihn als Feigling und Mitschuldigen, aber Aravena blieb unbeugsam. Rolf Carlé sprach mit einigen Abgeordneten der Opposition und zeigte ihnen seine Filme und Fotos, damit sie sahen, mit was für Methoden die Regierung die Guerrilla bekämpfte und unter welch unmenschlichen Bedingungen die Gefangenen gehalten wurden. Dieses Material wurde im Kongreß vorgeführt, wo die Parlamentarier Anklage gegen das Blutbad erhoben und verlangten, daß die Gräber geöffnet und die Schuldigen vor Gericht gestellt würden. Während der Präsident dem Lande versicherte, er sei entschlossen, die Untersuchung bis zur letzten Konsequenz durchführen zu lassen, selbst wenn er von seinem Amt zurücktreten müsse, legte ein Trupp Rekruten in aller Eile einen befestigten Sportplatz über den Gräbern an und pflanzte

eine Doppelreihe Bäume ringsherum, die Akten verschwanden auf den verschlungenen Pfaden der Gerichtsadministration, und die Leiter aller Medien wurden in das Innenministerium zitiert, wo sie eindringlich vor den Konsequenzen gewarnt wurden, die eine Verleumdung der Streitkräfte nach sich ziehen würde. Rolf Carlé ließ sich nicht beirren, und seine Hartnäckigkeit setzte sich schließlich gegen Aravenas vorsichtige Vernunft durch und siegte wenigstens insoweit über die Ausflüchte der Abgeordneten, als sie einem lauen Verweis an den Kommandanten zustimmten und einem Erlaß, in dem verfügt wurde, politische Gefangene sollten gemäß der Verfassung behandelt werden, ein öffentliches Gerichtsverfahren bekommen und ihre Strafe in den Gefängnissen verbüßen und nicht in Sonderlagern, zu denen keine Zivilbehörde Zugang hatte. Das Ergebnis war, daß neun Guerrilleros, die im Fort El Tucán eingesperrt waren, in das Gefängnis Santa María überstellt wurden, eine Maßnahme, die für sie nicht weniger grausam war, aber sehr dienlich, den Fall abzuschließen und ein Anwachsen des Skandals zu verhindern, der nun in der allgemeinen Gleichgültigkeit wie in einem Sumpf versank.

In derselben Woche verkündete Elvira, sie habe eine Erscheinung im Patio gehabt, aber wir achteten nicht darauf. Mimí war verliebt, und ich hörte nur halb zu, ich war allzusehr von den turbulenten Leidenschaften meines Manuskripts in Anspruch genommen. Die Schreibmaschine klapperte den ganzen Tag und ließ mir keinen Gedanken für Alltagsangelegenheiten.

»In diesem Haus geht ein Gespenst um, Vögelchen«, beharrte Elvira.

»Wo denn?«

»Es zeigt sich an der hinteren Hauswand. Es ist der Geist eines Mannes, und ich sage dir, wir müssen uns schützen. Gleich morgen kaufe ich eine Tinktur gegen Gespenster.«

»Willst du sie ihm eingeben?«
»Nein, Kind, was für Einfälle du auch hast! Ich will damit das Haus abwaschen. Man muß sie über die Wände, den Fußboden, eben überall verteilen.«
»Das ist eine Menge Arbeit, gibt es die nicht als Spray?«
»Aber nicht doch, Kind, diese modernen Sachen funktionieren nicht bei Geistern.«
»Ich habe nichts gesehen, Großmutter.«
»Aber ich, es ist angezogen wie ein Mensch und schwarzbraun wie der heilige Martin von Porres, aber es ist nicht menschlich, wenn ich es nur von weitem ahne, bekomme ich schon eine Gänsehaut, Vögelchen. Es muß eine verlorene Seele sein, die einen Weg sucht, vielleicht hat sie nicht ganz sterben können.«
»Vielleicht, Großmutter.«
Aber es handelte sich hier nicht um wanderndes Ektoplasma, wie sich noch an diesem Tag herausstellte, als der Negro an der Tür läutete und Elvira sich bei seinem Anblick zu Tode erschrocken platt auf den Boden setzte. Comandante Rogelio hatte ihn geschickt, und er war um das Haus gestrichen und hatte mich gesucht und nicht gewagt, nach mir zu fragen, um keine Aufmerksamkeit zu erregen.
»Erinnerst du dich an mich? Wir haben uns damals kennengelernt, als du bei der Señora warst, ich hatte die Kneipe in der Calle República. Als ich dich zum erstenmal sah, warst du eine Rotznase«, stellte er sich vor.
Beunruhigt, denn Naranjo hatte noch nie Mittelsmänner geschickt, und die Zeiten waren nicht danach, jemandem zu trauen, folgte ich dem Negro zu einer Tankstelle am Stadtrand. Comandante Rogelio erwartete mich in einem Schuppen voller Autoreifen. Ich brauchte einige Sekunden, um mich an die Dunkelheit zu gewöhnen und den Mann zu entdecken, den ich so geliebt hatte und der mir jetzt so fernstand. Wir hatten uns eine ganze Weile nicht

gesehen, und ich hatte keine Gelegenheit gehabt, ihm von den Veränderungen in meinem Leben zu erzählen. Nachdem wir uns zwischen Benzinfässern und Ölbüchsen geküßt hatten, bat Huberto mich, ihm einen Plan der Fabrik anzufertigen, er hatte die Absicht, Uniformen zu stehlen, um einige seiner Männer als Offiziere zu verkleiden. Er hatte beschlossen, in das Gefängnis Santa María einzudringen, seine Genossen zu befreien und gleichzeitig der Regierung einen tödlichen Schlag zu versetzen und der Armee eine unvergeßliche Demütigung zuzufügen. Seine Pläne gerieten ins Wanken, als ich ihm erklärte, ich könne ihm nicht helfen, weil ich meine Stellung aufgegeben hätte und nicht mehr in die Fabrik hineinkäme. Ich hatte den dummen Einfall, ihm von dem Abendessen mit Coronel Tolomeo Rodríguez zu erzählen. Ich merkte, daß er wütend war, denn er begann mir äußerst liebenswürdige Fragen zu stellen und lächelte dabei spöttisch, ein Lächeln, das ich gut kenne. Wir verabredeten uns für den kommenden Sonntag im Zoologischen Garten.

Nachdem Mimí sich an diesem Abend in der fälligen Folge der Fernsehserie bewundert hatte – natürlich in Elviras Gesellschaft, der die Tatsache, sie an zwei Orten gleichzeitig zu sehen, ein Beweis mehr war für ihre himmlische Abkunft –, trat sie zu mir ins Zimmer und wollte mir gute Nacht wünschen, wie sie das immer tat, und ertappte mich dabei, daß ich auf einem Blatt Papier seltsame Linien zog. Sie wollte wissen, was das sollte.

»Du stürzt dich ins Unglück!« rief sie entsetzt aus, als sie von dem Plan erfuhr.

»Ich muß es tun, Mimí. Wir können nicht länger über alles hinwegsehen, was im Lande vor sich geht.«

»Das können wir sehr wohl, wir haben es bis jetzt getan, und deshalb geht es uns gut. Außerdem kümmert sich hier ohnedies kein Mensch um irgend etwas, die Guerrilleros haben nicht die geringste Chance zu siegen. Denk doch,

wie wir angefangen haben, Eva! Ich hatte das Unglück, als Frau in einem Männerkörper geboren zu werden, ich wurde als Schwuler verfolgt, wurde vergewaltigt, gefoltert, ins Gefängnis gesteckt, und nun sieh, wo ich heute bin, nur durch mein eigenes Verdienst. Und du? Du hast nur immer gearbeitet und gearbeitet, warst ein Bastard mit einem Mischmasch von allen Farben im Blut, ohne Familie, niemand hat dich unterrichtet oder geimpft oder dir mal ein Vitamin in den Mund gesteckt. Aber wir haben es zu etwas gebracht. Willst du das alles auf den Müll werfen?«
In gewisser Weise stimmte es natürlich, daß wir es bis jetzt geschafft hatten, einige Privatrechnungen mit dem Leben zu bereinigen. Wir waren so arm gewesen, daß wir den Wert des Geldes nicht kannten und es uns wie Sand durch die Finger rann, aber nun verdienten wir genug, daß wir uns sogar einigen Luxus leisten konnten. Wir hielten uns für reich. Ich hatte Vorschuß für das Drehbuch bekommen, eine Summe, die mir märchenhaft erschien und mir schwer in der Tasche drückte. Mimí meinte in der besten Phase ihres Lebens zu sein. Endlich hatte sie die perfekte Ausgewogenheit in der Wirkung ihrer vielen bunten Pillen erreicht und fühlte sich in ihrem Körper so wohl, als wäre sie darin geboren. Nichts war von ihrer früheren Schüchternheit übriggeblieben, und sie konnte sogar Witze machen über das, was ihr vorher Grund zum Schämen gewesen war. Neben ihrer Rolle der Alejandra in der Fernsehserie probte sie jetzt die des Chevalier d'Éon, eines Transvestiten und Geheimagenten des achtzehnten Jahrhunderts, der als Frau verkleidet in den Diensten Ludwigs XV. stand und dessen Geschlecht erst entdeckt wurde, als er mit zweiundachtzig Jahren gestorben war. Sie besaß alle Voraussetzungen dafür, einen solchen Charakter darzustellen, und der berühmteste Dramatiker des Landes hatte die Komödie eigens für sie geschrieben. Am

glücklichsten aber machte es sie, daß sie endlich den ihr von der Astrologie bestimmten Mann gefunden zu haben glaubte, der in ihren reifen Jahren an ihrer Seite sein würde. Seit sie mit Aravena befreundet war, waren alle Hoffnungen ihrer ersten Jugend wieder erwacht; niemals hatte sie eine solche Beziehung gekannt, er verlangte nichts von ihr, überhäufte sie mit Geschenken und Komplimenten, führte sie überallhin aus, dorthin, wo die meisten Leute zusammenkamen und wo alle sie bewundern konnten.

»Zum erstenmal geht alles gut, Eva, bring uns doch nicht in die Patsche!« flehte sie mich an, aber ich schwang die Argumente, die ich so oft von Huberto Naranjo gehört hatte: wir beide seien Randgruppenexistenzen, verdammt, um jedes bißchen zu kämpfen, und auch wenn wir die Ketten zerbrochen hätten, die uns vom Tag unserer Zeugung an gefesselt hielten, blieben doch noch die Mauern eines größeren Gefängnisses, es gehe nicht darum, die persönlichen Verhältnisse zu verbessern, sondern die ganze Gesellschaft zu verändern.

Mimí hörte meine Rede bis zum Schluß an, und als sie dann sprach, tat sie es mit ihrer Männerstimme und mit einer Entschlossenheit in den Bewegungen, die in drolligem Kontrast zu ihren Locken und zu der lachsfarbenen Spitze an ihren Morgenrockärmeln stand.

»Alles, was du gesagt hast, ist von überwältigender Treuherzigkeit. In dem unwahrscheinlichen Fall, daß dein Naranjo mit seiner Revolution siegt, würde er schon nach kurzer Zeit, und da bin ich ganz sicher, mit demselben Herrschaftsanspruch auftreten wie alle Männer, die Macht in die Hände bekommen.«

»Das ist nicht gewiß. Er ist anders. Er denkt nicht an sich, sondern an das Volk.«

»Das tut er jetzt, wo es ihn nichts kostet. Heute ist er ein Verfemter im Urwald, aber was würde sein, wenn er an der Regierung wäre? Sieh mal, Eva, Männer wie Naranjo können keine entscheidenden Veränderungen herbeiführen, sie modifizieren nur die Regeln, aber sie handeln immer nach dem gleichen Muster. Sie kennen nur Autorität, Konkurrenzkampf, Gier, Unterdrückung, es ist immer dasselbe.«

»Wenn er es nicht kann, wer denn dann?«

»Du und ich zum Beispiel. Die Seele der Welt muß man verändern. Aber schließlich, daran fehlt noch viel, und wie ich sehe, bist du entschlossen, und ich kann dich nicht allein lassen, ich gehe mit dir in den Zoo. Was dieser Idiot braucht, ist kein Plan der Fabrik, sondern ein Plan von Santa María.«

Als Comandante Rogelio sie das letzte Mal sah, hieß sie Melecio, hatte alle Attribute eines normalen Mannes und arbeitete als Italienischlehrer an einer Sprachenschule. Obwohl Mimí häufig im Fernsehen und in den Illustrierten erschien, hätte er sie nicht erkannt, denn er lebte fern von solchen leichtfertigen Dingen, bewegte sich in den Bergen inmitten von tödlichen Schlangen und handhabte Feuerwaffen. Ich hatte ihm oft von meiner Freundin erzählt, dennoch war er, als er neben dem Affenkäfig auf mich wartete, nicht darauf vorbereitet, diese Frau in Rot zu sehen, deren Schönheit ihn aus der Fassung brachte und seine Vorurteile erheblich erschütterte. Nein, das war kein verkleideter Schwuler, das war eine stolze Frau, die einem Drachen den Atem benehmen konnte.

Wenn auch kaum anzunehmen war, daß Mimí unbeachtet blieb, suchten wir uns doch möglichst in der Menge zu verstecken, mischten uns unter Kinderscharen und warfen den Tauben Mais hin wie irgendeine Familie auf dem Sonntagsspaziergang. Beim ersten Versuch des Comandante Rogelio, uns seine Theorien auseinanderzusetzen, bremste sie ihn mit der Zungenfertigkeit, die sie für äußerste Fälle in Bereitschaft hielt. Sie sagte ihm kühl, er solle seine Reden für sich behalten, sie sei nicht so naiv wie ich; sie sei einverstanden, ihm dieses eine Mal zu helfen, um mich so schnell wie möglich von ihm zu befreien und weil sie hoffe, er bekäme einen Schuß verpaßt und sauste kopfüber in die Hölle, damit er andern Leuten nicht länger auf die Nerven fiele, sie sei aber ganz und gar nicht bereit, sich zu seinen kubanischen Ideen bekehren zu lassen, damit solle er gefälligst zum Teufel gehen, sie habe selbst genug Probleme und verspüre keinerlei Notwendigkeit, sich in diese fremde Revolution zu stürzen, die er sich ausgedacht habe, und der Marxismus und dieser Haufen von aufrührerischen Bärtigen interessiere sie keinen Pfifferling, das einzige, was sie sich wünsche, sei, in Frieden zu leben, und das solle er verdammt noch mal begreifen, sonst würde sie es ihm auf andere Art klarmachen. Dann setzte sie sich auf eine Steinbank, stützte einen Fuß auf und zeichnete ihm mit ihrem Augenbrauenstift einen Plan auf den Umschlag ihres Scheckheftes.

Die neun vom Fort El Tucán überstellten Guerrilleros befanden sich in den Strafzellen von Santa María. Sie waren vor sieben Monaten gefangengenommen worden und hatten allen Verhören widerstanden, keines hatte ihren Entschluß zu schweigen und ihren Willen, in die Berge zurückzukehren und weiterzukämpfen, brechen können. Die Debatte im Kongreß hatte sie auf die Titelseiten der Zeitungen versetzt und in den Augen der Studenten, die in der ganzen Stadt Plakate mit ihren Gesichtern klebten, zu Helden erhoben.
»Ich wünsche, daß man nichts mehr von ihnen hört!« befahl der Präsident, der auf das schlechte Gedächtnis der Leute vertraute.
»Sagt den Genossen, daß wir sie befreien werden!« befahl Comandante Rogelio, der auf die Kühnheit seiner Männer vertraute.

Aus diesem Gefängnis war bisher nur ein einziger Mensch entflohen, ein französischer Bandit, dem es vor Jahren gelungen war, mit einem behelfsmäßigen Floß, über aufgequollene Hundekadaver hinweg, auf dem Fluß das Meer zu erreichen, aber seither hatte es niemand mehr versucht. Ausgelaugt von der Hitze, dem Hunger, den Seuchen und den Mißhandlungen, denen sie in jeder Minute ausgesetzt waren, hatten die gewöhnlichen Häftlinge kaum die Kraft, über den Hof zu gehen, geschweige denn sich in den Urwald zu wagen in dem unwahrscheinlichen Fall einer Flucht. Die Sondergefangenen hatten schon gar keine Möglichkeit, es zu schaffen, es sei denn, sie wären imstande gewesen, die eisernen Türen zu öffnen, die mit Maschinengewehren bewaffneten Wachen zu überwältigen, die ganze Gefängnisanlage zu durchqueren, die Mauer zu übersteigen, zwischen Piranhas durch einen tiefen Fluß zu schwimmen und sich in den Urwald zu schlagen, und das alles mit den nackten Händen und im letzten Stadium der Erschöpfung. Comandante Rogelio war sich dieser ungeheuren Hindernisse bewußt, und dennoch versicherte er gelassen, er werde sie befreien, und keiner seiner Männer zweifelte an seinem Versprechen, schon gar nicht die neun in den Strafzellen.

Huberto hatte inzwischen seine anfängliche Wut über mein Zusammensein mit Coronel Tolomeo Rodríguez hinuntergeschluckt und hatte nun den Einfall, mich als Köder zu benutzen, um den Offizier in eine Falle zu locken.

»Na schön, aber nur, wenn ihm keiner etwas antut«, sagte ich.

»Es geht darum, ihn zu entführen, nicht ihn zu töten. Wir werden ihn wie eine junge Dame behandeln, wir wollen ihn nur gegen unsere Genossen austauschen. Warum liegt dir soviel an dem Mann?«

»Gar nichts liegt mir an ihm . . . Aber ich sage dir gleich, es wird nicht einfach sein, ihn unvermutet zu schnappen, er ist bewaffnet und hat eine Leibwache. Er ist kein Dummkopf.«

»Ich nehme doch an, er hat kein Gefolge dabei, wenn er mit einer Frau ausgeht.«

»Verlangst du von mir, daß ich mit ihm schlafe?«

»Nein! Du sollst ihn nur an einen Ort bestellen, den wir dir angeben, und ihn ein Weilchen ablenken. Wir kommen dann gleich. Eine saubere Operation, ohne Schuß und ohne Lärm.«

»Ich muß erreichen, daß er mir traut, und das klappt nicht gleich beim ersten Treffen. Ich brauche Zeit.«

»Ich glaube, dieser Rodríguez gefällt dir . . . Ich könnte schwören, daß du gern mit ihm schlafen würdest«, versuchte Huberto zu scherzen, aber seine Stimme klang ein wenig schrill.

Ich antwortete nicht, weil ich mit dem Gedanken spielte, es müsse doch sehr interessant sein, Rodríguez zu verführen, wiewohl ich in Wirklichkeit nicht sicher war, ob ich fähig wäre, ihn seinen Feinden auszuliefern, oder ob ich im Gegenteil vorhätte, ihn zu warnen. Wie Mimí sagte, ich war ideologisch für diesen Krieg nicht vorbereitet. Ich lächelte, ohne es zu merken, und ich glaube, dieses verstohlene Lächeln wischte Hubertos Plan auf der Stelle vom Tisch, jedenfalls entschloß er sich, zu dem ersten Vorhaben zurückzukehren. Mimí fand, das sei Selbstmord, sie kannte das Überwachungssystem, Besucher wurden über Funk angesagt, und wenn es sich um eine Gruppe Offiziere handelte, als die Huberto seine Männer verkleiden wollte, würde der Direktor sie persönlich vom Militärflugplatz abholen. Nicht einmal der Papst könnte das Gefängnis ohne Identitätskontrolle betreten.

»Dann müssen wir eben Waffen für die Genossen reinschmuggeln«, sagte Comandante Rogelio.

»Du mußt krank im Kopf sein!« erwiderte Mimí spöttisch.

»Schon zu meiner Zeit wäre das schwierig gewesen, weil jeder beim Hereinkommen wie beim Hinausgehen durchsucht wurde, aber jetzt ist es einfach unmöglich, sie haben einen Apparat, der jedes Metall anzeigt, und selbst wenn du die Waffen verschluckst, entdecken sie sie doch.«

»Unwichtig. Ich hole sie da raus, mag das nun sein, wie es will.«

In den Tagen, die auf die Begegnung im Zoologischen Garten folgten, trafen wir uns mit ihm an verschiedenen Orten, um die Einzelheiten auszuarbeiten, aber je mehr zu der Liste hinzukamen, um so offenkundiger wurde der Aberwitz dieses Vorhabens. Doch das konnte Huberto nicht davon abbringen. »Der Sieg gehört den Wagemutigsten«, antwortete er, wenn wir ihn auf die Gefahren hinwiesen. Ich zeichnete den Plan der Uniformfabrik und Mimí den des Gefängnisses, wir berechneten die Bewegungen der Wachtposten, lernten den gesamten Ablauf in Santa María auswendig und studierten sogar Windrichtungen, Lichtverhältnisse und Temperatur zu jeder Stunde des Tages. Nach und nach wurde Mimí von Hubertos Enthusiasmus angesteckt und verlor das Ziel aus den Augen, sie vergaß, daß es um die Befreiung der Gefangenen ging, und betrachtete das Ganze als eine Art Gesellschaftsspiel. Begeistert zeichnete sie Pläne, legte Listen an, dachte sich Strategien aus, ließ alle Gefahren außer acht, weil sie im Grunde überzeugt war, daß alles nur Absicht bleiben würde, ohne jemals in die Praxis umgesetzt zu werden, wie so viele Dinge in der langen Geschichte des Landes.

Aber das Unternehmen war so verwegen, daß es ein gutes Ende verdiente. Comandante Rogelio würde mit sechs Guerrilleros, ausgewählt unter den ältesten und tapfersten, bei den Indios in der Nähe von Santa María lagern. Der Stammeshäuptling hatte angeboten, sie über den Fluß und in den Urwald zu führen; er war entschlossen, mit ihnen zusammenzuarbeiten, seit die Soldaten in sein Dorf eingefallen waren und ein Chaos von brennenden Hütten, aufgeschlitzten Tieren und vergewaltigten Mädchen zurückgelassen hatten. Sie würden sich durch einige Indios, die in der Küche von Santa María arbeiteten, mit den Gefangenen verständigen, am festgesetzten Tag mußten diese vorbereitet sein, ihre Wachen zu entwaffnen und sich in den Hof zu schleichen, wo Comandante Rogelio und seine Männer sie heraushauen würden. Der schwächste Punkt des Planes, wie Mimí bewies, und dazu brauchte es allerdings keine Erfahrung, war die Frage, wie die Guerrilleros aus den gesicherten Zellen herauskommen sollten.

Als Comandante Rogelio den Dienstag der kommenden Woche als Termin ansetzte, betrachtete Mimí ihn durch ihre langen Wimpern aus Nerzhaar, und in diesem Augenblick ging ihr zum erstenmal auf, daß die Sache ernst wurde. Eine Entscheidung von solcher Größe durfte nicht aufs Geratewohl getroffen werden, also holte sie ihre Karten hervor, wies ihn an, mit der linken Hand abzuheben, verteilte die Karten nach einer schon vor vielen Jahrhunderten festgelegten Ordnung und machte sich daran, die Botschaft der übernatürlichen Mächte zu lesen, während er sie mit einer sarkastischen Grimasse beobachtete und knurrte, er müßte ja wohl völlig verrückt sein, wenn er den Ausgang eines solchen Unternehmens diesem überspannten Geschöpf anvertraute.

»Es wird nicht am Dienstag passieren, sondern am Sonnabend«, entschied sie, als sie den Magier umdrehte und er mit dem Kopf nach unten lag.

»Es wird passieren, wann ich es sage«, erwiderte Huberto und ließ keinen Zweifel, was er von diesem Schwachsinn hielt.

»Hier heißt es Sonnabend, und deine Lage ist nicht so, daß du dem Tarot die Stirn bieten könntest.«

»Dienstag!«

»Am Sonnabendnachmittag geht die Hälfte der Wachen sich im Bordell von Agua Santa amüsieren, und die andere Hälfte guckt sich im Fernsehen Baseball an.«
Das war das entscheidende Argument zugunsten der Kartenschlägerei. Soweit waren wir gekommen und stritten über Alternativen, als mir die Universalmaterie einfiel. Comandante Rogelio und Mimí hoben die Köpfe von ihren Karten und blickten mich verdutzt an. Und so geschah es dann, daß ich schließlich tat, was ich nie vorgehabt hatte, daß ich nämlich umringt von einer Schar nackter Indiokinder dastand und kaltes Porzellan knetete, in einer Hütte ganz nah bei dem Haus des Arabers, in dem ich die schönsten Jahre meiner Jugend verlebt hatte.

Ich fuhr in Agua Santa in einem klapprigen Auto mit gestohlenen Nummernschildern ein, das der Negro lenkte. Der Ort hatte sich nicht sehr verändert, die Hauptstraße war ein wenig länger geworden, ich sah neue Häuser, ein paar Läden und einige Fernsehantennen, aber unverändert waren das schrille Lärmen der Grillen, die unbarmherzig drückende Mittagsglut und die beklemmende Gegenwart des Urwalds, der gleich am Wegrand begann. Zäh und geduldig ertrugen die Bewohner den heißen Dunst und den Zerfall, den die Jahre brachten, durch eine gnadenlose Vegetation fast abgesondert vom übrigen Land. Eigentlich durften wir uns hier nicht aufhalten, unser Ziel war das Dorf der Indios auf halbem Wege nach Santa María, aber als ich die Häuser mit ihren Ziegeldächern sah, die vom letzten Regen feucht glänzenden Straßen und die Frauen, die auf ihren Rohrstühlen vor den Türen saßen, kamen mir die Erinnerungen mit zwingender Gewalt, und ich bat den Negro, an der »Perle des Orients« vorbeizufahren, nur damit ich wenigstens von fern einen Blick darauf werfen konnte. So vieles war in dieser Zeit zerstört worden, so viele Menschen waren gestorben oder ohne Abschied davongegangen, daß ich mir den Laden als baufälliges Fossil vorstellte, hoffnungslos der Vernachlässigung ausgeliefert. Um so überraschter war ich, als ich ihn heil und ganz vor mir auftauchen sah wie eine Fata Morgana. Die Fassade war neu getüncht, die Buchstaben des Namens frisch gemalt, das Schaufenster zeigte landwirtschaftliche Geräte, Lebensmittel, Aluminiumtöpfe und zwei flotte Modellpuppen mit gelben Perücken. Alles sah so nach Erneuerung aus, daß ich nicht widerstehen konnte, aus dem Auto stieg und durch die Tür ins Innere blickte. Auch das war durch einen modernen Ladentisch verjüngt, aber die Kornsäcke, die Ballen mit billigen Stoffen und die Bonbongläser waren die gleichen wie früher.

Riad Halabí stand an der Kasse und rechnete ab, er trug eine Batistjacke und hielt sich ein weißes Taschentuch vor den Mund. Er war so, wie ich ihn im Gedächtnis bewahrt hatte, nicht eine Minute war für ihn vergangen, er war von allem so unberührt, wie sich bisweilen die Erinnerung an die erste Liebe erhält. Ich näherte mich schüchtern, bewegt von der Zärtlichkeit meiner siebzehn Jahre, als ich mich ihm auf die Knie setzte und ihn um das Geschenk einer Liebesnacht bat und ihm jene Jungfernschaft schenkte, die meine Patin mit einer siebenmal geknoteten Schnur maß.

»Guten Tag . . . haben Sie Aspirin?« war das einzige, was ich sagen konnte.

Riad Halabí hob nicht den Blick und kritzelte weiter in seinem Rechnungsbuch, während er mit einer Kopfbewegung zum anderen Ende des Ladens wies.

»Wenden Sie sich bitte an meine Frau«, sagte er mit seinem gewohnten Lispeln.

Ich drehte mich um und war sicher, die Lehrerin Inés als Frau des Arabers zu sehen, wie ich es mir oft vorgestellt hatte, aber ich erblickte ein Mädchen, das nicht älter als vierzehn sein konnte, eine kleine Dunkelhäutige mit angemalten Lippen und diensteifrigem Gehabe. Ich kaufte das Aspirin und dachte, vor Jahren hat dieser Mann mich abgewiesen, weil ich zu jung war, und jetzt hat er eine Frau, die gerade den Windeln entwachsen ist. Ich weiß nicht, wie mein Schicksal ausgesehen hätte, wenn ich bei ihm geblieben wäre, aber einer Sache bin ich ganz sicher: im Bett hätte er mich sehr glücklich gemacht. Ich lächelte dem Kind mit den roten Lippen zu, ein wenig komplizenhaft, ein wenig neidisch, und ging hinaus, ohne auch nur einen Blick mit Riad Halabí gewechselt zu haben, aber ich freute mich für ihn, daß er so gut aussah. Seit diesem Tag erinnere ich mich an ihn als an den Vater, der er mir war; dieses Bild paßt viel besser zu ihm als das des Geliebten für eine Nacht.

Draußen kaute der Negro an seiner Ungeduld, dies hier gehörte nicht zu den Befehlen, die wir bekommen hatten.

»Jetzt aber nichts wie weg! Der Comandante hat gesagt, daß niemand uns in diesem Schweinedorf sehen darf, wo alle dich kennen!«

»Das ist kein Schweinedorf. Weißt du, warum es Agua Santa heißt? Weil sie hier eine Quelle haben, die alle Sünden abwäscht.«

»Red keinen Scheiß!«

»Das ist wahr! Wenn du in dem Wasser badest, fühlst du dich nicht mehr schuldig.«

»Bitte, Eva, steig ein und laß uns abhauen!«

»Nicht so schnell, ich habe hier noch etwas zu erledigen, aber dafür müssen wir die Nacht abwarten, das ist sicherer.«

Dem Negro nützte die Drohung nichts, mich einfach auf der Straße stehenzulassen, denn wenn ich mir etwas in den Kopf setze, ändere ich meine Absicht nur selten. Andererseits war meine Anwesenheit für die Befreiung der Gefangenen unbedingt notwendig, also mußte er nachgeben,

und nicht nur das, er mußte auch noch ein Loch graben, nachdem die Sonne untergegangen war. Ich führte ihn hinter den Häusern entlang zu einem dichtbewachsenen, terrassenförmigen Abhang und zeigte auf einen Punkt.
»Hier müssen wir etwas ausbuddeln«, sagte ich, und er gehorchte, weil er annahm, sofern die Sonne mir nicht das Gehirn verschmort hatte, müßte dies auch ein Teil des Planes sein.
Er brauchte sich nicht besonders anzustrengen, die tonige Erde war feucht und weich. In wenig mehr als einem halben Meter Tiefe fanden wir ein mit Schimmel bedecktes Plastikpäckchen. Ich wischte es mit dem Blusenzipfel ab und steckte es in meinen Beutel, ohne es zu öffnen.
»Was ist da drin?« wollte der Negro wissen.
»Eine Heiratsmitgift.«

Die Indios empfingen uns auf einer ausgedehnten Lichtung, auf der ein offenes Feuer brannte, das einzige Leuchtzeichen in der dichten Schwärze des Urwalds. Ein großes dreieckiges Flechtwerk aus Zweigen und Blättern diente als gemeinsames Schutzdach, unter dem Hängematten in verschiedenen Höhen befestigt waren. Die Erwachsenen waren mehr oder weniger bekleidet, eine Gewohnheit, die sie in der Berührung mit den Dörfern in der Umgebung angenommen hatten, aber die Kinder liefen nackt herum, denn in den ständig feuchten Stoffen vermehrte sich das Ungeziefer und keimte ein weißlicher Schimmel, die Ursache vieler Krankheiten. Die Mädchen trugen Blumen und Federn hinter den Ohren, eine Frau säugte an der einen Brust ihr Kind und an der anderen einen jungen Hund. Ich betrachtete die Gesichter und suchte in jedem einzelnen mein eigenes Bild, aber ich fand nur den gelassenen Ausdruck von Menschen, die allen Fragen den Rücken gekehrt haben. Der Stammeshäuptling trat zwei Schritte näher und begrüßte uns mit einer

leichten Verneigung. Er ging sehr aufrecht, hatte große, weit auseinanderstehende Augen, fleischige Lippen und das Haar wie eine runde Schale geschnitten, mit einer Tonsur am Hinterkopf, auf der die Narben zahlreicher Stockkämpfe prangten. Ich erkannte ihn sofort, er war der Mann, der seinen Stamm jeden Sonnabend zum Almosenbetteln nach Agua Santa führte, derselbe, der mich eines Morgens neben Zulemas Leiche fand, der die Unglücksnachricht zu Riad Halabí schickte und der, als sie mich freiließen, vor der Kommandantur stand und den Boden stampfte, als schlüge er eine Nachrichtentrommel. Ich hätte gern gewußt, wie er hieß, aber der Negro hatte mir erklärt, danach zu fragen wäre sehr unschicklich; für die Indios bedeutet einen Namen nennen das Herz berühren, sie sehen es als eine Entgleisung an, einen Fremden bei seinem Namen zu rufen oder zu erlauben, daß er es tut, also verzichtete ich besser auf Äußerungen, die schlecht ausgelegt werden konnten. Der Häuptling sah mich an, ohne eine Gefühlsregung zu zeigen, aber ich war sicher, daß auch er mich erkannt hatte. Er machte uns ein Zeichen, ihm zu folgen, und führte uns zu einer fensterlosen Hütte, die etwas abseits stand. Sie roch nach versengten Lumpen und enthielt als einziges Mobiliar zwei Schemel, eine Hängematte und eine Kerosinlampe. Der Negro wurde in der Hütte daneben untergebracht.
Unsere Weisungen lauteten, daß wir auf die Gruppe warten sollten, die am nächsten Tag, das war der Donnerstag, zu uns stoßen würde. Ich fragte nach Huberto Naranjo, weil ich gedacht hatte, daß wir diese Tage gemeinsam verbringen würden, aber keiner konnte mir etwas über ihn sagen. Ohne mich auszuziehen, legte ich mich in die Hängematte, verstört von den nicht enden wollenden Geräuschen des Urwalds, der Feuchtigkeit, den Moskitos und den Ameisen und von der Furcht, Schlangen und Giftspinnen könnten sich an den Stricken herunterlassen

oder in den Palmblättern des Daches nisten und auf mich herabfallen. Ich konnte nicht schlafen. Ich verbrachte die Stunden damit, mich nach den Gründen zu fragen, die mich hierhergeführt hatten, aber ich kam zu keinem Schluß, meine Gefühle für Huberto schienen mir kein ausreichender Grund. Ich fühlte mich jeden Tag den Zeiten ferner, in denen ich nur auf die flüchtigen Begegnungen mit ihm hinlebte, wie ein Nachtfalter, der um ein unstetes Feuer kreist. Ich glaube, ich habe nur eingewilligt, an diesem Abenteuer teilzunehmen, weil ich mich auf die Probe stellen, weil ich sehen wollte, ob ich dem Mann wieder näherkommen konnte, den ich einmal bedingungslos geliebt hatte, wenn ich ihm in diesem Kampf zur Seite stand. In dieser Nacht war ich freilich allein, eingezwängt in eine wanzenverseuchte Hängematte, die nach Hund und Rauch stank. Ich tat es auch nicht aus politischer Überzeugung, und wenngleich ich mir die Postulate dieser utopischen Revolution angeeignet hatte und mich der verzweifelte Mut dieser Handvoll Guerrilleros sehr anrührte, erkannte ich doch, daß sie bereits geschlagen waren. Ich konnte mich dem Vorgefühl eines drohenden Unheils nicht entziehen, das mich seit Monaten verfolgte, eine vage Unruhe, die sich in jäh durchbrechende Klarsichtigkeit verwandelte, wenn ich mit Huberto zusammen war. Trotz der Leidenschaft, die in seinem Blick brannte, konnte ich förmlich sehen, wie das Verhängnis sich um ihn zusammenzog. Um Mimí zu beeindrucken, wiederholte ich seine Reden, aber in Wirklichkeit hielt ich die Guerrilla für ein in diesem Lande unmögliches Unternehmen. Ich mochte mir das Ende der Männer und ihrer Träume nicht vorstellen. In dieser schlaflosen Nacht in der Indiohütte war ich sehr traurig. Es wurde kalt, und ich fror, deshalb ging ich hinaus und kauerte mich neben die Reste des Feuers, um dort die Nacht zu verbringen. Bleiche, kaum wahrnehmbare Strahlen drangen durch das

Laubwerk, und ich merkte wie stets, daß der Mond mich beruhigte.
In der Frühe hörte ich, wie die Indios unter ihrem gemeinsamen Dach erwachten und schläfrig in ihren Hängematten schwatzten und lachten. Einige Frauen gingen Wasser holen, und ihre Kinder liefen hinterher und ahmten die Schreie der Vögel und der Tiere des Waldes nach. Am Morgen konnte ich das Dorf besser sehen, ein Häuflein Hütten, von derselben Farbe wie Lehm, vom Atem des Urwaldes niedergebeugt, umgeben von einem Streifen bebauter Erde, auf dem Maniok und Mais und ein paar Bananenstauden wuchsen, die einzigen Schätze des Stammes, der Generationen hindurch von fremder Raubgier ausgeplündert worden war. Diese Indios, die so arm waren wie ihre Vorfahren seit Beginn der Kolonisation, hatten allen Drangsalen widerstanden, ohne ihre Bräuche, ihre Sprache und ihre Götter zu verlieren. Von den einstigen stolzen Jägern waren nur verelendete Bettler übriggeblieben, aber die jahrhundertelangen Leiden hatten weder die Erinnerung an das verlorene Paradies ausgelöscht noch den Glauben an die Legenden, die versprachen, daß sie es einst zurückgewinnen würden. Sie lächelten immer noch oft. Sie besaßen ein paar Hühner, zwei Schweine, drei Pirogen, Fischereigerät und diese kümmerliche Anpflanzung, die sie dem Urwald mit ungeheurer Anstrengung abgerungen hatten. Sie verbrachten ihre Tage damit, Brennholz und Nahrung zu suchen, Hängematten und Körbe zu flechten und Pfeile zu schnitzen, die sie am Straßenrand den Touristen zum Kauf anboten. Bisweilen ging einer auf die Jagd, und wenn er Glück hatte, kam er mit ein paar Vögeln oder einem kleinen Jaguar zurück, die er unter den Seinen verteilte, die er selbst aber nicht einmal kostete, um den Geist seiner Beute nicht zu kränken.
Ich machte mich nun mit dem Negro an unsere Aufgabe,

das Auto loszuwerden. Wir fuhren es tief ins Dickicht und stießen es in eine unergründliche Schlucht, weg vom Geschwätz der Papageien und dem Zetern der Affen, und sahen zu, wie es sich ohne Lärm ein paarmal überschlug, aufgefangen von den riesigen Blättern und den wogenden Lianen, und endlich ohne jede Spur von der Vegetation verschlungen wurde, die sich schweigend über ihm schloß.

In den folgenden Stunden kamen einer nach dem andern die sechs Guerrilleros an, alle zu Fuß und auf verschiedenen Wegen, mit der beherrschten Haltung von Menschen, die lange unter harten Bedingungen gelebt hatten. Sie waren jung, entschlossen, gelassen und zurückhaltend, hatten feste Gesichter, scharfe Augen und eine von Wind und Wetter gegerbte Haut, ihre Körper waren von Narben gezeichnet. Sie sprachen mit mir nur das Notwendige, ihre Bewegungen waren maßvoll und verschwendeten keine Energie. Sie hatten einen Teil ihrer Waffen versteckt und würden sie erst für den Angriff wieder hervorholen. Einer von ihnen verschwand im Wald, geführt von einem Indio, er wollte am Flußufer Posten beziehen und mit einem Fernglas das Gefängnis beobachten; drei andere machten sich zum Militärflugplatz auf, wo sie nach den Anweisungen des Negro den Sprengstoff anbringen sollten; die beiden übrigen bereiteten den Rückzug vor.

Gegen Abend näherte sich ein Jeep auf dem schmalen Pfad, und ich lief ihm entgegen, weil ich wünschte, es möchte endlich Huberto Naranjo sein. Ich hatte viel an ihn gedacht und hatte gehofft, daß ein paar Tage des Zusammenseins unsere Beziehung völlig ändern und, mit ein bißchen Glück, uns die Liebe zurückgeben könnten, die einmal mein Leben ausgefüllt hatte und die jetzt so farblos erschien. Das letzte, was ich mir vorgestellt hatte, war das Auftauchen Rolf Carlés, der mit einem Tornister und seinen Kameras im Jeep saß. Wir sahen uns verdutzt

an, auch er hatte nicht erwartet, mich an diesem Ort und unter diesen Umständen anzutreffen.
»Was machst du denn hier?« fragte ich.
»Ich komme wegen der Nachricht.«
»Welche Nachricht?«
»Über das, was am Sonnabend passieren wird.«
»Na hör mal . . . woher weißt du das?«
»Comandante Rogelio hat mich gebeten, die Sache zu filmen. Die Behörden werden versuchen, die Wahrheit zu verschweigen, und ich will sehen, ob ich sie nicht erzählen kann. Und wozu bist du hier?«
»Um Teig zu kneten.«
Rolf Carlé versteckte den Jeep im Dickicht und folgte mit seiner Ausrüstung den Guerrilleros, die sich der Kamera wegen Tücher vor die Gesichter banden, damit sie später niemand wiedererkannte. Inzwischen widmete ich mich der Universalmaterie. Im Halbdunkel der Hütte, auf einer Plastikdecke, die ich auf dem Boden aus gestampftem Lehm ausgebreitet hatte, mischte ich die Zutaten, wie ich es von meiner jugoslawischen Patrona gelernt hatte. Dem nassen Papier fügte ich in gleicher Menge Mehl und Zement hinzu, band mit Wasser und knetete das Ganze zu einer festen Masse, grau wie Aschenmilch. Ich rollte sie mit einer Flasche aus, unter den aufmerksamen Blicken des Stammeshäuptlings und einiger Kinder, die den Vorgang gestikulierend und Gesichter schneidend kommentierten. Ich erhielt einen dicken, geschmeidigen Teigboden, mit dem ich die nach ihrer ovalen Form ausgesuchten Steine umwickelte. Das Modell war eine Armeehandgranate von dreihundert Gramm Gewicht, zehn Metern Wirkungskraft und fünfundzwanzig Metern Reichweite, dunkles Metall. Sie sah aus wie eine kleine, reife Guanábana. Verglichen mit den indischen Elefanten, den Musketieren, den Basreliefs an den Pharaonensarkophagen und anderen Kunstwerken der Jugoslawin war die falsche

Handgranate sehr einfach herzustellen. Dennoch mußte ich verschiedene Probestücke machen, ich hatte das schließlich lange nicht geübt, und die Angst verstopfte mir den Verstand und lähmte mir die Finger. Als ich die genauen Proportionen erreicht hatte, überlegte ich, daß nicht genug Zeit bleiben würde, die Granaten hart werden zu lassen, sie anzumalen und das Trocknen der Glasur abzuwarten, also ließ ich mir einfallen, die Masse gleich zu färben, aber als ich sie mit dem Anstrich vermischte, verlor sie ihre Dehnbarkeit. Ich fluchte leise vor mich hin und kratzte mir die Moskitostiche, bis sie bluteten.

Der Stammeshäuptling, der jede Phase der Herstellung mit großer Neugier verfolgt hatte, verließ die Hütte und kam wenig später mit einer Handvoll Blätter und einem Tontopf wieder. Er hockte sich neben mich und begann geduldig die Blätter zu kauen. Wenn er sie in Brei verwandelt hatte, spuckte er ihn in das Gefäß; sein Mund und seine Zähne wurden allmählich schwarz. Dann kippte er dieses Mus in einen Lappen, preßte ihn aus, und eine dunkle, ölige Flüssigkeit, Pflanzenblut, rann in den Topf, den er mir überreichte. Ich mengte dieses Spuckeelixier unter ein wenig Teig, und siehe, der Versuch gelang, beim Trocknen bekam es eine Farbe ganz ähnlich der der echten Granate und verdarb nicht die wunderbaren Eigenschaften der Universalmaterie.

Zur Nacht kehrten die Guerrilleros zurück, und nachdem sie mit den Indios ein paar Maniokfladen und etwas gekochten Fisch geteilt hatten, verschwanden sie in der für sie bestimmten Hütte. Der Urwald wurde dicht und schwarz, die Stimmen wurden leiser, selbst die Indios flüsterten. Wenig später kam Rolf Carlé und fand mich vor dem noch glühenden Feuer hocken, die Arme um die Beine geschlungen und das Gesicht zwischen den Knien verborgen. Er setzte sich neben mich.

»Wie geht's dir?«

»Ich habe Angst.«
»Wovor?«
»Vor den Geräuschen, vor dieser Finsternis, vor den bösen Geistern, den Schlangen, dem Ungeziefer, vor den Soldaten, vor dem, was wir Sonnabend tun werden, davor, daß sie uns alle umbringen.«
»Ich habe auch Angst, aber ich würde mir dies hier um nichts in der Welt entgehen lassen.«
Ich nahm seine Hand und hielt sie einige Augenblicke ganz fest, seine Haut war warm, und wieder hatte ich das Empfinden, daß ich ihn seit tausend Jahren kannte.
»Wir sind zwei rechte Dummköpfe«, sagte ich und versuchte zu lachen.
»Erzähl mir eine Geschichte, das wird uns ablenken«, bat Rolf Carlé.
»Was für eine hättest du gern?«
»Etwas, was du noch niemandem erzählt hast. Erfinde sie für mich.«
»Es war einmal eine Frau, deren Beruf es war, Geschichten zu erzählen. Sie ging herum und bot ihre Ware an, Erzählungen voller Abenteuer, voller Spannung, voller Schrecknisse oder voller Sinnenlust, alles zu einem gerechten Preis. Eines Mittags im August saß sie auf einem Platz, als sie einen Mann auf sich zukommen sah, von stolzer Haltung, schlank und hart wie ein Säbel. Sein Schritt war müde, er trug eine Waffe im Arm und war bedeckt vom Staub ferner Gegenden, und als er stehenblieb, gewahrte sie den Geruch von Trauer und wußte sofort, daß dieser Mann aus dem Krieg kam. Einsamkeit und Gewalt hatten sich wie Eisensplitter in seine Seele gebohrt und ihn der Fähigkeit beraubt, sich selbst zu lieben. ›Bist du die, die Geschichten erzählt?‹ fragte der Fremde. ›Zu deinen Diensten‹, antwortete sie. Der Mann zog fünf Goldmünzen hervor und legte sie ihr in die Hand. ›Dann verkauf mir eine Vergangenheit, denn die meine ist voller Blut und Klagen, mit ihr kann ich nicht durch das Leben gehen, ich bin in so vielen Schlachten gewesen, daß mir selbst der

Name meiner Mutter verlorengegangen ist‹, sagte er. Sie konnte ihm die Bitte nicht abschlagen, sie fürchtete, der Fremde würde sonst vor ihr auf dem Platz zu einem Häufchen Staub zusammenfallen, wie es letztlich dem ergeht, der keine guten Erinnerungen hat. Sie machte ihm ein Zeichen, sich neben sie zu setzen, und als sie seine Augen aus der Nähe sah, schlug das Mitleid um, und sie verspürte ein übermächtiges Verlangen, ihn in die Arme zu schließen. Sie begann zu sprechen. Den ganzen Tag und die ganze Nacht erschuf sie für den Krieger eine gute Vergangenheit und legte in diese Aufgabe ihre ganze große Erfahrung und die Leidenschaft, die der Unbekannte in ihr geweckt hatte. Es war eine lange Rede, denn sie wollte ihm ein Romanschicksal schenken und mußte alles erfinden, von seiner Geburt bis zum gegenwärtigen Tag, seine Träume, seine Sehnsüchte und seine Geheimnisse, das Leben seiner Eltern und Geschwister und sogar die Landschaft und die Geschichte seiner Heimat. Endlich wurde es Morgen, und im ersten Licht des Tages merkte sie, daß der Geruch der Trauer verflogen war. Sie seufzte und schloß die Augen, und da spürte sie, daß ihr Geist leer war wie der eines neugeborenen Kindes, und begriff, daß sie in dem Eifer, ihm gefällig zu sein, ihm ihr eigenes Gedächtnis geschenkt hatte, sie wußte nicht mehr, was das ihre war und wieviel nun ihm gehörte, ihre Vergangenheiten waren zu einem einzigen Geflecht verknüpft. Sie war in ihrem eigenen Leben bis auf den Grund gegangen und konnte ihre Worte nicht zurücknehmen, aber sie wollte es auch gar nicht und überließ sich der Freude, mit ihm in ein und derselben Geschichte vereint zu sein . . .«

Als ich fertig war, stand ich auf, klopfte den Staub und die Blätter von meinem Rock, ging in die Hütte und legte mich in meine Hängematte. Rolf Carlé blieb vor dem Feuer sitzen.

Freitagfrüh kam Comandante Rogelio, so heimlich, daß nicht einmal die Hunde anschlugen, aber seine Männer, an Wachsamkeit gewöhnt, merkten es doch. Ich schüttelte die Müdigkeit der beiden schlaflosen Nächte ab und lief hinaus, um ihn zu umarmen, aber er hielt mich mit einer nur für mich wahrnehmbaren Handbewegung zurück, und er hatte recht, es wäre schamlos gewesen, Zärtlichkeiten zur Schau zu stellen vor denen, die so lange Zeit keine Liebe gehabt hatten. Die Guerrilleros empfingen ihn mit Schulterklopfen und rauhen Späßen, und ich konnte erkennen, wie sehr sie ihm vertrauten, denn fast augenblicklich lockerte sich die Spannung, als wäre seine Anwesenheit eine Lebensversicherung für die übrigen. In einem Koffer brachte er die Uniformen mit, säuberlich gebügelt und zusammengelegt, dazu die vorgeschriebenen Tressen, Mützen und Stiefel. Ich holte die Probehandgranate und legte sie ihm in die Hand.

»Gut«, sagte er zufrieden. »Heute lassen wir den Teig ins Gefängnis bringen. Er wird in ihrem Metalldetektor nichts anzeigen. In der Nacht können die Genossen ihre Waffen herstellen.«

»Wissen sie, wie man es macht?« fragte Rolf Carlé.

»Glaubst du, wir hätten diesen Punkt vergessen?« sagte Comandante Rogelio lachend. »Wir haben ihnen die genaue Anleitung geschickt, und bestimmt haben sie schon die Steine parat. Sie müssen sie nur noch verpacken und ein paar Stunden trocknen lassen.«

»Man muß den Teig in Plastik eingewickelt halten, damit er nicht die Feuchtigkeit verliert«, erklärte ich. »Die Kerbung markiert man mit einem Löffel und läßt das Ding hart werden. Beim Trocknen wird es dunkel und sieht dann aus wie Metall. Daß sie nur nicht vergessen, vorher die falschen Zünder dranzusetzen!«

»Was es nicht alles gibt in diesem Land, jetzt werden sogar Waffen aus Papiermaché fabriziert. Die Reportage wird mir keiner glauben«, seufzte Rolf Carlé.

Zwei Jungen ruderten in einer Piroge zum Gefängnis und übergaben einen Beutel für die Indios in der Küche.

Zwischen Bananenbüscheln, Maniokfladen und ein paar kleinen Käsen ruhte die Universalmaterie mit ihrem unschuldigen Aussehen nach grobem Brot, unbeachtet von den Wachen, die daran gewöhnt waren, bescheidene Nahrungsmittel in Empfang zu nehmen.
Unterdessen gingen die Guerrilleros noch einmal alle Einzelheiten des Planes durch, und später halfen sie dem Stamm, seine Vorbereitungen zu beenden. Die Familien packten ihre kärgliche Habe, banden den Hühnern die Füße und sammelten ihren Proviant und ihre Gerätschaften zusammen. Es war zwar nicht das erste Mal, daß sie gezwungen waren, von einem Ort fortzuwandern, dennoch waren sie tief betrübt, sie hatten eine ganze Reihe von Jahren in dieser Urwaldlichtung gelebt, es war ein guter Platz, nahe bei Agua Santa, der Autostraße und dem Fluß. Am nächsten Tag würden sie ihre Ansiedlung aufgeben müssen, denn wenn die Soldaten ihren Anteil an dem Ausbruch der Gefangenen entdeckten, würde die Vergeltung furchtbar sein, sie waren schon aus weniger schwerwiegenden Anlässen wie eine Sturmflut über Eingeborenendörfer hergefallen, hatten ganze Stämme ausgerottet und jede Spur von ihnen getilgt.
»Arme Menschen . . . so wenige sind nur noch von ihnen übrig«, sagte ich.
»Auch sie werden in der Revolution ihren Platz finden«, versicherte Comandante Rogelio.
Aber die Indios fragten nicht viel nach der Revolution noch nach irgendeiner anderen Sache, die von dieser verabscheuenswürdigen Rasse kam, wahrscheinlich konnten sie das lange Wort nicht einmal nachsprechen. Sie teilten die Ideale der Guerrilleros nicht, glaubten nicht an ihre Versprechungen, verstanden ihre Gründe nicht, und wenn sie eingewilligt hatten, ihnen bei diesem Unternehmen zu helfen, dessen Tragweite sie kaum ermessen konnten, so nur deshalb, weil die Soldaten ihre Feinde waren

und es ihnen so möglich sein würde, sich für einige der zahllosen Schändlichkeiten zu rächen, unter denen sie jahrelang gelitten hatten. Der Stammeshäuptling hatte erkannt, daß die Truppen sie verantwortlich machen würden, auch wenn sie sich heraushielten, das Dorf lag dem Gefängnis nun einmal zu nahe. Sie würden ihnen keine Möglichkeit für Erklärungen geben, also mußten sie auf jeden Fall die Folgen tragen, und dann war es schon besser, es geschah aus gutem Grund. Er würde mit diesen schweigsamen Bärtigen zusammenarbeiten, die ihnen wenigstens nicht die Nahrungsmittel stahlen und sich nicht an ihren Töchtern vergriffen, und dann würden sie fliehen. Mehrere Wochen im voraus hatte er den Weg festgelegt, den sie einschlagen würden, immer durch das tiefste Dickicht in der Hoffnung, daß die widerspenstige Vegetation die Truppen aufhalten und seinen Stamm erneut eine Zeitlang schützen würde. So war es seit fünfhundert Jahren: Verfolgung und Vernichtung.
Comandante Rogelio schickte den Negro mit dem Jeep los, ein paar Ziegenlämmer zu kaufen. Am Abend setzten wir uns mit den Indios um das Feuer, brieten die Tiere über der Glut und öffneten einige Flaschen Rum, die für dieses letzte Abendessen aufgespart worden waren. Es war ein guter Abschied, trotz der Unruhe, die in der Luft lag. Wir tranken nur mäßig, die jungen Leute stimmten Lieder an, und Rolf Carlé entzückte uns mit Zauberkunststückchen und mit den Sofortfotos aus einem Wunderapparat, der imstande war, die gerade geknipsten Bilder der verblüfften Indios in Minutenschnelle auszuspucken. Schließlich wurden zwei Männer als Wachposten bestimmt, und wir übrigen gingen schlafen, denn der nächste Tag würde schwere Arbeit bringen.

In der einzigen noch verfügbaren Hütte, die von einer im Winkel flackernden Kerosinlampe schwach erhellt wurde, legten die Guerrilleros und der Negro sich auf den Boden und ich mich in die Hängematte. Ich hatte mir vorgestellt, ich würde diese Stunden allein mit Huberto verbringen, noch nie waren wir eine ganze Nacht zusammengewesen, dennoch war ich zufrieden mit der Regelung; die Gesellschaft der Jungen beruhigte mich, und ich konnte endlich meine Ängste überwinden, mich entspannen und schlafen. Ich träumte, ich liebte in einer Schaukel. Ich sah meine Knie und meine Schenkel zwischen den Spitzenvolants eines gelben Taftunterrocks, wurde rücklings hoch in die Luft gehoben, hing dort und sah unten das mächtige Geschlecht eines Mannes, der mich erwartete. Die Schaukel verharrte noch in der Höhe, und ich hob die Augen zum Himmel, der sich purpurn färbte und sich plötzlich rasend schnell auf mich herabsenkte und mich in sich einschloß. Ich riß in panischem Entsetzen die Augen auf und fand mich in heiße Dunkelheit gehüllt und hörte das bedrohliche Rauschen des Flusses in der Ferne, das Krächzen der Nachtpapageien und die Stimmen der Tiere im Dickicht. Das rauhe Netz der Hängematte rieb mir durch die Bluse die Schulter wund, und die Moskitos plagten mich, aber ich konnte mich nicht rühren, um sie wegzuscheuchen, ich war betäubt. Schweißgebadet sank ich erneut in schweren Schlummer. Diesmal träumte ich, ich läge in einem engen Boot und umarmte einen Mann, dessen Gesicht hinter einer Maske aus Universalmaterie versteckt war und der mit jedem Wellenschlag in mich eindrang und mich, die Durstige, Glückliche, Schwellende, mit blauen Flecken übersäte; stürmische Küsse, Vorzeichen, der Gesang des trügerischen Urwalds, ein Zahn aus Gold als Liebespfand, ein Sack voller Granaten, die geräuschlos zersprangen und phosphoreszierende Insekten in der Luft verstreuten. Ich schreckte hoch im Halbdunkel der Hütte und wußte einen Augenblick weder, wo ich mich befand, noch was diese Erschütterung in meinem Unterleib bedeutete. Ich sah nicht, wie ich es zu anderen Malen erlebt hatte, das Phantom Riad Halabís, der mich von einem fernen Winkel meines Gedächtnisses her liebkoste, sondern die Silhouette Rolf Carlés, der, den Rücken gegen seinen Tornister gelehnt, ein Bein übergeschlagen, das andere ausgestreckt, die Arme über der Brust gekreuzt, mir gegenüber auf dem Boden saß und mich beobachtete. Ich konnte sein Gesicht nicht erkennen, aber ich sah seine Augen und seine Zähne aufblitzen, als er mir zulächelte.

»Was ist geschehen?« flüsterte ich.

»Dasselbe wie dir«, antwortete er, ebenfalls leise, um die andern nicht zu wecken.

»Ich glaube, ich habe geträumt.«

»Ich auch.«

Wir stahlen uns hinaus, gingen zu der kleinen Erhebung in der Mitte des Dorfes und setzten uns an die glimmende Glut des Feuers, umgeben von dem unermüdlichen Murmeln des Urwalds, beleuchtet von den feinen Mondstrahlen, die durch die Zweige der Bäume drangen. Wir sprachen nicht, wir berührten uns nicht, wir wollten nicht schlafen. Gemeinsam erwarteten wir den Sonnabendmorgen.

Als es hell wurde, ging Rolf Carlé Wasser holen, um Kaffee zu kochen. Ich stand auf und streckte mich, der ganze Körper tat mir weh, als wäre ich durchgeprügelt worden, aber ich fühlte mich endlich besänftigt. Da sah ich, daß meine Hose von einer rötlichen Aureole befleckt war, und das überraschte mich, so viele Jahre war das nicht mehr vorgekommen, daß ich es fast vergessen hatte. Ich lächelte zufrieden, jetzt wußte ich, daß ich nicht mehr von Zulema träumen würde und daß mein Körper die Furcht zugunsten der Liebe überwunden hatte. Während Rolf Carlé in die Glut blies, um das Feuer zu beleben, und den Kaffeekessel darüber an einen Haken hängte, ging ich in die Hütte, nahm eine saubere Bluse aus meinem Beutel, riß sie in Streifen, um sie als Binden zu benutzen, und lief zum Fluß. Singend und mit nassen Sachen kam ich zurück.

Um sechs Uhr früh war jeder bereit, diesen für unser aller Leben entscheidenden Tag zu beginnen. Wir nahmen Abschied von den Indios und sahen sie schweigend abziehen, mit ihren Kindern, ihren Schweinen, ihren Hunden, ihren Packen, und im Dickicht verschwinden wie ein Zug Gespenster. Zurück blieben nur diejenigen, die den Guerrilleros helfen sollten, den Fluß zu überqueren, und sie auf dem Rückzug durch den Urwald führen würden. Rolf Carlé gehörte zu den ersten, die aufbrachen, die Kamera über der Schulter und den Tornister auf dem Rücken. Auch die andern Männer gingen, jeder an seine Aufgabe.

Huberto Naranjo verabschiedete sich von mir mit einem Kuß auf den Mund, einem keuschen, empfindsamen Kuß – gib gut auf dich acht, du auch, fahr direkt nach Hause und sieh zu, daß du nicht auffällst, mach dir keine Sorgen, alles wird gutgehen, wann sehen wir uns wieder?, ich muß mich eine Weile verstecken, wart nicht auf mich –, noch ein Kuß, und ich warf ihm die Arme um den Hals, drückte ihn fest an mich und rieb mein Gesicht an seinem Bart, mit nassen Augen, denn ich sagte auch der Leidenschaft Lebewohl, die uns so viele Jahre verbunden hatte. Ich stieg in den Jeep, in dem der Negro bei laufendem Motor auf mich wartete, um mich nach Norden in ein weit entferntes Dorf zu fahren, wo ich den Bus zur Hauptstadt nehmen sollte. Huberto Naranjo winkte mir mit der Hand, und wir lächelten uns zu. Mein bester Freund, möge dir kein Unglück zustoßen, ich liebe dich sehr, flüsterte ich, und ich war sicher, daß er dasselbe tat. Ich dachte, wie gut es war, wenn einer auf den andern zählen konnte, wenn der eine immer da war, dem andern zu helfen und ihn zu beschützen, in

Frieden, denn unsere Beziehung hatte eine Wende genommen und war endlich dort zur Ruhe gekommen, wo sie längst hätte sein müssen, und ich dachte: Wir sind zwei Kumpels, zwei sich sehr liebende und ein bißchen blutschänderische Geschwister. Gib gut auf dich acht, du auch, wiederholten wir.

Ich fuhr den ganzen Tag, durchgerüttelt von dem Geschaukel des Busses, der über die tückische Straße holperte und hopste: sie war für schwere Lastwagen gebaut, aber von den langen Regen bis aufs Skelett abgetragen, in den Löchern im Asphalt nisteten Schlangen. Hinter einer Wegbiegung öffnete sich plötzlich der Urwald zu einem Fächer von unbeschreiblichem Grün, das Tageslicht wurde weiß und enthüllte das vollendete Trugbild des Palastes der Armen, das zwei Handbreit über dem Humus des Bodens schwebte. Der Fahrer stoppte den Bus, und wir alle, die darin saßen, sprangen auf und hoben die Hände vor die Brust, wir wagten nicht zu atmen in den wenigen Sekunden, die der Zauber anhielt, bevor er sanft zerging. Der Palast verschwand, der Urwald kam zurück, und der Tag war klar wie gewohnt. Der Fahrer ließ den Motor wieder an, und wir kehrten vom Wunder geblendet auf unsere Plätze zurück. Niemand sprach, bis wir viele Stunden später in der Hauptstadt ankamen, jeder versuchte den Sinn dieser Erscheinung zu enträtseln. Auch ich wußte sie nicht zu deuten, aber mir kam sie fast natürlich vor, denn ich hatte sie ja schon vor Jahren gesehen, in Riad Halabís Lieferwagen. Damals war ich halb im Schlaf, und er schüttelte mich, als die Lichter des Palastes die Nacht festlich erhellten, wir stiegen beide aus und liefen auf das Blendwerk zu, aber die Dunkelheit schluckte es ein, bevor wir es erreichten.
Ich konnte meine Gedanken nicht von dem lösen, was sich um fünf Uhr nachmittags im Gefängnis Santa María

ereignen würde. Ich fühlte einen unerträglichen Druck in den Schläfen und verfluchte diese krankhafte Schwäche, die mich stets mit den schlimmsten Ahnungen quält. Es soll gut für sie ausgehen, es soll gut für sie ausgehen, hilf ihnen, bat ich meine Mutter, wie ich es in entscheidenden Augenblicken immer tat, und erkannte einmal mehr, daß ihr Geist unberechenbar war, bisweilen tauchte sie ohne Ankündigung auf und erschreckte mich maßlos, aber in Situationen wie dieser, wo ich sie aufs dringlichste herbeirief, gab sie kein Zeichen, daß sie mich gehört hatte. Die Landschaft und die drückende Hitze riefen mir die siebzehnjährige Eva in Erinnerung, als ich diese Strecke gefahren war, mit einem Koffer voller neuer Kleider, der Anschrift einer Pension für junge Damen in der Tasche und der neuen Entdeckung der Lust in den Gliedern. Damals hatte ich beschlossen, mein Schicksal in die eigenen Hände zu nehmen, und seither waren mir so viele Dinge geschehen, mir schien, ich hätte mehrere Leben gelebt, hätte mich jede Nacht in Rauch aufgelöst und wäre jeden Morgen neu geboren worden. Ich versuchte zu schlafen, aber die bösen Vorgefühle ließen mir keine Ruhe, nicht einmal das Scheinbild des Palastes der Armen konnte mir helfen, den Schwefelgeschmack im Mund loszuwerden. Mimí hatte einmal meine Vorahnungen im Lichte der weitschweifigen Anleitungen des Maharishi überprüft und war zu dem Schluß gekommen, ich dürfte ihnen nicht glauben, denn niemals kündigten sie ein wichtiges Ereignis an, nur läppische Begebenheiten; passiert mir dagegen etwas Wesentliches, kommt es immer überraschend. Mimí bewies mir, daß meine kümmerliche Wahrsagergabe zu nichts nütze ist. Gib, daß alles gut ausgeht, bat ich wieder meine Mutter.

Ich kam Sonnabendnacht in einem erbärmlichen Zustand in der Hauptstadt an, verschwitzt, erschöpft und schmutzig, und ließ mich mit dem Taxi vom Busbahnhof nach

Hause fahren, vorbei an dem von englischen Laternen erhellten Park, dem Country Club mit seinen Palmenreihen, den Wohnsitzen von Millionären und Botschaftern, den neuen Gebäuden aus Glas und Metall. Ich war auf einem anderen Planeten gelandet, Lichtjahre entfernt von einem Eingeborenendorf im Urwald und einem Häuflein junger Leute mit fiebrigen Augen, die bereit waren, mit Pappgranaten auf Leben und Tod zu kämpfen. Als ich alle Fenster des Hauses hell erleuchtet sah, packte mich plötzlich Panik, weil ich mir einbildete, die Polizei wäre mir zuvorgekommen, aber bevor ich kehrtmachen konnte, öffneten Mimí und Elvira schon die Tür.

Ich trat ein wie ein Automat, ließ mich in einen Sessel fallen und wünschte mir, dies alles sollte doch bitte in einer Geschichte vor sich gehen, die meinem umnebelten Gehirn entsprungen war, es durfte einfach nicht wahr sein, daß Huberto Naranjo, Rolf Carlé und die anderen zu dieser Stunde vielleicht schon tot waren. Ich blickte mich in dem Raum um, als sähe ich ihn zum erstenmal, und er schien mir so behaglich wie noch nie mit seinem Möbelgemisch, den unwahrscheinlichen Vorfahren, die mich aus ihren Rahmen an der Wand beschützten, und dem einbalsamierten Puma in seiner Ecke mit seiner unwandelbaren Wildheit, die in dem halben Jahrhundert seiner Existenz so viel Elend und so viele Wirrnisse überdauert hatte.

»Wie schön das ist, wieder hier zu sein!« Das kam mir aus tiefster Seele.

»Was zum Teufel ist denn nun passiert?« fragte Mimí, nachdem sie mich gründlich gemustert hatte, um zu sehen, ob ich in Ordnung war.

»Ich weiß nicht. Ich habe sie mitten in den Vorbereitungen verlassen. Der Ausbruch muß gegen fünf Uhr nachmittags gewesen sein, wenn sie den Gefangenen das Essen in die Zellen bringen. Um diese Zeit sollte eine Meuterei im Hof vorgetäuscht werden, um die Wachen abzulenken.«

»Dann hätten sie es schon im Radio oder im Fernsehen bekanntgeben müssen, aber sie haben nichts davon gesagt.«

»Um so besser. Wenn sie sie getötet hätten, würde man das inzwischen erfahren haben, aber wenn ihnen der Ausbruch geglückt ist, wird die Regierung darüber schweigen, bis sie die Nachricht passend frisiert haben.«

»Diese Tage waren schrecklich, Eva. Ich konnte nicht arbeiten, ich war krank vor Sorge, ich stellte mir vor, du wärst gefangen, erschossen, von einer Schlange gebissen, von Piranhas aufgefressen. Verdammter Huberto Naranjo, ich weiß wirklich nicht, warum wir uns auf diesen Irrsinn eingelassen haben!« rief Mimí erbittert.

»Ach Vögelchen, du siehst ja so schmal aus. Ich bin vom alten Schlag, ich mag solche Unordentlichkeiten nicht, was hat ein Mädchen in Männerangelegenheiten zu suchen, frage ich! Dazu hab ich dir keine Zitronen geröstet und geviertelt«, seufzte Elvira, während sie hin und her ging, mir Kaffee mit Milch brachte, ein Bad einließ und frische Wäsche bereitlegte. »Nun laß dich schön einweichen in Lindenblütenwasser, das ist gut, die Ängste zu verjagen.«

»Ich möchte lieber duschen, Großmutter . . .«

Die Neuigkeit, daß ich nach so vielen Jahren meine Periode wieder bekommen hatte, wurde von Mimí begeistert aufgenommen, aber Elvira sah keinen Grund zur Freude, das war bloß Schmutzerei, und nur gut, daß sie über das Alter mit all diesen Aufregungen hinaus war, es wäre besser, wenn die Menschen Eier legten wie die Hühner. Ich zog das in Agua Santa ausgegrabene Päckchen aus dem Beutel und legte es meiner Freundin auf den Schoß.

»Was ist das?«

»Deine Mitgift. Damit du sie verkaufst und dich in Los Angeles operieren läßt und heiraten kannst.«

Mimí wickelte die mit Erde beschmutzte Umhüllung ab, und eine von Feuchtigkeit und Ameisen angefressene Schatulle kam zum Vorschein. Sie zwang den Deckel auf, und heraus rollten Zulemas Juwelen und funkelten und leuchteten auf Mimís Rock, als wären sie gerade geputzt worden, Gold, gelber als zuvor, Smaragde, Topase, Granate, Perlen, Amethyste, durch ein neues Licht verschönt. Diese Schmuckstücke, die meinen Augen immer armselig vorgekommen waren, wenn ich sie in der Sonne auslegte, erschienen nun wie das Geschenk eines Kalifen an die schönste Frau der Welt.
»Wo hast du das gestohlen? Habe ich dir nicht Achtung und Ehrlichkeit beigebracht?« flüsterte Elvira entsetzt.
»Ich hab es nicht gestohlen, Großmutter. Mitten im Urwald liegt eine Stadt aus purem Gold. Aus Gold sind die Pflastersteine in den Straßen, aus Gold die Marktkarren und die Bänke auf den Plätzen, und auch die Zähne der Einwohner sind aus Gold. Dort spielen die Kinder mit farbigen Steinen wie diesen hier.«
»Ich werde sie nicht verkaufen, Eva, ich werde sie tragen. Die Operation ist eine Barbarei. Sie schneiden alles ab und fabrizieren dann ein Frauenloch aus einem Stück Darm.«
»Und Aravena?«
»Der liebt mich so, wie ich bin.«
Elvira und ich stießen einen zweifachen Seufzer der Erleichterung aus. Für mich war diese Operation eine gräßliche Metzelei, deren Ergebnis nur eine lächerliche Imitation der Natur sein konnte, und Elvira betrachtete den Gedanken, den Erzengel zu verstümmeln, als glattes Sakrileg.
Sehr früh am Sonntag, als wir alle noch schliefen, läutete es an der Haustür. Elvira stand brummend auf und sah, als sie öffnete, einen unrasierten Kerl vor sich, der einen Tornister hinter sich herzerrte, einen schwarzen Apparat über der Schulter trug und sie aus einem von Staub,

Müdigkeit und Sonne geschwärzten Gesicht mit weißblitzenden Zähnen anlächelte. Sie erkannte Rolf Carlé nicht. Inzwischen erschienen auch Mimí und ich in Nachthemden an der Tür, und wir brauchten nicht zu fragen, sein Lächeln sagte alles. Er kam mich abholen, er hatte beschlossen, mich zu verstecken, bis sich die Gemüter beruhigt hatten, denn er war sicher, daß der Ausbruch einen Aufruhr mit unvorhersehbaren Folgen entfesseln würde. Er fürchtete, jemand aus Agua Santa könnte mich gesehen haben und als das Mädchen identifizieren, das vor Jahren in der »Perle des Orients« gearbeitet hatte.
»Ich hab dir ja gesagt, wir dürfen uns nicht in solche Abenteuer einlassen!« jammerte Mimí, kaum zu erkennen ohne ihre Kriegsbemalung.
Ich zog mich rasch an und warf ein paar Sachen in ein Köfferchen. Auf der Straße stand Aravenas Auto, er hatte es Rolf geliehen, als der ihm bei Tagesanbruch ins Haus gefallen war, um ihm mehrere Rollen Film zu bringen und die schwindelerregendste Nachricht der letzten Jahre. Der Negro hatte ihn dorthin gebracht und war dann mit dem Jeep und dem Auftrag weitergefahren, ihn verschwinden zu lassen, damit niemand der Spur seines Besitzers folgen konnte. Der Leiter des nationalen Fernsehens war an so frühes Aufstehen nicht gewöhnt, und als Rolf ihm erzählte, worum es ging, glaubte er, ihn narrte ein Traum. Um zu sich zu kommen, trank er erst mal ein halbes Glas Whisky und zündete sich die erste Zigarre des Tages an, dann setzte er sich hin und dachte nach, was er mit dem Material anfangen sollte, das Rolf ihm in die Hand gedrückt hatte, aber der ließ ihm nicht lange Zeit für Überlegungen, sondern bat ihn um seine Autoschlüssel, denn seine Arbeit war noch nicht abgeschlossen. Aravena gab sie ihm mit Mimís Worten: »Stürz dich nicht in Abenteuer, mein Sohn!« – »Ich bin schon mittendrin«, antwortete Rolf.

»Kannst du fahren, Eva?«
»Ich habe mal Fahrunterricht genommen, aber mir fehlt die Praxis.«
»Mir fallen die Augen zu. Um diese Zeit ist kaum Verkehr, fahr schön langsam und nimm die Straße nach Los Altos, in Richtung auf das Gebirge.«
Ein wenig ängstlich setzte ich mich hinter das Lenkrad dieses mit roten Lederpolstern ausgestatteten Schiffes, faßte mit unsicheren Fingern den Startschlüssel und brachte den Motor in Gang, und mit ein paar unwilligen Sprüngen setzte sich der Wagen in Bewegung. Binnen zwei Minuten war mein Freund eingeschlafen und wachte erst wieder auf, als ich ihn zwei Stunden später schüttelte, um ihn an einer Straßengabelung zu fragen, welchen Weg ich nehmen mußte. So gelangten wir an diesem Sonntag in die Kolonie.

Burgel und Rupert empfingen uns mit der etwas zudringlichen und geräuschvollen Herzlichkeit, die ihnen offenbar eigen war, und bereiteten sofort ein Bad für den Neffen, der trotz der Siesta im Auto so erledigt aussah wie der Überlebende eines Erdbebens. Rolf Carlé ruhte in einem Nirwana von heißem Wasser aus, als schon die Cousinen gelaufen kamen, platzend vor Neugier, denn dies war das erste Mal, daß er mit einer Frau im Dorf erschien. Wir drei trafen in der Küche aufeinander und musterten uns wohl eine halbe Minute, maßen und schätzten uns ab, anfangs mit natürlichem Mißtrauen und dann mit großem Wohlwollen, auf der einen Seite die üppigen blonden Frauen mit den blühenden Wangen, in den bestickten Röcken, den gestärkten Blusen und den mit Falbeln besetzten Schürzen, mit denen sie die Touristen beeindruckten, auf der anderen Seite ich, sehr viel weniger hübsch und adrett. Die Cousinen waren genau so, wie ich sie mir nach Rolfs Beschreibung vorgestellt hatte, nur

zehn Jahre älter, und ich hatte meine heimliche Freude daran, daß sie in seinen Augen ewig jung blieben. Ich glaube, sie begriffen auf den ersten Blick, daß sie eine Rivalin vor sich hatten, und es muß sie verwundert haben, daß ich so ganz anders war als sie – vielleicht hätte es ihnen geschmeichelt, wenn Rolf ihr Ebenbild gewählt hätte –, aber da die beiden großherzige Geschöpfe sind, ließen sie die Eifersucht beiseite und nahmen mich auf wie eine Schwester. Sie gingen ihre Kinder holen und stellten mir ihre Ehemänner vor, kräftige, gutmütige Kerle, die nach Kerzenwachs rochen, dann halfen sie ihrer Mutter, das Essen zuzubereiten. Bald danach saß ich am Tisch, umgeben von dieser gesunden Sippe, einen Schäferhundwelpen auf den Füßen und ein Stück Schinken mit Süßkartoffelpüree im Mund, und fühlte mich weit, weit weg vom Gefängnis Santa María, von Huberto Naranjo und von den Granaten aus Universalmaterie, und als Onkel Rupert den Fernseher einschaltete, um die Nachrichten zu hören, und ein Offizier erschien und den Ausbruch der neun Guerrilleros schilderte, mußte ich mich zusammenreißen, um seinen Worten folgen zu können.
Schwitzend und sichtlich um Fassung bemüht, gab der Direktor von Santa María bekannt, eine Gruppe Terroristen habe von Hubschraubern aus, mit Bazookas und schweren Maschinengewehren bewaffnet, das Gefängnis überfallen, während im Innern die Häftlinge die Wachen mit Bomben in Schach hielten. Mit einem Stab zeigte er auf einem Plan der Anlage die Bewegungen der Gefangenen von dem Augenblick an, da sie ihre Zellen verließen, bis zu ihrem Verschwinden im Urwald. Er konnte nicht erklären, wie sie trotz der Metalldetektoren an die Waffen gekommen waren, es war wie Hexerei, sie tauchten einfach in ihren Händen auf. Am Sonnabend um fünf Uhr nachmittags sollten sie zur Latrine geführt werden, und plötzlich schwangen sie vor den Wachen die Granaten

und drohten, sie zu zerfetzen, wenn sie sich nicht ergäben. Dem Direktor zufolge, der unrasiert und bleich vor Schlaflosigkeit in die Kamera starrte, hatten die in diesem Abschnitt diensttuenden Wachleute tapferen Widerstand geleistet, aber da sie keine Wahl hatten, lieferten sie ihre Waffen aus. Diese braven Diener des Vaterlandes – sie befanden sich gegenwärtig im Militärhospital, scharf bewacht und bei strengstem Verbot, Besuche zu empfangen, schon gar nicht von Reportern – wurden geschlagen, ohne sich wehren zu können, und dann in einer Zelle eingeschlossen, damit sie nicht Alarm geben konnten. Zur gleichen Zeit provozierten ihre Komplizen eine Zusammenrottung der Häftlinge im Hof, und die draußen operierenden Gruppen der Aufrührer schnitten die Stromkabel durch, sprengten die Landebahn des fünf Kilometer entfernten Militärflugplatzes in die Luft, machten die Straße für Motorfahrzeuge unbrauchbar und raubten die Patrouillenboote. Dann warfen sie Seile und Kletterhaken über die Mauer, hängten Strickleitern daran, und so konnten die Gefangenen entkommen, schloß der Offizier, und der Zeigestab zitterte in seiner Hand. Ein Sprecher mit einer arroganten Stimme löste ihn ab, um zu versichern, hier handle es sich offensichtlich um eine Aktion des internationalen Kommunismus, der Frieden des Kontinents stehe auf dem Spiel, die Behörden würden nicht ruhen, bis sie die Schuldigen festgenommen und auch die Komplizen gefunden hätten. Die Nachricht endete mit einer kurzen Meldung: General Tolomeo Rodríguez war zum Oberkommandierenden der Streitkräfte ernannt worden.

Zwischen zwei Schluck Bier erklärte Onkel Rupert, all diese Guerrilleros sollten sie nach Sibirien schicken, mal sehen, ob es ihnen da gefiel, noch nie hätte man gehört, daß einer über die Berliner Mauer zu den Kommunisten kletterte, alle täten es, um vor den Roten zu fliehen – »Und

wie steht es in Kuba? Nicht mal Klopapier haben sie da, und kommt mir bloß nicht mit Gesundheit, Unterricht, Sport und all dem Humbug, damit kann keiner was anfangen, wenn er sich den Hintern wischen will«, schloß er auftrumpfend. Ein Zwinkern von Rolf machte mir klar, daß es besser war, auf Erklärungen zu verzichten.
Burgel wechselte den Kanal, um die neue Folge der Fernsehserie zu sehen, sie lebte in Spannung seit dem Abend zuvor, als die böse Alejandra durch die halb offene Tür Belinda und Luis Alfredo belauscht hatte, die sich leidenschaftlich küßten. »So gefällt mir das, heutzutage zeigen sie die Küsse von nahem, früher war das der reinste Betrug, die Verliebten sahen sich an, nahmen sich bei der Hand, und gerade wenn das Beste anfangen sollte, zeigten sie uns den Mond, ich mag gar nicht dran denken, wieviel Monde wir haben aushalten müssen, und dann saß man da und hätte so gerne gesehen, wie's weiterging – nanu, schaut doch mal, Belinda bewegt die Augen, mir scheint beinah, die ist in Wirklichkeit gar nicht blind!« Ich war schon drauf und dran, ihr die Geheimnisse des Drehbuchs zu enthüllen, das ich so oft mit Mimí durchgeackert hatte, aber zum Glück hielt ich mich zurück, wozu sollte ich all ihre Illusionen zerstören? Die beiden Cousinen und ihre Ehemänner hingen ebenfalls an der Mattscheibe, die Kinder schliefen auf Sesseln und Sofas, und draußen kam der Abend, friedlich und kühl. Rolf nahm mich beim Arm, und wir verließen das Haus.
Wir schlenderten durch die krummen Straßen dieses ungewöhnlichen Dorfes aus dem vorigen Jahrhundert, das in einen Berghang der Tropen hineingewachsen war, mit seinen schmucken Häusern, seinen blühenden Gärten, seinen Schaukästen voller Kuckucksuhren und dem winzigen Friedhof, auf dem die Grabsteine säuberlich aneinandergereiht standen, alles reinlich und adrett und absurd. Wir blieben an einer Wegbiegung außerhalb des Ortes

stehen und betrachteten den Himmel, der sich über uns wölbte, und die Lichter der Kolonie, die sich unter uns wie ein großer Teppich über die Hänge ausbreiteten. Als unsere Schritte verstummt waren, hatte ich das Gefühl, in eine soeben geborene Welt getreten zu sein, in der der Laut noch nicht erschaffen war. Zum erstenmal lauschte ich der Stille. Bis jetzt hatte es immer Geräusche in meinem Leben gegeben, zuweilen kaum wahrnehmbare, wie das Flüstern der Gespenster von Zulema und Kamal oder das Murmeln des Urwalds im Morgengrauen, dann wieder lärmende wie das Radio in den Küchen meiner Kindheit. Ich atmete den Geruch der Kiefern ein, ganz hingegeben an diesen neuen Genuß. Endlich begann Rolf zu sprechen, der Zauber verflog, und ich blieb genauso enttäuscht zurück wie damals, als mir eine Handvoll Schnee in den Händen zu Wasser wurde. Rolf erzählte mir seine Version von den Vorgängen in Sante María, zum Teil hatte er sie filmen können, den Rest hatte er vom Negro erfahren.

Am Sonnabendnachmittag waren der Gefängnisdirektor und die Hälfte der Wachen im Bordell von Agua Santa, wie Mimí vorausgesagt hatte, und sie waren so betrunken, daß sie glaubten, es wäre Silvester, als sie die Explosion vom Flugplatz hörten, und sich nicht einmal die Hosen anzogen. Rolf Carlé hatte sich in einer Piroge der Insel genähert, seine Ausrüstung unter Palmblättern versteckt, und Comandante Rogelio und seine uniformierten Männer hatten sich vor dem Haupttor aufgebaut und mit Zirkuslärm die Sirene heulen lassen, nachdem sie an der Uferanlegestelle die Wachen überwältigt und ihnen ihr Boot abgenommen hatten und damit übergesetzt waren. Kein Vorgesetzter war da, um Befehle zu geben, und niemand hielt die Guerrilleros auf, denn diese Besucher schienen Offiziere von hohem Rang zu sein. Zur selben Zeit erhielten die Gefangenen gerade durch eine Öffnung in den Stahltüren die einzige Mahlzeit des Tages. Da fing einer von ihnen an, über schreckliche Leibschmerzen zu klagen, »ich sterbe, Hilfe, ich bin vergiftet!«, und sofort stimmten seine Gefährten in das Jammergeschrei ein, »Mörder, Mörder, sie bringen uns um«. Zwei Wachen betraten die Zelle des Kranken, um ihn zum Schweigen zu bringen, und sahen sich einem sehr gesunden Mann gegenüber, mit einer Granate in jeder Hand und mit so viel Entschlossenheit in den Augen, daß sie nicht zu atmen wagten. Comandante Rogelio holte seine Genossen heraus und nahm auch die Helfer aus der Küche mit, ohne einen einzigen Schuß abzugeben, ohne Gewalt und ohne Hast, und setzte sie in demselben Boot zum jenseitigen Ufer über, wo alle, von den Indios geführt, im Urwald verschwanden. Rolf hatte alles mit Teleobjektiv gefilmt und ließ sich dann flußabwärts treiben bis zu der Stelle, wo er sich mit dem Negro treffen sollte. Als sie im Jeep mit Höchstgeschwindigkeit in Richtung Hauptstadt fuhren, hatten die Militärs es noch nicht geschafft, sich zu verständigen, damit sie die Autostraße sperren und mit der Jagd beginnen konnten.

»Ich freue mich für sie, aber ich weiß nicht, was du mit den Filmen anfangen willst, wenn das alles doch zensiert wird.«

»Wir werden sie zeigen«, sagte er.

»Du weißt, was für eine Demokratie dies ist, Rolf, unter dem Vorwand des Antikommunismus gibt es nicht mehr Freiheit als zu Zeiten des Generals.«

»Wenn sie uns verbieten, den Bericht zu bringen, wie sie es bei dem Blutbad in der Operationsbasis gemacht haben, dann werden wir die Wahrheit in der nächsten Fernsehserie erzählen.«

»Was sagst du?«

»Deine Serie läuft an, sobald dieser Schwachsinn mit der Blinden und dem Millionär zu Ende ist. Du mußt es fertigbringen, die Guerrilla und den Ausbruch aus Santa María ins Drehbuch aufzunehmen. Ich habe einen Koffer voller Filme über den bewaffneten Kampf. Davon wirst du vieles gebrauchen können.«

»Das werden sie nie erlauben . . .«

»In drei Wochen sind Wahlen. Dem neuen Präsidenten wird sehr daran gelegen sein, den Eindruck von Liberalität zu erwecken, und deshalb wird er mit der Zensur sehr vorsichtig sein. Auf jeden Fall kann man immer behaupten, es sei ja alles Fiktion, und da die Fernsehserien viel populärer sind als die Nachrichtensendungen, wird alle Welt erfahren, was in Santa María wirklich vor sich gegangen ist.«

»Und ich? Die Polizei wird mich fragen, woher ich das alles weiß.«

»Sie werden dich nicht anrühren, weil sie damit nur zugeben würden, daß du die Wahrheit sagst«, erwiderte Rolf Carlé. »Ach übrigens, weil wir gerade von Dichtung sprechen, ich muß ständig über die Bedeutung der Geschichte von der Frau nachdenken, die einem Krieger eine Vergangenheit verkauft . . .«

»Ist dir die immer noch nicht aufgegangen? Ich sehe schon, du bist ein Mann von langsamen Reaktionen . . .«

Die Präsidentschaftswahlen verliefen in voller Ordnung und in bester Stimmung, als wäre die Ausübung republikanischer Rechte ein langgewohnter Brauch und nicht das mehr oder minder junge Wunder, das sie in Wirklichkeit war. Der Kandidat der Opposition siegte, wie Aravena prophezeit hatte, dessen politischer Riecher sich, unangefochten von den Jahren, nur noch verfeinert hatte. Kurz darauf verunglückte Alejandra tödlich mit dem Auto, Belinda erlangte ihr Augenlicht wieder und ehelichte, in unzählige Meter weißen Tülls gehüllt und mit unechten Brillanten und Wachsblüten gekrönt, den bezaubernden

Luis Alfredo Martínez de la Roca. Das Land stieß einen tiefen Seufzer der Erleichterung aus, denn es war schon eine ungeheure Geduldsprobe gewesen, fast ein Jahr lang Tag für Tag die Schicksalsschläge dieser Geschöpfe mitzuleiden. Aber das nationale Fernsehen ließ den Zuschauern keine Zeit zum Atemholen und jagte sofort meine Serie hinterher, der ich in einer sentimentalen Anwandlung den Titel »Bolero« gegeben hatte, zu Ehren jener Lieder, die meine Kindheit ausgefüllt und mir als Grundlage so vieler Geschichten gedient hatten. Das Publikum wurde von der ersten Folge mehr als verblüfft und konnte sich in den nächsten von der Verwirrung nicht erholen. Ich glaube, keiner begriff, worauf diese wunderliche Historie hinauswollte, die Leute waren an Eifersucht, Verzweiflung, Machtstreben oder wenigstens Jungfräulichkeit gewöhnt, aber nichts davon erschien auf ihren Mattscheiben, und wenn sie abends schlafen gingen, tummelten sich in ihren verstörten Gemütern vergiftete Indios, Einbalsamierer in Rollstühlen, von ihren Schülern erhängte Lehrer, Minister, die sich in bischofssamtene Sessel entleerten, und weitere Greuel, die keiner logischen Überlegung standhielten und den wohlbekannten Gesetzen der kommerziellen Unterhaltung durch die Maschen schlüpften. Trotz der allgemeinen Bestürzung gewann »Bolero« an Boden und hatte es bald geschafft, daß Ehemänner früh nach Hause kamen, um die tägliche Folge zu sehen. Die Regierung ermahnte Señor Aravena, der dank seinem Ruf und seiner Gewandtheit eines alten Fuchses im Amt geblieben war, er möge darauf achten, daß die Moral, die guten Sitten und der Patriotismus gewahrt blieben, woraufhin ich einige allzu unanständige Aktivitäten der Señora streichen und die Ursache des Aufstandes der Huren kaschieren mußte, aber das übrige blieb nahezu unangetastet. Mimí hatte eine bedeutende Rolle, sie stellte sich selbst so treffend dar, daß sie zur populärsten Schauspielerin der Unterhaltungsserien wurde. Zu ihrem Ruhm trug auch die Unklarheit über ihr eigentliches Geschlecht bei, denn wenn man sie sah, schien das Gerücht wenig glaubhaft, sie sei einmal ein Mann gewesen, ja schlimmer: in einigen Einzelheiten ihrer Anatomie sollte sie sogar immer noch einer sein. Natürlich fehlte es auch nicht an Stimmen, die ihren Erfolg dem Liebesverhältnis mit dem Leiter des Fernsehens zuschrieben, aber da keiner der beiden sich die Mühe machte, den Klatsch zu dementieren, starb er eines natürlichen Todes.

Ich schrieb jeden Tag eine neue Episode, ich war völlig in der Welt versunken, die ich mit der allumfassenden Macht der Worte schuf, ich war in ein vielfach gespaltenes Wesen verwandelt, bis ins Unendliche vermehrt, sah mein eigenes Bild in zahllosen Spiegeln, lebte unzählige Leben, redete mit vielen Stimmen. Die Gestalten wurden so wirklich, daß sie alle gleichzeitig im Haus erschienen, ohne die chronologische Ordnung der Geschichte zu respektieren, die Lebenden zusammen mit den Toten, und jeder in jedem Alter: während Consuelo für den Portugiesen die Hühner festhielt, gab es eine nackte Consuelo-Frau, die sich das Haar löste, um einen Sterbenden zu trösten, Huberto Naranjo kam in kurzen Hosen ins Zimmer und betrog Ahnungslose mit schwanzlosen Fischen, und dann tauchte er plötzlich im Oberstock auf mit dem Schlamm des Krieges an seinen Kommandantenstiefeln, die Patin schwenkte hochmütig die Hüften wie in ihren besten Jahren und begegnete sich selbst auf der Terrasse als zahnloser alter Frau mit einer Flicknaht um den Hals und ein Haar des Papstes anbetend. Sie alle trieben sich in den Zimmern herum und brachten Elviras Tagesablauf durcheinander, die viel Energie darauf wenden mußte, sich mit ihnen zu zanken und das Chaos in Ordnung zu bringen, das sie wie ein Hurrikan überall anrichteten. »O Gott, Vögelchen, schaff mir diese Wahnsinnigen aus der Küche, ich habe es satt, sie mit dem Besen rauszujagen!« beschwerte sie sich, aber wenn sie sie abends auf dem Bildschirm ihre Rollen spielen sah, seufzte sie stolz. Und schließlich betrachtete sie sie als ihre eigene Familie.

Zwölf Tage bevor die Guerrillakapitel für die Serie abgedreht wurden, erhielt ich ein Schreiben vom Verteidigungsministerium. Ich verstand nicht, weshalb sie mich in diese Dienststelle vorluden, statt mir ein paar Herren von der Politischen Polizei in ihrem unverwechselbaren schwarzen Wagen zu schicken, aber ich sagte Mimí und der Großmutter kein Wort, um sie nicht zu ängstigen, und Rolf konnte ich nicht benachrichtigen, weil er in Paris war und die Friedensverhandlungen über Vietnam filmte. Ich hatte diese böse Nachricht erwartet, seit ich vor Monaten die Handgranaten aus Universalmaterie fabriziert hatte, und im Grunde war es mir ganz recht, daß ich mich der Sache stellen mußte, dann wurde ich wenigstens endlich diese nicht zu packende Unruhe los, die ich wie ein Jucken auf der Haut fühlte. Ich deckte meine Schreibmaschine zu, ordnete meine Papiere, zog mich an, so beklommen, als probierte ich mein Totenhemd an, rollte mir das Haar im Nacken zu einem Knoten und ging aus dem Haus, nicht ohne den Geistern, die hinter mir zurückblieben, einen Abschiedsgruß zuzuwinken.
Ich kam zum Gebäude des Ministeriums, stieg eine Marmortreppe hinauf, ging durch breite Bronzetüren, vor denen Doppelposten mit Federbüschen auf den Helmen Wache hielten, und zeigte einem Pförtner meine Vorladung. Ein Soldat führte mich einen teppichbelegten Gang entlang, wir traten durch eine Tür, in die das Staatswappen eingeschnitzt war, und ich stand in einem mit kostbaren Vorhängen und Kristallüstern ausgestatteten Raum. In dem farbigen Glasfenster stand Christoph Kolumbus, festgebannt für die Ewigkeit, einen Fuß auf der

Küste Amerikas, den anderen auf seinem Schiff. Da erblickte ich hinter einem Schreibtisch aus Mahagoni General Tolomeo Rodríguez. Seine kräftige Gestalt zeichnete sich im Gegenlicht zwischen der exotischen Flora der Neuen Welt und dem Stiefel des Eroberers ab. Ich erkannte ihn sofort an dem Schwindelgefühl, das mich erfaßte, obwohl es einige Sekunden dauerte, bis ich seine Katzenaugen, seine großen Hände und seine ebenmäßigen Zähne ausmachen konnte. Er stand auf, begrüßte mich mit seiner etwas gespreizten Artigkeit und bot mir in einem der Sessel Platz an. Er setzte sich neben mich und bat eine Sekretärin, Kaffee zu bringen.

»Erinnern Sie sich an mich, Eva?«

Wie sollte ich ihn vergessen haben, so lange Zeit war seit unserer einzigen Begegnung nicht vergangen, und schließlich hatte ich dank dem Gemütsaufruhr, den dieser Mann mir bereitet hatte, die Arbeit in der Fabrik aufgegeben und begonnen, mir mein Brot mit Geschichtenschreiben zu verdienen. In den ersten Minuten redeten wir Banalitäten, ich saß auf der Sesselkante und hielt die Tasse mit zitternder Hand, er hatte sich entspannt zurückgelehnt und beobachtete mich mit einem rätselhaften Ausdruck im Gesicht. Als die Höflichkeitsthemen erschöpft waren, schwiegen wir beide eine Weile, und die Pause wurde mir unerträglich.

»Weshalb haben Sie mich rufen lassen, General?« fragte ich endlich, als ich mich nicht länger beherrschen konnte.

»Um mit Ihnen ein Abkommen zu schließen«, und dann eröffnete er mir, daß er eine komplette Akte über mein Leben habe, von den Presseberichten über den Tod Zulemas angefangen bis zu den Beweisen meiner neuen Beziehung zu Rolf Carlé, diesem polemischen Filmemacher, auf den die Sicherheitskräfte auch ein Auge hätten. Nein, nein, er drohe mir nicht, er sei mein Freund, besser gesagt, mein ergebener Verehrer. Er habe die Drehbücher von

»Bolero« geprüft und festgestellt, daß sie unter so vielen anderen Dingen erstaunliche Einzelheiten über die Guerrilla und diesen unglückseligen Ausbruch der Gefangenen aus Santa María enthielten. »Sie schulden mir eine Erklärung, Eva!«
Am liebsten hätte ich auf diesem Ledersessel die Beine hochgezogen und mein Gesicht zwischen den Knien versteckt, aber ich blieb still sitzen, betrachtete mit ungeheurem Interesse das Muster des Teppichs und suchte vergeblich in meinem weiträumigen Phantasiearchiv nach einer passenden Antwort. Die Hand des Generals Tolomeo Rodríguez berührte mich ganz leicht an der Schulter: ich brauchte nichts zu fürchten, das hatte er mir doch schon gesagt, mehr noch, er würde sich nicht in meine Arbeit einmischen, ich konnte weiter an meiner Serie schreiben, er hatte auch nichts gegen diesen Coronel in Folge einhundertacht einzuwenden, der ihm so ähnelte, er hatte gelacht, als er es las, und die Gestalt war nicht schlecht, sehr dezent gemacht, wirklich, und große Vorsicht, was die heilige Ehre der Streitkräfte angeht, damit spielt man nicht. Er hatte nur eine Bemerkung zu machen, wie er schon dem Leiter des nationalen Fernsehens vor ein paar Tagen in einer Unterredung erklärt hatte: Ich würde diese Hanswurstiade mit den Papiermachéwaffen abwandeln und jegliche Erwähnung des Bordells von Agua Santa unterlassen müssen, Dinge, die nicht nur die Wachen und Beamten des Gefängnisses lächerlich machten, sondern auch gänzlich unglaubwürdig waren. Er tat mir einen Gefallen, wenn er diese Änderung anordnete, ohne Zweifel würde die Serie sehr gewinnen, wenn man ein paar Tote und Verwundete auf beiden Seiten hinzufügte, so etwas gefiel dem Publikum, und diese bei so schwerwiegenden Angelegenheiten ungehörigen Possen würden vermieden.
»Was Sie vorschlagen, wäre natürlich dramatischer, aber

die Wahrheit ist, daß die Guerrilleros ohne Gewaltanwendung geflohen sind, General.«

»Ich sehe, Sie sind besser unterrichtet als ich. Aber wir wollen keine militärischen Geheimnisse diskutieren, Eva. Ich hoffe, Sie zwingen mich nicht, Maßnahmen zu ergreifen, folgen Sie meiner Anregung. Lassen Sie mich nebenbei sagen, daß ich Ihre Arbeit bewundere. Wie machen Sie das? Wie schreiben Sie, meine ich?«

»Ich mache das, was ich kann . . . Die Wirklichkeit ist eine Wirrnis, es gelingt uns nie, sie auszumessen oder zu enträtseln, weil alles zur gleichen Zeit geschieht. Während Sie und ich hier sprechen, ist hinter Ihnen Christoph Kolumbus dabei, Amerika zu entdecken, und die Indios, die ihn auf dem farbigen Fensterglas empfangen, gehen immer noch nackt durch den Urwald, wenige Stunden von diesem Büro entfernt, und werden auch in hundert Jahren noch da gehen. Ich versuche, mir einen Weg durch dieses Labyrinth zu bahnen, ein wenig Ordnung in all das Chaos zu bringen, das Dasein erträglicher zu machen. Wenn ich schreibe, erzähle ich das Leben so, wie ich es gern haben würde.«

»Woher nehmen Sie Ihre Ideen?«

»Aus den Dingen, die geschehen, und aus anderen, die geschahen, bevor ich geboren wurde, aus den Zeitungen, aus dem, was die Leute erzählen.«

»Und aus den Filmen dieses Rolf Carlé, vermute ich.«

»Sie haben mich doch nicht hergerufen, um über ›Bolero‹ zu sprechen, General, sagen Sie mir, was Sie von mir wollen.«

»Sie haben recht, über die Serie habe ich mich schon mit Señor Aravena auseinandergesetzt. Ich habe Sie hergebeten, weil die Guerrilla geschlagen ist. Der Präsident hat die Absicht, diesem Kampf ein Ende zu machen, der für die Demokratie so schädlich ist und das Land soviel kostet. Er wird demnächst einen Plan zur friedlichen

Beilegung verkünden und eine Amnestie für die Guerrilleros anbieten, die die Waffen niederlegen und bereit sind, die Gesetze zu achten und sich in die Gesellschaft einzufügen. Ich kann Ihnen sogar noch mehr sagen, der Präsident denkt daran, die Kommunistische Partei zu legalisieren. Mit dieser Maßnahme bin ich zwar nicht einverstanden, wie ich zugeben muß, aber es ist nicht meines Amtes, mich der politischen Exekutive entgegenzustellen. Allerdings erlaube ich mir eine Warnung: Die Streitkräfte werden niemals zulassen, daß zugunsten fremder Interessen gefährliche Ideen im Volk gesät werden. Wir werden mit unserem Leben die Ideale der Gründer des Vaterlandes verteidigen. Kurz gesagt, wir machen der Guerrilla ein einzigartiges Angebot, Eva. Ihre Freunde können in das normale Leben zurückkehren«, schloß er.

»Meine Freunde?«

»Ich meine Comandante Rogelio. Ich glaube, die meisten seiner Männer werden von der Amnestie Gebrauch machen, wenn er es tut, deshalb möchte ich ihm persönlich erklären, daß dies ein ehrenhafter Abschluß ist – und seine einzige Möglichkeit, eine andere werde ich ihm nicht geben. Ich brauche jemanden, der sein Vertrauen besitzt und uns zusammenbringt, und diese Person können Sie sein.«

Zum erstenmal in dieser Unterredung sah ich ihm in die Augen, ich starrte ihn an und fragte mich, ob er den Verstand verloren hatte, wie konnte er verlangen, ich solle meinen eigenen Bruder in eine Falle führen – diese verdammten Haken, die das Schicksal schlägt, dachte ich, es ist noch nicht lange her, da verlangte Huberto Naranjo von mir, ich sollte das gleiche mit dir tun.

»Ich sehe, Sie vertrauen mir nicht«, murmelte er, ohne die Augen abzuwenden.

»Ich weiß nicht, wovon Sie sprechen.«

»Bitte, Eva, ich verdiene doch wohl, daß man mich nicht

unterschätzt. Ich weiß Bescheid über Ihre Freundschaft mit Comandante Rogelio.«

»Dann bitten Sie mich nicht um so etwas.«

»Ich bitte Sie darum, weil es ein gerechtes Übereinkommen ist, den Männern kann es das Leben retten, und mir spart es Zeit. Am Freitag wird der Präsident dem Land diese Maßnahmen verkünden, ich hoffe, daß Sie mir bis dahin glauben und bereit sind, mir zu helfen, zum Wohle aller, besonders dieser Terroristen, die nur die eine Wahl haben, Frieden oder Tod.«

»Es sind Guerrilleros, keine Terroristen, General.«

»Nennen Sie sie, wie Sie wollen, das ändert nichts an der Tatsache, daß sie außerhalb des Gesetzes stehen, und ich habe alle Mittel zur Verfügung, sie zu vernichten, aber ich werfe ihnen einen Rettungsring zu.«

Ich willigte ein, es mir zu überlegen, weil ich bedachte, daß ich damit Zeit gewann. Einen Augenblick schoß mir die Erinnerung an Mimí durch den Sinn, wie sie die Stellung der Planeten erforschte und die Karten enträtselte, um Huberto Naranjos Zukunft zu prophezeien: »Ich habe es immer gesagt, dieser Kerl wird als Großunternehmer oder als Bandit enden.« Ich mußte unwillkürlich lächeln, denn vielleicht irrten sich die Astrologie und die Karten ein weiteres Mal. Ich sah nämlich einen Comandante Rogelio vor mir, der im Kongreß der Republik von einem samtenen Sitz aus die gleichen Schlachten schlug wie jetzt mit dem Gewehr in den Bergen.

General Tolomeo Rodríguez begleitete mich zur Tür und hielt beim Abschied meine Hand in seinen beiden fest.

»Ich habe mich in Ihnen getäuscht, Eva. Monatelang habe ich ungeduldig auf Ihren Anruf gehofft, aber ich bin sehr stolz und halte immer ein gegebenes Wort. Ich habe gesagt, ich würde Sie nicht zwingen, und ich habe es nicht getan, aber jetzt bedaure ich es.«

»Sie denken an Rolf Carlé?«

»Ich nehme an, das geht vorüber.«
»Und ich hoffe, es wird für immer sein.«
»Nichts ist für immer, Kind, nur der Tod.«
»Ich versuche, das Leben auch so zu leben, wie ich es gern haben würde . . . wie einen Roman.«
»Also gibt es für mich gar keine Hoffnung?«
»Ich fürchte, nein, aber ich danke Ihnen jedenfalls für Ihre Liebenswürdigkeit, General.« Damit stellte ich mich auf die Zehenspitzen, um an seiner stattlichen Höhe hinaufzureichen, und drückte ihm einen raschen Kuß auf die Wange.

Finale

Wie ich schon feststellte, hat Rolf Carlé in einigen Dingen sehr langsame Reaktionen. Dieser Mann, der so schnell ist, wenn es darum geht, eine Szene mit der Kamera einzufangen, steht seinen Gefühlsregungen ziemlich unbeholfen gegenüber. In seinen dreißig-und-soundsoviel Jahren hatte er gelernt, allein zu leben, und verteidigte seine Gewohnheiten hartnäckig, trotz der lobpreisenden Predigten über häusliche Tugenden, die seine Tante Burgel ihm hielt. Vielleicht brauchte er deshalb so lange Zeit, ehe er gewahr wurde, daß etwas sich geändert hatte, als er mich, auf Seidenkissen zu seinen Füßen sitzend, eine Geschichte erzählen hörte.

Nachdem Rolf mich bei seinen Verwandten in der Kolonie untergebracht hatte, war er noch in derselben Nacht in die Hauptstadt zurückgekehrt, weil er bei dem Tumult nicht fehlen durfte, der sich im ganzen Lande erhob, als die Radiostationen der Guerrilla die Stimmen der Geflüchteten sendeten, revolutionäre Losungen verbreiteten und die Behörden verspotteten. Erschöpft, übermüdet und hungrig verbrachte er die folgenden vier Tage damit, alle in die Sache verwickelten Personen vor der Kamera zu befragen, von der Puffmutter in Agua Santa und dem abgesetzten Gefängnisdirektor bis zu Comandante Rogelio persönlich, der, einen Stern auf seiner schwarzen Baskenmütze und ein Tuch vor dem Gesicht, zwanzig Sekunden auf den Bildschirmen erschien, bevor die Übertragung abbrach, wegen technischer Mängel, wie es genannt wurde. Am Donnerstag wurde Aravena ins Präsidentenpalais zitiert, wo ihm die scharfe Empfehlung zuteil wurde, er möge doch gefälligst sein Reporterteam unter Kontrolle halten, wenn ihm daran gelegen sei, auf seinem Posten zu bleiben. »Ist dieser Carlé nicht Ausländer?« – »Nein, Exzellenz, er ist naturalisiert, ich habe seine Urkunde gesehen.« – »Aha. Nun, auf jeden Fall warnen Sie ihn, er soll sich nicht noch einmal in Angelegenheiten der inneren Sicherheit einmischen, er könnte es bereuen.« Aravena rief seinen Schützling in sein Büro, schloß sich mit ihm fünf Minuten ein, und das Ergebnis war, daß Rolf noch am selben Tag in die Kolonie zurückkehrte mit der bündigen Anweisung, dort zu bleiben, aus dem Verkehr gezogen, bis das böse Murren um seinen Namen verstummt war.

Er betrat das weiträumige Holzhaus, in dem die Wochenendtouristen noch nicht eingetroffen waren, es gab die übliche lärmende Begrüßung, aber er ließ weder seiner Tante die Möglichkeit, ihm die erste Portion Pastete in den Mund zu stecken, noch den Hunden Zeit, ihn von Kopf bis Fuß zu belecken. Er ging sofort durch die Hintertür wieder hinaus, um mich zu suchen, denn seit einigen Wochen beunruhigte ein Phantasiegeschöpf im gelben Taftunterrock seine Träume, lockte ihn, quälte ihn, entschlüpfte ihm, hob ihn Augenblicke vorm Erwachen in die Seligkeit, wenn er es nach Stunden stürmischer Verfolgung endlich in die Arme schloß, und stürzte ihn in wütende Empörung, wenn er allein erwachte, schweißgebadet und verzagt. Es war an der Zeit, dieser lächerlichen Verwirrung einen Namen zu geben.

Ich saß unter einem Eukalyptusbaum und schrieb scheinbar an meinem Manuskript, aber in Wirklichkeit hatte ich ihn schon aus dem Augenwinkel erspäht. Ich sorgte dafür, daß der leichte Windhauch den zarten Stoff meines Kleides bewegte und daß die Abendsonne mir einen Hauch von sanfter Gelassenheit gab, was mich sehr von dem gierigen Weibsbild unterschied, das seine Träume verheerte. Ich merkte wohl, daß er mich minutenlang von weitem beobachtete. Ich denke, daß er endlich entschied, der Umwege seien nun genug gewesen, und daß er beschloß, mir seinen Standpunkt mit der größten Klarheit auseinanderzusetzen, innerhalb der ihm eigenen Höflichkeitsnormen. Er kam mit großen Schritten heran und begann mich sofort zu küssen, genauso, wie es sich in den romantischen Liebesgeschichten abspielt, so, wie ich seit Jahrhunderten gehofft hatte, daß er es tun würde, und so, wie ich gerade vorher die Begegnung meiner Helden in »Bolero« beschrieben hatte. Ich nutzte die Nähe, um heimlich an ihm zu schnuppern, und stellte so den Geruch meines Liebespaares fest. Kurz und gut, alles war nun in der elementaren Tatsache zusammengefaßt, daß ich meinen Mann gefunden hatte, nach so vielem Probieren und Herumstöbern auf der Suche nach ihm. Er schien das gleiche Gefühl zu haben, und vielleicht kam er zu einem ähnlichen Schluß, wenn auch mit einigen Vorbehalten, bedenkt man seine vernunftgesteuerte Natur. Wir liebkosten uns und flüsterten jene Worte, die nur die Frischverliebten auszusprechen wagen, weil sie noch immun sind, was das Vorurteil gegen Kitsch angeht.

Nachdem wir uns ausgiebig unter dem Eukalyptusbaum geküßt hatten, ging die Sonne unter, es wurde dunkel und kühl. Da gingen wir, die gute Nachricht von unserer soeben eingeweihten Liebe zu verkünden. Rupert lief sofort, seinen Töchtern Bescheid zu sagen, und stieg dann in den Keller, um seine Flaschen mit altem Wein heraufzuholen, während Burgel, die so gerührt war, daß sie anfing, heimatliche Lieder zu singen, sich in die Küche stellte, um die Zutaten des aphrodisischen Gerichtes zu hacken und zu würzen, während im Patio unter den Hunden lärmende Lustigkeit ausbrach, denn sie hatten als erste unsere ausstrahlenden Schwingungen gespürt. Der Tisch wurde mit dem Festtagsporzellan für ein Riesenfreßgelage gedeckt, die Kerzenfabrikanten, heimlich erleichtert, stießen auf das Glück ihres ehemaligen Nebenbuhlers an, und die beiden Cousinen machten sich flüsternd und lachend daran, in dem besten Gästezimmer die Daunendecken zurechtzuklopfen und frische Blumen in die Vasen zu stellen, in demselben Raum, wo sie sich vor Jahren in ihren ersten lüsternen Lektionen versucht hatten. Als das Familienessen beendet war, zogen Rolf und ich uns zurück. Wir traten in das geräumige Zimmer, mit einem Kamin, in dem Akazienkloben brannten, und einem hohen Bett, bedeckt mit den am häufigsten gelüfteten Federbetten der Welt und einem Moskitonetz, das weiß wie ein Brautschleier von der Decke hing. In dieser Nacht und in allen folgenden Nächten liebten wir uns ausgelassen und mit unwandelbarer Leidenschaft, bis die Möbel des Hauses den schimmernden Glanz von Gold annahmen.

Und danach liebten wir uns einfach noch eine vernünftige Zeit lang, bis die Liebe sich allmählich abnutzte und in Fetzen ging.

Oder vielleicht kam es auch nicht so. Vielleicht hatten wir das Glück, auf eine außergewöhnliche Liebe gestoßen zu sein, und ich brauchte sie nicht zu erfinden, sondern nur festlich einzukleiden, damit sie im Gedächtnis fortdaure, getreu dem Grundsatz, daß es möglich ist, sich die Wirklichkeit nach den eigenen Wünschen zu erschaffen. Ich habe ein bißchen übertrieben, als ich zum Beispiel schrieb, daß unsere Flitterwochen überschwenglich waren, daß der Geist dieses urigen Dorfes und die Ordnung der Natur in Aufruhr gerieten, die Gassen von Seufzern beunruhigt wurden, die Tauben in den Kuckucksuhren Nester bauten, die Mandelbäume des Friedhofs in einer Nacht aufblühten und Onkel Ruperts Hündinnen vor der Zeit heiß wurden. Ich habe geschrieben, daß während dieser gesegneten Wochen die Zeit sich dehnte, sich zusammenrollte, sich umkehrte wie das Tuch eines Zauberkünstlers und daß schließlich Rolf Carlé – als sein feierlicher Ernst zu Staub geworden war und die Eitelkeit in den Himmel gewachsen – seine Albträume zum Teufel schickte und wieder die Lieder seiner Jugend sang und daß ich den Bauchtanz tanzte, den ich von Riad Halabí in der Küche gelernt hatte, und lachend und Wein trinkend viele Geschichten erzählte, darunter einige mit glücklichem Ende.

Geschichten der Eva Luna

Für William Gordon,
für die Zeit,
die wir miteinander teilen
I. A.

Der König wies seinen Wesir an, er solle ihm jede Nacht eine Jungfrau bringen, und wenn die Nacht vorbei war, befahl er, sie zu töten. So geschah es drei Jahre lang, und in der Stadt gab es keine Jungfrau mehr, die ihm hätte zu Diensten sein können. Nun hatte aber der Wesir eine Tochter von großer Schönheit mit Namen Scheherazade ... und sie war sehr beredt, und es machte Freude, ihr zu lauschen.

(aus *Tausendundeine Nacht*)

Du öffnetest deinen Gürtel, streiftest dir die Sandalen von den Füßen, warfst deinen weiten Rock, aus Baumwolle, glaube ich, in eine Ecke und löstest das Band, das dein Haar im Nacken zusammenhielt. Deine Haut kräuselte sich, und du lachtest. Wir waren einander so nah, daß wir uns nicht sehen konnten, beide versunken in den drängenden Ritus, eingehüllt in die Wärme und den Geruch, die wir beide ausströmten. Ich schuf mir Bahn durch deine Wege, meine Hände um deine sich bäumenden Lenden, die deinen voller Ungeduld. Du glittest, du strichst über mich hin, du wandest dich um mich, du umfaßtest mich mit deinen unbesiegbaren Beinen, du sagtest mir tausendmal »komm« mit deinen Lippen auf den meinen. Im Höhepunkt erlebten wir einen Augenblick völliger Einsamkeit, jeder verloren in seinem brennenden Abgrund, doch bald erwachten wir wieder jenseits des Feuers und fanden uns umschlungen zwischen den zerwühlten Laken unter dem weißen Moskitonetz. Ich schob dir das Haar zurück, um dir in die Augen zu sehen. Bisweilen setztest du dich neben mich, die Beine gekreuzt und deinen Seidenschal über einer Schulter, im Schweigen der Nacht, die kaum begonnen hatte. So erinnere ich mich an dich, ruhig, in Frieden.

Du denkst in Worten, für dich ist die Sprache ein nie abreißender Faden, den du webst, als spielte sich das Leben ab, während du es erzählst. Ich denke in Bildern, die zur Fotografie gerinnen. Dennoch ist diese nicht in eine Platte eingeätzt, sie scheint eher eine Federzeichnung zu sein, sie ist eine genaue und vollkommene Erinnerung, mit weichen Umrissen und warmen Farben, renaissancehaft, wie eine auf körnigem Papier oder auf Leinwand eingefangene Idee. Sie ist ein prophetischer Augenblick, ist unser ganzes Leben, alles Gelebte und noch zu Lebende, alle Zeiträume zugleich, ohne Anfang und Ende. Aus einer gewissen Entfernung betrachte ich diese Zeichnung, auf der auch ich bin. Ich bin Zuschauer und Dargestellter. Ich bin im Halbschatten, verschleiert durch den Dunst eines durchsichtigen Vorhangs. Ich weiß, daß ich es bin, aber ich bin auch der, der von außen beobachtet. Ich weiß, was der auf diesem zerknüllten Bett gemalte Mann empfindet, in diesem Raum mit dunklen Balken und hoher Decke, in dem die Szene wie das Fragment einer antiken Zeremonie erscheint. Dort bin ich mit dir und bin auch hier, allein, in einer anderen Zeit des Bewußtseins. Auf dem Bild ruht das Paar aus, nachdem es sich geliebt hat, beider Haut schimmert feucht. Der Mann hat die Augen geschlossen, eine Hand liegt auf der Brust, die andere auf ihrem Schenkel, in intimem Einverständnis. Für mich kehrt dieses Bild immer wieder, unveränderlich, nichts wandelt sich, immer ist da dasselbe gelassene Lächeln des Mannes, dieselbe Mattigkeit der Frau, dieselben Falten in den Laken und dieselben dunklen Winkel des Zimmers, immer streift das Licht ihre Brüste und Wangenknochen im selben Winkel, und immer fallen der Seidenschal und die dunklen Haare mit derselben Lieblichkeit.

Jedesmal, wenn ich an dich denke, sehe ich dich so, sehe ich uns so, für immer festgehalten auf diesem Lager, unverwundbar gegenüber dem zerstörerischen Vergessen. Ich kann diese Szene lange auskosten, bis ich fühle, daß ich in den Raum dieses Zimmers trete und nicht mehr der Betrachter bin, sondern der Mann, der neben dieser Frau ruht. Dann zerbricht die ebenmäßige Stille des Bildes, und ich höre unsere Stimmen, ganz nahe.

»Erzähl mir eine Geschichte«, sage ich zu dir.

»Was für eine möchtest du?«

»Erzähl mir eine Geschichte, die du noch niemandem erzählt hast.«

Rolf Carlé

Zwei Worte

Ihr Name war Belisa Crepusculario, aber nicht auf dem Taufschein oder von ihrer Mutter her, sondern weil sie selber nach ihm gesucht hatte, bis sie ihn fand und ihn annahm. Ihr Beruf war, Worte zu verkaufen. Sie zog durch das Land, von den höchsten und kältesten Regionen bis zu den heißesten Küsten, und richtete sich auf den Märkten ein, wo sie vier Pfähle mit einer Plane darüber aufstellte, die sie vor Sonne und Regen schützte und unter der sie ihre Kundschaft bediente. Sie brauchte ihre Ware nicht anzupreisen, denn weil sie soviel umherwanderte, kannten sie alle. Viele erwarteten sie schon von einem Jahr zum andern, und wenn sie mit ihrem Bündel unterm Arm im Ort erschien, bildete sich vor ihrem Stand rasch eine Schlange. Für fünf Centavos lieferte sie Verse zum Gedenken, für sieben verschönte sie die Bedeutung der Träume, für neun schrieb sie Liebesbriefe, für zwölf erfand sie Beschimpfungen gegen Todfeinde. Sie verkaufte auch Geschichten, aber das waren keine ausgedachten, sondern wirkliche lange Geschichten, die sie geläufig erzählte, ohne etwas auszulassen. So brachte sie die Neuigkeiten von einem Dorf zum andern. Die Leute bezahlten sie dafür, daß sie ein, zwei Worte hinzufügte: Ein Kind ist geboren, der und der ist gestorben, unsere Tochter hat geheiratet, die Ernte ist verbrannt. In jedem Ort versammelte sich eine kleine Menschenmenge um sie und hörte ihr zu, und so erfuhren sie vom Leben anderer, von den fernen Verwandten, von den Kämpfen des Bürgerkrieges. Wer bei ihr für fünfzig Centavos kaufte, dem schenkte sie ein geheimes Wort, um die Schwermut zu vertreiben. Natürlich war es niemals dasselbe, das wäre ja Betrug an allen gewesen. Jeder erhielt das seine und war sicher, daß kein anderer es für denselben Zweck gebrauchte, in dieser Welt nicht und nicht jenseits davon.

Belisa Crepusculario war in einer Familie geboren, die so bettelarm war, daß sie nicht einmal Namen für ihre Kinder besaß. Sie wuchs auf in der unwirtlichsten Gegend, wo in manchem Jahr der Regen sich in Wasserlawinen verwandelt, die alles mit sich fortreißen, und wo zu anderen Zeiten nicht ein Tropfen vom Himmel fällt, die Sonne wächst und wächst und endlich den ganzen Horizont ausfüllt und die Welt zur Wüste wird. Bis sie zwölf Jahre alt war, hatte sie keine andere Beschäftigung oder Fähigkeit, als den Hunger und die Erschöpfung von Jahrhunderten zu überleben. Während einer endlosen Dürre mußte sie vier jüngere Geschwister begraben helfen, und als sie begriff, daß nun die Reihe an ihr war, beschloß sie davonzugehen, durch die Ebenen zum Meer zu wandern, sie wollte doch sehen, ob es ihr unterwegs nicht gelang, dem Tod ein Schnippchen zu schlagen. Die Erde war borkig, in tiefe Risse gespalten, übersät mit Steinen, geborstenen Baumstrünken, verdorrtem Stachelgesträuch, von der Hitze weißgebleichten Tierskeletten. Von Zeit zu Zeit stieß sie auf Familien, die gleich ihr gen Süden zogen, dem Trugbild des Wassers folgend. Einige hatten sich mit ihren Siebensachen auf dem Rücken auf die Wanderung gemacht, andere hatten sie auf Karren geladen, aber sie konnten kaum sich selbst voranbringen und mußten ihre Habseligkeiten aufgeben. Sie schleppten sich mühsam dahin, die Haut zu Eidechsenleder verbrannt und die Augen vom grellen Widerschein des Lichts versengt. Belisa winkte ihnen im Vorübergehen zu, aber sie hielt sich nicht auf, sie konnte ihre Kräfte nicht in barmherzigen Taten vergeuden. Viele blieben auf dem Weg liegen, sie aber war hartnäckig und schaffte es, die Hölle zu durchqueren, und so gelangte sie schließlich zu den ersten Quellen, dünnen Wasserrinnsalen, die eine kümmerliche Vegetation speisten und im weiteren Verlauf zu Bächen und kleinen Flüssen anwuchsen.
Belisa Crepusculario rettete ihr Leben und entdeckte nebenbei durch Zufall die Schrift. Als sie schon nahe der Küste

durch ein Dorf kam, wehte ihr der Wind ein Zeitungsblatt vor die Füße. Sie hob das gelbe, brüchige Papier auf und betrachtete es lange, ohne zu ahnen, wozu es dienen mochte, bis die Neugier über ihre Schüchternheit siegte. Sie näherte sich einem Mann, der sein Pferd in demselben trüben Tümpel wusch, in dem sie ihren Durst gestillt hatte.

»Was ist das?« fragte sie.

»Die Sportseite der Zeitung«, sagte der Mann, ohne sich über ihre Unwissenheit zu verwundern.

Die Antwort verblüffte das Mädchen, aber sie wollte nicht aufdringlich erscheinen und beschränkte sich auf die Frage, was die auf das Papier gemalten Fliegenfüßchen bedeuteten.

»Das sind Worte, Kind. Hier steht, daß Fulgencio Barba den Negro Tiznao in der dritten Runde k. o. geschlagen hat.«

An diesem Tage lernte Belisa Crepusculario, daß die Worte ungebunden und herrenlos sind und daß jeder mit ein bißchen Geschick sich ihrer bemächtigen kann, um mit ihnen Handel zu treiben. Sie bedachte ihre Lage und kam zu dem Schluß, daß es, wenn sie nicht ihren Körper verkaufen oder sich als Dienstmädchen in den Küchen der Reichen verdingen wollte, nur wenige Beschäftigungen gab, die sie ausführen konnte. Worte zu verkaufen erschien ihr als anständiger Ausweg. Seither übte sie diesen Beruf aus und hatte sich niemals einen anderen gewünscht. Anfangs bot sie ihre Ware an, ohne zu ahnen, daß Worte auch außerhalb von Zeitungen geschrieben werden konnten. Als sie es begriff, erwog sie die unendlichen Möglichkeiten ihres Geschäfts, zahlte aus ihren Ersparnissen einem Priester zwanzig Pesos, damit er sie Lesen und Schreiben lehrte, und kaufte sich von den drei Pesos, die ihr verblieben waren, ein Wörterbuch. Sie arbeitete es von A bis Z durch und warf es dann ins Meer, weil sie nicht vorhatte, ihre Kunden mit eingeweckten Worten zu betrügen.

Rund zehn Jahre später saß Belisa Crepusculario an einem Augustmorgen unter ihrem Zelt und verkaufte rechtliche Beweisgründe an einen alten Mann, der seit siebzehn Jahren vergeblich seine Pension einforderte. Es war Markttag, und ringsum herrschte Lärm und Trubel. Plötzlich hörte sie Schreie und trommelnde Pferdehufe, sie hob den Blick von ihrem Schreiben und sah zuerst eine Staubwolke und dann einen Trupp Reiter, der in das Dorf einbrach. Es waren Männer des Coronel, befehligt von dem Mulatten, einem Riesen, der im ganzen Gebiet bekannt war für die Schnelligkeit seines Messers und die Treue zu seinem Anführer. Beide, der Coronel und der Mulatte, hatten ihr Leben im Bürgerkrieg verbracht, und ihre Namen waren unlösbar verbunden mit Zerstörung und Unheil. Die Reiter drangen auf ihren schweißnassen Pferden mit donnerndem Getöse in den Ort ein und brachten auf ihrem Weg die Schrecken eines Hurrikans mit sich. Gackernd flogen die Hühner auf, die Hunde stoben in alle Himmelsrichtungen davon, die Frauen brachten sich rennend mit ihren Kindern in Sicherheit, und auf dem ganzen Marktplatz blieb keine lebende Seele zurück außer Belisa Crepusculario, die den Mulatten noch nie gesehen hatte und sich sehr verwunderte, daß er geradenwegs auf sie zuritt.

»Dich suche ich!« schrie er und deutete mit seiner eingerollten Peitsche auf sie, und augenblicklich stürzten sich zwei seiner Männer auf Belisa, wobei sie das Zelt umwarfen und das Tintenfaß in Scherben ging, fesselten sie an Händen und Füßen und warfen sie wie einen Sack quer über das Pferd des Mulatten. Dann wendete der Trupp und galoppierte in Richtung auf die Hügel davon.

Stunden später, als Belisa Crepusculario schon zu sterben meinte und glaubte, ihr Herz müsse in lauter Sand verwandelt sein auf dem stoßenden Pferderücken, hörte das Schüttern auf, und vier starke Hände setzten sie zu Boden. Sie wollte aufstehen und würdevoll den Kopf heben, aber ihr versagten die Kräfte, mit einem Seufzer sank sie in sich zusammen und fiel in einen abgrundtiefen Schlaf. Einige Stunden später erwachte sie im Murmeln der Nacht, doch sie hatte keine Zeit, die Laute ringsum zu enträtseln, denn als sie die Augen öffnete, begegnete sie dem ungeduldigen Blick des Mulatten, der neben ihr kniete.

»Endlich kommst du zu dir, Weib«, sagte er und reichte ihr seine Feldflasche, damit sie einen Schluck Branntwein mit Schießpulver trank und wieder ins Leben zurückfand.

Sie wollte wissen, weshalb sie so mißhandelt worden war, und der Mulatte erklärte ihr, der Coronel benötige ihre Dienste. Er erlaubte ihr, sich das Gesicht zu waschen, und führte sie dann bis ans Ende des Lagers, wo der gefürchtetste Mann des Landes in einer zwischen zwei Bäumen befestigten Hängematte ruhte. Sie konnte sein Gesicht nicht sehen, weil der schwankende Schatten des Laubwerks und der unauslöschbare Schatten von vielen Jahren Banditenleben darüber lagen, aber sie stellte sich vor, daß sein Ausdruck grausam sein mußte, wenn sein riesiger Adjutant sich ihm so demütig näherte. Seine Stimme überraschte sie, sie war sanft und klangvoll wie die eines gebildeten Mannes.

»Du bist die, die Worte verkauft?« fragte er.

»Zu deinen Diensten«, stammelte sie und spähte in das Halbdunkel, um ihn besser zu erkennen.

Der Coronel stand aus seiner Hängematte auf, und der Schein der Fackel, die der Mulatte trug, leuchtete ihm voll ins Gesicht. Die Frau sah seine dunkle Haut und seine drohenden Pumaaugen und wußte sogleich, daß sie vor dem einsamsten Mann dieser Erde stand.

»Ich will Präsident werden«, sagte er.

Er war es müde, durch dieses verfluchte Land zu ziehen in nutzlosen und zerstörerischen Kriegen, die keine Ausrede in Siege verwandeln konnte. Er hatte viele Jahre bei Wind und Wetter unter freiem Himmel geschlafen, war von Moskitos zerstochen worden, hatte sich von Leguanen und Schlangensuppe ernährt, aber die kleinen Unannehmlichkeiten ergaben keinen ausreichenden Grund für ihn, sein Leben zu ändern. Was ihn in Wirklichkeit plagte, war das Entsetzen in fremden Augen. Er wünschte sich, unter Triumphbögen, zwischen bunten Fahnen und Blumen in die Städte und Dörfer einzureiten, die Leute sollten ihm zujubeln und ihm frische Eier und Brot noch warm aus dem Backofen schenken. Er war es leid, mit anzusehen, wie bei seinem Kommen die Männer flohen, die Frauen vor Schreck niederkamen und die Kinder zitterten, deshalb hatte er beschlossen, Präsident zu werden. Der Mulatte hatte ihm vorgeschlagen, sie sollten zur Hauptstadt reiten, im Galopp in den Palast eindringen und sich der Regierungsgewalt bemächtigen, wie sie sich so vieler anderer Dinge bemächtigt hatten, ohne um Erlaubnis zu bitten, aber der Coronel hatte kein Verlangen danach, auch nur wieder ein Tyrann zu werden, davon hatten sie hier schon genug gehabt, und außerdem würde er damit nicht die Zuneigung der Leute gewinnen. Seine Vorstellung ging dahin, in den Dezemberwahlen durch die Stimmen des Volkes berufen zu werden.

»Dafür muß ich wie ein Kandidat sprechen. Kannst du mir die Worte für eine Rede verkaufen?« fragte er Belisa Crepuscolario.

Sie hatte schon viele Aufträge angenommen, aber noch keinen wie diesen, dennoch konnte sie sich nicht weigern, denn sie fürchtete, dann würde der Mulatte ihr genau zwischen die Augen schießen oder, schlimmer noch, der Coronel würde zu weinen anfangen. Andererseits drängte es sie auch, ihm zu helfen, denn sie fühlte eine pochende Hitze unter der Haut, den machtvollen Wunsch, diesen Mann zu berühren, ihn zu streicheln, ihn in die Arme zu schließen.

Die ganze Nacht und ein gut Teil des folgenden Tages suchte Belisa Crepuscolario in ihrem Vorrat nach Worten, die für eine Präsidentenrede geeignet wären, wobei der Mulatte neben ihr hockte und die Augen nicht von ihren festen Wandererbeinen und ihren jungfräulichen Brüsten ließ. Sie schied die schroffen und trockenen Worte aus, die allzu blumigen, solche, die vom Mißbrauch farblos geworden waren, solche, die unwahrscheinliche Versprechungen anboten, die lügnerischen und die verworrenen Worte, bis ihr die übrigblieben, bei denen sie sicher war, daß sie das Denken der Männer und das Einfühlungsvermögen der Frauen anzurühren vermochten. Sie bediente sich der Kenntnisse, die sie bei dem Priester um zwanzig Pesos erworben hatte, und schrieb die Rede auf ein Blatt Papier. Dann winkte sie dem Mulatten, damit er den Strick losband, mit dem er ihre Fußgelenke an einen Baum gefesselt hatte. Sie wurde erneut vor den Coronel geführt, und als sie ihn sah, spürte sie wieder die gleiche pochende Unruhe wie bei der ersten Begegnung. Sie überreichte ihm das Papier und wartete, während er es mit den Fingerspitzen hielt und ratlos betrachtete.

»Was zum Teufel heißt das hier?« fragte er schließlich.

»Kannst du nicht lesen?«

»Was ich kann, ist Krieg machen«, erwiderte er.

Sie las die Rede laut vor. Sie las sie dreimal, damit ihr Kunde sie sich ins Gedächtnis prägen konnte. Als sie geendet hatte, sah sie atemlose Ergriffenheit in den Mienen der Männer, die sich um sie geschart hatten, um zuzuhören, und sah, daß die gelben Augen des Coronels vor Begeisterung strahlten, denn er war sicher, daß mit diesen Worten der Präsidentenstuhl ihm gehören würde.

»Wenn die Jungs mit offenen Mäulern dastehen, nachdem sie das dreimal gehört haben, dann muß dieser Scheiß was taugen«, sagte der Mulatte beifällig

»Wieviel schulde ich dir für deine Arbeit, Frau?« fragte der Coronel.

»Einen Peso.«

»Das ist nicht teuer«, sagte er und öffnete den Beutel, den er mit dem Übriggebliebenen vom letzten Beutezug am Gürtel trug.

»Außerdem hast du ein Recht auf eine Dreingabe. Dir stehen zwei geheime Worte zu«, sagte Belisa Crepusculario.
»Was soll das denn heißen?«
Sie erklärte ihm nun, daß sie einem Kunden für jeweils fünfzig Centavos, die er bezahlte, ein Wort für seinen ausschließlichen Gebrauch schenkte. Der Coronel zuckte die Achseln, denn ihm lag nicht das geringste an dem Angebot, aber er wollte nicht unhöflich gegen jemanden sein, der ihn so gut bedient hatte. Sie ging ohne Eile auf den ledernen Schemel zu, auf dem er saß, und beugte sich zu ihm hinab, um ihm ihr Geschenk zu übergeben. Da spürte der Mann den Geruch nach Gebirgstier, der von dieser Frau ausging, die brennende Hitze, die ihre Hüften ausstrahlten, die ungeheuerliche Empfindung, als ihr Haar seine Haut streifte, den Minzeatem, mit dem sie ihm die zwei geheimen Worte ins Ohr flüsterte.
»Sie gehören dir, Coronel«, sagte sie, als sie zurücktrat. »Du kannst sie verwenden, so oft du willst.«
Der Mulatte begleitete Belisa bis zum Wegrand und blickte sie dabei unverwandt mit den flehenden Augen eines verirrten Hundes an, aber als er die Hand ausstreckte, um sie zu berühren, stoppte sie ihn mit einem Schwall von selbsterfundenen Worten, die ihm das Verlangen austrieben, denn er hielt sie für eine nie mehr zu widerrufende Verwünschung.

In den Monaten September, Oktober und November hielt der Coronel seine Rede so oft, daß sie durch den vielen Gebrauch zu Asche geworden wäre, hätte sie nicht aus leuchtenden, dauerhaften Worten bestanden. Er durchzog das Land in allen Richtungen, ritt mit Siegermiene in die Städte ein und verweilte selbst in den vergessensten Dörfern, wo nur die Unrathaufen menschliche Gegenwart anzeigten, um die Wähler zu überzeugen, daß sie für ihn stimmen mußten. Während er auf einem Podium in der Mitte des Platzes seine

Rede hielt, verteilten der Mulatte und seine Männer Bonbons und malten mit vergoldetem Zuckerguß seinen Namen auf die Häuserwände, aber niemand beachtete diese Reklametricks, denn alle waren begeistert von der Eindeutigkeit seiner Absichten und von der poetischen Klarheit seiner Schlußfolgerungen, alle waren angesteckt von seinem unbändigen Wunsch, die Fehler der Geschichte wiedergutzumachen, und zum erstenmal in ihrem Leben waren sie fröhlich. Am Schluß der Rede jagten seine Männer Pistolenschüsse in den Himmel und entzündeten Feuerwerksraketen, und wenn sie schließlich fortritten, blieb eine Spur Hoffnung zurück, die noch viele Tage in der Luft hing wie die wunderbare Erinnerung an einen Kometen. Schon bald war der Coronel der volkstümlichste Politiker geworden. Er war ein nie vorher gesehenes Phänomen, dieser Mann, der aus dem Bürgerkrieg aufgetaucht war, mit Narben bedeckt, der sprach wie ein Gebildeter und dessen Ruhm sich über das Land verbreitete und die Herzen der Menschen bewegte. Die Presse beschäftigte sich mit ihm. Von weither kamen die Reporter gereist, um ihn zu interviewen und seine Kernsätze zu wiederholen, und so wuchs die Zahl seiner Anhänger und die seiner Feinde.

»Wir kommen gut voran, Coronel«, sagte der Mulatte, als zwölf Wochen voller Erfolge vergangen waren.

Aber der Kandidat hörte ihm nicht zu. Er wiederholte für sich seine zwei geheimen Worte, wie er es immer häufiger tat. Er sagte sie, wenn er vor Sehnsucht schwach wurde, murmelte sie im Schlaf, stieg mit ihnen auf sein Pferd, dachte sie, bevor er seine berühmte Rede hielt, und ertappte sich dabei, daß er in unachtsamen Augenblicken ihren Klang auskostete. Und jedesmal, wenn ihm diese zwei Worte in den Sinn kamen, beschworen sie Belisa Crepuscularios Gegenwart herauf, und seine Sinne gerieten in Aufruhr bei der Erinnerung an den Gebirgsgeruch, die brennende Hitze, die ungeheuerliche Empfindung und den Minzeatem, bis er schließlich wie ein Schlafwandler umherging und seine Männer befürchteten, es würde mit ihm zu Ende sein, bevor er den Präsidentenstuhl erobert hatte.

»Was ist los mit dir, Coronel?« fragte der Mulatte ihn viele Male, und eines Tages wußte sein Anführer nicht mehr weiter und gestand ihm, die Schuld an seinem Gemütszustand trügen diese zwei Worte, die ihm wie in den Leib gerammt seien.

»Sag sie mir, dann werden sie schon ihre Kraft verlieren«, bat ihn sein treuer Adjutant.

»Ich werde sie dir nicht sagen, sie gehören mir allein«, entgegnete der Coronel.

Der Mulatte hatte es satt, seinen Anführer dahinkümmern zu sehen wie einen zum Tode Verurteilten, er warf sich das Gewehr über die Schulter und ritt davon, Belisa Crepusculario zu suchen. Er folgte ihren Spuren durch das ganze weite Land, bis er sie in einem Dorf im Süden fand, wo sie unter ihrem Geschäftszelt saß und ihren Rosenkranz von Neuigkeiten abspulte. Er pflanzte sich breitbeinig vor ihr auf, das Gewehr im Anschlag.

»Du kommst mit mir!« befahl er.

Sie hatte ihn erwartet. Sie packte ihr Tintenfaß ein, faltete die Zeltplane zusammen, legte sich ihr Tuch um die Schultern und schwang sich schweigend auf die Kruppe des Pferdes. Auf dem ganzen Weg wechselten sie kein Wort, denn sein Verlangen nach ihr hatte sich in Wut verwandelt, und nur die Furcht, die ihre Zunge ihm einflößte, hielt ihn davon ab, sie zu Tode zu peitschen. Er war auch nicht geneigt, ihr zu erklären, daß sein Coronel sich wie ein Blödsinniger aufführte und daß ein ins Ohr geraunter Zauber zustande brachte, was so viele Jahre des Kampfes nicht vermocht hatten. Drei Tage später kamen sie im Lager an, und sofort führte er seine Gefangene vor den Kandidaten, angesichts der ganzen Truppe.

»Ich habe dir die Hexe geholt, damit du ihr diese Worte zu-

rückgibst, Coronel, und damit sie dir deine Mannhaftigkeit zurückgibt«, sagte er und richtete den Lauf des Gewehrs auf den Nacken der Frau.
Der Coronel und Belisa Crepusculario sahen sich lange an, maßen sich aus der Entfernung. Dann begriffen die Männer, daß er sich nicht mehr von dem Zauber dieser zwei teuflischen Worte losmachen konnte, denn alle sahen, wie die Raubtieraugen des Pumas sanft wurden, als sie auf ihn zutrat und ihn bei der Hand nahm.

Verdorbenes Kind

Mit elf Jahren war Elena Mejías noch ein unterernährtes Würmchen mit der glanzlosen Haut der einsamen Kinder, mit ein paar verspäteten Milchzahnlücken im Mund, mausfarbenem Haar und überall hervortretenden Knochen, die zu groß für sie schienen und besonders an Knien und Ellbogen herauszuwachsen drohten. Nichts in ihrem Äußeren verriet ihre hitzigen Träume, nichts kündete die Frau an, die sie später sein würde. Unbeachtet ging sie zwischen den billigen Möbeln und den ausgeblichenen Vorhängen in der Pension ihrer Mutter umher. Sie war nur ein trübsinniges kleines Etwas, das zwischen den staubigen Geranien und den großen Farnen im Patio spielte oder mit den Platten für das Abendessen zwischen Küchenherd und Speisezimmer hin und her lief. Selten bemerkte sie ein Gast, und wenn er es tat, dann nur, um ihr aufzutragen, sie solle die Kakerlakennester mit Insektengift besprühen oder den Tank im Bad füllen, wenn das kreischende Pumpengerippe sich weigerte, das Wasser bis in den zweiten Stock hinaufzubefördern. Ihre Mutter, erschöpft von der Hitze und der Hausarbeit, hatte weder Sinn für Zärtlichkeiten noch die Zeit, ihre Tochter zu beobachten, und so merkte sie gar nicht, wann Elena anfing, sich in ein anderes Geschöpf zu verwandeln. In den ersten Jahren ihres Lebens war sie ein stilles, schüchternes Kind gewesen, das sich mit geheimnisvollen Spielen unterhielt, in den Zimmerecken mit sich selber sprach und am Daumen lutschte. Sie verließ das Haus nur, um in die Schule oder auf den Markt zu gehen, sie schien gleichgültig gegen die Kinder ihres Alters, die in lärmenden Rudeln auf der Straße spielten.

Elenas Verwandlung begann mit der Ankunft von Juan José Bernal, dem Meister des Belcanto, wie er sich selber nannte und wie ein Plakat ihn ankündigte, das er an die Wand seines Zimmers heftete. Die Pensionsgäste waren in der Mehrheit Studenten oder kleine Verwaltungsangestellte. Damen und Herren von Stand, wie ihre Mutter sagte, die sich rühmte, nicht all und jeden unter ihrem Dach aufzunehmen, sondern nur anständige Leute, von denen man wußte, wo sie beschäftigt waren, die gute Manieren hatten, zahlungsfähig genug waren, um ihre Miete einen Monat im voraus auf den Tisch zu legen, und die bereit waren, sich an die Regeln der Pension zu halten, die eher denen eines Priesterseminars glichen als denen einer Beherbergungseinrichtung. Eine Witwe muß auf ihren guten Ruf achten und sich Respekt zu verschaffen wissen, ich möchte nicht, daß aus meiner Pension ein Schlupfwinkel für Vagabunden und verkommene Elemente wird, wiederholte die Mutter oft, damit niemand – und schon gar nicht Elena – es vergäße. Eine der Aufgaben des Kindes war es, die Gäste zu beobachten und der Mutter jede verdächtige Kleinigkeit zu berichten. Diese Spitzelei hatte das Unkörperliche des Mädchens noch verstärkt, sie tauchte ein in das Dunkel der Zimmer, war still vorhanden und erschien plötzlich, als kehrte sie soeben aus einer unsichtbaren Dimension zurück. Mutter und Tochter versahen gemeinsam die zahlreichen Arbeiten in der Pension, jede schweigend in ihre gewohnten Pflichten vertieft, ohne die Notwendigkeit, sich einander mitzuteilen. Sie sprachen überhaupt wenig, allenfalls in der freien Stunde der Siesta, und dann sprachen sie über die Gäste. Bisweilen versuchte Elena, das graue Leben dieser vorüberziehenden Frauen und Männer auszuschmücken, die kamen und gingen, ohne eine Erinnerung zu hinterlassen, sie schrieb ihnen außergewöhnliche Erlebnisse zu, gab ihnen Farbe, indem sie sie mit einer heimlichen Liebe oder einer Tragödie bedachte, aber ihre Mutter hatte einen sicheren Instinkt, ihren Phantastereien auf die Spur zu kommen. Ebenso wie sie es erriet, wenn ihre Tochter ihr eine Information vorenthielt. Sie hatte einen durch nichts zu erschütternden praktischen Sinn und eine ganz klare Vorstellung, was unter ihrem Dach vor sich ging, sie wußte genau, was jeder zu jeder Stunde des Tages oder der Nacht tat, wieviel Zucker noch in der Speisekammer war, für wen das Telefon läutete oder wo die Schere hingekommen war. Sie war einmal eine fröhliche, hübsche Frau gewesen, ihre plumpen Kleider konnten kaum die Ungeduld eines noch jungen Körpers bändigen, aber sie hatte sich so viele Jahre mit schäbigen Kleinigkeiten abgeben müssen, daß die Frische ihres Geistes und ihre Lust am Leben vertrocknet waren.

Als jedoch Juan José Bernal kam und nach einem Zimmer fragte, veränderte sich für sie alles, und auch für Elena. Die Mutter, bezaubert von der anmaßenden klangvollen Stimme des Meisters des Belcanto und der Andeutung von Berühmtheit, die aus dem Plakat sprach, handelte gegen ihre eigenen Regeln und nahm ihn in die Pension auf, obwohl er in nichts ihrem Idealbild eines Gastes entsprach. Bernal sagte, er singe des Nachts und müsse deshalb am Tage schlafen, er habe im Augenblick kein Engagement und könne also nicht einen Monat im voraus bezahlen, und er sei peinlich genau in seinen Eßgewohnheiten und seiner Hygiene, er sei Vegetarier, und er brauche zwei Duschen am Tag. Entgeistert sah Elena, wie ihre Mutter den neuen Gast ohne weiteres ins Buch eintrug und ihn zu seinem Zimmer führte, wobei sie sich damit abplagte, seinen schweren Koffer zu schleppen, während er den Gitarrenkasten und die Papprolle trug, in der sein kostbares Plakat steckte. Unauffällig gegen die Wand gedrückt, folgte ihnen das Kind treppauf und bemerkte den gespannten Ausdruck im Gesicht des neuen Gastes, mit dem er die schweißfeuchten Pobacken ihrer Mutter anstarrte, die sich unter der daran klebenden Baumwollschürze abzeichneten. Als sie das Zimmer betraten, schaltete Elena den Ventilator an, und die großen Flügel begannen sich mit dem Knirschen rostigen Eisens zu drehen.

Von diesem Tag an änderte sich einiges in den Gewohnheiten des Hauses. Es gab mehr Arbeit, denn Bernal schlief in den Stunden, in denen die übrigen Gäste außer Haus waren, er hielt das Bad stundenlang besetzt, verschlang eine überwältigende Menge Grünfutter, das sie getrennt zubereiten mußten, benutzte fortwährend das Telefon und holte sich das Bügeleisen, um seine modischen Hemden zu bügeln, ohne daß die Wirtin der Pension ihm die Sonderleistungen aufgerechnet hätte. Elena kam in der Siestasonne aus der Schule, wenn der Tag unter einem schrecklichen weißen Licht dahinwelkte, aber zu dieser Stunde lag er noch in seinem ersten Schlaf. Auf Anweisung ihrer Mutter zog sie die Schuhe aus, um die künstliche Ruhe nicht zu verletzen, in der das Haus gefangen schien. Inzwischen war es ihr aufgefallen, daß die Mutter sich von Tag zu Tag veränderte. Im Grunde hatte sie die Zeichen von Anfang an bemerkt, sehr viel eher, als die Gäste der Pension hinter dem Rücken der Wirtin zu tuscheln anfingen. Das erste war der Geruch, ein beständiger Blumenduft, der von der Frau ausging und hinter ihr in den Zimmern hängenblieb. Elena kannte jeden Winkel des Hauses, und dank ihrer Gewohnheit, alles auszuspionieren, fand sie das Parfumfläschchen hinter den Reispaketen und den Konservengläsern in der Speisekammer. Dann entdeckte sie den dunklen Lidstrich, den Tupfer Rot auf den Lippen, die neue Unterwäsche, das plötzliche Lächeln, wenn Bernal gegen Abend endlich herunterkam, frisch gebadet, mit noch feuchtem Haar, und sich in der Küche an den Tisch setzte, um seine sonderbaren Fakirgerichte herunterzuschlingen. Die Mutter setzte sich ihm gegenüber, und er erzählte Episoden aus seinem Künstlerleben und begeisterte sich an seinen eigenen Heldenstückchen mit einem Lachen, das ganz tief aus dem Bauch kam.

In den ersten Wochen haßte Elena diesen Mann, der das ganze Haus und die ganze Aufmerksamkeit ihrer Mutter für sich beanspruchte. Alles an ihm stieß sie ab, sein mit Brillantine geöltes Haar, seine lackierten Fingernägel, sein Tick, mit einem Hölzchen in den Zähnen zu stochern, seine Pedanterie und die Unverschämtheit, mit der er sich bedienen ließ. Sie fragte sich, was ihre Mutter in ihm sehen mochte, er war doch nur ein blöder Angeber, ein Sänger in elenden Vergnügungslokalen, von dem niemand je gehört hatte, oder vielleicht war er auch nur ein Gauner, wie Señorita Sofía, eine der ältesten Pensionsgäste, flüsternd vermutet hatte. Aber dann, an einem heißen Sonntagabend, als es nichts mehr zu tun gab und die Stunden zwischen den Wänden festzukleben schienen, kam Juan José Bernal mit seiner Gitarre in den Patio, setzte sich auf die Bank unter dem Feigenbaum und begann die Saiten anzuschlagen. Der Klang zog die Gäste an, die einer nach dem andern auftauchten, zuerst ein wenig schüchtern, ohne recht zu begreifen, was da vor sich ging, die aber dann begeistert die Stühle aus dem Speisezimmer heranschleppten und es sich rund um den Meister des Belcanto bequem machten. Bernal hatte eine recht gewöhnliche Stimme, aber er war in Geberlaune und sang mit viel Witz. Er kannte all die alten Boleros und Rancheras der mexikanischen Volksmusik und auch ein paar mit Derbheiten und Flüchen gemischte Guerrillerolieder, bei denen die Frauen erröteten. Zum erstenmal, soweit das Kind zurückdenken konnte, gab es im Haus eine Festlichkeit. Als es dunkelte, zündeten sie zwei Paraffinlampen an und hängten sie in die Bäume, und die Mutter brachte Bier und die Flasche Rum, die für Erkältungen reserviert war. Elena reichte zitternd die Gläser herum, sie spürte die zornigen Worte dieser Lieder und das Klagen der Gitarre in jeder Faser ihres Körpers wie ein Fieber. Ihre Mutter schlug mit dem Fuß den Takt. Plötzlich sprang sie auf, ergriff Elena bei den Händen, und beide begannen zu tanzen, und sofort taten die andern es ihnen nach, selbst Señorita Sofía, die sich schrecklich zierte und immerfort erregt lachen mußte. Eine lange Zeit folgte Elena dem Rhythmus, den Bernals Stimme angab, sie drückte sich an den Körper ihrer Mutter, sog den neuen Blumenduft ein und war vollkommen glücklich. Dann jedoch merkte sie, daß die Mutter sie sanft von sich schob, sich von ihr löste, um allein weiterzutanzen. Mit geschlossenen Augen und zurückgeworfenem Kopf wiegte sich die Frau wie ein Leintuch, das im leichten Wind trocknet. Elena ging auf ihren Platz, und auch die andern nahmen nach und nach ihre Stühle wieder ein und ließen die Wirtin der Pension allein in der Mitte des Patios, in ihren Tanz versunken.

Seit diesem Abend betrachtete das Kind Bernal mit neuen Augen. Sie vergaß, daß sie seine Brillantine, seine Zahnstocher und seine Anmaßung verabscheute, und wenn sie ihn vorübergehen sah oder ihn sprechen hörte, dachte sie wieder an die Lieder jenes überraschenden Festes und spürte wieder das Glühen auf der Haut und die Verwirrung im Herzen, ein Fieber, das sie nicht in Worte zu fassen wußte. Sie beobachtete ihn verstohlen von fern, und so entdeckte sie, was sie vorher nicht wahrzunehmen verstanden hatte, seine breiten Schultern, seinen starken Nacken, den sinnlichen Bogen seiner kräftigen Lippen, die Anmut seiner langen, schmalen Hände. Ein unerträgliches Verlangen durchdrang sie, sich ihm zu nähern und das Gesicht an seine braune Brust zu pressen, auf das Schwingen des Atems in seinen Lungen und auf den Schlag seines Herzens zu hören, seinen Geruch einzusaugen, einen Geruch, von dem sie wußte, daß er herb und durchdringend war wie gegerbtes Leder oder Tabak. Sie stellte sich vor, wie sie in seinen Haaren spielte, über die Muskeln des Rückens und der Beine strich, die Form seiner Füße erkundete, wie sie sich in Rauch verwandelte, um durch den Mund in ihn einzuziehen und ihn ganz und gar auszufüllen. Aber wenn er den Blick hob und dem ihren begegnete, rannte Elena davon und versteckte sich im dichtesten Gebüsch des Patios. Bernal hatte sich all ihrer Gedanken bemächtigt, das Kind konnte es kaum ertragen, wie unbeweglich die Zeit verharrte, wenn sie fern von ihm war. In der Schule bewegte sie sich wie im Traum, blind und taub gegen alles außer den Bildern in ihrem Innern, wo sie nur ihn sah. Was tat er wohl in diesem Augenblick? Vielleicht schlief er, bäuchlings auf dem Bett bei geschlossenen Rolläden, das Zimmer im Dämmerlicht, die heiße Luft von den Flügeln des Ventilators bewegt, ein Schweißrinnsal zieht sich seine Wirbelsäule entlang, das Gesicht ist im Kopfkissen vergraben. Beim ersten Ton der Schulglocke rannte sie nach Hause, betend, er möge noch nicht aufgestanden sein und sie die Zeit haben, sich zu waschen, ein sauberes Kleid anzuziehen und sich in die Küche zu setzen, um auf ihn zu warten, wobei sie so tun würde, als machte sie ihre Aufgaben, damit die Mutter sie nicht gleich mit Hausarbeiten überhäufte. Und wenn sie ihn dann pfeifend aus dem Bad kommen hörte, war sie halbtot vor Ungeduld und Furcht und ganz sicher, daß sie vor Wonne sterben würde, wenn er sie berühren oder auch nur ansprechen sollte, und sie sehnte sich danach, daß das geschehen möge, war aber gleichzeitig vorbereitet, sich zwischen den Möbeln unsichtbar zu machen, denn sie konnte ohne ihn nicht leben, konnte jedoch ebensowenig seiner verbrennenden Gegenwart standhalten. Verstohlen folgte sie ihm im Haus überallhin, bediente ihn mit jeder Kleinigkeit, erriet seine Wünsche und brachte ihm, was er brauchte, ehe er darum bat, aber sie bewegte sich immer in ihrem Schattenbereich, um ihre Anwesenheit nicht zu verraten.

In den Nächten konnte Elena nicht schlafen, weil er nicht im Hause war. Sie stieg aus ihrer Hängematte und strich wie ein Gespenst durch das erste Stockwerk, bis sie allen Mut zusammennahm und endlich Bernals Zimmer betrat. Sie schloß die Tür hinter sich und schob den Rolladen ein wenig hoch, damit von draußen Licht hereindrang und das Ritual beleuchtete, das sie erfunden hatte, um sich dessen zu bemächtigen, was als Teil der Seele dieses Mannes seiner Habe eingeprägt war. In der schwarzen Scheibe des Spiegels, die schimmerte wie eine Schlammlache, betrachtete sie sich lange, denn hier hatte er hineingeblickt, und die Spuren der beiden Bilder konnten zu einer Umarmung verschmelzen. Sie näherte sich dem Glas mit weit offenen Augen, sah sich selbst mit seinen Augen, küßte ihre eigenen Lippen mit einem harten, kalten Kuß, den sie sich heiß vorstellte wie von einem Männermund. Sie spürte die Oberfläche des Spiegels an ihrer Brust, und die winzigen Erdbeeren ihrer Brustwarzen stellten sich auf und lösten einen dumpfen Schmerz aus, der durch sie hinlief und an einem Punkt genau zwischen ihren Beinen innehielt. Sie suchte diesen Schmerz wieder und wieder. Aus dem Schrank nahm sie ein Hemd und Bernals Schuhe und zog sie sich an. Sie tat ein paar Schritte durch das Zimmer, sehr vorsichtig, um kein Geräusch zu machen. So gekleidet, stöberte sie in seinen Schubfächern, kämmte sich mit seinem Kamm, lutschte an seiner Zahnbürste, leckte an seiner Rasiercreme, streichelte seine schmutzige Wäsche. Dann, ohne zu wissen, warum sie es tat, zog sie sein Hemd, die Schuhe und ihr Nachthemd aus und legte sich nackt auf Bernals Bett, atmete gierig seinen Geruch und rief seine Wärme herbei, um sich darin einzuhüllen. Sie berührte sich am ganzen Körper, beginnend mit der Form ihres Schädels, den durchsichtigen Knorpeln der Ohren, den zarten Wölbungen der Augen, der Höhle des Mundes, und so immer weiter hinab zeichnete sie die Knochen nach, die Falten, die eckigen und die gebogenen Linien dieses unbedeutenden Ganzen, das sie selber war, und wünschte, sie wäre riesig, schwer und massig wie ein Wal. Sie stellte sich vor, sie gösse eine Flüssigkeit in sich hinein, zäh und süß wie Honig, sie schwölle an und wüchse zur Größe einer gigantischen Puppe, bis sie mit ihrem strotzenden Körper das ganze Bett, das ganze Zimmer, das ganze Haus ausfüllte. Erschöpft und weinend schlief sie dann für ein paar Minuten ein.

Eines Samstagmorgens sah Elena durch das Fenster, wie

Bernal von hinten an die Mutter herantrat, die sich über den Bottich beugte und Wäsche schrubbte. Der Mann legte ihr die Hand um die Taille, und die Frau bewegte sich nicht, als wäre das Gewicht dieser Hand ein Teil ihres Körpers. Selbst auf die Entfernung erkannte Elena das Besitzergreifende seiner Geste, die hingebungsvolle Haltung ihrer Mutter, die Vertrautheit der beiden, diesen Strom, der sie in einem ungeheuerlichen Geheimnis einte. Das Mädchen war plötzlich über und über in Schweiß gebadet, sie konnte kaum atmen, ihr Herz war ein verschreckter Vogel in ihrer Brust, Hände und Füße kribbelten, das Blut schoß ihr in die Fingerspitzen, als wollte es sie sprengen. Von diesem Tag an spionierte sie ihrer Mutter nach.

Einen nach dem andern entdeckte sie die gesuchten Beweise, anfangs waren es nur Blicke, eine allzu lange Begrüßung, ein verschwörerisches Lächeln, der Verdacht, daß sich unter dem Tisch ihre Beine trafen und daß sie Vorwände erfanden, um miteinander allein zu sein. Endlich in einer Nacht, als Elena aus Bernals Zimmer zurückkehrte, wo sie ihr verliebtes Ritual abgehalten hatte, hörte sie ein Geräusch wie unterirdisch murmelndes Wasser, das aus dem Zimmer ihrer Mutter kam, und da begriff sie, daß in der ganzen Zeit, da sie glaubte, Bernal verdiene sich mit nächtlichem Singen seinen Lebensunterhalt, er auf der anderen Seite des Flurs gewesen war, und während sie sein heraufbeschworenes Bild im Spiegel küßte und die Spur seines Schlafes aus den Laken einsog, war er bei ihrer Mutter gewesen. Mit der in vielen Jahren gelernten Geschicklichkeit, sich unsichtbar zu machen, durchschritt sie die geschlossene Tür und erblickte die beiden in ihrer Lust. Der Lampenschirm mit dem Fransenrand gab einen warmen Schein, der die Liebenden auf dem Bett beleuchtete. Die Mutter hatte sich in ein rundes, rosenfarbenes, stöhnendes, üppiges Geschöpf verwandelt, eine wogende Seeanemone, ganz Fangarme und Saugnäpfe, ganz Mund und Hände und Beine und Öffnungen, und wand und wand sich, mit Bernals großem Leib verhaftet, der dagegen starr erschien, schwerfällig, sich wie im Krampf bewegte, ein Holzkloben, von unerklärlichen Stößen geschüttelt. Das Mädchen hatte bisher noch nie einen nackten Mann gesehen, und die großen Unterschiede bestürzten sie. Der männliche Körper kam ihr brutal vor, und sie brauchte einige Zeit, um den Schock zu überwinden und sich zum Zuschauen zu zwingen. Bald jedoch wurde sie von dem Zauber der Szene gepackt, und nun konnte sie aufmerksam beobachten, um von ihrer Mutter die Gesten zu lernen, die es vermocht hatten, Bernal zu entflammen, mächtigere Gesten als die ihrer eigenen Verliebtheit, als all ihre Gebete, ihre Träume und schweigenden Rufe, als all ihr Zauberritual, mit dem sie ihn an ihre Seite ziehen wollte. Sie war sicher, daß in diesen Liebkosungen und diesem Flüstern der Schlüssel des Geheimnisses lag, und wenn es ihr gelänge, sich diesen anzueignen, würde Juan José Bernal mit ihr in ihrer Hängematte schlafen, die jede Nacht im Schrankzimmer an zwei Haken aufgehängt wurde.

Elena verbrachte die folgenden Tage in einem Dämmerzustand. Sie verlor jedes Interesse an ihrer Umgebung, selbst an Bernal, der in ihren Gefühlen vorübergehend in einem Sonderfach aufgespart wurde, und versenkte sich in eine phantastische Welt, die völlig an die Stelle der lebendigen Wirklichkeit rückte. Aus reiner Gewohnheit erledigte sie ihre täglichen Aufgaben, aber ihre Seele war abwesend bei allem, was sie tat. Als die Mutter ihre Appetitlosigkeit bemerkte, schrieb sie sie der nahenden Pubertät zu, obwohl doch Elena ganz offensichtlich noch zu jung dafür war, und nahm sich die Zeit, sich zu ihr zu setzen und sie über den mißlichen Umstand, als Frau geboren zu sein, aufzuklären. Das Kind lauschte in störrischem Schweigen der langweiligen Rede über leibliche Verdammnis und Monatsblutungen und war überzeugt, daß ihr so etwas nie zustoßen würde.

Nach fast einer Woche, an einem Mittwoch, fühlte sich Elena zum erstenmal wieder hungrig. Sie ging mit einem Büchsen-

öffner und einem Löffel in die Speisekammer und verschlang den Inhalt von drei Erbsendosen, worauf sie einem holländischen Käse das rote Wachskleid abzog und ihn aß wie einen Apfel. Dann lief sie in den Patio und erbrach einen grünen Mischmasch über die Geranien. Die Leibschmerzen und der bittere Geschmack im Mund riefen sie in die Wirklichkeit zurück. In dieser Nacht schlief sie ruhig, in ihrer Hängematte zusammengerollt, und lutschte am Daumen wie einst im Kinderbett. Am Donnerstag erwachte sie fröhlich, half ihrer Mutter, den Kaffee für die Gäste zu brühen, und frühstückte mit ihr in der Küche, bevor sie in die Schule ging. Während des Unterrichts jedoch klagte sie über Magenkrämpfe und krümmte sich so ausdrucksvoll und bat so oft, auf die Toilette zu dürfen, daß die Lehrerin ihr schließlich erlaubte, nach Hause zu gehen.
Elena machte einen langen Umweg, um die Straßen ihres Viertels zu meiden, und näherte sich dem Haus von der Rückseite. Sie schaffte es, über die Mauer zu klettern und in den Patio zu springen, es ging leichter, als sie erwartet hatte. Sie hatte sich ausgerechnet, daß ihre Mutter um diese Zeit auf dem Markt war, und da es am Donnerstag frischen Fisch gab, würde sie nicht so bald zurückkehren. Im Haus waren nur Juan José Bernal und Señorita Sofía, die schon eine Woche nicht zur Arbeit ging, weil ihre Arthritis sie plagte.
Elena versteckte die Bücher und die Schuhe unter einem Stapel Decken und schlich sich ins Haus. An die Wand gepreßt stieg sie die Treppe hinauf und hielt den Atem an, bis sie das Radio aus dem Zimmer von Señorita Sofía hörte und sich sicherer fühlte. Bernals Tür gab sofort nach. Innen war es dunkel, und einen Augenblick konnte sie nichts sehen, weil sie aus dem grellen Sonnenlicht draußen kam, aber sie kannte das Zimmer ja aus dem Gedächtnis, sie war so oft darin umhergegangen, daß sie wußte, wo jeder Gegenstand war, an welcher Stelle der Fußboden knarrte und wieviel

Schritte von der Tür entfernt das Bett stand. Dennoch wartete sie, bis ihre Augen sich an das Halbdunkel gewöhnt hatten und die Umrisse der Möbel hervortraten. Nach kurzer Zeit konnte sie auch den Mann auf dem Bett erkennen. Er lag nicht auf dem Bauch, wie sie ihn sich so oft vorgestellt hatte, sondern auf dem Rücken, nicht zugedeckt, nur mit einer Unterhose bekleidet, einen Arm ausgestreckt, den andern über der Brust, eine Haarsträhne über den Augen. Elena spürte, wie plötzlich alle Angst und Ungeduld, die sich in den letzten Tagen in ihr angesammelt hatten, von ihr abfielen, wie sie frei und rein zurückblieb mit der Ruhe eines Menschen, der weiß, was er zu tun hat. Ihr war, als hätte sie diesen Augenblick schon viele Male erlebt; sie sagte sich, sie habe nichts zu fürchten, es gehe um ein Ritual, das nur etwas anders sei als die früheren. Langsam zog sie ihre Schuluniform aus, aber sie traute sich nicht, auch ihren Baumwollschlüpfer abzustreifen. Sie näherte sich dem Bett. Nun konnte sie Bernal besser sehen. Sie setzte sich auf den Rand, ganz nahe bei der Hand des Mannes, und achtete darauf, daß ihr Gewicht nicht einmal eine Delle in das Laken drückte, sie beugte sich sacht vor, bis ihr Gesicht nur wenige Zentimeter über dem seinen schwebte und sie seinen warmen Atem und den süßlichen Geruch seines Körpers spürte, und mit unendlicher Vorsicht streckte sie sich neben ihm aus und zog behutsam jedes Bein einzeln nach, um ihn nicht zu wecken. Sie wartete, auf die Stille lauschend, bis sie sich entschloß, ihm mit einem fast unmerklichen Streicheln die Hand auf den Bauch zu legen. Diese Berührung jagte eine Sturzsee durch ihren Körper, die sie zu ersticken drohte, sie glaubte, das Klopfen ihres Herzens müßte durch das ganze Haus hallen und den Mann wecken. Sie brauchte mehrere Minuten, um sich zu fassen, und erst als sie sah, daß er sich nicht rührte, lockerte sich die Spannung, und sie legte ihm die Hand mit dem ganzen Gewicht des Armes auf, der doch so leicht war, daß er Bernals Ruhe nicht störte. Sie erinnerte sich an die Gesten, die sie bei ihrer Mutter gesehen hatte, und während sie die Finger unter seinen Hosengummi schob, suchte sie den Mund des Mannes und küßte ihn, wie sie es so oft vor dem Spiegel getan hatte. Bernal stöhnte im Schlaf und legte einen Arm um das Kind, seine andere Hand fing die ihre ein, um sie zu führen, und sein Mund öffnete sich, um den Kuß zu erwidern, wobei er den Namen der Geliebten murmelte. Elena verstand, wen er meinte, aber statt zurückzuweichen, preßte sie sich noch fester an ihn. Bernal faßte sie um die Mitte, hob sie auf sich herauf und setzte sie auf seinem Körper zurecht, während er schon die ersten Liebesbewegungen machte. Plötzlich jedoch, als er die ungewöhnliche Zerbrechlichkeit dieses Vogelgerippleins auf seiner Brust fühlte, durchfuhr ein Funken Bewußtsein den wolligen Nebel des Schlafes, und er öffnete die Augen. Elena spürte, wie sein Körper sich spannte, sie fand sich bei den Hüften gepackt und mit solcher Gewalt zurückgestoßen, daß sie auf dem Fußboden landete, aber sie stand auf und warf sich wieder über ihn, um ihn erneut zu umarmen. Bernal schlug ihr ins Gesicht und sprang aus dem Bett, geängstigt von Gott weiß welchen ehemaligen Verboten und Angstträumen.

»Verdorbenes Kind! Verdorbenes Kind!« schrie er.

Die Tür ging auf, und im Rahmen erschien Señorita Sofía.

Elena verbrachte die folgenden drei Jahre auf dem Internat einer Klosterschule, drei weitere auf der Universität in der Hauptstadt, und danach arbeitete sie in einer Bank. Inzwischen hatte die Mutter ihren Liebhaber geheiratet und mit ihm die Pension weitergeführt, bis sie genügend erspart hatten, um sich in ein kleines Landhaus zurückzuziehen, wo sie Nelken und Chrysanthemen anbauten, die sie in der Stadt verkauften. Der Meister des Belcanto spannte sein Plakat in einen vergoldeten Rahmen, aber er sang nicht mehr auf nächtlichen Veranstaltungen, und keiner vermißte ihn. Nie-

mals begleitete er seine Frau, wenn sie die Tochter besuchte, er fragte auch nicht nach ihr, um die Zweifel in seinem eigenen Gemüt nicht aufzurühren, aber er dachte oft an sie. Das Bild des Kindes war für ihn unversehrt, die Jahre hatten ihm nichts anhaben können, es war noch immer das Bild des lüsternen, von der Liebe übermannten kleinen Geschöpfes, das er zurückgestoßen hatte. Je mehr Jahre vergingen, um so zwingender wurde die Erinnerung an diese leichte Gestalt, diese kindliche Hand auf seinem Leib, diese Babyzunge in seinem Mund, bis sie zur Besessenheit wurde. Wenn er den schweren Körper seiner Frau umarmte, mußte er seine Sinne auf diese erinnerten Empfindungen sammeln, um den immer träger werdenden Trieb zur Lust zu wecken. Als er älter wurde, ging er in die Läden mit Kinderwäsche und kaufte Baumwollschlüpfer, um sie und sich selbst wieder und wieder begehrlich zu streicheln. Später schämte er sich jedesmal dieser ungezügelten Gefühle und verbrannte die Schlüpfer oder vergrub sie im Patio in dem nutzlosen Versuch, sie zu vergessen. Er gewöhnte sich an, um die Schulen und durch die Parks zu streichen und von weitem die kleinen Mädchen zu beobachten, die ihm für ein paar kurze Augenblicke das ungeheuerliche Erlebnis dieses unvergeßlichen Donnerstags zurückbrachten.
Elena war siebenundzwanzig, als sie zum erstenmal ihre Mutter besuchte. Sie wollte ihren Verlobten vorstellen, einen Armeeoffizier, der jahrelang geduldig um ihre Hand angehalten hatte. Die jungen Leute kamen an einem Novembernachmittag an, er in Zivil, um nicht in Militärgala zu protzen, und sie mit Geschenken beladen. Bernal hatte diesem Besuch mit der Beklommenheit eines Jungen entgegengesehen. Er hatte sich immer wieder im Spiegel betrachtet, hatte forschend sein eigenes Bild gemustert und sich gefragt, ob Elena die Veränderungen sehen werde oder ob in ihrer Vorstellung der Meister des Belcanto dem Verschleiß durch die Zeit widerstanden hatte. Er hatte sich auf die Begegnung

vorbereitet, indem er jedes Wort sorgfältig überlegte und sich alle nur denkbaren Antworten ausmalte. Nur eines wäre ihm niemals eingefallen: daß statt des feurigen kleinen Geschöpfes, dessentwegen er jahrelang Qualen ausgestanden hatte, eine fade, schüchterne Frau vor ihm stehen würde. Bernal fühlte sich betrogen.

Am Abend, als die Hochstimmung der Ankunft sich gelegt und Mutter und Tochter sich die letzten Neuigkeiten erzählt hatten, stellten sie Stühle in den Patio, um die Kühle zu genießen. Der Duft der Nelken hing schwer in der Luft. Bernal regte an, einen Schluck Wein zu trinken, und Elena folgte ihm ins Haus, um die Gläser zu holen. Ein paar Minuten waren sie allein in der engen Küche. Und da hielt der Mann, der so lange auf diese Gelegenheit gewartet hatte, die Frau am Arm zurück und fing an zu reden. Er sagte ihr, alles sei ein schrecklicher Irrtum gewesen, an jenem Morgen habe er geschlafen und nicht gewußt, was er tat, niemals habe er sie zu Boden werfen oder so beschimpfen wollen, sie solle doch Mitleid haben und ihm verzeihen, vielleicht werde es ihm dann gelingen, seinen Verstand zurückzugewinnen, denn in all diesen Jahren habe das brennende Verlangen nach ihr ihn unaufhörlich verfolgt, ihm das Blut verbrannt und den Geist verfinstert.

Elena betrachtete ihn verstört und wußte nicht, was sie antworten sollte. Von welchem verdorbenen Kind sprach er? Für sie lag die Kindheit weit zurück, und das Leid dieser ersten, abgewiesenen Liebe war in einem versiegelten Fach in ihrem Gedächtnis eingesperrt. Sie hatte keinerlei Erinnerung an jenen fernen Donnerstag.

Clarisa

Clarisa wurde geboren, als es in der Stadt noch kein elektrisches Licht gab, sie erlebte im Fernseher, wie der erste Astronaut über die Mondoberfläche schwebte, und sie starb vor Bestürzung, als der Papst zu Besuch kam und die als Nonnen verkleideten Homosexuellen ihm in den Weg traten. Sie hatte ihre Kindheit zwischen Farnbüscheln und von Öllampen beleuchteten Fluren verbracht. Die Tage verstrichen langsam in jener Lebenszeit. Clarisa vermochte sich nie der Hast der heutigen Zeit anzupassen, mir kam sie immer so vor, als wäre sie in der sepiafarbenen Luft eines Gemäldes aus einem anderen Jahrhundert stehengeblieben. Ich nehme an, daß sie einmal eine jungfräuliche Figur, eine anmutige Haltung und ein medaillonwürdiges Profil hatte, aber als ich sie kennenlernte, war sie schon eine etwas wunderliche alte Dame, die Schultern hochgezogen wie zwei kleine Bukkel und den edlen Kopf gekrönt von einer Geschwulst wie ein Taubenei, um das herum sie ihr weißes Haar frisierte. Ihr Blick war scharf und tief, er vermochte die verborgenste Schandtat zu durchdringen und doch unversehrt zu bleiben. In den langen Jahren ihres Lebens erlangte sie den Ruf einer Heiligen, und nach ihrem Tod haben viele ihr Foto auf einem Hausaltar aufgestellt neben anderen Bildern verehrungswürdiger Personen, um ihre Hilfe bei geringeren Schwierigkeiten zu erbitten, obwohl ihre Geltung als Wundertäterin vom Vatikan nicht anerkannt ist und mit Sicherheit niemals sein wird, denn die von ihr gewährten Wohltaten sind launischer Art: sie heilt keine Blinden wie die heilige Lucia und findet keine Ehemänner für die älteren Mädchen wie der heilige Antonius, aber man sagt, sie hilft die Übelkeit der Betrunkenen, die Mißlichkeiten im Soldatenleben und die Bitternis der Einsamkeit leichter ertragen. Ihre Wunder sind bescheiden und etwas zweifelhaft, aber

genauso notwendig wie die aufwendigen Werke der Kathedralenheiligen.
Ich lernte sie kennen, als ich, noch ein halbes Kind, Dienstmädchen bei der Señora war, einer »Dame der Nacht«, wie Clarisa die Frauen dieses Gewerbes nannte. Schon damals war sie fast nur noch Geist, sie schien immer im Begriff, sich vom Boden zu lösen und durch das Fenster davonzufliegen. Sie hatte heilende Hände, und wer keinen Arzt bezahlen konnte oder das Vertrauen in die herkömmliche Wissenschaft verloren hatte, wartete, bis er an der Reihe war, daß sie ihm die Schmerzen lindere oder ihn in seinem Unglück tröste. Meine Patrona rief sie immer, damit sie ihr die Hände auf den Rücken legte. Nebenbei bohrte Clarisa in der Seele der Señora, um sie von diesem Leben abzubringen und sie auf die Wege des Herrn zu führen, Wege, die einzuschlagen meine Patrona keinen sonderlich starken Drang verspürte, weil ein solcher Entschluß ihr Geschäft schwer geschädigt hätte. Clarisa widmete ihr die heilende Wärme ihrer Handflächen zehn oder fünfzehn Minuten, je nach der Stärke der Schmerzen, und nahm dann einen Fruchtsaft als Belohnung für ihre Dienste an. Dann saßen die beiden Frauen einander in der Küche gegenüber und schwatzten über Menschliches und Göttliches, meine Patrona mehr über Menschliches und Clarisa mehr über Göttliches, ohne die gegenseitige Achtung und die strengen Regeln der guten Manieren zu verletzen. Später wechselte ich die Stellung und verlor Clarisa aus den Augen, bis wir uns zwanzig Jahre später wiedertrafen und die Freundschaft neu aufleben lassen konnten, die wir bis zum heutigen Tag aufrechterhalten, ohne uns groß um die Hindernisse zu kümmern, die sich uns in den Weg stellten, ihren Tod eingeschlossen, der eine gewisse Unordnung in die guten Beziehungen brachte.
Auch in den Zeiten, in denen das Alter sie hinderte, sich mit der missionarischen Begeisterung von einst zu bewegen, war Clarisa nach wie vor beharrlich darauf bedacht, ihren Näch-

sten beizustehen, manchmal selbst gegen den Willen ihrer Schützlinge, wie im Fall der Ganoven aus der Calle República – sie mußten zu ihrer tiefsten Demütigung die öffentlichen Strafpredigten der guten Dame hinnehmen, die sie ihnen in ihrem unerschütterlichen Drang, sie zu retten, zuteil werden ließ. Clarisa trennte sich von all ihrer Habe, um sie den Bedürftigen zu geben, meistens besaß sie nur das Kleid, das sie trug, und gegen Ende ihres Lebens war es schwierig, Arme zu finden, die ärmer waren als sie. Die Mildtätigkeit verwandelte sich in einen Hin- und Rückweg, und niemand wußte mehr, wer gab und wer empfing.
Sie wohnte in einem großen, heruntergekommenen dreistökkigen Haus, in dem mehrere Räume leerstanden und andere als Lager an einen Schnapsvertrieb vermietet waren, weshalb ein säuerlicher Gestank nach Saufgelage die Luft verpestete. Sie zog nicht fort aus diesem Haus, das sie von ihren Eltern geerbt hatte, weil es sie an ihre einstige Herkunft erinnerte und weil seit über vierzig Jahren ihr Ehemann lebendig begraben in einem Zimmer ganz hinten am Patio wohnte. Er war Richter gewesen, ein Amt, das er würdig versehen hatte, bis sein zweites Kind geboren wurde, bei dessen Anblick ihn der Mut verließ, sich seinem Geschick zu stellen, und er sich wie ein Maulwurf in der übelriechenden Höhle seines Zimmers verkroch. Er verließ es sehr selten und auch nur wie ein flüchtiger Schatten und öffnete die Tür bloß, um sein Nachtgeschirr hinauszusetzen und das Essen hereinzuholen, das seine Frau ihm jeden Tag hinstellte. Er verständigte sich mit ihr durch Zettel mit Notizen in seiner vollendeten Schönschrift und durch Schläge gegen die Tür, zwei für Ja und drei für Nein. Durch die Wand seines Zimmers konnte man sein asthmatisches Hüsteln hören und dann und wann Seeräuberflüche, von denen man nicht sicher wußte, an wen sie gerichtet waren.

»Armer Mann, wollte doch Gott ihn nur recht bald zu sich rufen und im Chor der Engel singen lassen«, seufzte Clarisa ohne jede Spur von Böswilligkeit. Doch das höchst angebrachte Hinscheiden ihres Mannes gehörte nicht zu den von der göttlichen Vorsehung gewährten Gnaden, und so hat er sie bis heute überlebt, obwohl er schon über hundert Jahre alt sein muß, es sei denn, er ist gestorben und das Hüsteln und die Verwünschungen, die man hört, sind nur das Echo von gestern.

Clarisa hatte ihn geheiratet, weil er der erste war, der um sie anhielt, und weil ihren Eltern schien, ein Richter sei die bestmögliche Partie. Sie gab den maßvollen Wohlstand des elterlichen Heimes auf und fügte sich in den Geiz und die Gewöhnlichkeit ihres Mannes, ohne auf ein besseres Schicksal Anspruch zu erheben. Ein einziges Mal hörte ich von ihr eine Äußerung der Sehnsucht nach vergangenen feineren Annehmlichkeiten, als sie einen Flügel erwähnte, auf dem sie als Kind gern gespielt hatte. So erfuhren wir von ihrer Liebe zur Musik, und sehr viel später, als sie schon eine alte Dame war, schenkten wir ihr, einige Freunde und ich, ein Klavier. Bis dahin hatte sie fast sechzig Jahre lang keine Taste von nahem gesehen, aber sie setzte sich auf den Hocker und spielte aus dem Gedächtnis ohne zu stocken ein Nocturno von Chopin.

Zwei Jahre nach ihrer Heirat brachte sie eine Tochter zur Welt, die ein Albino war. Als sie eben laufen konnte, nahm ihre Mutter sie mit in die Kirche, und dort war die Kleine so geblendet von all dem Glanz und Prunk der Liturgie, daß sie zu Hause die Vorhänge herunterriß, um sich als Bischof zu verkleiden, und das einzige Spiel, das ihr Spaß machte, war, die Bewegungen des Priesters bei der Messe nachzuahmen und Lobgesänge in einem Latein ihrer eigenen Erfindung anzustimmen. Sie war hoffnungslos zurückgeblieben, stammelte Worte in einer Phantasiesprache, sabberte unaufhörlich und litt unter unkontrollierbaren Anfällen von Bösartigkeit, während deren man sie wie ein wildes Tier fesseln mußte, damit sie nicht die Möbel annagte oder ihre Angehörigen anfiel. Mit der Pubertät wurde sie ruhiger und half ihrer Mutter bei den häuslichen Arbeiten. Das zweite Kind, ein Sohn, kam mit einem sanften Mongolengesicht zur Welt, dem auch später jeder Ausdruck von Wißbegier abging. Die einzige Geschicklichkeit, die zu erwerben dem Sohn gelang, war das Balancehalten auf einem Fahrrad, aber das nützte ihm nicht viel, denn seine Mutter wagte niemals, ihn aus dem Haus zu lassen. So verbrachte er sein Leben damit, im Patio auf einem Fahrrad ohne Räder, das auf einem Ständer befestigt war, die Pedale zu treten.

Die Abnormität ihrer Kinder konnte Clarisas soliden Optimismus nicht antasten, sie betrachtete sie als reine Seelen, die gegen das Böse gefeit waren, und behandelte sie mit großer Zärtlichkeit. Ihre größte Sorge war es, sie unberührt von irdischen Leiden zu bewahren, und sie fragte sich oft, wer sich um sie kümmern sollte, wenn sie nicht mehr dasein würde. Der Vater dagegen sprach nie von ihnen, er hielt hartnäckig an dem Vorwand der zurückgebliebenen Kinder fest, um sich ganz der Schande zu überlassen, seine Arbeit, seine Freunde und sogar die frische Luft aufzugeben und sich in seinem Zimmer zu vergraben, wo er sich damit beschäftigte, mit der Geduld eines mittelalterlichen Mönches die Zeitungsnachrichten in dicke Notariatsaktenbände zu übertragen. Indessen verbrauchte seine Frau ihre Mitgift und ihre Erbschaft bis auf den letzten Céntimo und übernahm dann alle möglichen kleinen Tätigkeiten, um die Familie über Wasser zu halten. Die eigenen Nöte machten sie jedoch nicht taub gegen die Nöte anderer, und selbst in den schwersten Zeiten ihres Lebens vernachlässigte sie nicht ihre barmherzigen Werke.

Clarisa besaß ein unbegrenztes Verständnis für menschliche Schwächen. Eines Abends, sie war schon eine weißhaarige alte Frau, saß sie nähend in ihrem Zimmer, als sie ungewöhnliche Geräusche im Haus hörte. Sie stand auf, um nachzusehen, was da vor sich ging, aber sie kam nicht weit, denn

in der Tür stieß sie mit einem Mann zusammen, der ihr sofort ein Messer an die Kehle setzte.
»Schweig still, alte Hure, oder ich stech dich auf der Stelle ab!« drohte er.
»Hier bist du falsch, mein Sohn, die Damen der Nacht sind auf der anderen Seite der Straße, da, wo die Musik spielt.«
»Mach keine Witze, dies ist ein Überfall!«
»Was sagst du?« Clarisa lächelte ungläubig. »Was willst du denn bei mir stehlen?«
»Setz dich auf den Stuhl da, ich will dich festbinden.«
»Kommt nicht in Frage, mein Sohn, ich könnte deine Mutter sein, also bitte ein bißchen Respekt!«
»Setz dich hin!«
»Schrei nicht rum, du wirst meinen Mann erschrecken, er hat eine schwache Gesundheit. Und steck mal das Messer weg, du könntest jemanden verletzen«, sagte Clarisa.
»Hören Sie, Señora, ich will Sie bestehlen«, murmelte der verwirrte Einbrecher.
»Nein, dies wird kein Diebstahl, ich lasse nicht zu, daß du eine Sünde begehst. Ich werde dir freiwillig ein wenig Geld geben. Du nimmst es mir nicht fort, ich gebe es dir, ist das klar?«
Und sie ging zu ihrer Handtasche und nahm das Geld heraus, das ihr für den Rest der Woche verblieben war. »Mehr hab ich nicht. Wir sind eine ziemlich arme Familie, wie du siehst. Komm jetzt mit in die Küche, ich will den Teekessel aufsetzen.«
Der Mann steckte das Messer weg und folgte ihr gehorsam mit dem Geld in der Hand. Clarisa brühte Tee für beide, holte ihre letzten Kekse hervor und lud ihn ein, im Wohnzimmer mit ihr Platz zu nehmen.
»Woher hattest du den merkwürdigen Einfall, mich arme Alte zu bestehlen?«
Der Einbrecher erzählte ihr, daß er sie seit Tagen beobach-

tet hatte, er glaubte, daß sie allein lebte, und hatte gedacht, in diesem großen Haus müßte es doch einiges geben, das das Mitnehmen lohnte. Dies sei sein erster Überfall, sagte er, er habe vier Kinder, sei arbeitslos und könne nicht wieder mit leeren Händen nach Hause kommen. Sie machte ihm klar, in welch große Gefahr er sich begeben habe, er hätte nicht nur verhaftet werden, sondern sich sogar selbst zur Hölle verdammen können, wenn sie allerdings auch bezweifelte, daß Gott ihn so streng bestrafen würde, wahrscheinlich würde er lange im Fegefeuer verweilen müssen, immer vorausgesetzt, er bereute und wollte es nicht wieder tun. Sie bot ihm an, ihn in die Liste ihrer Schützlinge aufzunehmen, und versprach ihm, ihn nicht anzuzeigen. Sie verabschiedeten sich voneinander mit Küssen auf die Wangen. In den folgenden zehn Jahren bis zu Clarisas Tod schickte der Mann ihr jede Weihnachten mit der Post ein kleines Geschenk.

Clarisas Umgang bestand keineswegs nur aus Menschen dieses Schlages, sie war auch mit Leuten von Ansehen bekannt, mit Damen von Adel, reichen Kaufherren, Bankiers und Männern des öffentlichen Lebens, die sie besuchte, um von ihnen Hilfe für ihre Mitmenschen zu erbitten, wobei sie nicht lange darüber nachdachte, wie sie wohl empfangen würde. Eines Tages erschien sie im Büro des Abgeordneten Diego Cienfuegos, der für seine zündenden Reden berühmt war und dem man nachsagte, er sei einer der wenigen unbestechlichen Politiker des Landes, was ihn nicht hinderte, zum Minister aufzusteigen und als geistiger Vater eines bestimmten Friedensvertrages in die Geschichtsbücher einzugehen. Zu jener Zeit war Clarisa noch jung und ein wenig schüchtern, aber sie besaß bereits dieselbe unnachgiebige Entschlossenheit, die sie im Alter auszeichnete. Sie ging zu dem Abgeordneten, um ihn zu bitten, er möge seinen Einfluß geltend machen, damit das Kloster der Theresianerinnen einen neuen Kühlschrank erhielte. Der Mann sah sie verblüfft an und konnte nicht begreifen, aus welchem Grunde er seinen ideologischen Gegnerinnen helfen sollte.

»Weil im Speisesaal der Nonnen jeden Tag hundert Kinder kostenlos zu Mittag essen, und fast alle sind Kinder der Kommunisten und der Protestanten, die für Sie stimmen«, erklärte Clarisa sanft.

So wurde zwischen beiden eine heimliche Freundschaft geboren, die dem Politiker manche schlaflose Nacht einbringen und vielerlei Gefälligkeiten abverlangen sollte. Mit der gleichen unabweislichen Logik erlangte sie von den Jesuiten Schulstipendien für Atheistenkinder, von der Aktion Katholischer Damen getragene Kleider für die Prostituierten ihres Viertels, vom Deutschnationalen Verein Musikinstrumente für ein Emigrantenorchester, von den reichen Winzern Geld für das Programm zur Bekämpfung des Alkoholismus.

Weder die Tatsache, daß ihr Ehemann in dem Mausoleum seines Zimmers lebendig begraben war, noch die kräftezehrende tägliche Arbeit verhinderten, daß Clarisa erneut schwanger wurde. Die Hebamme kündigte ihr an, sie werde höchstwahrscheinlich ein weiteres anormales Kind zur Welt bringen, aber Clarisa beruhigte sie mit dem Argument, Gott erhalte ein gewisses Gleichgewicht im Universum aufrecht, und so wie er krumme Dinge erschaffe, erschaffe er auch gerade, für jede Tugend gebe es eine Sünde, für jede Freude eine Enttäuschung, für jedes Übel ein Gutes, und so gleiche sich durch die Jahrhunderte hindurch alles aus in dem ewigen Kreisen des Lebensrades. »Das Pendel schwingt hin und her, mit unerbittlicher Genauigkeit«, sagte sie.

Clarisa ließ die Zeit ihrer Schwangerschaft in aller Seelenruhe dahingehen und schenkte einem dritten Kind das Leben. Sie wurde von der Hebamme zu Hause entbunden und hielt ihr Wochenbett in der Gesellschaft ihrer behinderten Kinder ab, der arglosen, lächelnden Geschöpfe, die ganz von ihren Spielen in Anspruch genommen waren, die eine in ihrer Bischofspracht Kauderwelsch plappernd, der andere auf einem unbeweglichen Fahrrad nach Nirgendwo fahrend. Bei dieser Gelegenheit hatte sich die Waagschale im richtigen Sinne geneigt, um die Harmonie der Schöpfung zu bewahren, und ein kräftiger Junge war geboren worden, mit wachen Augen und festen Händen, den die Mutter dankbar an die Brust legte. Vierzehn Monate später brachte Clarisa einen weiteren Sohn zur Welt, der genauso normal war wie der zuvor geborene.

»Die zwei werden gesund heranwachsen und mir helfen, für die beiden andern zu sorgen«, entschied sie, getreu ihrer Lehre vom Ausgleich, und so geschah es auch, denn die jüngeren Kinder wurden schlank und gerade wie Zuckerrohr und reich mit Gutherzigkeit begabt.

Wie sie es auch immer bewerkstelligte, Clarissa schaffte es, die vier Kinder ohne die Hilfe ihres Mannes großzuziehen und ohne ihrem Stolz der großen Dame etwas zu vergeben, indem sie etwa Almosen für sich selbst verlangt hätte. Nur wenige wußten von ihren finanziellen Nöten. Mit derselben Beharrlichkeit, mit der sie in den Nächten Stoffpuppen nähte oder Hochzeitstorten buk, kämpfte sie gegen den Verfall ihres Hauses, dessen Wände eine grünliche Feuchtigkeit auszuschwitzen begannen; sie prägte ihren beiden Jüngsten ihre Grundsätze von Frohsinn und Großmut ein, mit so glänzendem Erfolg, daß sie in den kommenden Jahrzehnten ihr immer zur Seite blieben und die Last der älteren Geschwister mit ihr trugen, bis diese eines Tages im Badezimmer durch ausströmendes Gas in eine andere Welt versetzt wurden.

Der Besuch des Papstes fand statt, als Clarisa fast achtzig war – allerdings war es nicht einfach, die genaue Zahl ihrer Jahre zu bestimmen, denn sie übertrieb sie aus purer Koketterie, nur um zu hören, wie gut sie sich gehalten hatte für die fünfundneunzig, die sie vorgab. Ihr Lebensmut war ungebrochen, nur der Körper versagte den Dienst, das Gehen fiel ihr schwer, sie fand sich in den Straßen nicht zurecht, sie hatte keinen Appetit und aß schließlich nur wie ein Vögelchen. Ihre Seele löste sich von ihr in dem Maße, wie ihr Flügel wuchsen, aber die Vorbereitungen zum Papstbesuch gaben ihr die Begeisterung für die weltlichen Ereignisse zurück. Sie lehnte es strikt ab, sich die Nachrichten im Fernsehen anzuschauen, denn sie empfand tiefstes Mißtrauen gegenüber diesem Apparat. Sie war überzeugt, daß selbst die Landung der Astronauten auf dem Mond ein in einem Hollywoodstudio gefilmter Schwindel sei, genauso wie sie einen mit diesen Geschichten betrogen, in denen die Darsteller zum Schein sich liebten oder starben und eine Woche später mit denselben Gesichtern wieder auftauchten und von anderen Schicksalsschlägen heimgesucht wurden. Clarisa wollte den Heiligen Vater mit eigenen Augen sehen, dann konnten sie ihr auf dem Bildschirm nicht einen Schauspieler in Papstgewändern vorsetzen, und so mußte ich sie begleiten, damit sie ihm auf seinem Zug durch die Straßen zuwinken konnte. Nach etwa zwei Stunden, in denen wir uns gegen eine riesige Menschenmenge von Gläubigen und von Händlern mit Kerzen, bedruckten Hemden, Heiligenbildchen und Plastikheiligen behaupten mußten, konnten wir den Heiligen Vater herannahen sehen, prächtig in einem tragbaren Glaskasten, wie ein weißer Tümmler in einem Aquarium. Clarisa fiel auf die Knie und war in Gefahr, von den fanatischen Massen und der Eskorte zertreten zu werden. In diesem Augenblick, der Papst war nur noch einen Steinwurf von uns entfernt, tauchte aus einer Seitenstraße eine Gruppe von Männern auf, die als Nonnen verkleidet waren, die Gesichter ungeschickt geschminkt, und die Transparente trugen, auf denen das Recht auf Abtreibung, auf Scheidung, auf Homophilie gefordert wurden und das Recht der Frau, das Priesteramt auszuüben. Clarisa tastete mit zitternder Hand in ihrer Tasche, fand ihre Brille und setzte sie auf, um sich zu vergewissern, daß sie keiner Sinnestäuschung erlegen war.

»Gehen wir, Tochter, ich habe zuviel gesehen«, sagte sie mit bleichem Gesicht.
Sie war so außer Fassung, daß ich ihr anbot, um sie abzulenken, ihr ein Haar des Papstes zu kaufen, aber sie wollte es nicht, weil man ja doch nicht sicher sein konnte, ob es echt war. Die Zahl der von den Händlern angebotenen kapillaren Reliquien war so groß, daß sie ausgereicht hätte, einige Deckbetten zu füllen, wie eine sozialistische Zeitung schätzte.
»Ich bin zu alt, ich verstehe die Welt nicht mehr, Tochter. Das beste ist, ich gehe heim.«
Sie kam völlig ermattet zu Hause an, das Dröhnen der Glokken und die Jubelrufe hallten noch in den Adern wider. Ich ging in die Küche, um für den Richter eine Suppe zu kochen und Wasser aufzusetzen, damit ich ihr einen Kamillentee aufbrühen konnte, vielleicht würde der sie ein wenig beruhigen. Mit einem Gesicht voller Kummer richtete Clarisa alles in der gehörigen Ordnung an und brachte ihrem Ehemann das letzte Essen. Sie stellte das Tablett vor die geschlossene Tür und rief ihn das erste Mal seit über vierzig Jahren.
»Wie oft habe ich gesagt, ihr sollt mich nicht belästigen!« protestierte die altersbrüchige Stimme des Richters.
»Entschuldige, Lieber, ich wollte dir nur Bescheid geben, daß ich sterben werde.«
»Wann?«
»Am Freitag.«
»Ist gut«, und die Tür blieb verschlossen.
Clarisa ließ ihre Söhne holen, um sie von ihrem nahen Ende zu unterrichten, und legte sich dann zu Bett. Es stand in einem großen, dunklen Zimmer mit schweren geschnitzten Mahagonimöbeln, die es nicht schafften, Antiquitäten zu werden, weil sie auf dem Wege dorthin immer schadhafter wurden. Auf der Kommode stand ein Glaskästchen mit einem Jesuskind aus Wachs, das von einem bemerkenswerten Realismus war, es sah aus wie ein frischgebadetes Baby.

»Ich würde mich freuen, wenn du das Kindchen behalten würdest, damit du für es sorgst, Eva.«
»Sie dürfen einfach nicht ans Sterben denken, machen Sie mir doch nicht solche Angst!«
»Du mußt es in den Schatten stellen, wenn die Sonne darauf scheint, schmilzt es. Es hat sich fast ein Jahrhundert gehalten und kann noch ein zweites überdauern, wenn du es vor dem Klima schützt.«
Ich frisierte ihr das schüttere Haar hoch, schmückte es mit einem Band und setzte mich neben sie, bereit, ihr in diesem schwierigen Augenblick beizustehen, ohne genau zu wissen, was eigentlich vor sich ging, denn der Szene fehlte jeder Gefühlsaufwand, als ginge es in Wirklichkeit nicht um Sterben, sondern um eine friedliche Erkältung.
»Es wäre wohl gut, wenn ich beichtete, was meinst du, Tochter?«
»Welche Sünden könnten Sie schon begangen haben, Clarisa!«
»Das Leben ist lang und hat Zeit genug für das Böse, Gott steh uns bei.«
»Sie kommen geradenwegs in den Himmel, wenn es einen Himmel gibt.«
»Natürlich gibt es ihn, aber es ist nicht so sicher, daß sie mich hineinlassen. Die sind da sehr streng«, murmelte sie. Und nach einer Pause fügte sie hinzu: »Wenn ich meine Sünden durchgehe, sehe ich doch, daß es da eine ziemlich schwere Schuld gibt ...«
Mich überlief es kalt, ich fürchtete schon, diese alte Frau mit dem Nimbus der Heiligen würde mir erzählen, sie habe absichtlich ihre zurückgebliebenen Kinder beseitigt, um die göttliche Gerechtigkeit zu fördern, oder sie glaube nicht an Gott und habe sich den guten Werken auf dieser Welt nur deshalb gewidmet, weil auf der Waagschale ihr dieses Los zugefallen war, um das Böse anderer auszugleichen, das Böse, das seinerseits bedeutungslos war, weil alles Teil desselben

unendlichen Prozesses ist. Aber nichts derart Dramatisches gestand mir Clarisa. Sie wandte ihr Gesicht zum Fenster und sagte errötend, sie habe sich geweigert, ihre ehelichen Pflichten zu erfüllen.

»Was heißt das denn?« fragte ich.

»Nun ja ... ich meine, ich habe mich geweigert, die fleischlichen Wünsche meines Ehemannes zu befriedigen, verstehst du?«

»Nein, das versteh ich nicht.«

»Wenn eine Frau dem Ehemann ihren Körper verweigert und er der Versuchung verfällt, bei einer anderen Frau Erleichterung zu finden, trägt die Frau die moralische Verantwortung.«

»Ich sehe schon. Der Richter geht fremd, und der Sünder sind Sie.«

»Nein, nein. Mir scheint, wir würden es beide sein; danach müßte man sich erkundigen.«

»Hat der Ehemann seiner Frau gegenüber dieselben Pflichten?«

»Was?«

»Ich meine, wenn Sie einen anderen Mann gehabt hätten, würde dann Ihr Ehemann auch der Schuldige sein?«

»Was dir aber auch für Sachen einfallen, Tochter!« Sie sah mich verdutzt an.

»Machen Sie sich keine Sorgen. Wenn das Ihre schlimmste Sünde ist, daß Sie dem Richter Ihren Körper vorenthalten haben, wird Gott dies eher spaßig finden, da bin ich sicher.«

»Ich glaube nicht, daß Gott für diese Dinge Humor aufbringt.«

»An der göttlichen Vollkommenheit zweifeln ist eine große Sünde, Clarisa.«

Sie sah so gesund aus, daß es schwerfiel, an ihren nahen Tod zu glauben, aber ich nahm an, daß die Heiligen im Gegensatz zu den gewöhnlichen Sterblichen die Macht haben, ohne Furcht und im vollen Besitz ihrer geistigen Kräfte zu sterben. Clarisas Ansehen war so fest gegründet, daß viele versicherten, sie hätten einen Lichtkreis um ihren Kopf gesehen und in ihrer Gegenwart himmlische Musik gehört, und deswegen überraschte es mich auch nicht, als ich sie auskleidete, um ihr das Nachthemd anzuziehen, daß ich auf ihren Schultern zwei entzündete Beulen entdeckte, als wären sie im Begriff, aufzubrechen und ein Paar Engelsflügel freizugeben.

Die Nachricht, daß Clarisa im Sterben lag, verbreitete sich rasch. Ihre Söhne und ich mußten uns um einen nicht abreißenden Strom von Menschen kümmern, die kamen, Clarisa um ihre Vermittlung im Himmel für die oder jene Gefälligkeit zu bitten, oder die sich einfach verabschieden wollten. Viele hofften, daß in ihren letzten Augenblicken ein bedeutsames Wunder geschehen würde, daß sich etwa der üble Geruch nach schimmligen Flaschen, der das Haus erfüllte, in Kamelienduft verwandeln oder daß ihr Leib, von tröstlichen Strahlen umgeben, aufleuchten würde. Unter ihnen erschien auch ihr Freund, der Bandit, der seinen Kurs nicht berichtigt hatte und ein echter Professioneller geworden war. Er setzte sich neben das Bett der Sterbenden und erzählte ihr seine Abenteuer ohne eine Spur von Reue.

»Mir geht es sehr gut. Jetzt breche ich nur noch in die Häuser vom feinen Viertel ein. Ich beraube die Reichen, und das ist keine Sünde. Ich habe nie Gewalt brauchen müssen, ich arbeite sauber, wie ein Gentleman«, erklärte er mit einem gewissen Stolz.

»Ich werde viel für dich beten müssen, mein Sohn.«

»Bete nur, Großmütterchen, das kann mir gewiß nicht schaden.«

Auch die Señora kam tiefbetrübt, um von ihrer lieben Freundin Abschied zu nehmen, und brachte einen Blumenkranz und Gewürzkuchen mit, um zur Totenwache etwas beizusteuern. Meine alte Patrona erkannte mich nicht, aber ich hatte keine Schwierigkeiten, sie wiederzuerkennen, denn sie hatte sich nicht allzusehr verändert, sie sah noch recht gut aus, trotz ihrer Beleibtheit, ihrer Perücke und der verrückten Plastikschuhe mit goldenen Sternen drauf. Im Gegensatz zu dem Einbrecher konnte sie Clarisa erzählen, daß ihre Ratschläge von einst auf fruchtbaren Boden gefallen waren und sie sich zur wohlanständigen Christin gewandelt hatte.

»Erzählen Sie das dem heiligen Petrus, damit er mich aus dem schwarzen Buch streicht«, bat sie.

»Was für eine furchtbare Enttäuschung werden all diese guten Leute erleben, wenn ich in den Kesseln der Hölle schmoren werde, statt in den Himmel zu kommen«, seufzte die Sterbende, als ich endlich die Tür schließen konnte, damit sie sich ein wenig ausruhte.

»Wenn das wirklich geschehen sollte, wird es hier niemand erfahren, Clarisa.«

»Das ist auch besser so.«

Vom Morgengrauen an versammelte sich am Freitag eine Menschenmenge auf der Straße, und nur mit schwerer Mühe konnten Clarisas Söhne verhindern, daß die Gläubigen das Haus überschwemmten, um sich irgendeine Reliquie anzueignen, von Tapetenfetzen, die sie von den Wänden rissen, bis zu der spärlichen Kleidung der Heiligen. Clarisa verfiel jetzt sichtlich, und zum erstenmal sah ich Anzeichen, daß sie ihren Tod ernst nahm. Gegen zehn Uhr hielt vor dem Haus eine blaue Limousine mit dem Regierungskennzeichen. Der Fahrer half einem alten Herrn beim Aussteigen, den die Menge sofort erkannte. Es war Don Diego Cienfuegos, der nach so vielen Jahren Dienst im öffentlichen Leben eine hochgestellte Persönlichkeit geworden war. Clarisas Söhne gingen hinaus, um ihn zu empfangen, und begleiteten ihn bei seinem beschwerlichen Aufstieg in den zweiten Stock. Als Clarisa ihn im Türrahmen stehen sah, belebte sie sich auf wunderbare Weise, die Röte kehrte in ihre Wangen zurück und der Glanz in ihre Augen.

»Bitte schick alle aus dem Zimmer und laß uns allein«, flüsterte sie mir ins Ohr.

Zwanzig Minuten später öffnete sich die Tür, und Don Diego trat heraus, mit schleppendem Gang und nassen Augen, sehr mitgenommen und tief gebeugt, aber lächelnd. Clarisas Söhne, die ihn auf dem Flur erwarteten, nahmen ihn erneut in die Mitte, um ihn die Treppe hinunterzuführen, und da, als ich sie so nebeneinander sah, bestätigte sich mir etwas, was mir schon früher aufgefallen war. Diese drei Männer hatten das gleiche Auftreten, das gleiche Profil, die gleiche gelassene Sicherheit, die gleichen wachen Augen und festen Hände. Ich wartete, bis sie die Treppe hinabgestiegen waren, und kehrte zu meiner Freundin zurück. Ich ging an das Bett, um ihr die Kopfkissen aufzuschütteln, und sah, daß auch sie, wie ihr Besucher, unter Lächeln weinte.

»Don Diego war Ihre schwerste Sünde, stimmt's?« flüsterte ich ihr zu.

»Das war keine Sünde, Tochter. Wir haben nur Gott geholfen, die Waage des Schicksals ins Gleichgewicht zu bringen. Und du siehst ja, wie großartig uns das gelungen ist, denn für zwei zurückgebliebene Kinder hatte ich zwei gesunde, die sie pflegen konnten.«

In dieser Nacht starb Clarisa ohne Angst. Am Krebs, stellte der Arzt fest, als er ihre Flügelkokons sah; aus Heiligkeit, verkündeten die Frommen, die mit Kerzen und Blumen dichtgedrängt auf der Straße standen; vor Bestürzung, sage ich, denn ich war mit ihr zusammen, als uns der Papst besuchte.

Krötenmaul

Es waren harte Zeiten im Süden. Nicht im Süden dieses Landes, sondern im Süden des Kontinents, wo die Jahreszeiten vertauscht sind und wo der Winter nicht zur Weihnachtszeit kommt wie in den zivilisierten Gegenden, sondern in der Jahresmitte wie in den barbarischen Regionen. Steine, Pampasgras und Eis, endlos weite Ebenen, die nach Feuerland zu in einen Kranz von Inseln zerbröckeln, Berggipfel der schneebedeckten Kordillere, die in der Ferne den Horizont abschließen, Stille, die hier seit dem Beginn der Zeiten herrscht und die nur bisweilen von dem unterirdischen Seufzen der Gletscher gebrochen wird, wenn sie langsam zum Meer abgleiten. Zu Beginn des Jahrhunderts gab es hier nichts, was die Engländer hätten forttragen können, aber sie erhielten die Genehmigung, Schafe zu züchten. In wenigen Jahren vermehrten sich die Tiere in solchem Maße, daß sie von fern aussahen wie auf dem Boden eingefangene Wolken, sie fraßen alles auf, was wuchs, und zertrampelten die letzten Heiligtümer der Eingeborenenkultur. An diesem Ort schlug Hermelinda sich mit Phantasiespielen durchs Leben.

Mitten auf dem Ödland erhob sich wie eine vergessene Torte das große Haus der Viehzüchtercompagnie, umgeben von einem lächerlichen Rasen, den die Frau des Verwaltungsdirektors erbittert gegen die Unbilden des Klimas verteidigte. Sie konnte sich nicht damit abfinden, fern vom Herzen des britischen Empires zu leben, und zog sich nach wie vor täglich zum Abendessen um, das sie mit ihrem Mann einnahm, einem phlegmatischen, ganz dem Stolz veralteter Traditionen verhafteten Herrn. Die einheimischen Arbeiter, die Peones, wohnten in den Lagerbaracken, von ihren Vorgesetzten getrennt durch Gehege aus stachligen Sträuchern und Wildrosen, die vergeblich versuchten, die Unermeßlichkeit

der Pampa auszuschließen und für die Fremden die Illusion sanfter englischer Gefilde zu schaffen.
Beaufsichtigt von den Wachleuten der Verwaltung, gepeinigt von der Kälte, oft monatelang ohne eine anständige Suppe, fristeten die Peones ihr unseliges Dasein so schutzlos wie das ihnen anvertraute Vieh. An den Abenden gab es immer einen, der zur Gitarre griff, und dann war die Luft von gefühlsschweren Liedern erfüllt. Der Mangel an Liebe drückte so hart, obwohl der Koch Feuerstein ins Essen gab, um das Verlangen des Körpers und den Drang der Erinnerungen zu dämpfen, daß die Peones den Schafen beilagen und sogar hin und wieder einer Robbe, wenn eine sich der Küste näherte und es gelang, sie zu fangen. Diese Tiere haben große Euter wie Mutterbrüste, und wenn man ihnen das Fell abzieht, solange sie warm und zitternd am Leben sind, kann ein sehr bedürftiger Mann die Augen schließen und sich einbilden, er umarmte eine Sirene.
Trotz dieser Mißlichkeiten hatten die Arbeiter mehr Spaß als ihre Chefs dank den recht unmanierlichen Spielen Hermelindas. Sie war die einzige junge Frau in dem ganzen riesigen Gebiet dieses Landes, abgesehen von der englischen Dame, die das Rosengehege nur durchritt, um Hasen zu schießen, und bei diesen Gelegenheiten konnte man allenfalls den Schleier ihres Hutes ausmachen inmitten einer höllischen Staubwolke und des wilden Gekläffs ihrer Jagdhunde. Hermelinda dagegen war eine greifbar nahe und eindeutig als solche zu erkennende Frau mit einer kühnen Blutmischung in den Adern und einem hervorragenden Talent zum Festefeiern. Sie hatte dieses Trostgewerbe aus schierer schlichter Berufung gewählt, ihr gefielen die Männer im allgemeinen und viele im besonderen. Sie herrschte unter ihnen wie eine Bienenkönigin. Sie liebte an ihnen den Geruch der Arbeit und des Verlangens, die rauhe Stimme, den Dreitagebart, den kraftvollen und ihren Frauenhänden zugleich so schutzlos ausgelieferten Körper, die kämpferische Natur

und das arglose Herz. Sie kannte die trügerische Stärke und die äußerste Schwäche ihrer Kunden, aber sie nutzte keinen dieser Zustände aus, im Gegenteil, sie erbarmte sich beider. In ihrem ungezähmten Charakter gab es Züge mütterlicher Zärtlichkeit, und oft traf man sie nachts an, wie sie Flicken auf ein Hemd nähte, ein Huhn für einen Kranken kochte oder Liebesbriefe an ferne Bräute schrieb. Sie werkelte für ihr Glück auf einer mit Rohwolle gefüllten Matratze unter einem löchrigen Zinkdach, das Flöten- und Oboenmusik aufspielte, wenn der Wind hindurchfuhr. Sie hatte festes Fleisch und eine makellose Haut, lachte gern und war ganz und gar furchtlos, was entschieden mehr war, als ein verstörtes Schaf oder eine arme gehäutete Robbe zu bieten hatten. In jeder Umarmung, mochte sie auch noch so kurz sein, zeigte sie sich als eifrige und ausgelassene Freundin. Der Ruf ihrer ausdauernden Reiterschenkel und ihrer unverwüstlichen Brüste hatte sich über sechshundert Kilometer wilder Provinz verbreitet, und ihre Liebhaber kamen von weither, um eine Weile ihre Gesellschaft zu genießen. An den Freitagen kamen sie so stürmisch angaloppiert aus so ferngelegenen Gegenden, daß ihre schaumbedeckten Pferde entkräftet zu Boden stürzten. Die englischen Chefs hatten den Genuß von Alkohol verboten, aber Hermelinda wußte Abhilfe und braute heimlich einen Schnaps, mit dem sie die Gemüter ihrer Gäste aufheiterte und ihre Lebern zugrunde richtete – er diente auch dazu, ihre Lampen in der Stunde der Vergnüglichkeiten zum Brennen zu bringen. Die Wetten begannen nach der dritten Runde Schnaps, wenn es keiner mehr fertigbrachte, den Blick oder den Verstand scharf einzustellen.

Hermelinda hatte das Mittel entdeckt, wie sie sicheren Gewinn erzielen konnte, ohne zu mogeln. Neben den Karten und den Würfeln kannten die Männer noch andere Spiele, und der einzige Preis war sie. Ihr gaben die Verlierer ihr Geld, und die Gewinner gaben es ihr auch, doch sie erhielten das Recht, sich eine Weile ihrer Gesellschaft zu erfreuen, eine sehr kurze Weile, ohne Kniffe und ohne Präliminarien, und nicht, weil es ihr an gutem Willen gefehlt hätte, sondern weil sie einfach nicht genug Zeit hatte, sich allen sorgfältiger zu widmen. Die Teilnehmer am »Blinden Huhn« zogen die Hosen aus, behielten aber die Jacken und die lammfellgefütterten Stiefel an und die Mützen auf, um sich gegen die antarktische Kälte zu schützen, die durch die Bretter pfiff. Sie verband ihnen die Augen, und die Jagd begann. Bisweilen schwoll der Lärm so an, daß Gelächter und Keuchen über die Rosen hinweg durch die Nacht flogen und den Engländern in den Ohren klangen, die unerschütterlich sitzenblieben und so taten, als wäre das nur der launische Wind draußen in der Pampa, während sie bedachtsam weiter ihre letzte Tasse Ceylontee tranken, bevor sie zu Bett gingen. Der erste, der Hermelinda zu fassen bekam, stieß einen frohlockenden Hahnenschrei aus und pries sein Glück, während er sie in die Arme schloß.

»Die Schaukel« war ein anderes ihrer Spiele. Hermelinda setzte sich auf ein Brett, das an zwei Seilen von der Decke hing. Die bedrängenden Blicke der Männer herausfordernd, zog sie die Beine an, und alle konnten sehen, daß sie unter ihrem gelben Unterrock nichts anhatte. Die Spieler, in einer Reihe aufgebaut, hatten nur einmal die Gelegenheit, sie anzuspringen, und wer sein Ziel erreichte, sah sich zwischen den Schenkeln der Schönen gefangen, in einem Wirbel von Röcken geschwenkt, kräftig durchgerüttelt und schließlich zum Himmel hochgehoben. Aber nur wenige schafften das, die meisten wälzten sich auf dem Boden unter dem schallenden Gelächter der übrigen.

Bei dem Spiel »Die Kröte« konnte ein Mann in fünfzehn Minuten seinen Monatslohn verlieren. Hermelinda zog auf dem Fußboden einen Kreidestrich und zeichnete vier Schritt davon entfernt einen großen Kreis, in den sie sich niederlegte, die Knie gespreizt, die Beine golden schimmernd im

Licht der Schnapslampen. Dann erschien die dunkle Mitte ihres Leibes, offen wie eine Frucht, wie ein fröhliches Krötenmaul, während die Luft im Raum dick und heiß wurde. Die Spieler stellten sich hinter dem Kreidestrich auf und warfen zielsuchend ihre Münze. Einige waren erfahrene Werfer, die ein verschrecktes Schaf in vollem Lauf aufhalten konnten, indem sie ihm zwei in einen Riemen geflochtene Steinkugeln zwischen die Beine schleuderten, aber Hermelinda verstand es, unmerklich ihren Körper zu verschieben und zu entschlüpfen, damit die Münze im letzten Augenblick das Ziel verfehlte. Diejenigen, die in dem Kreidekreis landeten, gehörten ihr. Wenn eine in die Pforte gelangte, gewährte Hermelinda ihrem Besitzer den Schatz des Sultans: zwei Stunden hinter dem Vorhang mit ihr allein, in vollkommener Lustbarkeit, wo er Trost fand für alles vergangene Elend und von den Freuden des Paradieses träumen konnte. Wer diese kostbaren zwei Stunden erlebt hatte, der sagte, Hermelinda kenne uralte Liebesgeheimnisse und sei fähig, einen Mann bis an die Schwelle seines Todes zu führen und ihn in einen Weisen verwandelt zurückzuholen.

Bis zu dem Tag, an dem Pablo der Asturier auftauchte, hatten nur wenige diese beiden wunderbaren Stunden gewonnen, wenn auch manche etwas Ähnliches genossen hatten, aber nicht für ein paar Centavos, sondern für die Hälfte ihres Lohns. Inzwischen hatte Hermelinda ein kleines Vermögen angehäuft, aber der Gedanke, sich in ein schicklicheres Leben zurückzuziehen, war ihr noch nie gekommen, sie hatte ja im Grunde viel Spaß an ihrer Arbeit und war stolz auf die paar Glücksstrahlen, die sie den Peones bieten konnte. Pablo war ein hagerer Mann mit den Knochen eines Huhns und den Händen eines Kindes, aber seinem Äußeren widersprach die ungeheure Hartnäckigkeit seines Charakters. Neben der üppigen, heiteren Hermelinda wirkte er wie ein mickriger Griesgram, aber wer dachte, wenn er ihn so kommen sah, er könne sich ein Weilchen auf seine Kosten lustig machen, erlebte eine unangenehme Überraschung. Der kleine Fremde reagierte wie eine Viper auf die erste Herausforderung und war bereit, sich mit jedem zu schlagen, der sich ihm in den Weg stellte, doch die Prügelei erledigte sich, bevor sie angefangen hatte, denn Hermelindas erste Regel lautete: Unter meinem Dach wird nicht gerauft. Als Pablos Würde ein für allemal anerkannt war, beruhigte er sich. Er hatte ein entschlossenes und etwas düsteres Gesicht, und wenn er sprach, fiel sofort sein spanischer Akzent auf. Er hatte sein Vaterland auf der Flucht vor der Polizei verlassen und lebte vom Schmuggel quer durch die Hohlpässe der Anden. Bisher war er ein mürrischer und streitsüchtiger Einzelgänger gewesen, der sich um Klima, Schafe und Engländer nicht scherte. Er fühlte sich niemandem und nichts zugehörig und erkannte weder Liebe noch Pflichten an, aber er war nicht mehr sehr jung, und die Einsamkeit nistete sich in seinem Gemüt ein. Manchmal, wenn er morgens auf dem gefrorenen Erdboden erwachte, eingehüllt in seinen schwarzen spanischen Umhang, den Kopf auf dem Sattel ruhend, fühlte er im ganzen Körper Schmerzen. Es waren nicht die Schmerzen steifgewordener Muskeln, sie rührten von Verlassenheit her und von ständig wachsender Traurigkeit. Er war es leid, wie ein Wolf umherzustreifen, aber ebensowenig lag ihm an friedlicher Häuslichkeit. Er war in diese Gegend gekommen, weil er hatte reden hören, am Rande der Welt gebe es eine Frau, die fähig sei, die Richtung des Windes zu ändern, und die wollte er mit eigenen Augen sehen. Die riesige Entfernung und die Gefahren des Weges hatten ihn nicht davon abbringen können, und als er endlich in der Kneipe stand und Hermelinda in Reichweite vor sich sah, da erkannte er, daß sie aus demselben dauerhaften Metall geschaffen war wie er, und er entschied, nach einer so langen Reise wäre es höchst unvernünftig, ohne sie weiterzuleben. Er setzte sich in einen Winkel, um sie aufmerksam zu beobachten und seine Möglichkeiten abzuwägen.

Der Asturier besaß eine Kehle und einen Magen aus Stahl und konnte eine ganze Reihe von Gläsern von Hermelindas Schnaps leeren, ohne daß ihm die Augen übergingen. Er lehnte es ab, sich auszuziehen für den »Reigen des heiligen Michael«, für das »Mandandirun-dirun-dán« oder für andere Wettspiele, die er einfach kindisch fand, aber am Schluß des Abends, als der Höhepunkt, die »Kröte«, an der Reihe war, schüttelte er die letzten Spuren des Alkohols ab und gesellte sich zu der Gruppe der Männer, die vor dem Kreidekreis standen. Hermelinda erschien ihm schön und wild wie eine Berglöwin. Er spürte, wie der Jagdinstinkt in ihm aufflammte, und der vage Schmerz des Verlassenseins, der ihm auf dem ganzen Weg quälend in den Knochen gesessen hatte, wich einer sicheren Vorfreude. Er sah die Beine in den kurzen Stiefeln, die gestrickten Strümpfe, die unter den Knien mit Gummibändern gehalten wurden, die langen Glieder und die gespannten Muskeln dieser goldschimmernden Beine zwischen den weiten gelben Röcken, und er wußte, daß er hier eine einzigartige Gelegenheit hatte, sie zu erobern. Er nahm Aufstellung, stemmte die Füße fest auf den Boden und wiegte den Oberkörper, bis er seine Achse gefunden hatte, und mit einem Blick wie ein Messer lähmte er die Frau auf ihrem Platz und zwang sie, von ihren Schlängeltricks abzustehen. Oder vielleicht spielten sich die Dinge gar nicht so ab, vielleicht war sie es, die ihn unter den übrigen auserwählt hatte, um ihn mit ihrer Gesellschaft zu beschenken. Pablo kniff prüfend die Augen zusammen, ließ allen Atem aus der Brust strömen, und nach einigen Sekunden tiefster Konzentration warf er die Münze. Alle sahen, wie sie einen vollendeten Bogen beschrieb und sauber und genau ins Ziel traf. Eine Beifallssalve und neidische Pfiffe feierten die Heldentat. Gleichmütig richtete der Schmuggler seinen Gürtel, machte drei große Schritte nach vorn, packte die Frau bei der Hand und stellte sie auf die Füße – er war entschlossen, ihr in genau zwei Stunden zu beweisen, daß auch sie nicht mehr auf ihn verzichten konnte. Er zerrte sie fast hinaus, und die Zurückbleibenden vergnügten sich damit, zu trinken und auf ihre Uhren zu sehen, bis die Zeit der Belohnung um war, aber weder Hermelinda noch der Fremde erschienen wieder. Drei Stunden vergingen, vier, die ganze Nacht verging, es dämmerte, die Glocke der Verwaltung rief zur Arbeit, doch die Tür öffnete sich nicht.

Am Mittag kamen die Liebenden aus Hermelindas Zimmer. Pablo wechselte mit niemandem einen Blick, er ging und sattelte sein Pferd, dazu eins für Hermelinda und ein Maultier für das Gepäck. Hermelinda trug Hosen und eine warme Jacke, und an ihrem Gürtel hing ein Segeltuchbeutel, gestopft voll mit Münzen. Sie hatte einen neuen Ausdruck in den Augen, und ihr denkwürdiges Hinterteil schaukelte befriedigt. Beide ordneten umsichtig ihre Siebensachen auf den Rücken der Tiere, und dann saßen sie auf und ritten davon. Hermelinda winkte ihren untröstlichen Verehrern zum Abschied noch einmal flüchtig zu und folgte Pablo, dem Asturier, in die öden Weiten, ohne zurückzublicken. Sie kam niemals wieder.

So groß war die Betrübnis über Hermelindas Weggang, daß die Viehzuchtcompagnie, um ihre Arbeiter zu zerstreuen, Schaukeln anbrachte, kleine und große Pfeile kaufte, womit sie ins Ziel schießen konnten, und aus London sogar eine riesige Kröte aus bemaltem Ton kommen ließ, mit offenem Maul, damit die Peones ihre Treffsicherheit im Münzenwerfen verfeinerten. Aber der allgemeinen Gleichgültigkeit wegen schmückten am Ende diese Spielzeuge die Terrasse der Verwaltung, wo die Engländer sie noch immer benutzen, um die Langeweile zu bekämpfen, wenn es Abend wird.

Das Gold des Tomás Vargas

Bevor der große Krakeel mit dem Fortschritt anfing, pflegte jeder, der ein bißchen was gespart hatte, es einzugraben, das war die einzige Art, Geld aufzubewahren, die die Leute kannten. Später jedoch faßten sie Vertrauen zu den Banken. Als die Autostraße gebaut war und man mit dem Bus leichter in die Stadt kam, wechselten sie ihre Gold- und Silbermünzen gegen gedrucktes Papier ein und legten es in Geldkassetten, als wäre es ein Schatz. Tomás Vargas wollte sich darüber totlachen, an dieses System glaubte er einfach nicht. Die Zeit gab ihm recht, denn als die Herrschaft des Großen Wohltäters zu Ende war – sie hatte etwa dreißig Jahre gedauert –, da waren die Scheine nichts mehr wert, und viele klebten schließlich als Verzierung an den Wänden, zum schmählichen Gedenken an die Einfalt ihrer Besitzer. Während alle übrigen Briefe an den neuen Präsidenten und an die Zeitungen schrieben und sich über den Massenbetrug mit dem neuen Geld beklagten, verwahrte Tomás Vargas seine Goldstücke in einem sicheren Grab, was allerdings seinen Geiz ebensowenig milderte wie seine Schnorrerallüren. Er war ein Mensch ohne Anstand, er pumpte sich Geld ohne die Absicht, es zurückzugeben, und ließ seine Kinder hungern und seine Frau in Lumpen gehen, während er selbst Hüte aus Lamahaar trug und Kavalierszigarren rauchte. Er zahlte nicht einmal das Schulgeld, seine sechs ehelichen Kinder wurden kostenlos unterrichtet, weil die Lehrerin Inés entschied, solange sie noch ihren gesunden Verstand und genug Kraft zum Arbeiten hatte, sollte kein Kind des Dorfes ein Analphabet bleiben. Auch im Alter war Tomás Vargas noch immer ein Streithahn, Säufer und Weiberheld. Er war stolz darauf, der größte Macho der Gegend zu sein, wie er auf dem Platz öffentlich ausposaunte, wenn sich im Rausch sein Verstand vernebelte und er aus vollem Halse die Namen

der Mädchen verkündete, die er verführt hatte, und die unehelichen Bälger nannte, die mit seinem Blut in den Adern herumliefen. Wenn man ihm glauben wollte, hatte er an die dreihundert, denn bei jedem derartigen Ausbruch brüllte er andere Namen. Die Polizei führte ihn mehrmals ab, und der Teniente selbst verpaßte ihm ein paar Hiebe mit der flachen Klinge aufs Gesäß, um zu sehen, ob sich sein Charakter nicht auffrischen ließe, aber das brachte nicht mehr Wirkung als die Ermahnungen des Pfarrers. Im Grunde respektierte er nur Riad Halabí, den Ladenbesitzer, und den riefen deshalb auch die Nachbarn, wenn sie den Verdacht hatten, daß ihm vor lauter Wohlleben die Hand ausgerutscht war und er seine Frau und seine Kinder prügelte. In solchen Fällen verließ der Araber seinen Ladentisch so eilig, daß er nicht einmal daran dachte, die Tür abzuschließen, und erschien, außer Atem vor gerechtem Unwillen, im Haus der Vargas, um Ordnung zu schaffen. Er brauchte aber nicht viel zu sagen, dem Alten genügte es, ihn kommen zu sehen, um friedlich zu werden. Riad Halabí als einziger war imstande, diesen alten Strolch zu beschämen.
Antonia Sierra, Vargas' Frau, war sechsundzwanzig Jahre jünger als er. Mit vierzig war sie schon sehr verbraucht, hatte kaum noch einen gesunden Zahn im Mund, und ihr abgehärteter Mulattenkörper war von der Arbeit, den Geburten und den Fehlgeburten außer Form geraten, doch bewahrte sie noch Spuren ihres früheren Selbstbewußtseins, eine Art, mit hocherhobenem Kopf und geradem Kreuz zu gehen, einen Hauch ehemaliger Schönheit und einen ungeheuren Stolz, der jeden Versuch erstickte, sie etwa zu bemitleiden. Die Stunden reichten ihr kaum, ihr Tagwerk zu erledigen, denn sie hatte nicht nur ihre Kinder zu versorgen und sich um den Garten und die Hühner zu kümmern, sie verdiente sich auch ein paar Pesos, indem sie das Essen für die Polizisten kochte, fremder Leute Wäsche wusch und in der Schule saubermachte. Bisweilen war ihr Körper von blauen Flecken

übersät, und wenn auch niemand fragte, wußte doch ganz Agua Santa, daß ihr Mann sie wieder geschlagen hatte. Nur Riad Halabí und die Lehrerin Inés getrauten sich, ihr heimlich und unter Entschuldigungen, um sie nicht zu kränken, dies und jenes zu schenken – etwas Kleidung, Nahrungsmittel, Hefte und Obstsäfte für die Kinder.
Viele Demütigungen mußte Antonia Sierra von ihrem Mann hinnehmen, aber die schlimmste war wohl die, daß er ihr in ihrem eigenen Haus eine Nebenfrau aufzwang.

Concha Díaz kam mit einem Lastwagen der Erdölgesellschaft nach Agua Santa, und sie sah so kläglich und bejammernswert aus wie ein Gespenst. Der Fahrer hatte sich ihrer erbarmt, als er sie barfuß am Straßenrand stehen sah mit ihrem Bündel über der Schulter und dem dicken Bauch der Schwangeren. Wenn die Lastwagen durch das Dorf fuhren, hielten sie immer beim Laden an, daher war Riad Halabí der erste, der von der Sache erfuhr. Er sah sie durch die Tür treten, und an der Art, wie sie ihren Packen vor dem Ladentisch fallen ließ, wurde ihm sofort klar, daß sie nicht auf der Durchreise war, dieses Mädchen war gekommen, um Klage zu erheben. Sie war sehr jung, braun, kleinwüchsig, mit einem dichten Schopf krauser, in der Sonne verschossener Haare, durch die offenbar schon lange kein Kamm mehr gefahren war. Wie Riad Halabí es bei allen Besuchern tat, bot er ihr einen Stuhl und einen Ananassaft an und machte sich bereit, der Aufzählung ihrer Abenteuer oder Mißgeschicke zuzuhören, aber das Mädchen beschränkte sich vorläufig darauf, sich schniefend die Nase mit den Fingern abzuwischen und beharrlich zu Boden zu blicken, während ihr die Tränen sacht die Wangen hinabrannen, aber dann endlich brach ein ganzer Schwall von Vorwürfen aus ihr heraus. Erst nach und nach gelang es dem Araber zu verstehen, daß sie Tomás Vargas sprechen wollte, und er schickte auch sogleich nach ihm, der natürlich in der Kneipe saß. Er erwartete ihn in der Tür, packte ihn beim Arm und zog ihn vor die Fremde, ohne ihm Zeit zu lassen, sich von dem Schreck zu erholen.

»Das junge Mädchen sagt, das Baby ist von dir!« Riad Halabí sprach in jenem besonders leisen Ton, den er anschlug, wenn er empört war.

»Das kann sie nicht beweisen, Araber. Wer die Mutter ist, das weiß man immer, aber über den Vater kann man sich nie sicher sein«, erwiderte Vargas zwar verdattert, aber dreist genug, sich ein leichtes durchtriebenes Zwinkern zu erlauben, das keiner zu würdigen bereit war. Nun begann die junge Frau mit Hingabe zu weinen und schluchzte, sie wäre nicht so weit gereist, wenn sie nicht genau wüßte, wer der Vater sei. Riad Halabí fragte Vargas, ob er sich nicht schäme, er sei alt genug, um der Großvater des Mädchens zu sein, und wenn er denke, das Dorf werde wieder einmal für seine Sünden einstehen, dann irre er sich, und was stelle er sich überhaupt vor, aber als das Geheul des Mädchens immer lauter wurde, fügte er das hinzu, was alle schon vorausgesehen hatten.

»Ist ja gut, Kind, beruhige dich«, sagte er. »Du kannst eine Zeitlang in meinem Haus bleiben, zumindest bis zur Geburt des Kleinen.«

Doch Concha Díaz schluchzte noch wütender und erklärte, sie werde nirgendwo bleiben außer bei Tomás Vargas, deshalb sei sie schließlich gekommen. Der ganze Laden hielt den Atem an, eine lang andauernde Stille trat ein, man hörte nur die Ventilatoren an der Decke und das Schniefen des Mädchens, und keiner wagte ihr zu sagen, daß der Alte verheiratet war und sechs Kinder hatte. Endlich packte Vargas das Bündel der Reisenden und half ihr aufstehen.

»In Ordnung, Conchita, wenn du das willst, gibt es nichts mehr zu reden. Wir gehen sofort zu mir nach Hause«, sagte er.

So kam es, daß Antonia Sierra, als sie von ihrer Arbeit heimkehrte, eine andere Frau in ihrer Hängematte schlafend vor-

fand, und zum erstenmal schaffte ihr Stolz es nicht, ihre Gefühle zu verbergen. Ihre Schmähungen flogen über die Hauptstraße, das Echo drang bis auf den Platz und in alle Häuser und verkündete, Concha Díaz sei eine schmutzige Ratte und Antonia Sierra werde ihr das Leben unmöglich machen, bis sie sie in die Gosse zurückgeschickt habe, aus der sie nie hätte herauskommen dürfen, und wenn sie glaube, ihre Kinder würden mit einer schamlosen Hündin unter einem Dach wohnen, dann werde sie eine Überraschung erleben, denn sie, Antonia, sei doch nicht blöde, und ihr Mann solle nur lieber sehr vorsichtig sein, denn sie habe viel Leid und Enttäuschung heruntergeschluckt, alles der Kinder wegen, der armen Unschuldslämmer, aber nun sei Schluß, nun würden alle sehen, wer Antonia Sierra war. Die große, laute Wut hielt eine Woche an, danach wurde aus dem Geschrei ein ständiges leises Murren. Antonia Sierra verlor die letzte Spur ihrer Schönheit, ihr verblieb nicht einmal der gerade Gang, sie schleppte sich wie ein geprügelter Hund. Die Nachbarn versuchten ihr klarzumachen, daß diese ganze schmutzige Angelegenheit nicht Conchas, sondern Vargas' Schuld sei, aber sie war nicht dazu aufgelegt, sich Ratschläge zur Mäßigung oder Gerechtigkeit anzuhören.
Das Leben im Haus dieser Familie war noch nie erfreulich gewesen, aber mit der Ankunft der Nebenfrau hatte es sich in ein Unwetter ohne Ruhepause verwandelt. Antonia verbrachte die Nacht, Verwünschungen ausstoßend, zusammengekauert im Bett ihrer Kinder, während nebenan ihr Mann mit dem Mädchen im Arm schnarchte. Kaum zeigte sich die Sonne, mußte sie aufstehen, Kaffee kochen und Maisbrötchen backen, die Kinder zur Schule schicken, sich um Garten und Hühner kümmern, für die Polizisten kochen und danach waschen und bügeln. Sie erledigte alle diese Arbeiten wie ein Automat, während ihre Seele unablässig von Bitterkeit überströmte. Da sie sich weigerte, ihrem Mann zu essen zu geben, übernahm Concha das, aber erst, wenn die andere

aus dem Haus war, um nicht mit ihr vor dem Küchenherd zusammenzustoßen. So groß war Antonia Sierras Haß, daß einige Leute im Dorf fürchteten, sie werde am Ende ihre Nebenbuhlerin umbringen, und Riad Halabí und die Lehrerin Inés baten, sie möchten doch einschreiten, ehe es zu spät sei.

Jedoch, die Dinge entwickelten sich ganz anders. Nach zwei Monaten glich Conchas Bauch einem Kürbis, ihre Beine waren so geschwollen, daß die Venen zu platzen drohten, und sie weinte unaufhörlich, weil sie sich so allein und verängstigt fühlte. Tomás Vargas hatte die ewigen Tränen satt und beschloß, nur noch zum Schlafen nach Hause zu gehen. Nun war es nicht mehr nötig, daß die Frauen sich beim Kochen abwechselten, Concha verlor den letzten Ansporn, sich anzuziehen, lag den ganzen Tag in der Hängematte und starrte an die Decke, sie hatte nicht mal Lust, sich einen Kaffee aufzubrühen. Antonia übersah sie den ganzen ersten Tag, aber am Abend schickte sie ihr mit einem der Kinder einen Teller Suppe und ein Glas heiße Milch, damit keiner sagen konnte, sie lasse in ihrem Haus jemanden verhungern. Der Vorgang wiederholte sich ein paarmal, und nach kurzer Zeit stand Concha auf, um mit den anderen zu essen. Antonia tat, als sähe sie sie nicht, aber sie hörte immerhin auf, jedesmal Beleidigungen vor sich hinzumurmeln, wenn die andere in ihre Nähe kam. Es dauerte nicht mehr lange, und das Mitleid hatte sie besiegt. Als sie sah, daß das Mädchen täglich dünner wurde, eine armselige Vogelscheuche mit einem ungeheuren Bauch und tiefen Ringen unter den Augen, fing sie an, ihre Hühner zu schlachten, eins nach dem andern, um ihr Suppe zu kochen, und als ihr die Vögel ausgingen, tat sie etwas, was sie bisher noch nie getan hatte, sie ging Riad Halabí um Hilfe bitten.

»Sechs Kinder hab ich gehabt und mehrere Fehlgeburten, aber nie hab ich jemanden gesehn, der von der Schwangerschaft so krank wird«, sagte sie errötend. »Sie ist nur noch

Haut und Knochen, Araber, sie kriegt das Essen nicht herunter und bricht es gleich wieder aus. Mich geht's ja nichts an, ich hab damit überhaupt nichts zu tun, aber was soll ich ihrer Mutter sagen, wenn sie mir stirbt? Ich möchte nicht, daß später einer kommt und von mir Rechenschaft verlangt.«
Riad Halabí fuhr die Kranke in seinem Lieferwagen ins Krankenhaus, und Antonia begleitete sie. Sie kehrten mit einer Tüte voller verschiedenfarbiger Pillen und mit einem neuen Kleid für Concha zurück, denn das ihre ging ihr nicht mehr über den Bauch. Das Unglück der anderen Frau brachte Antonia dazu, Szenen aus ihrer eigenen Jugend wieder aufleben zu lassen, die Erinnerung an ihre erste Schwangerschaft und an die Gewalttätigkeiten, die sie erlitten hatte. Gegen ihren eigenen Willen wünschte sie, daß Conchas Zukunft nicht so düster sein möge wie ihr eigenes Leben. Sie empfand nicht mehr Wut, sondern stillschweigendes Mitgefühl und begann sie zu behandeln wie eine auf Abwege geratene Tochter, mit einer schroffen Autorität, die kaum ihre Zuneigung verhehlen konnte. Die junge Frau war entsetzt über die abscheulichen Veränderungen in ihrem Körper, die nicht zu steuernde, ständig zunehmende Unförmigkeit, die Scham, dauernd Wasser lassen zu müssen und zu watscheln wie eine Gans, sie konnte den Ekel vor sich selbst kaum beherrschen und wäre am liebsten gestorben. Oftmals war sie schon frühmorgens sehr elend und konnte nicht aufstehen, dann teilte Antonia die Kinder ein, wie sie sich bei Conchas Pflege abwechseln sollten, während sie selbst ihre Arbeiten in aller Eile erledigte, um so früh wie möglich zurückzukommen und sie versorgen zu können. An anderen Tagen wieder fühlte Concha sich beim Erwachen kräftiger, und wenn Antonia erschöpft heimkam, fand sie das Essen fertig und das Haus geputzt. Das Mädchen brachte ihr einen Kaffee und wartete neben ihr stehend, bis sie ihn getrunken hatte, und ihr Blick war der eines dankbaren Tieres.
Das Kind wurde im Krankenhaus der Stadt geboren, weil es

nicht zur Welt kommen wollte und sie Concha aufschneiden mußten, um es herauszuholen. Antonia blieb die ganzen acht Tage bei ihr, während die Lehrerin Inés sich um ihre Kinder kümmerte. Die beiden Frauen kehrten in Riad Halabís Lieferwagen zurück, und ganz Agua Santa strömte herbei, um sie willkommen zu heißen. Die Mutter stieg lächelnd aus, während Antonia mit freudigem Großmuttergehabe das Neugeborene herumzeigte und kundgab, es werde Riad Vargas Díaz genannt werden, in gerechter Ehrung des Arabers, denn ohne seine Hilfe wäre die Mutter nicht rechtzeitig ins Krankenhaus gekommen, und außerdem hatte er die Kosten übernommen, als der Vater den Tauben spielte und sich noch betrunkener als üblich stellte, um sein Gold nicht ausgraben zu müssen.

Noch bevor zwei Wochen vergangen waren, verlangte Tomás Vargas von dem Mädchen, sie solle in seine Hängematte zurückkehren, obwohl sie eine noch frische Narbe hatte und eine Binde trug, aber Antonia Sierra stellte sich vor ihn hin, die Hände in die Hüften gestemmt und zum erstenmal in ihrem Leben entschlossen, dem Alten seine Willkür nicht durchgehen zu lassen. Vargas wollte an seinen Gürtel greifen, um ihn abzuschnallen und ihr die gewohnten Hiebe zu verabreichen, aber sie ließ ihn die Bewegung nicht zu Ende bringen und ging mit solcher Wildheit auf ihn los, daß er verdutzt zurückwich. Dieses Schwanken war sein Verderben, denn jetzt wußte sie, wer der Stärkere war. Inzwischen hatte Concha ihren Sohn in eine Ecke gelegt und schwang einen schweren Steinguttopf in der offenkundigen Absicht, ihn dem Alten auf den Kopf zu schmettern. Vargas begriff, daß er im Nachteil war, und rannte fluchend aus dem Haus. Ganz Agua Santa erfuhr, was vorgefallen war, denn er selbst erzählte es den Mädchen im Bordell, die im übrigen sagten, Vargas könne ja gar nicht mehr, und all sein Zuchthengstgeprahle sei pure Aufschneiderei und durch rein gar nichts begründet.

Von diesem Zwischenfall an änderten sich die Dinge. Concha Díaz erholte sich rasch, und während Antonia Sierra arbeiten ging, besorgte sie die Kinder und übernahm die Aufgaben in Haus und Garten. Tomás Vargas schluckte den Verdruß hinunter und kehrte bescheiden zu seiner Hängematte zurück, in der er keine Gesellschaft mehr bekam. Er linderte seinen Groll, indem er die Kinder schlecht behandelte, und erklärte in der Kneipe, Frauen seien wie die Maultiere und verständen nur Prügel, aber zu Hause versuchte er nie wieder, eine der beiden anzurühren. Wenn er betrunken war, prahlte er lauthals mit den Vorteilen der Doppelehe, und der Priester mußte mehrere Sonntage darauf verwenden, ihn von der Kanzel aus zu widerlegen, damit der Gedanke im Dorf nicht Wurzel faßte und die jahrelang gepredigte christliche Tugend der Einehe zum Teufel ging.

In Agua Santa konnte man es dulden, daß ein Mann seine Familie mißhandelte, ein Faulenzer und ein Radaubruder war und geborgtes Geld nicht zurückgab, aber Spielschulden waren heilig. Bei den Hahnenkämpfen wurden die Geldscheine sauber gefaltet zwischen den Fingern gehalten, wo alle sie sehen konnten, und beim Domino, beim Würfeln oder beim Kartenspiel lagen sie auf dem Tisch zur Linken des Spielers. Bisweilen blieben die Fahrer der Erdölgesellschaft für ein paar Pokerrunden hängen, und wenn sie auch ihr Geld nicht offen zeigten, bezahlten sie doch, ehe sie weiterfuhren, bis auf den letzten Céntimo. Sonnabends kamen die Wachen vom Gefängnis Santa María, um das Bordell zu besuchen und in der Kneipe ihren Wochenlohn zu verspielen. Nicht einmal sie – die größere Banditen waren als die Gefangenen unter ihrer Fuchtel – wagten es, zu spielen, wenn sie nicht zahlen konnten. Keiner verletzte diese Regel.

Tomás Vargas wettete oder setzte nicht, aber er sah gern

den Spielern zu, er konnte stundenlang beim Domino gaffend danebensitzen, und er verfolgte im Radio die Lotterienummern, obwohl er nie ein Los kaufte. Vor dieser Versuchung schützte ihn sein kolossaler Geiz. Als jedoch unter der beinharten Verschwörung der beiden Frauen sein männlicher Schwung endgültig dahinschwand, wurde er mit einemmal regelrecht spielwütig. Anfangs freilich setzte er nur ein paar jämmerliche Céntimos, und nur die ärmsten Säufer willigten ein, sich mit ihm an einen Tisch zu setzen, aber er hatte mit den Karten mehr Glück als mit seinen Frauen, und bald packte ihn die Erregung des leichtverdienten Geldes, und sein schäbiger Charakter wurde nach und nach morsch bis ins Mark. In der Hoffnung, durch einen einzigen Glücksfall reich zu werden und nebenbei – vermittels der trügerischen Ausstrahlung dieses Triumphes – sein gedemütigtes Ansehen als tüchtiger Hengst zurückzugewinnen, begann er die Einsätze zu erhöhen. Bald maßen sich auch die beherzteren Spieler mit ihm, und die übrigen standen im Kreis drum herum, um die Wechselfälle der jeweiligen Begegnung zu verfolgen. Tomás Vargas legte das Geld nicht ausgebreitet auf den Tisch, wie es üblich war, aber er bezahlte, wenn er verlor. Bei ihm zu Hause wuchs die Armut, und nun mußte auch Concha arbeiten gehen. Die Kinder blieben allein, und die Lehrerin Inés mußte ihnen zu essen geben, damit sie nicht durch das Dorf liefen und das Betteln lernten.

Die Dinge spitzten sich für Tomás Vargas zu, als er die Herausforderung des Teniente annahm und ihm nach sechs Stunden zweihundert Pesos abgewonnen hatte. Der Offizier beschlagnahmte den Sold seiner Untergebenen, um die Schlappe zu bezahlen. Er war ein gut gebauter Schwarzhaariger mit einem Walroßschnurrbart und stets offenstehender Uniformbluse, damit die Mädchen seine behaarte braune Brust und seine Goldkettensammlung würdigen konnten. Niemand schätzte ihn in Agua Santa, denn er war ein Mann von unberechenbarem Charakter und maßte sich die Befugnis an, Gesetze nach seiner Laune und seinem Vorteil zu erfinden. Vor seinem Kommen war das Gefängnis nichts als zwei Räume gewesen, in denen man die Nacht nach einer Rauferei verbrachte – nie gab es schwere Verbrechen in Agua Santa, und die einzigen Übeltäter, die man hier sehen konnte, waren die Gefangenen, wenn sie auf der Fahrt nach Santa María durch das Dorf kamen –, aber der Teniente sorgte dafür, daß keiner das Arrestlokal ohne eine kräftige Tracht Prügel verließ. Ihm war es zu verdanken, daß die Leute das Gesetz zu fürchten begannen. Er war entrüstet über den Verlust der zweihundert Pesos, aber er reichte das Geld anstandslos hin, sogar mit einer gewissen eleganten Verachtung, denn nicht einmal er, bei all seiner Macht, wäre vom Tisch aufgestanden, ohne zu bezahlen.

Tomás Vargas prahlte zwei Tage lang mit seinem Sieg, bis der Teniente ihm eröffnete, er erwarte ihn kommenden Sonnabend zur Revanche. Diesmal werde der Einsatz tausend Pesos betragen, teilte er ihm in so endgültigem Ton mit, daß Vargas sich an die Hiebe auf sein Hinterteil erinnerte und nicht wagte, sich zu weigern. Am Sonnabendnachmittag war die Kneipe brechend voll. In der Enge und der Hitze konnte man kaum mehr atmen, und so wurde der Tisch auf die Straße gestellt, damit alle das Spiel mitansehen konnten. Nie zuvor war in Agua Santa soviel Geld im Einsatz gewesen, und damit auch alles ehrlich zuging, wurde Riad Halabí als Schiedsrichter berufen. Er verlangte als erstes, daß die Zuschauer sich in zwei Schritt Entfernung hielten, um jede Mogelei auszuschließen, und daß der Teniente und die Polizisten ihre Waffen auf der Wache ließen.

»Bevor wir anfangen, müssen beide Spieler ihr Geld auf den Tisch legen«, sagte der Schiedsrichter.

»Mein Wort genügt, Araber«, erwiderte der Teniente.

»In dem Fall genügt mein Wort auch«, fügte Tomás Vargas hinzu.

»Wie werden Sie bezahlen, wenn Sie verlieren?« wollte Riad Halabí wissen.
»Ich besitze ein Haus in der Hauptstadt, wenn ich verliere, hat Vargas morgen die Besitzurkunde.«
»In Ordnung. Und du?«
»Ich bezahle mit dem Gold, das ich vergraben habe.«
Das Spiel war das aufregendste Ereignis im Dorf seit vielen Jahren. Ganz Agua Santa, Greise und Kinder eingeschlossen, war auf der Straße versammelt. Einzig Antonia Sierra und Concha Díaz fehlten. Weder der Teniente noch Tomás Vargas genossen die geringste Zuneigung, also war es den Leuten egal, wer gewann; der Spaß bestand darin, die Ängste der Spieler zu erraten und zu sehen, wer auf wen gewettet hatte. Zugunsten von Tomás Vargas sprach die Tatsache, daß er bisher Glück mit den Karten gehabt hatte, aber der Teniente hatte den Vorteil der Kaltblütigkeit und seinen Ruf als Draufgänger für sich.
Um sieben Uhr abends endete die Partie, und gemäß den festgesetzten Regeln erklärte Riad Halabí den Teniente zum Sieger. Im Triumph wahrte der Polizist die gleiche Ruhe, wie er sie am vergangenen Sonnabend in der Niederlage gezeigt hatte, kein spöttisches Lächeln, kein unpassendes Wort, er saß einfach ruhig auf seinem Stuhl und stocherte sich mit dem Nagel seines kleinen Fingers in den Zähnen.
»Schön, Vargas, die Stunde ist gekommen, wo du deinen Schatz ausgraben mußt«, sagte er, als das Geschrei der Zuschauer sich einigermaßen gelegt hatte.
Tomás Vargas' Haut war aschfahl geworden, sein Hemd war schweißgetränkt, und die Luft schien in seinem Mund hängenzubleiben, er konnte sie nicht einatmen. Zweimal versuchte er aufzustehen, aber seine Knie gaben nach. Riad Halabí mußte ihn stützen. Endlich raffte er alle Kraft zusammen und setzte sich auf die Landstraße zu in Bewegung, gefolgt vom Teniente, den Polizisten, dem Araber und der Lehrerin Inés, und dahinter kam das ganze Dorf in lärmen-

der Prozession. Sie gingen etwa zwei Meilen, dann wandte sich Vargas nach rechts und drang in das Gewucher der gefräßigen Vegetation ein, die Agua Santa umgab. Da war kein Weg, aber er brach sich ohne großes Zögern Bahn zwischen den gewaltigen Bäumen und den riesigen Farnen, bis er den Rand einer Schlucht erreichte, die kaum zu erkennen war, denn der Urwald stand davor wie eine undurchdringliche Wand. Hier blieb die Menge stehen, während Vargas mit dem Teniente hinabstieg. Es herrschte eine feuchte, erstickende Hitze, obwohl die Sonne bald untergehen mußte. Vargas machte ein Zeichen, daß er allein sein wollte, ließ sich auf alle viere hinab und verschwand kriechend unter einigen Philodendren mit großen, fleischigen Blättern. Eine lange Minute verging, bis man seinen Klageschrei hörte. Der Teniente stürzte sich in das Blätterwerk, packte ihn bei den Knöcheln und zerrte ihn heraus.

»Was ist los?«

»Es ist weg, es ist weg!«

»Was heißt, es ist weg?«

»Ich schwöre, Teniente, ich weiß es nicht, sie haben es gestohlen, sie haben mir meinen Schatz gestohlen!« Und er fing an zu heulen wie eine Witwe und war so verzweifelt, daß er die Fußtritte gar nicht spürte, die ihm der Leutnant verpaßte.

»Du Scheißkerl! Du wirst bezahlen! Bei deiner Mutter, du wirst mir bezahlen!«

Riad Halabí rutschte schluchtabwärts und riß ihm sein Opfer aus den Händen, ehe er es zu Brei schlagen konnte. Dann redete er dem Teniente zu, er solle sich beruhigen, denn mit Prügeln würden sie den Fall nicht lösen, und schließlich half er dem Alten den Abhang hinauf. Tomás Vargas zitterte und schlotterte vor Entsetzen über sein Unglück, er erstickte schier vor Schluchzen und wankte und schwankte so kraftlos, daß der Araber ihn den ganzen Rückweg fast tragen mußte, bis er ihn endlich in seinem Haus absetzte. Vor der

Tür saßen Antonia Sierra und Concha Díaz auf Stühlen aus Strohgeflecht, tranken Kaffee und sahen zu, wie die Nacht hereinbrach. Sie gaben keinerlei Zeichen der Bestürzung, als sie erfuhren, was vorgefallen war, und schlürften ungerührt weiter ihren Kaffee.

Tomás Vargas hatte über eine Woche hohes Fieber, er phantasierte von Goldstücken und gezinkten Karten, aber er hatte eine widerstandsfähige Natur, und statt vor Kummer zu sterben, wie alle vermutet hatten, wurde er wieder gesund. Als er aufstehen konnte, wagte er sich mehrere Tage nicht aus dem Haus, aber schließlich siegte seine Lust am Herumbummeln über seine Klugheit, er nahm seinen Hut und ging, immer noch zittrig und verschreckt, in die Kneipe. In dieser Nacht kam er nicht heim, und zwei Tage später brachte jemand die Nachricht, er liege erschlagen in derselben Schlucht, in der er seinen Schatz versteckt hatte. Sie fanden ihn von Machetehieben zerteilt wie Schlachtvieh, und alle hatten gewußt, daß es eines Tages, früher oder später, so mit ihm enden würde.

Antonia Sierra und Concha Díaz beerdigten ihn ohne jedes Anzeichen von Untröstlichkeit und ohne mehr Gefolge als Riad Halabí und die Lehrerin Inés, die mitgingen, um sie zu begleiten, und nicht, um dem Mann die letzte Ehre zu erweisen, den sie zu seinen Lebzeiten verachtet hatten. Die beiden Frauen blieben zusammen, entschlossen, einander beim Aufziehen der Kinder und dem tagtäglichen Auf und Ab zur Seite zu stehen. Kurz nach dem Begräbnis kauften sie Hühner, Kaninchen und Schweine, fuhren mit dem Bus in die Stadt und kehrten mit Kleidung für die ganze Familie zurück. Im selben Jahr besserten sie das Haus mit nagelneuen Brettern aus und bauten zwei Räume an, dann stellten sie einen Gasherd auf und richteten eine Speiseküche ein zum Verkauf frei Haus. Jeden Mittag zogen sie mit allen Kindern los, um ihre Gerichte im Gefängnis, in der Schule und in der Post zu verteilen, und wenn Portionen übrig waren, ließen sie die auf dem Ladentisch Riad Halabís, damit er sie den Lastwagenfahrern anbieten konnte. Und so kamen sie aus dem Elend heraus und betraten den Weg zum Wohlstand.

Wenn du an mein Herz rührtest

Amadeo Peralta wuchs in der Sippe seines Vaters auf und wurde ein Draufgänger wie alle Männer seiner Familie. Sein Vater war der Meinung, Studieren sei etwas für Duckmäuser – man braucht keine Bücher, um im Leben obenauf zu sein, sondern Mumm und Gerissenheit, sagte er, und deshalb erzog er seine Kinder zur Härte. Irgendwann jedoch entdeckte er, daß die Welt sich änderte, und zwar ziemlich schnell, und daß seine Geschäfte stabilerer Grundlagen bedurften, um sicher zu sein. Die Zeit der ungenierten Räuberei war der Korruption und der verdeckten Ausplünderung gewichen, nun war es geraten, den Reichtum unter moderneren Gesichtspunkten zu verwalten und das Image aufzubessern. Er rief seine Söhne zusammen und gab ihnen den Auftrag, mit einflußreichen Persönlichkeiten Freundschaft zu schließen und legale Geschäftsführung zu lernen, damit ihr Vermögen sich weiterhin vermehrte, ohne daß sie in Gefahr gerieten, gegen Gesetze zu verstoßen. Er trug ihnen auch auf, sich Frauen unter den ältesten Familien zu suchen, und dann wollte er doch mal sehen, ob sie es nicht schafften, den Namen Peralta von all der Besudelung durch Dreck und Blut reinzuwaschen. Amadeo war inzwischen zweiunddreißig Jahre alt geworden, und es war ihm eine liebe Gewohnheit, Mädchen zu verführen und dann zu verlassen, daher schmeckte ihm die Vorstellung, sich zu verheiraten, nicht im geringsten, aber er wagte es nicht, seinem Vater ungehorsam zu sein. Er bemühte sich also um die Tochter eines Großgrundbesitzers, dessen Familie seit sechs Generationen auf demselben Grund und Boden saß. Obwohl sie den üblen Ruf ihres Freiers kannte, nahm sie seine Werbung an, denn sie war wenig anziehend und fürchtete, eine alte Jungfer zu werden. Für die beiden begann nun eines dieser langweiligen Provinzverlöbnisse. Amadeo, der sich in einem weißen Leinenanzug und glänzend gewienerten Stiefeln höchst unbehaglich fühlte, besuchte sie jeden Tag, unter den wachsamen Blicken der zukünftigen Schwiegermutter oder einer Tante, und während die Señorita Kaffee und Guaventörtchen anbot, schielte er auf die Uhr und rechnete aus, wann er sich schicklicherweise verabschieden konnte.

Ein paar Wochen vor der Hochzeit mußte Amadeo Peralta eine Geschäftsreise in die Provinz machen. So kam er nach Agua Santa, einem jener Orte, wo man nicht lange bleibt und an dessen Namen man sich später nicht erinnert. Es war die Stunde der Siesta, er ging durch eine enge Gasse und verfluchte die Hitze und den süßlichen Geruch nach Mangomarmelade, der schwer in der Luft hing, als er plötzlich einen kristallklaren Klang vernahm, wie Wasser, das durch Steine rieselt. Er kam von einem bescheidenen Haus, dessen Farbe durch Sonne und Regen abgeblättert war wie bei fast allen Häusern hier im Ort. Durch das Gitter sah er einen dunkelgefliesten Hausflur mit weißgetünchten Wänden, dahinter einen Patio und in dem Patio das überraschende Bild eines Mädchens, das mit gekreuzten Beinen auf der Erde saß und einen Psalter aus hellem Holz auf den Knien hielt. Er stand eine Weile und beobachtete sie.

»Komm her, Kleine!« rief er schließlich.

Sie hob den Kopf, und trotz der Entfernung konnte er die verwunderten Augen und das unsichere Lächeln in einem noch kindlichen Gesicht erkennen.

»Komm zu mir«, befahl, flehte Amadeo mit heiserer Stimme.

Sie zögerte. Die letzten Töne ihres Psalters schwebten in der Luft des Patios wie eine Frage. Peralta rief sie erneut, da stand sie auf und kam heran, er steckte den Arm zwischen die Gitterstäbe, schob den Riegel zurück, öffnete die Tür und faßte sie bei der Hand, wobei er ihr sein ganzes Liebhaberrepertoire aufsagte, ihr schwor, er habe sie in seinen Träumen gesehen, sein ganzes Leben lang habe er sie gesucht, er könne sie nicht gehen lassen, sie sei die Frau, die für ihn bestimmt sei, lauter schöne Sprüche, die er hätte lassen können, denn das Mädchen war schlichten Geistes und begriff den Sinn seiner Worte gar nicht, aber vielleicht verführte sie der Klang seiner Stimme. Hortensia war gerade fünfzehn Jahre alt geworden, und ihr Körper war reif für die erste Umarmung, wenn sie es auch nicht wußte und der bebenden inneren Unruhe keinen Namen geben konnte. Für ihn war es so leicht, sie zu seinem Wagen zu bringen und mit ihr zu einem ungestörten Plätzchen zu fahren, daß er sie eine Stunde später bereits vergessen hatte. Er konnte sich auch nicht an sie erinnern, als sie nach einer Woche plötzlich in seinem Haus auftauchte, hundertvierzig Kilometer von Agua Santa entfernt, in einem gelben Baumwollkittel und Leinenschuhen, ihren Psalter unter dem Arm, von Liebesfieber glühend.

Siebenundvierzig Jahre später, als Hortensia aus der Grube geborgen wurde, in der sie begraben gewesen war, und die Reporter aus allen Teilen des Landes angereist kamen, um sie zu fotografieren, wußte sie selbst weder ihren Namen, noch wie sie hier hergeraten war.

»Weshalb haben Sie sie eingesperrt gehalten wie ein wildes Tier?« Mit solchen Fragen wurde Amadeo Peralta von den Reportern bedrängt.

»Weil es mir so paßte«, erwiderte er ruhig. Er war inzwischen achtzig und so klar im Kopf wie nur je, aber er begriff nicht diesen späten Aufruhr wegen etwas, was vor so langer Zeit geschehen war.

Er war nicht geneigt, Erklärungen abzugeben. Er war ein Mann des befehlsgewaltigen Wortes, ein Patriarch und Urgroßvater, niemand getraute sich, ihm in die Augen zu sehen, und selbst die Priester grüßten ihn mit geneigtem Haupt. In seinem langen Leben hatte er das von seinem Vater ererbte Vermögen vermehrt, hatte sich allen Bodens von den Ruinen des spanischen Forts bis an die Grenzen des Staates bemächtigt und sich dann zu einer politischen Laufbahn entschlossen, die ihn zur mächtigsten Persönlichkeit des Gebietes machte. Er hatte die häßliche Tochter des Großgrundbesitzers geheiratet, hatte mit ihr neun legitime Sprößlinge und mit anderen Frauen eine unbestimmte Anzahl von Bastarden gezeugt, ohne sich auch nur an eine zu erinnern, denn sein Herz war für die Liebe verkrüppelt. Die einzige, die er nicht ganz beiseite schieben konnte, war Hortensia, denn sie haftete in seinem Bewußtsein wie ein ständiger Albtraum. Nach der kurzen Begegnung zwischen den Farnen eines wuchernden Urwalds war er nach Hause, an seine Arbeit und zu seiner faden Braut aus ehrenwerter Familie zurückgekehrt. Hortensia war es, die ihn gesucht hatte, bis sie ihn fand, sie war es gewesen, die sich ihm in den Weg gestellt, sich an ihn gehängt hatte mit der beängstigenden Unterwürfigkeit einer Sklavin. So ein Ärger, hatte er gedacht, ich bin drauf und dran, mit Pomp und Tralala zu heiraten, und da kommt mir dieses verrückte Kind in die Quere. Er wollte sich ihrer entledigen, aber als er sie so mit ihrem gelben Kittel und den flehenden Augen sah, schien ihm, es sei doch eine Verschwendung, die Gelegenheit nicht zu nutzen, und so beschloß er, sie zu verstecken, während er sich eine Lösung einfallen lassen würde.

Und so wurde Hortensia im Keller der stillgelegten Zuckerfabrik der Peraltas untergebracht, wo sie aus purer Achtlosigkeit ihr ganzes Leben begraben blieb. Es war ein weitläufiger, feuchter, dunkler Raum, erstickend heiß im Sommer und eisigkalt in manchen Nächten der trockenen Jahreszeit, ausgestattet mit ein wenig Gerümpel und einem Strohsack. Amadeo Peralta nahm sich nicht die Zeit, sie besser unterzubringen, obwohl er manchmal mit der Vorstellung spielte, das Mädchen zu einer Konkubine wie in den orientalischen Märchen zu machen, sie in feine Schleier zu hüllen und mit Pfauenfedern, Sonnensegeln aus Brokat, Lampen aus bemaltem Glas, vergoldeten Möbeln mit geschweiften Beinen zu umgeben und mit flauschigen Teppichen, auf denen er barfuß gehen konnte. Vielleicht hätte er all das sogar getan, wenn sie ihn an seine Versprechungen erinnert hätte, aber Hortensia war wie ein Nachtvogel, wie eins dieser blinden Tierchen, die tief in den Höhlen leben, sie brauchte nur ein wenig Nahrung und Wasser. Der gelbe Kittel zerfiel ihr am Körper, und schließlich war sie nackt.

»Er liebt mich, er hat mich immer geliebt«, erklärte sie, als die Nachbarn sie herausholten. In all den Jahren der Abgeschiedenheit hatte sie den Gebrauch der Rede eingebüßt, und ihre Stimme stockte und heiserte wie das Röcheln eines Sterbenden.

In den ersten Wochen hatte Amadeo viel Zeit bei ihr im Keller verbracht, ein Verlangen stillend, das er für unversiegbar hielt. In der Furcht, sie könnte entdeckt werden, und sogar auf seine eigenen Augen eifersüchtig, verweigerte er ihr das Tageslicht und ließ nur einen dünnen Strahl durch die Luke der Ventilation eindringen. In der Dunkelheit umarmten sie sich im wilden Aufruhr der Gefühle, mit brennender Haut, das Herz in einen hungrigen Krebs verwandelt. Hier wurden Geruch und Geschmack aufs äußerste gesteigert. Wenn sie sich im Finstern berührten, vermochten sie in das Wesen des andern einzudringen und sich in seine geheimsten Gedanken zu versenken. An diesem Ort hallten ihre Stimmen im Echo wider, die Wände sandten ihnen ihr Flüstern und ihre Küsse vielfach zurück. Der Keller wurde zum versiegelten Gefäß, in dem sie sich umeinander rollten wie ausgelassene Zwillinge, die im Fruchtwasser schwimmen, zwei strotzende, leichtfertige Geschöpfe. Eine Zeitlang verirrten sie sich in unumschränkte körperliche Hingabe, die sie mit Liebe verwechselten.

Wenn Hortensia einschlief, ging ihr Liebhaber fort, etwas zu essen zu besorgen, und noch bevor sie erwachte, kehrte er mit neubelebtem Feuer zurück, um sie wieder zu umarmen. So hätten sie sich lieben müssen, bis das Verlangen sie zerstörte, sie hätten einander verschlingen müssen oder wie eine doppelte Fackel verbrennen; doch nichts davon geschah. Im Gegenteil, das Voraussehbarste und Alltäglichste trat ein, das am wenigsten Großartige. Noch ehe zwei Wochen verstrichen waren, wurde Amadeo Peralta der Spiele müde, die sich bereits zu wiederholen begannen, er spürte, wie die Feuchtigkeit an seinen Gliedern nagte, und dachte an alles, was jenseits dieser Höhle war. Es war an der Zeit, in die Welt der Lebenden zurückzukehren und die Zügel seiner Geschäfte wieder in die Hand zu nehmen. »Wart hier auf mich, Kleines. Ich geh hinaus, um reich zu werden. Ich bringe dir Geschenke, Kleider und Schmuck für eine Königin«, sagte er beim Abschied.

»Ich möchte Kinder«, sagte Hortensia.

»Kinder, nein, aber du bekommst Puppen.«

In den folgenden Monaten vergaß Peralta die Kleider, den Schmuck, die Puppen. Er besuchte Hortensia jedesmal, wenn er sich an sie erinnerte, nicht immer, um sie zu lieben, häufig nur, um sie eine alte Weise auf dem Psalter spielen zu hören, er sah ihr gern zu, wenn sie sich über das Instrument beugte und die Saiten zupfte. Manchmal war er so in Eile, daß er nicht einmal ein Wort mit ihr wechselte, er füllte ihr die Wasserkrüge, ließ ihr einen Beutel mit Essen da und verschwand wieder. Als er es einmal neun Tage hintereinander vergaß und sie halbtot vorfand, begriff er die Notwendigkeit, jemanden anzustellen, der ihm half, seine Gefangene zu versorgen, denn seine Familie, seine Reisen, seine Geschäfte und seine gesellschaftlichen Verpflichtungen nahmen ihn mehr und mehr in Anspruch. Eine verschwiegene Indiofrau diente ihm für diesen Zweck. Sie verwahrte den Schlüssel für das Vorhängeschloß und kam regelmäßig, um das Verlies zu säubern und die Flechten abzuschaben, die auf Hortensias Körper wuchsen wie zarte, bleiche Blumen, dem Auge fast unsichtbar, und die nach umbrochener Erde und nach Verlassenheit rochen.

»Hat Ihnen diese arme Frau nicht leidgetan?« wurde die India gefragt, als auch sie verhaftet und der Mittäterschaft bei der Freiheitsberaubung angeklagt worden war, aber sie antwortete nicht, sie blickte nur gleichmütig vor sich hin und spuckte einen Speichelklumpen schwarzen Tabaks aus. Nein, ihr hatte die Frau nicht leidgetan, weil sie geglaubt hatte, die wäre nun einmal eine Sklavin und wäre noch glücklich darüber oder sie wäre idiotisch von Geburt an und wie viele andere ihrer Art besser eingeschlossen als dem Spott und den Gefahren der Straße ausgesetzt. Hortensia tat nichts dazu, diese Meinung ihrer Kerkermeisterin zu ändern, niemals zeigte sie Neugier auf die Welt da draußen, sie versuchte nicht, hinauszukommen, um frische Luft zu atmen, und niemals beklagte sie sich. Sie schien sich auch nicht zu langweilen, ihr Geist war zu irgendeinem Zeitpunkt in der Kindheit stehengeblieben, und die Einsamkeit hatte ihn schließlich vollends verwirrt. Sie verwandelte sich letztlich in eine unterirdische Kreatur. In diesem Grabe schärften sich ihre Sinne, und sie lernte das Unsichtbare sehen, betörende Geister umgaben sie und führten sie bei der Hand durch andere Universen. Während ihr Körper in einem Winkel kauerte, reiste sie durch den weiten Sternenraum, lebte in einem dunklen Gebiet jenseits aller Vernunft. Hätte sie einen Spiegel gehabt, um sich darin zu betrachten, wäre sie vor ihrem Anblick zurückgeschreckt, aber da sie sich selbst nicht sehen konnte, wurde sie ihres Verfalls nicht gewahr, sie wußte nichts von den Schuppen, die sich auf ihrer Haut bildeten, nichts von den Seidenraupen, die in ihrem langen, jetzt eher an Putzwolle erinnernden Haar nisteten, von den bleiernen Wolken auf ihren Augen, die vom Spähen ins Dunkel schon erstorben waren. Sie spürte nicht, wie ihre Ohren wuchsen, weil sie auf Laute von draußen lauschten und auch die leisesten und fernsten auffingen, wie das Lachen von Kindern in der Schulpause, die Klingel des Eisverkäufers, den Flug der Vögel, das Murmeln des Flusses. Sie merkte auch nicht,

daß ihre Beine, einst anmutig und fest, sich krümmten, weil ihnen die Bewegung fehlte und sie fast nur noch kroch, sie merkte nicht, daß ihre Zehen sich zu Tierkrallen auswuchsen, ihre Knochen zu Glasröhren wurden, ihr Bauch einfiel und auf ihrem Rücken ein Buckel hervortrat. Allein die Hände behielten ihre Form, weil sie immer mit dem Psalter beschäftigt waren, nur erinnerten sich die Finger nicht an die einst gelernten Melodien, sondern entlockten dem Instrument das Weinen, das ihre Brust nicht herauslassen wollte. Von fern glich Hortensia einem traurigen Jahrmarktsaffen, und von nahem flößte sie unendliches Mitleid ein. Ihr war nicht eine dieser schrecklichen Verwandlungen bewußt, in ihrer Erinnerung bewahrte sie ein unversehrtes Bild von sich selbst, sie war immer noch das Mädchen, das sich zum letztenmal im Fenster von Amadeo Peraltas Auto gespiegelt gesehen hatte an jenem Tag, als er sie zu seinem Schlupfwinkel gefahren hatte. Sie glaubte, sie wäre so hübsch wie immer, und benahm sich auch weiterhin, als wäre sie es wirklich, und so blieb die Erinnerung an ihre Schönheit in ihrem Innern versteckt, und jeder, der nahe genug an sie herangekommen wäre, hätte sie unter diesem Äußeren eines prähistorischen Zwerges ahnen können.
Inzwischen hatte Amadeo Peralta, reich und gefürchtet, das Netz seiner Macht über die ganze Provinz ausgebreitet. Sonntags saß er am Kopfende einer langen Tafel mit seinen Söhnen und Enkelsöhnen, seinen Anhängern und Helfershelfern und mit einigen besonderen Gästen, Politikern und hohen Militärs, denen er mit lärmender Herzlichkeit begegnete, jedoch nicht ohne den Hochmut, der nötig war, damit sie nicht vergaßen, wer der Herr war. Hinter seinem Rücken gingen Gerüchte um über seine Opfer, wie viele er hatte verschwinden lassen, man munkelte, daß er die Behörden bestach und daß die Hälfte seines Vermögens aus Schleichhandel stammte, aber niemand war bereit, nach Beweisen zu suchen. Man erzählte auch, Peralta halte eine Frau

in einem Keller gefangen. Dieser Teil seiner schwarzen Legende wurde mit größerer Bestimmtheit wiederholt als der seiner ungesetzlichen Geschäfte, tatsächlich wußten viele davon, und mit der Zeit wurde es ein offenes Geheimnis. An einem sehr heißen Nachmittag rissen drei Jungen aus der Schule aus, um im Fluß zu baden. Sie planschten eine gute Zeitlang im Uferschlamm und strolchten dann bei der alten Zuckerfabrik der Peraltas umher, die seit zwei Generationen stillgelegt war, weil Zucker nichts mehr einbrachte. Die Leute sagten, es sei ein unguter Ort, sie erzählten, sie hätten Geräusche wie Teufelsgeheul gehört, und viele wollten eine struppige Hexe gesehen haben, die die Seelen der toten Sklaven beschwor. Begierig auf ein Abenteuer, schlichen sich die Jungen auf das Gelände und näherten sich dem Fabrikgebäude. Bald wagten sie sich auch in die Ruinen, liefen durch die weiten Räume mit den breiten Ziegelwänden und den termitenzerfressenen Balken, umgingen vorsichtig das aus dem Boden wachsende Unkraut, Schmutzhaufen und Hundekot, morsche Ziegel und Schlangennester. Sie machten sich mit Witzen Mut, schubsten sich aufmunternd und gelangten schließlich in die Vermahlung, eine riesige, zum Himmel offene Halle mit den Überresten von Maschinen, wo Sonne und Regen einen verwucherten Garten geschaffen hatten und wo sie einen durchdringenden Geruch nach Zucker und Schweiß zu spüren glaubten. Als ihre Furcht sich eben legen wollte, hörten sie plötzlich ganz deutlich mißtönende Laute, die sich zu einer sonderbaren Musik formten. Zitternd wollten sie zurückweichen, aber die Anziehungskraft des Grausigen war stärker als die Angst, und sie blieben zusammengeduckt stehen und lauschten, bis der letzte Ton ihnen ins Ohr schrillte. Nach und nach überwanden sie die Starre, schüttelten das Entsetzen ab und begannen nach dem Ursprung dieser fremdartigen Klänge zu forschen, die so anders waren als jede bekannte Musik, und so stießen sie auf eine kleine Falltür am Boden, die mit einem Vorhängeschloß versperrt war. Sie konnten es nicht aufbekommen und rüttelten an der hölzernen Klappe, und ein unbeschreiblicher Geruch nach gefangengehaltenem Raubtier stieg ihnen in die Nase. Sie riefen, aber niemand antwortete, sie hörten von unten nur ein dumpfes Keuchen. Da rannten sie Hals über Kopf davon und verkündeten schreiend, sie hätten die Pforte zur Hölle entdeckt.

Das Gelärm der Jungen war nicht zu besänftigen, und nun bestätigte sich den Nachbarn endlich, was sie seit langem geargwöhnt hatten. Zuerst folgten die Mütter ihren Söhnen und spähten durch die Ritzen in der Falltür, und auch sie hörten die schrecklichen Töne des Psalters, gänzlich andere Töne als jene Weise, die einst Amadeo Peralta angezogen hatte, als er in einer Gasse von Agua Santa stehengeblieben war, um sich den Schweiß von der Stirn zu wischen. Hinter ihnen lief ein Schwarm von Neugierigen zusammen, und zuletzt, als sich schon eine große Menschenmenge angesammelt hatte, erschienen die Polizei und die Feuerwehr, die die Falltür mit Axthieben aufbrachen und mit ihren Lampen und ihren Feuerwehrgeräten in die Gruft hinabstiegen. Im Keller fanden sie ein nacktes Wesen, dessen welke Haut in fahlen Falten herabhing, dessen graue Haarsträhnen über den Boden schleiften und das vor Angst über den Lärm und das Licht wimmerte. Das war Hortensia, schillernd wie Perlmutt in dem erbarmungslosen Licht der Laternen, fast blind, zahnlos, die Beine so schwach, daß sie kaum stehen konnte. Der einzige Beweis ihrer menschlichen Abkunft war der alte Psalter, den sie schützend gegen den Schoß preßte.

Die Nachricht erregte im ganzen Lande Empörung. Auf den Fernsehschirmen und in den Zeitungen erschien das Bild der aus dem Loch, in dem sie ihr Leben verbracht hatte, geborgenen Frau, notdürftig in eine Decke gehüllt, die ihr jemand über die Schultern gelegt hatte. Die Gleichgültigkeit, die die Gefangene fast ein halbes Jahrhundert lang umgeben hatte, verwandelte sich binnen weniger Stunden in den leidenschaftlichen Wunsch, sie zu rächen und ihr zu helfen. Amadeo Peraltas Nachbarn rotteten sich zusammen, um ihn zu lynchen, sie drangen in sein Haus ein, zerrten ihn heraus, und wäre die Polizei nicht rechtzeitig gekommen und hätte ihn ihnen entrissen, dann hätten sie ihn an Ort und Stelle zu Tode getrampelt. Um das Gefühl der Schuld zu beschwichtigen, daß sie sich so lange unwissend gestellt hatten, wollte sich nun alle Welt um Hortensia kümmern. Geld wurde gesammelt, um ihr eine Pension auszusetzen, Tonnenladungen von Kleidung und Medikamenten kamen zusammen, die sie nicht brauchte, und verschiedene Wohlfahrtsverbände widmeten sich der Aufgabe, ihr den Schmutz abzukratzen, ihr das Haar zu schneiden und sie von Kopf bis Fuß einzukleiden, bis sie wie eine normale alte Frau aussah. Die Nonnen gaben ihr ein Bett im Armenasyl und mußten sie monatelang anschnallen, damit sie nicht zurück in den Keller floh, bis sie sich endlich an das Tageslicht gewöhnt hatte und sich damit abfand, mit anderen menschlichen Wesen zusammenzuleben.

Die zahlreichen Feinde Amadeo Peraltas machten sich die von der Presse angeheizte allgemeine Wut zunutze, sie faßten endlich Mut und fielen wie die Raben über ihn her. Die Behörden, die seine Betrügereien jahrelang gedeckt hatten, schwangen nun den Knüppel des Gesetzes gegen ihn. Die Nachrichten darüber beschäftigten die allgemeine Aufmerksamkeit so lange, bis der alte Caudillo hinter Gittern saß, dann flaute das Interesse ab, bis es gänzlich erlosch. Von seinen Angehörigen und Freunden geächtet, zum Symbol alles Abscheulichen und Schändlichen geworden, von den Wärtern ebenso angefeindet wie von seinen Leidensgenossen, blieb Amadeo Peralta im Gefängnis, bis er starb. Er ging nie mit den anderen Häftlingen in den Hof, er blieb in seiner Zelle. Dort konnte er die Geräusche der Straße hören.

Jeden Tag um zehn Uhr morgens wanderte Hortensia mit ihrem schwankenden Gang einer Geistesgestörten zum Ge-

fängnis und übergab dem Wachhabenden am Tor einen Topf mit warmem Essen für den Gefangenen.
»Er hat mich nie hungern lassen«, erklärte sie ihm entschuldigend. Dann setzte sie sich auf die Straße und spielte auf dem Psalter, dem sie solche jammervollen Todesklagen entlockte, wie man sie unmöglich ertragen konnte. In der Hoffnung, sie abzulenken und zum Aufhören zu bringen, warfen viele Vorübergehende ihr eine Münze zu.
Amadeo Peralta, auf der anderen Seite der Mauer kauernd, hörte diesen Klang, der aus der Tiefe der Erde zu kommen schien und an seinen Nerven riß. Dieser tägliche Vorwurf mußte etwas zu bedeuten haben, aber er konnte sich nicht erinnern, was es war. Bisweilen dämmerte ein nagendes Schuldgefühl in ihm auf, aber dann versagte das Gedächtnis, und die Bilder aus der Vergangenheit schwanden in einem dichten Nebel dahin. Er wußte nicht mehr, weshalb er in diesem Grab war, und nach und nach vergaß er auch die Welt des Lichtes und ergab sich dem Elend.

Geschenk für eine Braut

Horacio Fortunato war gerade sechsundvierzig Jahre alt geworden, als die Frau in sein Leben trat, die imstande war, ihm seine Rüpelallüren auszutreiben und die Aufschneiderei abzugewöhnen. Er gehörte zum Geschlecht der Zirkusleute, zu diesen Menschen, die mit Gummiknochen geboren werden und einer natürlichen Fähigkeit, Saltos zu drehen, und in einem Alter, in dem andere Kinder noch auf der Erde krabbeln, hängen sie sich kopfunter ans Trapez und putzen dem Löwen die Zähne. Bevor sein Vater aus seinem bislang eher komischen Unternehmen ein seriöses machte, hatte sich der Zirkus Fortunato mehr schlecht als recht durchgeschlagen. In manchen Katastrophenzeiten hatte sich die Truppe auf zwei, drei Mitglieder des Familienclans vermindert, die in einem klapprigen Karren über die Straßen zockelten und in armseligen Dörfern ihr zerschlissenes Zelt aufschlugen. Horacios Großvater nahm allein die ganze Last der Vorführung auf sich: Er lief auf dem Schlappseil, jonglierte mit brennenden Fackeln, schluckte toledanische Säbel, zauberte ebenso viele Orangen wie Schlangen aus einem Zylinderhut und tanzte ein anmutiges Menuett mit seiner einzigen Partnerin, einer mit Matrosenkleid und Federhut aufgeputzten Äffin. Aber der Großvater schaffte es, mit dem Elend fertigzuwerden, und während mancher andere Zirkus einging, von moderneren Vergnügungsstätten besiegt, rettete er den seinen und konnte sich am Ende seines Lebens in den Süden des Kontinents zurückziehen und Spargel und Erdbeeren züchten, nachdem er seinem Sohn ein schuldenfreies Unternehmen übergeben hatte. Fortunato II. hatte weder die Anspruchslosigkeit seines Vaters geerbt, noch neigte er zu Gleichgewichtsübungen auf dem Seil oder zu Pirouetten mit einem Schimpansen, dafür aber verfügte er über einen tüchtigen Geschäftssinn. Unter seiner Leitung nahm der Zirkus an Umfang und Ansehen zu, bis er der größte des Landes war. Drei gewaltige gestreifte Zeltdächer ersetzten das bescheidene Lumpenzelt der schlechten Zeiten, eine Reihe von Käfigen beherbergte einen wandernden Zoo von dressierten Tieren, andere, phantastisch aufgeputzte Wagen beförderten die Artisten, darunter den einzigen hermaphroditischen und bauchredenden Zwerg der Geschichte. Eine genaue Nachbildung der Karavelle von Christoph Kolumbus auf Rädern vervollständigte den internationalen Zirkus Fortunato. Diese eindrucksvolle Karawane reiste nicht ins Blaue hinein, wie das einst beim Großvater üblich gewesen war, sondern in gerader Linie über die Fernverkehrsstraßen vom Rio Grande bis zur Magellanstraße und machte nur in den großen Städten halt, wo sie mit solchem Riesenklamauk von Trommlern, Elefanten und Clowns einzog, die Karavelle an der Spitze als prunkende Erinnerung an die Entdeckung Amerikas, daß es wahrhaftig niemanden gab, der nicht gewußt hätte, daß der Zirkus da war.

Fortunato II. heiratete eine Trapezkünstlerin und hatte mit ihr einen Sohn, den sie Horacio nannten. Die Frau trennte sich unterwegs in einer größeren Stadt von ihrem Mann, sie wollte unabhängig sein und sich mit ihrem unsicheren Beruf allein durchschlagen; das Kind überließ sie dem Vater. Eine nur sehr verschwommene Erinnerung an sie verblieb dem Sohn im Gedächtnis, er konnte das Bild seiner Mutter nicht von den zahlreichen Akrobatinnen unterscheiden, die er in seinem Leben kennenlernte. Als er zehn Jahre alt war, heiratete sein Vater zum zweitenmal, wieder eine Artistin seines Zirkus, diesmal eine Schulreiterin, die es fertigbrachte, kopfstehend auf einem galoppierenden Pferd zu balancieren oder mit verbundenen Augen von einem Tier auf das andere zu springen. Sie war sehr schön. Soviel Wasser, Seife und Parfüm sie auch benutzte, konnte sie doch eine Spur Pferdegeruch, ein herbes Aroma von Schweiß und Anstrengungen nicht loswerden. Auf ihrem großmütigen Schoß fand der kleine Horacio, eingehüllt in diesen einzigartigen Geruch, Trost für das Fehlen der Mutter. Aber schließlich verschwand auch die Reiterin, ohne sich zu verabschieden. In seinen reifen Jahren heiratete Fortunato II. ein drittes Mal, und zwar eine Schweizerin, die von einem Touristenbus aus Amerika kennenlernen wollte. Er war seines Beduinendaseins müde und fühlte sich zu alt für immer neue Aufregungen, und als sie ihn bat aufzuhören, hatte er nicht das geringste dagegen, den Zirkus für ein seßhaftes Leben einzutauschen, und setzte sich auf einem Chalet in den Alpen zur Ruhe, beschaulich zwischen Bergen und Wäldern. Sein Sohn Horacio, der inzwischen in den Zwanzigern war, übernahm den Zirkus.

Horacio war in unsicheren Verhältnissen aufgewachsen – dauernd den Ort wechseln, über Rädern schlafen, unter einem Zelt leben, aber er war sehr zufrieden mit seinem Los. Nie hatte er andere Kinder beneidet, die in grauer Uniform in die Schule gingen und deren Lebensweg von Geburt an vorgeschrieben war. Er dagegen fühlte sich mächtig und frei. Er kannte alle Geheimnisse des Zirkus und putzte mit derselben heiteren Bereitwilligkeit den Kot der wilden Tiere weg, mit der er, als Husar gekleidet, sich in zwanzig Meter Höhe schaukelte und das Publikum mit seinem Bubenlächeln bezauberte. Wenn er sich irgendwann nach ein wenig Beständigkeit gesehnt haben sollte, hätte er das nicht einmal im Schlaf zugegeben. Die Erfahrung, verlassen worden zu sein, zuerst von der Mutter und dann von der Stiefmutter, hatte ihn mißtrauisch gemacht, vor allem gegen Frauen, aber er wurde kein Zyniker, denn er hatte vom Großvater ein gefühlvolles Herz geerbt. Er hatte eine beträchtliche Begabung für den Zirkus, aber mehr noch als die Kunst interessierte ihn die geschäftliche Seite. Von klein an hatte er sich vorgenommen, reich zu werden, in der naiven Vorstellung, mit Geld die Sicherheit zu erreichen, die er in seiner Familie nicht gefunden hatte. Er versah sein Unternehmen mit Tentakeln, indem er eine auf verschiedene Großstädte verteilte Kette von Boxstadien kaufte. Vom Boxen kam er ganz natürlich zum Catchen, und da er ein Mann mit einer verspielten Phantasie war, wandelte er diesen groben Sport zu einem dramatischen Schauspiel um. So führte er einige bemerkenswerte Neuheiten ein: die Mumie, die sich in einem ägyptischen Sarkophag im Ring vorstellte; Tarzan, der seine Blöße mit einem so winzigen Tigerfell bedeckte, daß das Publikum bei jedem Sprung den Atem anhielt in der Hoffnung, es könnte etwas enthüllt werden; den Engel, der sein Goldhaar verwettete und es jeden Abend unter der Schere des grausamen Kuramoto – eines als Samurai verkleideten Mapuche-Indios – lassen mußte, um am folgenden Tag mit unversehrtem Lockenhaupt in den Ring zurückzukehren, ein unwiderlegbarer Beweis seiner himmlischen Beschaffenheit. Diese und andere geschäftliche Abenteuer sowie sein Auftreten in der Öffentlichkeit mit zwei Leibwächtern, deren Aufgabe darin bestand, seine Konkurrenten einzuschüchtern und die Neugier der Frauen zu reizen, brachten ihn in den Ruf eines gefährlichen Burschen, an dem er seine große Freude hatte. Er führte ein munteres Leben, reiste durch die Welt, schloß Verträge ab und suchte nach Mißgeburten, verkehrte in Clubs und Casinos, besaß ein Haus ganz aus Glas in Kalifornien und einen Rancho in Yucatán, aber die meiste Zeit des Jahres wohnte er in den Hotels der Reichen. Er genoß die Gesellschaft von mietbaren Blondinen, unter denen er die sanften mit den prangenden Brüsten bevorzugte, als Huldigung an seine einstige Stiefmutter, aber er ließ sich Liebesangelegenheiten nicht zu Herzen gehen, und als sein Großvater von ihm verlangte, er solle heiraten und Kinder in die Welt setzen, antwortete er ihm, er müßte ja schön verrückt sein, wenn er aufs Eheschafott klettern wollte. Er war ein grobschlächtiger, ziemlich dunkler Bursche, frisierte sich lässig auf Teufelskerl, hatte schrägstehende Augen und eine herrische Stimme, die seine fröhliche

Vulgarität noch betonte. Für Eleganz hatte er viel übrig, er kaufte sich die teuerste Kleidung, aber seine Anzüge waren immer ein wenig zu prächtig, die Krawatte etwas zu gewagt, der Rubin an seinem Finger allzu protzig, sein Parfüm allzu durchdringend.

Dieser Mann, der ein gut Teil seines Daseins die Welt mit seinem Lebenswandel empört hatte, begegnete eines Dienstags im März Patricia Zimmerman, und aus war's mit der Unbeständigkeit des Gefühls und der Klarheit des Gedankens. Es war im allerersten Nobelrestaurant der Stadt, er saß da mit vier Kumpanen und einer Filmdiva, die er für eine Woche auf die Bahamas mitzunehmen gedachte, als Patricia am Arm ihres Mannes den Raum betrat, in Seide gekleidet und mit ein paar ihrer Brillanten geschmückt, die die Firma Zimmerman und Cie. berühmt gemacht hatten. Niemand konnte sich mehr von seiner unvergeßlichen, nach Pferdeschweiß riechenden Stiefmutter oder den gefälligen Blondinen unterscheiden als diese Frau. Er sah sie herankommen, klein, zart, die feinen Schlüsselbeine im Ausschnitt sichtbar, das kastanienbraune Haar in einem strengen Knoten zusammengefaßt, und er fühlte, wie ihm die Knie weich wurden und in seiner Brust etwas unerträglich zu brennen begann. Er hatte eine Vorliebe für die prallen Weibchen mit schlichtem Gemüt, die zu einer nächtlichen Lustbarkeit gern bereit waren, und diese Frau mußte er sich von nahem ansehen, um ihre Qualitäten einschätzen zu können, aber auch dann wären sie nur für ein Auge erkennbar gewesen, das geübt war, Feinheiten zu würdigen, was nicht Horacio Fortunatos Fall war. Wenn die Hellseherin in seinem Zirkus ihre Kristallkugel befragt und ihm prophezeit hätte, er werde sich auf den ersten Blick in eine vierzigjährige hochmütige Aristokratin verlieben, würde er herzlich gelacht haben, aber genau das passierte, als er sie auf sich zukommen sah wie den Schatten einer Kaiserinwitwe aus alter Zeit in ihrer schwarzen Kleidung und dem Blinkfeuer all der Brillanten, die an ihrem Hals funkelten. Patricia ging an ihm vorbei, und einen Augenblick stockte sie vor diesem Riesen, dem die Serviette aus der Weste hing und eine Spur Soße im Mundwinkel klebte. Horacio konnte endlich ihr Parfüm riechen und ihr Adlerprofil bewundern, und augenblicklich waren die Filmdiva, die Leibwächter, die Geschäfte und alle Vorsätze vergessen, und er beschloß in vollem Ernst, diese Frau dem Juwelier wegzunehmen und sie zu lieben, so sehr er nur konnte. Er schob seinen Stuhl halb herum, ohne seine Gäste zu beachten, und maß die Entfernung, die ihn von ihr trennte, während Patricia Zimmerman sich fragte, ob dieser Unbekannte wohl üble Absichten haben mochte, weil er ihre Juwelen so prüfend anstarrte.

Am selben Abend noch traf im Haus der Zimmermans ein riesiger Strauß Orchideen ein. Patricia betrachtete die beigefügte Karte, ein sepiafarbenes Rechteck mit einem Namen wie aus einem Roman in vergoldeten Arabesken. Höchst geschmacklos, murmelte sie und erriet sofort, daß das der aufdringliche Kerl aus dem Restaurant gewesen sein mußte. Sie gab Anweisung, das Geschenk auf die Straße zu werfen, und hoffte, der Absender würde ums Haus streichen und sich vom Verbleib seiner Blumen überzeugen können. Tags darauf wurde ein Kristallkästchen mit einer einzigen, vollkommenen Rose darin abgegeben, ohne Karte. Auch das tat der Diener zum Abfall. In den folgenden Tagen kamen verschiedene Sträuße an: ein Korb mit Wildblumen in einem Bett aus Lavendel, eine Pyramide aus weißen Nelken in einem Silberpokal, ein Dutzend aus Holland eingeflogener schwarzer Tulpen und andere Blumensorten, die in diesem heißen Land unmöglich zu finden waren. Alle teilten das Schicksal des ersten Straußes, aber das entmutigte den Verehrer nicht, dessen Aufdringlichkeit so unerträglich wurde, daß Patricia Zimmerman schon nicht mehr wagte, den Hörer abzunehmen aus Angst, seine Zweideutigkeiten säuselnde Stimme zu hören, wie es ihr noch am selben Dienstag um zwei Uhr früh geschehen war. Briefe ließ sie ungeöffnet zurückgehen. Sie traute sich nicht mehr hinaus, weil sie Fortunato an den unmöglichsten Orten traf, wo sie ihn gewiß nicht erwartet hätte: er beobachtete sie in der Oper von der Nachbarloge aus, auf der Straße stand er bereit, die Tür ihres Autos aufzureißen, bevor ihr Chauffeur dazu kam, er materialisierte sich wie eine Sinnestäuschung im Fahrstuhl oder auf der Treppe. Sie war eine verängstigte Gefangene in ihrem eigenen Haus. Das wird schon vergehen, das wird schon vergehen, redete sie sich ein, aber Fortunato verflüchtigte sich nicht wie ein böser Traum, er war weiterhin dort, jenseits der Mauern, schnaufend und keuchend. Patricia Zimmerman dachte daran, die Polizei zu rufen oder sich um Hilfe an ihren Mann zu wenden, aber ihr Abscheu vor einem Skandal hielt sie zurück.

Eines Morgens, sie war gerade mit ihrer Korrespondenz beschäftigt, meldete der Diener ihr den Besuch des Präsidenten des Unternehmens Fortunato und Söhne.

»In meinem eigenen Haus, wie kann er es wagen!« murmelte Patricia mit wild klopfendem Herzen. Sie mußte sich die eiserne Disziplin zurückrufen, die sie in vielen Jahren Salonleben erworben hatte, um das Zittern ihrer Stimme und ihrer Hände zu unterdrücken. Einen Augenblick war sie versucht, diesem Wahnsinnigen ein für allemal entgegenzutreten, aber ihr wurde klar, daß ihr die Kräfte versagen würden, sie fühlte sich schon geschlagen, bevor sie ihn gesehen hatte.

»Sagen Sie ihm, ich bin nicht da. Geleiten Sie ihn hinaus, und geben Sie allen Angestellten Bescheid, daß der Herr in diesem Hause nicht willkommen ist«, sagte sie dem Diener.

Am Tag darauf gab es keine exotischen Blumen zum Frühstück, und Patricia dachte mit einem zornigen Seufzer der Erleichterung, daß dieser Mensch endlich ihre Botschaft verstanden hatte. An diesem Morgen fühlte sie sich zum erstenmal wieder frei und ging aus zum Tennisspielen und in den Schönheitssalon. Um zwei Uhr nachmittags kehrte sie mit einem neuen Haarschnitt und starken Kopfschmerzen zurück. Beim Eintreten sah sie auf dem Tisch in der Diele ein mit dunkelviolettem Samt bezogenes Etui, auf dem der Firmenname Zimmerman in Goldbuchstaben eingepreßt war. Sie öffnete es ein wenig zerstreut, sie glaubte, ihr Mann hätte es dort liegengelassen, und fand darin ein Smaragdhalsband, begleitet von einer jener schwülstigen sepiafarbenen Karten, die sie kennen- und verabscheuen gelernt hatte. Ihre Kopfschmerzen verwandelten sich in Panik. Dieser Abenteurer schien entschlossen zu sein, ihr Leben zugrunde zu richten, nicht nur, daß er bei ihrem Mann ein Schmuckstück kaufte, das sie nie hätte tragen können, er schickte es ihr auch noch unverfroren ins Haus. Diesmal konnte sie das Geschenk unmöglich in den Müll werfen wie die Blumen. Das Etui gegen die Brust gepreßt, schloß sie sich in ihrem Zimmer ein. Eine halbe Stunde später rief sie den Chauffeur und trug ihm auf, ein Päckchen bei derselben Adresse abzuliefern, wohin er mehrere Briefe zurückgebracht hatte. Als sie sich von dem Schmuck befreit hatte, fühlte sie keinerlei Erleichterung, im Gegenteil, ihr war, als versänke sie in einem Sumpf.

Aber zu diesem Zeitpunkt watete auch Horacio Fortunato in einem Sumpf, ohne einen Schritt voranzukommen drehte und wendete er sich bald hierhin, bald dorthin. Nie zuvor hatte er soviel Zeit und Geld aufwenden müssen, wenn er sich um eine Frau bemühte, allerdings war ihm auch klar, daß diese anders war als alle, die er bis jetzt gehabt hatte. Zum erstenmal in seinem leichtsinnigen Leben fühlte er sich lächerlich, er konnte so nicht mehr lange weitermachen, seine Stiergesundheit litt bereits beträchtlich, er fuhr häufig aus dem Schlaf auf, der Atem wurde ihm knapp, das Herz kam aus dem Takt, in seinem Magen brannte es, und in seinen Schläfen läuteten Glocken. Auch seine Geschäfte krankten an den Auswirkungen seines Liebeskummers, er faßte überstürzte Entschlüsse und verlor Geld. Verflucht, ich weiß schon nicht mehr, wer ich bin und wo ich stehe, verdammt soll sie sein, knurrte er schwitzend, aber nicht einen Augenblick erwog er die Möglichkeit, die Jagd aufzugeben.

Als er das dunkelviolette Etui wieder in den Händen hielt und niedergeschlagen in seinem Hotelzimmer im Sessel saß, fiel ihm sein Großvater ein. An seinen Vater dachte er sehr selten, um so häufiger aber an diesen unglaublichen Großvater, der mit über neunzig Jahren noch sein Grünzeug anbaute. Er griff zum Telefon und verlangte ein Ferngespräch.

Der alte Fortunato war fast taub und konnte auch den Mechanismus dieses teuflischen Apparates nicht begreifen, der ihm Stimmen vom andern Ende der Erde ins Haus brachte, aber das hohe Alter hatte ihm nichts von der Klarheit des Verstandes genommen. Er hörte so gut er konnte der traurigen Geschichte seines Enkels bis zum Ende zu, ohne ihn zu unterbrechen.

»Diese Schlampe leistet sich also den Luxus, sich über meinen Jungen lustig zu machen, was?«

»Sie sieht mich nicht einmal an, Großpapa. Sie ist reich, schön, vornehm, sie hat alles.«

»Aha ... und einen Ehemann hat sie auch.«

»Hat sie auch, aber das ist das wenigste. Wenn sie mich nur mit sich sprechen ließe!«

»Sprechen? Wozu? Es gibt nichts, was man mit einer Frau wie der sprechen kann, Junge.«

»Ich hab ihr ein herrliches Halsband geschenkt, und sie hat es mir ohne ein einziges Wort zurückgeschickt.«

»Gib ihr etwas, was sie nicht hat.«

»Was denn zum Beispiel?«

»Einen guten Grund zum Lachen. Das versagt nie bei den Frauen«, und der Großvater schlief mit dem Hörer in der Hand ein und träumte von all den Mädchen, die ihn geliebt hatten, als er noch lebensgefährliche Kunststücke auf dem Trapez vorgeführt und mit seiner Äffin getanzt hatte.

Am folgenden Tag begrüßte der Juwelier Zimmerman in seinem Geschäft eine reizende junge Dame, Maniküre von Beruf, wie sie ihm erzählte, die ihm dasselbe Smaragdhalsband, das er achtundvierzig Stunden vorher verkauft hatte, zum halben Preis anbot. Der Juwelier erinnerte sich sehr gut an den Käufer, einen eingebildeten Lümmel, den man unmöglich vergessen konnte.

»Ich brauche ein Schmuckstück, das imstande ist, die Verteidigungswaffen einer hochmütigen Dame untauglich zu machen«, hatte er gesagt.

Zimmerman hatte ihn kurz gemustert und sofort entschieden, daß er einer dieser Neureichen sein müsse, die ihr Geld mit Kokain oder mit Öl gemacht haben. Er hatte keinen Sinn für Vulgaritäten, er war an eine andere Klasse von Leuten gewöhnt. Sehr selten bediente er die Kunden selbst, aber dieser Mensch hatte darauf bestanden, mit ihm zu sprechen, und schien geneigt, sein Geld ohne Zögern zu verschwenden.

»Was empfehlen Sie mir?« hatte er vor dem Fach gefragt, in dem die wertvollsten Stücke lagen.

»Das kommt auf die Dame an. Rubine und Perlen schimmern am schönsten auf brauner Haut, Smaragde kommen auf einem helleren Teint besser zur Geltung, Brillanten sind immer vollendet schön.«

»Sie hat schon zu viele Brillanten. Ihr Mann schenkt sie ihr, als wären es Karamelbonbons.«

Zimmerman hüstelte. Vertraulichkeiten dieser Art stießen ihn ab. Der Mann nahm das Halsband, trug es ohne große Umstände zum Licht, schüttelte es wie eine Glocke, und unter zartem Klingklang sprühten grüne Funken, während das Magengeschwür des Juweliers sich aufbäumte.

»Glauben Sie, daß Smaragde Glück bringen?«

»Ich nehme an, alle wertvollen Steine erfüllen diese Bedingung, Señor, aber ich bin nicht abergläubisch.«

»Das ist eine ganz besondere Frau. Ich darf mit dem Geschenk nicht danebentreffen, verstehen Sie?«
»Vollkommen.«
Aber offensichtlich war genau das geschehen, sagte sich Zimmerman und konnte ein spöttisches Lächeln nicht unterdrükken, als dieses Mädchen ihm das Halsband zurückbrachte. Nein, an dem Halsband war nichts falsch, sie, diese Kleine, war der Irrtum. Er hatte sich eine elegantere Frau vorgestellt, keinesfalls eine Maniküre mit solch einer Plastiktasche und einer so gewöhnlichen Bluse. Aber das Mädchen machte ihn neugierig, sie hatte etwas Verwundbares, Rührendes an sich, armes Ding, die wird kein gutes Ende nehmen in den Händen dieses Banditen, dachte er.
»Es ist besser, wenn Sie mir alles erzählen, Kind«, sagte Zimmerman.
Die junge Frau lieferte ihm die Geschichte ab, die sie auswendig gelernt hatte, und eine Stunde später verließ sie leichten Schrittes das Geschäft. Wie es von Anfang an geplant gewesen war, hatte der Juwelier nicht nur das Halsband zurückgekauft, sondern sie auch noch zum Abendessen eingeladen. Sie war schnell dahintergekommen, daß Zimmerman zu den Männern gehörte, die zwar schlau und mißtrauisch in geschäftlichen Belangen sind, aber arglos in allen übrigen Dingen, und daß es einfach sein werde, ihn über die Zeit hin abzulenken, die Horacio Fortunato brauchte und für die er zu zahlen bereit war.
Dies wurde ein denkwürdiger Abend für Zimmerman, der mit einem Essen gerechnet hatte und unversehens in ein leidenschaftliches Liebesabenteuer geriet. Am folgenden Tag traf er seine neue Freundin wieder, und gegen Ende der Woche teilte er Patricia stotternd mit, er müsse für ein paar Tage nach New York zu einer Versteigerung von russischen Kleinodien, die aus dem Jekaterinburger Massaker gerettet worden seien. Seine Frau hörte ihm nur halb zu.

Patricia, alleingeblieben, hatte keine Lust auszugehen, zumal ihre Kopfschmerzen kamen und gingen und ihr keine Ruhe ließen. Also beschloß sie, an diesem Sonnabend nur zu faulenzen. Sie setzte sich auf die Terrasse und blätterte in Modezeitschriften. Es hatte die ganze Woche nicht geregnet, und die Luft war trocken und drückend. Sie las eine Weile, bis die Sonne sie einzuschläfern begann, ihr Körper wurde schwer, ihre Augen schlossen sich, und die Zeitschrift rutschte ihr aus den Händen. Da erreichte ein Geräusch sie aus der Tiefe des Gartens, und sie dachte, es wäre der Gärtner, dieser eigensinnige Bursche, der in weniger als einem Jahr ihren Besitz in einen tropischen Dschungel verwandelt hatte, all ihre Chrysanthemenbeete zerstört hatte, um einer überquellenden Pflanzenvielfalt Raum zu schaffen. Sie öffnete die Augen, sah zerstreut gegen die Sonne und bemerkte, daß ein Etwas von ungewohnter Größe sich im Wipfel des Avocadobaumes bewegte. Sie nahm die Sonnenbrille ab und richtete sich auf. Kein Zweifel, ein Schatten bewegte sich dort oben, und es war nicht das Laub.
Patricia stand auf und ging ein paar Schritte vor, und dann konnte sie deutlich ein blau gekleidetes Phantom mit einem goldenen Umhang sehen, das in mehreren Metern Höhe durch die Luft flog, einen Purzelbaum schlug und einen Augenblick in der Bewegung innezuhalten schien und sie vom Himmel herab grüßte. Patricia unterdrückte einen Schrei, sie war sicher, die Erscheinung werde wie ein Stein herabstürzen, zerspringen und sich in nichts auflösen, wenn sie die Erde berührte, aber der Umhang blähte sich, und das strahlende Flügelwesen streckte die Arme aus und landete auf einem nahen Mispelbaum. Plötzlich tauchte eine andere blaue Gestalt, an den Beinen hängend, im Wipfel des anderen Baumes auf und schaukelte ein mit Blumen gekröntes kleines Mädchen an den Handgelenken. Der erste Trapezkünstler machte ein Zeichen, und der zweite warf ihm das Kind zu, das im Fluge einen Regen von papiernen Schmet-

terlingen ausstreute, bevor es an den Fußgelenken aufgefangen wurde. Patricia vermochte sich nicht zu rühren, solange diese stummen Vögel mit den goldenen Umhängen dort oben flogen.

Plötzlich füllte ein Schrei den Garten, ein langgezogenes, barbarisches Röhren, das Patricia von den Trapezkünstlern ablenkte. Sie sah an einer seitlichen Mauer des Gartens ein dickes Seil herabfallen, und daran kletterte Tarzan persönlich herunter, er selbst, den sie aus den Filmmatineen und Comics ihrer Kindheit kannte, mit seinem spärlichen Lendenschurz aus Tigerfell und einem echten Affen auf der Hüfte, der seine Taille umklammerte. Der Herr des Urwalds sprang anmutig zu Boden, schlug sich mit den Fäusten gegen die Brust und ließ noch einmal seinen inbrünstigen Schrei hören und lockte damit alle Angestellten des Hauses an, die aufgeregt auf die Terrasse gestürzt kamen. Patricia machte ihnen ein Zeichen, ruhig zu bleiben, während Tarzans Stimme verklang und von einem düsteren Trommelwirbel abgelöst wurde, der einen Zug von vier Ägypterinnen ankündigte. Sie schritten seitwärts gedreht, Köpfe und Füße nach vorn gewandt, ihnen folgte ein Buckliger mit einer gestreiften Kapuze, der einen schwarzen Panther an einer Kette hinter sich herzog. Dann erschienen zwei Mönche, die einen Sarkophag trugen, ihnen folgte ein Engel mit langen goldenen Haaren, und den Schluß bildete ein als Japaner verkleideter Indio im Kimono und auf hohen hölzernen Pantinen. Alle blieben hinter dem Schwimmbecken stehen. Die Mönche setzten den Sarkophag auf den Rasen, und während die Ägypterinnen in irgendeiner toten Sprache vor sich hinsangen und der Engel und Kuramoto ihre erstaunlichen Muskeln spielen ließen, hob sich der Deckel, und ein Wesen wie ein Albtraum erhob sich aus dem Innern. Als es aufrecht stand und alle seine Binden sichtbar waren, wurde offenbar, daß es sich um eine Mumie in bestem Gesundheitszustand handelte. In diesem Augenblick heulte Tarzan abermals auf

und fing ohne jeden Anlaß an, um die Ägypterinnen herumzuspringen und den Affen zu schütteln. Die Mumie verlor ihre jahrtausendealte Geduld, hob einen Arm und ließ ihn wie einen Knüppel auf den Nacken des Waldmenschen herabsausen, woraufhin der leblos niedersank, das Gesicht im Gras vergraben. Der Affe kletterte kreischend auf einen Baum. Bevor der einbalsamierte Pharao den Tarzan mit einem zweiten Hieb gänzlich erledigte, sprang dieser hoch und stürzte sich brüllend auf seinen Gegner. Beide wälzten sich in einer unwahrscheinlichen Stellung ineinander verschlungen über das Gras, als plötzlich der Panther sich losriß und alle auseinanderstoben und hinter Bäumen und Sträuchern Zuflucht suchten, während die Angestellten des Hauses sich in der Küche in Sicherheit brachten. Patricia war schon im Begriff, ins Schwimmbecken zu springen, als durch schieren Zauber eine Person in Frack und Zylinder erschien, die mit einem knallenden Peitschenschlag das Raubtier auf der Stelle bannte und es zu Boden zwang, wo es schnurrend wie ein Kätzchen die Pfoten in die Luft streckte. Das erlaubte dem Buckligen, die Kette wieder zu ergreifen, während der Bändiger den Zylinder abnahm und eine Meringetorte daraus hervorzog, die er zur Terrasse trug und der Herrin des Hauses zu Füßen legte.
Aus der Tiefe des Gartens erschienen nun die übrigen Mitglieder der Truppe: die Musiker der Zirkuskapelle, Märsche spielend, die Clowns, die sich prügelten, die Zwerge von den mittelalterlichen Königshöfen, die Reiterin, aufrecht auf ihrem Pferd stehend, die bärtige Frau, die radfahrenden Hunde, der Strauß im Kostüm der Colombine und zum Schluß eine Reihe von Boxern in ihren Satinhosen und ihren vorgeschriebenen Handschuhen, die eine Plattform auf Rädern schoben, über der sich ein Bogen aus bemalter Pappe wölbte. Und dort, auf dieser Kaiserestrade aus der Requisitenkammer, kam Horacio Fortunato mit seinem unveränderlichen Liebhaberlächeln, den Haarschopf mit Brillantine angeklebt,

stolz unter seinem Triumphbogen, umgeben von seinem unglaublichen Zirkus, bejubelt von den Trompeten und Trommeln seines eigenen Orchesters, der prächtigste, verliebteste und unterhaltsamste Mann der Welt. Patricia lachte schallend und ging ihm entgegen.

Tosca

Ihr Vater setzte sie ans Klavier, als sie fünf Jahre alt war, und mit zehn gab Maurizia Rugieri, in rosa Organza und Lackschuhen, im Club Garibaldi ihr erstes Konzert vor einem wohlwollenden Publikum, das in der Mehrheit aus Mitgliedern der italienischen Kolonie bestand. Am Schluß legten sie ihr Blumensträuße zu Füßen, und der Clubvorsitzende überreichte ihr eine Gedenkplakette und eine Porzellanpuppe mit Schleifen und Spitzen.

»Wir grüßen dich, Maurizia Rugieri, als ein frühreifes Genie, ein Wunderkind wie Mozart. Die großen Konzertpodien der Welt erwarten dich«, sagte er vollmundig.

Das Kind wartete, bis der Beifall sich gelegt hatte, und seine Stimme übertönte das stolze Schluchzen seiner Mutter, als es dann mit unerwartetem Hochmut nur zwei Sätze sprach.

»Dies ist das letzte Mal, daß ich Klavier gespielt habe. Ich will Sängerin werden«, verkündete es und ging aus dem Saal, die Puppe an einem Bein nachschleifend.

Als ihr Vater sich von der Schande erholt hatte, steckte er sie in eine Gesangsschule zu einem strengen Lehrer, der ihr für jede falsche Note auf die Finger schlug, was aber die Begeisterung des Kindes für die Oper nicht dämpfen konnte. Als sie jedoch aus dem Kleinmädchenalter herausgewachsen war, erkannte man, daß sie ein Vogelstimmchen hatte, kaum ausreichend, um ein Baby in den Schlaf zu singen, und also mußte sie ihre anspruchsvollen Vorstellungen, ein Opernsopran zu werden, gegen ein banaleres Los eintauschen. Mit neunzehn Jahren heiratete sie Ezio Longo, einen italienischen Einwanderer der ersten Generation, Architekt ohne Diplom und Baumeister von Beruf, der sich vorgenommen hatte, auf Zement und Stahl ein Imperium zu gründen, und mit fünfunddreißig Jahren hatte er es schon recht gut gefestigt.

Ezio Longo verliebte sich in Maurizia Rugieri mit derselben Entschlossenheit, mit der er die Hauptstadt mit seinen Bauten übersäte. Er war kleingewachsen, hatte einen soliden Knochenbau, einen Nacken wie ein Zugochse und ein energisches, etwas brutales Gesicht mit kräftigen Lippen und schwarzen Augen. Seine Arbeit nötigte ihn, derbe Kleidung zu tragen, und vom vielen Aufenthalt in der Sonne war seine Haut tiefbraun gebrannt und von Falten durchzogen wie gegerbtes Leder. Er war von gutmütigem, großzügigem Charakter, lachte gern und liebte Volksmusik und reichliches Essen ohne viel Umstände. Unter diesem ein wenig gewöhnlichen Äußeren steckte eine empfindsame Seele und eine Zartheit, die er in Worten oder Gesten nicht auszudrücken verstand. Wenn er Maurizia ansah, füllten sich bisweilen seine Augen mit Tränen und die Brust mit einer beklemmenden Zärtlichkeit, die er, schrecklich beschämt, mit einem Klaps zu tarnen suchte. Es war ihm unmöglich, seine Gefühle auszudrücken, und er glaubte, wenn er sie mit Geschenken überhäufte und mit stoischer Geduld ihre häufig wechselnden Launen und ihre eingebildeten Leiden ertrug, würde das die Mängel in seinem Liebhaberrepertoire ausgleichen. Das drängende Verlangen, das sie in ihm erregte, erneuerte sich jeden Tag mit der Glut ihrer ersten Begegnungen, er umarmte sie erbittert und suchte den Abgrund, der zwischen ihnen klaffte, zu überwinden, aber all seine Leidenschaft zersplitterte an Maurizias Zimperlichkeit, deren Phantasie ständig in romantischen Romanen und Musik von Verdi und Puccini schwelgte. Ezio schlief ein, von den Anstrengungen des Tages besiegt, und hatte Albträume von schiefen Wänden und sich windenden Treppen, und wenn er am Morgen erwachte, setzte er sich im Bett auf und betrachtete seine schlafende Frau mit so gespannter Aufmerksamkeit, daß er lernte, ihre Träume zu erraten. Er hätte sein Leben dafür hingegeben, daß sie seine Gefühle mit gleicher Stärke erwiderte.

Er baute ihr ein riesiges, von Säulen getragenes Haus, in dem der Stilmischmasch und der Überfluß an Verzierungen den Orientierungssinn verwirrten und in dem vier Dienstboten rastlos tätig waren, allein schon um Bronzefiguren zu polieren, die Fußböden zu wienern, die Kristallgehänge der Kronleuchter zu putzen, die Möbel mit den vergoldeten Füßen abzustauben und die aus Spanien importierten falschen Perser zu klopfen. Das Haus hatte im Garten ein kleines Amphitheater mit Lautsprechern und Scheinwerfern, in dem Maurizia für ihre Gäste zu singen pflegte. Ezio hätte nicht einmal in seiner Sterbestunde zugegeben, daß er außerstande war, jene schwankenden Spatzentriller schön zu finden, nicht nur, um die Lücken in seiner Bildung nicht preiszugeben, sondern vor allem aus Achtung vor den künstlerischen Neigungen seiner Frau.

Er war ein optimistischer Mensch und seiner selbst sicher, aber als Maurizia ihm weinend mitteilte, sie sei schwanger, überkam ihn eine unbezähmbare Angst, er hatte ein Gefühl, als würde sein Herz wie eine Melone gespalten, als könnte es für soviel Glück in dieser grauen Welt keinen Raum geben. Ihm schoß durch den Sinn, daß eine Katastrophe sein unsicheres Paradies zerstören könnte, und er machte sich bereit, es gegen jede Einmischung zu verteidigen.

Die Katastrophe war ein Medizinstudent, dem Maurizia in der Straßenbahn begegnete. Inzwischen war das Kind geboren, ein Geschöpf so vital wie sein Vater, das gegen allen Schaden gefeit schien, eingeschlossen den bösen Blick, und die Mutter hatte wieder ihre schlanke Figur. Der Student setzte sich neben Maurizia auf der Fahrt ins Stadtzentrum, ein schmaler, blasser Junge mit dem Profil einer römischen Statue. Er las die Partitur der *Tosca* und pfiff leise zwischen den Zähnen die Arie aus dem letzten Akt. Ihr war, als verewigte sich die ganze Mittagssonne in ihren Wangen, und ein voreiliger Schweiß netzte ihren Büstenhalter. Sie konnte nicht anders, sie mußte die Worte des unglücklichen Mario

Cavaradossi mitsingen, mit denen er die Morgendämmerung grüßt, ehe das Erschießungskommando seinem Leben ein Ende setzt. So, zwischen zwei Notenlinien einer Partitur, begann die Romanze. Der junge Mann hieß Leonardo Gómez und war genauso ein begeisterter Anhänger des Belcanto wie Maurizia.

Während der folgenden Monate schaffte der Student sein Arztdiplom, und sie durchlebte eine nach der andern alle Tragödien der Oper und einige der Weltliteratur, sie starb nacheinander durch Don José, die Tuberkulose, eine ägyptische Gruft, durch Dolch und Gift, sie liebte in italienischen, französischen und deutschen Arien, sie war Aida, Carmen und Lucia di Lammermoor, und jedesmal war Leonardo Gómez der Gegenstand ihrer unsterblichen Leidenschaft. In Wirklichkeit verband die beiden eine keusche Liebe, die sie sehnlichst zu vollziehen wünschte und die er in seinem Innern bekämpfte aus Achtung vor der verheirateten Frau. Sie trafen sich an öffentlichen Orten, und manchmal schlangen sie in der dunklen Ecke eines Parkes die Hände ineinander, sie steckten sich Zettelchen zu, mit Tosca oder Mario unterschrieben, und Ezio nannten sie natürlich Scarpia. Ezio aber war so dankbar für den Sohn, seine schöne Frau und den Wohlstand, die der Himmel ihm gewährt hatte, und so von Arbeit in Anspruch genommen, um seiner Familie alle nur mögliche Sicherheit bieten zu können, daß er, hätte ihm ein Nachbar nicht den Klatsch über Maurizia erzählt, die allzuoft Straßenbahn fuhr, vielleicht nie erfahren hätte, was da hinter seinem Rücken vor sich ging.

Ezio Longo war immer auf die Möglichkeit vorbereitet, mit einem geschäftlichen Verlust oder einer Krankheit fertigwerden zu müssen oder gar mit einem Unfall seines Sohnes, wie er ihn sich manchmal voll abergläubischen Entsetzens ausmalte, aber nie wäre ihm eingefallen, daß ein halbgares Studentlein ihm dreist seine Frau abspenstig machen würde. Als er es hörte, war er drauf und dran, kräftig darüber zu lachen, denn von allen Ärgernissen schien ihm dies am leichtesten zu klären, aber nach diesem ersten Impuls übermannte ihn eine blinde Wut, und die Galle stieg ihm hoch. Er folgte Maurizia zu einer verschwiegenen kleinen Konditorei, wo er sie mit ihrem Anbeter schokoladetrinkend erwischte. Er bat nicht lange um Erklärungen. Er packte seinen Nebenbuhler unter den Armen, hob ihn hoch und schmiß ihn gegen die Wand, unter dem Klirren von zerbrechendem Porzellan und dem Gekreisch der Gäste. Dann nahm er seine Frau beim Arm und führte sie zum Wagen, einem der letzten importierten Daimlers, bevor der Zweite Weltkrieg die geschäftlichen Verbindungen mit Deutschland zerschlug. Er schloß sie im Haus ein und stellte zwei Maurer aus seiner Firma zur Bewachung an die Tür.

Maurizia verbrachte zwei Tage weinend im Bett, ohne zu sprechen und ohne zu essen. Inzwischen hatte Ezio Longo Zeit gehabt nachzudenken, und seine Wut hatte sich in dumpfe Enttäuschung gewandelt, die ihm die Verlassenheit seiner Kinderjahre, die Armut seiner Jugend, die Einsamkeit seines Daseins ins Gedächtnis brachte und den ganzen unstillbaren Hunger nach Zärtlichkeit, der ihn begleitet hatte, bis er Maurizia kennenlernte und glaubte, eine Göttin erobert zu haben. Am dritten Tag hielt er es nicht länger aus und trat in das Zimmer seiner Frau.

»Um unseres Sohnes willen, Maurizia, du mußt dir diesen Unfug aus dem Kopf schlagen. Ich weiß, ich bin nicht sehr romantisch, aber wenn du mir hilfst, kann ich mich ändern. Ich bin nicht der Mann, der sich Hörner gefallen läßt, und ich liebe dich zu sehr, um dich gehen zu lassen. Wenn du mir nur die Möglichkeit gibst, werde ich dich glücklich machen, das schwöre ich dir.«

Statt einer Antwort drehte sie sich zur Wand und verlängerte ihr Fasten um zwei weitere Tage. Ihr Mann ging erneut zu ihr.

»Ich würde wirklich gern wissen, was zum Teufel dir fehlt auf

dieser Welt, vielleicht kann ich es dir ja verschaffen«, sagte er besiegt.
»Leonardo fehlt mir. Ohne ihn sterbe ich.«
»Na schön, du kannst mit diesem Bubi davongehen, wenn du willst, aber unseren Sohn wirst du nie wiedersehen.«
Sie packte ihre Koffer, kleidete sich in Musselin, setzte einen Hut mit Schleier auf und telefonierte nach einem Taxi. Ehe sie ging, küßte sie schluchzend das Kind und flüsterte ihm ins Ohr, daß sie bald zurückkehren werde, um es zu holen. Ezio, der in einer Woche sechs Kilo und die Hälfte seiner Haare verloren hatte, nahm ihr das Kind aus den Armen.
Maurizia fuhr in die Pension, in der ihr Anbeter wohnte, und sah sich dort vor die Tatsache gestellt, daß er zwei Tage zuvor abgereist war, um als Arzt im Lager einer Erdölgesellschaft zu arbeiten, in einer jener heißen Provinzen, deren Namen an Indios und Schlangen erinnern. Es kostete sie einiges, sich klarzumachen, daß er ohne Abschied fortgefahren war, aber sie schob es auf die Mißhandlung in der Konditorei und bedachte, daß Leonardo schließlich ein Dichter war und daß die Brutalität ihres Mannes ihn ganz natürlich hatte aus der Fassung bringen müssen. Sie nahm ein Zimmer im Hotel und schickte in den folgenden Tagen Telegramme an alle nur denkbaren Stellen. Tatsächlich gelang es ihr auch, Leonardo ausfindig zu machen, und sie teilte ihm mit, daß sie seinetwegen auf ihr einziges Kind verzichtet, ihrem Mann, der Gesellschaft und selbst Gott getrotzt habe und daß ihr Entschluß, ihm auf seinem Lebensweg zu folgen, bis daß der Tod sie scheide, absolut unwiderruflich sei.
Die Reise war eine beschwerliche Expedition erst mit dem Zug, dann per Bus und an einigen Stellen auf dem Flußweg. Maurizia war alleine nie über einen Radius von dreißig Querstraßen rund um ihr Haus hinausgekommen, aber weder die Großartigkeit der Landschaft noch die riesigen Entfernungen konnten sie einschüchtern. Unterwegs verlor sie zwei Koffer, und ihr Musselinkleid war nur noch ein gelb ein-

gestaubter Lumpen, aber sie kam doch endlich an der Flußmündung an, wo Leonardo sie erwarten sollte. Als sie aus dem Bus stieg, sah sie eine Piroge am Ufer und rannte darauf zu, daß ihr langes Haar sich aus dem verrutschten Hut löste und mit den Fetzen des Schleiers um die Wette flog. Aber statt ihres Mario standen da ein Neger mit einem Tropenhelm und zwei melancholische Indios mit Paddeln in den Händen. Zum Umkehren war es zu spät. Sie nahm die Erklärung an, daß Doktor Gomez einen Notfall gehabt habe, und stieg mit den Resten ihres ramponierten Gepäcks in das Boot, wobei sie inbrünstig betete, daß diese drei Männer doch bitte keine Banditen oder Kannibalen sein möchten. Zum Glück waren sie beides nicht und brachten sie auf dem Wasser durch eine weit gedehnte rauhe und wilde Gegend heil und gesund an den Ort, wo ihr Anbeter sie erwartete. Dieser Ort bestand eigentlich aus zwei Orten, der eine wurde von langgestreckten Gemeinschaftsbaracken gebildet, in denen die Arbeiter wohnten, der andere, wo die Angestellten lebten, bestand aus den Büros der Gesellschaft, fünfundzwanzig vorgefertigten, aus den Vereinigten Staaten eingeflogenen Häuschen, einem albernen Golfplatz und einem Schwimmbecken mit grünem Wasser, das jeden Morgen voller riesiger Kröten war, das Ganze umgeben von einem Drahtzaun mit einem Tor, vor dem zwei Posten Wache hielten. Es war ein Lager von Männern auf der Durchreise, hier drehte sich das ganze Dasein um den schwarzen Schlamm, der aus der Tiefe der Erde heraufstieg wie das unaufhörliche Erbrechen eines Drachen. In jener Abgeschiedenheit gab es sonst keine Frauen außer ein paar geduldiger Gefährtinnen der Arbeiter; die Gringos und die Vorarbeiter fuhren alle drei Monate nach Hause, um ihre Familien zu besuchen. Die Ankunft der Gattin von Doktor Gómez, wie sie Maurizia nannten, brachte den gewohnten Trott für ein paar Tage durcheinander, bis sie sich daran gewöhnt hatten, sie mit ihren Schleiern, ihrem Sonnenschirm und ihren Ball-

schuhen vorübergehen zu sehen wie eine Gestalt, die einer ganz anderen Geschichte entsprungen war.
Maurizia ließ nicht zu, daß die Rauheit dieser Männer oder die tagtägliche Hitze sie kleinkriegten, sie hatte sich vorgenommen, ihr Schicksal mit Größe zu tragen, und fast gelang ihr das auch. Sie machte aus Leonardo Gómez den Helden ihres eigenen Melodrams, schmückte ihn mit utopischen Tugenden und übertrieb die Bedeutung ihrer Liebe bis zum Schwachsinn, ohne sich mit der Überlegung aufzuhalten, ob sie bei ihrem Geliebten auf Widerhall stieß, ohne zu wissen, ob er bei dieser zügellosen Leidenschaftsgaloppade mit ihr Schritt hielt. Wenn Leonardo erkennen ließ, daß er weit zurücklag, schrieb sie das seiner Schüchternheit und seiner schwachen Gesundheit zu, die sich in dem teuflischen Klima verschlechtert habe. Er wirkte allerdings tatsächlich so zerbrechlich, daß sie endgültig von all ihren alten Leiden genas, um sich seiner Pflege zu widmen. Sie begleitete ihn in das primitive Krankenhaus und lernte die Obliegenheiten einer Krankenschwester, um ihm zu helfen. Sich um Opfer der Malaria zu kümmern oder schreckliche Wunden von Unfällen an den Bohrlöchern zu versorgen erschien ihr besser, als in ihrem Haus eingeschlossen zu sein, unter einem Ventilator zu sitzen und zum hundertsten Mal dieselben überholten Zeitschriften und romantischen Novellen zu lesen. Zwischen Spritzen und Verbänden konnte sie sich selbst als Kriegsheldin sehen, eine dieser tapferen Frauen aus den Filmen, die es manchmal im Club des Lagers gab. Sie weigerte sich mit selbstmörderischer Entschlossenheit, die schäbige Wirklichkeit wahrzunehmen, und war hartnäckig darauf bedacht, jeden Augenblick mit Worten zu verschönern, da alles andere nun einmal unmöglich war. Sie sprach von Leonardo Gómez, den sie beharrlich Mario nannte, wie von einem Heiligen, der sich dem Dienst an der Menschheit geweiht hat, und machte es sich zur Aufgabe, aller Welt zu beweisen, daß sie beide die Helden einer außergewöhnlichen Liebe sei-

en, was jeden Angestellten der Gesellschaft entmutigte, der sich vielleicht für die einzige weiße Frau am Ort hätte entflammen können. Die barbarischen Bedingungen im Lager nannte sie »Berührung mit der Natur« und nahm die Übel einfach nicht zur Kenntnis: die Moskitos, das giftige Geziefer, die Leguane, die höllischen Tage, die stickigen Nächte, die Tatsache, daß sie sich allein nicht vors Tor wagen durfte. Ihre Einsamkeit, ihren Überdruß, ihren natürlichen Wunsch, durch die Straßen einer Stadt zu spazieren, sich modisch zu kleiden, ihre Freundinnen zu besuchen und ins Theater zu gehen, bezeichnete sie als »leichte Nostalgie«. Das einzige, was sie nicht mit einem anderen Namen versehen konnte, war der animalische Schmerz, unter dem sie sich krümmte, wenn sie an ihr Kind dachte, und deshalb hielt sie es für besser, es nie zu erwähnen.

Leonardo Gómez arbeitete länger als zehn Jahre in dem Lager, bis ihn das Fieber und das Klima zerrieben hatten. Er hatte so lange in dem schützenden Umkreis der Ölgesellschaft gelebt, daß er keine Lust verspürte, sich an eine vielleicht feindseligere Umgebung zu gewöhnen, andererseits erinnerte er sich noch an Ezio Longos Wut, mit der er ihn an die Wand gedonnert hatte, und daher erwog er nicht einmal die Möglichkeit, in die Hauptstadt zurückzukehren. Er suchte nach einem Posten in irgendeinem vergessenen Winkel, wo er in Frieden weiterleben könnte, und so kam er eines Tages, es war Anfang der fünfziger Jahre, mit seiner Frau, seinem medizinischen Instrumentarium und seinen Opernschallplatten in Agua Santa an.

Maurizia entstieg dem Bus ganz nach der Mode gekleidet, in einem engen Kleid mit großen Tupfen und mit einem riesigen schwarzen Strohhut, Dinge, die sie sich über einen Katalog aus New York hatte schicken lassen, etwas, was man hierorts gar nicht kannte. Auf jeden Fall wurden sie mit der Gastfreundschaft der kleinen Dörfer aufgenommen, und in weniger als vierundzwanzig Stunden kannten alle die Legende von der großen Liebe der beiden Neuankömmlinge. Sie nannten sie Tosca und Mario, ohne die geringste Ahnung zu haben, wer diese Personen waren, aber Maurizia unternahm es, sie aufzuklären. Sie gab ihre Schwesterntätigkeit bei Leonardo auf, stellte einen Kirchenchor zusammen und bot den Leuten die ersten Gesangskonzerte in der Geschichte des Dorfes. Stumm vor Staunen sahen die Einwohner von Agua Santa zu, wie sie sich auf einer in der Schule behelfsmäßig aufgeschlagenen Bühne in Madame Butterfly verwandelte, aufgeputzt mit einem wunderlichen Morgenrock, ein paar Stricknadeln im hochfrisierten Haar, einer Plastikblume hinterm Ohr und das Gesicht mit weißer Kreide bemalt, und mit ihrem Vogelstimmchen zu trillern begann. Keiner verstand auch nur ein Wort von dem Gesang, aber als sie niederkniete und ein Küchenmesser zückte, das sie sich in den Bauch zu stechen drohte, schrie das Publikum auf vor Entsetzen, und ein Zuschauer sprang auf die Bühne, um sie davon abzubringen, wand ihr die Waffe aus den Händen und zwang sie, aufzustehen. Anschließend entspann sich eine lange Diskussion über die Gründe für den tragischen Entschluß der japanischen Dame, und alle waren sich einig, daß der nordamerikanische Marineoffizier, der sie verlassen hatte, ein gewissenloser Schurke war, er war es nicht wert, daß sie seinetwegen starb, denn das Leben ist lang, und es gibt viele Männer auf dieser Erde. Die Aufführung endete in lärmendem Vergnügen, als sich spontan eine kleine Musikkapelle zusammenfand und die Leute zu tanzen begannen. Diesem denkwürdigen Abend folgten andere gleichartige: Gesang, Tod, Erklärung der Opernhandlung durch die Sopranistin, öffentliche Diskussion und abschließendes Fest.

Doktor Mario und Señora Tosca waren zwei hochgeachtete Mitglieder der Gemeinde, er kümmerte sich um die Gesundheit der Leute, sie um das kulturelle Leben, wozu auch die Wandel in der Mode gehörten. Sie wohnten in einem kühlen, angenehmen Haus, dessen eine Hälfte von der Arztpraxis eingenommen wurde. Im Patio hielten sie einen blau-gelben Ara, der über ihren Köpfen flog, wenn sie durch den Ort spazierten. Jeder wußte, wohin der Doktor und seine Frau gingen, denn der Vogel begleitete sie stets und schwebte mit seinen breiten zweifarbigen Schwingen schweigend zwei Meter über ihnen. So lebten sie viele Jahre in Agua Santa, bewundert von den Leuten, die sie ein Beispiel für vollkommene Liebe nannten.

Während eines seiner Malariaanfälle verirrte sich der Doktor auf den Wegen des Fiebers und fand nicht mehr zurück. Sein Tod erschütterte das Dorf, die Leute fürchteten, seine Frau könnte einen verhängnisvollen Schritt tun wie die vielen, die sie singend dargestellt hatte, und deshalb wechselten sie sich in den folgenden Wochen Tag und Nacht dabei ab, ihr Gesellschaft zu leisten. Maurizia kleidete sich von Kopf bis Fuß in Trauer, malte alle Möbel schwarz an und schleppte ihren Schmerz mit sich herum wie einen hartnäckigen Schatten, bis sich zwei tiefe Falten neben ihrem Mund bildeten, aber sie beabsichtigte nicht, ihrem Leben ein Ende zu machen. Vielleicht empfand sie in der Vertrautheit ihres Zimmers, wenn sie allein im Bett lag, eine tiefe Erleichterung, weil sie nicht länger den schweren Karren ihrer Träume ziehen mußte, weil es nicht mehr nötig war, die Person am Leben zu erhalten, die sie erfunden hatte, um sich selbst darzustellen, weil sie nicht länger seiltänzerische Kunststückchen vollbringen mußte, um die Schwächen eines Mannes zu übertünchen, der nie auf der Höhe ihrer Illusionen gewesen war. Aber die Gewohnheit, Theater zu spielen, war zu tief in ihr verwurzelt. Mit derselben unendlichen Geduld, mit der sie sich früher das Bild der romantischen Heldin geschaffen hatte, erdichtete sie jetzt die Legende von ihrer Untröstlichkeit. Sie blieb in Agua Santa, immer in Schwarz gekleidet, obwohl es schon seit einiger Zeit nicht mehr üblich war, so lange Trauer zu tragen, und weigerte sich, wieder zu singen, trotz der inständigen Bitten ihrer Freundinnen, die glaubten, die Oper könne ihr Trost geben. Das Dorf schloß einen engen Kreis um sie, wie eine feste Umarmung, um ihr das Leben erträglich zu machen und ihr bei ihren Erinnerungen beizustehen. Mit der Hilfe aller wuchs das Bild des Doktor Gómez in der Vorstellung des Dorfes ins Heroische. Nach zwei Jahren veranstalteten sie eine Sammlung, um eine Bronzebüste anfertigen zu lassen, die sie auf einem Postament gegenüber dem steinernen Standbild des Befreiers auf dem Platz aufstellten.

In ebendiesem Jahr wurde die Autobahn gebaut, die an Agua Santa vorbeiführte und das Aussehen und den Geist des Dorfes für immer veränderte. Zu Anfang widersetzten sich die Leute dem Projekt, weil sie glaubten, nun würden die armen Häftlinge aus dem Gefängnis Santa María wieder herangeholt und gezwungen, mit Fesseln an den Füßen Bäume zu fällen und Steine zu klopfen wie damals, so erzählten die Großväter, als zu Zeiten des Wohltäters die Landstraße gebaut worden war. Aber bald kamen die Ingenieure aus der Stadt und erklärten ihnen, diesmal würden moderne Maschinen die Arbeit machen und keine Häftlinge. Ihnen folgten die Landvermesser und danach die Arbeitertrupps mit orangefarbenen Helmen und Jacken, die im Dunkeln leuchteten. Die Maschinen stellten sich als Ungeheuer heraus, groß wie Dinosaurier, schätzte die Lehrerin der Schule, und auf ihren Flanken stand der Name der Firma: »Ezio Longo und Sohn«. Am selben Tag kamen auch Vater und Sohn in Agua Santa an, um die Arbeiten zu überwachen und die Löhne zu zahlen.

Als Maurizia die Maschinen und die Schilder ihres ehemaligen Mannes sah, versteckte sie sich in ihrem Haus hinter verschlossenen Fenstern in der unsinnigen Hoffnung, so für ihre Vergangenheit unerreichbar zu sein. Aber achtundzwanzig lange Jahre hatte sie die Erinnerung an den fernen Sohn ertragen wie einen in ihre Körpermitte eingerammten

Schmerz, und als sie erfuhr, daß die Chefs der Baugesellschaft selbst in Agua Santa waren und im Wirtshaus zu Mittag aßen, konnte sie nicht länger gegen ihren Mutterinstinkt ankämpfen. Sie betrachtete sich im Spiegel. Sie war eine Frau von einundfünfzig Jahren, alt geworden unter der Tropensonne und der Anstrengung, ein Trugbild des Glücks vorzutäuschen, aber ihre Falten hielten noch den Adel des Stolzes fest. Sie bürstete sich das Haar und steckte es zu einem hohen Knoten auf, ohne zu versuchen, die weißen Strähnen zu verbergen, zog ihr bestes schwarzes Kleid an und legte das Perlenhalsband von ihrer Hochzeit um, das sie durch alle Abenteuer gerettet hatte, und mit einer Geste schüchterner Koketterie tuschte sie die Wimpern ein bißchen und tupfte ein wenig Rot auf Wangen und Lippen. Sie ging aus dem Haus und spannte gegen die Sonne den Regenschirm von Leonardo Gómez auf. Der Schweiß lief ihr den Rücken hinunter, aber sie zitterte nicht.

Zu dieser Stunde waren die Rolläden des Wirtshauses geschlossen, um die Mittagshitze draußenzuhalten, und so brauchte Maurizia eine Weile, bis sich die Augen an das Halbdunkel gewöhnten und sie an einem der Tische im Hintergrund Ezio Longo und den jungen Mann erkannte, der ihr Sohn sein mußte. Ihr Ehemann hatte sich viel weniger verändert als sie, vielleicht weil er schon immer ein Mensch ohne Alter gewesen war. Derselbe Löwennacken, derselbe solide Knochenbau, dieselben ein wenig grobschlächtigen Züge und die tiefliegenden Augen, aber nun gemildert durch einen Fächer von fröhlichen Fältchen, wie sie ein heiteres Gemüt hervorbringt. Über seinen Teller gebeugt, kaute er hingegeben und hörte seinem Sohn zu. Maurizia beobachtete sie von weitem. Ihr Sohn war jetzt nahe an die dreißig. Obwohl er von ihr die langen Beine und die zarte Haut geerbt hatte, waren die Bewegungen die seines Vaters, er aß mit dem gleichen Behagen, schlug auf den Tisch, um seinen Worten Nachdruck zu geben, lachte herzhaft, ein vitaler, energischer Mann mit einem entschiedenen Sinn für seine eigene Kraft, ausgezeichnet befähigt für den Kampf. Maurizia betrachtete Ezio Longo mit neuen Augen und erkannte zum erstenmal seine starke Männlichkeit. Sie tat ein paar Schritte nach vorn, bewegt, mit stockendem Atem, sie sah sich selbst wie aus einer anderen Dimension, als stünde sie auf einer Bühne und stellte den dramatischsten Augenblick des langen Theaterstücks dar, das ihr Leben gewesen war, die Namen von Mann und Sohn auf den Lippen und in voller Bereitschaft, Vergebung zu erlangen für all die vielen Jahre des Fernseins. In diesen wenigen Minuten sah sie das minutiöse Räderwerk der Falle, in der sie drei Jahrzehnte der Selbsttäuschung zugebracht hatte. Sie begriff, daß der wahre Held des Stückes Ezio Longo war, und hätte gern geglaubt, er habe all diese Jahre hindurch nicht aufgehört, sich nach ihr zu sehnen und auf sie zu warten, mit der beständigen, leidenschaftlichen Liebe, die Leonardo Gómez ihr nie hatte geben können, weil sie seinem Wesen fremd war.

In diesem Augenblick, als sie mit einem einzigen weiteren Schritt aus dem Dunkel getreten und siehtbar geworden wäre, beugte sich der junge Mann vor, umfaßte das Handgelenk seines Vaters und sagte mit einem sympathischen Zwinkern ein paar Worte. Die beiden brachen in schallendes Gelächter aus, klopften sich auf die Schultern, zerstrubbelten sich gegenseitig das Haar, und das alles mit einer männlichen Zärtlichkeit und einer festen Kameradschaftlichkeit, aus der Maurizia und der Rest der Welt ausgeschlossen waren. Sie schwankte einen unendlichen Augenblick auf der Grenze zwischen Traum und Wirklichkeit, und dann wandte sie sich um, trat aus dem Wirtshaus, öffnete ihren schwarzen Regenschirm und kehrte in ihr Haus zurück, und der Ara flog über ihrem Kopf wie ein wunderlicher Erzengel aus dem Kirchenkalender.

Walimai

Der Name, den mein Vater mir gab, ist Walimai, das bedeutet in der Sprache unserer Brüder im Norden »Wind«. Ich darf es dir erzählen, weil du jetzt wie meine eigene Tochter bist, und du hast meine Erlaubnis, mich beim Namen zu nennen, wenn auch nur innerhalb der Familie. Man muß sehr achtsam mit den Namen der Menschen und aller lebenden Wesen umgehen, denn wenn man sie dabei nennt, berührt man ihr Herz und dringt ein in ihre Lebenskraft. So grüßen wir uns als Blutsverwandte. Ich verstehe die Leichtigkeit nicht, mit der Fremde einander ohne Furcht rufen, das ist nicht nur ein Mangel an Achtung, es kann auch große Gefahren bringen. Ich habe bemerkt, daß diese Personen mit der größten Leichtfertigkeit sprechen, ohne zu bedenken, daß Sprechen auch Sein ist. Die Gebärde und das Wort sind das Denken des Menschen. Man darf nicht leer daherreden, das habe ich meine Söhne gelehrt, aber meine Ratschläge werden nicht immer befolgt. In früheren Zeiten wurden die Tabus und die Bräuche geachtet. Meine Großväter und die Großväter meiner Großväter empfingen von ihren Großvätern die nötigen Kenntnisse. Nichts änderte sich für sie. Ein Mann mit gutem Gedächtnis konnte sich an jede einzelne der Lehren erinnern und wußte so, wie er in jedem Augenblick handeln mußte. Aber dann kamen die Fremden und redeten gegen die Weisheit der Großväter an und trieben uns aus unserem Land. Wir ziehen jedesmal tiefer hinein in den Urwald, aber sie erreichen uns immer, manchmal dauert es Jahre, aber schließlich nahen sie wieder heran, und dann müssen wir unsere Saaten zerstören, uns die Kinder auf den Rücken laden, die Tiere an den Strick nehmen und fortgehen. So ist es gewesen, so weit ich zurückdenken kann: alles liegenlassen und rennen wie die Ratten und nicht wie die großen Krieger und die Götter, die in alten Zeiten in diesem Land lebten. Manche jungen Leute sind neugierig auf die Weißen, und während wir in die Tiefe des Urwalds ziehen, um weiterhin wie unsere Vorfahren zu leben, gehen andere den entgegengesetzten Weg. Wir betrachten diejenigen, die fortgehen, als Tote, denn nur sehr wenige kehren zurück, und die es tun, haben sich so verändert, daß wir sie nicht als Verwandte wiedererkennen können.

Es wird erzählt, daß in den Jahren, bevor ich zur Welt kam, in unserem Dorf nicht genug Mädchen geboren worden waren, und deshalb mußte mein Vater lange Wege wandern, um sich eine Frau aus einem anderen Stamm zu holen. Er zog durch die Wälder und folgte den Angaben anderer, die vor ihm diesen Weg aus demselben Grund gegangen und mit fremden Frauen heimgekehrt waren. Nach langer Zeit, als mein Vater schon die Hoffnung verlieren wollte, eine Gefährtin zu finden, erblickte er ein Mädchen am Fuß eines hohen Wasserfalls, das ist ein Fluß, der vom Himmel fällt. Ohne sich ihr zu sehr zu nähern, um sie nicht zu erschrekken, redete er sie in dem Ton an, den die Jäger gebrauchen, um ihre Beute zu beruhigen, und erklärte ihr, daß er heiraten wolle. Sie machte ihm ein Zeichen, heranzukommen und betrachtete ihn ohne Scheu, und der Anblick des Wanderers mußte ihr wohl gefallen haben, denn sie entschied, daß der Gedanke an eine Heirat ganz vernünftig sei. Mein Vater mußte für seinen Schwiegervater arbeiten, bis er den Preis für die Frau bezahlt hatte. Nachdem sie die Hochzeitsriten abgehalten hatten, wanderte er mit ihr zurück in unser Dorf.

Ich wuchs mit meinen Geschwistern unter den Bäumen auf, ohne jemals die Sonne zu sehen. Bisweilen fiel ein kranker Baum, und es blieb eine Öffnung in der hohen Kuppel des Waldes, dann sahen wir das blaue Auge des Himmels. Meine Eltern erzählten mir Geschichten, sangen mir Lieder vor und lehrten mich alles, was die Männer wissen müssen, um ohne Hilfe, nur mit Pfeil und Bogen zu überleben.

So wurde ich frei. Wir, die Söhne des Mondes, können nicht ohne Freiheit leben. Wenn man uns hinter Mauern oder Gittern einschließt, kehren wir uns nach innen, wir werden blind und taub, und binnen weniger Tage löst sich der Geist von den Brustknochen und verläßt uns. Manchmal werden wir wie elende Tiere, aber fast immer ziehen wir es vor, zu sterben. Deshalb haben unsere Häuser keine Wände, nur ein schräges Dach, um den Wind etwas abzuhalten und den Regen abzuleiten, und wir hängen darunter unsere Hängematten sehr nahe nebeneinander, denn wir hören gern den Träumen der Frauen und der Kinder zu und fühlen gern den Atem der Affen, der Hunde und der Pakas, die mit uns den Raum teilen.
Anfangs lebte ich im Urwald ohne zu wissen, daß es jenseits der Steilufer und der Flüsse auch Menschen gab. Hin und wieder kamen Freunde aus anderen Stämmen zu Besuch und erzählten uns, was sie hatten reden hören über Boa Vista und El Platanal, über die Fremden und ihre Sitten, aber wir glaubten, das wären nur Geschichten zum Lachen. Ich wurde ein Mann, und nun kam die Reihe an mich, eine Frau zu suchen, aber ich beschloß, noch zu warten, ich ging lieber mit den Unverheirateten, wir waren immer fröhlich und hatten viel Spaß miteinander. Freilich hatte ich nicht so viel Zeit zum Spielen und Ausruhen wie andere, denn meine Familie ist zahlreich: Geschwister, Vettern, Neffen, eine Menge Mäuler zu stopfen, viel Arbeit für einen Jäger.
Eines Tages kam eine Gruppe von bleichen Männern in unser Dorf. Sie jagten mit Feuerknall, aus der Ferne, ohne Geschicklichkeit und ohne Mut, sie waren unfähig, auf einen Baum zu klettern oder einen Fisch im Wasser mit dem Speer aufzuspießen, sie konnten sich im Urwald kaum bewegen, immer blieben sie mit ihren Rucksäcken, ihren Waffen und sogar mit den eigenen Füßen irgendwo hängen. Sie gingen nicht nackt wie wir, sondern hatten durchschwitzte und stinkende Kleider an, waren schmutzig und kannten keine An-

standsregeln, aber sie waren versessen darauf, uns von ihrem Wissen und von ihren Göttern vorzuschwatzen. Wir verglichen sie mit dem, was man uns über die Weißen erzählt hatte, und erkannten, daß jenes Gerede die Wahrheit gewesen war. Bald erfuhren wir, daß dies keine Missionare, Soldaten oder Kautschuksammler waren, sondern Verrückte, sie wollten das Land und wollten das Holz wegschaffen, sie suchten auch nach Steinen. Wir erklärten ihnen, daß man sich den Wald nicht auf den Rücken laden und wegtragen kann wie einen toten Vogel, aber sie wollten nicht zur Vernunft kommen. Sie ließen sich in der Nähe unseres Dorfes nieder. Jeder einzelne von ihnen war wie ein Wind des Unheils, er zerstörte auf seinem Weg alles, was er berührte, ließ eine Spur von Unrat zurück, plagte Tiere und Menschen. Anfangs befolgten wir die Regeln der Höflichkeit und waren ihnen gefällig, weil sie unsere Gäste waren, aber sie gaben sich mit nichts zufrieden, sie wollten immer noch mehr, bis wir dieses Spiels müde waren und den Krieg begannen, mit allen gebräuchlichen Zeremonien. Sie sind keine guten Krieger, sie erschrecken leicht und haben weiche Knochen. Sie hielten den Knüppelhieben, die wir ihnen auf die Köpfe gaben, nicht stand.
Danach gaben wir das Dorf auf und zogen nach Osten, wo der Wald undurchdringlich ist, und legten große Strecken in den Baumwipfeln zurück, damit uns ihre Freunde nicht fanden. Wir hatten gehört, daß sie rachsüchtig sind und daß sie es fertigbringen, für jeden einzelnen von ihnen, der stirbt, und sei es auch in einem ehrlichen Kampf, einen ganzen Stamm auszurotten einschließlich der Kinder. Wir fanden einen Ort, wo wir ein neues Dorf aufbauen konnten, er war nicht so gut wie der alte, die Frauen mußten Stunden gehen, um sauberes Wasser zu holen, aber wir blieben hier, weil wir glaubten, niemand würde uns so weit entfernt mehr suchen.
Ein Jahr war vergangen, da mußte ich mich einmal sehr weit

vom Dorf entfernen, weil ich der Fährte eines Pumas folgte, und geriet in allzu große Nähe eines Soldatenlagers. Ich war müde und hatte lange nichts gegessen, daher waren meine Wahrnehmungen verwirrt. Statt umzukehren, als ich die Gegenwart der Fremden bemerkte, legte ich mich hin, um auszuruhen. Die Soldaten fingen mich. Sie erwähnten jedoch die Knüppelhiebe nicht, die wir den anderen versetzt hatten, tatsächlich fragten sie mich überhaupt nichts, vielleicht kannten sie jene Weißen nicht und wußten nicht, daß ich Walimai bin. Sie brachten mich zu den Kautschukleuten, wo viele Männer von anderen Stämmen waren, die sie mit Hosen bekleidet hatten und zum Arbeiten zwangen, ohne ihre Wünsche zu beachten. Der Kautschuk verlangt viel Fleiß, und sie hatten dort nicht genug Leute, deshalb mußten sie uns mit Gewalt heranholen. Es war eine Zeit ohne Freiheit, und ich mag nicht davon sprechen. Ich blieb nur, um zu sehen, ob ich etwas lernen könnte, aber ich wußte von Anfang an, daß ich zu den Meinen zurückkehren würde. Niemand kann einen Jäger gegen seinen Willen lange festhalten.

Wir arbeiteten von früh bis spät, die einen zapften die Bäume an, um ihnen Tropfen für Tropfen das Leben zu nehmen, andere kochten die aufgefangene Flüssigkeit ein, um sie zu verdicken und zu großen Kugeln zu formen. Im Freien war die Luft krank vom Geruch des heißen Gummis, und in den Schlafbaracken war sie krank vom Schweiß der Männer. An diesem Ort konnte ich nie tief atmen. Zu essen bekamen wir Mais, Bananen und den Inhalt von Büchsen, den ich niemals kostete, denn nichts Gutes für den Menschen kann in Büchsen wachsen. An einem Ende des Lagers hatten sie eine große Hütte gebaut, wo sie die Frauen hielten. Nach zwei Wochen Arbeit gab mir der Vorarbeiter ein Papier und schickte mich zu ihnen. Er gab mir auch einen Becher mit Schnaps, den ich auf die Erde goß, denn ich hatte gesehen, wie dieses Wasser den Verstand zerstört. Ich stellte mich in

der Reihe an wie alle übrigen. Ich war der letzte, und als es an mir war, einzutreten, war die Sonne schon untergegangen, und die Nacht war gekommen mit ihrem Krötengelärm und Papageiengekreisch.
Sie war vom Stamm der Ila, derer mit dem sanften Herzen, wo die lieblichsten Mädchen herkommen. Manche Männer wandern monatelang, um zu den Ila zu gelangen, sie bringen ihnen Geschenke mit und jagen für sie in der Hoffnung, eine ihrer Frauen zu gewinnen. Ich erkannte sie, obwohl sie wie eine gehäutete Eidechse aussah, denn meine Mutter war auch eine Ila. Sie lag nackt auf einer Matte aus Palmblättern, ihr Fußgelenk war mit einer Kette an einen Ring im Boden gefesselt, sie war willenlos erschlafft, als hätte sie den »Yopo« der Akazie durch die Nase eingesogen, roch nach kranken Hunden und war naß von der Spritzflut der Männer, die vor mir auf ihr gelegen hatten. Sie hatte die Größe eines Kindes, ihre Knochen klapperten wie Steinchen im Fluß. Die Ilafrauen entfernen sich alle Körperhaare, schmücken sich mit Federn und Blumen hinter den Ohren, ziehen polierte Hölzchen durch Wangen und Nase, bemalen den ganzen Körper mit dem Rot des Orleansbaumes, dem Violett der Palme und dem Schwarz der Kohle. Aber die hatte nichts von all dem. Ich legte meinen Machete auf den Boden und grüßte sie als Schwester, ich ahmte ein paar Vogelstimmen nach und das Rauschen des Flusses. Sie antwortete nicht. Ich schlug ihr kräftig auf die Brust, um zu hören, ob ihr Geist zwischen den Rippen widerhallte, aber es gab kein Echo, ihre Seele war zu schwach und konnte mir nicht antworten. Ich kniete mich neben sie, gab ihr ein wenig Wasser zu trinken und sprach zu ihr in der Sprache meiner Mutter. Sie öffnete die Augen und sah mich lange an. Ich verstand.
Vor allem andern wusch ich mich, ohne das reine Wasser zu vergeuden. Ich nahm einen guten Schluck in den Mund und versprühte ihn in feinen Strahlen über meine Hände, die ich kräftig rieb und dann noch einmal naß machte, um mir das

Gesicht zu säubern. Ich zog die Hose aus, die mir der Vorarbeiter gegeben hatte. An der Schnur, die ich um den Leib trug, hingen meine Stäbe zum Feuermachen, einige Pfeilspitzen, eine Rolle Tabak, mein hölzernes Messer mit einem Rattenzahn an der Spitze und ein Beutel aus sehr festem Leder, in dem ich etwas Curare aufbewahrte. Ich tat ein wenig von der Paste auf die Spitze meines Messers, beugte mich über die Frau, und mit dem vergifteten Instrument schnitt ich ihr in den Hals. Das Leben ist ein Geschenk der Götter. Der Jäger tötet, um seine Familie zu ernähren, er achtet darauf, nicht das Fleisch seiner Beute zu kosten, und zieht dasjenige vor, das ihm ein anderer Jäger anbietet. Manchmal tötet ein Mann einen anderen im Krieg, aber niemals kann er einer Frau oder einem Kind ein Leid antun. Sie sah mich mit großen Augen an, die gelb waren wie der Honig, und mir war, als versuchte sie, dankbar zu lächeln. Um ihretwillen hatte ich das oberste Gebot der Söhne des Mondes verletzt, und ich würde meine Schande mit viel Arbeit sühnen müssen. Ich hielt mein Ohr an ihren Mund, und sie flüsterte ihren Namen. Ich wiederholte ihn zweimal im Geiste, um ganz sicher zu sein, aber ich sprach ihn nicht laut aus, denn man darf die Toten nicht nennen, um ihren Frieden nicht zu stören, und sie war bereits eine Tote, obwohl ihr Herz noch schlug. Bald sah ich, wie die Muskeln des Bauches, der Brust und der Glieder von der Lähmung befallen wurden, sie verlor den Atem, veränderte die Farbe, ein Seufzer entfloh ihr, und sie starb ohne Kampf, wie die kleinen Kinder sterben.

Sofort spürte ich, wie ihr Geist durch die Nase entwich, in mich eindrang und sich an meinem Brustbein festsetzte. Ihr ganzes Gewicht fiel auf mich, und ich mußte mich anstrengen, um aufzustehen, ich bewegte mich schwerfällig, wie unter Wasser. Ich bog ihren Körper in die Stellung der letzten Ruhe, bis die Knie das Kinn berührten, band ihn mit den Stricken der Matte zusammen, häufte die Reste des Palmstrohs auf und rieb meine Stäbe, um Feuer zu machen. Als

ich sah, daß der Scheiterhaufen sicher brannte, trat ich langsam aus der Hütte, kletterte über den Lagerzaun, mit großer Mühe, weil sie mich hinunterzog, und wandte mich zum Wald. Ich hatte gerade die ersten Bäume erreicht, als ich die Alarmglocke hörte.
Den ganzen ersten Tag ging ich, ohne einen Augenblick stehenzubleiben. Am zweiten Tag fertigte ich mir einen Bogen und Pfeile an, damit ich für sie und auch für mich jagen konnte. Der Krieger, der die Last eines anderen menschlichen Lebens trägt, muß zehn Tage fasten, dann wird auch der Geist des Verstorbenen schwächer, der sich schließlich löst und ins Reich der Seelen eingeht. Wenn der Krieger es nicht tut, mästet sich der Geist an der Nahrung und wächst in dem Mann, bis er ihn erstickt. Ich habe einige sehr Tapfere so sterben sehen. Aber bevor ich diese Bedingungen erfüllte, mußte ich den Geist der Ilafrau in den dunkelsten Urwald führen, wo ich nie gefunden werden würde. Ich aß sehr wenig, gerade genug, um sie nicht ein zweites Mal zu töten. Jeder Bissen in meinem Mund schmeckte nach faulem Fleisch, und jeder Schluck Wasser war bitter, aber ich zwang mich, zu schlukken, um uns beide zu ernähren. Einen vollen Mondwechsel lang drang ich tiefer und tiefer in den Urwald ein und trug den Geist der Frau, der täglich schwerer wurde. Wir sprachen viel miteinander. Die Sprache der Ila bewegt sich frei und hallt lange unter den Bäumen wider. Wir verständigten uns durch Gesang, mit dem ganzen Körper, mit den Augen, mit den Füßen. Ich wiederholte ihr die Legenden, die ich von meiner Mutter und meinem Vater gehört hatte, und erzählte ihr von meinem Leben, und sie erzählte mir von den ersten Jahren des ihren, als sie ein fröhliches Kind war, das mit seinen Geschwistern spielte, sich im Schlamm wälzte und sich auf den höchsten Zweigen der Bäume wiegte. Aus Feingefühl erwähnte sie nicht ihre letzte Zeit voll Unglück und Demütigung. Ich fing einen weißen Vogel, riß ihm die schönsten Federn aus und machte ihr einen Ohrschmuck. In den Näch-

ten unterhielt ich ein kleines Feuer, damit sie nicht fror und damit keine Jaguare oder Schlangen ihren Schlaf störten. Im Fluß badete ich sie behutsam und rieb sie mit Asche und zerstampften Blumen ab, um ihr die bösen Erinnerungen zu nehmen.

Eines Tages endlich gelangten wir an den richtigen Ort und hatten keine Ausreden mehr, nicht haltzumachen. Hier war der Urwald so dicht, daß ich an manchen Stellen nur mit dem Messer und sogar mit den Zähnen einen Weg bahnen konnte, und wir mußten leise sprechen, um nicht das Schweigen der Zeit zu stören. Ich wählte eine Stelle neben einem Wasserrinnsal, baute ein Dach aus Blättern und machte aus drei langen Streifen Baumrinde eine Hängematte für sie. Mit meinem Messer schor ich mir den Kopf und begann zu fasten.

In der Zeit, in der wir miteinander gewandert waren, hatten die Frau und ich uns so sehr liebgewonnen, daß wir nicht mehr den Wunsch hatten, uns zu trennen, aber der Mensch ist nicht Herr des Lebens, nicht einmal seines eigenen, und so mußte ich meine Pflicht erfüllen. Viele Tage lang nahm ich nichts in den Mund außer ein paar Schluck Wasser. Je mehr meine Kräfte schwanden, um so mehr löste sie sich aus meinen Armen, und ihr Geist, der immer luftiger wurde, lastete nicht mehr so schwer auf mir wie früher. Am fünften Tag tat sie ihre ersten Schritte in die Umgebung, während ich schlief, aber sie war noch nicht bereit weiterzugehen und kehrte zu mir zurück. Sie wiederholte diese Ausflüge ein paarmal und entfernte sich immer ein wenig weiter von mir. Der Abschiedsschmerz war mir so schrecklich wie eine brennende Wunde, und ich mußte alle von meinem Vater erlernte innere Kraft beschwören, um sie nicht laut bei ihrem Namen zu rufen und sie so für immer zu mir zurückzuziehen. Am zwölften Tag träumte ich, daß sie wie ein Tukan über die Wipfel der Bäume hinwegflog, und ich erwachte mit einem ganz leichten Körper und mit dem Wunsch, zu weinen. Sie war endgültig gegangen. Ich nahm meine Waffen auf und wanderte viele Stunden, bis ich an einen Arm des Flusses kam. Ich watete bis zur Gürtellinie ins Wasser, spießte mit einem angespitzten Stab einen kleinen Fisch auf und schluckte ihn ganz hinunter, mit Schuppen und Schwanz. Sogleich brach ich ihn mit ein bißchen Blut wieder aus, genau wie es sein muß. Ich fühlte mich nicht mehr traurig. Da lernte ich, daß manchmal der Tod mächtiger ist als die Liebe. Dann ging ich auf die Jagd, um nicht mit leeren Händen in mein Dorf zurückzukommen.

Ester Lucero

Sie brachten ihm Ester Lucero auf einer improvisierten Trage, sie blutete wie ein Schlachttier und hatte die dunklen Augen weit aufgerissen vor Entsetzen. Als der Arzt Angel Sánchez sie sah, verlor er zum erstenmal seine sprichwörtliche Ruhe, und das aus gutem Grund, denn er war in sie verliebt seit dem Tag, da er sie zum erstenmal sah, und da war sie noch ein Kind gewesen. Zu jener Zeit hatte sie ihre Puppen noch nicht weggepackt, er dagegen kehrte, um tausend Jahre gealtert, von seinem letzten ruhmreichen Feldzug zurück. Er kam an der Spitze seiner Kolonne in die kleine Stadt, auf dem Dach eines Kleinlasters sitzend, ein Gewehr über den Knien, mit einem monatealten Bart und einer für immer in der Leistengegend steckengebliebenen Kugel, aber so glücklich, wie er es nie zuvor gewesen war. Inmitten der Menge sah er das Mädchen, das ein rotes Papierfähnchen schwenkte und wie alle anderen den Befreiern zujubelte. Er war Mitte dreißig und sie um die zwölf, aber Angel Sánchez ahnte in den zarten und doch festen Gliedern und dem tiefen Blick des Kindes die Schönheit, die heimlich im Werden war. Er beobachtete sie vom Wagen herab und war schon fast überzeugt, daß sie eine Vision sein mußte, aus der Hitze der Sümpfe und dem Siegesrausch aufgestiegen, aber als er in dieser Nacht keinen Trost in den Armen der Eintagsbraut fand, die ihm zugefallen war, wurde ihm klar, daß er nach diesem Geschöpf suchen mußte, zumindest um herauszufinden, ob sie ein Blendwerk gewesen war. Am folgenden Tag, als die stürmischen Straßenfeiern verrauscht waren und die Aufgabe gelöst werden wollte, die Welt in Ordnung zu bringen und die Trümmer der Diktatur wegzukehren, machte Sánchez sich auf die Suche durch den Ort. Sein erster Gedanke waren die Schulen, aber er erfuhr, daß sie seit dem letzten Kampf noch geschlossen waren, und so mußte er von

Tür zu Tür gehen. Nach ein paar Tagen geduldiger Wanderung und als er schon glaubte, das Mädchen sei eine Täuschung seines erschöpften Herzens gewesen, kam er an ein winziges blaugestrichenes Haus, dessen Front zahlreiche Kugelspuren aufwies und dessen einziges Fenster sich zur Straße öffnete ohne mehr Schutz als seine geblümten Vorhänge. Er rief einigemal, ohne Antwort zu erhalten, dann entschloß er sich, einzutreten. Das Innere war nur ein einziger, ärmlich möblierter Raum, kühl und dämmrig. Er durchquerte ihn, öffnete die Tür und stand in einem weitläufigen Patio voller Gerätschaften und Gerümpel, mit einer Hängematte unter einem Mangobaum, einem Waschtrog, einem Hühnergehege im Hintergrund und einem Überfluß an Blechbüchsen und Tontöpfen, in denen Kräuter, Grünzeug und Blumen wuchsen. Hier fand er endlich, was er geträumt zu haben glaubte. Ester Lucero stand barfüßig da, in einem Kleid aus Hanfleinen, die Haarmähne im Nacken mit einem Schnürsenkel zusammengefaßt, und half ihrer Großmutter, die Wäsche in der Sonne auszubreiten. Als die beiden ihn sahen, wichen sie unwillkürlich zurück, denn sie hatten gelernt, Männern in Stiefeln zu mißtrauen.

»Haben Sie keine Angst, ich bin ein Genosse«, stellte er sich vor, die speckige Baskenmütze in der Hand.

Von diesem Tag an beschränkte Angel Sánchez sich darauf, Ester Lucero schweigend zu begehren, denn er schämte sich dieser unmöglich zu gestehenden Leidenschaft für ein unreifes Kind. Ihretwegen lehnte er es ab, in die Hauptstadt zu gehen, als die Beute, die Anteile an der Macht, verteilt wurde, und zog es vor, das einzige Krankenhaus in dieser entlegenen Kleinstadt zu übernehmen. Er trachtete nicht danach, die Liebe außerhalb seiner Einbildungskraft zu vollziehen. Er lebte von einfachsten Freuden: sie zur Schule vorübergehen zu sehen, sie zu behandeln, als sie sich an den Masern angesteckt hatte, ihr Obstsäfte zu besorgen, als Milch, Eier und Fleisch nur für die Kleinsten ausreichten und die übrigen sich mit Bananen und Mais begnügen mußten, und sie in ihrem Patio zu besuchen, wo er es sich auf einem Stuhl bequem machte und sie unter dem wachsamen Auge der Großmutter in die Geheimnisse der Mathematik einführte. Ester nannte ihn schließlich Onkel, weil ihr keine passendere Anrede einfiel, und die alte Frau nahm seine Gegenwart hin als ein weiteres unerklärliches Rätsel der Revolution.

»Was kann einem gebildeten Mann, Doktor, Chef des Krankenhauses und Held des Vaterlandes, an dem Geschwätz einer Alten und dem Schweigen ihrer Enkelin liegen?« fragten sich die Klatschtanten des Ortes.

In den folgenden Jahren erblühte das Mädchen, wie das zu gehen pflegt, aber Angel Sánchez glaubte in ihrem Fall, das sei ein Wunder. Er war sicher, daß die Sinne jedes Mannes in Aufruhr gerieten, der sie vorübergehen sah, so wie es ihm geschah, deshalb verwunderte es ihn, daß es um Ester nicht von Bewerbern wimmelte. Er wurde von verwirrenden Gefühlen gepeinigt: Eifersucht auf alle Männer, anhaltender Schwermut – Frucht der Verzweiflung – und dem höllischen Fieber, das ihn zur Stunde der Siesta heimsuchte, wenn er sich das Mädchen vorstellte, nackt und feucht, wie es im Dunkel des Zimmers mit schamlosen Gesten nach ihm rief. Niemand erfuhr jemals von seinen stürmischen Seelenzuständen. Die Selbstbeherrschung, zu der er sich zwang, wurde ihm zur zweiten Natur, und so erwarb er den Ruf, ein guter Mensch zu sein. Die Matronen der kleinen Stadt wurden es schließlich müde, ihm eine Frau zu suchen, und akzeptierten es, daß der Doktor ein bißchen seltsam war.

»Ein Schwuler scheint er nicht zu sein«, meinten sie, »aber vielleicht hat die Malaria oder die Kugel, die er irgendwo zwischen den Beinen hat, ihm den Geschmack an den Frauen verdorben.«

Angel Sánchez grollte seiner Mutter, daß sie ihn zwanzig Jahre zu früh in die Welt gesetzt hatte, und seinem Schicksal, das seinen Körper und seine Seele mit so vielen Narben übersät hatte. Er betete, daß eine Laune der Natur die Harmonie verzerren und Esters Ausstrahlung verdunkeln möge, damit niemand ahnte, daß sie die schönste Frau dieser Welt und jeder möglichen anderen war. Als sie sie daher an diesem unseligen Donnerstag auf der Trage ins Krankenhaus brachten, die Großmutter vorneweg und ein Schwanz von Neugierigen hinterdrein, schrie der Doktor laut auf. Und als er die Decke hochhob und die entsetzliche Wunde sah, die das junge Mädchen buchstäblich durchbohrte, glaubte er, er hätte dieses Unheil bewirkt, weil er so sehr gewünscht hatte, daß sie niemals einem anderen Mann gehören sollte.

»Sie ist auf den Mango im Patio geklettert, ist abgerutscht und hat sich auf dem Pflock aufgespießt, an dem wir die Gans anbinden«, erklärte die Großmutter.

»Arme Kleine, sie ist ja gepfählt wie ein Vampir. Es war gar nicht leicht, sie loszumachen«, sagte der Nachbar, der sie tragen half.

Ester schloß die Augen und wimmerte leise.

Von diesem Augenblick an focht Angel Sánchez ein persönliches Duell mit dem Tod aus. Er operierte das Mädchen, gab ihr Spritzen, machte ihr Bluttransfusionen, fütterte sie mit Antibiotika, aber nach zwei Tagen wurde offenkundig, daß das Leben durch die Wunde entfloh wie ein unaufhaltsamer Strom. Auf einem Stuhl neben der Sterbenden sitzend, stützte er den Kopf gegen das Fußende, überwältigt von Anspannung und Kummer, und schlief ein wie ein Neugeborenes. Der Schlaf dauerte nur ein paar Minuten. Während er von riesigen Fliegen träumte, irrte sie verloren durch die Albträume ihres Todeskampfes, und so begegneten sie einander in einem Niemandsland, und in ihrem gemeinsamen Traum klammerte sie sich an seinen Arm und bat ihn, sie nicht aufzugeben, sich nicht vom Tod besiegen zu lassen. Angel Sánchez fuhr erwachend hoch, und sofort war ganz

deutlich die Erinnerung an Negro Rivas da und an das aller Vernunft widersprechende Wunder, das ihm das Leben zurückgegeben hatte. Er rannte hinaus und stieß auf dem Gang mit der Großmutter zusammen, die in endlose gemurmelte Gebete versunken war.
»Bete weiter, ich bin in fünfzehn Minuten zurück!« rief er ihr zu und verschwand.

Zehn Jahre zuvor, als Angel Sánchez mit seinen Genossen durch den Urwald marschierte, sich durch wucherndes Gestrüpp kämpfte, unsäglich gequält von Moskitos und von der Hitze, immer wieder in die Enge getrieben, immer wieder die Soldaten der Diktatur in einen Hinterhalt lockend, als sie nicht mehr als eine Handvoll verrückter Schwärmer waren, als sie monatelang keine Frau gerochen und keine Seife auf dem Körper gespürt hatten, als der Hunger und die Angst eine zweite Haut geworden und das einzige, was sie in Bewegung hielt, die Verzweiflung war, als sie überall Feinde sahen und selbst ihren eigenen Schatten nicht trauten, da geschah es eines Tages, daß Negro Rivas über den Rand einer Schlucht stürzte, metertief hinabrollte und dumpf wie ein Beutel Lumpen aufschlug. Seine Gefährten brauchten zwanzig Minuten, um mit Stricken zwischen spitzen Steinen und krummen Baumstämmen hinabzuklettern, wo sie ihn ins Dickicht vergraben fanden, und sie brauchten fast zwei Stunden, um ihn, der blutüberströmt war, hochzuhieven.
Negro Rivas, ein tapferer, fröhlicher Riese, der gern und viel sang und stets bereit war, sich einen schwächeren Kameraden auf den Rücken zu laden, war aufgeschlitzt wie ein Granatapfel, die Rippen lagen bloß, und eine tiefe Wunde zog sich von der Schulter bis zur Mitte der Brust. Sanchez hatte zwar eine Instrumententasche für Notfälle dabei, aber dies überforderte seine bescheidenen Möglichkeiten beträchtlich. Ohne die geringste Hoffnung nähte er die Wunde, verband sie mit Stoffstreifen und verabreichte dem Verletzten,

was an Medikamenten da war. Sie legten Negro Rivas auf ein zwischen zwei Ästen befestigtes Stück Zeltplane und trugen ihn so immer abwechselnd, bis ihnen klar wurde, daß jede Erschütterung eine Minute Leben weniger bedeutete, denn ihm floß der Eiter heraus wie aus einer Quelle, und er redete im Fieberwahn von Leguanen mit Frauenbrüsten und von unheilbringenden bösen Geistern.

Sie wollten gerade ihr Lager aufschlagen, um ihn in Frieden sterben zu lassen, als einer am Rand einer Grube mit schwarzem Wasser zwei Indios entdeckte, die sich freundschaftlich lausten. Ein Stück dahinter, im dichten Urwalddunst versunken, lag das Dorf. Es war ein in einem fernen Zeitalter verharrender Stamm, ohne mehr Berührung mit diesem Jahrhundert als irgendeinem unerschrockenen Missionar, der ihnen erfolglos die Gebote Gottes gepredigt hatte, und, was schwerer wiegt, ohne jemals von einem Aufstand gewußt oder den Schrei »Vaterland oder Tod« gehört zu haben. Trotz aller Verschiedenheit und trotz der sprachlichen Hindernisse begriffen die Indios, daß diese erschöpften Männer keine große Gefahr darstellten, und hießen sie schüchtern willkommen. Die Rebellen zeigten auf den Sterbenden. Einer der Indios, der ihr Häuptling zu sein schien, führte sie zu einer Hütte, die im ewigen Dämmerlicht stand und wo es bestialisch nach Urin und Kot stank. Hier legten sie Negro Rivas auf eine Strohmatte, und alle seine Gefährten und der ganze Stamm umgaben ihn. Nach einer kleinen Weile erschien der Medizinmann in seinem zeremoniellen Schmuck mit Ketten aus Lianenblüten um den Hals. Der Kommandant erschrak, als er die fanatischen Augen und die Dreckkruste auf seinem Körper sah, aber Angel Sánchez erklärte ihm, daß man nichts mehr für den Verletzten tun könne, und was auch immer der Zauberer zustande brächte – und sei es auch nur, ihm sterben zu helfen –, wäre jedenfalls besser als nichts. Der Kommandant befahl seinen Männern, die Waffen abzulegen und Schweigen zu bewahren,

damit dieser merkwürdige halbnackte Weise sein Amt ohne Ablenkung ausüben konnte.
Zwei Stunden später war das Fieber gesunken, und Negro Rivas konnte Wasser trinken. Am folgenden Tag wiederholte der Medizinmann seine Behandlung. Als es Abend wurde, saß der Kranke schon und aß einen dicken Maisbrei, und zwei Tage später versuchte er die ersten Schritte, und die Wunde heilte mit unglaublicher Schnelligkeit. Während die übrigen Guerilleros den Fortschritten des Genesenden zusahen, durchwanderte Angel Sánchez mit dem Medizinmann die Gegend und sammelte Pflanzen in seine Tasche. Jahre später wurde Negro Rivas Polizeichef in der Hauptstadt und erinnerte sich nur dann daran, daß er einmal beinahe gestorben wäre, wenn er eine neue Frau umarmen wollte und die ihn unweigerlich fragte, was das für eine lange Narbe sei, die ihm die Brust in zwei Teile teilte.

Wenn ein nackter Indio Negro Rivas retten konnte, dann werde ich Ester Lucero retten, und wenn ich einen Pakt mit dem Teufel schließen muß, dachte Angel Sánchez, während er sein Haus kopfstellte auf der Suche nach den Pflanzen, die er all diese Jahre aufgehoben und bis zu diesem Augenblick völlig vergessen hatte. Er fand sie in Zeitungspapier eingewickelt, vertrocknet und zerbröselnd, auf dem Grunde eines zerbeulten Koffers neben einem Heft mit Gedichten, einer Baskenmütze und anderen Erinnerungen an den Krieg. Der Arzt jagte wie ein Verfolgter in der bleiernen Hitze, die den Asphalt schmolz, ins Krankenhaus zurück. Er nahm die Treppen in großen Sprüngen und stürzte schweißgebadet in Esters Zimmer. Die Großmutter und die Krankenschwester sahen ihn vorbeirennen und folgten ihm bis an das Guckfenster in der Tür. Befremdet beobachteten sie, wie er den weißen Kittel auszog, das Baumwollhemd, die dunkle Hose, die Schuhe mit den Gummisohlen, die er immer trug, und die auf dem Schwarzmarkt gekauften ausländischen Socken.

Dann sahen sie entsetzt, wie er auch die Unterhose auszog und nackt wie ein Rekrut dastand. »Heilige Maria, Mutter Gottes!« rief die Großmutter aus.
Durch das Guckfenster verfolgten sie, wie der Doktor das Bett in die Zimmermitte schob und, nachdem er Ester einige Sekunden beide Hände auf den Kopf gelegt hatte, einen rasenden Tanz rund um die Kranke begann. Er hob die Knie bis an die Brust, beugte sich tief herab, schwang wild die Arme, schnitt groteske Grimassen, ohne auch nur einen Augenblick den inneren Rhythmus zu verlieren, der seinen Füßen Flügel gab. Eine halbe Stunde hörte er nicht auf, wie ein Wahnsinniger zu tanzen, ohne gegen die Sauerstoffflaschen und die Tropfständer zu stoßen. Dann zog er ein paar trokkene Blätter aus der Kitteltasche, warf sie in eine Schüssel, bearbeitete sie mit der Faust, bis er sie zu schwarzem Pulver zerdrückt hatte, spuckte ausgiebig darauf, vermischte alles zu einer Paste und ging damit zu der Sterbenden. Die Frauen sahen, wie er die Verbände abwickelte und, so meldete die Schwester in ihrem Bericht, »die Wunde mit der ekelerregenden Mixtur bestrich, ohne die Gesetze der Asepsis zu beachten oder die Tatsache, daß er sein Geschlecht nackt zur Schau stellte«. Als der Doktor fertig war, setzte er sich einfach auf den Boden, völlig erschöpft, aber erleuchtet von einem seligen Lächeln.
Wenn Dr. Angel Sánchez nicht der Chef des Krankenhauses und ein unbestrittener Held der Revolution gewesen wäre, hätten sie ihn in eine Zwangsjacke gesteckt und ohne große Formalitäten ins Irrenhaus verfrachtet. Aber niemand getraute sich, die Tür aufzubrechen, die er verriegelt hatte, und als der Bürgermeister sich endlich entschlossen hatte, es mit Hilfe der Feuerwehr doch zu tun, waren schon vierzehn Stunden vergangen, und Ester Lucero saß mit offenen Augen im Bett und betrachtete vergnügt ihren Onkel Angel, der wieder alles ausgezogen hatte und die zweite Behandlungsphase mit weiteren Ritualtänzen einleitete. Zwei Tage

später, als die eigens aus der Hauptstadt entsandte Kommission des Gesundheitsministeriums ankam, spazierte die Kranke am Arm ihrer Großmutter über den Gang, und der ganze Ort wanderte durch das Krankenhaus, um das wiederauferstandene Mädchen zu sehen, und der Leitende Direktor, tadellos korrekt gekleidet, empfing die Kollegen hinter dem Schreibtisch. Die Kommission versagte es sich, im einzelnen nach den ungewöhnlichen Tänzen des Arztes zu fragen, und verwandte ihre Aufmerksamkeit darauf, sich nach den wunderwirkenden Pflanzen des Medizinmannes zu erkundigen.

Einige Jahre sind vergangen, seit Ester Lucero vom Mangobaum fiel. Das junge Mädchen hat inzwischen einen netten Mann geheiratet, einen Inspektor beim Luftreinhaltungsamt, und ist in die Hauptstadt gezogen, wo sie ein kleines Mädchen zur Welt gebracht hat mit zarten und festen Gliedern und tiefen dunklen Augen. Ihrem Onkel Angel schickt sie von Zeit zu Zeit Karten, die mit orthographischen Fehlern gespickt sind. Das Gesundheitsministerium hat vier Expeditionen nacheinander losgeschickt, die die Wunderkräuter im Urwald suchen sollen, aber ohne Erfolg. Die Pflanzenwelt hat das Eingeborenendorf verschluckt und mit ihm die Hoffnung auf ein wissenschaftlich gestütztes Medikament gegen sonst unheilbare Unfallschäden.

Doktor Angel Sánchez ist allein geblieben, ohne weitere Gesellschaft als das Bild Ester Luceros, die ihn zur Stunde der Siesta in seinem Zimmer besucht und ihm in einem immerwährenden Bacchanal die Seele verbrennt. Das Ansehen des Arztes ist in der ganzen Gegend sehr gewachsen, denn man kann ihn in Eingeborenensprachen mit den Sternen reden hören.

María die Törin

María die Törin glaubte an die Liebe. Das machte sie zu einer lebenden Legende. Zu ihrem Begräbnis strömten alle Nachbarn herbei und sogar die Polizisten und der Blinde vom Kiosk, der sein Geschäft selten verließ. Die Calle República lag verlassen, und zum Zeichen der Trauer hängten sie schwarze Bänder von den Balkonen und löschten die roten Laternen an den Häusern aus. Jeder Mensch hat seine Geschichte, und in diesem Viertel sind sie fast immer düster, Geschichten von Armut und von Ungerechtigkeiten ohne Ende, von erlittenen Gewalttaten, von Kindern, die vor der Geburt sterben, und von Liebhabern, die davongehen, aber Marías Geschichte war anders, sie hatte einen Schimmer von Vornehmheit und brachte die Einbildungskraft der andern Frauen zum Blühen. Maria schaffte es, ihr Gewerbe als Selbständige auszuüben, verstand diskret und ohne großes Gehabe zurechtzukommen. Niemals war sie neugierig auf Alkohol oder Drogen und ebensowenig auf die Ratschläge für fünf Pesos, welche die Wahrsagerinnen und die Hellseher des Viertels verkauften. Sie schien sicher vor den Qualen der Hoffnung, geschützt durch die Kraft ihrer erfundenen Liebe. Sie war eine harmlos aussehende kleine Frau mit feinen Zügen und anmutigen Bewegungen, ganz Sanftmut und Weichheit, aber wenn ein Zuhälter versuchte, sie mit Beschlag zu belegen, dann sah er sich einer geifernden Bestie gegenüber, ganz Krallen und Zähne, die bereit war, jeden Schlag zurückzugeben, und sollte es sie das Leben kosten. Sie lernten, sie in Frieden zu lassen. Während die anderen Frauen ihr Leben lang blaue Flecke unter dicken Schichten billiger Schminke verstecken mußten, wurde sie bis in Alter geachtet, immer umgab sie der gewisse Hauch einer Königin im Baumwollkittel. Sie hatte keine Ahnung von dem Ansehen, das sie genoß, oder von ihrer Legende, die von den

anderen Frauen bunt ausgeschmückt wurde. Sie war eine alte Prostituierte mit der Seele eines unschuldigen Mädchens.
In ihren Erinnerungen kamen beharrlich ein mörderischer Koffer vor und ein dunkler Mann mit dem Geruch nach Meer; wenn sie aus ihrem Leben erzählte, setzten ihre Freundinnen ein Teilstückchen nach dem andern geduldig zusammen, fügten mit Hilfe der Phantasie hinzu, was fehlte, und stellten so ihre Vergangenheit wieder her. Natürlich war sie nicht wie die übrigen Frauen der Calle República. Sie kam aus einer fernen Welt, wo die Haut bleicher ist und das Spanische voller und kräftiger klingt. Sie war zur großen Dame geboren, das schlossen die anderen Frauen aus ihrer gesuchten Redeweise und ihren fremd anmutenden Manieren, und wenn je ein Zweifel aufkam, zerstreute sie ihn mit ihrem Sterben. Sie ging mit unversehrter Würde dahin. Sie litt an keiner bekannten Krankheit, war weder verängstigt, noch atmete sie durch die Ohren wie die gewöhnlichen Sterbenden – sie teilte nur einfach mit, daß sie den Überdruß, am Leben zu sein, nicht länger ertrug, zog sich ihr bestes Kleid an, schminkte sich die Lippen und öffnete die Wachstuchvorhänge, die in ihr Zimmer führten, damit alle ihr Gesellschaft leisten konnten. »Meine Zeit zu sterben ist jetzt gekommen«, das war ihre einzige Erklärung.
Sie lehnte sich in ihrem Bett zurück, im Rücken durch drei Kopfkissen gestützt, deren Bezüge sie für den Anlaß eigens gestärkt hatte, und trank ohne Atem zu holen einen großen Becher sämiger Schokolade aus. Die andern Frauen lachten, aber als sie sie nach vier Stunden auf keine Weise wecken konnten, begriffen sie, daß ihr Entschluß endgültig gewesen war, und verbreiteten es im ganzen Viertel. Viele kamen herbeigelaufen, einige aus Neugier, aber die meisten aus echtem Kummer, und die blieben bei ihr, um sie nicht alleinzulassen. Ihre Freundinnen kochten Kaffee und boten ihn den Besuchern an, denn es erschien ihnen geschmacklos, Likör zu reichen, sie würden dies hier doch nicht mit einer Feier ver-

wechseln! Gegen sechs Uhr abends durchfuhr ein Zittern Marías Körper, sie öffnete die Lider, blickte in die Runde, ohne die Gesichter zu erkennen, und dann verließ sie diese Welt. Das war alles. Jemand kam auf den Gedanken, sie hätte mit der Schokolade vielleicht Gift getrunken, und dann wären alle schuld an ihrem Tod, weil sie sie nicht rechtzeitig ins Krankenhaus gebracht hätten, aber niemand beachtete solcherart Verleumdung.

»Wenn María sich entschlossen hat, zu gehen, war das ihr gutes Recht, sie hatte weder Kinder noch Eltern zu versorgen«, entschied die Hauswirtin.

Sie wollten sie nicht in ein Beerdigungsinstitut zur Aufbahrung abschieben, denn ihr vorbedachtes Todeslager sollte doch ein feierliches Ereignis in der Calle República sein, und es war nur gerecht, daß sie ihre letzten Stunden, bevor sie in die Erde gesenkt wurde, in der Umgebung verbrachte, in der sie gelebt hatte, und daß man sie nicht wie eine Fremde behandelte, um die keiner trauern wollte. Manche meinten, ob eine Totenwache in diesem Haus nicht Unheil über die Seele der Verstorbenen oder die Seelen der Kunden bringen würde, und daß sie vielleicht auch versehentlich einen Spiegel zerbrechen könnten, wenn sie den Sarg transportierten, und so holten sie Weihwasser aus der Kapelle des Priesterseminars und spritzten es in alle Ecken. In dieser Nacht wurde im Lokal nicht gearbeitet, es gab weder Musik noch Gelächter, aber auch kein Weinen. Sie stellten den Sarg auf einen Tisch mitten im Saal, die Nachbarn borgten Stühle, und die Besucher machten es sich bequem, tranken Kaffee und unterhielten sich leise. Mitten unter ihnen ruhte María, den Kopf auf einem flachen Kissen, die Hände gefaltet und das Bild ihres toten Kindes auf der Brust. Im Lauf der Nacht veränderte sich der Ton ihrer Haut, bis er dunkel war wie Schokolade.

Während dieser langen Stunden, die wir an Marías Sarg wachten, erfuhr ich ihre Geschichte, die mir ihre Freundinnen erzählten. Sie war zur Zeit des Ersten Weltkriegs geboren worden, in einer Provinz im Süden des Kontinents, wo die Bäume mitten im Jahr die Blätter verlieren und die Kälte in die Knochen beißt. Sie war die Tochter einer vornehmen Familie von spanischen Emigranten. Als die Frauen ihr Zimmer durchsuchten, waren sie auf eine Keksschachtel gestoßen, in der brüchige, vergilbte Papiere lagen, darunter ihre Geburtsurkunde, Fotos und Briefe. Ihr Vater hatte eine große Hacienda besessen, und einem mit der Zeit braun gewordenen Zeitungsausschnitt nach war ihre Mutter Pianistin gewesen, bevor sie heiratete. Als María zwölf Jahre alt war, überquerte sie einmal unaufmerksam einen Bahnübergang und wurde von einem Güterzug erfaßt. Sie lag zwischen den Schienen, als sie sie aufhoben, und schien außer ein paar Kratzern keinen Schaden davongetragen zu haben, nur den Hut hatte sie verloren. Doch nach kurzer Zeit mußten ihre Eltern feststellen, daß der Aufprall das Kind in einen Zustand der Einfalt versetzt hatte, aus dem sie nie wieder herausfinden sollte. Sie hatte sogar das bißchen Schulwissen vergessen, das sie vor dem Unfall besessen hatte, sie erinnerte sich nur mit Mühe an ein paar Klavierlektionen und den Gebrauch der Nähnadel, und wenn sie angesprochen wurde, blickte sie geistesabwesend. Was sie jedoch nicht vergessen hatte, waren die Regeln der Höflichkeit, die wahrte sie bis zum letzten Tag.

Der Schlag der Lokomotive hatte María unfähig zu vernünftigem Denken, überlegtem Handeln und grollendem Mißmut gemacht. Eben deswegen war sie gut ausgerüstet für das Glücklichsein, aber das war ihr nicht zugedacht. Als sie siebzehn war, beschlossen ihre Eltern, die Last dieser zurückgebliebenen Tochter einem andern aufzuladen und sie zu verheiraten, ehe ihre Schönheit welkte. Dr. Guevara war ein zurückgezogen lebender Mann und wenig begabt für die Ehe, aber er schuldete ihnen Geld und konnte sich nicht weigern, als sie ihm die Verbindung antrugen. Noch im sel-

ben Jahr wurde die Hochzeit gefeiert, im kleinen Kreis, wie es einer verrückten Braut und einem um mehrere Jahrzehnte älteren Bräutigam zukam.
María gelangte ins Ehebett mit dem Gemüt eines Kleinkindes, obwohl sie den reifen Körper einer Frau hatte. Der Zug hatte ihre natürliche Neugier zerschlagen, aber er hatte die Ungeduld ihrer Sinne nicht zerstören können. Sie verfügte nur über die Kenntnis, die sie beim Beobachten der Tiere auf der Hacienda mitbekommen hatte, sie wußte, daß kaltes Wasser gut ist, um den Hund von der Hündin zu trennen, wenn er sie bespringt, und daß der Hahn die Federn sträubt und kräht, wenn er die Henne besteigt, aber ihr fiel keine geeignete Verwendung für dieses Wissen ein. In ihrer Hochzeitsnacht sah sie ein zitterndes altes Männchen auf sich zukommen in einem offenen Flanellschlafrock und mit etwas Ungeahntem unter dem Bauchnabel. Die Überrumplung bewirkte eine Verstopfung, von der sie nicht zu sprechen wagte, und als sie anzuschwellen begann wie ein Ballon, trank sie eine ganze Flasche Margeritenwasser aus – ein Mittel gegen Skrofulose und zur Kräftigung, das in großen Dosen abführend wirkt – und verbrachte daraufhin zweiundzwanzig Tage auf dem Nachtgeschirr und war so aufgelöst, daß sie beinahe ein paar lebenswichtige Organe verloren hätte, aber die Schwellung ging davon nicht zurück. Bald konnte sie ihre Kleider nicht mehr zuknöpfen, und endlich brachte sie zur angemessenen Zeit einen blonden Jungen zur Welt. Nachdem sie einen Monat im Bett gelegen hatte, wo sie sich von Hühnersuppe und täglich zwei Litern Milch ernährte, stand sie kräftiger und klarsichtiger auf, als sie je in ihrem Leben gewesen war. Sie schien von ihrer ständigen dumpfen Benommenheit geheilt zu sein und kriegte sogar Lust, sich elegante Kleider zu kaufen. Doch sie kam nicht dazu, ihren neuen Staat vorzuführen, denn Señor Guevara erlitt einen Gehirnschlag und starb am Eßtisch, den Suppenlöffel in der Hand. María schickte sich darein, Trauerkleider und Hüte

mit Schleier zu tragen, sie war in Schwarz begraben. So verbrachte sie zwei Jahre, strickte Jacken für die Armen und vergnügte sich mit ihren Schoßhunden und ihrem Sohn, dem sie lange Locken wachsen ließ und Mädchenkleider anzog, wie er auf einem der Fotos aus der Keksdose zu sehen ist – er sitzt auf einem Bärenfell und ist von einem übernatürlichen Leuchten umgeben.

Für die Witwe war die Zeit in einem nicht endenwollenden Augenblick stehengeblieben, die Luft in den Zimmern verharrte unbeweglich und hatte immer noch den Geruch nach alten Leuten, den ihr Mann hinterlassen hatte. Sie lebte in demselben Haus weiter, versorgt von treuen Dienstboten und beaufsichtigt von ihren Eltern und Geschwistern, die sich abwechselten, um sie täglich zu besuchen, ihre Ausgaben zu überwachen und ihr selbst die kleinsten Entschlüsse abzunehmen. Die Jahreszeiten kamen und gingen, die Blätter fielen von den Bäumen im Garten, die Kolibris des Sommers kehrten zurück, nichts änderte sich im täglichen Trott. Manchmal fragte sie sich, weshalb sie schwarze Kleider trug, denn sie hatte den altersschwachen Ehemann vergessen, der sie ein paarmal zwischen den Leinenlaken schwächlich umarmt und dann, seine Wollust bereuend, sich der Madonna zu Füßen geworfen und sich mit einer Reitgerte kasteit hatte. Hin und wieder öffnete sie den Schrank, um die Kleider zu lüften, und selten konnte sie der Versuchung widerstehen, sich ihre dunkle Tracht abzustreifen und, als täte sie etwas Verbotenes, die perlenbestickten Roben, die Pelzstolen, die flachen Ballschuhe aus Atlasstoff und die Handschuhe aus Ziegenleder anzuprobieren. Sie betrachtete sich in dem dreifachen Spiegel und grüßte diese für einen Ball gekleidete Frau, in der sie sich nur mit großer Mühe wiedererkannte.

Nach zwei Jahren machte das Rauschen des Blutes, das in ihren Adern siedete, ihr das Alleinleben unerträglich. Am Sonntag verhielt sie in der Kirchentür, um die Männer vorbeigehen zu sehen, angezogen von dem rauhen Klang ihrer

Stimmen, den rasierten Wangen und dem Tabakgeruch. Verstohlen lüftete sie den Schleier und lächelte sie an. Ihr Vater und ihre Brüder bemerkten das sehr bald, und da sie überzeugt waren, daß dieses Amerika sogar den Anstand der Witwen verdarb, beschlossen sie im Familienrat, sie zu Verwandten nach Spanien zu schicken, wo sie zweifellos vor frivolen Versuchungen sicher sein würde, geschützt durch die soliden Traditionen und die Macht der Kirche. So begann die Reise, die das Schicksal der Törin María gründlich verändern sollte.

Sie wurde von ihren Eltern an Bord eines Überseeschiffes gebracht, mit ihrem Sohn, einem Dienstmädchen und den Schoßhunden. Zu dem umfangreichen Gepäck gehörte außer den Möbeln aus Marías Zimmer und ihrem Klavier auch eine Kuh, die im Laderaum des Schiffes untergebracht wurde und dem Kind frische Milch liefern sollte. Unter den vielen Koffern und Hutschachteln war auch ein riesiger Kabinenkoffer mit bronzebeschlagenen Kanten und Ecken, der die aus dem Mottenpulver geretteten Festkleider enthielt. Die Familie glaubte zwar nicht, daß María im Haus der Verwandten Gelegenheit haben würde, sie zu tragen, aber sie wollten ihr nicht den Spaß verderben.

An den drei ersten Tagen konnte die Reisende ihre Kabine nicht verlassen, weil die Seekrankheit sie in der Koje festhielt, aber schließlich gewöhnte sie sich an das Schaukeln des Schiffes und stand auf. Sie rief das Mädchen, damit es ihr half, die Kleidung für die lange Überfahrt auszupacken.

Marías Leben war durch plötzliche Unfälle gekennzeichnet, wie diesem Zusammenstoß mit dem Zug, der ihr den Verstand nahm. Sie hängte die Kleider in den Schrank ihrer Kabine, als ihr kleiner Sohn sich über den offenen Koffer beugte. In diesem Augenblick schlingerte das Schiff, der schwere Deckel schlug zu, der Metallrahmen traf das Kind und brach ihm das Genick. Drei Matrosen waren nötig, um die Mutter von dem unseligen Koffer hochzuheben, sowie eine kräftige Dosis Laudanum, um zu verhindern, daß sie sich die Haare ausriß und das Gesicht blutig kratzte. Stundenlang schrie und weinte sie und verfiel dann in einen Dämmerzustand, in dem sie sich hin und her wälzte wie zu den Zeiten, da sie als Irre galt. Der Kapitän verkündete die Unglücksnachricht über Lautsprecher, las eine kurze Respons und befahl dann, den kleinen Leichnam in eine Fahne zu hüllen und über Bord ins Meer hinabzulassen, denn sie befanden sich auf hoher See, und das Schiff hatte keine Vorrichtung, worin sie ihn bis zum nächsten Hafen hätten aufbewahren können.

Einige Tage nach dem Unglück trat María mit unsicheren Schritten zum erstenmal wieder auf das Deck. Es war eine laue Nacht, und aus der Tiefe des Meeres stieg ein beunruhigender Geruch nach Algen, Muscheln und versunkenen Schiffen auf, der ihr durch die Adern schoß. Sie starrte auf den Horizont, ganz leer im Kopf, die Härchen am ganzen Körper gesträubt, als sie ein eindringliches Pfeifen hörte, und wie sie hinuntersah, entdeckte sie zwei Decks tiefer eine vom Mondlicht beschienene Gestalt, die ihr Zeichen machte. Sie stieg in Trance den Niedergang hinab, ging auf den dunkelhaarigen Mann zu, der sie gerufen hatte, ließ sich gehorsam die Trauerkleider ausziehen und folgte ihm hinter eine große Rolle Taue. Von einem Zusammenstoß ähnlich dem mit dem Zug durchgewalkt, lernte sie in weniger als drei Minuten den Unterschied zwischen einem alten, von der Furcht Gottes geplagten Ehemann und einem unersättlichen griechischen Matrosen kennen, der nach Wochen keuscher ozeanischer Enthaltsamkeit in hellen Flammen stand. Geblendet entdeckte die Frau ihre eigenen Möglichkeiten, wischte sich die Tränen ab und bat um mehr. Sie verbrachten einen Teil der Nacht damit, sich kennenzulernen, und trennten sich erst, als sie die Alarmsirene hörten, ein gräßliches Schiff-in-Not-Gebrüll, das die Fische in ihrer stillen Welt aufstörte. Ihr Mädchen hatte geglaubt, die untröstliche Mutter hätte

sich ins Meer gestürzt, und hatte den Alarm ausgelöst, und die ganze Besatzung außer dem Griechen suchte nach ihr.
María traf sich jede Nacht mit ihrem Liebhaber hinter der Taurolle, bis das Schiff sich den Küsten der Karibik näherte und der starke, süße Duft von Blumen und Früchten, den der Wind herbeitrug, die Sinne verwirrte. Da gab sie dem Drängen des Mannes nach, das Schiff zu verlassen, wo das Gespenst des toten Kindes umging und wo es so viele spähende Augen gab, steckte sich ihr Geld in den Unterrock und verabschiedete sich von ihrer Vergangenheit als ehrbare Frau. Im Morgengrauen fierten sie ein Boot herab und verschwanden und ließen Mädchen, Hunde, Kuh und den mörderischen Koffer zurück. Der Grieche ruderte sie zu einem märchenhaften Hafen, der vor ihren Augen in das Licht der Morgensonne aufstieg wie eine Erscheinung aus einer anderen Welt, mit seinen Kränen und Docks, seinen Palmen und vielfarbigen Vögeln. Hier ließen sich die beiden Flüchtlinge nieder, so lange ihr Geld reichte.
Der Matrose stellte sich als Trinker und Krakeeler heraus. Er sprach einen für María und die Bewohner des Landes unverständlichen Hafenkneipenslang, aber er wußte sich mit Lächeln und Grimassen verständlich zu machen. Sie wurde nur munter, wenn er erschien, um mit ihr die in allen Bordellen zwischen Singapur und Valparaiso gelernten Liebespraktiken zu treiben, in der übrigen Zeit lebte sie dahin, von einer tödlichen Mattigkeit betäubt. Gebadet in den Schweiß der Tropen, erfand sie die Liebe ohne Gefährten, wagte sich auf staunenerregende Gebiete mit der Kühnheit eines Menschen, der die Gefahren nicht kennt. Der Grieche hatte nicht genug Einfühlungsvermögen, um zu ahnen, daß er eine Schleuse geöffnet hatte, daß er nur das Mittel zu einer Offenbarung gewesen war, und war unfähig, das Geschenk zu schätzen, das diese Frau ihm bot. Er hatte ein Geschöpf an seiner Seite, das im Bannkreis einer unverletzbaren Unschuld entschlossen war, seine eigenen Sinne mit der spiele-

rischen Freude eines jungen Hundes zu erforschen, aber er konnte ihr dabei nicht folgen. Bislang hatte sie die Ungehemmtheit der Lust nicht gekannt, sie hatte sie sich nicht einmal vorgestellt, obwohl sie immer in ihrem Blut gesteckt hatte wie der Keim eines glühenden Fiebers. Als sie sie entdeckte, glaubte sie, dies wäre das himmlische Glück, das die Nonnen in der Klosterschule den braven Mädchen für das Jenseits versprochen hatten. Sie wußte wenig von dieser Welt und war unfähig, sich auf einer Landkarte zurechtzufinden und zu sagen, an welcher Stelle der Erde sie sich befand, aber wenn sie die Hibiskussträucher und die Papageien ansah, glaubte sie, im Paradies zu sein, und war entschlossen, es zu genießen. Hier kannte niemand sie, zum erstenmal seit langem fühlte sie sich wohl, fern von zu Hause, von der Bevormundung durch die Eltern und die Geschwister, von den gesellschaftlichen Zwängen und den Schleiern zur Messe, endlich frei, um den Wildbach von Empfindungen auszukosten, der durch jede Faser bis in ihr tiefstes Inneres drang, wo er als Katarakt herabstürzte und sie erschöpft und glücklich zurückließ.
Marías gänzlicher Mangel an Schlechtigkeit, ihre Gefeitheit gegen Unrecht oder Demütigung erfüllten den Matrosen mehr und mehr mit furchtsamem Unbehagen. Die Pausen zwischen den Umarmungen wurden länger, seine Abwesenheiten häufiger, zwischen den beiden wuchs das Schweigen. Der Grieche suchte dieser Frau mit dem Kindergesicht zu entfliehen, die unaufhörlich nach ihm rief, feucht, schwellend, verzehrend, er war überzeugt, daß die Witwe, die er auf hoher See verführt hatte, sich in eine perverse Spinne verwandelt hatte, bereit, ihn im Aufruhr des Bettes zu verschlingen wie eine Fliege. Vergebens suchte er Linderung für seine zerknitterte Männlichkeit, indem er mit den Prostituierten herumzog, sich mit den Zuhältern prügelte, keiner Messerstecherei aus dem Wege ging und bei den Hahnenkämpfen verwettete, was er nach seinen Saufereien noch

übrig hatte. Als er mit leeren Taschen dastand, klammerte er sich an diese Ausrede, um gänzlich zu verschwinden.
Wochenlang wartete María geduldig auf ihn. Aus dem Radio kam bisweilen die Nachricht, daß ein französischer Matrose, von einer britischen Bark desertiert, oder ein holländischer, von einem portugiesischen Schiff geflohen, in dem verrufenen Hafenviertel erstochen worden war, aber sie hörte dem zu, ohne sich zu beunruhigen, denn sie wartete ja auf einen griechischen Matrosen, der von einem italienischen Überseedampfer davongelaufen war. Als sie die Hitze in den Gliedern und die Sehnsucht in der Seele nicht mehr länger aushielt, ging sie auf die Straße, um den ersten Mann, der vorbeikam, um Trost anzugehen. Sie nahm ihn bei der Hand und bat ihn in der liebenswürdigsten, wohlerzogensten Form, er möge ihr den Gefallen tun, sich für sie auszuziehen. Der Unbekannte zögerte ein wenig angesichts dieser jungen Frau, die in nichts den professionellen Huren der Gegend glich, deren Antrag aber durchaus eindeutig war, trotz der unüblichen Redeweise. Er überlegte, daß er für sie gut zehn Minuten seiner Zeit erübrigen konnte, und folgte ihr, ohne zu ahnen, daß er sich in den Strudel einer aufrichtigen Leidenschaft gestürzt sehen würde. Staunend und bewegt ging er, um es überall herumzuerzählen, und hinterließ für María einen Geldschein auf dem Tisch. Bald kamen andere, angezogen von dem Gerede, da gebe es eine Frau, die fähig sei, für ein kleines Weilchen die Illusion der Liebe zu verkaufen. Alle Kunden verließen sie befriedigt. So wurde María die berühmteste Prostituierte der Hafenstadt, und die Matrosen ließen sich ihren Namen auf den Arm tätowieren, um ihn auch auf anderen Meeren bekanntzumachen, bis ihr Ruf die Erde umrundet hatte.
Die Zeit, die Armut und die Anstrengung, über die Enttäuschung hinwegzukommen, zerstörten Marías jugendliche Frische. Ihre Haut wurde grau, sie magerte ab bis auf die Knochen, der größeren Bequemlichkeit wegen schnitt sie

sich die Haare kurz wie ein Sträfling, aber sie bewahrte ihre anmutigen Manieren und die immer gleiche Begeisterung für jede Begegnung mit einem Mann, weil sie in ihm keine anonyme Person sah, sondern ihren eigenen Abglanz in den Armen ihres erdachten Geliebten fand. Der Wirklichkeit gegenübergestellt, war sie außerstande, die schäbige Hast des jeweiligen Bettgefährten zu erkennen, denn sie gab sich jedesmal mit derselben unwiderruflichen Liebe hin und kam wie eine wagemutige Braut jedem Wunsch des andern entgegen. Mit dem Alter geriet ihr Gedächtnis durcheinander, manchmal gab es keinen Zusammenhang zwischen den Dingen, von denen sie sprach, und in der Zeit, als sie in die Hauptstadt übersiedelte und sich in der Calle República einmietete, erinnerte sie sich nicht mehr daran, daß sie einst die Muse gewesen war, die Seeleute aller Rassen zu unbeholfenen Gedichten angeregt hatte, und war überrascht, wenn einer von der Küste in die Hauptstadt gefahren kam, nur um sich zu vergewissern, daß es die Frau noch gab, von der er in einem asiatischen Hafen hatte erzählen hören. Wenn sie dann vor dieser kläglichen Heuschrecke standen, vor diesem rührenden Häufchen Haut und Knochen, diesem winzigen weiblichen Nichts, drehten sich viele auf der Stelle um und verzogen sich verlegen, aber manche blieben auch aus Mitleid da. Die erhielten dann eine unerwartete Belohnung. Maria zog ihre Wachstuchvorhänge zu, und augenblicklich veränderte sich die Atmosphäre des Zimmers. Später ging der Mann wie verzaubert davon und nahm das Bild eines wundervollen Mädchens mit sich und nicht das der bedauernswerten Alten, die er zu Anfang gesehen zu haben glaubte.

Für María verwischte sich die Vergangenheit, ihre einzige Erinnerung war die Angst vor Zügen und Koffern, und wenn ihre Berufskolleginnen nicht so neugierig und hartnäckig gewesen wären, würde niemand ihre Geschichte erfahren haben. Sie lebte in der Erwartung des Augenblicks, da der Vorhang ihres Zimmers beiseite geschoben würde, um den griechischen Matrosen hindurchzulassen oder eine andere ihrer Einbildungskraft entsprungene Traumgestalt, einen Mann, der sie in den festen Zauberkreis seiner Arme schließen würde, um ihr das Entzücken zurückzugeben, das sie auf hoher See in dem Versteck eines Schiffes geteilt hatten, und in jedem, der bei ihr lag, suchte sie immer dieselbe alte Illusion, erleuchtet von einer erfundenen Liebe, und täuschte die Schatten mit flüchtigen Umarmungen, mit Funken, die sich verzehrten, ehe sie brennen konnten, und als sie es überdrüssig war, weiter vergeblich zu warten, und spürte, wie ihre Seele sich mit Schuppen bedeckte, entschied sie, daß es besser sei, diese Welt zu verlassen. Und so, mit derselben Anmut und Rücksichtnahme, die alle ihre Handlungen ausgezeichnet hatten, griff sie zu dem Schokoladebecher.

Das Allervergessenste

Sie ließ sich liebkosen, schweigend, Schweißtropfen auf der Brust, ihr stiller Leib duftete nach geröstetem Zucker, es war, als ahnte sie, daß ein einziger Laut die Erinnerungen aufrühren und alles verderben, diesen Augenblick zunichte machen könnte, in dem er eine Figur wie alle war, ein zufälliger Liebhaber, den sie am Morgen kennengelernt hatte, ein Mann mehr ohne Geschichte, den ihr weizenblondes Stoppelhaar, ihre sommersprossige Haut oder das Rasseln ihrer Zigeunerarmbänder angelockt hatte, einer mehr, der sie auf der Straße ansprach und ohne festes Ziel neben ihr weiterging, vom Wetter oder vom Verkehr sprach und die Menge beobachtete, mit der ein wenig forcierten Vertraulichkeit von Landsleuten in einem fremden Land – ein Mann ohne Traurigkeit, ohne Groll, unschuldig, rein wie das Eis, der nur den Tag mit ihr verbringen wollte, durch Buchhandlungen und Parks bummeln, Kaffee trinken, den Zufall preisen, der sie zusammengeführt hatte, und von alten Zeiten sprechen, wie das Leben war, als sie beide in derselben Stadt, im selben Viertel aufwuchsen, als sie vierzehn waren, weißt du noch, die Winter mit den schneenassen Schuhen und den Paraffinöfen, die Sommer voller Pfirsiche, dort in dem verbotenen Land. Vielleicht hatte sie sich ein bißchen allein gefühlt oder gedacht, dies sei eine Gelegenheit, ohne große Fragen Liebe zu machen, und als daher der Tag zu Ende ging und kein Vorwand mehr gefunden wurde, weiter umherzulaufen, nahm sie ihn bei der Hand und führte ihn nach Hause. Sie teilte mit andern Verbannten eine schäbige Wohnung in einem gelben Haus am Ende einer Gasse, die voller Mülltonnen stand. Ihr Zimmer war eng und kaum möbliert, eine Matratze auf dem Boden, darüber eine gestreifte Decke, ein paar Borde aus Brettern über zwei Reihen Ziegelsteine, Bücher, Poster, Wäsche auf einem Stuhl, ein Koffer in der Ecke. Hier zog sie

sich ohne Umschweife aus mit der Bereitwilligkeit eines gefälligen Mädchens.
Er versuchte sie zu lieben. Er streichelte sie geduldig, ließ die Hände über Hügel und Mulden gleiten, folgte ohne Eile ihren Wegen, knetete sanft den weichen Ton auf den Laken, bis sie sich ihm öffnete. Da wich er mit stummem Vorbehalt zurück. Sie wandte sich um, ihn zu suchen, über den Bauch des Mannes gekrümmt, das Gesicht versteckend, während sie ihn betastete, beleckte, schlug. Er wollte sich mit geschlossenen Augen hingeben und überließ sich ihr eine Weile, bis ihn die Traurigkeit oder die Scham überwältigten und er sie fortschieben mußte. Sie zündeten sich Zigaretten an, es gab keine Gemeinsamkeit mehr, der voreilige Drang, der sie den ganzen Tag über vereint hatte, war verflogen, und auf dem Bett waren zwei hilflose Geschöpfe ohne Erinnerung zurückgeblieben, die in dem schrecklichen Vakuum der unausgesprochenen Worte trieben. Als sie sich am Morgen kennenlernten, hatten sie nichts Außergewöhnliches gesucht, sie hatten nicht viel verlangt, nur ein wenig Gesellschaft und ein wenig Vergnügen, weiter nichts, aber in der Stunde der Vereinigung wurden sie von der Trostlosigkeit besiegt. »Wir sind müde«, sagte sie lächelnd und bat damit um Verzeihung für den Überdruß, der sich zwischen ihnen eingenistet hatte. In einem letzten Bemühen, Zeit zu gewinnen, nahm er ihr Gesicht zwischen beide Hände und küßte sie auf die Lider. Sie streckten sich Seite an Seite aus, hielten sich bei den Händen und sprachen über ihr Leben in diesem Land, wo sie sich zufällig begegnet waren, einem jungen, großmütigen Land, in dem sie dennoch immer Fremde sein würden. Er dachte daran, sich anzuziehen und ihr Lebewohl zu sagen, ehe seine Albträume sich schwer über sie beide legten, aber er sah, wie jung und verletzlich sie war, und wünschte sich, ihr Freund zu sein. Freund, dachte er, nicht Liebhaber, Freund, um einige Augenblicke der Ruhe zu teilen, ohne Forderungen oder Verpflichtungen, Freund, um nicht allein zu

sein und um die Angst zu bekämpfen. Er konnte sich nicht entschließen zu gehen, und er ließ auch ihre Hand nicht los. In einem warmen, weichen Gefühl, einem ungeheuren Mitleid mit sich selbst und mit ihr brannten ihm die Augen. Die Gardine blähte sich wie ein Segel, und sie stand auf, um das Fenster zu schließen, weil sie sich vorstellte, die Dunkelheit könnte ihnen helfen, könnte ihnen die Lust am Zusammensein und das Verlangen, sich zu umarmen, zurückgeben. Aber sie irrte sich, er brauchte dieses bißchen Licht von der Straße, damit er sich nicht von neuem gefangen fühlte in dem Abgrund der zeitlosen neunzig Zentimeter seiner Zelle, wahnsinnig, in seinen eigenen Exkrementen gärend.

»Laß die Gardine offen, ich möchte dich ansehen«, log er, denn er wagte nicht, ihr seine nächtlichen Schrecken anzuvertrauen, wenn ihn wieder der Durst quälte, der Verband um den Kopf drückte wie ein Kranz aus Nägeln, die Höhlenvisionen und der Ansturm all der Spukgestalten ihn peinigten. Er konnte ihr nichts davon erzählen, denn eins führt zum andern, und schließlich erzählt man, was man noch nie erzählt hat. Sie kam zurück ins Bett, liebkoste ihn ohne Überschwang, ließ forschend die Finger über die kleinen Male gleiten. »Keine Angst, das ist nichts Ansteckendes, das sind nur Narben«, sagte er mit einem Lachen, das wie Schluchzen klang. Das Mädchen hörte den verstörten Ton heraus und hielt alarmiert in der Bewegung inne. In diesem Augenblick hätte er ihr sagen müssen, daß dies nicht der Beginn einer neuen Liebe war, nicht einmal der einer flüchtigen Leidenschaft, es war nur ein Augenblick der Rast, eine kurze Minute der Unschuld, und bald, wenn sie eingeschlafen war, würde er gehen; er hätte ihr sagen müssen, daß es für sie beide keine Pläne gab und keine verliebten Anrufe, sie würden nicht ein zweites Mal Hand in Hand durch die Straßen streifen, würden keine Liebesspiele spielen, aber er konnte nicht sprechen, die Stimme blieb ihm wie eingekrallt in der Brust stecken.

Er merkte, daß er versank. Er mühte sich ab, die entgleitende Wirklichkeit festzuhalten, seinen Geist in irgend etwas zu verankern, in dem Wäschehäufchen auf dem Stuhl, den auf den Borden gestapelten Büchern, dem Chileposter an der Wand, der Kühle der karibischen Nacht, den dumpfen Geräuschen der Straße; er versuchte, sich auf den willfährigen Körper neben sich zu konzentrieren und nur an die Haarflut des jungen Mädchens und an ihren süßen Duft zu denken. Stumm flehte er sie an, sie solle ihm doch bitte helfen, diese Sekunden zu überstehen, während sie ihn beobachtete, auf der äußersten Kante der Matratze hockend, die Beine wie ein Fakir untergeschlagen, und ihre hellen Brustwarzen und das Auge ihres Nabels sahen ihn ebenfalls an und verfolgten sein Zittern, sein Zähneklappern, sein Stöhnen. Er hörte das Schweigen in sich wachsen, er wußte, daß seine Seele zerbrach, wie es ihm damals so oft geschehen war, und er hörte auf zu kämpfen, ließ den letzten Halt der Gegenwart fahren und stürzte sich in einen bodenlosen Abgrund. Er spürte die Lederriemen, die in die Hand- und Fußgelenke einschnitten, den brutalen Stromschock, die gerissenen Sehnen, hörte die gehässigen Stimmen, die Namen verlangten, die unauslöschlichen Schreie Anas, die neben ihm gefoltert wurde, die Schreie der andern, die im Hof an den Armen aufgehängt waren.

»Was hast du, um Gottes willen, was hast du?« Von fern erreichte ihn Anas Stimme. Nein, Ana war in den Sümpfen des Südens versunken. Er glaubte eine nackte Unbekannte zu sehen, die ihn schüttelte und seinen Namen rief, aber er vermochte sich nicht von den Dunkelheiten zu befreien, in denen Peitschen und Fahnen geschwungen wurden. Zusammengekrümmt versuchte er, der Übelkeit Herr zu werden. Er begann zu weinen, um Ana und um die anderen. »Was hast du?« Wieder rief ihn das Mädchen von irgendwoher. »Nichts, umarme mich«, bat er, und sie kroch schüchtern heran und schloß ihn in die Arme, wiegte ihn wie ein Kind, küßte ihn auf die Stirn, »weine, weine«, sagte sie, half ihm, sich auszustrecken, und legte sich wie gekreuzigt auf ihn.

Sie blieben tausend Jahre so umschlungen, bis die Wahngebilde sich langsam verflüchtigten und er in das Zimmer zurückkehrte und entdeckte, daß er lebte, trotz allem, daß er atmete, daß sein Herz schlug, er fühlte ihr Gewicht auf seinem Körper, ihren Kopf auf seiner Brust, ihre Arme und Beine auf den seinen, zwei verstörte Waisen. Und in diesem Augenblick sagte sie, als wisse sie alles: »Die Angst ist stärker als das Verlangen, die Liebe, der Haß, die Schuld, die Wut, stärker als die Treue. Die Angst ist etwas Totales«, schloß sie, und ihre Tränen rannen ihm über den Hals. Für ihn stockte plötzlich alles, er war in seiner verborgensten Wunde getroffen. Er ahnte mit einemmal, daß sie nicht nur ein Mädchen war, das bereit war, aus Mitleid Liebe zu machen, sondern daß sie das Eine kannte, das sich jenseits des Schweigens, der völligen Einsamkeit duckte, verborgen hinter der Erinnerung an die versiegelte Kiste, in der er sich vor dem Coronel und seinem eigenen Verrat versteckt hatte, der Erinnerung an Ana Díaz und die übrigen denunzierten Genossen, die einer nach dem andern mit verbundenen Augen vorübergeführt wurden. Wie konnte sie das alles wissen?

Das Mädchen erhob sich. Ihr magerer Arm zeichnete sich gegen den hellen Dunst des Fensters ab, während sie tastend nach dem Schalter suchte. Sie machte das Licht an, und dann streifte sie nacheinander alle ihre Metallarmbänder ab, die geräuschlos auf das Laken fielen. Das Haar hing ihr über das Gesicht, als sie ihm die Hände hinstreckte. Auch ihre Handgelenke waren von weißen Narben gezeichnet. Einen endlosen Augenblick starrte er darauf, bis er alles begriffen hatte, Liebe, und er sah sie mit den Lederriemen auf die elektrische Folterbank geschnallt, und nun konnten sie einander umarmen und weinen, ausgehungert wie sie waren nach

Bündnis und vertraulichen Gesprächen, nach verbotenen Worten, nach Versprechungen für morgen, und sie teilten endlich das verborgenste Geheimnis.

Klein-Heidelberg

So viele Jahre hatten der Kapitän und Señorita Eloísa miteinander getanzt, daß sie die Vollkommenheit erreicht hatten. Jeder fühlte die Bewegung des andern voraus, erriet die genaue Sekunde der nächsten Drehung, wußte den leichtesten Druck der Hand oder die Abweichung eines Fußes zu deuten. Sie waren in vierzig Jahren nicht einmal aus dem Tritt gekommen, sie bewegten sich mit der Präzision eines Paares, das daran gewöhnt ist, sich zu lieben und in enger Umarmung zu schlafen, deshalb konnte man sich so schwer vorstellen, daß sie nie ein Wort gewechselt hatten.

Klein-Heidelberg ist ein Tanzlokal in einiger Entfernung von der Hauptstadt, es liegt auf einem von Bananenpflanzungen umgebenen Hügel, wo die Luft nicht so schwül ist, und außer der bemerkenswerten Musik wird dort ein aphrodisisches Gericht mit Gewürzen aller Art geboten, das zwar zu gehaltreich für das heiße Klima ist, aber voll den Traditionen entspricht, die den Besitzer, Don Rupert, inspirierten. Vor der Ölkrise, als man noch in der Illusion des Überflusses lebte und Früchte aus anderen Breiten eingeführt wurden, war der Apfelstrudel die Spezialität des Hauses, aber seit vom Erdöl nur ein Haufen unverschrottbaren Abfalls und die Erinnerung an bessere Zeiten übriggeblieben sind, wird der Strudel mit Guaven oder Mangos gebacken. Die Tische stehen in einem weiten Kreis, der genug freien Raum für den Tanz läßt, sie sind mit grün-weiß karierten Tischtüchern bedeckt, und die Wände zeigen bukolische Szenen aus dem Landleben in den Alpen: Hirtinnen mit gelben Zöpfen, stramme Burschen und blitzsaubere Kühe. Die Musiker – in kurzen Lederhosen, wollenen Kniestrümpfen, Tiroler Hosenträgern und Jägerhütchen, die durch den Schweiß alle Pracht verloren haben und von fern aussehen wie grüne Perücken – sitzen auf einer Plattform, die von einem ausge-

stopften Adler gekrönt wird, dem von Zeit zu Zeit, wie Don Rupert behauptet, neue Federn nachwachsen. Einer spielt Akkordeon, der zweite Saxophon, und der dritte ackert mit Händen und Füßen, um alle Teile des Schlagzeugs zu bedienen. Der mit dem Akkordeon ist ein Meister seines Instruments und singt auch mit einer warmen Tenorstimme und leichtem andalusischem Akzent. Trotz seiner fabelhaften Tracht als Tiroler Schankwirt ist er der Liebling der weiblichen Stammgäste, und manch eine hätschelt die geheime Vorstellung, mit ihm in ein tödliches Abenteuer verstrickt zu werden, zum Beispiel ein Erdbeben oder ein Bombardement, in dem sie, von diesen mächtigen Armen umfangen, die dem Akkordeon so herzzerreißende Klagen zu entreißen verstehen, freudig den letzten Atem aushauchen würde. Die Tatsache, daß das Durchschnittsalter der Damen um die siebzig liegt, hindert nicht die Sinnlichkeit, die der Sänger erregt, eher fügt sie ihr den süßen Hauch des Todes hinzu. Die Kapelle beginnt ihre Arbeit nach Sonnenuntergang und beendet sie um Mitternacht, außer an Sonnabenden und Sonntagen, wenn das Lokal sich mit Touristen füllt und die Musikanten weitermachen müssen, bis der letzte Gast sich im Morgengrauen verabschiedet. Sie spielen nur Polkas, Mazurkas, Walzer und Volkstänze aus Europa, als stünde das Klein-Heidelberg statt in der Karibik an den Ufern der Donau.
In der Küche regiert Doña Burgel, Don Ruperts Frau, eine wohlbeleibte Matrone, die nur wenige Gäste kennen, weil sich ihr Dasein zwischen Kochtöpfen und Gemüsebergen abspielt und darauf gerichtet ist, fremdländische Speisen mit inländischen Bestandteilen zuzubereiten. Sie hat den Strudel mit tropischen Früchten erfunden und jenes aphrodisische Gericht, das auch dem zerknitterten Greis die Manneskraft wiederzugeben vermag. Die Tische werden von den Töchtern des Wirtspaares bedient, zwei handfesten Frauen, und von einigen Mädchen aus dem Ort, alle mit runden, roten Wangen. Die übliche Kundschaft besteht aus europäi-

schen Emigranten, die auf der Flucht vor einem Krieg oder vor der Armut ins Land gekommen sind, Kaufleuten, Landwirten, Handwerkern, liebenswürdigen, einfachen Menschen, die das vielleicht nicht immer waren, aber der Lauf des Lebens hat sie einander angeglichen in der wohlwollenden Höflichkeit vernünftiger alter Leute. Die Männer kommen in Fliege und Jackett, aber wenn die Hüpfer bei der Polka und die genossenen Biermengen ihnen das Gemüt erwärmt haben, legen sie ab, was überflüssig ist, und sitzen in Hemdsärmeln da. Die Frauen tragen fröhliche Farben in einer veralteten Mode, als hätten sie ihre Kleider aus dem Brautkoffer erlöst, den sie bei der Einwanderung mitbrachten. Von Zeit zu Zeit taucht eine Gruppe streitlustiger Jugendlicher auf, deren Eintritt der dröhnende Krach der Motorräder und das Klappern und Klirren von Stiefelabsätzen, Schlüsseln und Ketten vorausgeht und die nur mit dem einen Ziel herkommen, sich über die Alten lustig zu machen, aber es bleibt beim Geplänkel, denn der Schlagzeuger und der Saxophonist sind immer bereit, die Ärmel aufzukrempeln und Ordnung zu schaffen.

Sonnabends gegen neun Uhr, wenn alle schon ihre Portion aphrodisisches Gericht genossen haben und sich den Freuden des Tanzes hingeben, erscheint die Mexikanerin und setzt sich allein an einen Tisch. Sie ist eine aufreizende Fünfzigerin mit dem Körper einer Galeone – gewölbter Bug, breites Heck, Gesicht einer Galionsfigur –, die ein reifes, aber noch üppiges Dekolleté zur Schau stellt und eine Blume hinter dem Ohr trägt. Sie ist nicht die einzige, die als Flamencotänzerin gekleidet ist, aber bei ihr sieht es wesentlich natürlicher aus als bei den anderen Damen, denen mit weißem Haar und trauriger Figur, die nicht einmal ein anständiges Spanisch sprechen. Wenn die Mexikanerin Polka tanzt, ist sie ein Schiff, das in stürmischen Wellen treibt, aber zum Walzertakt scheint sie in sanften Gewässern dahinzugleiten. So hatte der Kapitän sie manchmal im Traum gesehen und

war mit der fast vergessenen Unruhe seiner Jugend aufgewacht. Es wird erzählt, der Kapitän sei bei einer nordeuropäischen Flotte gefahren, deren Namen keiner buchstabieren kann. Er war einmal Experte in alten Schiffstypen und Seewegen, aber diese Kenntnisse ruhten begraben in der Tiefe seines Gedächtnisses ohne die geringste Möglichkeit, in der heißen Landschaft dieser Region zu etwas nütze zu sein, wo das Meer ein friedliches Aquarium kristallklaren grünen Wassers ist und gar nicht geeignet für die Fahrten der verwegenen Nordmeerschiffe. Er war ein hochgewachsener, hagerer Mann, ein Baum ohne Blätter, mit straffem Rücken und noch festen Halsmuskeln, er trug seine Uniformjacke mit den goldenen Knöpfen und war in die tragische Aura der Seeleute außer Dienst gehüllt. Nie hörte man von ihm ein Wort in Spanisch oder irgendeinem anderen bekannten Idiom. Vor dreißig Jahren hatte Don Rupert gesagt, der Kapitän sei sicherlich Finne, wegen seiner eisfarbenen Augen und der unbeirrbaren Redlichkeit in seinem Blick, und da ihm niemand widersprechen konnte, nahmen sie es schließlich als gegeben hin. Im übrigen hat die Sprache im Klein-Heidelberg wenig Bedeutung, denn niemand geht dorthin, um Konversation zu machen.
Einige Verhaltensregeln sind ein wenig abgeändert worden, zum Nutzen und zur Bequemlichkeit aller. Jeder kann allein auf die Tanzfläche oder jemanden von einem anderen Tisch auffordern, und auch die Frauen sind unternehmungslustig genug, von sich aus auf die Männer zuzugehen. Das ist eine gerechte Lösung für die Witwen ohne Begleitung. Niemand holt die Mexikanerin zum Tanz, denn natürlich würde sie das als Beleidigung betrachten, und die Herren müssen zitternd vor Spannung warten, für wen sie sich entscheidet. Sie legt ihre Zigarre in den Aschenbecher, entflechtet die gewaltigen Säulen ihrer übereinandergeschlagenen Beine, richtet ihr Mieder, geht auf den Auserwählten zu und pflanzt sich ohne einen Blick vor ihm auf. Sie wechselt den Partner bei

jedem Tanz, aber früher behielt sie sich immer mindestens vier Tänze für den Kapitän vor. Er faßte sie mit seiner festen Steuermannshand um die Taille und führte sie über die Tanzfläche, ohne zu erlauben, daß sein Alter ihm die Luft benahm.
Die älteste Stammkundin des Tanzlokals, die in einem halben Jahrhundert nicht einen Sonnabend im Klein-Heidelberg versäumte, war Señorita Eloísa, eine winzig kleine Dame, sanft und zart, mit einer Haut wie Reispapier und einer durchscheinenden Haarkrone. Sie hatte sich so lange den Lebensunterhalt damit verdient, in ihrer Küche Bonbons zu kochen, daß das Schokoladenaroma sie ganz durchtränkt hatte und sie immer nach Geburtstag roch. Trotz ihres Alters hatte sie sich noch einige Bewegungen ihrer ersten Jugend bewahrt und konnte sich die ganze Nacht auf der Tanzfläche drehen, ohne daß die Löckchen sich aus ihrem Knoten lösten oder ihr Herz aus dem Takt kam. Sie stammte aus einem Dorf im Süden Rußlands und war zu Anfang des Jahrhunderts mit ihrer Mutter, die damals eine strahlende Schönheit war, ins Land gekommen. Sie lebten zusammen und kochten Schokoladenbonbons, der Unbill des Klimas, des Jahrhunderts und der Einsamkeit ahnungslos ausgesetzt, ohne Mann, ohne Familie, ohne große Erlebnisse und ohne andere Vergnügungen als das Klein-Heidelberg an jedem Wochenende. Seit ihre Mutter gestorben war, kam Señorita Eloísa allein. Don Rupert empfing sie mit großer Ehrerbietung an der Tür und geleitete sie an ihren Tisch, während die Kapelle sie mit den ersten Takten ihres Lieblingswalzers willkommen hieß. An einigen Tischen wurden Biergläser zu ihrer Begrüßung erhoben, denn sie war der älteste und zweifellos der beliebteste Gast. Sie war schüchtern und wagte nie, einen Mann zum Tanz aufzufordern, aber in all den Jahren hatte sie das auch nie zu tun brauchen, denn es wurde von jedem als besonderer Vorzug angesehen, sie bei der Hand zu nehmen, sie zart um die Taille zu fassen, um kein Knöchel-

chen zu zerbrechen, und sie auf die Tanzfläche zu führen. Sie war eine anmutige Tänzerin und hatte diesen süßen Duft an sich, der imstande war, jedem, der ihn in die Nase bekam, die schönsten Erinnerungen aus seiner Kindheit zu bescheren.

Der Kapitän setzte sich allein immer an denselben Tisch, trank mäßig und zeigte niemals die geringste Begeisterung für Dõna Burgels aphrodisisches Gericht. Er klopfte mit dem Fuß den Takt, und wenn Señorita Eloísa frei war, forderte er sie auf, indem er vor ihr leicht die Hacken zusammenschlug und den Kopf neigte. Sie sprachen nie miteinander, blickten sich nur lächelnd an bei den Galopps und Figuren eines alten Tanzes.

An einem Sonnabend im Dezember, der weniger feucht war als üblich, kamen ein paar Touristen ins Klein-Heidelberg. Diesmal waren es nicht die disziplinierten Japaner, die in letzter Zeit öfter dagewesen waren, sondern hochgewachsene Skandinavier, hellhaarig und sonnengebräunt, die sich an einen Tisch setzten und fasziniert den Tanzenden zusahen. Sie waren fröhlich und lärmig, stießen ihre Biergläser aneinander, lachten viel und unterhielten sich lautstark. Die Reden der Fremden drangen bis zum Kapitän, der wie immer an seinem Tisch saß, und aus weiter Ferne, aus einer anderen Zeit und einem anderen Land erreichte ihn der Klang seiner eigenen Sprache, voll und frisch wie gerade erfunden, Worte, die er seit Jahrzehnten nicht mehr gehört hatte, die sich aber unversehrt in seinem Gedächtnis gehalten hatten. Ein neuer Ausdruck machte sein strenges altes Seefahrergesicht sanft, er schwankte einige Minuten zwischen der strikten Zurückhaltung, in der er sich wohl fühlte, und dem fast vergessenen Vergnügen, ein Gespräch zu führen. Endlich stand er auf und ging zum Tisch der Unbekannten. Don Rupert hinter der Bar beobachtete den Kapitän, der, leicht vorgebeugt, die Hände auf dem Rücken, mit den Neuankömmlingen redete. Plötzlich wurde auch den Gästen, den

Serviererinnen und den Musikern klar, daß dieser Mann zum erstenmal sprach, seit sie ihn kannten. Er hatte eine Greisenstimme, heiser und stockend, aber er legte große Entschiedenheit in jeden Satz. Als er alles, was seine Brust bewegte, dargelegt hatte, herrschte eine solche Stille im Lokal, daß Dõna Burgel aus der Küche kam, um sich zu erkundigen, ob jemand gestorben sei. Endlich, nach einer langen Pause, schüttelte einer der Touristen die Verblüffung ab und rief Don Rupert heran, um ihn in holprigem Englisch zu bitten, er möchte doch helfen, die Rede des Kapitäns zu übersetzen. Die Skandinavier folgten dem alten Seemann zu dem Tisch, an dem Señorita Eloísa saß, und Don Rupert ging mit, nahm aber unterwegs die Schürze ab, weil er ahnte, daß ein feierlicher Akt bevorstand. Der Kapitän sagte einige Worte in seiner Sprache, einer der Ausländer übersetzte es ins Englische, und Don Rupert, mit roten Ohren und zitterndem Schnauzbart, wiederholte es in seinem nicht ganz einwandfreien Spanisch.

»Señorita Eloísa, der Kapitän fragt, ob Sie ihn heiraten wollen.«

Die zerbrechliche alte Dame saß da, die Augen rund vor Überraschung und den Mund hinter ihrem Batisttaschentuch verborgen, und alle hielten gespannt den Atem an, bis sie ihrer Stimme wieder mächtig war.

»Meinen Sie nicht, daß das ein wenig überstürzt ist?« fragte sie leise. Ihre Worte wanderten über den Wirt und die Touristen zum Kapitän, und die Antwort nahm denselben Weg in umgekehrter Richtung.

»Der Kapitän meint, er hat vierzig Jahre gewartet, um es Ihnen zu sagen, und er kann nicht noch weiter warten, bis wieder jemand kommt, der seine Sprache spricht. Er sagt, Sie möchten ihm bitte jetzt antworten.«

»Nun ja, ich will«, flüsterte Señorita Eloísa, und niemand brauchte die Antwort zu übersetzen, weil alle sie verstanden hatten.

Don Rupert hob begeistert beide Arme und verkündete die Verlobung, der Kapitän küßte seine Braut auf die Wangen, die Touristen drückten ringsum allen die Hände, die Musiker mißhandelten ihre Instrumente zu einem dröhnenden Triumphmarsch, und die Gäste bildeten einen Kreis um das Paar. Die Frauen wischten sich die Tränen ab, die Männer stießen bewegt mit allen an, Don Rupert setzte sich hinter die Bar und verbarg den Kopf zwischen den Armen, von Rührung übermannt, während Dõna Burgel und ihre Töchter mehrere Flaschen vom besten Rum öffneten. Dann stimmten die Musiker den Walzer von der schönen blauen Donau an, und alle verließen die Tanzfläche.
Der Kapitän nahm die Hand dieser sanften Frau, die er so lange ohne Worte geliebt hatte, und führte sie in die Mitte des Saales, und dort tanzten sie mit der Anmut zweier Reiher in ihrem Hochzeitstanz. Der Kapitän hielt sie mit derselben liebenden Sorgfalt, mit der er in seiner Jugend den Wind in den Segeln eines Schiffes eingefangen hatte, und führte sie über die Tanzfläche, als wiegten sie sich im ruhigen Wellengang einer Bucht, während er ihr mit seiner nach Wäldern und Schneestürmen klingenden Stimme alles sagte, was sein Herz bis zu diesem Augenblick verschwiegen hatte. Sie tanzten und tanzten, und der Kapitän fühlte, wie ihr Alter von ihnen wich, und bei jedem Schritt wurden sie heiterer und beschwingter. Eine Drehung nach der anderen, und die Akkorde der Musik wurden schwungvoller, die Füße schneller, ihre Taille schmaler, ihre kleine Hand in der seinen leichter, ihre Gegenwart immer unkörperlicher. Dann sah er, daß Señorita Eloísa zu Schleier, zu Schaum, zu Dunst wurde, bis sie nicht mehr wahrnehmbar war und endlich ganz verschwand, und er drehte und drehte sich mit leeren Armen, und sein einziger Partner war ein zarter Duft nach Schokolade.
Der Tenor machte den anderen Musikern Zeichen, sie sollten denselben Walzer für immer und ewig weiterspielen,

denn er hatte erkannt, daß beim letzten Ton der Kapitän aus seinem Wahn erwachen und die Erinnerung an Señorita Eloísa sich endgültig verflüchtigen würde. Ergriffen blieben die alten Stammgäste des Klein-Heidelberg regungslos auf ihren Stühlen sitzen, bis endlich die Mexikanerin, deren Hochmut sich in barmherzige Zärtlichkeit verwandelt hatte, aufstand und behutsam auf die zitternden Hände des Kapitäns zuging, um mit ihm zu tanzen.

Die Frau des Richters

Nicolás Vidal wußte immer, daß er sein Leben durch eine Frau verlieren würde. Das wurde ihm am Tag seiner Geburt vorausgesagt, und es wurde ihm bestätigt durch die Krämerin bei der einzigen Gelegenheit, da er ihr erlaubte, ihm sein Schicksal aus dem Kaffeesatz zu deuten, aber er hätte sich nie vorgestellt, daß dieses Schicksal ihn ausgerechnet durch Casilda ereilen würde, die Frau des Richters Hidalgo. Er sah sie zum erstenmal an dem Tag, an dem sie ins Dorf kam, um zu heiraten. Er fand sie nicht anziehend, er zog die dreisten, braunen Weiber vor, und dieses durchsichtige junge Ding in ihrer Reisekleidung, mit dem scheuen Blick und den zarten Fingern, die nicht taugten, einem Mann Vergnügen zu bereiten, kam ihm so gehaltlos vor wie eine Handvoll Asche. Da er sein Los kannte, hütete er sich vor den Frauen und floh sein Leben lang vor jeder Gefühlsbindung, machte sein Herz unempfindlich für die Liebe und beschränkte sich auf flüchtige Begegnungen, um die Einsamkeit zu überlisten. So unbedeutend und fern erschien ihm Casilda, daß er nicht auf den Gedanken kam, sich vor ihr hüten zu müssen, und als der Augenblick da war, vergaß er die Prophezeiung, die sonst in seinen Entschlüssen immer gegenwärtig gewesen war. Vom Dach des Hauses aus, wo er sich mit zweien seiner Männer versteckt hielt, beobachtete er, wie die Señorita aus der Hauptstadt am Tag ihrer Hochzeit aus dem Wagen stieg. Sie wurde von einem halben Dutzend ihrer Angehörigen begleitet, alle so bleich und fein wie sie, die, sich unaufhörlich fächelnd, mit dem Ausdruck offener Bestürzung der Trauung beiwohnten und dann abreisten, ohne je wiederzukommen.

Wie alle Einwohner des Ortes dachte auch Vidal, daß die Braut das Klima nicht ertragen würde und daß die Totenfrauen sie bald für ihr Begräbnis einkleiden müßten. In dem unwahrscheinlichen Fall, daß sie der Hitze standhielte und dem Staub, der durch die Haut eindrang und sich in der Seele festsetzte, würde sie zweifellos der ständig schlechten Laune und den Junggesellenmarotten ihres Ehemannes erliegen. Der Richter Hidalgo war doppelt so alt wie sie und hatte so viele Jahre allein geschlafen, daß er ja gar nicht wissen konnte, wie er es anfangen sollte, einer Frau Freude zu bereiten. In der ganzen Provinz waren seine Strenge und der Starrsinn gefürchtet, mit denen er das Gesetz handhabte, selbst auf Kosten der Gerechtigkeit. Wenn er richtete, kannte er keine freundlichen Regungen und strafte den Diebstahl eines Huhns mit gleicher Härte wie einen Mord. Er trug immer Schwarz, damit allen die Würde seines Amtes stets bewußt war, und trotz der unbesiegbaren Staubmassen dieses hoffnunglosen Ortes waren seine Stiefel immer mit Bienenwachs gewichst. Ein solcher Mann ist nicht für die Ehe gemacht, sagten die Klatschbasen.

Doch die düsteren Voraussagen bei der Hochzeit erfüllten sich nicht, im Gegenteil, Casilda überlebte drei kurz aufeinanderfolgende Geburten und schien glücklich zu sein. Sonntags ging sie mit ihrem Mann zur Zwölfuhrmesse, beharrlich in ihre spanische Mantilla gehüllt, unberührt von dem gnadenlosen ewigen Sommer, farblos und schweigend wie ein Schatten. Niemand hörte je mehr von ihr als einen leisen Gruß, niemand sah eine kühnere Geste als ein leichtes Neigen des Kopfes oder ein flüchtiges Lächeln, sie wirkte so wenig stofflich, als könnte sie sich in einem unachtsamen Augenblick in nichts auflösen. Sie schien einfach nicht vorhanden zu sein, und deshalb staunten alle, als ihnen aufging, wie groß ihr Einfluß auf den Richter war, der sich aufs bemerkenswerteste verändert hatte.

Obwohl Hidalgo äußerlich derselbe geblieben war, finster und schroff, machten seine Urteilssprüche vor Gericht eine erstaunliche Wandlung durch. Starr vor Verblüffung erlebte das Publikum, daß er einen Jungen freiließ, der seinen Arbeitgeber bestohlen hatte, und er begründete den Freispruch damit, der Chef habe den Angeklagten drei Jahre unterbezahlt, der Diebstahl sei also nur eine Form des Ausgleichs. Er weigerte sich auch, eine Ehebrecherin zu bestrafen und folgerte, der Ehemann habe keine moralische Befugnis, Ehrbarkeit zu verlangen, wenn er selbst eine Geliebte aushalte. Die Klatschzungen im Ort behaupteten, der Richter Hidalgo kehre sich um, wie man einen Handschuh umdrehe, wenn er über die Schwelle seines Hauses trete, er lege die feierliche Robe ab, spiele und lache mit seinen Kindern und lasse Casilda auf seinen Knien sitzen, aber dieses Gerede wurde nie bestätigt. Auf jeden Fall sahen alle in seiner Frau die Triebfeder für jene wohlwollenden Handlungen, und ihr Ansehen stieg, aber das kümmerte Nicolás Vidal nicht im geringsten, denn er stand außerhalb des Gesetzes und konnte sicher sein, daß es für ihn keine Gnade geben würde, wenn sie ihn jemals in Handschellen vor den Richter bringen sollten. Er hörte nicht auf die Reden über Dõna Casilda, und wenn er sie, selten genug, von fern sah, bestätigte sich ihm seine erste Meinung, daß sie nur ein verschwommenes Geisterbild sei.

Vidal war vor dreißig Jahren in einem Zimmer ohne Fenster im einzigen Bordell des Ortes geboren, seine Mutter war Juana La Triste, der Vater unbekannt. Für ihn gab es keinen Platz auf dieser Welt, und weil seine Mutter sich darüber im klaren war, versuchte sie, ihn sich mit Kräutern, Kerzenstümpfen, Seifenlaugenbädern und anderen rohen Mitteln aus dem Leib zu reißen, aber das Wurm versteifte sich darauf, am Leben zu bleiben. Wenn Juana La Triste diesen Sohn in späteren Jahren sah, wußte sie, daß die drastischen Abtreibungsmethoden, statt ihn zu töten, seinen Körper und seine Seele gehärtet hatten, bis sie wie Stahl waren. Als er geboren war, nahm die Hebamme ihn hoch, um ihn im Licht der Petroleumlampe zu betrachten, und stellte erschrocken fest, daß er vier Brustwarzen hatte. »Armer Kleiner, er wird das

Leben durch eine Frau verlieren«, prophezeite sie, denn sie hatte Erfahrung in solchen Dingen.
Diese Worte lasteten wie eine Mißbildung auf dem Jungen. Vielleicht wäre sein Leben durch die Liebe einer Frau weniger unglücklich gewesen. Um ihn für die vielen Tötungsversuche vor seiner Geburt zu entschädigen, suchte seine Mutter einen besonders edlen Vornamen für ihn aus, den soliden Nachnamen hatte sie aufs Geratewohl gewählt; aber dieser fürstliche Name genügte nicht, um die verhängnisvollen Zeichen zu bannen, und schon der Zehnjährige trug aus zahllosen Prügeleien eine Messernarbe im Gesicht, und wenig später lebte er bereits wie ein Flüchtling. Mit zwanzig war er der Anführer einer Bande von Desperados. Das rauhe Leben festigte die Kraft seiner Muskeln, die Straße machte ihn erbarmungslos, und die Einsamkeit, zu der er verdammt war aus Angst, sich an die Liebe zu verlieren, bestimmte den Ausdruck seiner Augen. Jeder Einwohner des Ortes hätte bei seinem Anblick gewußt, daß er der Sohn von Juana La Triste war, denn wie bei ihr saßen auch in seinen Augen die Tränen, ohne zu fließen. Jedesmal, wenn in der Gegend ein Verbrechen begangen worden war, rückten die Polizisten mit Hunden an, um Nicolás Vidal zu fangen und die Empörung der Bürger zu besänftigen, aber nach ein paar Streifzügen durch die Berge kehrten sie mit leeren Händen zurück. Im Grunde wünschten sie sich gar nicht, ihn zu finden, denn gegen ihn kämpfen konnten sie ohnehin nicht. Die Bande festigte ihren bösen Ruf dermaßen, daß die Dörfer und Haciendas ihnen einen Tribut zahlten, um sie fernzuhalten. Mit diesen unfreiwilligen Spenden hätten die Männer Ruhe geben können, aber Nicolás Vidal zwang sie, immer im Sattel zu bleiben, im ständigen Sturm von Tod und Zerstörung, damit sie nicht die Lust am Kampf verloren und ihren schändlichen Ruhm einbüßten. Niemand wagte ihnen entgegenzutreten. Richter Hidalgo hatte den Gouverneur ein paarmal gebeten, Truppen zu schicken, um seine Polizei zu verstärken, aber nach

einigen nutzlosen Ausflügen kehrten die Soldaten in ihre Kasernen zurück und die Banditen zu ihren Raubzügen.
Ein einziges Mal hätte Nicolás Vidal in die Fänge der Justiz geraten können, aber ihn rettete seine Unfähigkeit, sich durch Gemütsbewegungen erschüttern zu lassen. Richter Hidalgo, der es müde war, ständig die Gesetze verletzt zu sehen, beschloß, alle Skrupel beiseite zu schieben und dem Räuber eine Falle zu stellen. Er war sich darüber im klaren, daß er zur Verteidigung der Gerechtigkeit eine grausame Handlung begehen würde, aber er wählte aus zwei Übeln das kleinere. Ihm bot sich als einziger Köder nur Juana La Triste, denn andere Verwandte hatte Vidal nicht, und von Liebschaften war auch nichts bekannt. Der Richter ließ die Frau aus dem Bordell holen, wo sie Fußböden scheuerte und Aborte reinigte, aus Mangel an Freiern, die bereit gewesen wären, für ihre jämmerlichen Dienste zu bezahlen, ließ sie in einen eigens für sie angefertigten Käfig sperren und diesen mitten auf dem Platz aufstellen, nur mit einem Krug Wasser als Trost.
»Wenn das Wasser alle ist, wird sie anfangen zu schreien. Dann wird ihr Sohn auftauchen, und ich werde ihn mit den Soldaten erwarten«, sagte der Richter.
Das Gerede über diese Strafe, die seit den Zeiten der entsprungenen Sklaven nicht mehr üblich war, gelangte zu Nicolás Vidal, kurz bevor seine Mutter den letzten Tropfen aus dem Krug geschlürft hatte. Seine Männer sahen ihn die Kunde schweigend entgegennehmen, seine gleichmütige Einzelgängermaske veränderte sich ebensowenig wie der ruhige Rhythmus, mit dem er sein Messer an einem Lederriemen schärfte. Seit vielen Jahren schon hatte er keine Verbindung mehr mit Juana La Triste, zudem bewahrte er keine einzige erfreuliche Erinnerung an seine Kindheit, aber dies war keine Frage des Gefühls, sondern eine Angelegenheit der Ehre. Kein Mann kann eine solche Beleidigung schlukken, dachten die Banditen, während sie Waffen und Reitzeug

bereitmachten, um sich in den Hinterhalt zu stürzen und darin, wenn nötig, umzukommen. Aber der Chef zeigte keine Eile.

Die Stunden vergingen, und die Spannung in der Bande stieg mehr und mehr. Sie sahen einander an, Schweißtropfen auf der Stirn, und wagten keine Bemerkung zu machen, sie warteten ungeduldig, die Hand am Griff des Revolvers, auf der Kruppe des Pferdes, in der Schlaufe des Lassos. Die Nacht kam, und der einzige, der schlief im Lager, war Nicolás Vidal. Im Morgengrauen waren die Meinungen der Männer geteilt, die einen glaubten, ihr Anführer sei noch viel herzloser, als sie sich vorgestellt hatten, die anderen, er plane eine besonders aufsehenerregende Aktion, um seine Mutter herauszuholen. Nur eines dachte keiner von ihnen – daß es ihm an Mut fehlte, denn er hatte bewiesen, daß er davon im Übermaß besaß. Am Mittag konnten sie die Ungewißheit nicht länger ertragen und fragten ihn, was er tun werde.

»Nichts«, sagte er.

»Und deine Mutter?«

»Wir werden schon sehen, wer mehr Mumm hat, der Richter oder ich«, antwortete er ungerührt.

Am dritten Tag schrie Juana La Triste nicht mehr um Mitleid oder flehte um Wasser, ihr war die Zunge ausgetrocknet, und die Worte erstarben in der Kehle, sie lag zusammengekrümmt auf dem Boden des Käfigs, mit verdrehten Augen und geschwollenen Lippen, winselte in den lichten Augenblicken wie ein Tier und träumte in der übrigen Zeit von der Hölle. Vier bewaffnete Polizisten bewachten die Gefangene, damit die Nachbarn ihr nichts zu trinken brachten. Ihre Klagen hielten den ganzen Ort in Bann, sie drangen durch die geschlossenen Fensterläden, der Wind trug sie durch die Türen ins Haus, sie blieben in den Stubenecken hängen, die Hunde fingen sie auf und gaben sie heulend wieder, sie steckten die Neugeborenen an und rissen an den Nerven derer, die sie hörten. Der Richter konnte nicht verhindern, daß die Leute voller Mitleid mit der Alten über den Platz zogen, er konnte auch den Solidaritätsstreik der Prostituierten nicht aufhalten, der mit dem Zahltag der Mineros zusammenfiel. Am Sonnabend waren die Straßen von rauhen Minenarbeitern überschwemmt, die darauf versessen waren, ihren Lohn durchzubringen, bevor sie in die Gruben zurückkehrten, aber der Ort bot keinerlei Zerstreuung, nur den Käfig und das mitleidige Gemurmel, das von Mund zu Mund ging. Der Priester führte eine Gruppe von Leuten aus seiner Gemeinde zum Richter Hidalgo, die ihn an die christliche Barmherzigkeit erinnerten und ihn dringlich baten, die arme unschuldige Frau vor dem Märtyrertod zu bewahren, aber der Richter schob den Riegel vor die Tür seines Amtszimmers und weigerte sich, sie noch länger anzuhören, er setzte fest darauf, daß Vidal in die Falle laufen werde, wenn Juana La Triste nur noch einen Tag durchhielte. Da beschlossen die Notabeln des Ortes, sich an Dõna Casilda um Hilfe zu wenden.

Die Frau des Richters empfing sie in dem schattigen Salon ihres Hauses und hörte ihre Reden schweigend und mit niedergeschlagenen Augen an, wie es ihre Art war. Seit drei Tagen war ihr Mann nicht heimgekommen, hatte sich in seinem Amt eingeriegelt, wartete mit einer unsinnigen Entschlossenheit auf Nicolás Vidal. Sie wußte alles, was draußen vor sich ging, auch ohne aus dem Fenster zu sehen, denn selbst in die weiten Räume ihres Hauses drangen die Laute dieser langen Marter. Dõna Casilda wartete, bis die Besucher sich entfernt hatten, dann zog sie ihren Kindern die Sonntagskleider an und ging mit ihnen geradenwegs zum Platz. Über dem Arm trug sie einen Korb mit Lebensmitteln und einem Krug mit frischem Wasser für Juana La Triste. Die Wachen sahen sie um die Ecke kommen und errieten, was sie vorhatte, aber sie hatten genaue Befehle, und also kreuzten sie vor ihr die Gewehre, und als sie weitergehen wollte, von einer wartenden Menge beobachtet, ergriffen sie sie bei den

Armen und hielten sie fest. Da fingen die Kinder an zu schreien.
Richter Hidalgo war in seinem Arbeitszimmer gegenüber dem Platz. Er war der einzige Einwohner des Viertels, der sich nicht die Ohren mit Wachs verstopft hatte, denn er wachte über seinen Hinterhalt, er lauerte auf das Hufgetrappel der Pferde von Nicolas Vidal. Drei Tage und drei Nächte hatte er das Jammern seines Opfers und die Beschimpfungen der vor dem Gebäude zusammengerotteten Nachbarn ertragen, aber als er die Stimmen seiner Kinder erkannte, begriff er, daß er die Grenzen seiner Widerstandskraft erreicht hatte. Besiegt trat er aus dem Gericht, mit einem Dreitagebart, die Augen gerötet von den Nachtwachen und das Gewicht seiner Niederlage auf den Schultern. Er überquerte die Straße, betrat das Viereck des Platzes und ging auf seine Frau zu. Sie sahen einander traurig an. Es war das erste Mal in sieben Jahren, daß sie ihm Trotz bot, und das vor den Augen des ganzen Ortes. Der Richter Hidalgo nahm Doña Casilda den Korb und den Krug aus den Händen und öffnete selbst den Käfig, um seiner Gefangenen herauszuhelfen.

»Ich hab's euch ja gesagt, er hat weniger Mumm als ich«, lachte Nicolás Vidal, als er hörte, wie die Sache abgelaufen war.
Aber sein Gelächter schmeckte ihm am nächsten Tag bitter, als ihm hinterbracht wurde, daß Juana La Triste sich an der Lampe des Bordells, in dem ihr Leben verschlissen worden war, erhängt hatte, weil sie die Schande nicht ertragen konnte, daß ihr einziger Sohn sie in dem Käfig mitten auf dem Platz alleingelassen hatte.
»Dem Richter hat seine Stunde geschlagen«, sagte Vidal. Sein Plan bestand darin, bei Nacht in den Ort einzudringen, den Richter zu überrumpeln, ihn aufs eindrucksvollste umzubringen und in den verdammten Käfig zu schmei-

ßen, damit am andern Tag beim Erwachen alle Welt seine gedemütigten Überreste sehen konnte. Aber dann erfuhr er, daß die Familie zu einem Badeort am Meer aufgebrochen war, um den schlechten Geschmack der Niederlage loszuwerden.

Die Warnung, daß die Banditen sie verfolgten, um Rache zu nehmen, erreichte den Richter auf halbem Wege in einem Gasthaus, wo sie angehalten hatten, um sich zu erfrischen. Der Ort bot keinen hinreichenden Schutz, bis etwa das Polizeikommando herbeigeeilt wäre, aber der Richter hatte ein paar Stunden Vorsprung, und sein Wagen war schneller als die Pferde. Er schätzte, daß er die nächste Stadt erreichen könne und von dort Hilfe erhalten werde. Er ließ seine Frau und die Kinder einsteigen, drückte das Gaspedal durch und raste los. Er hätte es mit seinem großen Sicherheitsspielraum schaffen müssen, aber es stand geschrieben, daß Nicolás Vidal an diesem Tag der Frau begegnen würde, vor der er sein Leben lang geflohen war.

Geschwächt von den durchwachten Nächten, der Feindseligkeit der Nachbarn, der erlittenen Beschämung und der Anspannung dieser Jagd, die Familie zu retten, machte das Herz des Richters Hidalgo einen Satz und zersprang ohne Laut. Der führerlose Wagen schleuderte, drehte sich einmal um sich selbst, kam von der Straße ab, holperte über die Randsteine und blieb glücklich im dichten Gestrüpp am Wegrand hängen. Doña Casilda brauchte einige Minuten, um sich über das Geschehene klarzuwerden. Sie war im Grunde darauf gefaßt gewesen, einmal Witwe zu werden, denn ihr Mann war fast ein Greis, aber sie hatte sich nicht vorgestellt, daß sie dann der Gnade seiner Feinde überlassen sein würde. Doch sie hielt sich nicht bei diesem Gedanken auf, denn sie begriff die Notwendigkeit, sofort zu handeln und die Kinder zu retten. Sie ließ den Blick über die Umgebung wandern und wäre am liebsten vor Verzweiflung in Tränen ausgebrochen, denn in dieser nackten, von einer gnadenlosen Sonne ausgebrannten Ödnis waren nirgends Spuren menschlichen Lebens zu entdecken, da waren nur die wilden Berge und ein vom Licht weißgeglühter Himmel. Aber bei einem zweiten Blick sah sie an einer Bergflanke den Schatten einer Höhle, und dorthin lief sie nun, die beiden Kleinsten im Arm; das dritte klammerte sich an ihren Rock.

Dreimal kletterte Casilda hinauf, um ein Kind nach dem andern fast bis zum Gipfel zu tragen. Es war eine natürliche Höhle, wie es viele gab in den Bergen dieser Region. Sie durchsuchte das Innere, um sich zu vergewissern, daß hier kein wildes Tier hauste, setzte die Kinder in den hintersten Winkel und küßte sie ohne eine Träne.

»In ein paar Stunden wird die Polizei uns suchen kommen. Bis dahin geht ihr auf keinen Fall hinaus, auch dann nicht, wenn ihr mich schreien hört, habt ihr verstanden!« befahl sie ihnen.

Die Kleinen kauerten sich verschreckt zusammen, und nach einem letzten Abschiedsblick stieg die Mutter den Berg hinunter. Sie kam zum Wagen, schloß ihrem Mann die Augen, schüttelte sich den Staub vom Kleid, brachte ihr Haar in Ordnung und setzte sich hin und wartete. Sie wußte nicht, wieviel Leute zu der Bande von Nicolás Vidal gehörten, aber sie betete, daß es viele sein möchten, so würden sie lange damit zu tun haben, sich an ihr zu befriedigen, und sie sammelte ihre Kräfte und fragte sich, wie lange sie brauchen würde, um zu sterben, wenn sie sich die größte Mühe gab, es ganz langsam zu tun. Sie wünschte, sie wäre üppig und stämmig, dann würde sie ihnen mehr Widerstand leisten können und so Zeit für ihre Kinder gewinnen.

Sie mußte nicht lange warten. Bald erblickte sie Staub am Horizont, dann hörte sie Pferdegalopp und biß die Zähne zusammen. Überrascht sah sie, daß da nur ein einzelner Reiter herankam, der, die Waffe in der Hand, wenige Meter vor ihr anhielt. Sein Gesicht war von einem Messerhieb zernarbt, und daran erkannte sie Nicolás Vidal, der beschlossen hatte, Richter Hidalgo ohne seine Männer zu verfolgen, denn dies war eine Privatangelegenheit, die sie nur unter sich abzumachen hatten. Da begriff sie, daß ihr etwas viel Schwereres bevorstand, als langsam zu sterben.

Dem Banditen genügte ein Blick, um zu erkennen, daß sein Feind vor jeder Strafe sicher war und in Frieden seinen Todesschlaf schlief. Aber da war seine Frau, die in dem flimmernden Licht zu schweben schien. Er sprang vom Pferd und ging auf sie zu. Sie schlug weder die Augen nieder, noch bewegte sie sich, und er blieb verblüfft stehen, denn zum erstenmal bot ihm jemand die Stirn, ohne Furcht zu zeigen. Einige endlose Sekunden lang maßen sie sich schweigend, jeder die Kräfte des andern abschätzend, jeder seine eigene Zähigkeit abwägend und anerkennend, daß er einem furchterregenden Gegner gegenüberstand. Nicolas Vidal steckte den Revolver weg, und Casilda lächelte.

Die Frau des Richters gewann jeden Augenblick der folgenden Stunden für sich. Sie wandte alle seit dem Morgendämmern des menschlichen Bewußtseins bekannten Verführungsmittel an und dazu andere, die sie, von der Notwendigkeit getrieben, auf der Stelle erfand, um diesem Mann die größten Wonnen zu bieten. Sie arbeitete nicht nur an seinem Körper als geschickte Handwerkerin, die jede Fiber abtastet auf der Suche nach der Lust, sie stellte auch die Verfeinerung ihres Geistes in den Dienst ihrer Sache. Beide wußten, daß sie um ihr Leben spielten, und das gab ihrem Beisammensein eine schreckliche Intensität. Nicolás Vidal war zeit seines Lebens vor der Liebe geflohen, er kannte nicht die vertrauliche Wärme, die Zärtlichkeit, das heimliche Lachen, das Fest der Sinne, das fröhliche Genießen der Liebenden. Jede verfließende Minute brachte die Polizei näher und damit das Erschießungskommando, aber sie brachte ihn auch dieser außergewöhnlichen Frau näher, und deshalb schenkte er sie gern hin im Tausch gegen die Gaben, die sie ihm darbot.

Casilda war schamhaft und scheu und war mit einem strengen alten Mann verheiratet gewesen, dem sie sich nie nackt gezeigt hatte. Während dieses endlos sich dehnenden Nachmittags verlor sie nie aus dem Sinn, daß ihr Ziel war, Zeit zu gewinnen, aber in einem bestimmten Augenblick vergaß sie sich, bezaubert von ihrer eigenen Sinnlichkeit, und empfand für diesen Mann etwas, was der Dankbarkeit nahekam. Deshalb bat sie ihn auch, als sie von fern das Geräusch der herannahenden Polizei hörte, er solle fliehen und sich in den Bergen verstecken. Aber Nicolás Vidal zog es vor, sie zu umarmen und ein letztes Mal zu küssen und so die Prophezeiung zu erfüllen, die sein Leben bestimmt hatte.

Der Weg nach Norden

Claveles Picero und ihr Großvater, Jesús Dionisio Picero, brauchten achtunddreißig Tage, um die zweihundertsiebzig Kilometer von ihrem Dorf zur Hauptstadt zurückzulegen. Zu Fuß zogen sie über die Ebenen, wo Hitze und Nässe die Vegetation zu einer ewigen Suppe aus Schlamm und Schweiß aufgeweicht hatte, sie kletterten die Berge hinauf und hinab, zwischen regungslos ruhenden Leguanen und krummgewachsenen Palmen, durchquerten die Kaffeeplantagen, wobei sie Vorarbeitern, Rieseneidechsen und Schlangen aus dem Weg gingen, sie wanderten unter Tabakblättern zwischen phosphoreszierenden Moskitos und Schmetterlingen wie Sterne. Sie gingen am Rande der Straße geradenwegs zur Stadt, aber zweimal mußten sie lange Umwege machen, um den Soldatenlagern auszuweichen. Bisweilen verlangsamten die Lastwagenfahrer das Tempo, wenn sie an ihnen vorbeikamen, angezogen von dem aufrechten Mestizinnenrücken und dem langen schwarzen Haar des Mädchens, aber ein Blick des Alten schreckte sie sofort von jedem Versuch ab, sie zu belästigen. Der Großvater und seine Enkelin hatten kein Geld und verstanden nicht zu betteln. Als ihnen die Vorräte ausgingen, die sie in einem Korb mit sich trugen, wanderten sie aus purer Standhaftigkeit weiter. Nachts wickelten sie sich in ihre Umschlagtücher und schliefen unter den Bäumen ein mit einem Avemaria auf den Lippen und die Seele fest auf das Kind gerichtet, um nicht an Pumas und giftiges Geziefer denken zu müssen. Wenn sie erwachten, waren sie mit blauen Käfern übersät. In der ersten Frühe, wenn das Land in die letzten Nebel des Schlafes gehüllt war und für Menschen und Tiere die Mühen des Tages noch nicht begonnen hatten, waren sie schon wieder unterwegs, um die kühle Morgenfrische auszunutzen. Sie betraten die Hauptstadt auf dem Camino de los Españoles und fragten Leute auf der Straße, wo sie den Minister für soziale Wohlfahrt finden könnten. Jesús Dionisio taten alle Glieder weh, und Claveles' Kleid hatte die Farbe verloren, ihr Gesicht trug den behexten Ausdruck einer Schlafwandlerin, und ein Jahrhundert an Erschöpfung hatte sich über ihre strahlenden zwanzig Jahre gebreitet.

Jesús Dionisio Picero war der bekannteste Künstler der Provinz, in seinem langen Leben hatte er einen beachtlichen Ruf erlangt, doch brüstete er sich nicht damit, denn er betrachtete sein Können als eine Gabe zum Dienste Gottes, die er lediglich verwaltete. Er hatte als Töpfer angefangen und machte auch jetzt noch Tontöpfe, aber sein Ruhm beruhte auf geschnitzten Heiligenfiguren und kleinen Skulpturen in Flaschen, die die Bauern für ihren Hausaltar erstanden oder in der Stadt an die Touristen verkauften. Es war langsame Arbeit, eine Sache von Auge, Zeit und Herz, wie Picero den Kindern erklärte, die sich um ihn drängten, um ihm zuzusehen. Er führte mit einer Pinzette die bemalten Hölzchen in die Flasche ein, mit einem Tupfer Leim an den Stellen, die kleben sollten, und wartete geduldig, bis sie trocken waren, ehe er das nächste Stück nachschob. Seine Spezialität war Golgatha: ein großes Kreuz in der Mitte, an dem der geschnitzte Christus hing mit den Nägeln, der Dornenkrone und einem Heiligenschein aus Goldpapier, daneben zwei einfachere Kreuze für die beiden Schächer. Zu Weihnachten baute er Krippen mit dem Christuskind, mit Tauben, die den Heiligen Geist darstellten, und mit Sternen und Blumen als Sinnbildern der Glorie. Er konnte weder lesen noch seinen Namen schreiben, denn als er ein Kind war, gab es dortzulande keine Schulen, aber er konnte aus dem Meßbuch ein paar lateinische Sätze nachmalen, um die Sockel seiner Heiligen damit zu schmücken. Er sagte, seine Eltern hätten ihn gelehrt, die Gebote der Kirche und die Mitmenschen zu achten, und das sei wertvoller als Gelehrsamkeit. Die Kunst gab ihm nicht das Nötige, um seine Familie zu ernähren, und so rundete er seine Einnahmen auf, indem er Rassehähne züchtete, feine Tiere für den Kampf. Jedem Hahn mußte er viel Sorgfalt widmen, er fütterte sie direkt in den Schnabel mit einem Brei aus geschroteten Körnern und frischem Blut, das er im Schlachthof bekam, er mußte ihnen das Ungeziefer absuchen, ihnen das Gefieder lüften, die Sporen schärfen und sie täglich abrichten, damit ihnen nicht der Mut fehlte in der Stunde, da sie ihn beweisen sollten. Manchmal ging er in andere Dörfer, um sie kämpfen zu sehen, aber er wettete niemals, denn für ihn war alles ohne Schweiß und Arbeit erworbene Geld des Teufels. Samstags abends ging er mit seiner Enkelin Claveles, die Kirche für den Sonntag saubermachen. Der Priester konnte dem Gottesdienst nicht immer vorstehen, weil er auf dem Fahrrad auch andere Dörfer besuchen mußte, aber die Christen versammelten sich dennoch, um zu singen und zu beten. Jesús Dionisio war auch damit beauftragt, die Spenden zu sammeln und aufzubewahren, die zur Erhaltung der Kirche und als Beihilfe für den Pfarrer dienten.

Dreizehn Kinder hatte Jesús Dionisio mit seiner Frau Amparo Medina gehabt, von denen fünf die Seuchen und Unfälle der Kindheit überlebten. Als das Paar dachte, nun sei es genug mit dem Kinderaufziehen, denn alle Söhne waren erwachsen und aus dem Haus, da kam der Jüngste auf Sonderurlaub vom Militärdienst und trug ein in Stoffetzen gewickeltes Bündel, das er Amparo auf den Schoß legte. Als sie es aufmachten, erblickten sie ein neugeborenes kleines Mädchen, das halbtot war von der erbarmungslosen Rüttelei auf der Reise und vor Hunger, weil ihm die Muttermilch fehlte.

»Wo hast du denn das her, Sohn?« fragte Jesús Dionisio.

»Anscheinend ist es meins«, antwortete der Junge, die Uniformmütze zwischen den schweißigen Fingern knetend, und wagte nicht, dem Blick des Vaters standzuhalten.

»Und wenn die Frage nicht zuviel ist: Wo ist die Mutter hingekommen?«
»Ich weiß nicht. Sie hat die Kleine vors Kasernentor gelegt mit einem Zettel, worauf stand, daß ich der Vater bin. Der Sergeant befahl mir, ich sollte es den Nonnen übergeben, er sagt, es gibt keinen Beweis, daß es meins ist. Aber mir hat es leidgetan, ich will nicht, daß es ein Waisenkind wird ...«
»Wo hat man schon je gesehn, daß eine Mutter ihr neugeborenes Kind verläßt!«
»In der Stadt gibt's eben solche Sachen.«
»Muß wohl so sein. Und wie heißt dies arme kleine Wurm?«
»Wie ihr sie taufen wollt, Vater, aber ich hätte gern Claveles, denn Nelken waren die Lieblingsblumen ihrer Mutter.«
Jesús Dionisio ging die Ziege suchen, um sie zu melken, während Amparo das Kleine mit Öl säuberte und zur Jungfrau von der Grotte betete, sie möge ihr die Kraft geben, wieder für ein Kind zu sorgen. Als der jüngste Sohn sah, daß das kleine Geschöpf in guten Händen war, verabschiedete er sich dankbar, warf sich den Beutel über den Rücken und kehrte in die Kaserne zurück, um seine Strafe anzutreten.
Claveles wuchs im Haus der Großeltern auf. Sie konnte recht störrisch und aufsässig sein, dann war ihr mit Vernunftgründen oder mit Gewalt nicht beizukommen, aber sie fügte sich sofort, wenn ihre Gefühle angesprochen wurden. Sie stand in aller Herrgottsfrühe auf und wanderte fünf Meilen bis zu einem Schuppen mitten auf einer Viehkoppel, wo eine Lehrerin die Kinder aus der Umgegend versammelte, um ihnen die Anfangsgründe in Lesen, Schreiben und Rechnen beizubringen. Nach dem Unterricht half Claveles ihrer Großmutter bei der Hausarbeit und ihrem Großvater in der Werkstatt, sie ging auf den Berg, um Tonerde zu suchen, und wusch ihm die Pinsel, aber andere Seiten seiner Kunst kümmerten sie nicht.
Als Claveles neun Jahre alt war, lag Amparo Medina, die

mehr und mehr zusammengeschrumpft und schließlich so klein wie ein Kind geworden war, eines Morgens tot und kalt im Bett, ausgelaugt von den vielen Geburten und den vielen Jahren Arbeit. Ihr Mann tauschte seinen besten Hahn gegen die nötige Anzahl Bretter und zimmerte ihr einen Sarg, den er mit Szenen aus der Bibel verzierte. Ihre Enkelin kleidete sie in die Tracht der heiligen Bernardita, lange weiße Tunika und himmelblauer Leibstrick, dieselbe, die sie zu ihrer Erstkommunion getragen hatte und die dem ausgemergelten Leib der alten Frau genau paßte. Jesús Dionisio und Claveles gingen vom Haus aus zum Friedhof und zogen den Karren, auf dem der mit Papierblumen geschmückte Sarg stand. Unterwegs schlossen sich ihnen die Freunde an, Männer und Frauen, die Köpfe bedeckt, und begleiteten sie schweigend.

Der alte Heiligenbildner und seine Enkelin blieben allein im Haus zurück. Zum Zeichen der Trauer malten sie ein großes Kreuz auf die Tür und trugen beide jahrelang ein schwarzes Band um den Ärmel. Der Großvater versuchte, seine Frau in den praktischen Dingen des Lebens zu ersetzen, aber nichts wurde mehr, wie es früher gewesen war. Amparo Medinas Abwesenheit drang in ihn ein wie eine bösartige Krankheit, er fühlte, wie sein Blut zu Essig wurde, seine Erinnerungen trübten sich, seine Glieder wurden schlaff wie Watte, sein Geist füllte sich mit Zweifeln. Zum erstenmal in seinem Leben lehnte er sich gegen das Schicksal auf, er fragte sich, weshalb sie ohne ihn hatte gehen müssen. Von nun an konnte er keine Krippen mehr machen, aus seinen Händen gingen nur noch Kreuzigungen hervor und düstere Märtyrer, denen Claveles Schildchen mit rührenden, von ihrem Großvater diktierte Botschaften an die göttliche Vorsehung anheftete. Diese Figuren fanden nicht denselben Anklang bei den Touristen in der Stadt, die die schreienden Farben bevorzugten, die sie irrtümlich der Eingeborenenmentalität zuschreiben, und sie gefielen auch den Bauern nicht, die das Bedürfnis hatten, heitere Gottheiten anzubeten, denn der einzige Trost gegen die Trübsal dieser Welt war doch die Vorstellung, daß es im Himmel immer festlich und fröhlich zuging. Für Jesús Dionisio wurde es fast unmöglich, seine Kunstwerke zu verkaufen, aber er stellte sie immer weiter her, denn dabei vergingen ihm die Stunden, ohne daß er müde wurde, als wäre immer früher Morgen. Dennoch konnten weder die Arbeit noch seine Enkelin seinen Kummer lindern, und so begann er zu trinken, heimlich, damit niemand seine Schande bemerkte. Wenn er betrunken war, rief er nach seiner Frau, und manchmal gelang es ihm, sie neben dem Küchenherd zu sehen.

Ohne Amparo Medinas fleißige Pflege verfiel der Haushalt, die Hähne wurden krank, die Ziege mußte verkauft werden, der Garten trocknete aus, und bald waren sie die ärmste Familie in der Umgebung. Claveles ging fort, um im Nachbardorf zu arbeiten. Mit vierzehn Jahren hatte ihr Körper schon seine endgültige Größe und Form erreicht, und da sie weder die kupferfarbene Haut noch die hohen Wangenknochen der übrigen Familienmitglieder hatte, schloß Jesús Dionisio, daß ihre Mutter eine Weiße gewesen sein mußte, was auch die ungeheuerliche Tatsache erklären würde, daß sie das Kind vor einem Kasernentor hatte liegenlassen.

Nach eineinhalb Jahren kehrte Claveles mit fleckigem Gesicht und vorstehendem Bauch nach Hause zurück. Sie fand ihren Großvater zwischen hungrigen Hunden und ein paar jämmerlichen Hähnen, die im Patio herumliefen, er sprach mit sich selbst, sein Blick war verwirrt, und ganz offenkundig hatte er sich eine gute Zeitlang nicht gewaschen. Ringsum herrschte die größte Unordnung. Er hatte sein Stück Land aufgegeben und verbrachte seine Tage damit, wie unter einem wahnsinnigen Drang Heilige zu schnitzen, aber von seinem alten Können war nur noch wenig übriggeblieben. Seine Figuren waren ungestalte, düstere Wesen, für die Anbetung ebenso ungeeignet wie für den Verkauf, die sich in den Ecken des Hauses stapelten wie Holzkloben. Jesús Dionisio Picero hatte sich so sehr verändert, daß er nicht einmal versuchte, seiner Enkelin eine Rede über die Sünde zu halten, Kinder ohne Vater in die Welt zu setzen, tatsächlich schien er die Zeichen der Schwangerschaft nicht einmal zu bemerken. Er umarmte sie nur zitternd und nannte sie Amparo.

»Sieh mich genau an, Großvater, ich bin Claveles, und ich werde bleiben, denn hier gibt es wahrhaftig viel zu tun«, sagte das junge Mädchen und ging in die Küche, um das Feuer im Herd anzuzünden, ein paar Kartoffeln zu kochen und Wasser heiß zu machen, damit der Alte baden konnte.

In den folgenden Monaten schien Jesús Dionisio von seiner Trauer zu genesen, er ließ das Trinken, bepflanzte seinen Garten wieder, kümmerte sich um die Hähne und machte die Kirche sauber. Noch immer sprach er häufig von seiner Frau, und bisweilen verwechselte er die Enkelin mit der Großmutter, aber er gewann doch die Fähigkeit zu lachen zurück. Claveles' Gesellschaft und die Hoffnung, daß bald ein neues kleines Geschöpf im Hause leben würde, gaben ihm die Liebe zu den Farben wieder, und nach und nach hörte er auf, seine Heiligen schwarz zu teeren, und putzte sie mit Gewändern heraus, die besser für den Altar geeignet waren. Claveles' Kind verließ den Leib seiner Mutter an einem Nachmittag um sechs Uhr und fiel in die schwieligen Hände seines Urgroßvaters, der große Erfahrung in diesen Dingen hatte, denn er hatte schließlich dreizehn Kindern in die Welt geholfen.

»Er wird Juan heißen«, entschied der selbsternannte Geburtshelfer, sowie er die Nabelschnur durchschnitten und seinen Nachkömmling in eine Windel gewickelt hatte.

»Warum Juan? Wir haben keinen Juan in der Familie, Großvater.«

»Weil Juan der beste Freund von Jesus war, und dieser wird mein Freund sein. Und wie ist der Nachname des Vaters?«

»Nimm an, daß er keinen Vater hat.«
»Picero also. Juan Picero.«
Zwei Wochen nach der Geburt seines Urenkels machte Jesús Dionisio sich daran, Holz für eine Geburt Christi zuzuschneiden, die erste, die er seit Amparo Medinas Tod machen wollte.
Claveles und ihr Großvater brauchten nicht lange, um festzustellen, daß das Kind nicht normal war. Zwar hatte es einen lebhaften Blick und bewegte sich wie jeder andere Säugling, aber es reagierte nicht, wenn man es ansprach, und konnte stundenlang wach liegen, ohne zu schreien. Sie fuhren mit ihm ins Hospital, und dort wurde ihnen bestätigt, daß es taub war und daher auch stumm sein werde. Der Arzt fügte hinzu, es gebe wenig Hoffnung für den Jungen, falls sie nicht Glück hätten und ihn in einer für behinderte Kinder bestimmten Einrichtung in der Stadt unterbringen könnten. Dort würde man ihn vernünftiges Verhalten lehren und ihm in späterer Zukunft eine Arbeit verschaffen, damit er sich auf anständige Weise sein Brot verdienen konnte und nicht auf ewig eine Last für andere sein würde.
»Da gibt's nichts zu reden, Juan bleibt bei uns«, entschied Jesús Dionisio Picero, ohne Claveles auch nur anzusehen, die in ihr Kopftuch weinte.
»Was sollen wir nur machen, Großvater?« fragte sie, als sie hinausgingen.
»Ihn großziehen natürlich.«
»Wie denn?«
»Mit Geduld, genauso wie man Hähne abrichtet oder Kreuzigungen in Flaschen steckt. Das ist eine Sache von Auge, Zeit und Herz.«
Und so machten sie es. Ohne zu beachten, daß das Kind sie nicht hören konnte, sprachen sie ständig mit ihm, sangen ihm vor, setzten es neben das voll aufgedrehte Radio. Der Großvater nahm die Hand des Kindes und legte sie fest auf seine eigene Brust, damit es das Vibrieren seiner Stimme

beim Sprechen fühlte, er regte es an, zu schreien, und feierte seine grunzenden Laute mit großen Gebärden der Verwunderung. Kaum konnte der Kleine sitzen, machte er es ihm in einer Kiste neben sich bequem und legte ihm Hölzer, Nüsse, Knochen, Stoffetzen und Steinchen zum Spielen her, und später, als er gelernt hatte, nicht mehr alles in den Mund zu stecken, gab er ihm eine Tonkugel zum Kneten. Immer, wenn Claveles Arbeit bekam, ging sie ins Dorf und ließ ihren Sohn bei Jesús Dionisio. Der Kleine folgte dem Alten wie ein Schatten, es kam selten vor, daß sie sich trennten. Zwischen den beiden entwickelte sich eine feste Freundschaft. Juan gewöhnte sich daran, die Bewegungen und Mienen seines Urgroßvaters genau zu beobachten, um seine Absichten zu erraten, und das mit so gutem Erfolg, daß er in dem Jahr, in dem er laufen lernte, schon fähig war, seine Gedanken zu lesen. Jesús Dionisio hütete ihn wie eine Mutter. Während seine Hände sich mit den Feinheiten seiner Schnitzerei mühten, verfolgte er genau die Schritte des Kindes, achtete auf jede Gefahr, aber er griff nur in Notfällen ein. Er lief nicht gleich zu ihm, um ihn zu trösten, wenn er hingefallen war, oder ihm beizustehen, wenn er mit irgend etwas nicht fertig wurde, und so gewöhnte er ihm an, sich selbst zu helfen. In einem Alter, in dem andere Kinder noch wie die Hundewelpen herumstolpern, konnte Juan Picero sich anziehen, sich waschen und allein essen, die Hähne füttern, Wasser aus dem Brunnen holen, die einfachsten Teile für die Heiligen zuschneiden, Farben mischen und die Flaschen für die Kreuzigungen vorbereiten.

»Wir werden ihn in die Schule schicken müssen, damit er nicht so dumm bleibt wie ich«, sagte Jesús Dionisio, als Juans siebenter Geburtstag herankam.

Claveles erkundigte sich in der Schule, aber ihr wurde gesagt, daß ihr Sohn am normalen Unterricht niemals teilnehmen könne, denn keine Lehrerin würde bereit sein, sich in den Abgrund von Einsamkeit zu wagen, in dem er lebte.

»Macht nichts, Großvater, er wird sich sein Brot mit Heiligenschnitzen verdienen wie du«, sagte Claveles seufzend.
»Das reicht nicht zum Essen.«
»Nicht alle können gebildet sein, Großvater.«
»Juan ist taub, aber nicht dumm. Er hat viel Verstand und kann von hier fortgehen, das Leben auf dem Lande ist zu hart für ihn.«
Claveles dachte, daß der Großvater wohl nicht ganz bei Sinnen sei oder daß seine Liebe zu dem Kind ihn hinderte, seine Grenzen zu sehen. Sie kaufte sich eine Fibel und versuchte, dem Sohn ihre spärlichen Kenntnisse zu vermitteln, aber sie konnte ihm nicht begreiflich machen, daß diese Kritzeleien Laute darstellten, und verlor schließlich die Geduld.
In dieser Zeit tauchten die Freiwilligen der Señora Dermoth auf. Das waren junge Leute, die aus der Stadt kamen, durch die entlegensten Gegenden des Landes zogen und von einem menschenfreundlichen Vorhaben erzählten, mit dem man den Armen helfen wollte. Sie erklärten den Leuten, daß in einigen Ländern zu viele Kinder geboren würden und daß ihre Eltern sie nicht ernähren könnten, während es in anderen Ländern viele Ehepaare gebe, die keine Kinder hätten. Ihre Organisation versuche, dieses Mißverhältnis auszugleichen. Sie kamen auch zu den Piceros und brachten eine Karte von Nordamerika mit sowie einige buntfarbige Broschüren mit Fotos von braunhäutigen Kindern neben blonden Eltern, die in prächtiger Umgebung aufgenommen waren, mit Feuer in Kaminen, großen wolligen Hunden, Tannenbäumen voll silbernem Rauhreif und Weihnachtskugeln. Nachdem sie sich mit einem schnellen Rundblick von der Armut der Piceros überzeugt hatten, berichteten sie ihnen von der barmherzigen Mission der Señora Dermoth, die die hilflosesten Kinder ausfindig machte und sie zur Adoption in Familien mit viel Geld unterbrachte, um sie vor einem Leben im Elend zu retten. Im Unterschied zu anderen, dem gleichen Zweck gewidmeten Einrichtun-

gen befaßte sie sich nur mit Kindern, die Geburtsfehler hatten oder durch Unfälle einen Schaden davongetragen hatten. Im Norden gab es Ehepaare – gut katholisch, versteht sich –, die bereit waren, solche Kinder zu adoptieren. Sie verfügten über alle Mittel, ihnen zu helfen. Dort im Norden gab es Kliniken und Schulen, wo Wunder vollbracht wurden, die Taubstummen zum Beispiel lernten dort, die Bewegung der Lippen zu lesen und sogar zu sprechen, später kamen sie dann auf besondere Schulen, erhielten eine volle Ausbildung, und einige schrieben sich auf der Universität ein und wurden schließlich Anwälte oder Ärzte. Die Organisation hatte schon viele Kinder gerettet, die Piceros konnten ja hier die Fotos sehen, »schauen Sie nur, wie glücklich sie sind, wie gesund, mit all diesen Spielsachen, in diesen Häusern der Reichen«. Die Freiwilligen wollten zwar nichts versprechen, aber sie würden tun, was sie nur konnten, damit eins von diesen Paaren Juan aufnahm, um ihm alle Möglichkeiten zu geben, die seine Mutter ihm nicht zu bieten vermochte.

»Von seinen Kindern darf man sich niemals trennen, mag geschehen, was will«, sagte Jesús Dionisio und preßte den Kopf des Kleinen gegen die Brust, damit er die Gesichter nicht sah und nicht erriet, worüber gesprochen wurde.

»Seien Sie nicht so egoistisch, Mann, bedenken Sie doch, was besser für ihn ist. Begreifen Sie nicht, daß er alles haben wird? Sie haben kein Geld, um ihm Medizin zu kaufen, Sie können ihn nicht in die Schule schicken, was soll aus ihm werden? Dies arme Kind hat nicht einmal einen Vater.«

»Aber es hat eine Mutter und einen Urgroßvater«, entgegnete der Alte.

Die Besucher gingen, ließen aber die Broschüren der Señora Dermoth auf dem Tisch liegen. In den folgenden Tagen ertappte Claveles sich oftmals dabei, wie sie sie betrachtete und diese weiten, gut eingerichteten Räume mit ihrer bescheidenen Behausung aus Brettern, Strohdach und Lehmfußboden verglich, diese freundlichen, gutgekleideten

Eltern mit sich selbst, barfuß und müde, wie sie war, diese von Spielzeug umgebenen Kinder mit ihrem Sohn, der Ton knetete.

Eine Woche später begegnete Claveles den Freiwilligen auf dem Markt, wo sie ein paar Figuren ihres Großvaters verkaufen wollte, und hörte wieder dieselben Reden, daß eine Gelegenheit wie diese sich nicht noch einmal bieten werde, daß die Leute gesunde Kinder adoptierten, keine behinderten, daß aber diese Herrschaften im Norden von edlen Gefühlen geleitet würden, und sie solle es sich gut überlegen, denn sie werde es ihr Leben lang bereuen, wenn sie ihrem Sohn so große Vorteile verweigerte und ihn zu einem Leben in Leid und Armut verdammte.

»Weshalb wollen sie nur kranke Kinder?« fragte Claveles.

»Weil diese Gringos halbe Heilige sind. Unsere Organisation nimmt sich nur der schmerzlichsten Fälle an. Es wäre leicht für uns, die normalen Kinder unterzubringen, aber es geht uns ja darum, die hilflosen zu unterstützen.«

Claveles traf sich mehrmals heimlich mit den Freiwilligen. Gegen Ende November zeigten sie ihr das Bild eines Paares in mittlerem Alter, das vor der Tür eines weißen, von einem Park umgebenen Hauses stand, und sagten, die Señora Dermoth habe die idealen Eltern für ihren Sohn gefunden. Sie zeigten ihr auf der Karte genau den Ort, wo sie lebten, und erzählten ihr, hier gebe es im Winter Schnee, und die Kinder liefen Ski und Schlittschuh und bauten Schneemänner, im Herbst sähen die Wälder aus, als wären sie aus Gold, und im Sommer könne man im See baden. Das Ehepaar sei so begeistert von der Vorstellung, den Kleinen zu adoptieren, daß sie für ihn schon ein Fahrrad gekauft hätten. Sie zeigten ihr auch das Foto von dem Fahrrad. Und das alles, ohne mit einzurechnen, daß sie Claveles zweihundertfünfzig Dollar anboten, damit könne sie ein Jahr lang leben, sogar heiraten und gesunde Kinder bekommen. Es wäre Wahnsinn, so etwas zurückzuweisen.

Zwei Tage später nutzte Claveles die Gelegenheit, daß Jesús Dionisio in die Kirche gegangen war, um sauberzumachen, und zog ihrem Sohn seine beste Hose an, hängte ihm seine Taufmedaille um und erklärte ihm in der Gebärdensprache, die sein Großvater für ihn erfunden hatte, daß sie sich nun lange Zeit nicht sehen würden, vielleicht nie mehr, aber alles sei zu seinem Besten, er werde an einen Ort reisen, wo er jeden Tag zu essen bekommen werde und Geschenke zum Geburtstag. Sie brachte ihn zu der Adresse, die die Freiwilligen ihr angegeben hatten, unterschrieb ein Papier, in dem sie die Obhut über Juan der Señora Dermoth übertrug, drehte sich um und rannte davon, damit ihr Sohn nicht ihre Tränen sah und am Ende auch zu weinen anfing.
Als Jesús Dionisio erfuhr, was sie getan hatte, stockten ihm Atem und Stimme. Weit ausholend fegte er alles zu Boden, was in seine Reichweite kam, auch die Heiligen in den Flaschen, stürzte sich auf Claveles und schlug sie mit einer Heftigkeit, wie man sie seinem Alter und seinem sanften Wesen niemals zugetraut hätte. Als er wieder Herr über seine Stimme war, beschuldigte er sie, sie sei genau wie ihre unselige Mutter – fähig, sich das eigene Kind vom Halse zu schaffen, was nicht einmal die wilden Tiere der Berge tun, und er rief den Geist Amparo Medinas an, er solle an dieser entarteten Enkelin Rache nehmen. In den folgenden Monaten sprach er kein Wort mit Claveles, er öffnete den Mund nur zum Essen und um Verwünschungen zu murmeln, während seine Hände sich mit dem Schnitzmesser mühten.
Die Piceros gewöhnten sich daran, in mürrischem Schweigen nebeneinanderher zu leben, jeder mit seiner Arbeit beschäftigt. Sie kochte und stellte ihm das Essen auf den Tisch, er aß, ohne den Blick vom Teller zu heben. Gemeinsam versorgten sie den Garten und die Tiere, jeder seiner eingefahrenen Gewohnheit folgend, die Bewegungen in völliger Übereinstimmung mit denen des andern, ohne sich auch nur zu streifen. An den Markttagen packte sie die Flaschen und

die Heiligenfiguren zusammen und ging in die Stadt, um sie zu verkaufen, kam mit ein paar Vorräten wieder und tat das übrige Geld in eine Dose. An den Sonntagen gingen beide getrennt zur Kirche wie zwei Fremde.

Vielleicht hätten sie den Rest des Lebens so verbracht, ohne miteinander zu sprechen, wenn nicht Mitte Februar der Name der Señora Dermoth für Sensationsmeldungen gesorgt hätte. Der Großvater hörte alles im Radio, während Claveles im Patio Wäsche wusch, zuerst den Kommentar des Sprechers und danach die Bestätigung durch den Minister für soziale Wohlfahrt persönlich. Mit jagendem Herzen schleppte er sich zur Tür und schrie nach Claveles. Sie wandte sich um, und als sie ihn so verstört sah, glaubte sie, er stürbe, und rannte zu ihm, um ihn zu stützen.

»Sie haben ihn umgebracht, heiliger Jesus, sie haben ihn ganz sicher umgebracht!« ächzte der Alte und sank in die Knie.

»Wen, Großvater?«

»Juan ...«, und halb erstickt vor Schluchzen wiederholte er, was der Minister gesagt hatte: Eine kriminelle Organisation, geleitet von einer gewissen Señora Dermoth, verkaufte einheimische Kinder. Sie wählten behinderte Kinder aus oder solche aus sehr armen Familien mit dem Versprechen, sie würden in Adoption gegeben. Diese Kinder wurden eine Zeitlang aufgefüttert, und wenn sie in gutem Zustand waren, wurden sie in eine geheime Klinik gebracht und dort operiert. Dutzende von unschuldigen Geschöpfen waren als Organbanken geopfert worden, ihnen wurden die Augen, die Nieren, die Leber und andere Körperteile entnommen und als Transplantate in den Norden geschickt. Der Minister hatte hinzugefügt, in einem der Auffütterungshäuser habe man achtundzwanzig Kinder gefunden, die als nächste an die Reihe kommen sollten, die Polizei habe die Sache übernommen, und die Regierung unterstützte die Nachforschungen, um diesen entsetzlichen Handel aufzudecken.

So begann die lange Wanderung von Claveles und Jesús Dionisio Picero, die in der Hauptstadt mit dem Minister für soziale Wohlfahrt sprechen wollten. Sie wollten ihn fragen, mit aller gebührenden Ehrerbietung, ob unter den geretteten Kindern das ihre war und ob sie es vielleicht wiederhaben konnten. Von dem Geld, das sie bekommen hatten, war nur noch wenig übrig, aber sie waren bereit, wie Sklaven zu arbeiten, solange es nötig war, bis sie diese zweihundertfünfzig Dollar bis auf den letzten Centavo zurückgezahlt hatten.

Die Lehrerin und ihr Gast

Die Lehrerin Inés betrat die »Perle des Orients«, die um diese Zeit von Kunden leer war, ging zum Ladentisch, wo Riad Halabí einen buntgeblümten Stoff zusammenrollte, und teilte ihm mit, daß sie soeben einem Gast ihrer Pension die Kehle durchgeschnitten habe.

»Was sagst du, Inés?«

»Was du gehört hast, Araber.«

»Ist er tot?«

»Natürlich.«

»Und was willst du jetzt machen?«

»Das will ich dich gerade fragen«, antwortete sie und strich sich eine Haarsträhne aus dem Gesicht.

»Es wird wohl besser sein, wenn ich den Laden zumache«, seufzte Riad Halabí.

Sie kannten sich schon so lange, daß keiner die Zahl der Jahre hätte nennen können, obwohl beide jede Einzelheit des Tages im Gedächtnis bewahrten, an dem ihre Freundschaft begann. Er war damals einer jener reisenden Händler, die von Ort zu Ort ziehen und ihre Waren anbieten, ein Pilger des Handels, ohne Kompaß und festes Ziel, ein arabischer Einwanderer mit einem falschen türkischen Paß, einsam, müde, mit einer Hasenscharte und dem unerträglichen Verlangen, sich irgendwo in den Schatten zu setzen; und sie war eine noch junge Frau mit festem Kreuz und geraden Schultern, die einzige Lehrerin des Dorfes und Mutter eines zwölfjährigen Jungen, die Frucht einer flüchtigen Liebe. Der Junge war der Mittelpunkt im Leben seiner Mutter, sie umsorgte ihn mit nie nachlassender Hingabe und konnte ihre Neigung, ihn zu verhätscheln, kaum unterdrücken, deshalb verlangte sie von ihm dieselbe Disziplin wie von den andern Kindern, damit niemand behaupten konnte, sie erzöge ihn schlecht, und damit sie ihm anstelle der störrischen

Widerspenstigkeit, die er von seinem Vater geerbt hatte, klares Denken und ein gütiges Herz mitgeben konnte.
An jenem Nachmittag, als Riad Halabí in Agua Santa einfuhr, brachte eine Gruppe Jungen den toten Sohn der Lehrerin Inés auf einer behelfsmäßigen Trage ins Dorf. Er hatte auf einem fremden Grundstück eine Mango aufgesammelt, und der Besitzer, ein Auswärtiger, den niemand hier kannte, gab einen Gewehrschuß ab, um ihn zu erschrecken, und zeichnete seine Stirn genau in der Mitte mit einem schwarzen Kreis, aus dem das Leben entfloh. In dieser Situation entdeckte der Händler, daß er zum Anführer berufen war, und ohne recht zu wissen, wie, stand er im Mittelpunkt des Geschehens, er tröstete die Mutter, leitete das Begräbnis in die Wege, als wäre er ein Mitglied der Familie, und bändigte die Leute, die drauf und dran waren, den Unglücksschützen in Stücke zu reißen. Inzwischen hatte der Mörder begriffen, daß es für ihn sehr schwerhalten würde, sein Leben zu retten, wenn er hierbliebe, und so floh er aus dem Dorf und war entschlossen, nie wieder zurückzukehren.
Riad Halabí führte am nächsten Tag die Menge an, die vom Friedhof zu der Stelle marschierte, wo der Junge erschossen worden war. Alle Einwohner von Agua Santa karrten und schleppten Mangos heran, die sie durch die Fenster warfen, bis das Haus gänzlich damit gefüllt war, vom Fußboden bis zum Dach. In wenigen Wochen brachte die Sonne die Früchte zum Gären, sie zerplatzten zu einem dickflüssigen Saft und tränkten die Wände mit goldenem Blut, mit einem süßlichen Eiter, der das Haus in eine riesige, in Fäulnis übergehende Bestie verwandelte, die von dem unbegrenzten Fleiß der Maden und Fliegen gepeinigt wurde.
Der Tod des Kindes, die Rolle, die er in diesen Tagen spielte, und die Aufnahme, die er in Agua Santa fand, bestimmten Riad Halabís weiteres Leben. Er vergaß seine nomadisierenden Vorfahren und wurde im Dorf seßhaft. Hier richtete er seinen Laden ein, die »Perle des Orients«. Er heira-

tete, wurde Witwer, heiratete wieder und verkaufte weiter, während sein Ansehen als ein gerechter Mann immer noch wuchs. Inés ihrerseits hatte mehrere Generationen Kinder mit derselben ausdauernden Liebe erzogen, die sie ihrem Sohn geschenkt haben würde, bis endlich die Müdigkeit sie besiegte und sie anderen Lehrerinnen den Platz räumte, die mit neuen Fibeln aus der Stadt kamen, und sich zurückzog. Als sie die Klassen aufgegeben hatte, fühlte sie, daß sie auf einmal alterte und daß die Zeit sich beschleunigte, die Tage verrannen zu rasch, ohne daß sie sich erinnern konnte, womit die Stunden vergangen waren.

»Ich bin ganz verstört, Araber. Ich sterbe, ohne es zu merken«, sagte sie.

»Du bist so gesund wie eh und je, Inés. Du langweilst dich nur, das ist alles, du darfst nicht müßiggehen«, erwiderte Riad Halabí und schlug ihr vor, ein paar Zimmer an ihr Haus anzubauen und eine Pension daraus zu machen. »In diesem Dorf gibt es kein Hotel.«

»Touristen gibt's auch keine«, wandte sie ein.

»Ein sauberes Bett und ein warmes Frühstück sind für jeden Durchreisenden ein Segen.«

Sie machte also eine Pension auf, hauptsächlich für die Lastwagenfahrer der Erdölgesellschaft, die bei ihr übernachteten, wenn die Übermüdung und die Öde der Landstraße ihnen das Gehirn mit Halluzinationen füllten.

Die Lehrerin Inés war die geachtetste Frau von Agua Santa. Sie hatte mehrere Jahrzehnte lang alle Kinder des Ortes erzogen, und das ermächtigte sie, sich in ihr Leben einzumischen und den und jenen an den Ohren zu ziehen, wenn sie es für nötig hielt. Die Mädchen kamen mit ihren Verlobten zu ihr, damit sie ihre Wahl billigte, die Ehepaare fragten sie bei Auseinandersetzungen um Rat, sie war Schiedsrichter in allen Streitfragen, ihre Autorität war gefestigter als die des Pfarrers, des Arztes oder der Polizei. Nichts konnte sie von der Ausübung dieser Macht zurückhalten. Einmal ging sie ins Gefängnis, marschierte an dem Teniente vorbei, ohne zu grüßen, griff sich die Schlüssel, die an einem Nagel an der Wand hingen, und holte einen ihrer Zöglinge heraus, der wegen Trunkenheit eingesperrt war. Der Offizier versuchte sie zu hindern, aber sie stieß ihn beiseite und schleppte den Jungen am Kragen ab. Einmal auf der Straße, haute sie ihm links und rechts ein paar Ohrfeigen und kündigte ihm an, das nächste Mal würde sie ihm die Hosen runterziehn und eine Tracht Prügel verpassen, an die er noch lange denken würde.

Als sie Riad Halabí mitteilte, sie habe einen Gast getötet, hatte er nicht den geringsten Zweifel, daß sie im Ernst sprach, dazu kannte er sie zu gut. Er nahm sie beim Arm und ging mit ihr die zwei Häuserblocks zu ihrer Pension. Das war eines der besten Gebäude im Dorf, aus Holz und Adobeziegeln gebaut, mit einem breiten gedeckten Hauseingang, wo in den heißesten Siestas Hängematten aufgehängt wurden, es hatte Badezimmer mit fließendem Wasser und Ventilatoren in allen Zimmern. Um diese Stunde schien das Haus leer zu sein, nur im Saal hockte ein Gast und trank Bier, den Blick im Fernseher verloren.

»Wo ist er?« flüsterte Riad Halabí.

»In einem der Hinterzimmer«, antwortete sie, ohne die Stimme zu senken.

Sie führte ihn zu der Reihe von Gästezimmern, die durch einen langen Gang miteinander verbunden waren, an dessen Pfeilern violette Blumen hochrankten und wo von den Balken Töpfe mit Farnen herabhingen; er führte um einen Patio, in dem Mispeln und Bananen wuchsen. Inés öffnete die letzte Tür, und Riad Halabí trat in das dunkle Zimmer. Die Vorhänge waren zugezogen, deshalb brauchte er ein paar Sekunden, um die Augen zu gewöhnen, und dann erblickte er auf dem Bett den Leichnam eines ungefährlich aussehenden alten Mannes, eines gebrechlichen Fremden, der in der Lache seines eigenen Blutes schwamm, die Hosen von Exkrementen beschmutzt, der Kopf nur an einem Streifen bleicher Haut hängend, mit einem schrecklichen Ausdruck der Trostlosigkeit im Gesicht, als bäte er um Verzeihung für all die Aufregung und das Blut und den gräßlichen Ärger, daß er sich hatte ermorden lassen. Riad Halabí setzte sich auf den einzigen Stuhl im Zimmer, blickte starr auf den Boden und versuchte, seinen aufbegehrenden Magen unter Kontrolle zu bekommen. Inés stand neben ihm, die Arme über der Brust gekreuzt, und überlegte, daß sie zwei Tage brauchen würde, um die Flecke auszuwaschen, und weitere zwei, um den Geruch nach Kot und Entsetzen hinauszulüften.

»Wie hast du es gemacht?« fragte Riad Halabí endlich und wischte sich den Schweiß von der Stirn.

»Mit dem Machete zum Kokosnußspalten. Ich kam von hinten und versetzte ihm einen einzigen Hieb. Er hat's nicht mal gemerkt, der arme Teufel.«

»Warum?«

»Ich mußte es tun, das verlangt das Leben. Sieh mal, was für ein Pech der Alte hatte, er wollte sich gar nicht in Agua Santa aufhalten, er ist nur durch das Dorf gefahren, aber ein Stein hat ihm die Frontscheibe durchschlagen. Er wollte sich hier ein paar Stunden aufhalten, während der Italiener von der Garage ihm eine neue einsetzte. Er hat sich sehr verändert, wir alle sind alt geworden, wie's scheint, aber ich habe ihn sofort erkannt. Jahrelang habe ich auf ihn gewartet, ich wußte, er würde kommen, früher oder später. Er ist der Mann mit den Mangos.«

»Allah schütze uns!« murmelte Riad Halabí.

»Meinst du, wir müssen den Teniente holen?«

»Kommt nicht in Frage, was fällt dir ein!«

»Ich bin im Recht, er hat mein Kind getötet.«

»Er würde es nicht verstehen, Inés.«

»Auge um Auge, Zahn um Zahn, Araber. Sagt das deine Religion nicht auch?«

»Das Gesetz funktioniert nicht so, Inés.«
»Gut, dann können wir's ein bißchen passend machen und sagen, er hat sich selbst umgebracht.«
»Rühr ihn nicht an! Wieviel Gäste sind im Haus?«
»Bloß ein Fahrer. Er wird gehen, sowie er sich ein bißchen erfrischt hat, er muß heute noch bis in die Hauptstadt.«
»Gut, nimm keinen mehr auf. Schließ die Tür dieses Zimmers ab und wart auf mich, ich komme heute abend wieder.«
»Was willst du tun?«
»Ich werde dies auf meine Art regeln.«
Riad Halabí war fünfundsiebzig Jahre alt, aber seine Jugendkraft und sein Geist waren noch dieselben wie an jenem Tag, als er nach Agua Santa kam und sich an die Spitze der Menge stellte. Er verließ das Haus der Lehrerin Inés und ging eiligen Schrittes zu dem ersten der verschiedenen Besuche, die er an diesem Nachmittag zu machen hatte. In den folgenden Stunden lief ein Raunen durch das Dorf, dessen Bewohner die jahrealte Schläfrigkeit abschüttelten, erregt von der allerunglaublichsten Neuigkeit, die sie von Haus zu Haus wiederholten wie ein unaufhaltsames Rauschen, eine Neuigkeit, die einen drängte, sie hinauszuschreien, und der die Notwendigkeit, sie nur zu flüstern, eine besondere Bedeutung gab. Noch ehe die Sonne unterging, spürte man diese freudige Unruhe in der Luft, die in den folgenden Jahren ein besonderes Kennzeichen des Dorfes sein sollte, unverständlich den durchreisenden Fremden, die an diesem Ort nichts Außergewöhnliches sehen konnten, für die es nur ein unbedeutendes kleines Nest war wie so viele am Rande des Urwalds. Früh schon an diesem Abend gingen die Männer in die Kneipe, die Frauen stellten ihre Küchenstühle auf den Fußsteig und setzten sich, um frische Luft zu schnappen, die jungen Leute fanden sich auf dem Platz zusammen, als wäre Sonntag. Der Teniente und seine Leute machten ein paar Routinerunden und nahmen dann die Einladung der Bordellmädchen an,

die einen Geburtstag feierten, wie sie sagten. Als es dunkelte, waren mehr Menschen auf der Straße als zu Allerheiligen, jeder mit so augenscheinlichem Eifer beschäftigt, daß es aussah, als wären sie Statisten für einen Film; die einen spielten Domino, andere standen rauchend und Rum trinkend an den Ecken, Paare spazierten händchenhaltend über die Straße, Mütter liefen hinter ihren Kindern her, die Großmütter lauerten in den offenen Türen. Der Priester zündete die Laternen um die Pfarrei an und ließ die Glocken läuten, um zum Gebet für die Novene des heiligen Märtyrers Isidor zu rufen, aber niemand verspürte große Lust zur Andacht.
Um halb zehn versammelten sich im Haus der Lehrerin Inés der Araber, der Arzt des Dorfes und vier junge Männer, die sie vom ersten Buchstaben an unterrichtet hatte und die jetzt stämmige Burschen waren und ihren Militärdienst schon hinter sich hatten. Riad Halabí führte sie in das letzte Zimmer, wo sie den Leichnam mit Insekten übersät vorfanden, denn das Fenster war offengeblieben, und es war die Stunde der Moskitos. Sie steckten den Unglücklichen in einen Sack, trugen ihn zur Straße und warfen ihn ohne viel Federlesens in das Heck von Riad Halabís Fahrzeug. Sie fuhren auf der Hauptstraße durch das ganze Dorf und grüßten wie gewöhnlich jeden, an dem sie vorüberkamen. Die einen gaben den Gruß mit übertriebener Munterkeit zurück, andere taten, als sähen sie sie nicht, und lachten versteckt wie Kinder, die bei einem Streich ertappt werden. Der Lieferwagen fuhr an den Ort, wo vor vielen Jahren der Sohn der Lehrerin Inés sich zum letztenmal bückte, um eine Mango aufzuheben. Im Schein des Mondes sahen sie das Stück Land vor sich liegen, befallen von dem bösen Kraut der Verlassenheit, verdorben von Verfall und schlimmen Erinnerungen, ein überwucherter Hügel, wo die Mangos wild wuchsen, die Früchte von den Zweigen fielen und am Boden verfaulten, neue Triebe ausbrüteten, die wieder neue erzeugten, bis schließlich ein dichtgeschlossener Wald entstanden war, der

die Zäune, den Weg und sogar die Trümmer des Hauses verschlungen hatte, von dem nur eine kaum wahrnehmbare Spur Marmeladengeruch geblieben war. Die Männer entzündeten ihre Kerosinlampen und schlugen sich mit dem Machete einen Pfad durch den Mangowald. Als sie meinten, weit genug vorgedrungen zu sein, zeigte einer von ihnen auf den Boden, und dort, zu Füßen eines riesigen, von Früchten schweren Baumes gruben sie ein tiefes Loch, in das sie den Sack hinabsenkten. Bevor sie es wieder mit Erde füllten, sprach Riad Halabí ein kurzes moslemisches Gebet, denn andere kannte er nicht. Um Mitternacht kehrten sie ins Dorf zurück und sahen, daß noch niemand zu Bett gegangen war, nach wie vor brannte in allen Fenstern Licht, und auf den Straßen spazierten die Leute.

Inzwischen hatte die Lehrerin Inés die Wände und Möbel mit Seife abgewaschen, hatte die Bettwäsche verbrannt und das Haus gelüftet und erwartete ihre Freunde mit dem warmen Abendessen und einem Krug Rum mit Ananas. Die Mahlzeit verlief sehr fröhlich, die Jungen erzählten von den letzten Hahnenkämpfen, einem barbarischen Sport, wie die Lehrerin fand, aber nicht so barbarisch wie die Stierkämpfe, widersprachen die Männer, dabei hatte ein Matador vor kurzem die Leber eingebüßt. Riad Halabí ging als letzter. In dieser Nacht fühlte er sich zum erstenmal in seinem Leben alt. An der Tür ergriff die Lehrerin Inés seine Hände und hielt sie einen Augenblick in den ihren.

»Danke, Araber«, sagte sie.

»Warum hast du gerade mich gerufen, Inés?«

»Weil du der Mensch bist, den ich am meisten auf dieser Welt liebe, und weil du der Vater meines Sohnes hättest sein müssen.«

Am nächsten Tag gingen die Einwohner von Agua Santa wieder ihren gewohnten Geschäften nach, aber sie waren bereichert durch eine wunderbare Verschworenheit, durch ein Geheimnis unter guten Nachbarn, das sie mit dem größten

Eifer bewahren würden, das sie viele Jahre einander weitergaben als eine Legende der Gerechtigkeit, bis der Tod der Lehrerin Inés uns alle vom Schweigen entband und ich die Geschichte jetzt erzählen kann.

Mit allem schuldigen Respekt

Sie waren ein Gaunerpärchen. Er hatte das Gesicht eines Korsaren und färbte sich Haar und Schnurrbart gagatschwarz, aber später wechselte er den Stil und ließ sie weiß, das milderte seinen Gesichtsausdruck und gab ihm etwas Gesetztes. Sie war ein handfester Typ und hatte die milchige Haut der rothaarigen Angelsächsin, eine Haut, die in der Jugend das Licht als Opalglanz zurückwirft, die aber im reiferen Alter ausschaut wie fleckiges Papier. Die Jahre, die sie in den Lagern der Erdölfelder und den elenden Grenznestern verbrachte hatte, hatten ihr nichts von ihrer Kraft genommen, dem Erbe ihrer schottischen Vorfahren. Weder die Moskitos noch die Hitze, noch die Ausschweifungen konnten ihren Körper erschöpfen oder ihr die Lust am Befehlen vermindern. Mit vierzehn hatte sie ihren Vater verlassen, einen protestantischen Pastor, der mitten im Urwald die Bibel predigte, eine gänzlich vergebene Mühe, weil in jenen Breiten die Worte, einschließlich derer Gottes, im Gekreisch der Vögel untergehn. In diesem Alter war das Mädchen schon voll ausgewachsen und verfügte absolut frei über sich selbst. Sie war kein sentimentales Geschöpf. Sie wies einen nach dem andern die Männer ab, die, von der in den Tropen so seltenen feurigen Lohe ihres Haars angezogen, ihr Schutz anboten. Von der Liebe hatte sie noch nicht gehört, und es lag nicht in ihrem Wesen, sie zu erfinden, dagegen verstand sie das Beste aus dem einzigen Gut herauszuholen, das sie besaß, und als sie fünfundzwanzig war, hatte sie schon eine Faustvoll Diamanten in ihren Unterrock eingenäht. Sie übergab sie ohne Zögern Domingo Toro, dem einzigen Mann, dem es gelang, sie zu zähmen, einem Abenteurer, der durch die Region zog, Kaimane erlegte und mit Waffen und geschmuggeltem Whisky handelte. Er war ein skrupelloser Schurke, der perfekte Kumpan für Abigail McGovern.

In den ersten Jahren mußte das Paar etwas ausgefallene Geschäfte erfinden, um sein Kapital zu vermehren. Mit dem Erlös aus ihren Diamanten und einigen Ersparnissen, die er mit seinem Schleichhandel, dem Kaimanleder und dem Falschspiel gemacht hatte, kaufte Domingo Kasinochips, denn er wußte, daß die im Kasino auf der anderen Seite der Grenze genauso aussahen, aber dort war das Geld erheblich mehr wert. Er füllte einen Koffer mit Chips und fuhr hinüber, um sie gegen härtere Währung einzutauschen. Zweimal konnte er diese Operation wiederholen, ehe die Behörden unruhig wurden, und dann stellte sich heraus, daß man ihn keiner ungesetzlichen Handlung wegen belangen konnte. Inzwischen handelte Abigail mit Töpferwaren, die sie den Bauern abkaufte und als archäologische Funde an die Gringos der Erdölgesellschaft verschacherte, mit soviel Erfolg, daß sie ihr Unternehmen bald um gefälschte Gemälde aus der Kolonialzeit erweitern konnte, die ein Student in einem Verschlag hinter der Kathedrale malte und die unter dem Einfluß von Meerwasser, Ruß und Katzenurin rasch alterten. Inzwischen hatte sie die Gaunermanieren und die derbe Redeweise bereits abgelegt, hatte sich das Haar schneiden lassen und trug teure Kleider. Obwohl ihre Bemühungen, elegant zu erscheinen, allzu offensichtlich waren, konnte sie für eine Dame durchgehen, was es ihr erleichterte, gesellschaftliche Beziehungen anzuknüpfen, und zum Erfolg ihrer Geschäfte beitrug. Sie verabredete sich mit ihren Kunden in den Salons des Hotel Inglés, und während sie mit gemessenen Bewegungen, die nachzuahmen sie gelernt hatte, den Tee reichte, sprach sie über Jagdpartien und Tennismatches an erfundenen Orten mit englischen Namen, die auf einer Landkarte jeder vergeblich gesucht hätte. Nach der dritten Tasse Tee kam sie in vertraulichem Ton zum Zweck dieses Zusammentreffens, zeigte Fotos von angeblichen Antiquitäten und machte unverblümt klar, daß sie beabsichtige, diese Schätze vor der hiesigen Nachlässigkeit zu retten. Die

Regierung habe nicht die Mittel, diese außergewöhnlichen Objekte zu schützen, sagte sie, und sie aus dem Lande verschwinden zu lassen, stelle einen Akt archäologischer Gewissenhaftigkeit dar.

Als die Toros endlich die Grundlagen zu einem kleinen Vermögen gelegt hatten, wünschte Abigail, sie sollten sich eine noble Herkunft zulegen, und suchte Domingo zu ihrer Vorstellung zu bekehren, daß sie dringend einen guten Namen brauchten.

»Was paßt dir denn nicht an unserm Namen?«

»Kein Mensch heißt Toro, das ist ein Name für einen Kneipenwirt.«

»Es ist der Name meines Vaters, und ich denke nicht daran, ihn zu ändern.«

»Dann müssen wir eben alle Leute davon überzeugen, daß wir reich sind.«

Sie schlug vor, sie sollten Land kaufen und Bananen oder Kaffee anbauen wie einst die alten Spanier, aber ihn reizte die Vorstellung nicht, in die Provinz im Landesinnern zu gehen – eine wilde Gegend, heimgesucht von Räuberhorden, Soldaten und Guerrilleros, Giftschlangen und allen möglichen Seuchen; er hielt es für Dummheit, in den Urwald zu ziehen, um die Zukunft zu suchen, wenn die in Reichweite mitten in der Hauptstadt wartete. Nein, es war sicherer, sich mit Handel zu befassen wie die Tausende Syrer und Juden, die mit einem Bündel Elend über der Schulter an Land gegangen waren und wenige Jahre später im Wohlstand lebten.

»Schluß jetzt mit den krummen Touren! Was ich will, ist eine ehrbare Familie, sie sollen uns mit Don und Doña anreden, und keiner soll wagen, den Hut aufzubehalten, wenn er mit uns spricht«, sagte sie.

Aber er blieb unnachgiebig, und schließlich fügte sie sich seiner Entscheidung, wie sie es fast immer tat, denn wenn sie sich gegen ihn auflehnte, kränkte er sie mit Enthaltsamkeit und Schweigen, die lange andauerten. Er verschwand dann für mehrere Tage aus dem Haus, kehrte von heimlichen Liebschaften schwer mitgenommen zurück, zog sich um und ging wieder fort, und Abigail blieb zurück, zuerst wütend, dann verunsichert von dem Gedanken, ihn zu verlieren. Sie war eine praktische Person und gänzlich ohne romantische Gefühle, und wenn es einmal einen Keim von Zärtlichkeit in ihr gegeben hatte, dann hatten die Rumtreiberjahre ihn zerstört, aber Domingo war der einzige Mann, den sie an ihrer Seite ertragen konnte, und sie war nicht gewillt, ihn gehen zu lassen. Kaum gab Abigail nach, kehrte er in ihr Bett zurück. Es gab keine geräuschvollen Versöhnungsszenen, sie nahmen einfach den Rhythmus ihrer eingefahrenen Gewohnheiten und ihre Gaunergeschäfte wieder auf. Domingo Toro eröffnete eine Ladenkette in den Armenvierteln, wo er alle möglichen Waren sehr billig, aber in großen Mengen verkaufte. Die Läden dienten ihm als Deckmantel für andere, weniger erlaubte Geschäfte. Das Geld häufte sich an, und sie konnten sich die Extravaganzen der reichen Leute leisten. Aber Abigail war nicht zufrieden, denn das eine war ihr klar: In Luxus leben ist die eine Sache, aber von der Gesellschaft anerkannt werden eine ganz andere.

»Wenn du auf mich gehört hättest, dann würde uns keiner mit arabischen Händlern in einen Topf werfen. Sieh doch, wie weit du gekommen bist mit deiner Lumpenhändlertour!« warf sie ihrem Mann vor.

»Ich weiß wirklich nicht, worüber du dich beklagst, wir haben doch alles.«

»Mach du nur weiter mit deinen Armeleutebasaren, wenn das alles ist, was du willst, aber ich werde jetzt Rennpferde kaufen.«

»Pferde? Was weißt du denn von Pferden, Weib?«

»Daß sie schick sind, alle bedeutenden Leute halten Pferde.«

»Du wirst uns ruinieren!«

Aber dieses eine Mal setzte Abigail ihren Willen durch, und schon bald stellten sie fest, daß die Idee nicht schlecht gewesen war. Die Pferde lieferten ihnen den Vorwand, mit den alten Züchterfamilien Beziehungen anzuknüpfen, und außerdem brachten sie auch noch etwas ein, aber obwohl die Toros häufig auf den Sportseiten der Zeitungen erschienen, waren sie doch nie in der Gesellschaftschronik zu finden. Die erbitterte Abigail verlegte sich immer mehr aufs Protzen. Sie bestellte ein Tafelservice mit ihrem handgemalten Bildnis auf jedem Stück, Gläser aus geschliffenem Kristall und Möbel mit wütenden Fratzen an den Füßen, sie erstand einen abgeschabten Sessel, den sie als Reliquie aus der Kolonialzeit ausgab, und erzählte aller Welt, er habe dem Befreier gehört, weshalb sie auch eine rote Kordel um ihn zog, damit niemand sein Hinterteil dort plazierte, wo das des Vaters des Vaterlandes geruht hatte. Sie stellte eine deutsche Erzieherin für ihre Kinder ein und einen holländischen vagabundierenden Exmatrosen, den sie als Admiral einkleidete, damit er die Jacht der Familie führte. Die einzigen Spuren der Vergangenheit waren Domingos Piratentätowierungen und eine Verletzung in Abigails Rückgrat, die sie sich in ihren barbarischen Jahren beim Arbeiten mit gespreizten Beinen zugezogen hatte; aber er bedeckte seine Tätowierungen mit langen Ärmeln, und sie ließ sich ein Stahlkorsett mit Seidenkissenfütterung anfertigen, damit der Schmerz nicht ihre Würde schwächte. Zu dieser Zeit war sie eine stattliche, fettleibige Frau, mit Juwelen behängt, und sah aus wie Nero. Der Ehrgeiz prägte ihrem Körper die Verwüstungen auf, die die Urwaldabenteuer ihm nicht hatten anhaben können.

Mit der Absicht, die wirklich erlesene Gesellschaft anzuziehen, gaben die Toros jedes Jahr zum Karneval ein Maskenfest: der Hof von Bagdad mit dem Elefanten und den Kamelen aus dem Zoo und einem Heer von Dienern in Beduinenkostümen, der Ball von Versailles, wo die Gäste in Brokatgewändern und gepuderten Perücken zwischen geschliffenen Spiegeln Menuett tanzten, und andere aufsehenerregende Vergnügungen, die einen Teil der lokalen Legenden bildeten und Anlaß zu heftigen Schmähungen in den Zeitungen der Linken gaben. Sie mußten Wachen im Haus aufstellen, damit die Studenten, die über die Verschwendung empört waren, keine Losungen an die Wände malten oder Scheiße durch die Fenster warfen, denn sie behaupteten, die Neureichen füllten ihre Badewannen mit Champagner, während die Neuarmen in den Hinterhöfen Jagd auf Katzen machten, um sie zu essen. Diese üppigen Feste gaben ihnen ein gewisses Ansehen, denn inzwischen verwischte sich die Linie allmählich, die die sozialen Klassen voneinander trennte, Menschen aus allen Ecken der Erde kamen ins Land, angelockt vom Miasma des Erdöls, die Hauptstadt wuchs ungezügelt, Vermögen wurden im Nu gemacht und gingen im Nu verloren, und das Herkommen jedes einzelnen festzustellen war unmöglich geworden. Dennoch hielten die Familien von Stand die Toros auf Distanz, obwohl sie doch selbst von Einwanderern abstammten, deren einziges Verdienst es war, mit einem halben Jahrhundert Vorsprung an diesen Küsten gelandet zu sein. Sie nahmen an Abigails und Domingos Banketten teil und ließen sich bisweilen mit der Jacht auf dem Karibischen Meer spazierenfahren, aber sie erwiderten die empfangenen Aufmerksamkeiten nicht. Vielleicht hätte Abigail sich mit einem zweiten Rang abfinden müssen, wenn ein unerwartetes Ereignis nicht das Glück gewendet hätte.

An diesem Augustnachmittag erwachte Abigail schweißgebadet aus der Siesta. Es war sehr heiß, und die Luft war mit den Vorzeichen eines Unwetters geladen. Sie zog ein seidenes Kleid über das Korsett und ließ sich zum Schönheitssalon bringen. Das Auto fuhr mit geschlossenen Fenstern durch die vom Verkehr verstopften Straßen, damit nicht ein Unzufriedener – und von denen gab es immer mehr – die Señora anspuckte, und hielt pünktlich um fünf Uhr vor dem Salon, in den sie eintrat, nachdem sie den Chauffeur angewiesen hatte, sie eine Stunde später abzuholen. Als der Mann wieder vorfuhr, war Abigail nicht da. Die Friseusen berichteten, die Señora habe fünf Minuten nach ihrem Kommen gesagt, sie müsse noch eine kurze Besorgung machen, sei aber nicht zurückgekommen. Inzwischen hatte Domingo Toro in seinem Büro schon den ersten Anruf der Roten Pumas erhalten, einer Extremistengruppe, von der bislang noch kein Mensch gehört hatte, die ihm mitteilten, daß sie seine Frau entführt hätten.

So begann das Riesentheater, das den Toros das Ansehen rettete. Die Polizei nahm den Chauffeur und die Friseusen fest, durchsuchte ganze Stadtviertel und riegelte das Haus der Toros ab, unter entsprechender Belästigung der Nachbarn. Ein Übertragungswagen des Fernsehens blockierte tagelang die Straße, und ein Rudel von Zeitungsreportern, Detektiven und Neugierigen zertrampelte den Rasen der umliegenden Häuser. Domingo Toro erschien auf den Bildschirmen, im Ledersessel in der Bibliothek sitzend zwischen einer Weltkarte und einer ausgestopften Stute, und flehte die Entführer an, ihm die Mutter seiner Kinder zurückzugeben. Der Magnat der Billigmärkte, wie ihn die Presse nannte, bot eine Million für seine Frau, eine reichlich übertriebene Summe, denn eine andere Guerrillerogruppe hatte für einen Botschafter aus dem Mittleren Osten nur die Hälfte bekommen. Dennoch, den Roten Pumas schien das nicht ausreichend, sie verlangten das Doppelte. Nachdem Abigails Foto in den Zeitungen erschienen war, dachten viele, das beste Geschäft für Domingo Toro wäre es, diese Summe zu bezahlen, nicht, damit er seine Angetraute wiederbekam, sondern damit die Entführer sie behielten. Ungläubiges Kopfschütteln ging durch das Land, als der Ehemann nach einigen Beratungen mit Bankiers und Anwälten in den Handel einwilligte, trotz der Warnungen der Polizei. Einige Stunden, bevor die festgesetzte Summe übergeben werden sollte, erhielt er mit der Post eine rote Haarsträhne und die Mittei-

lung, daß sich der Preis um eine weitere Viertelmillion erhöht habe. Inzwischen waren auch die Sprößlinge der Toros auf den Bildschirmen erschienen und hatten verzweifelte kindliche Botschaften an die Mama geschickt. Der Ton dieser makabren Versteigerung wurde von Tag zu Tag schriller, und alles vor den aufmerksamen Augen der Medien.
Nach fünf Tagen endete die Spannung, just als die Neugier des Publikums sich in andere Richtungen zu wenden begann. Abigail tauchte gefesselt und geknebelt in einem Wagen auf, der mitten im Stadtzentrum geparkt war, sie war ein wenig nervös und zerzaust, aber ohne sichtbare Beschädigung und eher ein bißchen dicker als vorher. Als Abigail in ihr Heim zurückkehrte, sammelte sich eine kleine Menschenmenge auf der Straße, um diesem Ehemann zu applaudieren, der eine solche Probe seiner Liebe gegeben hatte. Gegenüber den hartnäckigen Fragen der Reporter und den Aufforderungen der Polizei wahrte Domingo Toro eine Haltung diskreter Galanterie und weigerte sich, zu enthüllen, wieviel er gezahlt hatte, mit dem Argument, seine Frau habe keinen Preis. Die Volksmeinung, die die Übertreibung liebt, erkannte ihm eine ganz und gar unwahrscheinliche Summe zu, sehr viel mehr, als je ein Mann für eine Frau bezahlt hatte.
Dies alles machte aus den Toros ein Sinnbild des Reichtums, es wurde erzählt, sie hätten soviel Geld wie der Präsident, der jahrelang seinen privaten Anteil an den Erdöleinnahmen der Nation beiseite gelegt hatte und dessen Vermögen man zu den fünf größten der Erde rechnete. Abigail und Domingo wurden in die gute Gesellschaft erhoben, zu der sie bislang keinen Zutritt gehabt hatten. Nichts konnte ihren Triumph verdunkeln, nicht einmal die öffentlichen Proteste der Studenten, die vor der Universität Plakate aufhängten, auf denen sie Abigail beschuldigten, sich selbst entführt zu haben, und den Magnaten, die Millionen aus der einen Tasche in die andere gesteckt zu haben, ohne sie versteuern

zu müssen, und die Polizei, das Märchen von den Roten Pumas geschluckt zu haben, um die Leute zu ängstigen und die Säuberungsaktionen gegen die Oppositionsparteien zu rechtfertigen. Aber die bösen Zungen vermochten die großartige Wirkung der Entführung nicht abzuschwächen, und zehn Jahre später waren die Toro-McGovern eine der angesehensten Familien des Landes.

Unendliches Leben

Es gibt viele Arten Geschichten. Einige entstehen, während sie erzählt werden, ihr Wesen ist die Sprache, und bevor jemand sie in Worte faßt, sind sie nur eine Gefühlsregung, eine Laune des Geistes, ein Bild oder eine ungreifbare Erinnerung. Andere kommen in sich gerundet daher wie reife Äpfel, und man kann sie unendlich wiederholen ohne Gefahr, ihren Sinn zu verändern. Manche gibt es, die sind der Wirklichkeit entnommen und werden durch die Inspiration verarbeitet, und andere tauchen in einem Augenblick der Inspiration auf, und wenn sie später erzählt werden, geschehen sie in der Wirklichkeit. Und es gibt geheime Geschichten, die im Dunkel des Gedächtnisses verborgen bleiben, sie sind wie lebende Organismen, ihnen wachsen Wurzeln und Fangarme, sie beladen sich mit Anhängseln und Schmarotzern, und mit der Zeit verwandeln sie sich in den Stoff, aus dem die Albträume sind. Um die Dämonen einer Erinnerung auszutreiben, ist es bisweilen nötig, diese Erinnerung zu erzählen.

Anna und Robert Blaum wurden gemeinsam alt, und sie waren so miteinander verbunden, daß sie mit den Jahren schließlich wie Geschwister aussahen: Beide hatten denselben Gesichtsausdruck freundlicher Überraschung, die gleichen Runzeln, die gleichen Handbewegungen, die gleichen gebeugten Schultern, beide hatten die gleichen Gewohnheiten und Sehnsüchte. Sie hatten den größten Teil ihres Lebens jeden Tag miteinander verbracht, und weil sie soviel Hand in Hand gegangen waren und Arm in Arm geschlafen hatten, konnten sie sich verabreden, sich in ein und demselben Traum zu begegnen. Sie hatten sich niemals getrennt, seit sie sich vor einem halben Jahrhundert kennengelernt hatten. Zu jener Zeit studierte Robert Medizin und war schon damals von der Leidenschaft besessen, die sein Denken bestimmte – zu einem Leben in Würde beizutragen und seinen Nächsten zu erlösen, und Anna war eins dieser jungfräulichen Mädchen, die fähig sind, alles mit ihrer Unschuld zu verschönern. Sie entdeckten einander durch die Musik. Sie spielte Geige in einem Kammerorchester, und er, der aus einer Virtuosenfamilie stammte und gern Klavier spielte, versäumte kein Konzert. Er sah dieses Mädchen auf dem Podium, das ein schwarzes Samtkleid mit einem weißen Spitzenkragen trug und mit geschlossenen Augen ihr Instrument spielte, und verliebte sich aus der Ferne in sie. Monate vergingen, ehe er es wagte, sie anzusprechen, und dann genügten vier Sätze, damit beide begriffen, daß sie für eine vollkommene Verbindung bestimmt waren. Der Krieg überraschte sie, bevor sie heiraten konnten, und wie Millionen durch die entsetzlichen Verfolgungen verstörter Juden mußten sie aus Europa flüchten. Sie schifften sich in einem holländischen Hafen ein, ohne mehr Gepäck als die Kleider, die sie auf dem Leib trugen, ein Paar Bücher von Robert und Annas Geige. Das Schiff wurde zwei Jahre umhergetrieben, ohne an einer Pier anlegen zu dürfen, denn die Staaten, die es anlief, wollten seine Ladung von Flüchtlingen nicht aufnehmen. Nachdem es über verschiedene Meere gekreuzt war, gelangte es schließlich an die karibische Küste. Inzwischen sah sein Rumpf aus wie ein Blumenkohl aus Muscheln und Algen, die Nässe sickerte aus seinen Wänden wie ein hartnäckiger Schnupfen, seine Maschinen waren grün geworden, und alle Besatzungsmitglieder und alle Passagiere – außer Anna und Robert, die durch die Seligkeit der Liebe vor der Verzweiflung geschützt waren – waren um zweihundert Jahre gealtert. Der Kapitän, der sich mit dem Gedanken abgefunden hatte, ewig umherzuirren, stoppte sein transatlantisches Gerippe in einer Bucht gegenüber einem Strand mit funkelndem Sand und schlanken, federngekrönten Palmen, damit die Matrosen in der Nacht übersetzen und Frischwasser für die Vorratstanks holen konnten. Aber dann war Schluß. Am Morgen des folgenden Tages ließen die Maschinen sich nicht wieder in Gang bringen, die Anstrengung, sich vermittels einer Mischung aus Seewasser und Schießpulver zu bewegen aus Mangel an besserem Brennstoff, hatte sie zerstört. Am Vormittag erschien in einer Barkasse die Obrigkeit des nächstgelegenen Hafens in Gestalt einer Handvoll fröhlicher Mulatten in zwanglos aufgeknöpften Uniformen und voll freundlichsten Wohlwollens, die ihnen gemäß Vorschrift die Weisung gaben, aus ihren Territorialgewässern zu verschwinden. Als sie jedoch das traurige Schicksal der Seefahrer erfuhren und den beklagenswerten Zustand des Schiffes sahen, schlugen sie dem Kapitän vor, er solle doch mit seinen Schützlingen ein paar Tage hierbleiben und sich in die Sonne legen, vielleicht würden sich ja die Schwierigkeiten von allein regeln, wenn man der Sache freien Lauf ließ, wie das fast immer passiert. In der Nacht stiegen alle Bewohner des unseligen Schiffes in die Boote, stapften über den heißen Sand dieses Landes, dessen Namen sie kaum aussprechen konnten, und verloren sich landeinwärts in der üppigen Pflanzenwelt, entschlossen, sich die Bärte zu scheren, ihre schimmligen Lumpen abzustreifen und sich die ozeanischen Winde herauszuschütteln, die ihnen die Seele gegerbt hatten.

So begannen Anna und Robert Blaum ihr Einwandererleben, anfangs als Arbeiter, um sich durchzubringen, und später, als sie die Regeln dieser unbeständigen Gesellschaft gelernt hatten, schlugen sie Wurzeln, und er konnte sein unterbrochenes Medizinstudium wieder aufnehmen. Sie lebten von Bananen und Kaffee in dem winzigen Zimmer einer bescheidenen Pension, vor dessen Fenster wie in einem Rahmen eine Straßenlaterne stand. An den Abenden nutzten sie ihr Licht, Robert, um zu studieren, und Anna, um zu nähen. Wenn er mit der Arbeit fertig war, setzte er sich ans Fenster und betrachtete die Sterne über den Dächern, und sie spielte ihm auf der Geige alte Melodien vor, ein Brauch,

den sie sich auch fernerhin bewahrten als eine Form, den Tag zu beschließen. Jahre später, als der Name Blaum berühmt geworden war, wurde diese Zeit der Armut in den Vorworten seiner Bücher und den Zeitschrifteninterviews als romantisches Zwischenspiel bezeichnet. Ihr Schicksal wendete sich zum Besseren, aber sie behielten ihre bescheidene Lebensweise bei, denn sie vermochten die Spuren der vergangenen Leiden nicht auszulöschen und konnten sich nicht von dem Gefühl der Gefährdung freimachen, das dem Exildasein anhaftet.
Sie waren beide gleich groß, hatten helle Augen und einen festen Knochenbau. Robert sah aus wie ein Gelehrter, eine unordentliche Mähne hing ihm in die Stirn, er benutzte Brillen mit dicken Gläsern und runder Schildpattfassung, trug immer einen grauen Anzug, den er durch einen genau gleichen ersetzte, wenn Anna es aufgab, die Ärmelränder zu stopfen, und stützte sich auf einen Bambusstock, den ihm ein Freund aus Indien mitgebracht hatte. Er war ein Mann von wenig Worten, sehr präzise in der Rede wie in allem übrigen, aber mit einem beachtlichen Sinn für Humor, der das Gewicht seines Wissens milderte. Seine Studenten sollten sich an ihn als den gütigsten aller Lehrer erinnern. Anna hatte ein fröhliches, argloses Wesen, sie war unfähig, sich Schlechtigkeit bei einem Menschen vorzustellen, und war deshalb immun dagegen. Robert hatte erkannt, daß seine Frau mit einem bewundernswerten Sinn für das Praktische begabt war, und übertrug ihr von Anfang an alle wichtigen Entscheidungen und die Verwaltung des Geldes. Anna sorgte mit der Zärtlichkeit einer Mutter für ihren Mann, sie verhätschelte ihn sogar ein wenig, schnitt ihm das Haar und die Nägel, wachte über seine Gesundheit, sein Essen und seinen Schlaf und war immer in Hörweite für seinen Ruf. So unentbehrlich war beiden die Gesellschaft des andern, daß Anna auf ihren Musikerberuf verzichtete, weil er sie gezwungen hätte, viel auf Reisen zu sein, und so spielte sie die Geige nur

in der Privatsphäre ihres Heims. Sie hatte die Gewohnheit angenommen, Robert abends ins Leichenschauhaus oder in die Universitätsbibliothek zu begleiten, wo er lange Stunden seine Forschungen betrieb. Beide liebten sie die Einsamkeit und Stille in den verschlossenen Gebäuden. Danach kehrten sie durch die leeren Straßen in das Armenviertel zurück, wo sie wohnten. Durch das unkontrollierte Wachsen der Stadt war dieser Bezirk ein Nest für Schieber, Prostituierte und Diebe geworden, in den sich nach Sonnenuntergang selbst die Streifenwagen der Polizei nur ungern hineinwagten, aber Anna und Robert durchquerten ihn mitten in der Nacht, ohne belästigt zu werden. Jeder kannte die zwei. Es gab kein Leiden und kein Problem, bei denen Robert nicht zu Rate gezogen wurde, und kein Kind war hier aufgewachsen, das nicht Annas Plätzchen gekostet hätte. Wenn Fremde im Viertel auftauchten, übernahm es immer einer, sie von Anfang an darüber aufzuklären, daß die beiden alten Leute nicht angetastet werden durften, und überhaupt seien sie der Stolz der Nation, und der Präsident persönlich habe Robert mit einem Orden ausgezeichnet, und sie seien so geachtet, daß nicht einmal die Polizei sie belästige, wenn sie mit ihren Kampfmaschinen anrückte und die Häuser eins nach dem andern durchsuchte.
Ich lernte die Blaums Ende der siebziger Jahre kennen, als meine Patin sich in ihrem Wahn mit einem Messer die Kehle durchschnitten hatte. Wir brachten sie ins Krankenhaus, das Blut sprudelte förmlich aus ihr heraus, und keiner machte uns noch Hoffnung, daß sie zu retten wäre. Aber wir hatten das große Glück, daß Doktor Blaum Dienst hatte, und er machte sich ganz ruhig daran, den Kopf wieder anzunähen. Zur Verblüffung der anderen Ärzte kam meine Patin durch. In den Wochen der Genesung saß ich viele Stunden an ihrem Bett und hatte mehrmals Gelegenheit, mich mit Robert zu unterhalten. Nach und nach bildete sich eine feste Freundschaft heraus. Die Blaums hatten keine Kinder, und ich glau-

be, sie fehlten ihnen, denn mit der Zeit behandelten sie mich, als wäre ich ihre Tochter. Ich besuchte sie häufig, aber selten abends, weil ich mich nicht allein in diese Gegend traute, und sie bewirteten mich zum Essen immer mit etwas Besonderem. Ich half gern Robert im Garten und Anna in der Küche. Manchmal nahm sie ihre Geige und beschenkte mich mit ein paar Stunden Musik. Sie gaben mir die Schlüssel zu ihrem Haus, und wenn sie verreisten, kümmerte ich mich um den Hund und goß die Pflanzen.

Roberts Erfolge hatten sich früh eingestellt, obwohl seine Laufbahn durch den Krieg mit Verzögerung begonnen hatte. In einem Alter, in dem andere Mediziner ihren ersten Schritt in den Operationssaal tun, hatte er bereits einige bemerkenswerte Artikel veröffentlicht, aber berühmt wurde er durch sein Buch über das Recht auf einen friedlichen Tod. Die Privatmedizin reizte ihn nicht, außer wenn es um einen Freund oder einen Nachbarn ging, er arbeitete lieber in den Hospitälern der Armen, wo er eine größere Zahl Kranker behandeln und jeden Tag etwas Neues lernen konnte. Lange Stunden Dienst auf den Stationen der Sterbenden weckten sein tiefes Mitgefühl mit den hinfälligen, an lebenserhaltende Apparaturen geketteten und mit Nadeln und Schläuchen gepeinigten Leibern, denen die Wissenschaft ein würdiges Ende versagte unter dem Vorwand, man müsse das Leben um jeden Preis erhalten. Es schmerzte ihn, daß er ihnen nicht helfen konnte, diese Welt zu verlassen, daß er sogar gezwungen war, sie gegen ihren Willen in ihren Sterbebetten festzuhalten. Manchmal wurden ihm die Qualen, die ein Kranker litt, so unerträglich, daß er sie keinen Augenblick aus seinem Geist verbannen konnte. Anna mußte ihn wekken, weil er im Schlaf schrie. In der Zuflucht der Laken klammerte er sich verzweifelt an seine Frau und verbarg den Kopf an ihrer Brust.

»Warum schaltest du nicht die Geräte ab und erlöst den Unglücklichen von seinen Leiden? Das ist das Barmherzigste, was du tun kannst. Sterben wird er auf jeden Fall, früher oder später.«

»Ich kann nicht, Anna. Das Gesetz ist eindeutig, niemand hat das Recht auf das Leben eines andern, aber für mich ist es eine Frage des Gewissens.«

»Wir haben dies schon früher durchgemacht, und jedesmal leidest du unter denselben Schuldgefühlen. Niemand wird es erfahren, es ist eine Sache von Minuten.«

Falls Robert es wirklich einmal tat, so erfuhr es nur Anna. In seinem Buch erläuterte er seine Überzeugung, daß alles Bestehende Teil einer Gesamtheit sei. Der Tod mit seiner uralten Schreckenslast ist nichts als das Aufgeben einer unbrauchbar gewordenen Hülle, während der Geist zurückkehrt in die einheitliche Energie des Kosmos. Der Todeskampf ist wie die Geburt eine Etappe auf der Reise und verdient dasselbe helfende Mitgefühl. Es liegt nicht das geringste Ethos darin, das Zittern und Zucken eines Körpers über das natürliche Ende hinaus zu verlängern, und die Aufgabe des Arztes muß es sein, das Hinscheiden zu erleichtern, statt die qualvolle Bürokratie des Todes zu unterstützen. Aber eine solche Entscheidung kann nicht nur von der Urteilsfähigkeit der Fachleute oder dem Erbarmen der Angehörigen abhängen, hier muß das Gesetz ein Kriterium schaffen.

Blaums Ansuchen erregte einen Aufruhr unter Priestern, Anwälten und Ärzten. Bald griff die Angelegenheit von den internen Kreisen über auf die Straße und teilte die Meinungen. Zum erstenmal sprach jemand über dieses Thema, bisher war der Tod eine Angelegenheit gewesen, über die hinweggeschwiegen wurde, man setzte auf die Unsterblichkeit, und jeder hegte die heimliche Hoffnung, ewig zu leben. Solange die Diskussion sich auf philosophischer Ebene bewegte, verteidigte Robert Blaum seine Darlegungen auf allen Foren, aber als sie zum neuen Vergnügen der Massen wurden, flüchtete er sich in seine Arbeit, weil ihn die Scham-

losigkeit empörte, mit der seine Theorie zu kommerziellen Zwecken ausgebeutet wurde. Der Tod war in den Vordergrund getreten, aller Realität entkleidet und in ein heiteres Modethema verwandelt worden.
Ein Teil der Presse beschuldigte Blaum, die Euthanasie zu befürworten, und verglich seine Ideen mit denen der Nazis, während ein anderer Teil ihm zujubelte wie einem Volkshelden. Er beachtete den ganzen Wirbel nicht und arbeitete weiter im Krankenhaus und an seinen Forschungen. Sein Buch wurde in mehrere Sprachen übersetzt und in anderen Ländern verbreitet, wo das Thema ebenfalls leidenschaftliche Reaktionen hervorrief. Sein Foto erschien häufig in den wissenschaftlichen Zeitschriften. In jenem Jahr wurde ihm ein Lehrstuhl an der Medizinischen Fakultät angetragen, und bald war er bei den Studenten der gesuchteste Professor. In Robert Blaum gab es nicht die Spur von Überheblichkeit, auch nicht den frohlockenden Fanatismus, der die Verwalter der himmlischen Offenbarungen auszeichnet, nur die ruhige Sicherheit des unermüdlich Suchenden. Doch als Roberts Ruf den Zenit erreicht hatte, lebten die Blaums am zurückgezogensten. Die Wirkung dieser kurzen Berühmtheit erschreckte sie, und sie ließen schließlich nur noch sehr wenige Menschen in ihren inneren Kreis zu.
Roberts Theorie wurde vom Publikum mit derselben Schnelligkeit vergessen, mit der sie in Mode gekommen war. Das Gesetz wurde nicht geändert, das Problem wurde im Kongreß nicht einmal erörtert, aber im akademischen und wissenschaftlichen Umkreis wuchs das Ansehen des Arztes ständig. In den folgenden dreißig Jahren bildete Blaum mehrere Generationen von Chirurgen aus, erfand neue Medikamente und chirurgische Techniken und schuf ein System von Ambulanzen, die mit allem Nötigen ausgerüstet waren, um von Geburten bis zu verschiedenen Epidemien alles zu behandeln, und die auf Lastwagen, Flußbooten und in Sportflugzeugen das ganze Staatsgebiet erfaßten und Hilfe noch in die

fernsten Gegenden brachten, wohin sich vorher nur die Missionare getraut hatten. Er erhielt zahlreiche Auszeichnungen, war zehn Jahre Rektor der Universität und zwei Wochen Gesundheitsminister, ein Zeitraum, in dem er es schaffte, Beweise für die Korruption der Behörden und den Mißbrauch öffentlicher Mittel zu sammeln und dem Präsidenten zu übergeben, der daraufhin keine andere Wahl hatte, als ihn abzusetzen, denn es konnte nicht gut angehen, die Grundlagen der Regierung zu erschüttern, nur um einem Idealisten Freude zu bereiten. In diesen Jahrzehnten setzte Blaum seine Arbeit mit Moribunden fort. Er veröffentlichte mehrere Artikel, so auch über die Pflicht, den Schwerkranken die Wahrheit zu sagen, damit sie Zeit hatten, ihre Seele damit in Einklang zu bringen, und nicht starr vor Schreck vom Sterben überrascht wurden, und über den Respekt, den man Selbstmördern schuldig sei und den Formen, in denen sie dem eigenen Leben ohne Schmerzen und unnötiges Geschrei ein Ende machten.

Blaums Name kam auf den Straßen wieder ins Gespräch, als sein letztes Buch erschien, das nicht nur die traditionelle Wissenschaft aufrüttelte, sondern im ganzen Land eine Lawine von eitlen Hoffnungen auslöste. In seiner langen Krankenhauspraxis hatte Blaum unzählige Krebsleidende behandelt, und er hatte beobachtet, daß die einen von der Krankheit zerstört wurden, während andere, die dieselbe Behandlung erfuhren, überlebten. In seinem Buch suchte Robert die Wechselwirkung zwischen dem Krebs und dem Seelenzustand zu beweisen und behauptete, daß Traurigkeit und Einsamkeit die Vermehrung der unheilvollen Zellen erleichtern, denn wenn der Kranke niedergeschlagen ist, sinkt die Abwehrkraft des Körpers, hat er dagegen guten Grund zu leben, kämpft sein Körper rastlos gegen das Übel. Er erklärte, daß deshalb die Behandlung sich nicht auf die Chirurgie und die Chemie beschränken dürfe, sondern daß sie vor allem die geistige Verfassung in Betracht ziehen müsse.

Im letzten Kapitel stellte er die These auf, daß die beste Empfänglichkeit für eine Therapie unter denen zu finden sei, die sich auf einen guten Partner verlassen könnten oder auf andere Formen der Zuneigung, denn die Liebe habe eine wohltätige Wirkung, die selbst die stärksten Medikamente nicht übertreffen könnten.

Die Presse erfaßte sofort die phantastischen Möglichkeiten dieser Theorie und legte Blaum Dinge in den Mund, die er nie gesagt hatte. Wenn vorher der Tod so ungewöhnliche Aufregung verursacht hatte, wurde diesmal eine ebenso natürliche Sache wie eine absolute Neuigkeit behandelt. Der Liebe wurden die Kräfte eines Steins der Weisen zugeschrieben, und es wurde behauptet, sie könne alle Krankheiten heilen. Alle sprachen von dem Buch, aber nur wenige hatten es gelesen. Die einfache Meinung, daß Zuneigung gut für die Gesundheit sein kann, wurde immer mehr kompliziert, je mehr alle Welt etwas hinzufügen oder abstreichen wollte, bis Blaums ursprüngliche Idee sich in einem Gestrüpp von Unsinnigkeiten verloren hatte, was alles eine ungeheure Verwirrung im Publikum schuf. Es fehlte auch nicht an Gaunern, die Nutzen aus der Sache zu schlagen gedachten und sich der Liebe bemächtigten, als wäre sie ihre eigene Erfindung. Neue esoterische Sekten, Psychologieschulen, Kurse für Anfänger, Clubs für Einsame schossen wie Pilze aus dem Boden, Pillen für unwiderstehliche Anziehungskraft und umwerfende Parfüms wurden auf den Markt geworfen, und eine Unmenge unwahrer Wahrsager lasen das Glück aus Karten und Kristallkugeln und verkauften Gefühle für vier Centavos. Kaum hatten die Reporter entdeckt, daß Anna und Robert Blaum ein anrührendes altes Ehepaar waren, daß sie seit Jahrzehnten zusammenlebten und daß sie sich die körperliche Kraft, die geistigen Fähigkeiten und die Stärke ihrer Liebe unversehrt bewahrt hatten, wurden sie zu lebenden Beispielen erklärt. Außer den Wissenschaftlern, die das Buch bis zur Erschöpfung analysierten, waren die einzigen, die es nicht zu Sensationszwecken lasen, die Krebskranken. Für sie jedoch verwandelte sich die Hoffnung auf Heilung in einen grausamen Scherz, denn in Wirklichkeit wußte ihnen niemand anzugeben, wo sie die Liebe finden, wie sie sie erlangen und wie sie sie bewahren konnten. Wenn es auch Blaums Idee nicht an Folgerichtigkeit mangelte, in der Praxis erwies sie sich als nicht anwendbar.

Robert war bestürzt über das Ausmaß der Aufregung, aber Anna erinnerte ihn an das, was sich bei seinem ersten Buch abgespielt hatte, und überzeugte ihn, daß man sich nur hinsetzen und ein wenig warten müsse, der Lärm werde nicht lange dauern. Und so kam es auch. Die Blaums waren nicht mehr in der Stadt, als dem Geschrei die Luft ausging. Robert hatte sich von seiner Arbeit im Krankenhaus und an der Universität zurückgezogen unter dem Vorwand, er sei müde und auch alt genug, um ein friedlicheres Leben zu führen. Aber er konnte seiner eigenen Berühmtheit nicht entgehen, sein Haus wurde ihm von Kranken, Reportern, Studenten, Professoren und Neugierigen eingerannt, die zu jeder Stunde auftauchten. Er sagte mir, er brauche Ruhe, denn er wolle ein neues Buch schreiben, und ich half ihm, einen abgelegenen Ort zu suchen, wohin er sich flüchten konnte. Wir fanden eine in La Colonia, der »Kolonie«, einer wunderlichen, auf einem tropischen Hügel nistenden Ansiedlung, der Nachbildung eines bayrischen Dorfes aus dem neunzehnten Jahrhundert – eine architektonische Unglaublichkeit mit buntbemalten Holzhäusern, Kuckucksuhren, Geranien in Balkonkästen und Schildern mit gotischen Lettern. Bewohnt wurde das Dorf von einer Rasse blondhaariger Leute mit noch denselben Trachten und runden Wangen, die ihre Großväter mitgebracht hatten. Obwohl die Kolonie eine Touristenattraktion war, konnte Robert ein abseits liegendes Haus mieten, wohin der Wochenendverkehr nicht gelangte. Sie baten mich, ich möchte mich um ihre Angelegenheiten in der Hauptstadt

kümmern, ich nahm ihre monatliche Pension, die Rechnungen und die Post entgegen. Anfangs besuchte ich sie ziemlich häufig, aber bald merkte ich, daß sie in meiner Gegenwart eine etwas gezwungene Herzlichkeit zeigten, die sich deutlich von der freundschaftlichen Wärme unterschied, mit der sie mich früher empfangen hatten. Ich glaubte nicht, daß sie etwas gegen mich hätten, keinesfalls, ich konnte immer auf ihr Vertrauen und ihre Achtung zählen, ich schloß nur einfach daraus, daß sie allein sein wollten, und blieb mit ihnen lieber telefonisch oder durch Briefe in Verbindung.
Als Robert Blaum mich zum letztenmal anrief, hatte ich die beiden schon ein Jahr nicht mehr gesehen. Mit ihm sprach ich meistens nur wenig, aber mit ihr führte ich lange Unterhaltungen. Ich berichtete ihr, was es Neues draußen auf der Welt gab, und sie erzählte mir aus ihrer Vergangenheit, die immer lebendiger für sie zu werden schien, als wären alle Erinnerungen von einst Teil ihrer Gegenwart in der Stille, die sie nun umgab. Manchmal ließ sie mir auf verschiedenen Wegen Haferplätzchen zukommen, die sie für mich gebacken hatte, und Lavendelbeutelchen, um sie zwischen die Wäsche zu legen. In den letzten Wochen schickte sie mir auch ausgesuchte Geschenke: ein Tuch, das ihr Mann ihr vor vielen Jahren geschenkt hatte, Fotos aus ihrer Jugend, eine wertvolle alte Brosche. Ich glaube, dies sowie der Wunsch, mich fernzuhalten, und die Tatsache, daß Robert es immer vermied, von dem Buch zu sprechen, hätten mich hellhörig machen müssen, aber tatsächlich ahnte ich nicht, was in jenem Haus in den Bergen vor sich ging. Später, als ich Annas Tagebuch las, erfuhr ich, daß Robert nicht eine Zeile geschrieben hatte. Diese ganze Zeit hindurch war er einzig darum bemüht, seiner Frau Liebe zu erweisen, aber das konnte den Lauf der Ereignisse nicht hemmen.
An den Wochenenden ist der Ausflug in die Kolonie eine Wallfahrt von Autos mit heißgelaufenen Motoren, die sich im Schrittempo vorwärtsschieben, aber an den andern Tagen,

vor allem zur Regenzeit, ist es eine einsame Spazierfahrt über eine Straße mit engen Kurven, die um die Berggipfel herumführt zwischen schreckeneinflößenden Abgründen auf der einen und Palmenhainen auf der anderen Seite. An diesem Nachmittag hatten sich Wolken zwischen den Höhen verfangen, und die Landschaft sah aus, als wäre sie aus Watte. Der Regen hatte die Vögel zum Schweigen gebracht, und man hörte nur die Tropfen gegen die Fenster trommeln und das Schaben der Scheibenwischer. Als ich höher hinaufkam, wurde die Luft kühler. Ich spürte das Gewitter, das im Nebel hing, als wäre ich in das Klima anderer Breiten geraten. Plötzlich hinter einer Wegbiegung tauchte jene so deutsch aussehende Ansiedlung auf mit den schrägen Dächern, die einen Schnee tragen sollten, der hier nie fallen würde. Um zu den Blaums zu kommen, mußte ich durch das ganze Dorf fahren, das um diese Stunde völlig verlassen aussah. Ihr Häuschen ähnelte den übrigen, es war aus dunklem Holz, hatte ein mit Schnitzereien versehenes Vordach, an den Fenstern hingen Spitzengardinen, vorn blühte ein gut gepflegter Blumengarten, und hinten lag ein kleiner Erdbeergarten. Ein scharfer Wind brauste in den Bäumen, aber aus dem Schornstein kam kein Rauch. Der Hund, der sie jahrelang begleitet hatte, lag im Eingang und rührte sich nicht, obwohl ich ihn anrief, er hob nur den Kopf und sah mich an, ohne mit dem Schwanz zu wedeln, als erkenne er mich nicht. Ich trat durch die unverschlossene Tür ins Haus, und er folgte mir. Es war dunkel. Ich tastete an der Wand nach dem Schalter und machte Licht. Alles sah ordentlich aus, in den großen Vasen standen frische Eukalyptuszweige, die die Luft mit einem sauberen Geruch erfüllten. Ich durchquerte das Wohnzimmer dieses gemieteten Hauses, in dem nichts die Anwesenheit der Blaums verriet außer den Bücherstapeln und der Geige, und ich wunderte mich, daß meine Freunde in den anderthalb Jahren dem Ort, an dem sie lebten, nicht ihre Persönlichkeiten aufgeprägt hatten.

Ich stieg die Treppe zum Dachgeschoß hinauf, wo das Schlafzimmer lag, ein ziemlich großer Raum mit hohem rustikalem Dachgebälk, verblichenen Tapeten an den Wänden und gewöhnlichen Möbeln in angenähert provenzalischem Stil. Eine Nachttischlampe beleuchtete das Bett, auf dem Anna lag, in dem blauen Seidenkleid und mit der Korallenkette, die ich sie so oft hatte tragen sehen. Sie hatte im Tod denselben Ausdruck von Unschuld wie auf ihrem vor so langer Zeit aufgenommenen Hochzeitsbild, als der Kapitän des Schiffes sie mit Robert traute, siebzig Meilen von der Küste entfernt, an jenem strahlenden Nachmittag, an dem die fliegenden Fische aus dem Meer sprangen, um den Flüchtlingen zu verkünden, daß das Gelobte Land nahe war. Der Hund, der mir gefolgt war, legte sich in eine Ecke und winselte leise.

Auf dem Nachttisch, neben einer unvollendeten Stickerei und Annas Tagebuch, fand ich einen von Robert an mich gerichteten Brief, in dem er mich bat, ich möge mich des Hundes annehmen und dafür sorgen, daß er und Anna im selben Sarg auf dem Friedhof der Kolonie begraben würden. Sie hatten beschlossen, gemeinsam zu sterben, weil Anna an Krebs im letzten Stadium litt, und sie wollten Hand in Hand in den anderen Zeitraum reisen, wie sie immer gelebt hatten, damit sie in dem flüchtigen Augenblick, in dem der Geist sich vom Körper löst, nicht Gefahr liefen, einander in der Weglosigkeit des weiten Weltalls zu verlieren.

Ich lief durchs Haus auf der Suche nach Robert. Ich fand ihn in seinem Arbeitszimmer, einem kleinen Raum hinter der Küche, er saß an seinem Schreibtisch aus hellem Holz und hielt schluchzend den Kopf zwischen den Händen. Auf dem Schreibtisch lag die Spritze, mit der er seiner Frau das Gift injiziert hatte, sie war nun gefüllt mit der Dosis, die für ihn bestimmt war. Ich strich ihm über den Nacken, er hob den Blick und sah mich lange an.

»Nur dich kann ich darum bitten, Eva ... Hilf mir zu sterben.«

Ein diskretes Wunder

Die Familie Boulton stammte von einem Liverpooler Kaufmann ab, der um die Mitte des neunzehnten Jahrhunderts auswanderte, mit seinem ungeheuren Ehrgeiz als einzigem Vermögen, und der mit einer kleinen Flotte von Frachtschiffen im südlichsten Teil des amerikanischen Kontinents zu Reichtum gelangte. Die Boultons waren prominente Mitglieder der britischen Kolonie, und wie so viele Engländer, die fern von ihrer Insel leben, hielten sie mit absurder Hartnäkkigkeit an ihren Traditionen und ihrer Sprache fest, bis die Vermischung mit kreolischem Blut ihren Dünkel untergrub und ihre angelsächsischen Vornamen gegen andere, landesüblichere vertauschte.

Gilberto, Filomena und Miguel wurden auf dem Gipfel des Boulton-Wohlstands geboren, doch im Laufe ihres Lebens sahen sie den Seeverkehr niedergehen und den Hauptteil ihrer Einkünfte dahinschwinden. Aber wenn sie auch nicht länger reich waren, konnten sie ihren Lebensstil doch aufrechterhalten. Es wäre nicht einfach, drei in Aussehen und Charakter so gegensätzliche Geschwister zu treffen wie diese drei. Im Alter verstärkten sich ihre Wesenszüge noch, aber trotz ihrer offenkundigen Verschiedenheiten stimmten ihre Seelen im Kern überein.

Gilberto war ein Dichter von einigen siebzig Jahren, ein Mann mit feinem Gesicht und dem Habitus eines Tänzers, dessen Leben fern von materiellen Zwängen zwischen Kunstbüchern und Antiquitäten verlaufen war. Als einziges der Geschwister war er in England erzogen worden, eine Erfahrung, die ihn tief geprägt hatte. So war ihm für immer das Laster des Teetrinkens verblieben. Er hatte nie geheiratet, vermutlich, weil er nicht zur rechten Zeit die bleiche Maid getroffen hatte, die so oft in seinen Jugendversen auftauchte, und als er dieser Illusion entsagte, war es zu spät, seine Junggesellengewohnheiten waren bereits zu gründlich eingewurzelt. Er spöttelte über seine blauen Augen, sein gelbblondes Haar und seine Vorfahren und sagte, fast alle Boultons seien gewöhnliche Kaufleute gewesen, die so lange die Aristokraten gespielt hätten, bis sie schließlich überzeugt waren, es tatsächlich zu sein. Doch er trug Tweedjacketts mit Lederflecken auf den Ellbogen, spielte Bridge, las die drei Wochen überfällige Times und pflegte die Ironie und das Phlegma, die den britischen Intellektuellen zugeschrieben werden.

Filomena, rund und schlicht wie eine Bäuerin, war Witwe und Großmutter mehrerer Enkel. Sie war mit großer Duldsamkeit ausgestattet, die ihr erlaubte, Gilbertos anglophile Grillen ebenso hinzunehmen wie die Tatsache, daß Miguel mit löchrigen Schuhen und zerfransten Hemdkragen umherging. Nie ließ sie es an Bereitwilligkeit fehlen, Gilberto zu betreuen, wenn er kränkelte, ihm zuzuhören, wenn er seine merkwürdigen Gedichte vortrug, oder bei Miguels zahllosen Unternehmungen mitzuwirken. Sie strickte unermüdlich Westen für ihren jüngeren Bruder, der sie ein paarmal anzog und dann einem Bedürftigeren schenkte. Die Stricknadeln waren eine Verlängerung ihrer Hände, sie bewegten sich in munterem Takt, einem ständigen Ticktack, das ihre Gegenwart meldete und sie immer begleitete wie der Jasminduft ihres Toilettenwassers.

Miguel Boulton war Priester. Im Gegensatz zu seinen Geschwistern war er brünett, kleingewachsen und fast gänzlich von schwarzem Flaum bedeckt, wodurch er ein wenig wie ein Affe hätte aussehen können, wenn sein Gesicht nicht so gütig gewesen wäre. Mit siebzehn Jahren hatte er die Vorteile des Familienwohnsitzes aufgegeben und kehrte dorthin nur zurück, um mit seinen Verwandten am sonntäglichen Frühstück teilzunehmen oder damit Filomena ihn pflegte, wenn er, was selten geschah, ernstlich krank wurde. Er spürte nicht die mindeste Sehnsucht nach den Bequem-

lichkeiten, die er in seiner Jugend genossen hatte, und trotz seiner gelegentlichen Anwandlungen von schlechter Laune betrachtete er sich als einen glücklichen Menschen und war mit seinem Leben zufrieden.
Er wohnte nahe der städtischen Müllhalde in einer elenden Ansiedlung vor den Toren der Hauptstadt, wo die Straßen weder Pflaster noch Bürgersteige, noch Bäume aufzuweisen hatten. Seine Hütte war aus Brettern und Zinkblechplatten gebaut. Im Sommer stiegen aus dem Boden übelriechende Dünste von den Gasen auf, die sich durch den einsickernden Unrat unter der Erde bildeten. Sein Mobiliar bestand aus einer Pritsche, einem Tisch, zwei Stühlen und einigen Bücherborden, und an den Wänden prangten revolutionäre Plakate, Blechkreuze, von den politischen Gefangenen angefertigt, bescheidene Behänge, von den Müttern der Verschwundenen bestickt, und Fähnchen von seinem Lieblingsfußballklub. Neben dem Kruzifix, vor dem er jeden Morgen allein die Heilige Kommunion nahm und jeden Abend Gott für das Glück dankte, noch am Leben zu sein, hing eine rote Fahne. Pater Miguel war eines jener Geschöpfe, die von der schrecklichen Leidenschaft für die Gerechtigkeit besessen sind. In seinem langen Leben hatte er soviel fremdes Leid in sich angehäuft, daß er unfähig war, an den eigenen Schmerz zu denken, und das im Verein mit der Gewißheit, im Namen Gottes zu handeln, machte ihn furchtlos und kühn. Jedesmal, wenn die Soldaten in sein Haus eindrangen, ihn der Unruhestiftung beschuldigten und mit fortschleppten, mußten sie ihn knebeln, denn sie konnten ihn auch mit Knüppelhieben nicht daran hindern, daß er sie mit Beschimpfungen überhäufte, vermischt mit Sprüchen aus den Evangelien. Er war so oft verhaftet worden, hatte aus Solidarität mit den Gefangenen so viele Hungerstreiks durchgestanden und so viele Verfolgte unter seinen Schutz genommen, daß er nach dem Gesetz der Wahrscheinlichkeit schon mehrmals hätte tot sein müssen. Sein Foto, auf dem

er vor einem Haus der Politischen Polizei saß mit einem Schild zwischen den Händen, das verkündete, hier würden Menschen gefoltert, ging um die ganze Welt. Es gab keine Strafe, die imstande war, ihn einzuschüchtern, aber sie wagten nicht, ihn verschwinden zu lassen, dazu war er bereits zu bekannt. An den Abenden, wenn er vor seinem kleinen Hausaltar niederkniete, um mit Gott zu sprechen, plagten ihn ängstliche Zweifel, ob die Liebe zum Nächsten und das Verlangen nach Gerechtigkeit seine einzigen Triebfedern seien oder ob in seinen Handlungen nicht auch ein satanischer Hochmut verborgen sein könnte. Dieser Mann, der es fertigbrachte, ein Kind mit Boleros in den Schlaf zu singen und nächtelang zu wachen und Kranke zu warten, traute dem Adel seines eigenen Herzens nicht. Sein Leben lang hatte er gegen den Zorn gekämpft, der ihm das Blut verdickte und ihn zu unbeherrschbaren Ausbrüchen verleitete. Insgeheim fragte er sich, was aus ihm geworden wäre, wenn die Umstände ihm nicht so gute Vorwände böten, sich immer wieder kräftig abzureagieren. Filomena ging ganz auf ihn ein, aber Gilberto meinte, wenn ihm in fast siebzig Jahren Balanceakt auf dem Schlappseil nichts Schlimmes geschehen sei, dann gebe es keinen Grund, sich zu beunruhigen, denn der Schutzengel seines Bruders habe ja wohl bewiesen, wie tatkräftig er war.

»Engel gibt es nicht. Das sind semantische Irrtümer«, sagte Miguel.

»Red nicht so ketzerisch, Mensch.«

»Das waren einfache Boten, bis der heilige Thomas von Aquino diesen ganzen Schwindel erfand.«

»Willst du mir erzählen, daß die Feder des Erzengels Gabriel, die in Rom verehrt wird, aus dem Schwanz eines Geiers stammt?« fragte Gilberto lachend.

»Wenn du nicht an die Engel glaubst, glaubst du an gar nichts. Du solltest den Beruf wechseln«, warf Filomena ein.

»Man hat einige Jahrhunderte damit vergeudet, zu erörtern,

wie viele von diesen Kreaturen auf einer Nadelspitze Platz haben. Wozu das? Die sollen ihre Energien nicht auf Engel verschwenden, sondern darauf, den Menschen zu helfen!«
Miguel hatte trotz mehrerer Operationen allmählich seine Sehkraft eingebüßt und war schon fast blind. Mit dem rechten Auge sah er gar nichts und mit dem linken nur wenig, er konnte damit nicht lesen, und es war sehr schwierig für ihn, seine nähere Umgebung zu verlassen, weil er sich in den Straßen verirrte. Er wurde immer stärker von Filomena abhängig, wenn er beweglich bleiben wollte. Sie begleitete ihn oder schickte ihm das Auto mit dem Chauffeur, Sebastián Canuto alias »El Cuchillo«, einem ehemaligen Sträfling, den Miguel aus dem Gefängnis geholt und auf den rechten Weg geführt hatte und der seit zwanzig Jahren für die Familie arbeitete. Während der politischen Wirren der letzten Jahre hatte El Cuchillo sich in den heimlichen Leibwächter des Priesters verwandelt. Wenn das Gerücht von einem Protestmarsch umging, gab Filomena ihm für den Tag frei, und er machte sich auf zu Miguels Vorort, versehen mit einem kräftigen Knüttel und einem Paar Schlagringe, die er in der Tasche versteckte. Er bezog auf der Straße Stellung, wartete, bis der Priester sein Haus verließ, und folgte ihm dann in sicherer Entfernung, bereit, ihn mit Prügeln zu verteidigen oder ihn an einen geschützten Ort zu schleppen, wenn die Lage es erforderte. Zum Glück war Miguel durch die Nebelwolke, in der er lebte, gehindert, diese Rettungsmanöver zu durchschauen, sonst wäre er sehr wütend geworden, denn er hätte es als ungerecht angesehen, über solchen Beistand zu verfügen, während die übrigen Demonstranten die Schläge, die Wasserstrahlen und die Tränengasschwaden aushalten mußten.
Als Miguels siebzigster Geburtstag herannahte, platzte in seinem linken Auge plötzlich ein Gefäß, und in wenigen Sekunden befand er sich in tiefster Dunkelheit. Es geschah in der Kirche auf einer Versammlung mit den Anwohnern,

er sprach gerade über die Notwendigkeit, sich zu organisieren, um gegen die städtische Müllhalde vorzugehen, weil man nicht länger zwischen all dem Fliegengeschmeiß und all dem Fäulnisgestank leben könne. Viele Nachbarn standen der katholischen Religion ablehnend gegenüber, für sie gab es einfach keinen Beweis für die Existenz Gottes, im Gegenteil, die Leiden, die sie durchlebten, bezeugten unwiderleglich, daß das Weltall nur ein einziges Schlachtfeld war, aber auch sie betrachteten die Pfarrei als natürlichen Mittelpunkt der Armensiedlung. Das Kreuz, das Miguel auf der Brust trug, schien ihnen nur ein geringfügiges Übel zu sein, so etwas wie eine Altersschrulle. Der Priester ging nach seiner Gewohnheit auf und ab, während er sprach, als er plötzlich spürte, wie Schläfen und Herz zu rasen begannen und sein Körper sich mit klebrigem Schweiß bedeckte. Er schrieb das der Hitze der Diskussion zu, führte den Ärmel an die Stirn und schloß sekundenlang die Augen. Als er sie wieder öffnete, glaubte er sich in einen Strudel auf dem Meeresgrund versenkt, er nahm nur heftiges Wogen wahr, wirbelnde Flecke, alles schwarz in schwarz. Er streckte den Arm aus auf der Suche nach einem Halt.

»Sie haben uns das Licht abgesperrt«, sagte er, weil er an eine neue Schikane dachte.

Seine Freunde umringten ihn erschrocken. Pater Boulton war ein großartiger Genosse, der unter ihnen gelebt hatte, so lange sie denken konnten. Bis jetzt hatten sie ihn für unbesiegbar gehalten, für einen kräftigen, muskelstarken Mannskerl mit der Stimmgewalt eines Sergeanten und einem Paar Maurerhänden, die sich zwar zum Gebet falteten, aber eigentlich fürs Zuschlagen geschaffen schienen. Nun plötzlich begriffen sie, wie abgekämpft er war, sie sahen ihn vor sich, klein, zusammengeschrumpft, ein verrunzeltes Kind. Eine Schar Frauen bemühte sich recht und schlecht, ihm Erste Hilfe zu leisten, sie nötigten ihn, sich auf dem Boden auszustrecken, legten ihm nasse Tücher auf die Stirn, gaben ihm heißen Wein zu trinken, massierten ihm die Füße. Aber nichts brachte Erfolg, im Gegenteil, bei all dem Befühlen und Hantieren ging dem Kranken die Luft aus. Endlich gelang es Miguel, sich zu befreien und aufzustehen, bereit, sich diesem neuen Unglück zu stellen.

»Mich hat's erwischt«, sagte er, ohne die Ruhe zu verlieren. »Bitte holt meine Schwester, sagt ihr, daß ich in der Klemme stecke, aber gebt ihr keine Einzelheiten, damit sie sich nicht beunruhigt.«

Umgehend erschien Sebastián Canuto, mürrisch und wortkarg wie immer, und meldete, Señora Filomena könne die Folge der Fernsehserie nicht versäumen, und hier schicke sie ihm etwas Geld und einen Korb mit Lebensmitteln für seine Leute.

»Darum geht es diesmal nicht, Cuchillo. Ich bin anscheinend blind geworden.«

El Cuchillo packte ihn ins Auto, und ohne Fragen zu stellen, fuhr er ihn durch die ganze Stadt bis zum Haus der Boultons, das sich elegant in einem etwas verwilderten, aber immer noch herrschaftlichen Park erhob. Mit anhaltendem Hupen brachte er alle Bewohner auf die Beine, half dem Kranken aussteigen und schaffte ihn fast auf seinen Armen ins Haus, ganz erschüttert, ihn so blaß und fügsam zu sehen. Erste Tränen liefen über sein grobes Ganovengesicht, als er Gilberto und Filomena erklärte, was geschehen war.

»Heilandssack, Don Miguel kann nicht mehr kucken! Das hat uns gerade noch gefehlt!« El Cuchillo weinte hemmungslos.

»Red nicht unflätig vor dem Dichter«, sagte der Priester.

»Bring ihn ins Bett, Cuchillo«, ordnete Filomena an. »Das ist nichts Ernstes, sicherlich eine Erkältung. Das kommt davon, wenn man ohne Weste geht.«

»Die Zeit blieb stehen / es wintert Tag und Nacht / und reines Schweigen herrscht / auf Fühlern in die Schwärze ...« begann Gilberto zu improvisieren.

»Sag der Köchin, sie soll eine Hühnerbrühe machen«, trug seine Schwester ihm auf, was ihn zum Schweigen brachte.

Der Hausarzt untersuchte Miguel und empfahl ihm dann, einen Augenarzt aufzusuchen. Am Tage darauf, nach leidenschaftlichen Ausführungen über die Gesundheit als Gabe Gottes und Recht des Volkes, die von dem infamen herrschenden System in das Privileg einer Kaste verwandelt worden sei, willigte der Kranke ein, zu einem Spezialisten zu gehen. Sebastián Canuto fuhr die drei Geschwister zum Hospital des südlichen Bezirks, dem einzigen von Miguel gebilligten Krankenhaus, denn hier versorgte man die Ärmsten der Armen. Die Blindheit hatte den Priester in die übelste Laune versetzt, er konnte den göttlichen Plan nicht begreifen, der ihn gerade dann zum Invaliden machte, wenn seine Dienste am meisten gebraucht wurden. An christliche Ergebung erinnerte er sich nicht einmal. Von Anfang an lehnte er es ab, geführt oder gestützt zu werden, er suchte sich lieber tastend selbst den Weg, auch auf die Gefahr hin, sich die Knochen zu brechen, und das nicht so sehr aus Stolz als vielmehr, um sich so schnell wie möglich an die neue Behinderung zu gewöhnen. Filomena wies Sebastián Canuto heimlich an, die Richtung zu wechseln und sie in die Deutsche Klinik zu bringen, aber ihr Bruder, der den Geruch des Elends nur zu gut kannte, wurde mißtrauisch, als sie kaum die Schwelle dort überschritten hatten, und sein Verdacht bestätigte sich, als er im Fahrstuhl Musik hörte. Sie mußten ihn schleunigst wieder hinausbringen, ehe ein fürchterliches Donnerwetter losbrach. Im Hospital warteten sie dann vier Stunden, die Miguel dazu nutzte, sich nach den Kümmernissen der übrigen Patienten im Saal zu erkundigen, während Filomena eine neue Weste anfing und Gilberto das Gedicht über die Fühler in die Schwärze weiterspann, das am Tage zuvor aus seinem Gemüt aufgestiegen war.
»Für das rechte Auge gibt es keine Heilung, und um dem lin-

ken ein wenig Sehkraft zurückzugeben, müßte man es erneut operieren«, sagte der Arzt, der sich endlich ihrer annahm. »Es hat schon drei Operationen hinter sich, und das Gewebe ist sehr geschwächt, das erfordert spezielle Techniken und Instrumente. Ich glaube, der einzige Ort, wo Sie es versuchen könnten, ist das Militärhospital ...«

»Niemals!« unterbrach ihn Miguel. »Niemals setze ich meinen Fuß in diese Höhle der Gottlosen!«

Der Arzt fuhr erschrocken zusammen und zwinkerte der Schwester entschuldigend zu, die sich mit einem wissenden Lächeln abwandte.

»Sei doch nicht so eigensinnig, Miguel! Das ist doch nur für ein paar Tage, ich glaube nicht, daß du damit deine Prinzipien verrätst. Niemand kommt dafür in die Hölle!« redete Filomena auf ihn ein, aber ihr Bruder erwiderte, lieber würde er für den Rest seines Lebens blind bleiben, als den Militärs das Vergnügen zu gönnen, ihm sein Augenlicht wiedergegeben zu haben. In der Tür hielt der Arzt ihn am Arm zurück.

»Einen Augenblick, Pater ... Haben Sie schon von der Klinik des Opus Dei gehört? Dort arbeiten sie auch mit ganz modernen Mitteln.«

»Opus Dei?« rief der Priester aus. »Haben Sie Opus Dei gesagt?«

Filomena versuchte ihn aus dem Sprechzimmer zu ziehen, aber er klammerte sich am Türrahmen fest, um den Doktor darüber aufzuklären, daß er auch diese Leute nie um einen Gefallen bitten würde.

»Aber wieso ... sind das denn keine Katholiken?«

»Das ist ein Haufen reaktionärer Pharisäer!«

»Verzeihen Sie ...«, stammelte der Arzt.

Im Wagen dann setzte er dem Chauffeur und seinen Geschwistern gründlich auseinander, daß das Opus Dei kein Werk Gottes sei, auch wenn sie sich so nannten, sondern eine ganz finstere Organisation, die mehr damit beschäftigt sei, das Gewissen der Oberklasse zu beruhigen, als die zu speisen, die vor Hunger stürben, und eher ginge ein Kamel durch ein Nadelöhr, als daß ein Reicher in den Himmel käme, und mehr in dieser Art. Er fügte hinzu, das soeben Erlebte beweise einmal mehr, wie schlecht die Dinge im Lande stünden, wo nur die Privilegierten sich anständig auskurieren könnten und die übrigen sich mit Kräutertees des Erbarmens und Breiumschlägen der Demütigung bescheiden müßten. Zuletzt verlangte er, sofort nach Hause gebracht zu werden, weil er seine Geranien begießen und die Sonntagspredigt vorbereiten müsse.

»Ich stimme zu«, sagte unvermittelt Gilberto, den die Stunden des Wartens und der Anblick von soviel Unglück und soviel Häßlichkeit in dem Hospital tief deprimiert hatten. Er war an solcherart Anstalten nicht gewöhnt.

»Wem stimmst du zu?« fragte Filomena.

»Daß wir nicht ins Militärhospital gehen können, das wäre mehr als abgeschmackt. Aber wir können doch dem Opus Dei eine Chance geben, meint ihr nicht?«

»Was redest du bloß!« widersprach sein Bruder. »Ich habe dir doch erklärt, was ich von ihnen halte!«

»Jeder würde sagen, wir können es nicht bezahlen!« behauptete Filomena, die drauf und dran war, die Geduld zu verlieren.

»Man vergibt sich doch nichts, wenn man sich mal umschaut«, schlug Gilberto vor und wischte sich mit dem parfümierten Taschentuch über den Nacken.

»Diese Leute sind so damit beschäftigt, ihre Gelder auf den Banken zu bewegen und mit goldenen Nadeln Meßgewänder zu sticken, daß sie keine Lust mehr haben, die Bedürfnisse anderer zu sehen. Den Himmel gewinnt man nicht durch gebeugte Knie, sondern ...«

»Aber Sie sind nicht arm, Don Miguel«, unterbrach ihn Sebastián Canuto, der ratlos das Lenkrad umklammerte.

»Beleidige mich nicht, Cuchillo. Ich bin so arm wie du. Kehr

um und bring uns zu dieser Klinik, damit wir unserm Dichter beweisen, daß er wie immer auf Wolken wandelt.«
Sie wurden von einer liebenswürdigen Dame empfangen, die sie ein Formular ausfüllen ließ und ihnen Kaffee anbot. Fünfzehn Minuten später betraten die drei das Sprechzimmer.
»Vor allem andern, Doktor, möchte ich wissen, ob Sie auch zum Opus Dei gehören oder hier nur arbeiten«, sagte der Priester.
»Ich gehöre zum Werk«, antwortete der Arzt mit sanftem Lächeln.
»Wieviel kostet die Konsultation?« Der Ton des Priesters verhehlte nicht seinen Sarkasmus.
»Haben Sie finanzielle Probleme, Pater?«
»Sagen Sie mir nur, wieviel.«
»Nichts, wenn Sie nicht bezahlen können. Spenden sind freiwillig.«
Einen kurzen Augenblick hatte es Pater Boulton die Rede verschlagen, aber die Verwirrung hielt nicht lange an.
»Das alles hier sieht nicht aus wie ein Werk, das der Wohltätigkeit geweiht ist.«
»Es ist eine Privatklinik.«
»Aha ... hier kommen nur die her, die sich Spenden leisten können.«
»Hören Sie, Pater, wenn es Ihnen nicht gefällt, schlage ich vor, Sie gehen wieder«, entgegnete der Arzt. »Aber Sie werden nicht verschwinden, bevor ich Sie untersucht habe. Wenn Sie wollen, bringen Sie mir alle Ihre Schützlinge, wir werden sie hier aufs beste versorgen, und dafür bezahlen sie, was sie eben können. Und jetzt sitzen Sie still und machen schön die Augen auf!«
Nach einer sorgfältigen Untersuchung bestätigte der Arzt die vorige Diagnose, doch er war nicht sehr optimistisch.
»Wir verfügen hier über ein hervorragendes Ärzteteam, aber es handelt sich um eine sehr heikle Operation. Ich will Sie

nicht belügen, Pater, nur ein Wunder kann Ihnen die Sehkraft wiedergeben«, schloß er.

Miguel war so betreten, daß er ihm kaum zuhörte, aber Filomena hatte plötzlich eine Hoffnung, an die sie sich klammern konnte.

»Ein Wunder, sagen Sie?«

»Nun ja, das ist so eine Redensart, Señora. Im Grunde kann nichts und niemand ihm garantieren, daß er wieder sehen wird.«

»Wenn Sie ein Wunder wollen, dann weiß ich, wo wir es bekommen können«, sagte Filomena und packte ihr Strickzeug in die Tasche. »Vielen Dank, Doktor. Bereiten Sie nur schon alles für die Operation vor, wir sind bald zurück.«

Als sie wieder im Auto saßen, Miguel schweigsam zum ersten Mal seit langer Zeit und Gilberto ermattet von den Erschütterungen des Tages, wies Filomena den Chauffeur an, Kurs auf die Berge zu nehmen. Sebastián Canuto warf ihr einen Seitenblick zu und grinste begeistert. Er hatte schon früher seine Patrona in diese Richtung gefahren und hatte es nie gern getan, denn der Weg wand sich in endlosen Schlangenlinien, aber diesmal befeuerte ihn der Gedanke, dem Mann zu helfen, den er am meisten auf der Welt verehrte.

»Wohin fahren wir denn jetzt?« murmelte Gilberto, sich zu britischer Höflichkeit ermannend, um nicht vor Müdigkeit zusammenzubrechen.

»Schlaf du lieber, die Reise ist lang. Wir fahren zur Grotte der Juana von den Lilien«, erklärte seine Schwester.

»Du mußt verrückt sein!« rief der Priester verblüfft aus.

»Sie ist eine Heilige.«

»Das ist reiner Blödsinn. Die Kirche hat sie nicht anerkannt.«

»Der Vatikan läßt sich hundert Jahre Zeit, ehe er einen Heiligen anerkennt. So lange können wir nicht warten«, sagte Filomena energisch.

»Wenn Miguel schon nicht an Engel glaubt, wird er noch weniger an kreolische Heilige glauben, zumal diese Juana aus einer Grundbesitzerfamilie kommt«, seufzte Gilberto.
»Das hat nichts zu sagen, sie hat in Armut gelebt. Setz Miguel keine Flausen in den Kopf«, sagte Filomena.
»Wenn ihre Familie nicht bereit wäre, ein Vermögen dafür zu verschwenden, einen eigenen Heiligen zu haben, dann wüßte kein Mensch von ihrer Existenz«, unterbrach der Priester sie.
»Sie wirkt mehr Wunder als irgendeiner von deinen ausländischen Heiligen.«
»Jedenfalls erscheint es mir reichlich anmaßend, eine besondere Behandlung zu verlangen. Krankheit hin oder her, ich bin niemand und habe nicht das Recht, den Himmel mit persönlichen Ansprüchen in Bewegung zu setzen«, schnaubte der Blinde.

Juanas Ruf wurde begründet, als nach ihrem frühen Tod die Bauern der Umgebung, die sie wegen ihres frommen Lebens und ihrer wohltätigen Werke bewundert hatten, zu ihr zu beten begannen und sie um ihren Beistand anflehten. Bald raunte man, die Verstorbene könne Wunder wirken, das Gerücht schwoll an und gipfelte in dem Wunder des Forschers, wie sie es nannten. Der Mann war zwei Wochen im Gebirge herumgeirrt, und als die Rettungsmannschaften schon die Suche aufgegeben hatten und im Begriff waren, ihn für tot zu erklären, tauchte er völlig erschöpft und ausgehungert, aber sonst wohlbehalten wieder auf. In seinen Erklärungen an die Presse erzähle er, in einem Traum habe er die Gestalt eines jungen Mädchens in einem langen Gewand gesehen, das einen Strauß Blumen in den Armen gehalten habe. Als er erwachte, spürte er den starken Duft von Lilien und wußte nun ohne jeden Zweifel, daß der Traum eine himmlische Botschaft gewesen war. Er folgte dem durchdringenden Blumenduft, und es gelang ihm, jenem Labyrinth von Engpässen und Abgründen zu entkommen und endlich einen Weg zu erreichen. Als man ihm ein Bild Juanas vorlegte, bezeugte er, daß sie das Mädchen in seiner Vision gewesen war. Juanas Familie ließ es sich angelegen sein, die Geschichte zu verbreiten, sie bauten eine Grotte an dem Ort, wo sie dem Forscher erschienen war, und setzten alle erreichbaren Mittel in Bewegung, um den Fall vor den Vatikan zu bringen. Bis zum gegenwärtigen Zeitpunkt war jedoch noch keine Antwort von der Kurienkongregation gekommen. Der Heilige Stuhl glaubte nicht an überstürzte Entscheidungen, er hatte viele Jahrhunderte lang seine Macht sparsam ausgeübt und erwartete, das noch viele Jahrhunderte länger zu tun, und daher hatte er es mit nichts eilig und schon gar nicht mit Selig- und Heiligsprechungen. Er erhielt zahlreiche Zeugnisse aus dem südamerikanischen Kontinent, wo fortwährend Propheten, Betbrüder, Prediger, Säulenheilige, Märtyrer, Jungfrauen, Anachoreten und andere Originale auftauchten und von der Bevölkerung verehrt wurden, aber das war kein Grund, sich für jeden einzelnen zu begeistern. Es brauchte große Behutsamkeit in diesen Dingen, denn jeder falsche Schritt konnte ins Lächerliche führen, vor allem in diesen Zeiten des Pragmatismus, wo die Ungläubigkeit den Glauben übertrumpfte. Doch Juanas fromme Anhänger warteten den Spruch aus Rom nicht ab, um sie als Heilige auszurufen. Bildchen und Medaillen mit ihrem Antlitz wurden verkauft, und jeden Tag standen Anzeigen in der Zeitung, in denen ihr für erwiesenen Beistand gedankt wurde. In der Grotte wurden so viele Lilien gepflanzt, daß der Geruch die Pilger betäubte. Die brennenden Öllampen, Wachskerzen und Fackeln erzeugten eine Rauchwolke, die hartnäckig im Raum hing, und das Echo der Gesänge und Gebete hallte von den Felsen wider und verwirrte die Kondore in ihrem Flug. In kurzer Zeit füllte sich die Stätte mit Gedenktafeln, jeder Art von orthopädischen Apparaten und Miniaturnachahmungen von menschlichen Organen, von den Gläubigen als Beweis für eine übernatürliche Heilung dort zurückgelassen. Durch eine öffentliche Sammlung kam genug Geld ein, um den Weg zu pflastern, und nach zwei Jahren hatte man eine Straße, die zwar voller Kurven, aber befahrbar war und die Hauptstadt mit der Kapelle verband.

Die Geschwister Boulton erreichten mit Anbruch der Nacht ihr Ziel. Sebastián Canuto half den drei Alten den Pfad hinauf, der zur Grotte führte. Trotz der späten Stunde fehlte es nicht an Andächtigen, die einen krochen auf den Knien über die Steine, von hilfreichen Verwandten gestützt, andere beteten laut oder entzündeten Kerzen vor einer Gipsstatue der Seligen. Filomena und El Cuchillo knieten nieder, um ihr Anliegen vorzubringen, Gilberto setzte sich auf eine Bank, um über die Wendungen nachzudenken, die das Leben nehmen kann, und Miguel blieb aufrecht stehen und knurrte, wenn es schon darum ging, um Wunder zu bitten, warum beteten sie nicht lieber dafür, daß der Tyrann stürzte und die Demokratie ein für allemal zurückkehrte.
Wenige Tage später operierten die Ärzte des Opus Dei das linke Auge kostenlos, nachdem sie die Geschwister davor gewarnt hatten, sich großen Illusionen hinzugeben. Der Priester hatte Filomena und Gilberto dringlich gebeten, nicht die kleinste Bemerkung über Juana von den Lilien zu machen, er hatte genug an der Demütigung zu schlucken, daß seine ideologischen Widersacher ihm halfen. Kaum wurde er entlassen, nahm Filomena ihn mit nach Hause, ohne seine Proteste zu beachten. Miguel prangte in einem riesigen Verband, der sein halbes Gesicht bedeckte, und war sehr angegriffen von allem, was geschehen war, aber seine Bescheidenheit war die alte geblieben. Er erklärte, er wünsche keine Privatpflege in Anspruch zu nehmen, und so mußte die für diese Gelegenheit eingestellte Krankenschwester wieder verabschiedet werden. Filomena und der treue Sebastián Canuto übernahmen es, ihn zu betreuen, was keine leichte Auf-

gabe war, denn der Kranke war übelster Laune, hielt es im Bett nicht aus und wollte nichts essen.
Die Anwesenheit des Priesters veränderte die eingefahrenen Gewohnheiten des Hauses aufs gründlichste. Die Rundfunksender der Opposition und die Stimme Moskaus auf Kurzwelle dröhnten zu jeder Stunde, und ein ständiger Strom von mitfühlenden Bewohnern aus Miguels Vorort kam den Kranken besuchen. Sein Zimmer füllte sich mit bescheidenen Geschenken: Zeichnungen von Schulkindern, Kuchen, in Konservendosen gezogenen Kräutern und Blumen, einem Huhn für die Suppe und sogar einem zwei Monate alten Hündchen, das auf die persischen Teppiche pinkelte und die Stuhlbeine annagte und das ihm ein Nachbar gebracht hatte in der Vorstellung, man könne es zum Blindenhund abrichten.
Doch seine Genesung schritt rasch voran, und am dritten Tag nach der Operation rief Filomena den Arzt an, um ihm mitzuteilen, daß ihr Bruder schon gut sehen konnte.
»Aber ich habe Ihnen doch gesagt, er darf die Binde nicht abnehmen!« rief der Arzt aus.
»Den Verband hat er noch drauf. Jetzt sieht er mit dem anderen Auge«, erklärte die Señora.
»Mit welchem anderen Auge?«
»Aber Doktor, mit dem auf der anderen Seite, mit dem, das blind war!«
»Das kann nicht sein! Ich komme sofort hin. Er darf sich unter keinen Umständen bewegen!« wies der Arzt sie an.
Im Haus der Boultons fand er einen sehr munteren Patienten vor, der Bratkartoffeln aß und sich, den Hund auf den Knien, die Fernsehserie anschaute. Auch wenn er es kaum glauben konnte, stellte er doch fest, daß der Priester ohne jede Schwierigkeit mit dem Auge sah, das acht Jahre lang blind gewesen war, und als er ihm die Binde abnahm, wurde offenkundig, daß er auch mit dem operierten Auge sah.

Pater Miguel feierte seinen siebzigsten Geburtstag in der Pfarrei. Seine Schwester Filomena und ihre Freundinnen kamen mit einer Karawane von Autos, die vollgeladen waren mit Torten, Pasteten, Delikatessen, Körben voll Obst und Krügen voll Schokolade, und an der Spitze fuhr El Cuchillo, der viele Liter Wein und Schnaps brachte, als Mandelmilchflaschen maskiert. Der Priester zeichnete auf großen Papierbögen die Geschichte seines gefahrenreichen Lebens auf und befestigte sie an den Wänden der Kirche. Mit einem Anflug von Selbstverspottung erzählte er darin von den Wechselfällen des Glücks in seinem Amt, angefangen von dem Augenblick, als der Ruf Gottes den Fünfzehnjährigen getroffen hatte wie ein Keulenhieb ins Genick, über seinen Kampf gegen die Todsünden, vor allem die der Völlerei und der Wollust und später die des Zorns, bis zu seinen jüngsten Abenteuern in den Polizeikasernen in einem Alter, in dem andere Leutchen sich in einem Schaukelstuhl wiegen und die Sterne zählen. Er hatte ein Bild Juanas, mit einer Blumengirlande umkränzt, neben die unvermeidlichen roten Fahnen gehängt.
Die Feier begann mit einer Messe, die durch vier Gitarren belebt wurde, und alle Nachbarn nahmen daran teil. Lautsprecher waren aufgestellt, damit die Menge, die die Straße überflutete, der Zeremonie folgen konnte. Nach dem Segen traten ein paar Leute vor, um von einem neuen Fall von Behördenmißbrauch zu berichten, aber Filomena nahte mit großen Schritten und verkündete, jetzt sei es einmal genug der Klagen und an der Zeit, sich zu vergnügen. Alle gingen in den Patio, jemand winkte den Musikern, und augenblicklich begannen Tanz und Schmauserei. Die Damen aus dem feinen Viertel trugen die Speisen auf, während El Cuchillo Feuerwerkskörper entzündete und der Priester, umgeben von all seinen Pfarrkindern und Freunden, einen Charleston tanzte, um zu beweisen, daß er nicht nur sehen konnte wie ein Adler, sondern daß es auch niemanden gab, der es ihm bei einer Lustbarkeit gleichtun konnte.

»Diese Volksfeste haben so gar nichts Poetisches«, stellte Gilberto nach dem dritten Glas falscher Mandelmilch fest, aber sein englischer-Lord-Überdruß konnte nicht vertuschen, daß er sich ausgezeichnet amüsierte.
»Los, Priesterchen, erzähl uns von dem Wunder!« rief einer, und die übrigen Gäste schlossen sich der Bitte an.
Don Miguel hieß die Musik schweigen, brachte seine Kleider in Ordnung, fuhr sich mit der Hand glättend über die wenigen Haarbüschel, die sein Haupt krönten, und mit einer vor Dankbarkeit rauhen Stimme berichtete er von seinem Erlebnis mit Juana von den Lilien, ohne deren Eingreifen alle Kunstfertigkeiten der Wissenschaft und der Technik fruchtlos geblieben wären.
»Wenn sie wenigstens eine proletarische Selige wäre, das würde es leichter machen, ihr zu trauen«, sagte einer dreist, und allgemeines Gelächter stimmte ihm zu.
»Macht mir ja keinen Mist mit dem Wunder, sonst wird die Heilige am Ende noch böse auf mich, und ich bin wieder blind wie ein Katzenjunges«, schimpfte Pater Miguel entrüstet. »Und jetzt stellt euch alle in einer Reihe auf, denn ihr sollt mir einen Brief an den Papst unterschreiben.«
Und so, unter Gelächter und vielen Schlucken Wein, unterzeichneten alle Einwohner die Bittschrift zur Seligsprechung der Juana von den Lilien.

Eine Rache

An dem strahlenden Mittag, als Dulce Rosa Orellano mit dem Jasminkranz der Karnevalskönigin gekrönt wurde, murrten die Mütter der anderen Kandidatinnen, das sei eine ungerechte Auszeichnung, und sie habe sie nur deshalb bekommen, weil sie die Tochter des Senators Anselmo Orellano sei, des mächtigsten Mannes der ganzen Provinz. Sie räumten ein, daß das Mädchen anmutig war und Klavier spielte und tanzte wie keine zweite, aber es gab andere, sehr viel schönere Bewerberinnen um diese Ehre. Sie sahen sie in ihrem Organzakleid mit der Blütenkrone von der Bühne herab der Menge zuwinken und zischelten leise Flüche. Deshalb freute sich auch so manche von ihnen, als Monate später das Verhängnis in das Haus der Orellanos trat und so viel Unheil säte, daß es fünfundzwanzig Jahre dauerte, bis die Ernte eingebracht wurde.

In der Nacht der Königinnenwahl gab es einen Ball im Rathaus von Santa Teresa, und junge Männer aus weit entfernten Orten kamen herbei, um Dulce Rosa kennenzulernen. Sie war so fröhlich und tanzte so leichtfüßig, daß viele gar nicht merkten, daß sie nicht die Schönste war, und als sie wieder heimgekehrt waren, sagten sie, sie hätten noch nie ein Angesicht wie das ihre gesehen. So erwarb sie sich den unverdienten Ruhm der Schönheit, und kein späteres Zeugnis konnte ihn schmälern. Die überschwengliche Beschreibung ihrer schimmernden Haut und ihrer klaren Augen ging von Mund zu Mund, und jeder fügte noch etwas aus eigener Phantasie hinzu. Dichter in fernen Städten verfaßten Sonette auf eine erfundene Jungfrau namens Dulce Rosa.

Das Gerede über die im Haus des Senators Orellano blühende Schönheit kam auch Tadeo Céspedes zu Ohren, der sich jedoch nie einfallen ließ, daß er sie einmal kennenlernen würde, denn er hatte in seinem Dasein noch keine Zeit gehabt, Gedichte zu lernen oder Frauen anzuschauen. Er war einzig mit dem Bürgerkrieg beschäftigt. Seit ihm der erste Bart gewachsen war, wußte er mit Waffen umzugehen, und seit langem schon lebte er im Krachen der Gewehre. Er hatte die Küsse seiner Mutter vergessen und selbst die Meßgesänge. Nicht immer gab es einen Grund, einen Kampf anzufangen, weil hin und wieder Waffenruhe herrschte und kein Gegner in Reichweite seiner Bande zu finden war, aber auch in diesen erzwungenen Friedenszeiten lebte er wie ein Korsar. Er war ein Mann, der sich an die Gewalt gewöhnt hatte, er durchzog das Land in allen Richtungen, kämpfte gegen sichtbare Feinde, wenn es sie gab, und gegen Schatten, wenn er sie erfinden mußte, und so hätte er es immer weiter getrieben, wenn seine Partei nicht die Präsidentschaftswahlen gewonnen hätte. Von einem Tag zum andern wurde sie aus dem Untergrund an die Macht befördert, und aus war es mit den Vorwänden, weiter Aufruhr zu stiften.

Tadeo Céspedes' letzter Auftrag war die Strafexpedition nach Santa Teresa. Mit hundertzwanzig Männern drang er bei Nacht in den Ort ein, um ein abschreckendes Beispiel aufzustellen und die führenden Köpfe der Gegenpartei zu beseitigen. Sie zerschossen die Fenster der öffentlichen Gebäude, traten die Kirchentür ein und ritten bis zum Hauptaltar. Pater Clemente, der sich ihnen entgegenstellte, wurde von den Pferden zertrampelt. Dann galoppierten sie mit kriegerischem Getöse zum Landgut des Senators Orellano, dessen Haus sich stolz auf dem Hügel erhob.

Der Senator erwartete Tadeo Céspedes an der Spitze eines Dutzends treuer Diener, nachdem er seine Tochter im letzten Zimmer des hintersten Patios eingeschlossen und die Hunde losgemacht hatte. Wie schon so oft in seinem Leben beklagte er, daß er keine männlichen Nachkommen hatte, die ihm in diesem Augenblick hätten helfen können, die Ehre seines Hauses mit der Waffe zu verteidigen. Er fühlte sich sehr alt, aber er hatte keine Zeit, darüber nachzudenken, denn er sah schon das schreckliche Lodern von hundertzwanzig Fackeln, die hangaufwärts rasch näher kamen und die Nacht mit Entsetzen erfüllten. Schweigend verteilte er die Munition. Alles war gesagt, und jeder wußte, er würde noch vor Morgengrauen auf seinem Posten sterben müssen wie ein Mann.

»Der Letzte nimmt den Schlüssel zu dem Zimmer, in dem meine Tochter ist, und tut seine Pflicht«, sagte der Senator, als sie die ersten Schüsse hörten.

Alle diese Männer hatten Dulce Rosa heranwachsen sehen, sie hatten sie auf ihren Knien reiten lassen, als sie noch kaum laufen konnte, hatten ihr an den Winterabenden Gespenstergeschichten erzählt, hatten sie Klavier spielen hören und hatten ihr gerührt Beifall geklatscht, als sie zur Karnevalskönigin gewählt wurde. Ihr Vater konnte in Ruhe sterben, so dachten sie, das Kind würde nicht lebend in die Hände von Tadeo Céspedes fallen. Nur hätte Senator Orellano das eine nie gedacht – daß trotz seiner Tollkühnheit in dem nun folgenden Kampf er der letzte sein sollte, der starb. Er sah seine Männer einen nach dem andern fallen und begriff schließlich die Nutzlosigkeit, weiter Widerstand zu leisten. Er hatte eine Kugel in den Bauch bekommen, alles verschwamm ihm vor den Augen, er konnte kaum die Schatten erkennen, die über die hohen Mauern seines Besitzes kletterten, aber er war doch noch so weit bei Verstand, daß er sich zum dritten Patio schleppte. Die Hunde erkannten seinen Geruch durch Schweiß, Blut und Trauer hindurch und wichen beiseite, um ihn vorbeizulassen. Er steckte den Schlüssel ins Schloß, öffnete die schwere Tür und sah durch den Nebel, der sich über seine Augen gelegt hatte, Dulce Rosa, die ihn erwartete. Das junge Mädchen trug dasselbe Organzakleid wie auf dem Karnevalsfest und hatte ihr Haar mit den Blüten der Krone geschmückt.

»Es ist soweit, meine Tochter«, sagte er und entsicherte seine

Waffe, während sich zu seinen Füßen eine Blutlache ausbreitete.
»Töte mich nicht, Vater«, entgegenete sie mit fester Stimme. »Laß mich leben, damit ich dich und mich rächen kann.«
Senator Orellano betrachtete das Gesicht seiner fünfzehnjährigen Tochter und stellte sich vor, was Tadeo Céspedes mit ihr machen würde. Aber aus Dulce Rosas klaren Augen strahlte eine große Kraft, und er wußte, sie würde überleben können, um den Henker zu bestrafen. Er setzte sich zu dem Mädchen auf das Bett und richtete die Waffe auf die Tür.
Als das Jaulen der sterbenden Hunde verstummte, der Riegel nachgab, das Schloß aufsprang und die ersten Männer in das Zimmer stürmten, konnte der Senator noch sechs Schüsse abfeuern, ehe er das Bewußtsein verlor. Tadeo Céspedes glaubte zu träumen beim Anblick eines mit Jasmin gekrönten Engels, der einen mit dem Tode ringenden alten Mann in den Armen hielt, während das weiße Kleid sich rot färbte, aber die milde Regung reichte nicht für ein zweites Hinsehen, denn er war trunken von der Gewalt und entnervt von mehreren Stunden Kampf.
»Die Frau ist für mich«, sagte er, bevor seine Männer Hand an sie legen konnten.

Ein bleierner Freitagmorgen zog herauf, den der Widerschein des Feuers rot färbte. Eine dichte Stille herrschte auf dem Hügel. Die letzten Seufzer waren verstummt, als Dulce Rosa aufstehen konnte und zu dem Brunnen im Garten ging, den am Tag zuvor Magnolien gesäumt hatten und der jetzt eine trübe Pfütze inmitten der Trümmer war. Von ihrem Kleid waren nur noch Fetzen übrig, die sie sich langsam abstreifte, bis sie nackt war. Sie tauchte in das kalte Wasser ein. Die Sonne schob sich hinter den Birken empor, und sie konnte sehen, wie sich das Wasser rosig färbte, als sie sich das Blut abwusch, das zwischen ihren Beinen hervorsickerte, und das Blut ihres Vaters, das in ihren Haaren eingetrocknet war. Als sie sauber war, ging sie still und ohne Tränen zu dem zerstörten Haus, suchte etwas zum Anziehen, nahm ein Leinenlaken und machte sich auf, die Überreste des Senators zu suchen. Sie hatten ihn mit den Füßen an ein Pferd gebunden und im Galopp über die Hügelhänge geschleift, bis er nur noch ein jämmerlich zerfetztes Bündel war, aber seine Tochter, von der Liebe geleitet, erkannte ihn ohne zu schwanken. Sie hüllte ihn in das Laken und setzte sich neben ihn und blickte über das nun wieder friedlich daliegende Land. So fanden sie die Leute aus Santa Teresa, als sie sich getrauten, zum Haus der Orellanos hinaufzusteigen. Sie halfen Dulce Rosa, ihre Toten zu begraben und die letzten kleinen Flakkerfeuer zu ersticken, und baten sie dringlich, zu ihrer Patin zu gehen, die in einer anderen Stadt wohnte, und dort zu bleiben, wo niemand ihre Geschichte kannte, aber sie weigerte sich. Da taten sie sich zusammen und beschlossen, das Haus wieder aufzubauen, und schenkten ihr sechs scharfe Hunde, die sie beschützen sollten.

Von dem Augenblick an, da sie ihren Vater noch lebend fortschleppten und Tadeo Céspedes die Tür hinter ihnen schloß und den Ledergürtel abschnallte, lebte Dulce Rosa für die Rache. In den folgenden Jahren hielt der Gedanke daran sie in den Nächten wach und beschäftigte sie tagtäglich, aber er löschte doch ihr Lachen nicht völlig aus und brachte ihre Freundlichkeit nicht zum Versiegen. Ihr Ruf als Schönheit nahm noch mehr zu, denn die volkstümlichen Dichter besangen überall ihren Liebreiz, bis sie eine lebende Legende war. Jeden Morgen stand sie um vier Uhr früh auf, um die Arbeiten auf den Feldern und im Haus zu überwachen, sie ritt auf dem Pferderücken ihren Besitz ab, verstand beim Kaufen und Verkaufen wie ein Syrer zu feilschen, züchtete Rassevieh und zog Magnolien und Jasmin in ihrem Garten. Am späten Nachmittag legte sie die langen Hosen, die Stiefel und die Waffen ab und zog die bezaubernden Kleider an, die sie sich in parfümierten Kartons aus der Hauptstadt schicken ließ. Wenn es dunkelte, kamen ihre ersten Besucher und fanden sie am Klavier, während die Dienstboten die Kredenzteller mit Kuchen und die Krüge mit Mandelmilch vorbereiteten. Anfangs hatten viele sich gefragt, wie es möglich war, daß das junge Mädchen nicht in ein Sanatorium gebracht worden oder als Novizin bei den Karmeliterinnen eingetreten war, doch da es häufig Feste auf dem Landgut der Orellanos gab, hörten die Leute nach und nach auf, über die Tragödie zu reden, und die Erinnerung an den ermordeten Senator verwischte sich. Einige Herren von Ruf und Vermögen setzten sich über das Schandmal der Vergewaltigung hinweg, angezogen von Dulce Rosas Verständigkeit und von ihrer allseits gerühmten Schönheit, und trugen ihr die Ehe an. Sie wies alle ab, denn ihre Aufgabe in dieser Welt war die Rache.

Auch Tadeo Céspedes konnte von der Erinnerung an jene unheilvolle Nacht nicht loskommen. Der Rausch des Gemetzels und die Euphorie der Vergewaltigung vergingen in den wenigen Stunden, als er in die Hauptstadt zurückkehrte, um über seine Strafexpedition Rechenschaft abzulegen. Da kam ihm das Mädchen in den Sinn, für den Ball gekleidet und mit Jasmin gekrönt, das ihn schweigend ertragen hatte in dem dunklen Zimmer, wo die Luft von Pulvergestank gesättigt war. Er sah wieder die letzten Augenblicke vor sich, wie sie da am Boden gelegen hatte, kaum bedeckt von den blutgeröteten Fetzen, in den gnädigen Schlaf der Bewußtlosigkeit gesunken, und so sah er sie nun jede Nacht vor dem Einschlafen, sein ganzes weiteres Leben lang. Der Frieden und die Ausübung der Macht verwandelten ihn in einen gesetzten, arbeitsamen Mann. Im Lauf der Zeit verloren sich die Erinnerungen an den Bürgerkrieg, und die Leute begannen ihn Don Tadeo zu nennen. Er kaufte eine Hacienda auf der anderen Seite des Gebirges, wo er sich der Rechtsprechung annahm und schließlich Bürgermeister wurde. Wäre nicht das nie ruhende Spukbild der Dulce Rosa Orellano gewesen, würde er vielleicht ein gewisses Glück gefunden haben, aber in all den Frauen, die seinen Weg kreuzten, in all denen, die er auf der Suche nach Trost umarmte, und in all den Liebschaften, in die er sich im Lauf der Jahre einließ, erschien ihm das Gesicht der Karnevalskönigin. Und zu seinem noch größeren Unglück erlaubten die Lieder, aus denen Dulce Rosas Name klang, ihm nicht, sie aus seinem Herzen zu reißen. Das Bild des jungen Mädchens wuchs in ihm, nahm ihn ganz in Besitz, bis er es eines Tages nicht mehr länger ertrug. Bei einem Festmahl zu Ehren seines siebenundfünfzigsten Geburtstages saß er am Kopfende einer langen Tafel, umgeben von Freunden und Mitarbeitern, als er auf dem Tischtuch zwischen Jasminblüten plötzlich ein nacktes Geschöpf zu sehen glaubte, und er begriff, daß dieser Albtraum ihn auch nach seinem Tode nicht in Frieden lassen würde. Er schlug mit der Faust auf den Tisch, daß die Teller hochsprangen, und verlangte seinen Stock und seinen Hut.

»Wohin gehen Sie, Don Tadeo?« fragte der Präfekt.

»Ein altes Unrecht wieder gutmachen«, antwortete er und ging, ohne sich zu verabschieden.

Er brauchte sie nicht zu suchen, denn er hatte stets gewußt, daß sie noch immer in dem Haus ihres Unglücks lebte, und dorthin lenkte er seinen Wagen. Inzwischen gab es gute Straßen, und die Entfernungen schienen kürzer geworden zu sein. Die Landschaft hatte sich in diesen Jahrzehnten verändert, aber als er die letzte Biegung des Hügels genommen hatte, lag das Landgut vor ihm, wie er es in Erinnerung hatte, bevor sein Trupp es stürmte. Dort waren die festen Mauern aus Flußstein, die er mit Dynamit zu sprengen versucht hatte, dort die Bäume, an die er die Leichen der Männer des Senators gehängt hatte, dort der Patio, wo er die Hunde erschossen hatte. Hundert Meter vor der Tür hielt er seinen Wagen an und wagte nicht, weiterzufahren, denn er fühlte sein Herz in der Brust zerspringen. Er wollte eben wenden, um dorthin zurückzukehren, von wo er gekommen war, als zwischen den Rosensträuchern eine Gestalt auftauchte. Er schloß die Lider und wünschte mit aller Kraft, sie möge ihn nicht erkennen. In dem weichen Licht des Spätnachmittags hatte er Dulce Rosa Orellano erblickt, die über die Gartenwege heranzuschweben schien. Er sah ihr Haar, ihr klares Gesicht, die Harmonie ihrer Bewegungen, das Flattern ihres Kleides und glaubte in einem Traum befangen zu sein, der schon fünfundzwanzig Jahre währte.

»Endlich kommst du, Tadeo Céspedes«, sagte sie, ohne sich von seinem schwarzen Bürgermeisterhabit und seinen gepflegten grauen Haaren täuschen zu lassen. Er hatte noch dieselben Piratenhände.

»Du hast mich verfolgt, ohne Ruhe zu geben. Ich habe in meinem ganzen Leben keine andere lieben können, nur dich«, sagte er mit vor Scham gebrochener Stimme.

Dulce Rosa Orellano seufzte befriedigt auf. Sie hatte ihn die ganze Zeit Tag und Nacht mit ihren Gedanken gerufen, und endlich war er hier. Ihre Stunde war gekommen. Aber als sie ihm in die Augen sah, entdeckte sie in ihnen keine Spur des Henkers von einst, nur frische Tränen. Sie suchte in ihrem Herzen den Haß, den sie ein Leben lang gehegt hatte, und konnte ihn nicht finden. Sie rief sich den Augenblick ins Gedächtnis, als sie ihren Vater um das furchtbare Opfer gebeten hatte, sie am Leben zu lassen, damit sie eine Pflicht erfüllen konnte, sie erinnerte sich an die so viele Male verfluchte Umarmung dieses Mannes und an den Morgen, an dem sie traurige Überreste in ein Leinenlaken gehüllt hatte. Sie besann sich auf ihren perfekten Racheplan, aber sie fühlte nicht die erwartete Freude, sondern eine tiefe Wehmut. Tadeo Céspedes nahm behutsam ihre Hand und küßte sie, die feucht wurde von seinen Tränen. Da begriff sie bestürzt, daß sie zuviel an ihn gedacht, die Strafe im voraus genossen hatte, dadurch hatte ihr Gefühl sich umgekehrt, und nun liebte sie ihn.

In den folgenden Tagen öffneten sich die Schleusen der so lange unterdrückten Liebe, und zum erstenmal in ihrem strengen Dasein schlossen sie sich auf, um die Nähe des andern zu spüren. Sie spazierten durch die Gärten und sprachen über sich selbst, ohne die unselige Nacht auszulassen, die ihrer beider Lebenswege verändert hatte. Am Abend spielte sie ihm auf dem Klavier vor, und er rauchte und hörte ihr zu, bis er fühlte, wie alles in ihm sanft und weich wurde und wie das Glück ihn wie ein Mantel umhüllte und die Albträume der Vergangenheit auslöschte. Nach dem Abendessen fuhr Tadeo Céspedes nach Santa Teresa hinein, wo sich schon niemand mehr an die alte Schreckensgeschichte erinnerte. Er stieg im besten Hotel ab und bereitete von dort aus seine Hochzeit vor. Er wollte ein Fest mit großem Aufwand, verschwenderisch gedeckten Tischen und fröhlichem Lärm, an dem der ganze Ort teilnehmen sollte. Er hatte die Liebe in einem Alter entdeckt, in dem andere Männer alle Illusionen verloren haben, und das gab ihm die Kraft seiner Jugend zurück. Er wollte Dulce Rosa mit Zärtlichkeit und Schönheit umgeben, ihr alles schenken, was man für Geld kaufen kann, vielleicht würde es ihm gelingen, sie für das Böse zu entschädigen, das er ihr als junger Mann angetan hatte. Es gab Augenblicke, wo ihn Panik überkam. Dann forschte er in ihrem Gesicht nach Zeichen des Grolls, aber er sah nur das Licht der erwiderten Liebe, und das gab ihm die Zuversicht zurück. So verging ein glücklicher Monat.

Zwei Tage vor der Hochzeit, als schon die langen Tische im Garten aufgestellt, das Geflügel und die Schweine für das Festmahl geschlachtet und die Blumen geschnitten wurden, die das Haus schmücken sollten, probierte Dulce Rosa das Brautkleid an. Sie sah ihr Bild im Spiegel, so ähnlich dem am Tag ihrer Krönung zur Karnevalskönigin, und plötzlich konnte sie ihr Herz nicht länger betrügen. Sie wußte, daß sie ihre geplante Rache niemals vollziehen würde, weil sie den Mörder liebte, aber ihr war endlich auch ganz klar, daß sie

ebensowenig imstande sein würde, das Gespenst des Senators zum Schweigen zu bringen. So entließ sie die Schneiderin, nahm die Schere und ging in das Zimmer am dritten Patio, das die ganzen Jahre hindurch unbewohnt geblieben war.
Tadeo Céspedes suchte sie überall und rief verzweifelt ihren Namen. Das Bellen der Hunde führte ihn zum äußersten Ende des Hauses. Mit Hilfe des Gärtners brach er die verriegelte Tür auf und trat in das Zimmer, in dem er einmal einen jasmingekrönten Engel erblickt hatte. Er fand Dulce Rosa so, wie er sie jede Nacht im Traum gesehen hatte, in dem gleichen blutgetränkten Organzakleid, und er ahnte, daß er neunzig Jahre alt werden würde, um seine Schuld mit der Erinnerung an die einzige Frau zu sühnen, die seine Seele lieben konnte.

Briefe einer getäuschten Liebe

Die Mutter von Analía Torres starb bei der Geburt am Fieber, und ihr Vater konnte den Kummer nicht ertragen und schoß sich zwei Wochen später mit der Pistole in die Brust. Sein Todeskampf dauerte mehrere Tage, er starb mit dem Namen seiner Frau auf den Lippen. Sein Bruder Eugenio verwaltete das Gut der Familie und verfügte nach seinen Vorstellungen über das Schicksal der kleinen Waise. Bis zu ihrem sechsten Lebensjahr hing sie an den Röcken einer indianischen Kinderfrau und wuchs in den Dienstbotenräumen im Haus ihres Vormunds auf, und danach, als sie eben das schulfähige Alter erreicht hatte, wurde sie in die Hauptstadt geschickt und als Internatszögling in die Klosterschule der Schwestern vom Heiligen Herzen aufgenommen, wo sie die folgenden zwölf Jahre verbrachte. Sie war eine gute Schülerin und liebte die Disziplin, die Strenge des steinernen Gebäudes, die Kapelle mit ihrem Hofstaat von Heiligen und ihrem Duft nach Wachs und Lilien, die nackten Korridore, die schattigen Patios. Was sie gar nicht mochte, war der Lärm der anderen Mädchen und der scharfe Geruch der Klassenräume. Jedesmal, wenn es ihr gelang, die Wachsamkeit der Nonnen zu täuschen, versteckte sie sich in der Bodenkammer zwischen Statuen ohne Kopf und zerbrochenen Möbeln, um sich selbst Geschichten zu erzählen. In diesen geraubten Augenblicken versenkte sie sich in die Stille mit dem Gefühl, sich einer Sünde hinzugeben.

Alle sechs Monate erhielt sie eine kurze Nachricht von ihrem Onkel Eugenio, der sie ermahnte, sich gut zu betragen und das Andenken ihrer Eltern in Ehren zu halten, die im Leben gute Christen gewesen seien und sicherlich stolz wären, wenn sie wüßten, daß ihre einzige Tochter ihr Dasein den höchsten Geboten der Tugend weihte, das heißt, wenn sie als Novizin dem Orden beiträte. Aber Analía ließ ihn schon nach der ersten Anspielung wissen, daß sie dazu nicht bereit war, und hielt an dieser Haltung fest, nur um ihm zu widersprechen, denn im Grunde gefiel ihr das Klosterleben. Unter dem Ordenskleid verborgen, in der letzten Einsamkeit des Verzichts auf jedes Vergnügen, würde sie vielleicht dauernden Frieden finden, dachte sie, jedoch ihr Instinkt warnte sie vor den Ratschlägen des Vormunds. Sie argwöhnte, daß ihn mehr die Habsucht auf ihre Ländereien antrieb als die Treue zur Familie. Nichts, was von ihm kam, schien ihr des Vertrauens wert zu sein, irgendwo lauerte immer die Falle.

Als Analía sechzehn wurde, besuchte ihr Onkel sie zum erstenmal in der Klosterschule. Die Mutter Oberin rief das Mädchen in ihr Büro und mußte sie einander vorstellen, denn beide hatten sich sehr verändert seit der Zeit der indianischen Kinderfrau in den hintersten Patios und erkannten sich nicht.

»Ich sehe, die Schwestern haben gut für dich gesorgt, Analía«, sagte der Onkel und rührte in seiner Tasse Schokolade. »Du siehst gesund aus, sogar hübsch. In meinem letzten Brief schrieb ich dir, daß du von diesem Geburtstage an eine monatliche Summe zu deiner eigenen Verwendung erhalten wirst, wie es dein Vater, möge er in Frieden ruhen, in seinem Testament verfügt hat.«

»Wieviel?«

»Hundert Pesos.«

»Ist das alles, was meine Eltern hinterlassen haben?«

»Nein, natürlich nicht. Du weißt doch, die Hacienda gehört dir, aber Landwirtschaft ist keine Aufgabe für eine Frau, schon gar nicht in diesen Zeiten voller Streiks und Revolutionen. Für den Augenblick lasse ich dir ein Monatsgeld zukommen, das ich jedes Jahr erhöhen werde bis zu deiner Volljährigkeit. Dann werden wir sehen.«

»Was werden wir sehen, Onkel?«

»Wir werden sehen, was dir am meisten zusagt.«

»Welche Wahl habe ich?«

»Du wirst immer einen Mann brauchen, der das Gut verwaltet, Kind. Ich habe es all diese Jahre hindurch getan, und es war keine leichte Aufgabe, aber es ist meine Pflicht, ich habe es meinem Bruder in seiner letzten Stunde versprochen, und ich bin bereit, es auch weiterhin für dich zu tun.«

»Du wirst es nicht mehr lange tun müssen, Onkel. Wenn ich heirate, werde ich mich selbst um meinen Besitz kümmern.«

»Wenn sie heiratet, sagt das Mädchen! Hören Sie, Mutter, hat sie etwa einen Bewerber?«

»Auf was für Gedanken Sie kommen, Señor Torres! Wir behüten doch die Kinder! Das ist nur so eine Redensart. Was dieses Mädchen aber auch für Sachen sagt!«

Analía stand auf, strich die Falten ihrer Uniform glatt, machte einen eher spöttischen Knicks und lief hinaus. Die Mutter Oberin goß dem Herrn noch Schokolade ein und sagte, dieses unhöfliche Benehmen könne man nur mit dem spärlichen Kontakt erklären, den das Mädchen mit ihren Angehörigen gehabt habe.

»Sie ist die einzige Schülerin, die nie in den Ferien nach Hause fährt und die noch nie ein Weihnachtsgeschenk geschickt bekam«, sagte die Nonne kühl.

»Ich bin kein Mann für Hätscheleien, aber ich versichere Ihnen, daß ich meine Nichte sehr schätze, und ich habe ihre Interessen wie ein Vater wahrgenommen. Doch Sie haben recht, meine Nichte braucht mehr Zuwendung, Frauen sind gefühlvoll.«

Noch bevor ein Monat vergangen war, stellte der Onkel sich erneut im Kloster ein, aber diesmal verlangte er nicht, seine Nichte zu sehen, er beschränkte sich darauf, der Mutter Oberin mitzuteilen, daß sein eigener Sohn mit Analía Briefe zu wechseln wünsche, und er bat sie, sie doch seiner Nichte zukommen zu lassen, vielleicht könne ja die Freundschaft mit ihrem Vetter die Familienbande verstärken.

Die Briefe begannen regelmäßig einzutreffen. Einfaches weißes Papier und schwarze Tinte, große, deutliche Schriftzüge. Einige sprachen vom Leben auf dem Gut, den Jahreszeiten und den Tieren, andere von Dichtern und den Gedanken, über die sie geschrieben hatten. Bisweilen enthielt der Umschlag auch ein Buch oder eine Zeichnung, die in denselben festen Strichen ausgeführt war, wie sie die Schrift hatte. Analía hatte sich vorgenommen, sie nicht zu lesen, getreu dem Gedanken, daß sich in allem, was mit ihrem Onkel verbunden war, eine Gefahr verbarg, aber die Briefe waren die einzige Möglichkeit, den langweiligen Schulalltag etwas zu beleben. Sie versteckte sich auf dem Dachboden, nicht mehr, um unwahrscheinliche Geschichten zu erfinden, sondern um begierig immer wieder die Briefe ihres Vetters zu lesen, bis sie die Neigung der Buchstaben und die Textur des Papiers auswendig kannte. Bis sie ganze Sätze und Wendungen auswendig wußte. Anfangs beantwortete sie sie nicht, aber schon nach kurzer Zeit konnte sie nicht länger widerstehen. Der Inhalt der Briefe wurde nach und nach immer ausgeklügelter, um die Zensur der Mutter Oberin zu überlisten, die jegliche Korrespondenz öffnete. Die Vertraulichkeit zwischen den beiden wuchs, und bald konnten sie sich in einem Geheimcode verständigen, mit dessen Hilfe sie anfingen, von Liebe zu reden.

Analía erinnerte sich nicht, diesen Cousin, der mit »Luis« unterschrieb, je gesehen zu haben, denn als sie im Haus ihres Onkels lebte, war der Junge auf einem Internat in der Hauptstadt. Sie war sicher, daß er ein häßlicher Mann sein mußte, vielleicht krank oder verwachsen, denn es erschien ihr unmöglich, daß zu einer so tiefen Empfindsamkeit und einer so klaren Intelligenz auch noch ein anziehendes Äußeres kommen sollte. Sie versuchte, in Gedanken ein Bild ihres Cousins zu malen: dicklich wie sein Vater, pickliges Gesicht, hinkend und fast kahl, aber je mehr Mängel sie ihm zuteilte, um so mehr war sie geneigt, ihn zu lieben. Der glänzende

Geist war das einzig Wichtige, das einzige, was dem Lauf der Zeit standhalten würde, ohne Einbuße zu erleiden, und mit den Jahren noch zunehmen würde, die Schönheit jener imaginären Helden in den Romanen hatte keinerlei Wert und verleitete vielleicht sogar zur Oberflächlichkeit, schloß das Mädchen, obwohl sie in ihrem Gedankengang einen Schatten von Unruhe nicht beiseite schieben konnte. Sie fragte sich, wieviel Verunstaltung sie ertragen könnte.

Die Korrespondenz zwischen Analía und Luis Torres dauerte zwei Jahre, an deren Ende das Mädchen über eine Hutschachtel voller Briefe verfügte und ihre Seele endgültig ausgeliefert hatte. Wenn es ihr einmal in den Sinn kam, diese Beziehung könnte von ihrem Onkel geplant sein, damit das Vermögen, das sie von ihren Eltern geerbt hatte, in Luis' Hände überging, verjagte sie den Einfall sofort und schämte sich, daß sie so niedrig denken konnte.

An dem Tag, als sie achtzehn Jahre alt wurde, ließ die Oberin sie rufen, weil ein Besucher sie erwarte. Analía ahnte, wer der Besucher war, und hätte sich am liebsten auf dem Dachboden mit den vergessenen Heiligen versteckt, sie war ganz verstört angesichts der Wahrscheinlichkeit, daß sie endlich dem Mann gegenüberstehen werde, den sie sich so oft vorgestellt hatte. Als sie in das Zimmer trat und ihn vor sich sah, brauchte sie mehrere Minuten, um die Enttäuschung zu überwinden.

Luis Torres war nicht der verwachsene, schmächtige Mann, den sie sich in ihren Träumen ausgedacht und lieben gelernt hatte. Er war ein gutgewachsener Mann mit einem sympathischen, regelmäßig geschnittenen Gesicht, einem noch kindlichen Mund, einem gepflegten dunklen Bart, hellen Augen mit langen Wimpern, aber ohne Ausdruck. Er ähnelte etwas den Heiligen in der Kapelle, zu hübsch und ein wenig einfältig. Analía erholte sich jedoch bald von ihrer Verblüffung und entschied, wenn sie einen Buckligen in ihrem Herzen gutgeheißen hatte, konnte sie mit noch besserem Grund diesen eleganten jungen Mann lieben, der sie auf die Wange küßte, wovon ein Hauch Lavendel in ihrer Nase zurückblieb.

Von ihrer Hochzeitsnacht an verabscheute Analía ihren Mann. Als Luis sie in den bestickten Laken eines allzu weichen Bettes niederwalzte, wußte sie, daß sie sich in ein Trugbild verliebt hatte und daß sie niemals imstande sein würde, die erträumte Leidenschaft in die Wirklichkeit ihrer Ehe zu übertragen. Sie suchte dieses Gefühl entschlossen zu bekämpfen, es wie ein Laster abzulegen, und dann, als sie sich unmöglich länger darüber hinwegtäuschen konnte, wollte sie es mit Gewalt aus ihrer Seele vertreiben. Luis war freundlich und zuweilen sogar unterhaltsam, er belästigte sie nicht mit unbilligen Forderungen und bemängelte auch nicht ihre Neigung zu Einsamkeit und Stille. Sie gestand sich selbst ein, daß sie in dieser Verbindung mit ein bißchen gutem Willen ein gewisses Glück finden könnte, zumindest so viel, wie ihr in der Nonnentracht vergönnt gewesen wäre. Sie hatte keine bestimmten Gründe für die Abneigung gegen den Mann, den sie zwei Jahre geliebt hatte, ohne ihn zu kennen. Sie wußte ihre Empfindungen nicht in Worte zu fassen, doch sie würde ja auch niemanden gehabt haben, mit dem sie darüber hätte sprechen können. Sie fühlte sich genasführt, weil sie außerstande war, das Bild des schreibenden Liebhabers mit dem Ehemann in Fleisch und Blut zu vereinbaren. Luis erwähnte die Briefe nie, und wenn sie das Thema berührte, schloß er ihr den Mund mit einem schnellen Kuß und mit einer lässigen Bemerkung über diese Romantik, die dem Eheleben so wenig angemessen sei, in dem Vertrauen, Achtung, gemeinsame Interessen und die Zukunft der Familie sehr viel wichtiger seien als die Korrespondenz zweier unreifer junger Leute. Zwischen ihnen gab es keine echte Vertrautheit. Tagsüber ging jeder seiner Beschäftigung nach, und des Nachts trafen sie sich in den Federbetten, wo Analía, die an ihre Schulpritsche gewöhnt war, zu ersticken glaubte. Bisweilen umarmten sie sich eilig, sie unbeweglich und verspannt, er wie jemand, der einem Bedürfnis des Körpers nachkommt, weil er es nicht vermeiden kann. Luis schlief dann sofort ein, sie lag im Dunkeln mit offenen Augen, einen unterdrückten Protestschrei in der Brust. Sie versuchte alles Erdenkliche, um den Widerwillen zu besiegen, den er ihr einflößte, von dem Versuch, sich jeden Zug ihres Mannes fest einzuprägen mit dem Vorsatz, ihn aus reiner Willensentscheidung zu lieben, bis zu dem Bemühen, den Geist von jedem Gedanken zu leeren und sich in eine Dimension zu versetzen, in der er sie nicht erreichen konnte. Sie betete darum, daß es nur eine vorübergehende Abneigung sein möge, aber die Monate vergingen, und statt, wie erhofft, nachzulassen, wuchs die Feindseligkeit noch, bis sie sich in Haß verwandelte. Eines Nachts träumte sie zu ihrer Bestürzung von einem Ungeheuer, das sie mit tintenfleckigen Fingern liebkoste.

Das Ehepaar Torres lebte auf der Besitzung, die Analías Vater erworben hatte, als das Gebiet noch halbwild war, das Revier der Soldaten und Banditen. Jetzt führte eine feste Straße vorbei, und in der Nähe lag eine wohlhabende kleine Stadt, in der jedes Jahr Kirchweihfeste und Viehmärkte abgehalten wurden. Rechtlich gesehen war Luis der Verwalter der Hacienda, aber in Wirklichkeit versah Onkel Eugenio dieses Amt, denn Luis ödeten die Gutsangelegenheiten an. Nach dem Mittagessen, wenn Vater und Sohn es sich in der Bibliothek bequem machten, Cognac tranken und Domino spielten, hörte Analía ihren Onkel über Geldangelegenheiten, Viehankäufe, Säen und Ernten entscheiden. Bei den seltenen Gelegenheiten, wo sie es wagte, sich einzumischen und ihre Meinung zu äußern, hörten die beiden Männer sie mit scheinbarer Aufmerksamkeit an und versicherten ihr, daß sie ihre Vorschläge berücksichtigen würden, aber dann handelten sie doch nach ihrem eigenen Ermessen. Manchmal ritt Analía im Galopp wütend über die Viehweiden bis an den Fuß der Berge und wünschte, ein Mann zu sein.

Die Geburt eines Sohnes verbesserten Analías Gefühle für ihren Mann keineswegs. In den Monaten der Schwangerschaft verstärkte sich ihr Hang zum Alleinsein, aber Luis wurde nicht ungeduldig, er schrieb es ihrem Zustand zu. Er hatte jedenfalls an andere Dinge zu denken. Nach der Niederkunft richtete sie sich in einem andern Raum ein, in dem nur ein hartes, schmales Bett stand. Als der Sohn ein Jahr alt war und die Mutter noch immer die Tür zu ihrem Zimmer verschloß und jeder Möglichkeit auswich, mit ihrem Mann allein zu sein, meinte Luis, daß es an der Zeit sei, ein zuvorkommenderes Betragen zu verlangen, und erklärte seiner Frau, es wäre besser für sie, wenn sie ihre Haltung änderte, bevor er ihre Tür mit Schüssen aufzwang. Sie hatte ihn noch nie so zornig gesehen. Sie gehorchte ohne Widerrede. In den folgenden sieben Jahren wuchs die Spannung zwischen ihnen immer mehr, bis sie schließlich in heimtückischen Haß umschlug, aber als wohlerzogene Menschen verkehrten sie in Gegenwart Dritter ausgesucht höflich miteinander. Nur das Kind ahnte, wie groß die Feindschaft zwischen seinen Eltern war, und wachte um Mitternacht weinend im eingenäßten Bett auf. Analía panzerte sich mit Schweigen und schien nach und nach innerlich zu verdorren. Luis dagegen wurde munterer und leichtsinniger, überließ sich seinen zahlreichen Gelüsten, trank zuviel und verschwand oft tagelang zu seinen unaussprechlichen Unternehmungen. Als er sich dann nicht einmal mehr bemühte, sein flottes Leben zu bemänteln, fand Analía darin einen guten Vorwand, sich noch weiter von ihm zu entfernen. Luis verlor jegliches Interesse an den Gutsangelegenheiten, und nun ersetzte ihn seine Frau und war sehr zufrieden mit dem neuen Rang. An den Sonntagen blieb Onkel Eugenio im Eßzimmer und besprach mit ihr, was zu entscheiden war, während Luis sich in eine lange Siesta versenkte, aus der er erst gegen Abend wieder auftauchte, schweißgebadet und mit aufsässigem Magen, aber immer bereit, mit seinen Freunden auf eine neue Vergnügungstour auszuziehen.

Analía brachte ihrem Sohn die Anfangsgründe in Schreiben und Rechnen bei und suchte in ihm die Freude an Büchern zu wecken. Als der Junge sieben Jahre alt war, entschied Luis, es sei nun an der Zeit, ihm eine gründlichere Ausbildung zu geben, fern von der Verhätschelung durch die Mutter, und gedachte ihn auf ein Internat in der Hauptstadt zu schicken – wollen doch mal sehen, ob er so nicht schnell ein Mann wird! –, aber Analía empörte sich mit solcher Wildheit dagegen, daß er in eine weniger drastische Lösung einwilligen mußte. Der Junge wurde auf die Schule des Städtchens gegeben, wo er vom Montag bis Freitag blieb, aber Sonnabend früh holte ihn das Auto für das Wochenende nach Hause. Bei seinem ersten Heimkommen beobachtete Analía ihn ängstlich und suchte nach Gründen, ihn an ihrer Seite zu behalten, aber sie konnte keine finden. Der Kleine schien ganz glücklich zu sein und erzählte mit echter Begeisterung von seinem Lehrer und von seinen Mitschülern, als wäre er mit ihnen aufgewachsen. Er hörte auf, ins Bett zu nässen. Nach drei Monaten kam er mit seinem ersten Zeugnis und mit einem kurzen Brief seines Lehrers, der die Eltern zu seinem guten Ergebnis beglückwünschte. Diesen Brief las Analía zitternd, und zum erstenmal seit langer Zeit lächelte sie wieder. Sie umarmte ihren Sohn gerührt und fragte ihn nach jeder Einzelheit: Wie die Schlafräume waren, was er zu essen bekam, ob es nachts nicht zu kalt war, wie viele Freunde er hatte, wie sein Lehrer war. Sie war mit einemmal viel ruhiger und sprach nicht mehr davon, ihn aus der Schule zu nehmen. In den folgenden Monaten brachte der Junge immer gute Noten nach Hause, die Analía wie Schätze sammelte und mit Gläsern voll Marmelade und Körben voll Obst für die ganze Klasse belohnte. Sie bemühte sich, nicht daran zu denken, daß diese Lösung nur für den Elementarunterricht galt, daß es in wenigen Jahren unumgänglich sein würde, den Jungen in ein Internat in der Hauptstadt zu schikken, und daß sie ihn dann nur in den Ferien sehen würde.

In einer fidelen Krawallnacht im Städtchen beschloß Luis Torres, der viel zuviel getrunken hatte, auf einem ihm fremden Pferd Pirouetten zu drehen, um einer Meute von Kneipenkumpanen seine reiterliche Geschicklichkeit zu beweisen. Das Tier warf ihn ab und zerquetschte ihm mit einem Huftritt die Hoden. Nach neun Tagen starb Luis heulend vor Schmerzen in einem Krankenhaus der Hauptstadt, in das er gebracht worden war, nachdem der Arzt eine Infektion festgestellt hatte. Seine Frau war an seiner Seite und weinte vor Schuldgefühl, weil sie ihm nie Liebe hatte geben können, und vor Erleichterung, weil sie nun nicht mehr um seinen Tod beten mußte. Bevor sie auf das Gut zurückkehrte, den Leichnam im Sarg, um ihn auf seinem eigenen Land zu begraben, kaufte Analía sich ein weißes Kleid und legte es auf den Boden des Koffers. Zu Hause kam sie in Trauerkleidung an, das Gesicht von einem Witwenschleier verhüllt, damit niemand den Ausdruck ihrer Augen sah, und genauso ging sie zum Begräbnis, ihren Sohn an der Hand, der ebenfalls Schwarz trug. Nach der Zeremonie sprach Onkel Eugenio seine Schwiegertochter an – er hatte sich gut gehalten trotz seiner abgenutzten siebzig Jahre – und schlug ihr vor, sie solle ihm die Ländereien überlassen und von den Zinsen des Kapitals in der Hauptstadt leben, wo das Kind seine Ausbildung beenden und sie die Leiden der Vergangenheit vergessen könne.

»Denn es ist mir nicht entgangen, Analía, daß ihr beide, mein armer Luis und du, niemals glücklich wart.«

»Du hast recht, Onkel. Luis hat mich von Anfang an betrogen.«

»Mein Gott, Kind, er war doch immer sehr rücksichtsvoll und ehrerbietig dir gegenüber. Luis war ein guter Ehemann. Alle Männer haben kleine Abenteuer, aber das hat nicht die geringste Bedeutung.«

»Das meine ich nicht, ich spreche von einem nicht wieder gutzumachenden Betrug.«

»Ich will gar nicht wissen, worum es sich handelt. Jedenfalls denke ich, daß du und das Kind in der Hauptstadt sehr viel besser aufgehoben seid. Es wird euch an nichts fehlen. Ich werde den Besitz übernehmen, ich bin zwar alt, aber noch nicht am Ende, ich kann immer noch einen Stier bei den Hörnern zu Boden zwingen.«

»Ich bleibe hier. Und mein Sohn wird auch hierbleiben und mir auf dem Gut helfen. In den letzten Jahren habe ich mehr auf den Viehkoppeln als im Haus gearbeitet. Der einzige Unterschied wird sein, daß ich jetzt meine Entscheidungen selbst treffen werde, ohne jemanden um Rat zu fragen. Endlich gehört dieses Land mir allein. Leb wohl, Onkel Eugenio.«

In den folgenden Wochen richtete Analía ihr Leben neu ein. Als erstes verbrannte sie das Bettzeug, das sie mit ihrem Mann geteilt hatte, und stellte ihre schmale Pritsche ins Schlafzimmer, dann studierte sie gründlich die Geschäftsbücher ihres Besitzes, und als sie eine genaue Vorstellung von ihrem Vermögen hatte, suchte sie sich einen Verwalter, der ihre Anordnungen ausführen würde, ohne Fragen zu stellen. Als sie fühlte, daß sie alle Zügel in der Hand hatte, holte sie ihr weißes Kleid aus dem Koffer, bügelte es sorgfältig, zog es an und ließ sich so, schön zurechtgemacht, ins Städtchen zur Schule fahren, eine alte Hutschachtel unter dem Arm.

Analía Torres wartete im Hof, bis die Fünfuhrglocke das Ende der letzten Nachmittagsstunde anzeigte und das Kinderrudel zum Spielen herausstürmte. Unter ihnen kam fröhlich ihr Sohn gerannt, der jäh im Lauf stockte, als er seine Mutter sah, denn es war das erste Mal, daß sie in der Schule erschien.

»Zeig mir deine Klasse, ich möchte deinen Lehrer kennenlernen«, sagte sie.

An der Tür schickte sie den Jungen fort, denn dies war ihre ureigene Angelegenheit, und trat allein ein. Es war ein großer Raum mit einer hohen Decke und mit grafischen Darstellungen von einheimischen Pflanzen und Tieren an den Wänden. Hier herrschte derselbe Geruch nach Kinderschweiß und Eingesperrtsein, den sie auch aus ihrer Kindheit kannte, aber diesmal störte er sie nicht, im Gegenteil, sie atmete ihn mit Genuß ein. Die Pulte sahen nach einem Tag Benutzung unordentlich aus, Papier lag auf dem Boden, und Tintenfässer standen offen. Auf der Tafel eine Reihe Zahlen. Im Hintergrund auf dem Katheder saß der Lehrer. Der Mann hob überrascht den Kopf, erhob sich aber nicht, denn seine Krücken standen in der Ecke, zu weit entfernt, um sie zu erreichen, ohne mit dem Stuhl hinzurutschen. Analía ging zwischen zwei Pultreihen hindurch und blieb vor ihm stehen.

»Ich bin die Mutter von Torres«, sagte sie, weil ihr nichts Besseres einfiel.

»Guten Tag, Señora. Da kann ich Ihnen endlich danken für die Marmelade und das Obst, die Sie uns geschickt haben ...«

»Lassen wir das, ich bin nicht hier, um Höflichkeiten auszutauschen. Ich bin hier, um Rechenschaft von Ihnen zu fordern«, sagte Analía und stellte die Hutschachtel auf den Tisch.

»Was ist das?«

Sie öffnete die Schachtel und schüttete die Liebesbriefe heraus, die sie die ganze Zeit aufbewahrt hatte. Eine ganze Weile starrte er auf den Berg von beschriebenem Papier.

»Sie schulden mir elf Jahre meines Lebens«, sagte Analía.

»Woher wußten Sie, daß ich sie geschrieben habe?« stammelte er, als er seine Stimme endlich wiedergefunden hatte.

»Schon am Tag meiner Hochzeit entdeckte ich, daß mein Mann sie nicht geschrieben haben konnte, und als mein Sohn seine ersten Noten nach Hause brachte, erkannte ich die Schrift. Und wenn ich Sie jetzt ansehe, habe ich auch nicht den geringsten Zweifel, denn Sie habe ich in meinen

Träumen gesehen, seit ich sechzehn war. Warum haben Sie es getan?«

»Luis Torres war mein Freund, und als er mich bat, für ihn einen Brief an seine Cousine zu schreiben, schien mir daran nichts Schlechtes zu sein. So war es auch mit dem zweiten und dem dritten; danach, als Sie mir antworteten, konnte ich nicht mehr zurück. Jene zwei Jahre waren die besten Jahre meines Lebens, die einzigen, in denen ich auf etwas gehofft habe. Ich hoffte auf die Post.«

»Aha.«

»Können Sie mir verzeihen?«

»Das hängt von Ihnen ab«, sagte Analía und reichte ihm die Krücken.

Der Lehrer knöpfte sich das Jackett zu und erhob sich. Gemeinsam gingen sie hinaus in den lärmerfüllten Schulhof, wo die Sonne noch nicht untergegangen war.

Der verwunschene Palast

Vor fünfhundert Jahren, als die wackeren Straßenräuber aus Spanien mit ihren erschöpften Pferden und ihren von der Sonne Amerikas heißgeglühten Rüstungen über die Erde von Quinaroa stampften, lebten und starben die Indios schon seit Tausenden von Jahren an ebendiesem Ort. Die Eroberer verkündeten mit Herolden und Fahnen die Entdeckung des neuen Gebiets, erklärten es zum Eigentum eines fernen Königs, pflanzten das erste Kreuz und tauften die Stätte San Jerónimo, ein für die Zunge der Eingeborenen unaussprechbarer Name. Die Indios beobachteten die selbstherrlichen Zeremonien mit einigem Staunen, aber zu ihnen waren schon vorher Nachrichten über die bärtigen Krieger gelangt, die mit Eisengerassel und Pulverdampf durch die Welt zogen, sie hatten gehört, daß sie Wehklagen auf ihrem Weg säten und daß kein Volk, von dem man wußte, ihnen hatte Widerstand leisten können, jedes Heer unterlag dieser Handvoll Eindringlinge auf den seltsam mit ihnen verwachsenen Tieren. Die Indios waren ein alter Stamm, so arm, daß selbst der Häuptling mit dem üppigsten Federschmuck sich nicht die Umstände machte, von ihnen Abgaben zu verlangen, und sie waren so sanft, daß sie auch nicht zum Kriegführen herangezogen wurden. Sie hatten seit dem Anbruch der Zeiten in Frieden gelebt und hielten es nicht für nötig, ihre Gewohnheiten einiger roher Fremder wegen aufzugeben. Bald jedoch wurden sie sich der Stärke des Feindes bewußt und begriffen, daß es unsinnig war, ihn nicht zu beachten, denn seine Gegenwart lastete schwer auf ihnen, wie ein großer Stein, den man auf dem Rücken trägt. In den folgenden Jahren, als viele Indios starben, die einen als Opfer unbekannter Krankheiten, andere in der Sklaverei oder unter den mannigfachen Martern, die den Zweck hatten, neue Götter einzuführen, verstreuten sich die Überlebenden urwaldeinwärts und verloren nach und nach sogar den Namen ihres Volkes. Immer verborgen, wie Schatten zwischen dem Laubwerk, flüsternd und nur bei Nacht rege, so hielten sie sich durch die Jahrhunderte. Sie wurden so geschickt in der Kunst des Versteckens, daß die Geschichte sie nicht verzeichnet, und heute gibt es keine Beweise für ihren Weg durch die Jahrhunderte. Die Bücher erwähnen sie nicht, aber die Bauern haben sie im Wald gehört, und jedesmal, wenn einem jungen Mädchen der Bauch zu schwellen beginnt und sie den Verführer nicht nennen können, schreiben sie das Kind dem Geist eines lüsternen Indios zu. Die Menschen in den Dörfern dort sind stolz darauf, auch von jenen unsichtbaren Wesen ein paar Tropfen Blut zu haben in dem Gemisch aus englischen Piraten, spanischen Soldaten, afrikanischen Sklaven, Abenteurern auf der Suche nach Eldorado und später von manch einem Einwanderer, der es mit dem Reisesack auf der Schulter und den Kopf voller Illusionen bis hierher geschafft hatte.

Europa verbrauchte mehr Kaffee, Kakao und Bananen, als wir erzeugen konnten, aber die große Nachfrage brachte uns keinen Wohlstand, wir blieben so arm wie früher. Die Verhältnisse schienen sich zu ändern, als ein Neger von der Küste seine Spitzhacke in den Boden schlug, um einen Brunnen zu graben, und ihm ein Schwall Erdöl ins Gesicht schoß. Bis zum Ende des Ersten Weltkriegs hatte sich die Vorstellung verbreitet, dies sei ein blühendes Land, aber noch immer wateten fast alle seine Bewohner mit nackten Füßen im Schlamm. In Wirklichkeit füllte das Geld nur die Kassen des Wohltäters und seines Gefolges, aber die Hoffnung war da, daß eines Tages auch etwas für das Volk abfallen würde. So vergingen zwei Jahrzehnte totalitärer Demokratie, wie Präsident Vitalicio sein Regime nannte, in denen jedes Anzeichen eines Umsturzversuches zerschlagen wurde, zum größeren Ruhme des obersten Führers. In der Hauptstadt sah

man Boten des Fortschritts – Autos, Kinos, Kühlschränke, eine Rennbahn, die Theater, in denen aus New York oder Paris herübergebrachte Stücke aufgeführt wurden. Täglich legten im Hafen Dutzende von Schiffen an, die einen nahmen das Erdöl auf, die andern entluden Modewaren, aber das übrige Land verharrte in jahrhundertealter Dumpfheit.
Eines Tages erwachten die Einwohner von San Jerónimo aus der Siesta von den ohrenbetäubenden Hammerschlägen, die das Kommen der Eisenbahnlinie einläuteten. Die Schienen würden die Hauptstadt mit diesem verschlafenen Nest verbinden, das der Wohltäter ausgewählt hatte, um hier, im Stil der europäischen Monarchen, seinen Sommerpalast zu bauen, obwohl niemand den Sommer vom Winter unterscheiden konnte, denn das ganze Jahr hindurch herrschte der gleiche feuchte, siedende Atem der Natur. Der einzige Anlaß, hier diesen Monumentalbau zu errichten, waren die Worte eines belgischen Naturforschers, der versicherte, wenn man dem Mythos vom irdischen Paradies einen Platz zuweisen wolle, dann müsse es dieser Ort sein, wo die Landschaft von überwältigender Schönheit sei. Nach seinen Beobachtungen beherbergte der Wald mehr als tausend Arten vielfarbiger Vögel und alle Sorten wilder Orchideen, von den *Brassias*, die so groß sind wie ein Sombrero, bis zu den winzigen *Pseudothallis*, die man nur mit der Lupe sehen kann.
Die Idee zu dem Palast stammte von einigen italienischen Baumeistern, die sich Seiner Exzellenz mit den Plänen zu einem verwickelten Marmorbauwerk vorstellten, einem Labyrinth mit unzähligen Säulen, breiten Fluren, geschwungenen Treppen, Bögen und Gewölben, Salons, Küchen, Schlafräumen und über dreißig Badezimmern mit goldenen und silbernen Wasserhähnen. Die Eisenbahn war die erste Phase des Baus, unerläßlich, um die Tonnenladungen an Material und die Hunderte von Arbeitern, dazu die aus Italien geholten Poliere und Handwerker in diesen abgelegenen Winkel

der Landkarte zu befördern. Die Arbeit, das Marmormonstrum hochzuziehen, dauerte vier Jahre, wirkte sich zerstörerisch auf die Tier- und Pflanzenwelt aus und kostete so viel, wie alle Kriegsschiffe der nationalen Flotte zusammen, aber die Bezahlung erfolgte pünktlich mit dem schwarzen Öl der Erde, und am Jahrestag der ruhmreichen Machtergreifung wurde das Band am Portal durchschnitten und der Sommerpalast eingeweiht. Für diese Gelegenheit war die Lokomotive des Zuges mit den Farben der Landesfahne bemalt worden, und statt der Güterwaggons wurden Personenwagen angehängt, die mit Samt und englischem Leder ausgeschlagen waren und in denen die festlich gekleideten Gäste saßen, darunter einige Mitglieder der ältesten Aristokratie, denn wenn sie auch diesen gottlosen Emporkömmling aus den Anden verabscheuten, der die Regierung an sich gerissen hatte, wagten sie seine Einladung doch nicht zurückzuweisen.

Der Wohltäter war ein rauher Mensch von bäurischen Sitten, er badete in kaltem Wasser, schlief auf einer Palmblattmatte auf dem Fußboden, die Pistole in Reichweite und die Stiefel an den Füßen, ernährte sich vorzugsweise von Rinderbraten und Mais und trank nur Wasser und Kaffee. Sein einziger Luxus waren die Zigarren aus schwarzem Tabak, alle übrigen Genüsse waren für ihn Laster von Degenerierten oder Schwulen, auch der Alkohol, den er nicht ausstehen konnte und nur selten an seinem Tisch reichen ließ. Doch mit der Zeit hatte er einige Verfeinerungen in seiner Umgebung zulassen müssen, denn er begriff die Notwendigkeit, ausländische Diplomaten und andere ausgewählte Gäste zu beeindrucken, damit er im Ausland nicht etwa in den Ruf eines Barbaren geriete. Er hatte keine Frau, die seine spartanische Lebensweise hätte beeinflussen können. Er betrachtete die Liebe als eine gefährliche Schwäche, zudem war er überzeugt, daß alle Frauen außer seiner Mutter im Grunde pervers waren und daß es das Klügste war, sie auf Abstand zu halten. Er sagte, ein Mann, der in einer Liebesumarmung einschlafe, sei so verletzlich wie ein Siebenmonatskind, deshalb verlangte er auch, daß seine Generäle in den Kasernen wohnten und ihr Familienleben auf gelegentliche Besuche beschränkten. Keine Frau hatte je eine ganze Nacht mit ihm verbracht, keine konnte sich eines anderen als flüchtigen Zusammenseins rühmen, keine hatte dauerhafte Spuren in seinem Gemüt hinterlassen. Bis Marcia Liebermann in sein Leben trat.

Das Einweihungsfest im Sommerpalast war ein Ereignis in den Annalen der Wohltäterherrschaft. Zwei Tage und zwei Nächte hindurch wechselten die Orchester einander im Spielen ab, und die Köche hatten ein Festmahl zubereitet, das kein Ende nehmen wollte. Die schönsten Mulattinnen der Karibik, angetan mit prachtvollen, eigens für die Gelegenheit angefertigten Abendkleidern, tanzten in den Salons mit Offizieren, die niemals an einem Kampf teilgenommen hatten, deren Brüste aber von Orden klirrten. Es gab alle Arten von Unterhaltung: aus Havanna und New Orleans importierte Sänger, Flamencotänzerinnen, Zauberer, Jongleure und Trapezkünstler, es gab Kartentische und Dominopartien und sogar eine Jagd auf Kaninchen, die von den Dienstboten aus den Käfigen geholt und freigesetzt wurden, worauf die Gäste sie mit Windhunden verfolgten, eine Lustbarkeit, die ihren Höhepunkt fand, als ein besonderer Witzbold die Schwarzhalsschwäne auf der Lagune mit Flintenschüssen erlegte. Einige Gäste fielen ermattet in die Sessel, trunken vom Alkohol und vom Cumbiatanzen, andere sprangen bekleidet ins Schwimmbecken oder verzogen sich pärchenweise auf die Zimmer. Der Wohltäter wollte keine Einzelheiten wissen. Nachdem er seine Gäste mit einer kurzen Ansprache begrüßt und am Arm der ranghöchsten Dame den Ball eröffnet hatte, war er wieder in die Hauptstadt gefahren, ohne sich zu verabschieden. Feste versetzten ihn in schlechte Laune. Am dritten Tag brachte der Zug die erschöpften Partygenossen zurück. Der Sommerpalast war in beklagenswertem Zustand, die Badezimmer glichen Unratgruben, von den Vorhängen tropfte Urin, die Sessel waren aufgeschlitzt, und die Pflanzen siechten in ihren Kübeln dahin. Die Angestellten brauchten eine volle Woche, um die Reste dieses Hurrikans zu beseitigen.

Der Palast war nie wieder Szene eines Bacchanals. Von Zeit zu Zeit ließ sich der Wohltäter hinausfahren, um die drükkenden Amtsgeschäfte eine Weile hinter sich zu lassen, aber er gönnte sich nie mehr als zwei, drei Tage Erholung, zu groß war die Furcht, daß in seiner Abwesenheit eine Verschwörung angezettelt würde. Das Regierungsamt verlangte seine ständige Wachsamkeit, damit ihm die Macht nicht aus den Händen glitt. In dem riesigen Gebäude blieb nur das Personal zurück, das mit seiner Instandhaltung beauftragt war. Als das Dröhnen der Baumaschinen und das Poltern des Zuges aufgehört hatten und der Nachhall des Einweihungsfestes verstummt war, zog wieder die Stille in die Landschaft ein, und die Orchideen begannen erneut zu blühen, und die Vögel kamen zurück, ihre Nester zu bauen. Die Einwohner von San Jerónimo widmeten sich ihren gewohnten Beschäftigungen und kümmerten sich nicht mehr um den Sommerpalast. Da kehrten langsam, unsichtbar die Indios zurück, um ihr Gebiet in Besitz zu nehmen.

Die ersten Anzeichen kamen so verstohlen, daß niemand sie recht beachtete: Schritte und Murmeln, flüchtige Umrisse zwischen den Säulen, die Spur einer Hand auf der blanken Oberfläche eines Tisches. Nach und nach verschwanden Flaschen aus den Kellern, Essen aus den Küchen, morgens waren Betten zerwühlt. Die Dienstboten verdächtigten sich gegenseitig, doch ließen sie keine Anschuldigungen laut werden, denn sie hielten nichts davon, daß etwa der Wachoffizier die Sache in die Hand nähme. Das ganze riesige Gebäude im Auge zu behalten, war unmöglich – während sie einen Raum durchsuchten, hörten sie es im Nebenzimmer seufzen, und wenn sie dort die Tür aufrissen, sahen sie nur die Vorhänge wehen, als wäre soeben jemand hinausgegangen. So entstand das Gerücht, der Palast sei verhext, und bald ergriff die Furcht auch die Soldaten, die ihre nächtlichen Runden einstellten und sich darauf beschränkten, regungslos, an ihre Waffen geklammert Posten zu stehen und argwöhnisch in die Landschaft zu spähen. Die verängstigten Dienstboten stiegen nicht mehr in den Keller hinab und verschlossen vorsichtshalber eine Reihe von Räumen. Sie lebten in einer der Küchen und schliefen in einem Seitenflügel. Das übrige Gebäude blieb ohne Aufsicht und im Besitz dieser körperlosen Indios, die die Zimmer durch eingebildete Linien geteilt und sich darin als mutwillige Geister niedergelassen hatten. Sie hatten dem Lauf der Geschichte widerstanden, hatten sich an die Wechsel angepaßt, als es unumgänglich war, und sich in ihrer eigenen Dimension verborgen gehalten, als es nötig war. In den Räumen des Palastes fanden sie Zuflucht, hier liebten sie sich ohne Geräusch, wurden ohne große Umstände geboren und starben ohne Tränen. Sie lernten die verschlungenen Wege dieses Marmorlabyrinths so gut kennen, daß sie mit Leichtigkeit im selben Raum mit den Wachen und dem Dienstpersonal leben konnten, ohne sie je zu berühren, als gehörten sie einer anderen Zeit an.

Botschafter Liebermann ging im Hafen mit seiner Frau und einer Schiffsladung Gepäck von Bord. Er reiste mit seinen Hunden, all seinen Möbeln, seiner Bibliothek, seiner Sammlung von Opernschallplatten und allem möglichen Sportzubehör, darunter auch einem Segelboot. Seit ihm sein neuer Bestimmungsort zugeteilt worden war, hatte er angefangen, dieses Land zu verabscheuen. Er hatte seinen Posten als Ministerialdirektor in Wien aufgegeben, weil ihn sein Ehrgeiz trieb, Botschafter zu werden, und sei es auch in Südamerika, einer merkwürdigen Gegend, die ihm nicht die mindeste

Sympathie einflößte. Seine Frau Marcia hingegen nahm die Sache mit mehr Humor. Sie war bereit, ihrem Mann auf seiner diplomatischen Pilgerfahrt zu folgen, obwohl sie sich täglich mehr von ihm entfernte und die Belange dieser Welt sie nur wenig interessierten, aber sie verfügte an seiner Seite über sehr viel Freiheit. Es genügte, gewisse ehefrauliche Pflichten zu erfüllen, und die übrige Zeit gehörte ihr. Tatsächlich war ihr Mann von seiner Arbeit und seinen sportlichen Betätigungen so sehr in Anspruch genommen, daß er ihre Existenz kaum wahrnahm, er bemerkte sie nur, wenn sie nicht da war. Für Liebermann war seine Frau eine unentbehrliche Ergänzung seiner Karriere, sie gab ihm den nötigen Glanz im gesellschaftlichen Leben und hielt tatkräftig ihren komplizierten Haushalt in Schwung. Er betrachtete sie als loyale Gefährtin, aber er hatte sich nie auch nur die geringsten Gedanken um ihr Gefühlsleben gemacht.
Marcia studierte Landkarten und eine Enzyklopädie, um Einzelheiten über dieses ferne Land zu erfahren, und begann Spanisch zu lernen. Während der zweiwöchigen Überfahrt über den Atlantik las sie die Bücher des belgischen Naturforschers, und noch bevor sie diese heiße Region erlebte, war sie schon in sie verliebt. Sie war von zurückhaltendem Wesen und fühlte sich bei der Arbeit in ihrem Garten wohler als in den Salons, wohin sie ihren Mann begleiten mußte, und sie hoffte, sie würde in diesem Land freier von gesellschaftlichen Pflichten sein und sich damit befassen können, zu lesen, zu malen und die Natur zu entdecken.
Liebermann ließ als erstes in allen Räumen seiner Residenz Ventilatoren anbringen. Dann überreichte er den Repräsentanten der Regierung sein Beglaubigungsschreiben. Als der Wohltäter ihn in seinem Arbeitszimmer empfing, hatten die Liebermanns erst wenige Tage in der Stadt verbracht, aber schon war das Gerede darüber, wie schön die Frau des Botschafters sei, bis zum Staatsoberhaupt gedrungen. Dem Protokoll gemäß lud er das Ehepaar zum Abendessen ein, ob-

wohl das Geschwätz und das arrogante Gebaren des Diplomaten ihm unerträglich waren. Am festgesetzten Abend betrat Marcia am Arm ihres Mannes den Empfangssaal, und zum erstenmal in seinem langen Leben stockte dem Wohltäter vor einer Frau der Atem. Er hatte schönere Gesichter und schlankere Gestalten gesehen, aber niemals soviel Anmut. Die Erinnerung an vergangene Eroberungen wurde wach und erregte ihm das Blut zu einer Hitze, die er lange nicht gespürt hatte. Den ganzen Abend hielt er sich auf Distanz und beobachtete die Frau des Botschafters verstohlen, hingerissen von der Biegung ihres Halses, dem Dunkel ihrer Augen, den Bewegungen der Hände, der Ernsthaftigkeit ihres Auftretens. Vielleicht schoß es ihm durch den Kopf, daß er mehr als doppelt so alt war wie sie und daß ein Skandal unvorhersehbare Auswirkungen weit über die Landesgrenzen hinaus haben würde, aber das vermochte ihn nicht abzuschrecken, im Gegenteil, es fügte seiner eben geborenen Leidenschaft etwas unwiderstehlich Verlockendes hinzu.

Marcia Liebermann spürte den auf ihrer Haut haftenden Blick des Mannes wie eine ungebührliche Liebkosung und war sich der Gefahr bewußt, aber sie hatte nicht die Kraft, ihr zu entfliehen. Einen Augenblick dachte sie daran, ihrem Mann zu sagen, daß sie gehen wolle, statt dessen blieb sie sitzen, wünschte, der alte Mann möchte sich ihr nähern, und war gleichzeitig entschlossen, davonzulaufen, wenn er es täte. Sie wußte nicht, weshalb sie zitterte. Sie gab sich keiner Täuschung über ihn hin, auch aus der Entfernung konnte sie die Zeichen des Verfalls erkennen, die runzlige, fleckige Haut, den dürren Leib, den schwankenden Gang, sie konnte sich seinen ranzigen Geruch vorstellen und ahnte, daß die Hände in den Ziegenlederhandschuhen Klauen waren. Aber die Augen, vom Alter und vielen Greueltaten umwölkt, besaßen noch immer ihr herrisches Funkeln, das sie auf ihrem Stuhl festhielt.

Der Wohltäter wußte nicht, wie man um eine Frau warb, er hatte es bislang nie nötig gehabt. Das wirkte zu seinen Gunsten, denn wenn er sich Marcia mit Verführerfinessen genähert hätte, wäre sie abgestoßen gewesen und hätte sich verächtlich abgewandt. Dagegen konnte sie sich seinen Bitten nicht entziehen, als er nach wenigen Tagen vor ihrer Tür stand, in Zivil und ohne Eskorte, wodurch er aussah wie ein trauriger Großvater, und ihr erklärte, seit zehn Jahren habe er keine Frau mehr angerührt und sei für Verlockungen dieser Art schon zu abgestorben, aber er bitte sie mit allem Respekt, ihn an diesem Abend zu einem abgeschiedenen Ort zu begleiten, wo er den Kopf auf ihren königlichen Knien ausruhen und ihr erzählen könne, wie die Welt aussah, als er noch ein gutgewachsener Bursche und sie noch gar nicht geboren war.

»Und mein Mann?« vermochte Marcia gerade noch zu fragen, mit einer Stimme, die nur ein Hauch war.

»Ihren Mann gibt es nicht, Kind. Jetzt gibt es nur Sie und mich«, antwortete Präsident Vitalicio und führte sie am Arm zu einem schwarzen Packard.

Marcia kehrte nicht nach Hause zurück, und noch ehe ein Monat vergangen war, reiste Botschafter Liebermann wieder in seine Heimat ab. Er hatte nichts unversucht gelassen, um seine Frau zu finden, weil er sich zuerst weigerte, zu akzeptieren, was keineswegs ein Geheimnis war, aber als er unmöglich noch länger über die offenkundige Entführung hinwegsehen konnte, kam er um eine Audienz beim Staatsoberhaupt ein und verlangte die Rückgabe seiner Frau. Der Dolmetscher versuchte beim Übersetzen seine Worte abzuschwächen, aber der Präsident verstand den Tonfall und nutzte den gebotenen Vorwand, um sich ein für allemal dieses unvernünftigen Ehemanns zu entledigen. Er erklärte, Liebermann habe mit gänzlich unbegründeten Anschuldigungen die Nation beleidigt, und legte ihm sehr bestimmt nahe, das Land binnen drei Tagen zu verlassen. Er bot ihm die Möglichkeit, ohne Skandal zu gehen, um das Ansehen seines kleinen Alpenlandes zu schonen, denn niemand habe ein Interesse daran, die diplomatischen Beziehungen abzubrechen und den freien Verkehr der Öltanker zu behindern. Am Schluß dieses Gesprächs fügte er mit der Miene eines gekränkten Vaters hinzu, er könne ja verstehen, daß seine, Liebermanns, Vernunft zur Zeit getrübt sei, aber er möge beruhigt sein, auch wenn er nicht mehr da sei, werde die Suche nach der Señora fortgesetzt werden. Um seinen guten Willen zu beweisen, ließ er den Polizeichef rufen und gab ihm vor den Augen des Botschafters seine Anweisungen. Wenn es Liebermann einen Augenblick in den Sinn gekommen war, eine Abreise ohne Marcia abzulehnen, so half ihm doch ein zweiter Gedanke, zu begreifen, daß er sich damit der Gefahr eines Genickschusses aussetzen würde; und so packte er seine Besitztümer und verließ das Land noch vor der gegebenen Frist.

Den Wohltäter hatte die Liebe in einem Alter überrumpelt, in dem er sich an die Ungeduld des Herzens längst nicht mehr erinnerte. Die Erschütterung rührte seine Sinne auf und versetzte ihn in die Jugendzeit zurück, aber sie reichte doch nicht aus, seine füchsische Schlauheit einzuschläfern. Er war sich darüber im klaren, daß es eine senile Leidenschaft war, und vermochte sich einfach nicht vorzustellen, daß Marcia seine Gefühle erwiderte. Er wußte nicht, weshalb sie ihm an jenem Abend gefolgt war, aber der Verstand sagte ihm, daß es nicht aus Liebe geschehen war, und da er nichts von Frauen wußte, nahm er an, sie hätte sich von der Lust am Abenteuer oder von der Gier nach Macht verführen lassen. In Wirklichkeit hatte das Mitleid sie besiegt. Wenn der alte Mann sie verlangend umarmte, Tränen in den Augen über die Demütigung, daß die Manneskraft ihm nicht wie früher gehorchte, bemühte sie sich mit Geduld und gutem Willen hartnäckig, ihm den Stolz wiederzugeben. Und nach manchem Versuch gelang es dem armen Mann wirk-

lich, die Schwelle zu überschreiten und sich einige kurze Augenblicke in den dargebotenen lauen Gärten zu ergehen, woraufhin er, mit Schaum im Herzen, zusammensank.
»Bleib bei mir!« bat der Wohltäter, sobald er die Furcht überwunden hatte, auf ihr zu sterben.
Und Marcia blieb, denn die Einsamkeit des alten Caudillo rührte sie, zudem erschien ihr die Alternative, zu ihrem Mann zurückzukehren, weniger reizvoll als die Herausforderung, den stählernen Ring zu durchbrechen, in dem dieser Mensch fast achtzig Jahre lang gelebt hatte.
Der Wohltäter hielt Marcia in einem seiner Häuser versteckt, wo er sie täglich besuchte. Niemals blieb er, um die Nacht mir ihr zu verbringen. Wenn sie zusammen waren, verging die Zeit mit gemächlichen Liebkosungen und mit Gesprächen. In ihrem stockenden Spanisch erzählte sie ihm von ihren Reisen und von den Büchern, die sie gelesen hatte, und er hörte ihr zu und verstand zwar nicht viel, aber freute sich am Klang ihrer Stimme. Ein andermal schilderte er ihr seine Kindheit in den dürren Regionen der Anden oder seine Erlebnisse als Soldat, aber wenn sie ihm eine Frage stellte, verschloß er sich sofort und beobachtete sie von der Seite wie einen Feind. Marcia erkannte diesen Argwohn und begriff, daß seine Gewohnheit, jedem zu mißtrauen, sehr viel mächtiger war als das Bedürfnis, sich der Zärtlichkeit zu überlassen, und nach ein paar Wochen fügte sie sich in die Niederlage. Als sie die Hoffnung aufgegeben hatte, ihn für die Liebe zu gewinnen, verlor sie das Interesse an diesem Mann, und nun wollte sie hinaus aus den Wänden, zwischen denen sie gefangen war. Aber es war zu spät. Der Wohltäter brauchte sie, weil sie von allen Frauen, die er gekannt hatte, einer Gefährtin am nächsten kam, ihr Mann war nach Europa zurückgekehrt, und sie hatte keinen Platz auf dieser Erde. Der Diktator bemerkte den Wandel, der in ihr vorgegangen war, und sein Mißtrauen wuchs, aber deshalb hörte er nicht auf, sie zu lieben. Um sie über ihr Eingeschlossensein hin-

wegzutrösten, zu dem sie für immer verdammt war – denn ihr Erscheinen auf der Straße würde Liebermanns Anschuldigungen bestätigen, und die internationalen Beziehungen wären beim Teufel –, verschaffte er ihr all die Dinge, die sie liebte, Musik, Bücher, Tiere. Marcia verbrachte die Stunden in ihrer eigenen Welt und löste sich täglich mehr von der Wirklichkeit. Als sie ihn nicht länger ermutigte, vermochte er sie nicht mehr zu umarmen, und ihr Zusammensein gestaltete sie zu friedlichen Nachmittagen bei Kaffee und Kuchen. In seinem Wunsch, ihr zu gefallen, lud der Wohltäter sie schließlich eines Tages ein, den Sommerpalast kennenzulernen, damit sie das Paradies des belgischen Naturforschers, über das sie soviel gelesen hatte, von nahem sähe.

Der Zug war seit dem Einweihungsfest vor zehn Jahren nicht mehr benutzt worden und war nur noch Schrott, deshalb fuhren sie im Auto, aber eine Woche vorher war dorthin bereits eine Karawane von Leibwächtern und Dienstboten aufgebrochen mit allem, was nötig war, um dem Palast die Pracht des ersten Tages wiederzugeben. Die Straße war nur noch ein Pfad, den Gefangenentrupps gegen die Vegetation verteidigten. Auf manchen Strecken mußten sie den Weg mit Macheten von den Farnen freihacken und Ochsen herbeiholen, die die Wagen aus dem Schlamm zogen, aber nichts konnte Marcias Begeisterung schmälern. Sie ertrug die feuchte Hitze und die Moskitos, als spürte sie sie nicht, und hatte nur Augen für die Natur, die sie in die Arme zu nehmen schien. Ihr war, als wäre sie schon früher hier gewesen, vielleicht im Traum oder in einem anderen Leben, als gehörte sie an diesen Ort, als wäre sie bis jetzt eine Fremde in der Welt gewesen und als wären alle Schritte, die sie getan hatte, auch der, das Haus ihres Mannes zu verlassen und einem zittrigen Greis zu folgen, von ihrem Instinkt geleitet gewesen mit dem einzigen Ziel, sie hierherzuführen. Noch ehe sie den Sommerpalast sah, wußte sie, daß er ihr letzter

Wohnsitz werden würde. Als endlich das Gebäude zwischen den Bäumen auftauchte, von Palmen gesäumt und in der Sonne schimmernd, seufzte Marcia erlöst auf wie ein Schiffbrüchiger, wenn er den Heimathafen wiedersieht.
Trotz der emsigen Vorbereitungen zu ihrem Empfang ging von dem Haus eine Aura von Verzauberung aus. Gegen den römischen Bauten nachempfundenen Palast, ursprünglich als Mittelpunkt eines geometrischen Parks und prächtiger Alleen angelegt, brandete die Zügellosigkeit eines gefräßigen Pflanzenlebens. Das heiße Klima hatte die Farben der Materialien verändert, hatte sie mit vorzeitiger Patina überzogen, von dem Schwimmbecken und den Gärten war nichts mehr zu sehen. Die Windhunde waren schon vor langer Zeit ausgebrochen und trieben sich auf dem Besitz herum, eine hungrige, verwilderte Meute, die die Ankömmlinge mit vielstimmigem Gebell empfing. Die Vögel hatten in den Kapitellen der Säulen Nester gebaut und die Reliefs mit ihrem Kot verdreckt. Überall sah man Zeichen von Vernachlässigung. Der Sommerpalast hatte sich in ein lebendes Wesen verwandelt, offen für das Eindringen des Urwalds, der ihn umzingelte und in ihn eingezogen war. Marcia sprang aus dem Auto und lief zu dem Portal, wo die von der Hitze zermürbte Eskorte sie erwartete. Sie lief durch alle Räume – die großen Salons, in denen Kristallüster wie Dolden aus Sternen von der Decke hingen und wo in den Polstern der Sessel Eidechsen hausten, die Schlafzimmer, an deren Himmelbetten die Farben unter dem starken Licht verblichen waren, die Bäder, wo in den Marmorfugen das Moos sproß. Sie lief und lachte und gebärdete sich wie jemand, der etwas zurückerhält, was ihm entrissen war.
In den folgenden Tagen war der Wohltäter so angetan von Marcias Freude, daß wieder ein wenig Kraft seinen verbrauchten Körper wärmte und er sie umarmen konnte wie bei ihren ersten Begegnungen. Aus der einen Woche, die sie hier hatten verbringen wollen, wurden zwei, denn der Dik-

tator fühlte sich sehr wohl. Der Überdruß, der sich in seinen Alleinherrscherjahren angesammelt hatte, verflog, und einige seiner Altmännerleiden linderten sich. Er streifte mit Marcia durch die Umgebung und zeigte ihr die vielfältigen Orchideenarten, die an den Baumstämmen hochrankten oder wie Trauben von den höchsten Zweigen herabhingen, die Wolken von Schmetterlingen, die den blütenübersäten Boden bedeckten, und die Vögel mit ihrem regenbogenbunten Gefieder, die die Luft mit ihren Stimmen erfüllten. Er spielte mit ihr wie ein junger Liebhaber, steckte ihr das köstliche Fruchtfleisch der wilden Mangos in den Mund, badete sie eigenhändig in duftenden Kräuteraufgüssen und brachte sie mit einer Serenade unter ihrem Fenster zum Lachen. Seit Jahren hatte er sich nicht mehr aus der Hauptstadt entfernt, ausgenommen ein paar kurze Flüge in die eine oder andere Provinz, wo seine Anwesenheit erforderlich war, um einen keimenden Aufstand zu ersticken und dem Volk die Gewißheit einzuprägen, daß seine Autorität unanfechtbar war. Die unerwarteten Ferien versetzten ihn in ausgezeichnete Stimmung, das Leben erschien ihm plötzlich viel liebenswerter, und ihn entzückte die Vorstellung, daß er neben dieser schönen Frau würde ewig weiterregieren können. Eines Nachts überraschte ihn in ihren Armen der Schlaf. Er erwachte früh am Morgen und war entsetzt, er hatte das Gefühl, sich selbst verraten zu haben. Schweißnaß stand er auf, sein Herz raste, und betrachtete die auf dem Bett Liegende, eine ruhende weiße Schönheit, deren kupferfarbenes Haar ihr Gesicht bedeckte. Er ging hinaus und gab seiner Eskorte die nötigen Anweisungen zur Rückkehr in die Stadt. Es wunderte ihn nicht, daß Marcia keine Anstalten machte, ihn zu begleiten. Vielleicht war es ihm im Grunde lieber so, denn er hatte begriffen, daß sie seine gefährlichste Schwäche darstellte, die einzige, die ihn dazu bringen konnte, die Macht zu vergessen.

Der Wohltäter fuhr ohne Marcia in die Hauptstadt. Er ließ

ihr ein halbes Dutzend Soldaten da, um den Besitz zu bewachen, und ein paar Angestellte zu ihren Diensten und versprach ihr, er werde die Straße in gutem Zustand halten lassen, damit sie seine Geschenke und Vorräte, die Post und ein paar Zeitungen erhalten konnte. Er versicherte ihr, er werde sie häufig besuchen, so oft seine Verpflichtungen als Staatsoberhaupt es gestatteten, aber als sie voneinander Abschied nahmen, wußten beide, daß sie sich nicht wieder begegnen würden. Die Karawane des Wohltäters verschwand hinter den Farnen, und Stille umgab den Sommerpalast. Marcia fühlte sich zum erstenmal in ihrem Leben wirklich frei. Sie zog die Nadeln aus ihrem hochgesteckten Knoten und schüttelte den Kopf, daß die Haare flogen. Die Wachen legten die Waffen ab und knüpften ihre Uniformjacken auf, während die Angestellten sich die kühlsten Winkel suchten, um ihre Hängematten aufzuhängen.
Aus dem Dämmer hatten die Indios während dieser zwei Wochen die Besucher beobachtet. Ohne sich von der hellen Haut und dem erstaunlichen lockigen Haar Marcia Liebermanns täuschen zu lassen, erkannten sie in ihr eine der Ihren, aber sie wagten nicht, sich in ihrer Gegenwart zu materialisieren, weil sie seit Jahrhunderten im Verborgenen existierten. Nachdem der Alte mit seinem Gefolge abgereist war, nahmen sie verstohlen den Urwaldort wieder in Besitz, an dem sie seit Generationen gelebt hatten. Marcia erkannte, daß sie niemals allein war, wohin sie auch ging, verfolgten sie tausend Augen, rings um sie her webte ein ständiges Murmeln, ein warmes Atmen, ein rhythmisches Pulsen, aber sie hatte keine Angst, im Gegenteil, sie fühlte sich von den liebenswürdigen Gespenstern beschützt. Sie gewöhnte sich an kleine Unregelmäßigkeiten: Eines ihrer Kleider war ein paar Tage verschwunden und tauchte plötzlich in einem Korb am Fußende ihres Bettes wieder auf, jemand schlang ihr Essen hinunter, als sie gerade das Speisezimmer betrat, ihr wurden Aquarelle und Bücher gestohlen, auf ihrem Tisch

erschienen frisch geschnittene Orchideen, an manchen Abenden schwammen Minzeblätter in dem kühlen Wasser ihrer Badewanne, sie hörte Klavierklänge in den leeren Salons, Liebesstöhnen in den Schränken, Kinderstimmen auf den Korridoren. Die Angestellten hatten keine Erklärung für diese Seltsamkeiten, aber Marcia hörte bald auf, sie zu fragen, denn sie vermutete, daß auch sie Teil dieser freundlichen Verschwörung seien. Eines Nachts versteckte sie sich mit einer Taschenlampe hinter den Vorhängen und wartete, und als sie Füße über den Marmorboden tappen hörte, knipste sie das Licht an. Sie meinte, einige schemenhafte nackte Gestalten zu sehen, die ihr einen sanften Blick zurücksandten und sich dann in nichts auflösten. Sie rief sie auf spanisch an, aber keiner antwortete. Sie begriff, daß sie unendlich viel Geduld brauchen würde, um diesen Geheimnissen auf die Spur zu kommen, aber das machte ihr nichts aus, sie hatte ja ihr ganzes übriges Leben noch vor sich.

Ein paar Jahre später wurde das Land von der Nachricht überrumpelt, daß die Diktatur ein Ende gefunden hatte, und zwar aus einem höchst erstaunlichen Grund: Der Wohltäter war gestorben. Obwohl er nur noch ein zu Haut und Knochen geschrumpfter Greis war und schon seit Monaten in seiner Uniform dahinfaulte, konnten sich im Grunde nur wenige vorstellen, daß dieser Mann sterblich war. Niemand erinnerte sich an die Zeit vor ihm, er war seit so vielen Jahrzehnten an der Macht, daß das Volk sich angewöhnt hatte, ihn als ein so unvermeidliches Übel anzusehen wie das Klima. Es brauchte eine Weile, bis der Nachhall der Beisetzung in den Sommerpalast gelangte. Inzwischen hatten fast alle Wachen und Dienstboten ihre Posten verlassen, weil sie es müde waren, auf eine Ablösung zu warten, die niemals kam. Marcia hörte die Neuigkeit, ohne daß es sie sonderlich berührte. Sie mußte sogar einige Mühe aufbieten, um sich an ihre Vergangenheit zu erinnern, an das, was hinter dem Urwald lag, und an den Greis mit den kleinen scharfen Falkenaugen, der ihr Schicksal so gründlich gewendet hatte. Sie machte sich klar, daß es mit dem Tod des Tyrannen keinen Grund mehr für sie gab, im Verborgenen zu bleiben, jetzt konnte sie in die Zivilisation zurückkehren, wo sicherlich niemanden mehr der Skandal ihrer Entführung kümmerte, aber sie verwarf diesen Einfall sofort, denn es gab außerhalb dieser verwucherten Region nichts, woran ihr etwas gelegen hätte. Ihr Leben verlief friedlich zwischen den Indios, sie war in dieser grünen Natur untergetaucht, nur mit einer Tunika bekleidet, die Haare kurz geschnitten und mit Federn geschmückt. Sie war vollkommen glücklich.

Eine Generation später, als die Demokratie im Lande fest verankert war und die lange Geschichte der Diktatoren nur noch in den Schulbüchern Erwähnung fand, entsann sich jemand des Marmormonsters und schlug vor, es wieder zu nutzen und eine Kunstakademie darin zu gründen. Der Kongreß der Republik entsandte eine Kommission, die ein Gutachten darüber aufsetzen sollte, aber die Wagen verirrten sich unterwegs, und als sie endlich nach San Jerónimo kamen, konnte ihnen niemand dort sagen, wo der Sommerpalast war. Sie versuchten den Eisenbahnschienen zu folgen, aber die waren von den Schwellen losgerissen, und die Vegetation hatte alle Spuren ausgelöscht. Darauf schickte der Kongreß eine Abteilung Kundschafter aus und einige Pioniere, die im Hubschrauber über dem Gebiet kreisten, aber der Urwald war so dicht, daß auch sie den Ort nicht finden konnten. Die Spuren des Palastes verloren sich im Gedächtnis der Menschen und in den städtischen Archiven, das Wissen um seine Existenz verwandelte sich in Altweibergerede, die Bürokratie verschluckte die Berichte, und da das Vaterland dringendere Probleme hatte, wurde der Plan zu einer Kunstakademie einstweilen zurückgestellt.

Heute verbindet eine feste Landstraße San Jerónimo mit dem übrigen Land. Die Leute, die dort entlangfahren, erzählen, daß manchmal nach einem Gewitter, wenn die Luft feucht und elektrisch geladen ist, plötzlich neben der Straße ein weißer Marmorpalast auftaucht, der ein paar Augenblicke über dem Erdboden schwebt wie ein Blendwerk und dann geräuschlos verschwindet.

Aus Erde sind wir gemacht

Sie entdeckten den Kopf des Mädchens, der mit weit geöffneten Augen aus dem Schlamm ragte und ohne Stimme rief. Ihr Name war Azucena. Auf diesem unendlichen Friedhof, wo der Leichengeruch die Geier aus weiter Ferne anlockte und wo das Weinen der Waisen und das Klagen der Verletzten die Luft erfüllte, wurde dieses so beharrlich weiterlebende Mädchen zum Sinnbild der Tragödie. So oft übertrugen die Kameras das schwer zu ertragende Bild ihres Kopfes, der aus dem Schlamm sproß wie eine seltsame Frucht, daß es niemanden gab, der sie nicht gekannt und genannt hätte. Und immer, wenn er auf dem Bildschirm auftauchte, sahen wir hinter ihm Rolf Carlé, den die Nachricht hierhergeführt hatte und der niemals geahnt hätte, daß er hier ein Stück aus seiner Vergangenheit wiederfinden würde, das ihm vor dreißig Jahren verlorengegangen war.

Zuerst war es ein unterirdisches Schluchzen gewesen, es schüttelte die Baumwollfelder, daß ihr weißer Schaum wogte. Die Geologen hatten bereits Wochen vorher ihre Meßapparate aufgebaut und wußten schon, daß der Berg wieder aufgewacht war. Seit langem sagten sie voraus, daß die Hitze der Eruption den ewigen Schnee an den Abhängen des Vulkans lossprengen könnte, aber niemand beachtete die Warnungen, die nach Großmuttermärchen klangen. Die Leute im Tal waren taub gegen das Ächzen der Erde, bis zu dieser unheilvollen Novembernacht, als ein langgezogenes Brüllen den Weltuntergang ankündigte, die Schneewände sich lösten, sich in einer Lawine aus Erde, Steinen und Wasser auf die Dörfer herabwälzten und sie unter einer unauslotbaren Schicht dieses tellurischen Erbrechens begruben. Als die Überlebenden die Lähmung des ersten Entsetzens abgeschüttelt hatten, stellten sie fest, daß die Häuser, die Plätze, die Kirchen, die weißen Baumwollanpflanzungen, die dunklen Kaffeewäldchen und die Weiden des Zuchtviehs verschwunden waren. Später, als die Freiwilligen und die Soldaten kamen, um die Lebenden zu retten und den Umfang der Katastrophe zu ermitteln, schätzten sie, daß unter dem Schlamm mehr als zwanzigtausend Menschen und eine ungewisse Zahl von Tieren in der zähen Brühe faulten. Weit und breit sah man nur eine ungeheure Schlammwüste.

Als sie im Morgengrauen vom Sender anriefen, waren Rolf und ich zusammen. Ich stieg schlafbetäubt aus dem Bett und ging Kaffee kochen, während er sich hastig anzog. Er packte sein Arbeitsgerät in die grüne Leinentasche, die er immer trug, und wir nahmen Abschied wie so viele andere Male. Ich hatte keinerlei Vorahnung. Ich schlürfte in der Küche meinen Kaffee und machte Pläne für die Stunden ohne ihn; ich war ganz sicher, daß er am nächsten Tag zurück sein würde.

Er war unter den ersten, die dort ankamen, denn während andere Reporter in Jeeps, auf Fahrrädern, zu Fuß an den Rand des Unheilsumpfes gelangten, wobei jeder sich so gut es ging einen Weg bahnte, konnte er über den Hubschrauber des Fernsehens verfügen und die Unglücksstelle direkt anfliegen. Auf dem Bildschirm erschienen die von seinem Assistenten gefilmten Szenen, die Rolf Carlé zeigten, bis zu den Knien eingesunken, das Mikrofon in der Hand, in einem wüsten Durcheinander von verwaisten Kindern, Verstümmelten, Leichen und Ruinen. Wir hörten seine ruhige Stimme. Seit Jahren hatte ich ihn in den Nachrichten gesehen, wenn er mitten aus Kämpfen und Katastrophen berichtete, mit furchtloser Hartnäckigkeit und ohne sich zurückhalten zu lassen, und stets hatte mich seine gelassene Haltung angesichts von Gefahr und Leiden verwundert – als könnte nichts seine Unerschrockenheit erschüttern oder seine Wißbegier ablenken. Die Furcht schien ihn nicht einmal zu streifen, aber er hatte mir gestanden, daß er alles andere als ein tapferer Mann sei. Ich glaube, die Linse der Ka-

mera hatte eine verfremdende Wirkung auf ihn, als versetzte sie ihn in eine andere Zeit, aus der heraus er die Ereignisse sehen konnte, ohne wirklich an ihnen teilzuhaben. Nachdem ich ihn besser kennengelernt hatte, begriff ich, daß diese gewollte Distanz ihn vor seinen eigenen Gefühlen schützte.
Rolf Carlé war von Anfang an bei Azucena. Er filmte die Freiwilligen, die sie entdeckt hatten, und die ersten, die versucht hatten, sich ihr zu nähern, seine Kamera war beharrlich auf das Kind gerichtet, auf das bräunliche Gesicht, die großen, trostlosen Augen, den dichten, zerzausten Haarschopf. An dieser Stelle war der Morast unzugänglich, und man war in Gefahr, sofort einzusinken, wenn man ihn betrat. Sie warfen ihr ein Seil zu, aber sie machte keine Anstalten, es zu ergreifen, bis sie ihr zuschrien, sie solle es fassen, da zog sie eine Hand heraus und versuchte sich zu bewegen, aber dadurch sank sie nur noch tiefer. Rolf warf seine Tasche und seine übrige Ausrüstung ab und drang in den Sumpf vor, wobei er in das Mikrofon seines Assistenten sprach und berichtete, es sei sehr kalt und beginne bereits nach Leichen zu riechen.
»Wie heißt du?« fragte er das Mädchen, und sie antwortete mit ihrem Blumennamen, denn Azucena heißt Lilie.
»Beweg dich nicht!« befahl Rolf und sprach weiter auf sie ein, ohne lange nachzudenken, was er sagte, nur um sie abzulenken, während er sich weiter durch den Schlamm schob, der ihm schon bis zum Gürtel reichte. Auch die Luft war trüb wie der Morast.
Es war nicht möglich, von dieser Seite an sie heranzukommen, also arbeitete er sich zurück und schlug dann einen Bogen dorthin, wo der Boden fester aussah. Als er endlich bei ihr war, nahm er das Seil und band es ihr im Schlamm unter den Armen fest, damit sie sie herausziehen konnten. Er lächelte ihr mit diesem Lächeln zu, das seine Augen so kindlich macht, und sagte ihr, alles werde wieder gut werden, er sei ja bei ihr, gleich werde sie draußen sein. Er winkte den an-

dern, daß sie das Seil einholen sollten, aber sowie es sich straffte, schrie das Mädchen auf. Sie versuchten es von neuem, und nun tauchten ihre Schultern und Arme auf, doch weiter konnten sie sie nicht bewegen, sie steckte fest. Einem der Helfer fiel ein, daß ihre Beine vielleicht in den Trümmern des Hauses eingeklemmt waren, und da sagte sie, es seien nicht nur die Trümmer, auch die an sie geklammerten Leiber ihrer Geschwister hielten sie unten.

»Hab keine Angst, wir holen dich hier raus!« versprach Rolf. Obwohl die Übertragung mangelhaft war, hörte ich, daß seine Stimme zitterte, und ich fühlte mich ihm dafür um so näher. Sie blickte ihn an, ohne zu antworten.

In den ersten Stunden erschöpfte Rolf alle Hilfsmittel, die ihm sein Erfindungsgeist eingab, um sie zu retten. Er mühte sich mit Stangen und Seilen ab, aber jeder Ruck war eine unerträgliche Marter für die Gefangene. Er kam auf den Gedanken, aus Stangen einen Hebebaum zu bauen, aber das hatte ebensowenig Erfolg, und er mußte auch diesen Einfall aufgeben. Er stellte ein paar Soldaten an, die eine Zeitlang mit ihm zusammenarbeiteten, ihn aber dann wieder alleinließen, weil auch viele andere Opfer Hilfe brauchten. Die Kleine konnte sich nicht bewegen und bekam kaum Luft, aber sie schien nicht verzweifelt zu sein, als erlaubte ihr eine althergebrachte Schicksalsergebenheit, ihr Los zu erkennen und hinzunehmen. Rolf Carlé dagegen war entschlossen, sie dem Tod zu entreißen. Sie brachten ihm einen luftgefüllten Reifen, den er ihr wie einen Rettungsring überstreifte und unter die Arme schob, und dann legte er ein Brett neben sie, damit er sich darauf stützen und besser an sie herankommen konnte. Da es unmöglich war, die Trümmer blind tastend wegzuräumen, tauchte er einige Male, um diese Hölle zu erforschen, aber er kam entmutigt und mit Schlamm bedeckt wieder hoch. Er gelangte zu dem Schluß, daß man eine Pumpe brauchte, um das Wasser abzuziehen, und beauftragte einen Helfer, über Funk eine anzufordern, aber der kam mit der Botschaft zurück, es gebe keine Transportmöglichkeit, und vor dem nächsten Morgen könnten sie keine schicken.

»So lange können wir nicht warten!« protestierte Rolf, aber in diesem Chaos hielt sich niemand damit auf, ihm zuzuhören. Es sollten noch viele Stunden mehr vergehen, ehe er es akzeptierte, daß die Zeit stillestand und daß die Wirklichkeit eine unheilbare Verzerrung erlitten hatte.

Ein Militärarzt kam, um die Kleine zu untersuchen, und stellte fest, daß ihr Herz gut arbeitete und daß sie die Nacht überstehen könnte, falls sie nicht zu sehr durchkühlte.

»Hab Geduld, Azucena, morgen bringen sie die Pumpe«, versuchte Rolf sie zu trösten.

»Laß mich nicht allein!« bat sie.

»Nein, natürlich nicht.«

Sie brachten ihnen Kaffee, und er flößte ihn Schluck um Schluck dem Mädchen ein. Das heiße Getränk belebte sie, und sie begann von ihrem kleinen Leben zu erzählen, von ihrer Familie und von der Schule und wie dieses Stückchen Erde gewesen war, bevor der Vulkan barst. Sie war dreizehn Jahre alt und war nie über die Grenzen ihres Dorfes hinausgekommen. Rolf, von einem übereilten Optimismus getragen, redete ihr ein, daß alles gut enden werde, die Pumpe würde kommen, sie würden das Wasser abziehen, die Trümmer wegräumen, und Azucena würde mit dem Hubschrauber in ein Krankenhaus gebracht werden, wo sie sich rasch erholen würde und wo er sie besuchen und ihr Geschenke mitbringen konnte. Er überlegte, daß sie wohl schon zu alt für Puppen sei, und wußte nicht, woran sie Freude haben würde, vielleicht an einem Kleid? Um sie über die Stunden hinwegzutrösten, begann er ihr von seinen Reisen und seinen Abenteuern als Nachrichtenjäger zu erzählen, und als ihm die Erinnerungen ausgingen, nahm er die Phantasie zu Hilfe und erfand allerlei Geschichten, um sie abzulenken. Hin und wieder schlummerte sie ein wenig, aber er sprach weiter

zu ihr in der Dunkelheit, um ihr zu zeigen, daß er nicht fortgegangen war, und um die peinigende Ungewißheit niederzuhalten.
Das war eine lange Nacht.

Viele Meilen von dort entfernt beobachtete ich Rolf und das Mädchen auf einem Bildschirm. Ich hatte das Warten zu Hause nicht ausgehalten und war zur Staatlichen Fernsehanstalt gefahren, wo ich oft ganze Nächte beim Überarbeiten von Programmen mit ihm verbracht hatte. Dort war ich ihm nahe und konnte mitansehen, was er in diesen entscheidenden drei Tagen erlebte, und versuchen, etwas zu tun. Ich wandte mich an alle wichtigen Leute, die es in der Stadt gibt, an die Senatoren der Republik, an die Generäle der Streitkräfte, an den nordamerikanischen Botschafter und an den Präsidenten der Erdölgesellschaft, und bat sie um eine Pumpe, aber ich erhielt nur vage Versprechungen. Ich schickte meine dringliche Bitte über Rundfunk und Fernsehen, vielleicht konnte ja irgend jemand helfen. Zwischen Anrufen und Appellen rannte ich ins Empfangszentrum, um die Satellitenaufnahmen nicht zu versäumen, die alle Augenblicke mit neuen Einzelheiten über die Katastrophe hereinkamen. Während die Redakteure die wirkungsvollsten Szenen für die Nachrichten auswählten, suchte ich die, auf der Azucena erschien. Der Bildschirm begrenzte das Unglück auf eine plane Fläche und betonte die ungeheure Entfernung, die mich von Rolf trennte, dennoch war ich bei ihm, das Leiden des Kindes schmerzte mich wie ihn, ich fühlte seine Enttäuschung, seine Machtlosigkeit mit. Angesichts der Unmöglichkeit, mich mit ihm zu verständigen, verfiel ich auf den wunderlichen Ausweg, mich fest auf ihn zu konzentrieren, um ihn mit der Kraft des Gedankens zu erreichen und ihm so Mut zu machen. Für eine Weile betäubte ich mich mit einer wilden und fruchtlosen Aktivität, dann wieder drückte mich das Mitleid so nieder, daß ich in Tränen ausbrach, und von Zeit zu Zeit übermannte mich die Müdigkeit, und ich glaubte, durch ein Teleskop auf das ferne Licht eines seit Millionen Jahren erloschenen Sterns zu blicken.

In den ersten Morgenstunden des zweiten Tages sah ich jene Hölle, in der die Leichen von Menschen und Tieren schwammen, fortgerissen von den Wassern neuer Flüsse, die sich in einer Nacht aus dem geschmolzenen Schnee gebildet hatten. Aus dem Schlamm ragten die Wipfel einiger Bäume auf und der Glockenturm einer Kirche, auf dem einige Menschen Zuflucht gefunden hatten und jetzt geduldig auf die Rettungsmannschaften warteten. Hunderte von Soldaten und von Freiwilligen der Zivilverteidigung bemühten sich, Trümmer beiseite zu räumen auf der Suche nach Überlebenden, während lange Schlangen von zerlumpten Gespenstern nach einem Napf Suppe anstanden. Die Rundfunksender gaben bekannt, daß ihre Telefone durch die Anrufe von Familien überlastet seien, die den verwaisten Kindern ein Obdach anboten. Trinkwasser und Lebensmittel wurden knapp. Die Ärzte, die sich damit abfinden mußten, Gliedmaßen ohne Betäubung zu amputieren, verlangten, daß wenigstens Seren, Analgetika und Antibiotika herbeigeschafft wurden, aber die Straßen waren zum Teil durch Erdrutsche unbefahrbar, und außerdem verzögerte die Bürokratie alle Maßnahmen. Inzwischen bedrohte der von den verwesenden Leichen vergiftete Schlamm die Lebenden mit Seuchen.

Azucena zitterte, mit den Armen auf den Reifen gestützt, der sie an der Oberfläche hielt. Die Unbeweglichkeit und die Anspannung hatten sie sehr geschwächt, aber sie war bei Bewußtsein und sprach noch mit verständlicher Stimme, wenn man ihr ein Mikrofon hinhielt. Ihr Ton war zaghaft, als bäte sie um Verzeihung für all die Mühen, die sie verursachte. Rolfs Bart war gewachsen, er hatte dunkle Schatten unter den Augen und sah erschöpft aus. Noch durch die Kamera konnte ich die Art von Müdigkeit erkennen, die sich von allen früheren Müdigkeiten in seinem Leben unterschied.

Er hatte die Kamera völlig vergessen, er konnte das Kind nicht länger durch die Linse betrachten. Die Aufnahmen, die uns erreichten, kamen nicht von seinem Assistenten, sondern von anderen Reportern, die sich Azucenas bemächtigt hatten und ihr die pathetische Verantwortung aufbürdeten, das Grauen des hier Geschehenen zu verkörpern. Vom frühen Morgen an plagte Rolf sich erneut, die Hindernisse zu beseitigen, die das Mädchen in diesem Grab festhielten, aber er verfügte nur über seine Hände, er wagte nicht, schweres Werkzeug zu benutzen, weil er sie damit verletzen konnte. Er gab Azucena den Napf mit Maisbrei und Bananen, die die Armee verteilte, doch sie brach ihn sofort wieder aus. Ein Arzt wagte sich über das Brett und stellte fest, daß sie Fieber hatte, aber er konnte nicht viel tun, denn die Antibiotika waren den Fällen mit Wundbrand vorbehalten. Auch ein Priester kam, um sie zu segnen, und hängte ihr eine Medaille mit dem Bild der Jungfrau um. Am Nachmittag begann ein sanfter, anhaltender Regen zu fallen.

»Der Himmel weint«, flüsterte Azucena und fing auch an zu weinen.

»Hab keine Angst«, bat Rolf. »Du mußt deine Kräfte schonen und ruhig bleiben, alles wird gut ausgehen, ich bin bei dir, und ich werde dich hier irgendwie rausholen.«

Die Reporter kehrten zurück, um sie zu fotografieren und ihr immer dieselben Fragen zu stellen, die sie schon nicht mehr beantworten mochte. Inzwischen waren noch mehr Fernsehteams eingetroffen mit Kabelrollen, Tonbändern, Filmen, Videokameras, Präzisionslinsen, Kassettenrecordern, Tonkonsolen, Scheinwerfern, Monitoren, Batterien, Motoren, Kisten mit Ersatzteilen, Elektrikern, Tontechnikern und Kameraleuten, die Azucenas Gesicht auf Millionen Bildschirme in aller Welt schickten. Und Rolf Carlé flehte weiter um eine Pumpe! Der Aufwand an Mitteln brachte insofern Erfolg, als wir im Fernsehen nun klarere Bilder mit reinerem Ton empfingen, die Entfernung schien plötzlich kürzer geworden zu sein, und ich hatte den furchterregenden Eindruck, unmittelbar vor Azucena und Rolf zu stehen, und war doch durch eine unüberwindliche Glasscheibe von ihnen getrennt. Ich konnte die Vorgänge Stunde um Stunde verfolgen, ich erfuhr, wieviel mein Freund tat, um die Kleine ihrem Gefängnis zu entreißen, und wie er ihr zu helfen bemüht war, ihr Golgatha zu ertragen, ich hörte Bruchstücke von dem, was sie sprachen, und konnte das übrige erraten, ich war dabei, als sie Rolf beten lehrte und als Rolf sie mit den Geschichten ablenkte, die ich ihm in tausendundeiner Nacht erzählt hatte, unter dem weißen Moskitoschleier über unserem Bett.

Als die Dunkelheit des zweiten Tages hereinbrach, versuchte er, sie mit den alten Liedern einzuschläfern, die er in Österreich von seiner Mutter gelernt hatte, aber sie war jenseits von Schlaf und Traum. Sie verbrachten einen großen Teil der Nacht mit Reden, beide zermürbt, von Kälte geschüttelt. Und da, nach und nach, fielen die festen Tore, hinter denen Rolf Carlés Vergangenheit viele Jahre lang abgesperrt gewesen war, und alles, was in den tiefsten und geheimsten Schichten seines Gedächtnisses verborgen gelegen hatte, brach endlich in einem Strom hervor, der auf seinem Wege alle Barrieren fortriß, die sein Bewußtsein so lange blockiert hatten. Nicht alles konnte er Azucena erzählen, sie wußte vielleicht gar nicht, daß es noch Länder jenseits des Meeres gab, ahnte nichts von der Zeit, die vor der ihren lag, war außerstande, sich Europa in der Zeit des Krieges vorzustellen, also sprach er nicht vom Zusammenbruch und nicht von dem Nachmittag, als die Russen ihn in das Konzentrationslager führten, die verhungerten Gefangenen zu begraben. Wozu ihr erklären, daß die wie ein Haufen Brennholz aufgestapelten nackten Leichen zerbrechlichem Steingut glichen? Wie sollte er diesem sterbenden Kind von den Verbrennungsöfen und den Galgen erzählen? Er erwähnte auch nicht die Nacht, in der er seine Mutter nackt gesehen hatte, nur mit roten Stöckelschuhen bekleidet, und wie sie vor Erniedrigung geweint hatte. Viele Dinge verschwieg er, aber in dieser Nacht erlebte er all das wieder neu, was sein Geist auszulöschen getrachtet hatte. Azucena gab ihre Angst an ihn weiter und zwang ihn so, ohne es zu wollen, seiner eigenen zu begegnen. Hier neben dieser verfluchten Gruft war es Rolf nicht mehr möglich, noch länger vor sich selbst zu fliehen, und der tiefverborgene Schrecken, der seine Kindheit gekennzeichnet hatte, sprang ihn unvermittelt an. Er wurde zurückgeworfen bis auf Azucenas Alter und noch darunter und fand sich wie sie in einem Kerker ohne Ausgang gefangen, lebend begraben, den Kopf am Boden, und sah vor seinem Gesicht die gestiefelten Beine seines Vaters, der den Gürtel abgeschnallt hatte und durch die Luft sausen ließ mit dem unvergeßlichen Zischen einer wütenden Schlange. Der Schmerz überfiel ihn, unvermindert scharf, wie er immer in seinem Innern gelauert hatte. Er kehrte zurück zu dem Schrank, in den sein Vater ihn eingeschlossen hatte, um ihn für angebliche Vergehen zu bestrafen, und in dem er endlose Stunden saß, zitternd, zusammengekauert wie ein Tier, mit geschlossenen Augen, um die Dunkelheit nicht zu sehen, die Hände über den Ohren im vergeblichen Versuch, das Klopfen seines Herzens nicht zu hören. In dem Nebel der Erinnerungen fand er Katharina, ein sanftes, zurückgebliebenes Geschöpf, die jüngere Schwester, die ihr Leben im Versteck verbrachte in der Hoffnung, daß der Vater die Schande ihrer Geburt vergaß. Er kroch neben sie unter den Eßtisch, und hier, von einem langen weißen Tafeltuch verborgen, saßen die beiden Kinder aneinandergeschmiegt und lauschten auf die Schritte und die Stimmen. Katharinas Geruch stieg zu ihm auf, vermischt mit seinem eigenen Schweißgeruch und den Küchendünsten aus Zwiebeln, Seife und frischgebackenem Brot, und mit einem fremdartigen Gestank nach fauligem Schlamm. Die Hand seiner Schwester in der seinen, ihr angstvolles Keuchen, die Berührung ihres ungebändigten Haares an seiner Wange, der unschuldige Ausdruck ihrer Augen. Katharina, Katharina ... sie wuchs vor ihm auf, wehend wie eine Fahne, in das weiße, in ein Leichenlaken verwandelte Tafeltuch gehüllt, und endlich konnte er über ihren Tod weinen und über seine Schuld, sie verlassen zu haben. Da erkannte er, daß seine Großtaten als Reporter, die ihm so viel Ruhm und Anerkennung eingebracht hatten, nur ein Versuch gewesen waren, seine ältere Angst unter Kontrolle zu halten durch die Finte, sich hinter die Linse einer Kamera zu flüchten, weil ihm so vielleicht die Wirklichkeit erträglicher wurde. Er trat großen Gefahren wie einer Mutprobe entgegen, er übte sich bei Tage, um die Ungeheuer zu besiegen, die ihn bei Nacht peinigten. Aber der Augenblick der Wahrheit war gekommen, und er konnte nicht länger vor seiner Vergangenheit davonlaufen. Er war Azucena, er war im Schlamm begraben, sein Entsetzen war nicht die lange vergangene Gemütsbewegung einer fast vergessenen Kindheit, es war eine Klaue an der Kehle, es war gegenwärtig. In der erstickenden Qual seines Weinens erschien ihm seine Mutter, in Schwarz gekleidet, die Tasche aus unechtem Krokodilleder an die Brust gepreßt, so wie er sie zum letztenmal auf dem Pier gesehen hatte, als sie ihn zu dem Schiff begleitete, auf dem er nach Amerika fuhr. Sie kam nicht, um ihm die Tränen zu trocknen, sondern um ihm zu sagen, der Krieg sei vorbei, und jetzt müßten sie die Toten begraben.

»Wein doch nicht, mir tut gar nichts mehr weh, ich fühle mich gut«, sagte Azucena im Morgengrauen.

»Ich weine nicht um dich, ich weine um mich, denn mir tut alles weh«, sagte Rolf lächelnd.

Im Tal der Katastrophe begann der dritte Tag mit einem bleichen Licht zwischen dichten Wolken. Der Präsident der Republik begab sich an den Unglücksort, er erschien in Feldkhaki und stellte fest, dies sei die schlimmste Tragödie des Jahrhunderts, und teilte mit, das Land sei in Trauer, die Brudernationen hätten Hilfe angeboten, der Ausnahmezustand sei verhängt, die Streitkräfte würden streng vorgehen und ohne Zögern jeden erschießen, der beim Plündern oder anderen Verbrechen ertappt würde. Er fügte hinzu, es sei unmöglich, alle Leichen aufzufinden oder das Schicksal der Tausenden von Vermißten zu ermitteln, deshalb werde das ganze Tal zum Friedhof erklärt, und die Bischöfe würden kommen und eine feierliche Messe für die Seelen der Opfer lesen. Er wandte sich zu den Zelten der Armee, wo die Geretteten versammelt waren, und ließ ihnen das Labsal ungewisser Versprechungen zukommen, er ging zu dem behelfsmäßigen Feldlazarett, um den Ärzten und Krankenschwestern, die nach den vielen Stunden Kampf mit dem Elend ausgepumpt waren, ein Wort der Ermutigung zu sagen. Dann ließ er sich zu Azucena führen, die inzwischen berühmt geworden war. Vorsichtig über die Bretter balancierend, die man inzwischen gelegt hatte, näherte er sich ihr und begrüßte sie mit seiner schlaffen Politikerhand, und die Mikrofone nahmen seine gerührte Stimme und seinen väterlichen Tonfall auf, als er ihr sagte, ihre Tapferkeit sei ein Beispiel für das Vaterland. Rolf Carlé unterbrach ihn und bat um die Pumpe, und der Präsident versicherte ihm, er werde sich persönlich um die Sache kümmern. Ich konnte Rolf ein paar Augenblikke sehen, wie er neben dem Loch kauerte. Am Abend zuvor hatte er in derselben Stellung gehockt, und ich, die ich mich zum Bildschirm vorbeugte wie eine Wahrsagerin zu ihrer Kristallkugel, sah, daß sich etwas Wesentliches in ihm geändert hatte, ich ahnte, daß über Nacht seine Schutzwehr zusammengebrochen war und daß er, endlich verwundbar, sich dem Schmerz ergeben hatte. Dieses Kind rührte an einen Teil seiner Seele, zu dem er selbst keinen Zugang gehabt und den er nie mit mir geteilt hatte. Rolf hatte sie trösten wollen, und Azucena war es, die ihm Trost gab.

Ich bemerkte genau den Augenblick, in dem Rolf aufhörte zu kämpfen und sich der Qual überließ, ihr Sterben zu bewachen. Ich war bei ihnen gewesen, drei Tage und zwei Nächte. Ich war dort, als sie ihm erzählte, daß sich noch nie ein Junge in sie verliebt habe und wie schade es sei, aus dieser Welt zu gehen, ohne die Liebe zu kennen, und er versicherte ihr, er liebe sie mehr, als er jemals jemand anderen lieben könnte, mehr als seine Mutter und seine Schwester, mehr als alle Frauen, die in seinen Armen geschlafen hatten, mehr als mich, seine Gefährtin.

Inzwischen hatte ich eine Pumpe beschafft und stand in Kontakt mit einem General, der bereit war, sie früh am nächsten Morgen mit einem Militärflugzeug hinzuschicken. Aber am Abend dieses dritten Tages, unter den erbarmungslosen Quarzlampen und den Linsen von hundert Kameras, ergab sich Azucena, die Augen in denen ihres Freundes verloren, der sie bis zum Ende aufrechterhalten hatte. Rolf schloß ihr die Lider, nahm ihr den Rettungsring ab, hielt sie einige Minuten an seine Brust gedrückt und ließ sie dann los. Sie versank langsam, eine Blume im Schlamm.

Du bist wieder bei mir, aber du bist nicht mehr derselbe. Ich begleite dich oft zum Sender, und dann sehen wir uns wieder die Videobänder von Azucena an, du studierst sie aufmerksam, suchst nach etwas, was du hättest tun können, um sie zu retten, und was dir nicht rechtzeitig einfiel. Oder vielleicht betrachtest du sie so genau, um dich wie in einem Spiegel zu sehen, nackt. Deine Kameras liegen vergessen in einem Schrank, du schreibst nicht, du singst nicht, du sitzt ganze Stunden am Fenster und blickst auf die Berge. Ich neben dir warte darauf, daß du die Reise ins Innere deiner selbst vollendest und von den alten Wunden gesundest. Ich weiß, wenn du aus deinen Albträumen zurückkehrst, werden wir wieder Hand in Hand gehen, wie früher.

In diesem Augenblick bemerkte Scheherazade,
daß der Morgen kam,
und verstummte.

Inhalt

Isabel Allende

Das Geisterhaus

Roman
Aus dem Spanischen von Anneliese Botond
suhrkamp taschenbuch 1676
500 Seiten

»›Barrabas kam auf dem Seeweg in die Familie‹, trug die kleine Clara in ihrer zarten Schönschrift ein. Sie hatte schon damals die Gewohnheit, alles Wichtige aufzuschreiben, und später, als sie stumm wurde, notierte sie auch die Belanglosigkeiten, nicht ahnend, daß fünfzig Jahre später diese Hefte mir dazu dienen würden, das Gedächtnis der Vergangenheit wiederzufinden und mein eigenes Entsetzen zu überleben.«
So beginnt der erste Roman der »geborenen Geschichtenerzählerin aus Lateinamerikas Talentschmiede« *(Los Angeles Times)*, der zu einem Welterfolg wurde. Die Geschichte der Familie del Valle, die zu Beginn des 20. Jahrhunderts in Chiles heiler Welt ansetzt und uns über vier Generationen durch politischen Terror und persönliche Schicksale führt, ist »geist- und phantasievoll, schauererregend und verspielt zugleich.« *Weltwoche*

NF 444/1/10.02

Isabel Allende

Fortunas Tochter

Roman
Aus dem Spanischen von Lieselotte Kolanoske
suhrkamp taschenbuch 3236
486 Seiten

»Jeder Mensch wird mit einer besonderen Begabung geboren, und Eliza Sommers entdeckte frühzeitig, daß sie über deren zwei verfügte: einen guten Geruchssinn und ein gutes Gedächtnis.«
Fortunas Tochter ist die bewegte Geschichte der Eliza Sommers, einer lebenshungrigen jungen Frau, die zwischen zwei Kulturen lebt und einen abenteuerlichen Weg geht. Als chilenisches Findelkind in der Obhut einer englischen Familie in Valparaíso aufgewachsen, bricht sie, kaum siebzehnjährig, aus dieser wohlbehüteten Welt aus. Die Suche nach ihrem Geliebten, der dem Sog des kalifornischen Goldrauschs nicht widerstehen konnte, macht aus dem unerfahrenen Mädchen eine selbstbewußte Frau, und am Ende ihrer Odyssee ist Eliza ganz bei sich und in der Welt, endlich frei.

»Ein detailliertes Sittenbild der amerikanischen Gesellschaft zur Zeit des Goldrauschs – ein packender Roman.«
Focus

NF 443/1/10.02

Isabel Allende

Porträt in Sepia

Roman
Aus dem Spanischen von Lieselotte Kolanoske
suhrkamp taschenbuch 3487
512 Seiten

»›Das Licht ist die Sprache der Fotografie, die Seele der Welt. Es gibt kein Licht ohne Schatten, wie es kein Glück ohne Schmerz gibt‹, sagte Don Juan Ribero vor siebzehn Jahren zu mir an diesem ersten Tag in seinem Atelier. Ich habe es nicht vergessen. Aber ich darf nicht vorgreifen. Ich habe mir vorgenommen, diese Geschichte Schritt für Schritt, Wort für Wort zu erzählen, wie es sein muß.«
In *Porträt in Sepia* erzählt die chilenische Erfolgsautorin die Geschichte einer jungen Frau, die entschlossen ist, das Geheimnis ihrer frühen Vergangenheit zu lösen, an die sie sich nicht erinnern kann, und einen Alptraum aufzuhellen, der sie nicht in Ruhe läßt.

»Bildmächtig und leidenschaftlich entwickelt die passionierte Erzählerin eine mitreißende Saga. Sie schließt zeitlich die Lücke zwischen *Fortunas Tochter* und dem großen Bestseller *Das Geisterhaus*.« *Focus*

NF 445/1/4.03

Isabel Allende

In ihrer Abenteuertrilogie um die jungen Helden Alex und Nadia entführt Isabel Allende ihre Leserinnen und Leser an die atemberaubendsten Plätze der Erde. Und sie weckt nicht nur Neugier für andere, fremde Welten, sondern spricht auch die Themen an, die ihr am Herzen liegen, wie das menschliche Miteinander und den Umgang mit der Natur.

Die Stadt der wilden Götter
Übersetzt von Svenja Becker. Leinen und st 3595. 328 Seiten
Im ersten Teil der Abenteuertrilogie lernen die junge Brasilianerin Nadia und der aus Kalifornien kommende Alex im Amazonasgebiet das geheimnisvolle Volk der Nebelmenschen kennen.

Im Reich des Goldenen Drachen
Roman. Übersetzt von Svenja Becker. 363 Seiten. Leinen
Im Reich des Goldenen Drachen, einem kleinen Königreich im Himalaja, sind Nadia und Alex einer internationalen Verbrecherbande auf der Spur, die den Goldenen Drachen, das weise Orakel, außer Landes bringen möchte.

Im Bann der Masken
Roman. Übersetzt von Svenja Becker. 320 Seiten. Leinen
Ihren Abschluß findet die Abenteuertrilogie im Inneren Afrikas: Im Bann der Masken befinden sich Nadia und Alex, als sie auf der Suche nach verschollenen Geistlichen in einem Dorf mitten im Urwald landen, das von merkwürdigen Gestalten regiert wird.

NF 511/1/3.04

Miguel Barnet

- Alle träumten von Cuba. Die Lebensgeschichte eines galicischen Auswanderers. Übersetzt von Anneliese Botond. st 3246. 224 Seiten
- Der Cimarrón. Die Lebensgeschichte eines entflohenen Negersklaven aus Cuba, von ihm selbst erzählt. Herausgegeben von Miguel Barnet. Übersetzt von Hildegard Baumgart. Mit einem Nachwort von Heinz Rudolf Sonntag und Alfredo Chacón. st 3040. 245 Seiten

Adolfo Bioy Casares

- Ein schwankender Champion. Übersetzt von Peter Schwaar. BS 1258. 80 Seiten
- Morels Erfindung. Neu übersetzt von Gisbert Haefs. Mit einem Nachwort von René Strien. 144 Seiten. Gebunden

Carmen Boullosa

- Der fremde Tod. Roman. Übersetzt von Susanne Lange. es 2080. 126 Seiten
- Sie sind Kühe, wir sind Schweine. Roman. Übersetzt von Erna Pfeiffer. st 3074. 195 Seiten
- Die Wundertäterin. Roman. Übersetzt von Susanne Lange. es 1974. 133 Seiten

Alfredo Bryce Echenique

- Ein Frosch in der Wüste. Übersetzt von Elke Wehr. BS 1361. 120 Seiten
- Küss mich, du Idiot. Roman. Übersetzt von Matthias Strobel. 325 Seiten. Gebunden. st 3511. 336 Seiten
- Eine Welt für Julius. Übersetzt von Matthias Strobel. 528 Seiten. Gebunden

Lydia Cabrera. Die Geburt des Mondes. Schwarze Geschichten aus Kuba. Mit einem Nachwort von Guillermo Cabrera Infante. Übersetzt von Susanne Lange. 208 Seiten. Gebunden

NF 283/2/5.03

Guillermo Cabrera Infante
- Drei traurige Tiger. Roman. Übersetzt von Wilfried Böhringer. st 2436. 542 Seiten
- Nichts als Kino. Übersetzt von Christiane Hammerschmidt und Gerhard Poppenberg. 448 Seiten. Gebunden

Alejo Carpentier
- Explosion in der Kathedrale. Roman. Übersetzt von Hermann Stiehl. st 2945. 450 Seiten
- Farben eines Kontinents. Übersetzt von Anneliese Botond und Ulrich Kunzmann. Mit Abbildungen. st 3451. 174 Seiten
- Le Sacre du printemps. Roman. Übersetzt von Anneliese Botond. st 2480. 682 Seiten
- Die verlorenen Spuren. Roman. Übersetzt von Anneliese Botond. st 808. 354 Seiten

Jorge G. Castañeda. Che Guevara. Biographie. Übersetzt von Christiane Barckhausen, Sven Dörper, Ursula Gräfe, Udo Rennert. Mit Abbildungen. st 2911. 640 Seiten

Julio Cortázar
- Rayuela. Himmel und Hölle. Roman. Übersetzt von Fritz Rudolf Fries. st 1462. 636 Seiten
- Die Erzählungen. Mit einem Vorwort von Mario Vargas Llosa. Übersetzt von Fritz Rudolf Fries, Wolfgang Promies und Rudolf Wittkopf. Vier Bände in Kassette. st 2916-st 2919. 1302 Seiten
  Band 1: Die Nacht auf dem Rücken. Mit einem Vorwort von Mario Vargas Llosa. st 2916. 291 Seiten
  Band 2: Südliche Autobahn. st 2917. 350 Seiten
  Band 3: Beleuchtungswechsel. st 2918. 280 Seiten
  Band 4: Ende der Etappe. st 2919. 330 Seiten

Euclides da Cunha. Krieg im Sertão. Übersetzt von Berthold Zilly. 783 Seiten. Gebunden. st 3093. 790 Seiten

NF 283/3/5.03

Laura Esquivel. Bittersüße Schokolade. Mexikanischer Roman um Liebe, Kochrezepte und bewährte Hausmittel in monatlichen Fortsetzungen. Übersetzt von Petra Strien. st 2391. 278 Seiten

Milton Hatoum
- Brief aus Manaus. Übersetzt von Karin von Schweder-Schreiner. st 3430. 192 Seiten
- Zwei Brüder. Übersetzt von Karin von Schweder-Schreiner. 252 Seiten. Gebunden

Alejandro Jodorowsky. Wo ein Vogel am schönsten singt. Roman. Übersetzt von Peter Schwaar. st 2842. 464 Seiten

José Lezama Lima. Paradiso. Roman. Übersetzt von Curt Meyer-Clason unter Mitwirkung von Anneliese Botond. st 2708. 648 Seiten

Clarice Lispector
- Der Apfel im Dunkeln. Roman. Übersetzt von Curt Meyer-Clason. st 2833. 345 Seiten
- Wo warst du in der Nacht. Erzählungen. Übersetzt von Sarita Brandt. BS 1234. 118 Seiten

Tomás Eloy Martínez
- Der Flug der Königin. Übersetzt von Peter Schwaar. 250 Seiten. Gebunden
- Der General findet keine Ruhe. Roman. Übersetzt von Peter Schwaar. 480 Seiten. Gebunden
- Santa Evita. Roman. Übersetzt von Peter Schwaar. Gebunden und st 2849. 432 Seiten

NF 283/4/5.03

Angeles Mastretta

- Emilia. Roman. Übersetzt von Petra Strien. Gebunden und st 3062. 413 Seiten
- Mexikanischer Tango. Übersetzt von Monika López. Gebunden und st 1787. 327 Seiten

Pablo Neruda. Gedichte. Spanisch und deutsch. Übersetzt und mit einem Nachwort von Erich Arendt. Zweisprachige Ausgabe. BS 99. 261 Seiten

Iván de la Nuez. Das treibende Floß. Kubanische Kulturpassagen. Übersetzt von Hans-Joachim Hartstein. es 2218. 176 Seiten

Silvina Ocampo. Die Furie und andere Geschichten. Übersetzt von René Strien. BS 1051. 160 Seiten

Juan Carlos Onetti

- Das kurze Leben. Roman. Übersetzt von Curt Meyer-Clason. Gebunden und st 3017. 380 Seiten
- Leichensammler. Roman. Übersetzt und mit einem Nachwort von Anneliese Botond. st 3200. 288 Seiten
- Wenn es nicht mehr wichtig ist. Roman. Übersetzt von Rudolf Wittkopf. BS 1299. 188 Seiten
- Willkommen, Bob. Gesammelte Erzählungen. Übersetzt von Jürgen Dormagen, Wilhelm Muster, Gerhard Poppenberg. 458 Seiten. Gebunden

Elsa Osorio. Mein Name ist Luz. Roman. Übersetzt von Christiane Barckhausen-Canale. 432 Seiten. Gebunden

Octavio Paz

- Das fünfarmige Delta. Gedichte. Spanisch und deutsch. Übertragen von Fritz Vogelgsang und Rudolf Wittkopf. 222 Seiten. Leinen

NF 283/5/5.03

- Das Labyrinth der Einsamkeit. Essay. Übersetzt und mit einer Einführung von Carl Heupel. st 2972 und BS 404. 220 Seiten
- Das Vorrecht des Auges. Über Kunst und Künstler. Über setzt von Susanne Lange, Michael Nungesser, Rudolf Wittkopf. Nachwort von Wieland Schmied. 250 Seiten. Gebunden

Manuel Puig. Der Kuß der Spinnenfrau. Übersetzt von Anneliese Botond. st 869 und BS 1108. 300 Seiten

João Ubaldo Ribeiro. Brasilien, Brasilien. Roman. Übersetzt von Curt Meyer-Clason und Jacob Deutsch. st 1835. 731 Seiten

Augusto Roa Bastos
- Gegenlauf. Roman. Übersetzt von Elke Wehr. 233 Seiten. Gebunden
- Ich der Allmächtige. Roman. Übersetzt von Elke Wehr. 540 Seiten. Gebunden
- Die Nacht des Admirals. Roman. Übersetzt von Ulrich Kunzmann. BS 1314 und gebunden. 332 Seiten

Alejandro Rossi. Die Flüsse der Vergangenheit. Sechs Geschichten aus dem Hinterland. Übersetzt von Gisbert Haefs. 120 Seiten. Gebunden

Juan Rulfo
- Der Llano in Flammen. Übersetzt von Mariana Frenk. BS 504. 160 Seiten
- Pedro Páramo. Roman. Autorisierte Übersetzung von Mariana Frenk. BS 434. 134 Seiten
- Wind in den Bergen. Liebesbriefe an Clara. Übersetzt und mit einem Nachwort von Susanne Lange. Mit Fotografien. 324 Seiten. Gebunden

NF 283/6/5.03

Mario Vargas Llosa

- Die Anführer. Erzählungen. Übersetzt von Elke Wehr. Gebunden und st 2448. 126 Seiten
- Das Fest des Ziegenbocks. Übersetzt von Elke Wehr. Gebunden und st 3427. 544 Seiten
- Die geheimen Aufzeichnungen des Don Rigoberto. Roman. Übersetzt von Elke Wehr. st 3005. 480 Seiten
- Der Geschichtenerzähler. Roman. Übersetzt von Elke Wehr. Gebunden und st 1982. 288 Seiten
- Das grüne Haus. Roman. Übersetzt von Wolfgang A. Luchting. st 342. 429 Seiten
- Ein trauriger, rabiater Mann. Über George Grosz. Übersetzt von Elke Wehr. 80 Seiten. Leinen
- Lob der Stiefmutter. Roman. Übersetzt von Elke Wehr. st 2200 und BS 1086. 196 Seiten
- Die Sprache der Leidenschaft. Übersetzt von Clementine Kügler und Ulrich Kunzmann. 320 Seiten. Kartoniert
- Tante Julia und der Kunstschreiber. Roman. Übersetzt von Heidrun Adler. st 1520. 392 Seiten
- Tod in den Anden. Roman. Übersetzt von Elke Wehr. Gebunden und st 2774. 384 Seiten

Cubanísimo! Junge Erzähler aus Kuba. Herausgegeben von Michi Strausfeld. 336 Seiten. Kartoniert

Tango. Verweigerung und Trauer. Auswahl und Übersetzung von Dieter Reichardt. st 1087. 450 Seiten

NF 283/7/5.03